文学鉴赏

主　编　李卫东
副主编　张玉霞

重庆大学出版社

图书在版编目(CIP)数据

文学鉴赏 / 李卫东主编.—重庆:重庆大学出版社,2014.8(2020.12 重印)

ISBN 978-7-5624-8513-1

Ⅰ.①文… Ⅱ.①李… Ⅲ.①文学欣赏—高等职业教育—教材 Ⅳ.①I06

中国版本图书馆 CIP 数据核字(2014)第 187854 号

文学鉴赏

主 编 李卫东

副主编 张玉霞

策划编辑:杨粮菊

责任编辑:李桂英 刘玥凤 版式设计:杨粮菊

责任校对:谢 芳 责任印制:张 策

*

重庆大学出版社出版发行

出版人:饶帮华

社址:重庆市沙坪坝区大学城西路 21 号

邮编:401331

电话:(023) 88617190 88617185(中小学)

传真:(023) 88617186 88617166

网址:http://www.cqup.com.cn

邮箱:fxk@cqup.com.cn (营销中心)

全国新华书店经销

POD:重庆新生代彩印技术有限公司

*

开本:787mm×1092mm 1/16 印张:27.25 字数:646千

2014 年 8 月第 1 版 2020 年 12 月第 4 次印刷

ISBN 978-7-5624-8513-1 定价:59.00 元

前言

近年来，用人单位对大学生职业素质的要求越来越高，既要有学历，又要有能力，不仅要有过硬的专业技能，而且要有较高的文化素质。高等职业教育院校培养的是高等技术应用型人才，但现在不少高职院校过分地夸大专业能力的重要性，而弱化了文化素质在学生职业生涯中的作用，这偏离了教育的本质。高职教育要培养合格的应用型人才，就应该处理好文化素质教育与专业技能培养的关系，全面提升学生的综合素质。目前，部分高校非中文专业设置了文学鉴赏课程，目的是让大学生通过了解一定的文学理论，掌握不同文体在不同时期的发展概况，剖析名家名篇，从而受到优秀传统文化的教育，增加对社会的认识能力，培养高尚情操，陶冶审美情趣，丰富和调节大学生的精神文化生活，塑造健全的人格，提高文学鉴赏水平和语言的运用能力。这是大学生文化素质中的一个很重要的方面。

本书就是基于此目的而编写的。全书共有五章，包括文学鉴赏概论、诗歌鉴赏、小说鉴赏、散文鉴赏、戏剧鉴赏。

教材在内容上注重鉴赏方法的介绍和审美能力的培养，追求理论与实践的结合，选取了名家名篇作为经典鉴赏实例。选文贴近高职学生的特点，在注重介绍中国传统文学，展现中国优秀文化精神的基础上，努力做到严肃文学与通俗文学、古代文学与现当代文学相结合，对外国文学也有涉及。在形式上采用了"理论知识""作品示例""讨论探究"和"拓展阅读"，部分作品增加了"辑评"。"理论"部分简明扼要，条理清晰，便于学生掌握；"示例"部分经典而生动；"探究"部分激发兴趣，让学生有话可说；"辑评""拓展"部分让学生课堂得法，举一反三，相关篇目、不同观点举证链接，课堂内外融会贯通。

本书编写者都是酒泉职业技术学院基础教学部人文素养教研组的教师。李卫东老师负责第一章、第三章、第五章的编写；张玉霞老师负责第二章、第四章的编写；李卫东老师负责全书的统稿工作。

本书在编写过程中，得到了学院领导、教务处、土木工程系和基础教学部领导的大力关心和支持，在此表示感谢。

在编写过程中，我们参阅并吸收了近年来文学发展的最新成果，同时借鉴了网络上的一些有价值的研究资料，恕不一一注明，谨在此表示最诚挚的谢意。由于编者水平有限，书中疏漏不足之处在所难免，恳请专家、老师和读者指正。

编　者

2014 年 5 月

目　录

Chapter 01

第一章　文学鉴赏概论

第一节　文学是语言艺术

一、文学是语言的艺术

文学是运用形象、感情，通过作家的想象再现社会人生和表现作家审美意识的语言艺术。语言艺术是艺术中的一种类型。艺术通过多种工具和手段来塑造形象、表现感情，所以根据不同的工具和手段，艺术可以分为造型艺术、表演艺术、综合艺术和语言艺术。造型艺术，主要运用线条、色彩；表演艺术，主要运用音响、节奏、旋律或人体动作；综合艺术，一般综合运用造型、表演、语言等艺术所采用的表现形式和手段。文学创作以语言文字为塑造形象的媒介和手段，语言是文学的第一要素，所以文学是语言艺术。

二、文学形象及其特点

（一）形象是文学的特性

文学以语言为基本材料塑造形象，而且文学以形象的特殊形式反映生活。形象是人类认识、反映世界的特殊形式。用形象认识社会、反映社会，是作家再现世界、表现世界的特殊方式，它具体而生动，通俗而迷人。例如，鲁迅的《阿 Q 正传》，用艺术的手法形象地描绘了辛亥革命对农村的影响，深刻地揭示了辛亥革命还没有真正发动群众，最终导致革命失败。作品中的阿 Q 受尽剥削，过着奴隶一样的生活，他想革命，但对革命认识非常幼稚。没有农民的真正觉醒，就不会有成功的革命。阿 Q 的悲剧，事实上就是辛亥革命的悲剧。革命的风潮过去之后，阿 Q 所在的县城里，县太爷还是县太爷，带兵的还是先前的把总，赵秀才进了革命党，完全换汤不换药；阿 Q 最后也被送上了刑场。《阿 Q 正传》就是用这种形象化的表达方式生动地反映了辛亥革命的失败。这就是艺术地再现世界。再如《孔乙己》中的孔乙己，就是一个典型的艺术形象，鲁迅笔下的孔乙己是这样的：

孔乙己是站着喝酒而穿长衫的唯一的人。他身材很高大；青白脸色，皱纹间时常夹些伤痕；一部乱蓬蓬的花白的胡子。穿的虽然是长衫，可是又脏又破，似乎十多年没有补，也没有洗。他对人说话，总是满口之乎者也，叫人半懂不懂的。

这些描写，把穷困潦倒的知识分子孔乙己的外貌活灵活现地展现出来。

文学作品中的艺术形象在叙事性文学作品中，一般指人物形象，也包括环境、场面、景物、事态及一切有形物体；在抒情性文学作品中，则主要指情景交融的画面或氛围意境。每一部作品都是由若干具体形象构成的形象体系，从而能整体性地反映生活。例如，《阿Q正传》中的阿Q、赵太爷、假洋鬼子等人物是形象，阿Q打架、赌钱、画圆圈等场面是形象，土谷祠、尼姑庵等具体环境也是形象，所有这些，又构成人物与人物、人物与环境复杂关系的完整生活图画，是作品的形象整体。叙事性作品是这样，抒情性作品也是这样。北宋苏轼的《饮湖上初晴后雨》："水光潋滟晴方好，山色空蒙雨亦奇。欲把西湖比西子，淡妆浓抹总相宜。"这是一首赞美西湖美景的诗，也是一首写景状物的诗，写于诗人任杭州通判期间。原作有两首，这是第二首。前两句写诗人在西湖饮酒游赏，最初阳光明丽，西湖碧水荡漾，波光粼粼，风景非常美丽；后来下起了雨，西湖周围的青山，迷蒙苍茫，若有若无，又显出另一番奇妙景致。后两句以绝色美人喻西湖，不仅赋予西湖之美以生命，而且新奇别致，情味隽永。作品给我们营造了美妙的意境。

（二）文学形象的特点

1. 文学形象的间接性

除文学艺术外，其他艺术形式，由于其塑造形象的媒介和材料的性质所决定，艺术形象都能直接作用于欣赏者的感官，使人们通过视觉、听觉和触觉，直接感受到形象。如绘画、雕刻以空间的具体造型直接诉诸人们的视觉感受；音乐可以直接作用于人们的听觉；或电影，或戏剧通过演员扮演角色把形象动态地、直观地呈现给观众。而文学艺术它不能直接诉诸欣赏者的感官，只能凭借语言为中介，在读者了解语言含义的基础上，借助想象和联想才能感受到。它不可能把现实世界表现得直接可视、可听、可以触摸，它更多地诉诸读者的想象和联想，使之在作家意向的引导下，间接地感受作品中文学形象的魅力。因此，文学形象给予读者的感受是间接的，具有间接性。

文学形象的这一特点，有其局限性，表现在读者阅读文学作品，必须具有一定文字水平和文化素养，具有一定阅历，凭借自己的生活体验和阅读经验，才能在想象中构建起作家提供的文学形象。我们通常评价优秀的文学形象能使读者如临其境、如见其人、如闻其声，但毕竟不是直接见到、听到，而是在想象中见到、听到。而这对于一个文盲来说，根本无缘也无法感知，因而是没有意义的；或者对于一个文化层次不高的人来说，也较难进入文学形象的境界中。另外，文学形象一般不如绘画、戏剧、影视等其他艺术形式的形象那样具有感性力量的鲜明性、确定性，不同的读者感受到的文学形象经常会有较大的差异。

但是，换个角度看，间接性的文学形象在有局限性的同时，还有其他艺术形象不可替代的优点，那就是作品可以从更多侧面提供形象的丰富的审美意蕴，给读者留有更为广阔的想象和再创造的空间。例如我国汉乐府诗《陌上桑》中描写罗敷之美很独特，本来写罗敷的美丽应该写容貌，但诗中无一句描写罗敷外貌的句子，而是集中笔墨写看到罗敷的人的心理活动，来突出罗敷之美。究竟罗敷有多美，只能由读者自己去想象了。再如，《诗经》中的《蒹葭》一诗：

蒹葭苍苍，白露为霜。所谓伊人，在水一方。遡洄从之，道阻且长。遡游从之，宛在水中央。

蒹葭萋萋，白露未晞。所谓伊人，在水之湄。遡洄从之，道阻且跻。遡游从之，宛在水中坻。

蒹葭采采，白露未已。所谓伊人，在水之涘。遡洄从之，道阻且右。遡游从之，宛在水中沚。

这首诗的形象和画中的形象不同，它没有绘画那样具有强烈的直观感，但诗中那若即若离的“伊人”形象，给读者留下了广阔的想象空间。

因此，文学形象的间接性，在一定程度上是语言艺术的缺陷，但同时它也正是语言艺术的特长。由于文学形象的间接性及其所带来的想象的自由性和丰富性，因而它既是确定的、明晰的，又是非确定性的、模糊的，是具体个别的，又是概括的，是确定性与非确定性、明晰性与模糊性、具体性和概括性的统一体。

2. 文学形象的广阔性

文学所使用的语言文字是最自由灵活、最具可塑性、使用最方便的一种材料，也就是说语言可以描绘、说明一切，对此高尔基曾这样阐述语言的这种特点：“民间有一个最聪明的谜语确定了语言的意义。谜语说：‘不是蜜，但是可以粘东西。’因此可以肯定说：世上没有一件东西是叫不出名字来的。语言是一切事实和思想的外衣。”（高尔基. 论文学[M]. 北京：人民文学出版社，1978：332.）黑格尔说：“语言艺术在内容和在表现形式上比起其他艺术都远较广阔，每一种内容，一切精神事物和自然事物、事件、行动、情节，内在的和外在的，统统都可以纳入诗，由诗加以形象化。”（黑格尔. 美学（第3卷）[M]. 北京：商务印书馆，1996：10-11.）黑格尔所说的“诗”，是泛指文学，即“语言的艺术”。这些观点说明语言具有穿透一切事物的巨大表现力。事实上，以语言为工具的文学，比起其他艺术形式来，不受时间、空间的限制，凡是生活中可以意识到的事物，鸟兽鱼虫，神仙鬼怪，从过去到未来，上下几千年，纵横数万里，风起云涌的历史画卷，错综复杂的社会关系都可以通过语言灵活地展现出来，形象地反映。特别是长篇叙事作品，容量更大。例如，《三国演义》写了从东汉末年的黄巾起义到西晋统一全国近两百年的动乱历史；《水浒传》反映了北宋末年农民起义爆发、扩大、全盛、衰落、失败的全过程；《战争与和平》描写了19世纪初俄法战争的历史；《西游记》展现了一个神话世界，人、神、妖，天堂、地狱、龙宫，变化莫测，蔚为壮观；《红楼梦》以宝黛爱情为主线，描写了四大家族由盛到衰的广阔的社会场景。以《三国演义》而言，它展示的是整个“三国时期”前后数十年的广阔社会生活，既有宏伟的历史演变的生动场面，也有闺阁闲情、山林逸趣、诗酒酬答的生活场景。其中，仅战役的描写就多达数十次，袁曹官渡之战、吴魏赤壁之战，都是几十万、上百万人的有历史决定意义的大战。书中描写得轮廓清楚的人物，也有上百个。这样巨大的生活容量，是其他艺术形式很难做到的。

文学除了能勾勒广阔多变的社会生活，也能多侧面多层次地刻画各种人物的个性，还能深入到人的复杂微妙的精神领域，细致地、深刻地表现人物内在的情感波澜、微妙的情绪变化，复杂的意识流动，用内在心灵的丰富性使人物形象更加丰满，更能多侧面地折射社会生活的状貌。其他艺术也能表现人物的内心活动，但要受到很多限制，相对而言，文学有更大的自由度。例如，鲁迅的《狂人日记》主要就是用心理描写来刻画“狂人”形象的，但狂人的形象却包容了那么深广的社会历史内容。

3. 文学形象的深刻性

任何艺术都既表现情感，也表现思想，都有其思想性。但在各种艺术门类中，文学是思想性最丰富最深刻的艺术。因为文学使用的语言是思维的直接现实，它的词语手段使它比其他艺术更能准确、深刻地揭示事物的实质，所唤起的情感又掺杂着更多的理智的因素。作家不仅可以把自己对生活的感受、理解和评价渗透进去，甚至还可以通过叙述人的身份，对描写的内容加以分析、评论，使作品的思想意蕴得到强化。例如，鲁迅的《故乡》揭示了造成闰土辛苦、麻木地生活的社会原因是“兵、匪、官、绅”。要改变这种现状，就得勇敢地起来抗争。由此作者说：“我想，希望是无所谓有，也无所谓无的。这正如地上的路，其实地上本没有路，走的人多了，也便成了路。”这比其他艺术更能表达出历史的哲学的力度和深度。

三、文学的社会功能

文学作品一经问世，就会在社会上产生影响，服务于读者。而且文学作为社会上层建筑中的社会意识形态的一部分，对生活、对经济基础都有反作用，这种反作用就是文学的社会功能。文学的社会功能是不同于其他社会意识形态的特殊功能的。它包括认识功能、教育功能、娱乐功能等。文学的社会功能是通过文学特性，特别是其审美的本质特性得以发挥的，是文学的审美价值的外化和表现。因此，从总体上说，文学的社会功能就是文学的特殊的审美功能。

（一）文学的认识功能

文学的认识功能是指优秀的文学作品通过艺术形象对生活的真实反映，能够帮助读者认识社会的历史和现状，了解古往今来不同时代、国家的政治经济、自然风光、世态人情，开拓生活视野，丰富生活经验，促使读者正确、深刻地了解社会生活。文学的认识功能是由文学的本质决定的。文学是对社会生活的反映，所以我们通过文学可以看到社会生活的内容。文学的这种意识形态本性使它成为人们间接认识社会人生的一条重要途径。例如，《红楼梦》被称为“封建社会的百科全书”，正是从这个意义上说的。

文学之所以有这种认识作用，主要是由文学反映的社会生活的形象性、整体性、真实性、具体性和丰富性所决定的。文学表现社会人生的真实性越高，触及的问题越广泛深入，就越能真切地探及并把握事物的本质，作品的认识功能也越高。例如，法国批判现实主义大师巴尔扎克所生活的时代，正是法国大资产阶级革命后日益强大的资产阶级和封建复辟势力激烈较量，最终复辟势力失败、资产阶级胜利的时代。他的文学巨著《人间喜剧》，就是以这数十年的风云变幻为背景，以两大阶级的尖锐斗争和历史命运为主线展开描写的。马克思和恩格斯对巴尔扎克的作品给予极大的关注和肯定。再如我国作家谌容的《人到中年》，向全社会提出了“中年知识分子问题”，引起了社会舆论的重视，党和政府采取了一系列有力措施，保护和调动了千千万万个陆文婷的积极性。这正是优秀的文学作品体现出来的巨大的社会功能。

（二）文学的教育功能

文学的教育功能，指的是优秀的作品能影响人的思想意识、道德情操、价值观念和人生理想，净化人的灵魂，增强人们改造生活的勇气和追求真理的信念。读者读了这样的作品，可以明白是非、善恶，确立正确的道德观，启迪思想，净化灵魂。事实上，文学的教育功能是文学倾向性的价值实现，根源于作家的思想观点和态度，也根源于生活本身的本质内涵。文学史上一大批表现进步理想和民主意识、鞭挞剥削制度罪恶的作品，如《诗经》中的不少佳作，屈原的《离骚》，杜甫的“三吏”“三别”，杂剧《窦娥冤》《西厢记》，小说《水浒传》《红楼梦》等，对不同时代读者都具有教育意义。当代的优秀作品，更加贴近读者的思想和心理，教育功能更加明显，如《红岩》《高山下的花环》等作品。

（三）文学的娱乐功能

优秀的文学作品是一定社会生活的艺术的美的反映，能帮助读者培养健康的审美观念和情感，提高对生活中美、丑的感受鉴别能力，使读者得到美的享受，精神上的陶冶、愉悦。也有人把文学的娱乐功能称为文学的审美功能。现实中的美，往往要受到时间、空间的限制，而文学因为其表达方式和手段的特点，不受时间和空间的限制，尽可能流传千古，为广大的读者分享。文学的娱乐功能，也是文学作品不同于哲学社会科学著作的特殊功能。我国先秦时代就以“乐”作为艺术的总称，其中当然包含文学。并指出“乐者乐也”（公孙尼子《乐论·乐化篇》）。鲁迅对于旧时代的小说作了这样的精辟的概括：“住在娱心，而杂以惩劝”（鲁迅《中国小说史略》）。可见，文学应该使人快乐。读者阅读文学作品的目的并不是接受思想教育，而是为了愉快才去欣赏、阅读文学作品的。古今中外的名篇佳作，之所以能够流传千古，一个很重要的原因，就在于它们不同程度地具有精神愉悦因素。

娱乐作为一种文学功能，其本体属性是严肃的。不同的作品对娱乐性的追求有不同的表现。比较而言，一般被称为通俗文学的作品，更讲究可读性，多一些娱乐性。当然，认为通俗文学就是庸俗文学的观点是错误的，但娱乐性确实存在健康和低俗之分。有些作品一味迎合低级庸俗的情趣，美其名曰注重娱乐性，那是错误的。

文学的娱乐功能是审美的娱乐功能，但并非有娱乐功能的都是文学。比如下棋、玩游戏等是娱乐，但不是文学。文学的娱乐功能是要在审美活动中得以实现的，是一种高级形态的审美功能。

文学的认识功能、教育功能、娱乐功能，三者有所区别，在不同的作品中，可以有所侧重，但又不可分割。它们互为依存，彼此渗透。文学的多样社会功能是个有机统一的系统，可以说，任何文学作品都能在不同程度上达到多功能的统一。

第二节　文学作品的构成及其分类

一、文学作品的构成

文学作品和其他任何事物一样,都是由内容和形式两个方面的因素组成的。

(一)文学作品的内容及其构成因素

文学作品的内容是指作品中通过艺术形象所反映的社会生活和作家主观思想感情、审美评价的统一体。它的特点是主观和客观的结合,是特定的社会生活和作家思想感情在形象中的有机统一。文学作品中的社会生活仅仅是客观的社会生活的特定部分。只有那些富有生动性和典型性的社会生活才能构成文学作品内容中的客观因素。文学作品内容构成因素的另一方面是作家主观的思想感情,这是文学作品内容的重要组成部分,因为作家对社会生活特殊方面的描写,不是硬性的机械反映,而是渗透着自身独特的印象、感情和审美评价。

文学作品内容的构成因素有三,即文学作品内容包括题材、主题、情节诸因素。

1. 题材

题材和素材是有联系又有区别的两个概念。素材是作家在生活中积累起来的、尚未经过加工的原始材料。题材有广义和狭义之分。广义的题材指可以作为创作材料的社会生活现象的某些方面,如工业题材、农业题材等。狭义的题材指经过作家选择、集中、提炼和虚构而进入文学作品中的完整的生活材料。我们在这里讲的文学作品的题材,是指狭义的题材。题材来源于生活,是作家生活实践的产物。题材的性质是由社会形态和时代精神决定的,并被赋予相应的社会性和时代性。社会生活本身与作家选材角度的丰富性,决定了题材必然具有丰富多样性。题材的多样,除了自身的无限丰富性之外,还在于对同一题材的表现的无限丰富性。通过作家之间不同的审美观点和艺术技巧,使类似的描写对象显得五光十色。总之,作家在创作的时候既要反对"题材决定论",也要反对"题材无差别论",并且在提倡题材多样化的同时,更要鼓励作家更多地写反映现实的重大题材。而对丰富多样的题材的审美活动,则是读者文学鉴赏中的重要内容。

叙事性作品与抒情性作品的题材,有着不同的特点和要求。抒情类作品由于只是集中表现作者的内心感受,因此它的题材比较单纯,一般没有具体的人物和事件;叙事类、戏剧类的作品由于要再现生活的本来面目,因此它的题材比较复杂,一般包括人物、环境、情节三个要素。

素材和题材有着紧密的内在联系,又有着本质的区别。素材是题材的来源和基础,题材又是对素材的改造、加工和升华。素材是纯客观的、处于作品之外的东西，题材则是作品的有机组成部分，是主客观的统一；素材之间往往是零乱的、缺乏内在的有机联系，题材则必须是合乎生活逻辑的完整统一体；素材不一定有深刻的社会意义，题材却一定要揭示某种生活规律，要能够有效地表现主题。

2. 主题

主题是指通过作品中描绘的社会生活画面或情景所显示出来的贯穿全篇的中心思想或主导情感，即作品题材所蕴含的主要思想情感意义。它贯穿于作品始终，对作品内容和形式起着统帅作用。李渔在《闲情偶寄》中对此有如下阐述："古人作文一篇，定有一篇之主脑。主脑非他，即作者立言之本意也。"

主题是在作家生活体验和艺术实践中，在题材的选择和形象的酝酿过程中逐渐形成的。主题的形成一般有两种方式，一种是在作家处理题材和塑造形象的过程中逐渐形成并确立的。如果对题材的开掘越来越深刻，主题的表现就必然越来越明显，如歌剧《白毛女》由原来的反对迷信的肤浅主题形成为"旧社会把人变成鬼，新社会把鬼变成人"的深刻主题。另一种是作家在生活中，产生了一种创作意图，先于某一题材、情节或形象而孕育了主题的雏形。主题是作家认识和提炼生活的成果，必然具有时代的色彩，然后又在创作过程中形成为主题。茅盾创作《子夜》就是如此。

文学作品的主题普遍具有社会性、阶级性和时代性。我们知道，文学作品所反映的对象是以人为中心的社会生活，而人是具有社会性的，所以以人为中心的社会生活的文学作品的主题也必然带有社会性。

文学作品主题具有阶级性，是阶级社会里带有规律性的普遍现象。因为我们的社会生活本身存在着阶级、阶级矛盾和阶级斗争等阶级关系，这使社会生活必然带有阶级性的色彩。反映这种社会生活的文学作品的主题也会体现出阶级性来。此外，作家自身的阶级立场、爱憎情感和审美理想，在其对客观世界的审美反映中，也会表现出阶级倾向性来。这两个方面结合，就使文学作品的主题必然具有阶级性。

文学作品主题还具有时代性。因为在不同的历史时期和历史阶段，社会生活的具体内容是不同的，它随着人类社会历史的发展而发展变化，这种生活内容一定会给作品打上时代的烙印。作家作为审美反映的主体，其审美理想和审美趣味，也会因时代的发展变化而有所不同，也会打上时代的印记。而读者在欣赏文学作品时，其审美习惯等也会受时代因素的制约和影响。

3. 情节

情节是叙事性作品中人物的活动过程和性格的发展历史。人物的思想、性格是通过具体事件表现出来的；而这些事件之间又必须有连贯性，不是毫不相干的杂凑，这些具有连贯性的事件，就形成作品的情节。情节一般是对于叙事作品和戏剧作品而言的，抒情作品也写人物，但没有贯穿始终的事件，一般就不具有情节性，但有美的意境。

情节是事件发展和人物成长的艺术表现，包含开端、发展、高潮和结局等组成部分。有的作品还有序幕和尾声。有的作品的情节发展不是传统的序列手法，而是以心理活动或意识流动作为动因。

情节与人物性格关系密切。首先,情节是人物性格成长和构成的载体,是展现人物性格的手段。这是因为,情节是具体事件,人物性格只有在事件中,在各种矛盾冲突中才能得到显示和不断发展。另外,人物性格决定情节的发展。文学作品中事件如何发展,矛盾如何展开,都由人物性格特征决定。可以说,有什么样的人物,就有什么样的情节。当然,情节的发展变化必须符合人物性格的自身逻辑和生活本身的逻辑。

(二)文学作品的形式及其构成因素

文学作品的形式是指文学作品内容的外观方式,是文学作品内容赖以显现的内部构造、表现手法和表现形态。具体地说,文学作品形式就是为表现内容服务的结构、语言、表现手法和体裁的综合体。所以,文学作品形式的构成因素包括结构、语言、表现手法和体裁。因体裁在本节第二部分有专节论述,这里只谈谈结构、语言和表现手法。

1. 结构

结构是指把作品的各种因素组织安排,使之形成一个完整的形象。包括各种人物相互关系的处理方式、情节线索的安排方式以及场面的调度、细节的刻画等方式,其基本任务是使艺术形象彼此协调、匀称和完美,作品主题突出、形象鲜明、意境隽永。

每篇文学作品的结构都是由这篇作品的具体内容决定的。而每篇文学作品内容的独特性决定了它的结构也应是独一无二的,不可能有固定的模式可以借鉴。但是,不论什么样的作品结构,大体都应遵循一定的美学规律,这就是根据对创作经验的总结归纳出来的结构的基本原则,也就是要使结构的总体安排符合客观生活和主观情感,就要让结构服从表现主题的需要;要为塑造人物性格服务;要符合故事情节的合理性和曲折性等。

2. 语言

广义的文学语言,是指一切规范化的全民语言,包括社会科学论著、报刊文章以及文学作品的语言;狭义的文学语言,专指作家用以塑造形象、在文学作品中使用的语言。叙事作品中语言分为人物语言和叙述人语言。人物语言是指对话、独白等;叙述人语言是指作家刻画人物、描写环境、叙述故事、抒发情感、发表议论时所运用的语言。文学作品的语言除了符合广义的文学语言的准确、鲜明、生动的一般要求外,还应该具备以下特征:

一是形象可感。即文学语言能够把事物的性质、情状、人物情感等,生动鲜明地描绘出来,给读者留下深刻的印象。例如,《小二黑结婚》中关于三仙姑的肖像描写:"官粉涂不平脸上的皱纹,看起来好像驴粪蛋上下了霜。"非常形象生动。再如《望庐山瀑布》中"飞流直下三千尺,疑是银河落九天"之句,传神地表现了庐山瀑布的壮观景色。

二是凝练含蓄。也就是文学语言能够做到言简意赅,意在言外,含蓄蕴藉,余味无穷。如"可怜身上衣正单,心忧炭贱愿天寒",仅仅十四个字,道出了卖炭翁何等心酸复杂的心理。

三是富于感情色彩。优秀的作家总是运用语言的情感性,把创造文学语言的情感美作为自己的追求目标,在文学语言中洋溢着作家强烈的喜怒哀乐的情感。例如,阮章竞的诗《缅怀周总理》,把听到周总理逝世之后痛彻心扉的感受描写得情真意切。

四是富于音乐美。文学语言的音乐美是指语言的音响、韵律、节奏、语调的和谐,与作品所表达的感情结构吻合,读起来上口,听起来悦耳,给读者以美的享受。诗歌在这方面尤其突出。散文、小说、戏剧文学等其他文学体裁在语言的韵律、节奏等方面,不如诗歌那么要求严格,但优秀的作家同样重视对音乐美的追求。例如,郭沫若的历史剧《屈原》第五幕第二场屈原的大段独白“雷电颂”,即以浓烈的音乐美脍炙人口。

五是模糊朦胧美。文学是审美意识的物化。客观事物自身存在的模糊性,作家主体意识的模糊体验,读者欣赏活动中的“再创造”特点,决定了文学作品中塑造的形象带有不同程度的模糊情状。例如,《红楼梦》第九十八回,林黛玉临终前得知宝玉和宝钗正在举行婚礼,悲切地喊出:“宝玉!宝玉!你好……”这里的“你好”两字,模糊多义,让历代读者有不同的理解,让人唏嘘不已!

3. 表现手法

文学作品的表现手法是指作家运用语言塑造形象,表现主题所采用的各种具体方法,又称艺术手法。文学的基本表现手法有描写、叙述、抒情和议论。

描写是作家用生动形象的语言把人物、事件、景物等的形态、特征具体生动地描绘出来的一种手法。描写是文学创作的基本手法之一。按内容来分,描写有人物描写和环境描写两种。人物描写的方法主要有概括描写、肖像描写、语言描写、行动描写(动作描写)、心理描写、细节描写;景物描写则包括静态与动态、客观与主观、反衬与对比。

叙述是作家展开情节,交代人物活动和事件经过。叙述的功能在于把作品内容依据一定关系和序列组织起来,构成一个艺术的整体。叙述的方式是多种多样的,可以分为顺叙、倒叙和插叙等。不管哪一种叙述方式,一般包括时间、地点、人物、事件、原因、结果六个要素。叙述与时间关系最为密切。无论是人物活动的过程,还是事物发生发展变化的过程,都表现出一定的顺序性与持续性,也就是“过程”在一定时间条件下进行。

抒情是作家在作品中直接或间接地抒发内心感情的一种表达方式。抒情是抒情性作品的主要表述方法;但在叙事性的作品中,它常常与叙述、描写、议论等结合运用,能增强文章的感染力,突出文章的中心。在议论说理的文章中,作者一般很少直抒感情,而是通过对某种观点的论证,体现作者的爱憎感情。抒情的方式分为两种,一种是直接抒情,另一种是间接抒情。直接抒情也叫直抒胸臆,由作者直接对有关人物和事件等表明爱憎态度。间接抒情的特点,是作者把主观的情感通过所描写的事物特点表现出来,一般有借景抒情、托物言志、借古抒情、情景交融等形式。

议论是指作者在作品中直接表达对客观事物的见解或判断的文学手法。文学作品中的议论应当做到水到渠成,不宜太多。议论过多,就会破坏作品的艺术效果。

(三)文学作品内容和形式的关系

在文学作品中,内容和形式密不可分,互相依存。内容是本质,形式是本质的表现。内容起主导的、决定的作用,形式为内容所决定,并随内容的发展变化而发展变化。主要表现在从作家的创作过程来看,是先有内容,然后才有与之相适应的艺术形式;从文学的发展过程来看,经常是由于内容的发展变化,然后才引起形式的相应变化。适合于一首抒情小诗的内容,绝不可能写成《红楼梦》这样的鸿篇巨制;而《红楼梦》所展示的广阔的社会生活画面,也不可能用一篇散文或一首诗来表现。

形式对内容有能动作用,并具有相对独立性。在文学作品中,内容决定形式,形式为内容服务,并不是说形式只是一种消极的被动的因素;相反,形式一经形成便具有相对的稳定性和独立性,而且对内容发生着各种不同的能动作用,相似或相近的内容可为不同的形式因素所表现,相同的形式因素也可以表现不同的内容。例如,我国现代诗人李季采用陕北“信天游”民歌体所作的长诗《王贵与李香香》,作家赵树理用“板话”的形式创作的小说《李有才板话》等,都以新鲜活泼而有民族特色的艺术形式,充分表现了丰富而深刻的思想内容,具有强烈的艺术感染力。反之,如果文学作品的形式粗糙、低劣,与内容不相适应,它就必然妨碍作品内容的表达,损害作品的艺术质量,降低其艺术感染力。因此,作家进行文学创作,必须充分重视形式的作用,应尽力创造或采用与内容相适应的完美的形式。但重视形式,必须以一定的内容为前提,如果不顾内容的需要,单纯地堆砌辞藻,玩弄技巧,片面追求形式,就会走上形式主义的斜路,写出的作品也不可能收到好的艺术效果。

所以,在文学作品的鉴赏中,不能把内容和形式分割开来,形式和内容是不可分割的有机整体。

二、文学体裁的分类

(一)体裁

文学作品的体裁,是表达文学作品内容的具体样式,是展现文学作品内容的物质载体,是构成文学作品的形式的因素之一,也是文学作品的外部表现形态。

任何文学作品都有一定的体裁,其内容都要通过一定的体裁来表现,没有体裁,文学作品就不可能存在。在文学发展的历史过程中,由于民众和作家的创作实践,逐步创造与形成了各种各样的体裁。

各种文学体裁的形成与分类的根本原因,一方面是社会物质生活不断丰富与提高,人们必然要求精神生活也相应地丰富与提高,所以,各种文学体裁也随之应运而生;另一方面,是文学传统的继承、革新和创作经验不断积累的结果。

(二)文学体裁的分类

对于文学体裁的分类,最常见的分类法有“两分法”“三分法”“四分法”和“多分法”。“两分法”是我国最早的分类法。它根据作品的语言是否押韵而把所有的文章分为韵文、散文两大类,即把诗词歌赋等在语言运用上讲求节奏韵律的文体叫作韵文,把其他不讲究节奏韵律的文体统称为散文。这种分类方法,只是根据语言的体制不同而区分的,不能说明各种文学体裁在反映生活和塑造艺术形象上的特点,不能概括各种文学体裁的本质,所以现在已经不用这种分类的方法。“五四”以来,国内常用的是“三分法”“四分法”和“多分法”。

“三分法”是根据文学作品塑造形象的不同方式,把文学作品分为抒情、叙事和戏剧文学三大类。这种分法在国外相当流行,作为一种文学体裁的分类法,最早是古希腊的亚里士多德在《诗学》中提出来的。他认为文学模仿现实有三种方式，“既可以像荷马那样时而用叙述手法，时而叫人物出场（或化身为人物），也可以始终不变，用自己的口吻来叙述，还可以使摹仿者用动作来摹仿”。（伍蠡甫，胡经之.西方文艺理论名著选编：上卷[M].北京：北京大学出版社，1985：47.）亚里士多德所说的“像荷马那样”指的就是叙事类；“用自己的口吻来叙述”，指的就是抒情类；“使摹仿者用动作来摹仿”，指的是戏剧类。这便是对“三分法”的最早表述。此后，贺拉斯、布瓦洛、别林斯基都沿用这种文体分类法，并对这种文体分类法作了大量的研究。

“四分法”是综合文学作品在形象塑造、语言运用、结构体制和表现方法等方面的不同基本点，而把文学作品分为诗歌、小说、散文、戏剧文学四大类别的分类方法。“四分法”是“五四”以来，根据我国的文学传统和文学现状，同时又吸收了西方的理论成果所创造出来的文体分类法。由于我国最早盛行的是诗歌和散文，而宋元以后，小说、戏剧又得到长足发展，尤其是近代，它们在文体中又占有重要地位，因此，采用“四分法”既考虑了我国的文化传统，又适应了小说、戏剧创作现实发展的要求，所以这种分类方法被广泛采用。

“三分法”和“四分法”各有所长，也各有所短。“三分法”是着眼于塑造形象的不同方式，是按照文学的内部性质划分的，其标准统一，具有相当强的概括性。但是，“三分法”忽视了不同体裁文学作品的外部表现形态，把一些形式特点相同本应属于同一类的文学体裁分割开了，如把叙事诗和抒情诗分为不同的两类，忽视了作为诗歌的共同特点。“四分法”主要缺点是分类标准不统一，如戏剧、小说的区分着眼于形象塑造的方式，诗歌、散文的区分则着眼于语言形式。但“四分法”的长处非常明显，它定名具体，便于掌握，可以说既照顾了中国的文学传统，又符合文学现实的发展。

除了上述三种分类方法之外，还有“多分法”。因为随着科学技术的不断发展，在小说、戏剧文学的基础上，产生了电影、电视艺术等，因而，相应地产生了影视文学的体裁。在我国民间文学如评书、快书、相声、评弹等的基础上，又形成了曲艺文学。人们在文学体裁的分类中把它称为“多分法”。

第三节 文学鉴赏概述

一、文学鉴赏的产生

（一）什么是文学鉴赏

就现象而言，文学鉴赏似乎就是阅读文学作品。其实鉴赏并非一般的阅读，它和一般的阅读有着重要区别。在一般的阅读活动中，读者只是被动地接受作品的内容，其中主要的活动是认识和理解。而文学鉴赏则是人们在阅读文学作品的过程中,通过感知、情感、想象和理解等一系列心理活动而形成的认识、体味、玩赏的审美活动。作为一种艺术的接受活动,文学鉴赏具有审美的特点。

从根本上说,文学鉴赏的审美特点是由审美对象即文学作品本身的审美性质决定的。文学作品包含着认识、道德、教育、思想、政治等因素,但是它们又不是孤立地存在于作品之中,而是融化在审美因素里,融化在具有审美特质的艺术形象之中。正是作为鉴赏对象的文学作品的这一审美特征,调动了鉴赏者的多种审美心理功能,形成了文学鉴赏特有的精神愉悦。自然,在鉴赏的精神愉悦中,包含着对事物的认识和思想的提高,但鉴赏之为鉴赏,关键还在于审美享受的有无。但这并不是说只要阅读的是文学作品,就能发生鉴赏;文学作品是作为一般的阅读对象还是作为鉴赏对象,与读者以及读者和作品建立了何种联系也有密切的关系,这就涉及文学鉴赏发生的条件。

(二)文学鉴赏发生的条件

文学鉴赏作为一种能够使读者产生审美享受的艺术接受活动,是由鉴赏主体和鉴赏客体之间发生一定的联系,产生了思想感情的交流以后形成的。具体地说,文学鉴赏的发生需要具备以下三个方面的条件。

一是必须具备可供鉴赏的对象,即具有鉴赏价值的客体。所谓可供鉴赏的对象或客体,是指那些具有较丰富的内涵和较高的艺术价值的文学作品,指具有审美特征的、可以具体感受的文学形象。没有这样的艺术形象,不可能诱发人的联想和想象,不可能从情感上打动人,文学的鉴赏活动就不可能发生。

二是必须要有能够感受艺术美的鉴赏主体。只有可供鉴赏的对象而没有具有鉴赏能力的主体即鉴赏者,文学鉴赏依然不能发生。鉴赏主体应该要具备基本的文化知识和思想水平;要有一定的艺术修养和艺术感受能力;还要有比较丰富的生活经验。

三是鉴赏主体和鉴赏对象必须有某种适应性并建立起一定的联系。有了可供鉴赏的对象和具有鉴赏能力的主体,文学鉴赏也不一定发生,因为文学鉴赏还需要主体与对象之间建立起相互适应的关系和联系。所谓相互适应,是说只有在鉴赏主体的艺术修养和生活经验能够与文学作品的内容发生交流,从而以自己的生活经验去感受、丰富和补充艺术形象,才能使文学作品成为主体鉴赏的对象。所谓的建立联系则是指,只有当鉴赏主体处于适当的心境中,鉴赏活动才可能发生;没有一定的心境,或者心境与鉴赏对象所需的不相适应,情感活动不能发生,鉴赏当然也就无从说起。

二、文学鉴赏的性质、特点和意义

文学鉴赏是全部文学实践活动的一个重要环节,它对于发挥文学的社会功能和推动作家的创作具有重要的作用。

(一)文学鉴赏的性质

文学鉴赏是人们在阅读文学作品过程中所产生的一种审美的认识活动。人们在阅读文学作品时，被作品的艺术形象所吸引，总是自觉不自觉地根据一定的审美理想、审美标准、审美趣味，对形象进行感受、想象、体验和品味，从而对作品作出某种审美评价，得到精神的满足，即审美享受，这就是文学鉴赏。文学鉴赏本质上是人们阅读文学作品时产生的一种审美精神活动，具有审美意识的一般特征。这种精神活动是读者借助于文学语言媒介，运用具体的形象思维，通过理解、想象和联想、情感体验等心理技能的综合活动，去感受作品中所描绘的情景，体会作品的意蕴，把作品形象转化为审美意象，并加以感受、体验和回味，从而获得美感享受的愉悦，领悟作者的思想感情。它包括思想内容鉴赏、艺术技巧鉴赏和写作风格鉴赏等。鉴赏是在阅读的基础上进行的，但阅读并不完全等同于鉴赏。

文学鉴赏作为一种审美认识活动，主要是一种形象思维活动，它同阅读科学理论著作时的认识活动有不同的性质和特点。人们在阅读理论著作时，主要是运用抽象思维，从理智上把握阅读对象所阐发的科学原理。在这个过程中，读者的理解力和思考力起着主要的作用。而在文学鉴赏中，读者的形象思维活动起着重要作用，在这个过程中，读者的审美的感受力和想象力起着突出的作用，读者面对的语言符号传达出来的形象画面，在此基础上，通过艺术想象和联想，加以综合领会、感受，从而把握作品的意蕴，得到美的愉悦与美的价值判断。

（二）文学鉴赏的特点

1. 文学鉴赏的情理统一

文学鉴赏作为以艺术美为审美对象的一种审美活动，具有一般审美意识的特征。美的本质决定了审美意识是情（情感）和理（认识）的统一。

情感是人对客观事物的一种特殊的反映形式，是人对客观事物是否符合自己的需要所作出的一种心理反应。跟认识过程（感觉、知觉、思维等）不同，情感不是对客观对象本身的反映，而是对对象与主体之间的某种关系的反映，所以它表现为对待客观对象的一定的主观（肯定或否定）的态度。这种态度与人的活动、需求以至理想，也就是人的利害有密切的联系。对象与主体需要的不同关系产生不同的情感，不同的情感又驱使主体采取不同的行动，以符合主体的要求和愿望。文学的突出特性就是情感性，因而文学鉴赏应该有情感的体验。一部感情冲击力异常强大的作品，给予读者感情上的震动是非常大的。1822 年 8 月，法国一家剧院上演莎士比亚的名作《奥赛罗》。当演到第五幕奥赛罗要掐死苔丝黛蒙娜时，正在看演出的警卫士兵情不自禁地高喊：“我决不许一个该死的黑人，当着我的面，杀死一个白女人！”边说边朝舞台上开枪，以致打伤了扮演奥赛罗的演员。在文学鉴赏中，这种极端的情况并不多见，但引起鉴赏者强烈、复杂的感情变化和感情体验，却是常见的普遍现象。例如，《红楼梦》二十三回《西厢记妙词通戏语　牡丹亭艳曲警芳心》中关于林黛玉听《牡丹亭》曲子的描写：

……正欲回房，刚走到梨香院墙角外，只听见墙内笛韵悠扬，歌声婉转，黛玉便知道是那十二个女孩子演习戏文。虽未留心细听，偶然两句听到耳朵内，明明白白一字不落道：“原来是姹紫嫣红开遍，似这般，都付与断井颓垣……”黛玉听了，倒也十分感慨缠绵，便止步侧耳细听，又唱道是：“良辰美景奈何天，赏心乐事谁家院……”听了这两句，不觉点头自叹，心下自思：“原来戏上也有好文章，可惜世人只知看戏，未必能领略其中的趣味。”想毕，又后悔不该胡想,耽误了听曲子。再听时,恰唱到:"只为你如花美眷,似水流年……"黛玉听了这两句,不觉心动神摇。又听到:"你在幽闺自怜……"等句,越发如醉如痴,站立不住,便一蹲身坐在一块山子石上,细嚼"如花美眷,似水流年"八个字的滋味。忽又想起前日见古人诗中,有"流水落花春去也,天上人间"之句,又兼方才所见《西厢记》中"花落水流红,闲愁万种"之句,都一时想起来,凑聚在一处。仔细忖度,不觉心痛神驰,眼中落泪。

在这段描写中,我们可以看到林黛玉的感情随着曲子的演唱而发生的剧烈的变化。由"感慨缠绵""心动神摇""如痴如醉",到"心痛神驰,眼中落泪"。感情的变化非常激荡,体验非常深刻。

形象感受和感情体验在文学鉴赏中起着非常重要的作用。在文学鉴赏中,只有为鉴赏者的感觉和感情所肯定和接受的东西,才能成为在理性上所肯定和接受的东西。但是,不是说文学鉴赏只是一种感性认识。既然文学鉴赏是一种认识,那就包括从感性认识到理性认识完整的认识过程。在文学鉴赏中,感觉和感情是同对于作品内容的本质的理解和认识结合在一起的。因此,思维在文学鉴赏中占着重要地位。事实上,在文学鉴赏中,思维是在生动创造性的想象中,与形象感受和感情体验密切结合的过程中,不着痕迹地起作用的。例如,我们在读《祝福》时,伴随着鲜明的形象感受和强烈的感情体验,对于祥林嫂悲剧的社会原因会得出理性的结论。

2. 文学鉴赏的个性差异

在文学鉴赏中,个体差异表现得很明显。这也是一般审美活动的一个基本特点,审美感受离不开主观的感性的愉快,每个人都有理由保持自己的爱好和趣味。审美趣味的差异性是普遍存在的一个社会现象。

由于一定的鉴赏主体总是属于一定的阶级、民族和时代,因而这种差异自然包含阶级差异、时代差异和民族差异。由于每个人的社会地位、生活阅历、文化素养、性格气质以及职业、年龄、心境等互不相同,导致审美趣味存在着明显的个体差异。正如刘勰所说:"慷慨者逆声而击节,酝藉者见密而高蹈,浮慧者观绮而跃心,爱奇者闻诡而惊听。会己则嗟讽,异我则沮丧。各执一隅之解,欲拟万端之变,所谓'东向而望,不见西墙'也。"(刘勰:《文心雕龙·知音》)例如,王安石喜欢杜甫,而不大喜欢李白;欧阳修则欣赏李白,而不大欣赏杜甫。西方人所谓的"一千个读者,就有一千个哈姆雷特",讲的就是这样一个道理。

文学鉴赏尽管存在着个性差异,但仍有它的客观一致性。也就是不同个人、不同时代、不同民族、不同阶级,又有着相同或相近的审美趣味,对同一作品往往有着相同或相近的审美感受或相近的审美评价。这是因为一部成功的文学作品,鉴赏者无论有多大的主观性,甚至怀着某种偏见,但都不能否定它本身的审美价值。人们通过理性地欣赏,对作品能得出比较一致的公允结论,这正是艺术作品自身客观价值的体现。例如,不能把贪婪、吝啬、凶狠、狡猾的葛朗台想象成一个乐善好施、扶弱济贫的大善人;也不能把多愁善感的林黛玉想象成杀伐决断的王熙凤。因此,尽管"一千个读者,就有一千个哈姆雷特",但他毕竟是哈姆雷特,而不可能是奥塞罗、李尔王、罗密欧。

3. 文学鉴赏的再创造

文学鉴赏的过程,既是审美享受的过程,也是审美再创造的过程。它对于欣赏对象不是被动消极地接受，而是进行能动地再创造。任何文学鉴赏，鉴赏者都要根据自身的生活经验、特殊处境、文化修养等对鉴赏对象进行想象、联想、加工、补充，把作品中的形象转化为自己头脑中的形象，这就是文学鉴赏中的再创造。例如，《红楼梦》第四十八回写香菱学诗，香菱和黛玉谈对王维的一首诗的体会，这样说："还有'渡头余落日，墟里上孤烟'，这'余'字和'上'字，难为他怎么想来！我们那年上京来，那日下晚便挽住船，岸上又没有人，只有几棵树，远远的几家人家做晚饭，那个烟竟是碧青，连云直上。谁知我昨日晚上读了这两句，倒像我又到了那个地方去了。"在这里，就包含着欣赏者香菱对王维诗句的艺术形象的再创造。

4. 文学鉴赏中的共鸣

所谓共鸣，本来是物理学上的一个概念。文学鉴赏中的共鸣一般指人们鉴赏文学艺术作品时所引起的同作品所表现的思想感情的相通、类似或交流融汇的思想感情活动。也就是说鉴赏者的思想感情同作品的作者的思想感情达到基本一致，爱其所爱，憎其所憎，发生了思想感情的交流。例如，当代优秀小说《高山下的花环》，以它所表现的强烈、深沉的爱国主义情感激起了社会的巨大反响。人们把赞颂和同情一致地给予了作者赞颂、肯定的梁三喜、靳开来、梁大娘、雷军长，而对作者谴责的赵蒙生母亲的利己主义、以权谋私产生了愤怒和抗议。作者的情感得到了读者的认同和感应，这就是共鸣。

文学鉴赏中的共鸣的产生除了文学作品本身所塑造的形象具体生动、真实典型，富有艺术感染力之外，更重要的是主体的条件。

首先，鉴赏主体应该具备一定的艺术素养。因为共鸣是在艺术鉴赏过程中产生的，而一定的艺术素养则是进行艺术鉴赏的基础。不能鉴赏，文学作品就不能成为现实的审美对象，也就无从产生共鸣。例如，同样面对《牡丹亭》戏文时，林黛玉和贾府中的焦大的感受肯定是不一样的。

其次，鉴赏主体的实践经历和身处的历史条件与鉴赏对象相同或类似。缺乏这样的条件，则再高的艺术修养也只能帮助他鉴赏，而不会使他产生共鸣。例如，《琵琶行》中白居易之所以能对琵琶女的身世产生共鸣，原因之一也在于他们有着相似的遭遇，也就是"同是天涯沦落人"。再如，我国抗日战争时期，在民族存亡的重要关头，像岳飞的《满江红》、陆游的《示儿》等作品，最能激起中华儿女的爱国之情、报国之志。

（三）文学鉴赏的意义

在第一节已经论述了文学鉴赏的作用是一种特殊的审美教育作用，简单地说，它包括认识功能、教育功能和娱乐功能。我们必须正确认识文学的审美教育功能。片面强调"文艺的本质是审美"，或把文学当成单纯的娱乐工具，抹杀文学的认识和教育作用是错误的。

1. 通过文学鉴赏发挥文学的社会作用

一部文学作品问世以后，只具备了产生社会作用的可能性，要通过群众性的鉴赏，这种可能性才能变成现实性。如果作品没有经过群众的鉴赏，它的社会功能还是潜在的，还没有产生实际的效果。只有通过文学鉴赏，才能使文学的审美教育作用由潜在变为现实。可以说，文学鉴赏是作品与读者、作家与群众、文学与现实之间相互联系的纽带，是文学反作用于现实的必不可少的中间环节。

2. 文学鉴赏可以提高读者审美能力

刘勰曾经说过:"操千曲而后晓声,观千剑而后识器。故园照之象,务先博观。"这就是说,只有在广泛的鉴赏实践中,读者的鉴赏水平才能提高,才能独具慧眼,达到"园照之象"的境界。当然,这种提高主要是通过鉴赏优秀的文学作品来实现的。因为优秀的文学作品,体现着美的创造规律,也体现着艺术美所有的那种特点,它会给人以丰富生动的美的知识和陶冶。

3. 文学鉴赏对文学创作的影响

文学作品的社会作用既然必须通过群众的文学鉴赏才能实现,所以作家在创作时就不能不考虑群众的欣赏问题。作家创作的作品最终是让群众鉴赏的,否则他的创作就无目的可言。文学创作和文学鉴赏的这种相互联系、相互制约的关系是客观存在的。马克思把文学创作和文学鉴赏的关系比作生产和消费的关系,他说:"艺术对象创造出懂得艺术和能够欣赏美的大众——任何其他产品也都是这样。因此,生产不仅为主体生产对象,而且也为对象生产主体。"(马克思,恩格斯. 马克思恩格斯选集:第二卷[M]. 北京:人民出版社,1960.)一方面,文学创作是为了满足群众的欣赏要求,培养和提高了群众的欣赏能力;另一方面,群众的欣赏要求、欣赏习惯等,又给予作家的创作以影响。作家在创作过程中,对于群众的欣赏要求和艺术情趣应当加以科学的分析,采取正确的态度。对此应该辩证地理解,一方面,作家应当充分尊重群众多方面的精神需求;另一方面,作家也不能片面地迎合和迁就群众中少数人不健康、庸俗的欣赏要求和审美情趣,以致单纯追求经济效益,而不顾及作品的社会效果。鲁迅就曾对片面地"迎合大众,媚悦大众"的创作倾向提出过批评,他认为"迎合和媚悦,是不会于大众有益的。"(鲁迅. 文艺的大众化[M]//鲁迅全集:第七卷. 北京:人民文学出版社,1957.)对于少数人不健康的欣赏要求和审美情趣,作家有责任通过自己创作的高质量作品加以积极引导。

三、文学鉴赏的过程

文学鉴赏是人们在阅读文学作品时所产生的一种披文入情、动情观照的精神活动。在这种活动中,读者对文学作品中所创造的艺术形象、艺术意境进行感受、体验、领悟、理解、玩味,得到赏心悦目、怡情养性的审美享受和思想认识、道德情操等方面的教益。文学鉴赏的一般过程大致有这样三个阶段或三个环节。

(一)形象感受阶段

文学鉴赏起始于艺术形象的感受,这是文学鉴赏和其他艺术鉴赏相同的地方;但是,由于文学是语言的艺术,文学形象只能间接地存在,鉴赏主体必须把那些文字符号首先转化为在想象中可以具体感受的形象,这就要求鉴赏主体要有较好的语言感受能力,因此,文学鉴赏的阶段要比其他艺术复杂得多。当然,"感受形象"对文学鉴赏来说,不只是要求主体在想象中再现作品所描绘的人物、事件或情景，而且还包括鉴赏主体对作品表达情感的体验和意象的感受，因为这些是文学形象特有的蕴含，只有对此有感受，才能真正实现文学作品中形象的感受。

对于叙事文学的人物形象来说，读者从感受其肖像获得初步完整的印象，知道作品中的人物有哪些，人物与人物之间大致的关系，从而让自己产生一些情感波动和心灵冲击等。而对于抒情性作品如抒情诗来说，则从对其音韵、色彩、物态、景观的感受，获得对整体画面的印象，了解作者写了怎样的情景，抒发寄托了哪些感情。例如，读鲁迅的《故乡》，就对闰土的感受而言，更多的是从作者对闰土少年时和中年时的肖像描写获得的。少年时的闰土是“十一二岁，紫色圆脸，头戴小毡帽，颈上套一个银项圈，有一双红活圆实的手。”而中年时期的闰土则变成“身材增加了一倍，脸色灰黄，很深的皱纹，眼睛周围肿得通红，头戴破毡帽，身上只一件极薄的棉衣，浑身瑟缩着，手提一个纸包和一支长烟管，手又粗又笨而且开裂，像是松树皮。”通过对中年的闰土和少年的作对比，我们可以看到少年的闰土健康、活泼、可爱、生活无忧，而中年的闰土平淡、呆板、麻木、吞吞吐吐、迟钝，并在此感受的基础上，产生对闰土的同情，进而对造成他悲剧的人和制度产生强烈的愤恨。再如读白居易的《忆江南》：“江南好，风景旧曾谙。日出江花红胜火，春来江水绿如蓝，能不忆江南。”首先感受到作品富有节奏，接着感受到诗中强烈的色彩，从而感受作品所展现的江南美景，感受到这首诗非常美。这事实上就是鉴赏主体把文字符号转化为在想象中可以具体感受的形象，对作品表达情感的体验和意象的感受。

（二）审美判断阶段

审美判断是在艺术感受的基础上对作品形象的总体把握，它是艺术感受的深化，最终达到对鉴赏对象的理解。在审美判断阶段，鉴赏者是从真、善、美的高度理解、把握形象，因此对形象就不是一般的感受，而是从认识价值、道德价值和审美价值上把握形象，从而使文学鉴赏达到对作品理性认识的程度。当然，这种理性认识与科学研究中通过逻辑分析所达到的理性认识不一样，鉴赏的审美判断一直是和感情紧密相依的，它是一种感情的认同，而不是逻辑推理的结果。可以说，文学鉴赏是一种以感性活动为表现形态的理性认识。

例如，上述《故乡》中的闰土，我们在艺术感受的基础上，把他的生活遭遇和悲剧命运与我们自己对生活的理解结合起来，进而展开联想、想象、比较、判断，会理性地认识到闰土变化的根本原因应该是辛亥革命后在帝国主义和封建主义的双重压迫下，广大农村日趋破产、农民生活日益艰难困苦的这样的大背景下出现的悲剧。在这个过程中，我们的灵魂因此而受到触动。这是因为它作为艺术对象给了我们情感的满足，给了我们真正的艺术所显示的真理。

（三）体味、玩赏阶段

体味、玩赏阶段，是鉴赏者经过艺术形象感受、审美判断之后，反复思索、回味文学作品动人、动情之处，并由此生发开去，产生出对社会、人生、艺术的某些新的领悟，进入入迷、忘我的境地。也就是对审美判断所获得的认识和理解，再度感受、品味形象。例如，史铁生的《我与地坛》可以说是对人生深切感悟的歌，在他和地坛的亲密接触中，在他对地坛的真切感悟中，体会着生与死的价值，体会着生命的意义。通过这种寻索玩味，人们的心灵便有所升华。

文学鉴赏的上述三个阶段，从理论上讲有着很明显的区分，但是在实际上，它们并非层次分明，互不相涉。一般来说，能感受才能判断，能感受判断才能有所玩味和领悟，也就是说，审美鉴赏是一个完整的过程。因此，这三个阶段也是相对的。在鉴赏的实际过程中，这几个阶段是彼此渗透，互相促进的，很难把它们截然分开。

【讨论探究】

1. 名词解释：文学鉴赏。
2. 文学鉴赏的基本过程是什么？
3. 举例说明语言艺术的基本特点。
4. 如何理解文学形象的间接性？

Chapter 02

第二章　诗歌鉴赏

中国是一个诗的国度。诗歌的发展已有数千年的历史，从《诗经》《楚辞》开始，后渐渐形成乐府、律诗、绝句、词、曲等纷呈各异的诗歌形式。自“五四”新文化运动以来，新诗即自由体诗，成为中国的主流诗歌，诗歌体式进入现代诗的新阶段。

诗歌运用凝练而富于音乐美的语言，通过丰富的想象和强烈的抒情，高度集中地反映社会生活，表达作者审美情感。欣赏诗歌，要在反复的涵咏中感受语言的韵致，体味诗歌的意象和意境，体验辨悟诗法，体会诗歌言简意赅意近旨远的内蕴。

第一节　诗歌发展概述

一、古代诗歌发展概述

一般把编定于公元前 6 世纪，也就是距今 2500 多年前的《诗经》看作是我国诗歌史的起点。《诗经》是我国古代第一部诗歌总集，汉代以后被尊为“经”。它收集了从西周初年到春秋中期诗歌 305 篇，内容包括《风》《雅》《颂》三部分，有些反映了上古时代民族的形成和发展情况，有些表现了西周国家政事的兴衰，有的反映了古代的礼乐制度和婚丧嫁娶的礼俗，也有不少篇章反映阶级剥削、农事生活、家庭与爱情生活的苦乐悲欢。《诗经》以四言为主，亦有杂言，创造了重章叠句、回环复沓的结构特点和赋、比、兴的表现手法，它以丰富的思想内容和优美的艺术形式，开启了中国诗歌现实主义传统的先河，对后世产生了深广的影响。

战国时期，在我国南方楚地出现了一种新的诗歌形式——“楚辞”，开创了我国诗歌的浪漫主义传统。“楚辞”以个人为创作主体，突破了以四言为主的诗歌形式，创造了一种句法参差的新诗体，“书楚语、作楚声、记楚地、名楚物”，具有鲜明的地方特点和浓郁的抒情色彩。汉代的刘向和王逸把“楚辞”类作品编集在一起，定名为《楚辞》。楚辞的代表作家屈原是一位伟大的爱国主义诗人，他处在社会急剧变化、国内政治斗争十分激烈的时代，抱有进步的政治理想，但受猜疑而长期遭放逐，写下了许多抒发忧愤、表达爱国理想的诗篇。其中《离骚》是古典文学中最长的抒情诗，其作品还有《九章》《九歌》《天问》等。

两汉诗歌形式主要是五言。早在春秋战国时期，在民歌中已经偶见五言的形式，出现了五言片段。如春秋末期楚国民歌《孺子歌》："沧浪之水清兮，可以濯我缨；沧浪之水浊兮，可以濯我足。"在西汉时期的一些歌谣和乐府民歌中，五言的句式很多，如汉武帝时李延年所作的《李夫人歌》："北方有佳人，绝世而独立。一顾倾人城，再顾倾人国。宁不知倾城与倾国，佳人难再得。"（《汉书·外戚传》）到东汉乐府民歌里就出现了成熟的五言诗，如《陌上桑》《十五从军征》《上山采蘼芜》《长歌行》等。

两汉诗歌以乐府诗成就最高。两汉乐府诗主要来自民间，内容贴近现实生活，反映了下层人民的生活状况和思想感情。叙事技巧成熟，语言质朴，句式以五言和杂言为主，其中以叙事诗成就更为突出。长篇叙事诗《孔雀东南飞》是乐府诗歌中的瑰宝。此后，"乐府古题"成为历代诗人反复创作的重要母题和形式，它"感于哀乐，缘事而发"的现实主义精神和《诗经》一脉相承，更直接影响了后世的文人诗歌创作，成为唐代"新乐府"的源头。

东汉时期，文人五言诗逐渐孕育形成，东汉末年出现的《古诗十九首》，是文人五言诗成熟的标志。这组无名作家的作品，展示了闺怨、友情、怀乡、游宦、行役、劝慰等多方面的生活内容，非常大胆地表现强烈的生命意识和个体意识。它常融叙事、写景、抒情为一体，语言质朴自然而又洗练概括，极富艺术感染力。此后，五言诗在相当长一段时期成为文人诗歌创作的主要形式。

汉末魏初，出现了以曹操父子为代表的、以"建安七子"为羽翼的邺下文人集团，他们第一次掀起了诗歌史上文人个人独立创作诗歌的高潮，推动文学进入自觉的时代。曹操的《短歌行》《蒿里行》《龟虽寿》《观沧海》，曹植的《杂诗》，曹丕的《燕歌行》，王粲的《七哀诗》，蔡琰的《悲愤诗》等都是光耀文学史册的杰作。他们继承了汉乐府关怀现实的传统，以诗歌反映时代的动荡离乱和个人的命运遭际，抒发自己高昂的政治理想，感怀人生的短促和民众的苦难，格调高亢，情味深沉，形成了慷慨悲凉的时代风格，被称为"建安风骨"。这种诗风为后世的文人所景慕，成为他们反对淫靡柔弱诗风的一面旗帜。

西晋太康诗坛比较繁荣，出现了三张［张载、张协、张华（又说张亢）］、二陆（陆机、陆云）、两潘（潘岳、潘尼）、一左（左思）的诗人队伍。诗歌的创作开始有脱离现实生活倾向，重技巧，轻内容，追求辞藻华美和对偶工整，走向形式主义，反映了文人诗歌向讲求技巧的方向发展的新趋势。这一时期的诗人中，曾作《三都赋》，使"洛阳纸贵"的左思卓尔不群，八首《咏史诗》集中抒发了寒士的不平，对门阀制度提出了强烈的抗议，犹存建安风骨，被后人誉为"左思风力"。

东晋时陶渊明超拔流俗，以卓然不群的人格和创作，给文坛带来了务实、冲淡的独特风情。陶渊明曾做过短时间的县令、参军，官场的污浊腐败使他毅然辞官归隐。他安贫乐道，崇尚自然，并能把老庄哲学和日常生活结合起来，从中发掘出诗意，开创了田园诗这片崭新的天地。《归园田居》《饮酒》组诗，反映了他的人生态度和社会理想，开拓了一个意境以冲淡为美的诗歌天地。

南北朝时期，文人诗歌在思想内容和艺术形式上都发生了许多变化。南朝宋代最著名的诗人谢灵运、鲍照和颜延之并称为"永嘉（宋武帝年号，424—453 年）三大家"，他们进一步拓宽了诗歌题材和形式。谢灵运是第一个大力写作山水诗的诗人，他注重字句锤炼，善于用富丽精准的语言描摹自然景物，如《登池上楼》《初去郡》《岁暮》等，但有些诗作也有过分雕琢的痕迹。鲍照出身贫寒，郁郁不得志，他的诗歌表现了对世家大族垄断政权的强烈不满，对下层人民遭受的压迫和剥削表示了极大同情。《拟行路难》十八首，对七言古诗加以大胆变革，直接影响唐代七言歌行的创作。其诗风奔放，情感强烈，南朝文学批评家钟嵘评价为"发唱惊挺，操调险急"。唐代李白的歌行豪迈奔放，抒情浓烈，诗评家认为是受到鲍照诗风的影响。杜甫在《秋日忆李白》中也称赞"清新庾开府，俊逸鲍参军"，可见其影响之大。齐梁时代刘勰的《文心雕龙》和钟嵘的《诗品》，是两部文学理论批评的专门著作，《文心雕龙》对文学的创作方法、文体的源流演变以及作家作品的优劣作了全面系统的论述，《诗品》则把汉代以来的五言体诗分为上、中、下三品，追源溯流，进行了中肯的评论。诗歌评论的诞生，使得诗歌创作进入一个自觉的时代。

南齐永明年间（齐武帝年号，483—493 年），沈约、王融、谢朓等人，把四声的发现应用到诗歌创作中来，形成了讲求格律和对偶的新体诗，称为"永明体"。谢朓继承了谢灵运山水诗清丽精工的特点，把写景和抒情有机地结合起来，做到情景交融，形成了清新流丽的风格，是这一时期最杰出的诗人，他的《晚登三山还望京邑》《之宣城郡出新林浦向板桥》都是脍炙人口的名作。

梁、陈两代，形成了一些以宫廷文人为中心的文人集团，作家众多，应酬唱和蔚然成风。诗歌主要以咏物和女性描写作为题材，内容相对贫乏，风格柔靡，追求声律、对偶和辞藻之美，成为文坛普遍的风尚。这类诗歌人们称之为"宫体"，这种风气一直延续到初唐。

南北朝乐府民歌取得了很大成就。南朝乐府民歌内容上绝大多数是表现男女之情的，语言清新自然，且多用双关比喻；大多篇幅短小，多为五言四句。成就最高的是《西洲曲》。北朝乐府民歌内容广泛，有反映北国风光的，如《敕勒川》；有反映北方民族的游牧生活和尚武精神的，如《折杨柳歌辞》；有反映战争及其带来的苦难的，如《陇上歌》《木兰诗》等，语言质朴有力，抒情真率直爽，格调苍劲豪迈。

唐代是我国历史上又一个强盛和繁荣的时代，也是我国古典文学特别是古典诗歌大放异彩的时代。闻一多先生曾说："诗唐者，诗的唐朝也。懂得了诗的唐朝，才能欣赏唐朝的诗。"唐代繁荣稳定的社会环境为文学的发展提供了良好的土壤。唐代诗歌的繁荣首先表现在作品数量极多，作者身份空前复杂。据清代康熙年间编纂的《全唐诗》所录，就有诗人 2 200 余人，诗作 48 900 余首。上自帝王将相、后妃宫女，下至贩夫走卒、和尚道士，社会各个阶层都参与其中。第二，题材多样，内容丰富。大到政治风云变幻、社会民生疾苦，小至个人生活感受，涉及士卒征戍、边塞风光、贬谪流徙、游宴别离、爱情闺怨、民俗风情、山水田园等，无不入诗。题材之广阔，内容之丰富，主题之深刻，情感之多变，大大超过了前人，形成了唐代社会生活的绚丽多彩的画卷。第三，诗歌体裁的完备与成熟。从诗歌形式来看，诗体至唐而大备，有了五言、六言、七言、杂言等多种形式，近体律诗和七言歌行体都取得极大成就。

唐代的诗歌发展可分为初唐、盛唐、中唐和晚唐四个时期。王勃、杨炯、卢照邻、骆宾王被誉为"初唐四杰"，他们努力改革宫体诗风，使诗歌题材从亭台楼阁、风花雪月的狭小领域扩展到江河山川、边塞大漠的辽阔空间，赋予诗以新的生命力。陈子昂提出诗歌革新的口号，使诗歌走上健康发展的道路。其中最有代表性的是《感遇》诗三十八首，《蓟丘览古赠卢居士藏用》七首和《登幽州台歌》。其诗风骨劲朗，寓意深远。沈佺期、宋之问继承前人在声律方面的创新，诗句大多以五言、七言为主，更讲究平仄和韵律。对诗的格律加以规范，使律诗趋于成熟定型。

盛唐是唐诗的繁荣期，出现了浪漫主义诗人李白和现实主义诗人杜甫，产生了王维、孟浩然为代表的山水田园诗派，高适、岑参为代表的边塞诗派。这些诗人以他们的丰富创作，全面反映了盛唐风貌。他们创作的诗歌，几乎到了尽人皆知的地步，足见对后世影响之大。中唐是唐诗发展史上创作最为丰富的时期，白居易等人所倡导的新乐府运动主张“歌诗合为事而作”，沿杜甫所开辟的道路，进一步从理论和创作上掀起了一个波澜壮阔的现实主义诗歌高潮。艺术上追求奇崛险怪的韩孟诗派通过反映个人的不幸遭遇来揭示社会的弊病。此外，李贺、韦应物、柳宗元、刘禹锡等，都以不同的诗歌创作，丰富了中唐诗坛。晚唐是唐诗发展的衰落期，先有杰出诗人李商隐、杜牧，揭示社会黑暗，表示对国运的隐忧；继有现实主义诗人皮日休、聂夷中、杜荀鹤等，他们的诗揭露黑暗、抨击暴政，在晚唐诗坛十分突出。

宋代文人以文为诗，以议论为诗，以才学为诗，逐渐形成了自己的特色。北宋初期，一些诗人效法白居易的诗风，形成“白体”诗人群体。王禹偁的诗平易流畅，简雅古淡，继承杜甫、白居易的现实主义精神，在宋初“白体”诗中独树一帜。以林逋为代表的诗人，尊崇晚唐李商隐、杜牧等诗人的风格，主要内容是吟咏湖山胜景和抒写隐居不仕、孤芳自赏的心情，歌咏隐逸生活。宋初馆阁文臣的唱和风气到宋真宗而臻于极盛，杨亿将他们的唱酬之作编成《西昆酬唱集》，他们继承晚唐李商隐、杜牧唯美的诗歌倾向，堆砌典故，词藻华美。《西昆酬唱集》行世后，“西昆体”风行一时，成为当时诗坛上独领风骚的诗歌流派。

王安石写诗与作文一样，也有重视实际功用的倾向。但是他也把诗歌看作是抒情述志的工具，偏重于抒写个人的情怀，反映的生活内容也更为丰富，所以其诗歌的艺术成就超过了他的散文。北宋苏轼以文为诗，纵横议论，卓然特立于北宋诗坛。北宋后期，黄庭坚提倡“点铁成金”，另创一格，成为“江西诗派”的代表。南宋的杨万里创“诚斋体”，范成大发展了田园诗。陆游是产量最丰的爱国诗人，他的诗揭露了外族入侵、统治者腐败无能给国家民族带来的苦难，富有现实主义精神。宋末，文天祥的诗慷慨悲壮，正气浩然，一曲《正气歌》流传千古。

词产生于唐代，兴盛于宋代，它原是在宴会上配乐演唱的，所以称写词为填词，比诗歌更讲究平仄音韵。晚唐时代，词作大多婉丽，到了宋代则呈现出婉约与豪放两种风格。婉约派以柳永、李清照、姜夔等为代表，词作大多抒发个人怀抱，词风缠绵细腻。豪放词以苏轼、辛弃疾为代表，词作大多把个人命运同国家命运联系起来，形式上突破了格律的束缚，词风雄浑、开阔、奔放。

元代诗歌不景气，作家多为从政文人，题材狭窄，表现出明显的模仿唐宋诗文的倾向。延佑年间出现的诗人虞集、杨载、范梈、揭傒斯被后世誉为“元诗四大家”。他们的诗歌典型地体现出当时流行的文学观念和风尚，诗歌大多内容空泛，艺术上追求典雅，虽名重一时，而实际成就不高。王冕是元代最杰出的诗画家，他有不少同情人民疾苦、反映社会现实的诗篇，以《对景吟》《吴姬曲》《墨梅》《江南妇》等比较著名。

元代在诗歌上又出现了一种新的形式——散曲。它包括小令和套曲两种形式，最初在民间流传。散曲的体式和词相近，较为自由，用韵比较密集，平仄要求不像词那么严格，可以添加衬字，较多地使用口语。散曲以关汉卿的《窦娥冤》、王实甫的《西厢记》、马致远的《汉宫秋》、白朴的《墙头马上》为代表，作品内容贴近社会现实，风格质朴、刚健，语言朴素自然也不失典雅。

明清两代的诗歌逐渐衰落，以诗文为代表的传统文学的地位让位于以小说、戏曲为代表的通俗文学形式，诗歌无论是在表现形式、艺术手法，还是思想内容上都承袭前代，创新太多。明初诗坛比较沉寂，诗歌已经成为某种社会意识的传声筒，忽略了诗歌艺术的追求和探索。相比之下，刘基、高启的诗歌成就较高，反映了元末社会的离乱，人民的疾苦，更多的是抒发个人的情怀。明末于谦的诗歌表现爱国情怀和个人气节，其《石灰吟》广为传颂。

清初诗坛的盟主是明末已负盛名的钱谦益、吴伟业、王士祯、陈维崧、纳兰性德、朱彝尊等。吴伟业诗词皆工，擅长在诗歌中歌咏明清之际时事，《圆圆曲》《扬州》四首、《杂感》二十一首，比较有名。王士祯标榜神韵，其诗歌雅致隽永，在当时影响很大。纳兰性德擅长填词，词风清淡朴素，唯美深情。以袁枚为首的"性灵说"诗人，则主张写个人的性情遭际，认为写诗要抒发人的真性情，这对封建正统文学观是一种有力的冲击，在清代诗坛独树一帜。曹雪芹在《红楼梦》里写下了两百多首诗词，成为结构故事、安排情节和塑造人物的重要手段，丰富了《红楼梦》的艺术魅力。曹雪芹也通过人物的吟咏酬唱、筹社组班、争冠夺魁、品评臧否等活动，发表了许多对诗歌的看法，成为一套自成系统的诗论。

近代由于社会危机的加深，诗歌创作趋向开始向志士文学的方向转化或衍变，志士们救国救民、改良社会的呼声占领了诗坛。龚自珍创作了《己亥杂诗》《夜坐》等，一方面表现革除时弊的愿望，另一方面反映民生疾苦，风格慷慨激昂。梁启超提出了"诗界革命"的口号，强调诗歌要有"新意境""新语句""古风格"，掀起了诗歌革新运动。黄遵宪以他活跃的创作成就和进步理论成为"诗界革命"的一面旗帜，有"诗界革新导师"之称，有诗集《人境庐诗草》《日本国志》《日本杂事诗》。随着"诗界革命"的发展，兴起了革命诗潮，唱出了中华、民权、自由、革命、抛头颅、洒热血的主题。女革命家秋瑾所作的《秋风曲》《宝刀歌》《感时二首》等，忧国伤时，诗歌情绪激昂豪迈，在当时产生了极大的影响。

从以上简单的勾勒来看，中国古代诗歌的发展，就是一部螺旋向上发展的历史。先秦《诗经》中的"小雅"以及"十五国风"，以四言为主，古朴泼辣，大多属于古代白话诗。《楚辞》是在楚地民歌的基础上创造出来的，句子长短不一，句式灵活。东汉末，五言兴起，形式日趋齐整；至齐梁间，出现了格律诗的雏形。隋唐以后，格律诗一跃而成为文坛最主要的诗歌形式，从此雄踞诗坛一千多年。其间，宋词显然是对唐诗的一种突破、一种发展，而元曲则又是在唐诗宋词基础上的又一次突破和发展。五四运动前后，现代白话诗兴起，与先秦古代白话诗遥相衔接，历史又在更高的起点上前进。

二、现代诗歌发展概述

中国现代文学产生于"五四"新文化运动，它脱胎于传统文学的母体，又汲取了外国文学的养料，历经社会变迁而强盛地成长起来。1917 年 1 月，胡适在《新青年》发表《文学改良刍议》，提出他的文学改革主张；紧接着在 1917 年 2 月，陈独秀发表《文学革命论》，真正高举文学革命的大旗,文学史上以此为现代文学的开始。32 年后,1949 年 7 月,中华全国第一次文代会在北平召开,标志着现代文学的终结。从实质上讲,中国现代文学就是用现代文学语言与文学形式,表达现代中国人的思想、感情、心理的文学,又被称为新民主主义时期的文学。中国现代文学经历了三个明显的发展阶段,即三个十年:第一个十年(1917—1927 年);第二个十年(1928—1937 年);第三个十年(1937—1949 年)。下面各章节对中国现代诗歌、小说、散文、戏剧四种文学类别的发展过程的概述,也是基本据此简述的。

在"五四"新文化运动前后,中国的现代诗歌诞生了。1917 年胡适在《新青年》上发表了白话诗,并提出"诗体大解放"的主张,倡导不拘格律、不拘平仄、不拘长短的"胡适之体"诗。在新诗诞生过程中,刘半农、刘大白、康白情、俞平伯是创作主力。经过他们的努力,新诗形成了一些共性的特点,没有一定格律,不拘泥于音韵,不讲雕琢,不尚典雅,只求质朴,以白话入行等。创作实践上,最早出版的新诗集有胡适的《尝试集》、俞平伯的《冬夜》、康白情的《草儿》和郭沫若的《女神》等。郭沫若的《女神》带着狂飙突进的"五四"时代精神,带着不同于其他白话诗的鲜明艺术性,为新诗奠定了浪漫主义的基础。《女神》也是新诗真正取代旧诗的标志。它成功地创造、运用了自由体形式,将新诗推向新的水平。

"文学研究会"是新文学运动中成立最早、影响和贡献最大的文学社团之一。发起人包括周作人、沈雁冰、郑振铎、叶绍钧等,他们创作了大量的自由体诗,多以抒情为主,主要表现了觉醒后的知识分子的追求与苦闷。文学研究会中自成一家的冰心,受泰戈尔《飞鸟集》的影响,创作出版了《繁星》《春水》两部诗集。她的"繁星体"诗多表现母爱、童真和自然之情,满蕴温柔、忧愁之风。

在新诗创作中,爱情诗这一领域当属湖畔诗社的诗最为引人注目,汪静之、应修人、潘漠华和冯雪峰是其中的主力。他们的诗歌描写爱情大胆而坦诚,表现出质朴、单纯的美。冯至也是很有成就的诗人,他的诗既写爱情,也写亲情和友情,出版有《昨日之歌》《北游及其他》等诗集。

提倡格律诗的是"新月派"。闻一多提出建设诗歌的音乐美、绘画美、建筑美,并为此进行了艰苦的创作实践。出版两部诗集《红烛》和《死水》中,爱国主义情感贯穿始终。徐志摩是"新月社"的另一重要诗人,他的诗主要表达对光明的追求、对理想的希冀、对现实的不满,表现个性解放、追求爱情的诗在徐志摩的创作中占有重要地位。诗作多收于《志摩的诗》《翡冷翠的一夜》《猛虎集》《云游》等诗集中。

几乎在新月派活跃的同时,"象征派"的诗也出现在中国的诗坛上。"象征派"的诗既不真实描写,也不直抒胸臆,而是常采用不同于常态的联想、隐喻、幻觉、暗示等手段制造朦胧、神秘的色彩。李金发是其代表人物,被人称为"诗怪",著有《微雨》《为幸福而歌》等诗集。他的诗反映了"五四"之后一些知识分子面临茫然的前途时而产生的悲观情绪。其他成绩较为突出的"象征派"诗人还有王独清、穆木天和冯乃超。

戴望舒是"现代诗派"的主要诗人,他因 1928 年发表《雨巷》一诗而获"雨巷诗人"的美名,曾出版过《我的记忆》《望舒草》等诗集。这些诗作集中表现了知识分子在大革命失败后的幻灭感和孤独感。他的诗大量采用象征意象,譬喻新鲜而贴切,富于节奏感。

20 世纪 30 年代的左翼诗派以高昂的战斗激情和革命斗志独领诗坛风骚。殷夫是重要的政治抒情诗人,他的诗热情颂扬无产阶级革命,生动描绘工人运动的战斗场面。艺术风格朴实、粗犷，代表作品有《血字》《1929年的5月1日》《我们的诗》等。左翼诗派的重要代表团体是“中国诗歌会”，他们的艺术主张是诗歌大众化，倡导诗歌面向下层人民，歌唱抗日救亡运动，代表诗人有蒲风等。臧克家在20世纪30年代出版了诗集《烙印》《泥土的歌》，名重一时。

抗日战争时期和解放战争时期诗坛上最重要的诗派是“七月派”。“七月派”的重要诗人是胡风、艾青、田间、鲁藜、邹荻帆、牛汉、曾卓等。以编辑刊发《七月》杂志而得名，他们的诗作主要收集在《七月诗丛》《七月新丛》《七月文丛》等诗集中。在他们的创作中，政治抒情诗占有很大比重，内容多充满爱国主义激情，呼唤人们的抗敌斗志。“七月派”在艺术上注重以炽烈的激情去撞击人们的心灵，而不讲究文学的雕琢、修辞，质朴、粗犷、奔放是七月诗人共有的艺术特色。

1948年6月，由杭约赫、辛笛、陈敬容等为编委，在上海创办《中国新诗》丛刊，他们与北方的穆旦、杜运燮、郑敏、袁可嘉等汇合，自称是“一群自觉的现代主义者”，掀起一股现代主义诗潮。1981年这几位老诗人结集出版了他们当年的诗选《九叶集》，“九叶诗派”这个名称逐步在海内外流行。

20世纪40年代后半期，被后来称为民歌体的新诗在解放区农村成熟了。民歌体新诗的突出成就表现在李季与阮章竞的叙事诗中，李季的民歌体叙事诗《王贵与李香香》流传甚广。马凡陀是袁水拍20世纪40年代中期发表讽刺诗的笔名，他在这一时期的诗结集为《马凡陀的山歌》，是当时国统区最有影响的政治讽刺诗集。

三、当代诗歌发展概述

当代诗歌可分为两个时期，即新中国成立初30年诗歌创作期（1949—1978年）与新时期诗歌创作期（1979年至现在）。在前期的30年中，由于新中国成立，诗歌的主旋律主要是歌颂新中国、歌颂中国共产党、歌颂伟大的领袖、歌颂人民当家做主的新生活。

艾青新中国成立后的诗歌创作进入了一个崭新的阶段。他的诗歌格调焕然一新，风格多样，揭示丰富深刻的生活内蕴，如《我想念我的祖国》《春姑娘》《西湖》《礁石》《维也纳》等诗作，都是非常优秀的作品，新中国成立后出版的诗集有《欢呼集》《宝石的红星》《春天》等。

闻捷的诗歌题材广阔，从多方面赞美了爱情和新生活。代表作品有《我思念北京》《天山牧歌》《吐鲁番情歌》等。20世纪60年代前期的代表诗人有郭小川、贺敬之、李瑛、张志民等。其中一部分诗人在诗歌创作中逐渐强化了对诗歌优美意境的追求；一部分诗人随着当时强调阶级斗争的潮流，走上了写政治抒情诗的道路。郭小川的《林区三唱》《厦门风姿》等吸收了辞赋的某些特点，创造了长廊句式，被誉为“新辞赋体”。贺敬之的《回延安》感情激荡，大量采用比兴、夸张、对偶、排比等手法，淋漓尽致地抒写了对母亲延安无比深厚的感情。

新时期诗歌呈现出百花齐放的局面。诗歌创作的阵容很庞大，代表诗人有经历了长久磨难与坎坷的一批老诗人，如艾青、公刘、白桦、流沙河、牛汉、绿原、邵燕祥等；还有一批是历经“文化大革命”而成长起来的新诗人，如雷抒雁、杨牧等。他们的诗歌各有特点，艾青的《光的赞歌》《古罗马的大斗技场》，公刘的《为灵魂辩护》，雷抒雁的《小草在歌唱》，邵燕祥的《假如生活重新开始》等作品，都显示出鲜明的时代特色。

新时期成长起来的一批青年诗人则表现出鲜明的现代主义倾向，这批诗人有舒婷、顾城、梁小斌、杨炼、徐敬亚、王小妮等。他们的诗歌大多个性张扬，真实表现自己的内心世界，写自己独特的体验等特点。他们的作品被称为朦胧诗，如舒婷的《致橡树》《祖国啊，我亲爱的祖国》，顾城的《永别了，墓地》《远与近》，梁小斌的《雪的墙》《中国，我的钥匙丢了》等，都是朦胧诗的代表作品。而在这批朦胧诗人后出现的一代更年轻的诗人则被称为“新生代诗人”或“先锋派”，他们艺术流派林立，影响较大的有海子、韩东、于坚、徐敬亚、欧阳江河等。海子以优异的抒情才华创作了《亚洲铜》《面朝大海，春暖花开》《祖国（或以梦为马）》等抒情诗篇。欧阳江河创作了《傍晚穿过广场》《咖啡馆》《玻璃工厂》等代表作品。

在大陆当代诗歌发展的同时，港台也涌现出了一批有成就的诗人。台湾著名的诗人有纪弦、覃子豪、余光中、痖弦、舒兰、白荻、洛夫、郑愁予、商禽、涂静怡、席慕容等。纪弦主要作品有诗集《槟榔树》《纪弦诗集》《晚景》等。覃子豪对台湾诗坛贡献最大的是于20世纪50年代主持了“中华文艺函授学校”的新诗讲习班，为台湾培养了大批诗人，成为台湾诗坛青年诗人们共同拥戴的领袖，代表作有《追求》《金色的面具》《黑水仙》等。余光中出版了《舟子的悲歌》《白玉苦瓜》等十多部诗集。他的诗歌具有浓重的中国意识和深厚的历史感，多写游子思乡心态，构思精巧，文字朴实，意象新丽，情意浓烈，《乡愁》《春天，遂想起》是他的代表诗作。痖弦的代表作有《痖弦诗抄》《深渊》《盐》等。白荻的代表作有诗集《蛾之死》《风的蔷薇》《天空象征》《香颂》《诗广场》等。洛夫是台湾现代诗坛最杰出和最具震撼力的诗人，代表作有《石室之死亡》《洛夫诗歌全集》《魔歌》《汽车后视镜所见》《时间之伤》等，以及2001年出版的3 000行长诗《漂木》，还获得诺贝尔文学奖提名，震惊世界华语诗坛。郑愁予有诗集《梦土上》《窗外的女奴》等。商禽的代表作有《长颈鹿》以及诗集《梦或者黎明》《用脚思想》。女性诗人席慕容出版了《无怨的青春》《时光九篇》等诗集，在大陆影响很广。

第二节　诗歌的审美与鉴赏

诗歌是文学史上最早出现的一种文学体裁。在古代，称不合乐的为“诗”，合乐的为“歌”。班固的《汉书·艺文志》里写道：“诵其言谓之诗，咏其声谓之歌。”早期，诗是和乐而唱的。随着社会的发展，诗已经不再唱了，但人们仍习惯地称之为“诗歌”。

关于诗的特点，古代典籍中有很多论述。《尚书·舜典》说：“诗言志，歌永言，声依永，律和声。”就是说，诗是要传达人的情志的，而且要讲究声律。《毛诗序》说：“诗者，志之所之也，在心为志，发言为诗，情动于中而形于言。”强调诗要抒发人的情志。

唐代的白居易在《与元九书》中提出：“诗者，根情，苗言，华声，实义。”认为诗以情为根，以言为苗，以声为花，以义为果，强调了诗歌是集中概括地表现诗人情志和思想、语言凝练、富有节奏和韵律的文学作品。

现代诗人何其芳在《关于写诗和读诗》中，这样概括：“诗是一种最集中的反映社会生活的文学样式，它饱含着丰富的想象和感情，常常以直接抒情的方式来表现，而在凝练与和谐的程度上，特别是在节奏的鲜明上，它的语言则有别于散文的语言。”指出了诗歌的特点，也指出诗与散文的一些区别。

大体说来，诗歌的特点表现在诗歌内外两重形式中。

诗的外在形式是指呈现在我们面前的可直接感知的组合形式，能够给读者某种特殊的视觉感受和听觉感受。在视觉上，诗要求采用简洁凝练、多姿多彩的语言，一般要分节或者分行排列，句式或整齐划一，或长短变化，错落有致。在听觉上，则要求合辙押韵，节奏分明，抑扬顿挫。

诗歌内在的形式是与诗歌外在形式相融合的。具体来说，如诗歌意象的雕琢、意境的营造、情绪的铺陈与宣泄、主旨的提炼与探幽等。诗之所以为诗，在于它表达了诗人对于自然、人生的深切体验，由此产生饱满丰富的情感和心灵的感悟。诗人将这些抽象的情绪诉诸具体的事物，或借景抒情，或托物言志，通过强烈的暗示、象征、隐喻等，达到内心与外物交融、情感与景致相生的境界。

在诸多文学样式中，诗歌的地位一直是最显尊的，历来被当作言志抒怀的高雅活动。欣赏诗歌，概括起来，就要把握诗歌的基本特征，注重诗歌内外两重形式之美，即深广的内涵、多变的意境、优美的形式、和谐的音韵。体味这些基本的特征，是诗歌鉴赏的应有内容，也是鉴赏诗歌的必然途径。

一、把握诗歌高度概括生活的特征

文学是对社会生活本质和现象的形象、集中、概括的反映。比之于文学的其他样式，诗歌通过高度凝练的语言，对生活的概括性更为突出。清代文论家吴乔在《围炉诗话》中有一个精彩的比拟，“意喻之米，饭与酒所同出；文喻之炊而为饭，诗喻之酿而为酒。”“文饭诗酒”这一通俗而精妙的比喻，形象准确地把握了诗歌与散文的特质，道破了诗与散文的不同。同样是表现生活、传达感情，诗与散文的差异，就如酒与饭的区别。酒比之于饭，更为浓缩；诗比之于散文，更为凝练。而浓缩与凝练，正是诗概括生活的基本特征。

（一）诗歌的容量大，感情张力足

诗歌可以在极为短小的篇幅里概括尽可能多的生活内容与思想感情，使之既是非常丰富的，又是高度浓缩的。

唐代诗人李绅的《悯农》（其一）：“春种一粒粟，秋收万颗子；四海无闲田，农夫犹饿死。”诗歌以“一粒粟”化为“万颗子”，具体而形象地描绘了丰收景象，与两手空空惨遭饿死的农夫形成对比。诗句很短，寥寥数字，既是那个时代农民生活的白描，也是几千年来在剥削阶级统治下农民生活的概括写照，因而世代传诵，成为千古绝唱。

再如李清照的《夏日绝句》：“生当作人杰，死亦为鬼雄。至今思项羽，不肯过江东。”诗歌写于1127年前后，金兵入侵中原，赵宋王朝仓皇南逃。诗中借用西楚霸王项羽失败后不肯苟且偷生、乌江自刎的历史故事来讽刺南宋小朝廷的投降逃跑主义，表示了希望抗战、收复故土的思想感情。“生当作人杰，死亦为鬼雄”两句，尤其铿锵有力，表现一种所向无惧的人生姿态，鲜明地提出了人生的价值取向。全诗仅20个字，连用典故，爱国激情，溢于言表，在当时确有振聋发聩的作用。

（二）诗歌的选材精，角度准

诗歌选材，往往选取丰富生活之“一点”或“几点”精雕细刻，绘景抒情，以细节为中心组织全篇，往往显得凝练、集中、韵味无穷。如唐代元稹有首小诗《行宫》：“寥落古行宫，宫花寂寞红。白头宫女在，闲坐说玄宗。”首句指明地点，是一座冷清寂寥的古行宫；次句暗示环境和时间，宫中红花盛开，正当春天时节；三句交代人物，几个白头宫女；与末句联系起来推想，可知是玄宗天宝末年进宫而幸存下来的。整首诗歌就是一副简单的画面，却能引人无限的遐想：这些宫女年轻时都是花容月貌，被禁闭在深宫中煎熬着岁月，整日寂寞为伴，花开花落，年复一年，青春消逝，红颜憔悴。她们与世隔绝，只能回想天宝年间的记忆来打发岁月。诗反映出这些宫女凄凉的身世、哀怨的情怀以及作者对大唐盛衰的感慨，巧妙而形象地抒发了凭今吊古之情。宋代洪迈在《容斋随笔》中说这首诗“情少意足，有无穷之味”。《唐诗别裁》说：“只四语已抵一篇长恨歌矣。”

（三）诗歌的意蕴挖掘深

诗人于平凡中巧妙地挖掘出生活的本质和规律，慧眼独具地发掘出深刻的主题来。如唐代诗人王之涣的《登鹳雀楼》，先写登楼远望，天幕苍茫，落日西沉，放眼一望无际，远处群山起伏，令人起深沉苍茫之感。次句写黄河奔腾咆哮而来又滚滚而去东归大海，表露无限赞美慨叹之情。后两句写了登楼的感受，“欲穷千里目，更上一层楼”，表现了诗人积极进取、高瞻远瞩的胸襟，揭示出只有站得高才能看得远的主题，蕴含着要开辟新境界，看到新天地，就需要不断努力，勇于攀登的哲理，耐人寻味。

朱熹《观书有感》中，以半亩清澈的池塘为喻，词浅意丰，表达自己的感悟。“半亩方塘一鉴开，天光云影共徘徊。问渠那得清如许？为有源头活水来。”暗喻人要心灵澄明，就得认真读书，时时补充新知识，才能达到新境界；或者赞美一个人的学问或艺术的成就，自有其深厚的渊源。读者也可以从这首诗中得到启发，只有以开明宽阔的胸襟，接受种种不同的思想，广泛包容，方能才思不断、思想活跃。这两句诗已浓缩为常用成语“源头活水”，用以比喻事物发展的源泉和动力。

（四）诗歌的开掘空间广

唐代王昌龄的名诗：“青海长云暗雪山，孤城遥望玉门关。黄沙百战穿金甲，不破楼兰终不还。”这幅集中了东西数千里广阔地域的长卷，就是当时西北边塞戍边将士生活战斗的典型环境和精神风貌。前两句在写景的同时也渗透着戍边将士对边防形势的关注，把戍边生活的孤寂、艰苦都融合在这悲壮、辽阔的景象里。第三、四句由情景交融的环境描写转为直接抒情，“黄沙百战穿金甲”一句概括力极强，表现戍边时间之漫长，战事之频繁，敌军之强悍，战斗之激烈，环境之恶劣，都包容其间。但是，金甲尽管磨穿，将士报国的壮志并未消磨，而是“不破楼兰终不还”。这最后一句既是戍边将士铁骨铮铮的誓言，也是对战斗必胜的信念。一首短诗，却包含了如此的时间、空间跨度和丰富的情感内容。

二、感悟诗歌丰富饱满的情感

抒情性是诗歌的主要审美特征。“感人心者，莫先乎情。”别林斯基说：“情感是诗的天性中一个重要的活动因素。没有情感，就没有诗人，也没有诗。”充沛的生命情感是创作诗歌的先决条件。

严羽在《沧浪诗话》中说：“诗者，吟咏情性也。”刘勰在《文心雕龙·明诗》中说：“人禀七情，应物斯感，感物吟志，莫非自然。”诗人面对生活接触外物并受到刺激的时候，往往会情感发生变化，情动于衷，自然就要寻求表达抒写的方式，借物载情，以诗明志，表达了自己，也感染了他人。

抒情性是诗歌最基本、最重要的元素，无论是抒情诗还是叙事诗，都是诗人在生活中强烈感情积聚的宣泄与流露。古今中外的一切优秀诗篇无不饱含着浓郁而真挚的情感，诗人所写的不论是爱，是恨，是悲哀，是欢乐，还是愤怒，都是心灵情感的颤动、爆发。

例如，艾青《我爱这土地》：

假如我是一只鸟，我也应该用嘶哑的喉咙歌唱：

这被暴风雨所打击着的土地，这永远汹涌着我们的悲愤的河流，这无止息地吹刮着的激怒的风，和那来自林间的无比温柔的黎明……

——然后我死了，连羽毛也腐烂在土地里面。

为什么我的眼里常含泪水？

因为我对这土地爱得深沉。

这首交织着忧郁悲怆之情的诗句，是诗人敏感的心灵对家国苦难的回应。抗日战争爆发后，面对着疮痍满目的大地、民族苦难的现实和人民的悲苦生活，诗人不能压抑的极度热切和痛苦的情感，便以诗的形式表达出来。诗中接连出现了所歌唱的对象：土地、河流、风、黎明，用由一系列“的”字组成的长句来抒发悠长而深沉的感情，在所描写的对象前面加上大量的形容词和修饰语，来展现其神采风貌。情感表达深沉、炽热、透彻。

诗歌情感表达的手法，一种称之为直接抒情或者直抒胸臆。直接抒情是一种不要任何“附着物”，而由作者直接对有关人物、事件等表明爱憎态度的一种抒情方式。“为什么我的眼里常含泪水？因为我对这土地爱得深沉。”又如李白《梦游天姥吟留别》中：“安能摧眉折腰事权贵，使我不得开心颜。”作者在叙事描写的基础上，以火山喷发般的激情，大声疾呼，抒发了自己不与统治者同流合污的思想感情。

另一种是间接抒情，即借助客观景物的描写来抒发诗人主观感情。间接抒情主要体现在借景抒情、托物言志上。诗人在诗中不是直接抒发感情，而是移情于物，融情于景，带着有情之眼去观察景物，以有情之笔去描写景物，使感情附着于景物，景物浸染上感情，景生情，情生景，情景交融，浑然无隔。如牛汉《半棵树》，借树喻人：“春天来到的时候/半棵树仍然直直的挺立着/长满了青青的枝叶/半棵树/还是一整棵树那样高/还是一整棵树那样伟岸”。明是写树，实则写人，把对人的崇敬渗透到对半棵树的描写中。

间接抒情往往借助一些技巧，如郭沫若把自己比作熊熊燃烧的“炉中煤”，把五四以后新生的祖国比作“年青的女郎”，炉中煤“我为我心爱的人儿，燃到了这般模样”，表达自己真挚、热烈的爱国情怀。臧克家借《春鸟》的形象表达对自由光明的向往，对压制自由的不满。“春鸟”“炉中煤”都是诗人火热情感宣泄的一个载体。

三、揣摩诗歌精美的语言

诗歌是情感的艺术，更是语言的艺术。与其他文学样式相比较，诗歌语言要求做更多的艺术加工，是最高级的文学语言。诗歌之所以能在小小的篇幅内容得下历史社会、山峦河汉、花鸟虫鱼，是因为其高度浓缩、精准的语言。优秀的诗歌语言，甚至于达到不能再增减或替换一个字的地步。著名的典故“推敲”，就是古人锤炼语言的范例。杜甫写过“晚岁渐于诗律细，语不惊人死不休”，贾岛有“两句三年得，一吟双泪流”的句子，卢延让“吟安一个字，捻断数茎须”等，都说明了诗歌的语言需要极高的“精准度”，是诗人反复推敲、锤炼的结果。

艾青在《诗论》中说：“诗是艺术的语言——最高的语言，最纯粹的语言。”在鉴赏诗歌时，只有体会到诗歌语言的精美，才能领略到诗歌的妙处。例如，徐志摩的《再别康桥》，无论哪一段语言都很精练，看似寻常口语，但都经过了洗练磨砺，却不露雕琢的痕迹，似乎是随着诗人的情感律动自然抒写出来的。“那榆荫下的一潭，不是清泉，是天上的虹；揉碎在浮藻间，沉淀着彩虹似的梦。”诗句中，“揉碎”“沉淀”这样的词，不经过锤炼是无法得到的。这些精美的语言，使得这首诗充满了柔情，很好地表达了诗人旧地重游对往昔生活的眷恋珍视，以及再次到康桥来寻梦的惆怅和落寞。

诗歌语言还有模糊性，这是相对于科学、哲学语言的精确、准确、确定而言的。有时候，又恰恰是这份模糊，造就了“精准”的表现力。例如，描绘经霜的树林，“秋来谁染霜林醉，总是离人泪”；又如写山，“山若眉黛”，山形“嵯峨”；再如写人，描写女子细腰小口是“樱桃樊素口，杨柳小蛮腰”；李清照自比“帘卷西风，人比黄花瘦”。这些原本很具体的形状，却写得形象模糊，也恰恰是这种模糊造就了霜林、山形、眉眼、体态的美感。以数字入诗比比皆是，如“桃花潭水深千尺”，“一枝红杏出墙来”，“日啖荔枝三百颗”，“南朝四百八十寺”，“天下黄河九十九道弯”……然而，这些数字的准确度也似乎仍然靠不住。连情绪也是模糊的，道不明说不清喜怒悲欢。“你站在桥上看风景，看风景的人在楼上看你。明月装饰了你的窗子，你装饰了别人的梦。”那么，到底要传达出什么样的情绪呢？多样而复杂，似乎在此，似乎又在彼。

古人早就说过一句极为聪明的话：“眼前有景道不出”，“只可意会不可言传”。这句话，也说明在我们意识深处埋藏着难以数计的心理内容，而我们能够用语言表达的仅仅是极小极小的一部分。正是在阅读中的对意义、形象、情绪的模糊感知，反倒添了诗歌的无穷韵味。

另外，诗歌的语言又具有和谐与鲜明的节奏。诗的节奏，是指声音连续运动过程中由长短、强弱、快慢交替出现而形成的节拍，也就是我们朗读诗歌时的语言的自然停顿。节奏之于诗歌，是它的外形，也是它的生命。如轻松喜悦的心情，往往表现为明快的节奏；昂扬奋发的情绪，往往表现为急促的节奏；悲痛哀伤的情绪，则表现为缓慢低沉的节奏。节奏的变化，决定于诗的内容和诗人被生活所触发的感情的变化。

诗歌作品中的节奏和韵律，有独立的审美价值。梁启超在谈到李商隐的诗歌时说过，李商隐的许多诗歌很难懂，但即使不懂它的内容，当你反复念着时，那节奏和声律也使你陶醉，觉得诗写得很美。他曾举李商隐的《锦瑟》《碧城》《燕台》等为例说:“这些诗,他讲的什么事,我理会不着;拆开一句一句的叫我解释,我连文义也解不出来。但我觉得它美,读起来令我精神上得到一种新鲜的愉快。”

现代诗歌放弃了古典诗歌的谨严的格律,创造了既符合现代汉语特点,又适应复杂现代经验的韵律。它不大依仗诗歌外在形式的整饬、严密,而更重视内在情绪节奏的营造。现代诗的韵律更加自由、灵活,因而更有利于写景状物,渲染意境。如我国现代诗人徐志摩的一首小诗《沪杭车中》:

匆匆匆!催催催!
一卷烟,一片山,几点云彩,
一道水,一条桥,一支橹声,
一林松,一丛竹,红叶纷纷;
艳色的田野,艳色的秋景,
梦境似的分明,模糊,消隐,
催催催!是车轮还是光阴?
催老了秋容,催老了人生!

这首诗以匆促紧凑的节奏模仿车轮的滚动行进,韵律轻快流转而错落有致,描摹出飘忽流逝的意象,使人恍然如置身于飞驰向前的列车上,真切形象地感受到匆匆流逝的时间的脚步声。

诗歌语言的精练,还要求它不能拖泥带水,不能面面俱到、事事交代。它必须省去句子与句子之间那些浮面的、形式上的联系,省去那些读者凭经验和想象完全可以得到的东西,因而诗歌的语言具有跳跃性。这种跳跃性,完全是感情波涛的合乎逻辑的起伏。

四、捕捉诗歌纷繁的意象

意象是中国美学中一个最基本也最重要的概念,是文学作品构成的重要因素。当然,也是诗歌欣赏的一个重要角度。那么,什么是意象呢?

夜来风雨声,花落知多少?
落花人独立,微雨燕双飞。

以上诗句中都有可视可闻可感的意象,风雨、落花、人独立、燕双飞,它们巧妙地组合在一起,传达出不尽的意味。在诗歌艺术中,这种通过一定的组合关系,表达某种特定意念而让读者得之言外的语言形象,如微雨、燕双飞等,就叫意象。简单地说,意象就是寓“意”之“象”,就是用来寄托主观情思的客观物象。

上述直接或间接来自诗人生活的意象可分为两大类。

一类是直接意象,即诗人头脑中直接浮现的关于某一事物的表象,诗人的思想感情直接渗透到具体表象之中。在全部意象中,直接意象是最基本、最常见的,占有极大的比重。如食指的诗歌《相信未来》“当蜘蛛网无情地查封了我的炉台,当灰烬的余烟叹息着贫困的悲哀”中“蜘蛛网”“灰烬的余烟”等。

另一类是间接意象。有时候,诗人遇到的事物比较复杂,思考的问题比较抽象,酝酿的感情比较微妙，直接意象很难把它们表现出来，此时间接意象就应运而生了。

间接意象又可细分为比喻意象和象征意象。

比喻意象，简单来说就是因为某种相似点，因而拿来做比方的意象，比喻意象可以用来摹状人或事物。罗长城的《脊梁》是这样描写田野间一位老年农民的脊梁的：

一条力的弧线，
一道破土的犁圈，
一条飞来的彩虹，
一架厚的青峦。

除去摹状人或事物外，比喻意象在诗歌中最突出的作用还在于化抽象为具象，把不具形态，看不见摸不着的情感、思绪、品格、声音等转化为具象的东西，从而给人以深切的感受。

象征意象，就是代表某一实体事物或某种精神内容的意象。由于出现在诗歌中的只是象征体，而被象征的本体则隐去了，这样就使得诗歌更耐人寻味。同时象征体和本体之间的关系，又有着一定的任意性，因而诗人可以尽情地发挥自己的创造性，读者也可以有各种各样的理解，这样便大大增加了情绪的包容量与表现领域的宽广度，昌耀的《河床》可以作为典型例证。

有些诗歌创造的意象，所付托的思想感情，传承至今，已经具有了民族认同感。解读它，可以更准确地理解诗人的思想感情。唐代李商隐有“芭蕉不展丁香结，同向春风各自愁”，五代时李璟有“青鸟不传云外信，丁香空结雨中愁”，同样赋予丁香以愁思、惆怅、忧郁的意味。所以，在鉴赏诗歌时，应该抓住生动具体的意象和画面去分析诗歌的意境。比如戴望舒的《雨巷》，诗人描绘了一幅梅雨时节江南市镇寂寥悠长的小巷的阴沉图景：“撑着油纸伞，独自/彷徨在悠长、悠长/又寂寥的雨巷/我希望逢着/一个丁香一样的/结着愁怨的姑娘。”诗人抓住“雨巷”“丁香”两个意象和“姑娘”的形象，运用象征、暗示的手法来抒情，使得这首诗在朦胧的意境中表达了一种惆怅、失落的感情，而这种感情是耐人寻味的。如果我们把诗歌的写作背景联系起来思考，就可探究到《雨巷》深层的具有时代意义的情感与主旨。

五、掌握诗歌鉴赏独特的技巧

（一）培养对生活诗意的感知

法国雕塑家罗丹说：“对于我们的眼睛，不是缺少美，而是缺少发现。”青年的时光里，每个人都是天生的诗人，都有着诗意的追求，渴望诗意的生活。在生活中，要努力保持一颗诗心、童心，感悟生活中的真、善、美；在读作品的时候，要保持浓厚的兴趣和热情，积极调动情绪体验。而不要简单地把阅读诗歌当作一种任务，毫无情感的共鸣和投入，那将是非常乏味和失败的欣赏。任何学习都是一个温故知新的过程，要善于唤醒那些原有的知识与经验，时时记得翻翻旧知识，查查新内容，鉴赏能力才能有水到渠成、顺乎自然的提高。

（二）反复涵咏

欣赏诗歌需要我们多读作品。“两句三年得，一吟双泪流。知音若不赏，归卧故山丘。”

贾岛的小诗形象地说明诗是作者长久而艰苦的艺术锤炼，是诗人长久情感思想积聚的爆发。所以，欣赏诗歌一定要多读作品。这个多字，一是说读的数量要多，二是要反复地读，三是要多角度地读。你会发现，即使同一首诗歌，在不同时段、不同情绪中读，都会有新的体验和感受。诗歌欣赏也应该是一种多维、立体的解读，要开放所有的感官，做到眼观其文领略其视觉美，口诵其声领略其音韵美，心推其意领略其情理美。

在中国诗歌欣赏的起始阶段，我们完全可以根据自己的情况，采取较灵活的方式，或闭目品味，悉心感受；或击案叹服，盛赞"名篇"；或声情并茂，高声吟哦，从而从不同的角度，不同的层面逐步进入阅读感受阶段，进入体验品味阶段，进入领悟判断阶段。把主观感受同作品实际统一起来，在审美享受中达到情感的共鸣和情怀的陶冶。我们可以通过对语音轻重、高低、长短的把握，"激昂处还它个激昂，委婉处还它个委婉"，传达出作品蕴蓄的美感。这样，"不但了解作者说些什么，而且与作者的心灵相感通了，无论从兴味方面或受用方面都有莫大的收获。"(叶圣陶语)

(三)知人论世

我们在鉴赏、分析诗歌时，可以对作家的人生际遇、创作个性、情采风貌作一些了解，这便是要做到"知人"；对作品所反映的社会生活有所认识，对作品诞生的时代背景有所了解，这便是要做到"论世"。关注作者、作品和社会生活的联系，这对正确把握诗歌的思想性、情感性和艺术性是很有帮助的。

在欣赏古典诗歌作品时，尤其要重视这一点。例如，同是写桃花源，在陶渊明《桃花源诗并序》中，写出了人民对剥削压迫的无奈抗争，对美好生活的向往，反映了作者洁身自好、不肯同流合污的隐逸避世的生活态度。到了王维的《桃源行》里，"初因避地去人间，及至成仙遂不还。""春来遍是桃花水，不辨仙源何处寻。"作者将陶诗中对与世无争的小国寡民世界的向往，改为对神仙世界的向往，反映出作者对神仙世界的迷恋与陶醉，精神上的超脱与向往。此后韩愈创作《桃源图》，则对王维诗中浓厚的求仙色彩给以毫不留情的批判，作品开头就正面提出"神山有无何渺茫，桃源之说诚荒唐"，显示出与王维迥异的精神个性。宋代王安石的《桃源行》带有明显的政治色彩。在专制主义更加强化、君权更加集中的宋代，王安石竟公然对桃源中"儿孙生长与世隔，虽有父子无君臣"的社会秩序表示赞美，这样的历史观和社会观是相当大胆的。总之，同是桃源诗，由于作者个人经历、身份地位、思想倾向和志趣的不同，抒发的情怀和立意就大有不同。

同样，食指的《相信未来》创作于"文化大革命"初期，在当时曾被朋友及插队知青辗转传抄，流行很广；但也被点名批判，认为是"是一首灰色的诗，相信未来就是否定现在。"只有我们了解了"文化大革命"的社会大背景，我们才能真切地感受到诗人无时不在渴望和憧憬着光明的未来以及为现实和理想付出的奋斗挣扎。

(四)联想想象

鉴赏诗歌时，只了解诗中的字句、故事、章法还不够，读者还要依据自己的知识积累、经验积累、审美习惯等，通过联想和想象去发掘诗歌的"未尽之意"。因为任何一位诗人在诗中都不可能把话说完，这就留下了许多艺术空白，就给鉴赏留下了再创造的可能。常言道，仁者见仁,智者见智。不同的人鉴赏同一首诗歌为什么会出现理解不同的情况,这很大程度上取决于鉴赏者的主观条件和鉴赏思路。每一位鉴赏者的联想和想象不同,思考不同,鉴赏的结果当然也就不同。鲁迅先生曾经说:“看人生是因作者而不同,看作品又因读者而不同。”之所以不同,是由于读者的鉴赏条件不同,联想和想象不同,认知品味不同。联想、想象能力的丰富独到与否,是鉴赏水平高低的关键所在。

第三节　古典诗词鉴赏

氓[1]

氓之蚩蚩[2],抱布贸丝。匪来贸丝,来即我谋[3]。送子涉淇,至于顿丘[4]。匪我愆期,子无良媒[5]。将子无怒[6],秋以为期。

乘彼[7]垝垣[8],以望复关[9]。不见复关,泣涕涟涟[10]。既见复关,载笑载言[11]。尔卜尔筮,体无咎言[12]。以尔车来,以我贿迁[13]。

桑之未落,其叶沃若[14]。于嗟鸠兮,无食桑葚[15]!于嗟女兮,无与士耽[16]!士之耽兮,犹可说也[17]。女之耽兮,不可说也。

桑之落矣,其黄而陨[18]。自我徂尔,三岁食贫[19]。淇水汤汤,渐车帷裳[20]。女也不爽,士贰其行[21]。士也罔极,二三其德[22]。

三岁为妇,靡室劳矣[23];夙兴夜寐,靡有朝矣[24]。言既遂矣[25],至于暴矣。兄弟不知,咥其笑矣[26]。静言思之,躬自悼矣[27]。

及尔偕老,老使我怨[28]。淇则有岸,隰则有泮[29]。总角之宴,言笑晏晏[30]。信誓旦旦,不思其反[31]。反是不思,亦已焉哉[32]!

(选自徐季子.中国古代文学(上册)[M].上海:华东师范大学出版社,1990.)

【注释】

[1]《氓》出自《诗经·国风·卫风》。《诗经》是我国最早的诗歌总集。原本称《诗》,被儒家列为经典,故称《诗经》。《诗经》搜集了西周初年至春秋中期约五百年间的诗歌,共305篇。分为“风”“雅”“颂”三大类。“风”有15国风,大都是民间歌谣。“雅”分大雅、小雅,是宫廷乐曲歌词。“颂”分周颂、鲁颂、商颂,是宗庙祭祀的乐歌。

[2]氓(méng)之蚩蚩:“氓,民也。”蚩(chī)蚩:通“嗤嗤”,一说笑嘻嘻的样子,一说憨厚、老实的样子。

[3]匪来贸丝,来即我谋:匪,通“非”。贸,交易。即,就。谋,商量。这句是说那人并非真来买丝,是找我商量事情来了,所商量的事情就是结婚。

[4]送子涉淇,至于顿丘:送你过淇水,直送到顿丘。淇,卫国河名。顿丘,地名。这里的

“子”，上文的“氓”，下文的“士”，都是指“那个人”。

[5] 匪我愆(qiān)期，子无良媒：愆，过失，过错，这里指延误。这句是说并非我要拖延约定的婚期而不肯嫁，是因为你没有找好媒人。

[6] 将(qiāng)子无怒：将，愿，请。无，通“毋”，不要。

[7] 乘：登上。

[8] 垝(guǐ)垣(yuán)：倒塌的墙壁。垝，倒塌。垣，墙壁。

[9] 复关：卫国地名，指“氓”所居之地。

[10] 泣涕涟涟：涕，眼泪。涟涟，涕泪下流状。

[11] 载：动词词头，无义。

[12] 尔卜尔筮(shì)，体无咎言：你用龟板、蓍草占卜，没有不吉利的预兆。尔，你。卜，烧灼龟甲的裂纹以判吉凶。筮，用蓍(shī)草占卦。体，卜筮的结果，指卦象。咎(jiù)，不吉利，灾祸。

[13] 以尔车来，以我贿迁：你用车子来迎娶，我带着嫁妆跟你去。贿，财物，指嫁妆。

[14] 桑之未落，其叶沃若：桑树还没落叶的时候，它的叶子新鲜润泽。沃若，像水浸润过一样有光泽。

[15] 于嗟鸠兮，无食桑葚：于，通“吁”(xū)，本义为表示惊怪、不然、感慨等。鸠，斑鸠，传说斑鸠吃桑葚过多会醉。

[16] 于嗟女兮，无与士耽(dān)：哎呀，姑娘呀，不要迷恋男子的爱情。耽，迷恋，沉溺。

[17] 犹可说也：说，通“脱”，解脱。意思是男子沉溺在爱情里，还可以解脱。

[18] 其黄而陨(yǔn)：黄叶落下来。陨，坠落，掉下。这里用黄叶落下比喻女子年老色衰。

[19] 自我徂(cú)尔，三岁食贫：徂，往。徂尔，嫁到你家。三岁食贫，多年来过着贫穷的生活。

[20] 淇水汤汤，渐车帷裳：汤汤，读“shāng shāng”，水势浩大的样子。渐(jiān)，浸湿。帷(wéi)裳(cháng)，车旁的布幔。这句是说被弃逐后渡淇水而归。

[21] 女也不爽，士贰其行：爽，差错。贰，不专一，有二心，跟“壹”相对。意思是女子没有差错，男子的言行却前后不一致了。

[22] 士也罔极，二三其德：罔，无，没有。极，标准，准则。二三其德，在品德上三心二意。

[23] 靡室劳矣：所有的家庭劳作一身担负无余。室劳，家务劳动。靡，无。

[24] 夙兴夜寐，靡有朝矣：夙，早。兴，起来。这句说起早睡迟，没有一天不是这样。

[25] 言既遂矣：“言”字为语助词，无义。既遂，(你的心愿)既然已经实现。

[26] 兄弟不知，咥(xì)其笑矣：咥，讥笑的样子。兄弟不理解我的遭遇，见面时都讥笑我啊。

[27] 静言思之，躬自悼矣：静下心来想一想，自身独自伤心。躬，自身。悼，伤心。

[28] 及尔偕老，老使我怨：当初曾相约和你一同过到老，偕老之说徒然使我怨恨罢了。

[29] 淇则有岸，隰(xí)则有泮(pàn)：淇水再宽总有个岸，低湿的洼地再大总有个边。隰，当作“湿”。泮，通“畔”，水边。喻凡事都有边际，而自己愁思无尽。

[30] 总角之宴，言笑晏晏(yàn)：总角，古代男女未成年时把头发扎成丫髻，称总角，这里指代少年时代。宴，快乐。晏晏，欢乐，和悦的样子。

[31] 信誓旦旦，不思其反：誓言是诚恳的，没想到你竟会变心。旦旦，诚恳的样子。反，违

反,指违背誓言。

[32] 反是不思,亦已焉哉:你违背誓言,不念旧情,那就算了吧!是,这,代誓言。已,止,了结。焉、哉,均为语气词。

【赏析指要】

《氓》是一首弃妇自诉婚姻悲剧的叙事诗。作者用第一人称"我"来叙事,采用回忆追述和对比的手法,在叙事中结合抒情、议论。

作者顺着"恋爱——婚变——决绝"的情节线索叙事。诗中的女主人公以无比沉痛的口气,回忆了恋爱生活的甜蜜,以及婚后被丈夫虐待和遗弃的痛苦。塑造了一个勤劳、温柔、坚强的妇女形象,表现了古代妇女追求自主婚姻和幸福生活的强烈愿望。

全诗六章,每章十句,但并不像《诗经》其他各篇采用复沓的形式,而是依照人物命运发展的顺序,自然地加以抒写。诗中以桑树起兴,从女子的年轻貌美写到体衰色减,同时揭示了男子对她从热爱到厌弃的经过。"桑之未落,其叶沃若",以桑叶之润泽有光,比喻女子的容颜亮丽;"桑之落矣,其黄而陨",以桑叶的枯黄飘落,比喻女子的憔悴和被弃。

诗歌将一条淇水作为背景贯穿全诗,显示了构思的严密与巧妙,情景结合。如"送子涉淇,至于顿丘",写相恋时的依依不舍;"淇水汤汤,渐车帷裳",写被弃后再涉淇水返回娘家的情景;"淇则有岸,隰则有泮",则以生活中所经历的印象最深的场景兴起内心的感情。同是一条淇水,随着主人公前后处境的不同,景随情迁,表达了悲喜不同的心境。

行行重行行[1]

行行重行行[2],与君生别离。相去万余里,各在天一涯。道路阻且长,会面安可知!胡马依北风,越鸟巢南枝[3]。相去日已远,衣带日已缓[4]。浮云蔽白日[5],游子不顾反。思君令人老,岁月忽已晚。弃捐[6]勿复道,努力加餐饭!

(选自徐季子.中国古代文学(上册)[M].上海:华东师范大学出版社,1990.)

【注释】

[1] 选自《文选·古诗十九首》。《古诗十九首》的名称最早见于南朝梁代昭明太子萧统所编的《文选》。大约在魏末晋初,流传着一批无主名且无诗题的五言抒情诗,被笼统称作"古诗",萧统从中选取十九首编入《文选》,并加上一个《古诗十九首》的题目。《古诗十九首》的作者大约都是东汉末年中下层文人,诗歌所表现的多是游子思妇的情怀,也从侧面反映出某些社会现实。《古诗十九首》的出现,标志着我国古代五言抒情诗已经成熟。

[2] 重行行:行了又行,走个不停。

[3] 胡马依北风,越鸟巢南枝:胡马,意指北方的马,古时称北方少数民族为胡。越鸟,南方的鸟,越指南方百越。意思是胡马到南方来仍然依恋北风,越鸟北飞后仍然筑巢在南向的枝头上。

[4] 缓:宽松。

[5] 浮云蔽白日:浮云遮蔽太阳。这句是思妇想象游子在外被人所惑。

[6] 弃捐:放在一边不管。这一句是思妇无可奈何、自我安慰的话。

【赏析指要】

两个人分别了,而且越离越远,一个"生"字写出了两个人被活活拆开的那种撕心裂肺的痛苦。痛苦之余,主人公进行了反思:我们究竟能不能再见面?但结果令他(她)很失望,道路又艰险又漫长,会面的机会可能微乎其微。但主人公不甘心这种结果,他(她)想到了胡马和越鸟的故事,鸟兽尚且如此恋旧,不忍离去,我们难道不如鸟兽吗?不由得心里宽慰了些,但还是为痛苦所折磨,日渐消瘦。最后只能安慰自己:还是先将思念放在一边,保重好身体,静静等待相见的那一天吧。这首诗把思念者的那种缠绵悱恻的心情写得入木三分,令人感动。

拟行路难(其四)[1]

[南朝]鲍　照

泻水置平地,各自东西南北流[2]。
人生亦有命,安能行叹复坐愁?
酌酒以自宽,举杯断绝歌路难[3]。
心非木石岂无感?吞声[4]踯躅[5]不敢言。

(选自钱仲联,等.鲍参军集注[M].上海:上海古籍出版社,1978.)

【注释】

[1]《行路难》本是汉代乐府歌谣。鲍照拟作十八首,咏叹人世的种种艰辛,表达愤世忧息之情。
[2] 泻水置平地,各自东西南北流:往平地上倒水,水会四处流淌。比喻人生的贵贱穷达是不一样的。
[3] 举杯断绝歌路难:用举杯饮酒来断绝(行路难)的歌唱。
[4] 吞声:声将发又止。
[5] 踯躅(zhízhú):徘徊不前。

【作者简介】

鲍照(约414—466年),南朝时宋文学家,与颜延之、谢灵运合称"元嘉三大家"。长于乐府,尤擅七言歌行,也写赋及骈文。诗作风格俊逸,对七言诗有很大发展,对唐诗人李白、岑参等颇有影响。所作乐府《拟行路难》十八首以及《芜城赋》《登大雷岸与妹书》等均较有名。所著有《鲍参军集》。

【赏析指要】

此诗为歌行体,前六句为五七杂言,句式长短相间,交错回环,用一种时缓时急的节奏,表达诗人半吐半吞、欲说还休的情感。最后两句连用七言,如滔滔洪水,奔涌而出,诗人的感情达到高潮。

【辑评】

明远(鲍照的字)《行路难》,壮丽豪放,若决江河,诗中不可比拟,大似贾谊《过秦论》。

(许凯《许彦周诗话》)

明远长句,慷慨任气,磊落使才,在当时不可无一,不能有二。

(刘熙载《艺概·诗概》)

梦游天姥吟留别[1]

[唐]李 白

海客谈瀛洲[2],烟涛微茫信难求[3];越人[4]语天姥,云霞明灭[5]或可睹。天姥连天向天横[6],势拔五岳掩赤城[7]。天台[8]一万八千丈,对此欲倒东南倾[9]。

我欲因之[10]梦吴越,一夜飞度镜湖[10]月。湖月照我影,送我至剡溪[11]。谢公[12]宿处今尚在,渌水荡漾清猿啼[13]。脚著谢公屐[14],身登青云梯[15]。半壁见海日[16],空中闻天鸡[17]。千岩万转路不定,迷花倚石忽已暝[18]。熊咆龙吟殷岩泉[19],栗深林兮惊层巅[20]。云青青[21]兮欲雨,水澹澹兮生烟。列缺[22]霹雳,丘峦崩摧。洞天石扉,訇然中开[23]。青冥[24]浩荡不见底,日月照耀金银台[25]。霓为衣兮风为马,云之君[26]兮纷纷而来下。虎鼓瑟兮鸾回车[27],仙之人兮列如麻。忽魂悸以魄动,恍[28]惊起而长嗟。惟觉[29]时之枕席,失向来之烟霞[30]。

世间行乐亦如此,古来万事东流水[31]。别君去兮何时还?且放白鹿青崖间。须行即骑访名山[32]。安能摧眉折腰[33]事权贵,使我不得开心颜!

(选自瞿蜕园,朱金成,校注.李白集校注[M].上海:上海古籍出版社,1980.)

【注释】

[1] 唐玄宗天宝三年(744年),李太白在长安受到权贵的排挤,被放出京。745年,他将由东鲁(山东)南游会稽(绍兴,越州),写了这首描绘梦中游历天姥山的诗,留给在东鲁的朋友,所以也题作《梦游天姥山别东鲁诸公》。天姥山,在今绍兴新昌县东50里,东接天台山。传说曾有登此山者听到天姥(老妇)歌谣之声,故名。

[2] 海客谈瀛(yíng)洲:海客,浪迹海上之人。瀛洲,传说中的东海仙山。

[3] 烟涛微茫信难求:波涛渺茫,远看像烟雾笼罩的样子。微茫,景象模糊不清。信,实在。难求,难以寻访。

[4] 越人:指浙江绍兴一带的人。

[5] 云霞明灭:云霞忽明忽暗。

[6] 向天横:遮住天空。横,斩断。

[7] 赤城:山名,在今浙江天台县北,为天台山的南门,土色皆赤。

[8] 天台一万八千丈:天台,山名,在今浙江天台县北。一万八千丈,形容天台山很高,是一种夸张的说法,并非实数。

[9] 对此欲倒东南倾:对着(天姥)这座山,(天台山)就好像拜倒在它的东南面一样。意思是天台山和天姥山相比,就显得低了。

[10] 因之:因,依据。之,指代前段越人的话。
[11] 剡(shàn)溪:水名。
[12] 谢公:指魏晋绍兴贵族兼诗人谢灵运。谢灵运喜欢游山。他游天姥山时,曾在剡溪居住。
[13] 渌(lù)水荡漾清猿啼:渌水,清水。清猿,这里是指猿的叫声凄清的意思。
[14] 谢公屐(jī):谢灵运游山时穿的一种特制木鞋,鞋底下安着活动的锯齿,上山时抽去前齿,下山时抽去后齿。
[15] 青云梯:指直上云霄的山路。
[16] 半壁见海日:(上到)半山腰就看到从海上升起的太阳。
[17] 天鸡:古代传说,东南有桃都山,山上有棵大树,树枝绵延三千里,树上栖有天鸡。每当太阳初升,照到这棵树上,天鸡就叫起来,天下的鸡也都跟着它叫。
[18] 迷花倚石忽已暝:迷恋着花,倚靠着石,不觉得天色已经晚了。暝,天黑、夜晚。
[19] 熊咆龙吟殷岩泉:熊在怒吼,龙在长吟,岩中的泉水在震响。"殷岩泉"就是"岩泉殷"。殷,形容声音大。这里用作动词,震响。
[20] 栗深林兮惊层巅:使深林战栗,使层巅震惊。
[21] 青青:黑沉沉的。
[22] 列缺:指闪电。
[23] 洞天石扉,訇(hōng)然中开:仙府的石门,訇的一声从中间打开。洞天,仙人居住的洞府。扉,门扇。訇然,形容声音很大。
[24] 青冥:青天。
[25] 金银台:神仙所居之处。郭璞《游仙诗》"神仙排云出,但见金银台。"
[26] 云之君:文章里指云神,泛指神仙。
[27] 鸾回车:鸾,传说中凤凰一类的鸟。回,回旋、运转。
[28] 怳:怳然,猛然。
[29] 觉:醒。
[30] 失向来之烟霞:刚才(梦中)所见的云霞消失了。向来,原来。烟霞,指前面所写的仙境。
[31] 东流水:(像)东流的水一样(一去不复返)。
[32] 且放白鹿青崖间,须行即骑访名山:暂且把白鹿放在青青的山崖间,等到要行走的时候就骑上它去访问名山。白鹿,传说神仙或隐士多骑白鹿。
[33] 摧眉折腰:摧眉,即低眉。指低头弯腰,卑躬屈膝。

【赏析指要】

这是一首记梦诗,也是游仙诗。诗写梦游名山,立意奇特,构思精密,意境雄伟,感慨深沉,情绪激烈,诗风豪放飘逸,于虚无缥渺的描述中,寄寓着生活现实,富有浪漫主义色彩。李白在诗歌中所表示的蔑视权贵、对现实不满、不同流俗的叛逆决绝态度,是向封建统治者所投过去的一瞥蔑视。在封建社会,敢于这样想、敢于这样说的人并不多。李白说了,也做了,这是他异乎常人的伟大之处。

诗歌形式上杂言相间，不受格律限制，体制解放。信手写来，笔随兴至，诗才横溢，堪称绝世名作。

【辑评】

子美不能为太白之飘逸，太白不能为子美之沉郁。太白《梦游天姥吟》《远别离》等，子美不能道。

（严羽《沧浪诗话·诗评》）

七言歌行，本出楚骚、乐府，至于太白，然后穷极笔力，优入圣域。昔人谓其以气为主，以自然为宗，以俊逸高畅为贵，咏之使人飘扬欲仙。而尤推其《天姥吟》《远别离》等篇，以为虽子美不能道。盖其才横绝一世，故兴会标举，非学可及，正不必执此谓子美不能及也。此篇夭矫离奇，不可方物，然因悟而梦，因梦而悟，因悟而别，节次相生，丝毫不乱。

（《唐宋诗醇》卷六）

青玉案·元夕（东风夜放花千树）[1]

［宋］辛弃疾

东风夜放花千树[2]，更吹落，星如雨[3]。宝马雕车[4]香满路。凤箫[5]声动，玉壶光转[6]，一夜鱼龙舞[7]。蛾儿雪柳黄金缕[8]，笑语盈盈暗香去[9]。众里寻他千百度，蓦然[10]回首，那人却在，灯火阑珊[11]处。

（选自稼轩词编年笺注[M].上海：上海古籍出版社，1993.）

【注释】

［1］元夕，元宵节，阴历正月十五夜晚。唐代以来就有观灯的习俗，所以又称灯节。

［2］花千树：花灯灿烂，像千树花开。

［3］星如雨：比喻花灯多，群星飞舞如雨从天降。

［4］宝马雕车：装饰华丽的车马。

［5］凤箫：箫的美称。

［6］玉壶光转：指月亮慢慢落下。玉壶，指月亮。

［7］鱼龙舞：指古代百戏的一种，如耍龙灯之类。

［8］蛾儿雪柳黄金缕：蛾儿、雪柳、黄金缕，都是观灯妇女头上戴的装饰品，用彩绸或彩纸制成。这里形容观灯妇女的盛装。

［9］暗香：借指观灯的妇女。古时妇女常熏衣或佩香囊等物。

［10］蓦（mò）然：突然。

［11］阑珊：稀落。

【作者简介】

辛弃疾（1140—1207 年），南宋爱国词人。字幼安，别号稼轩，历城（今山东济南）人。出生时，中原已为金兵所占。21 岁参加抗金义军，不久归南宋。历任湖北、江西、湖南、福建、浙东安抚使等职，一生力主抗金。辛弃疾艺术风格多样，以豪放为主，曾上《美芹十论》与

《九议》,论述抗金战守之策。现存词600多首。

【赏析指要】

这首词描绘了元宵节闹花灯的热闹场面,反衬了在热闹中孤独、幽冷的“那人”形象。上阕用夸张的笔法,极力描绘灯月交辉、上元盛况,表现了喧闹、欢乐的场景,反衬“那人”之孤独。下阕由景及人,写一群盛装打扮的赏灯女子,罗绮如云。然而,找来找去,都不是词人寻找的人。在百转千回苦苦寻索之后,蓦然回首,却发现她就在灯火阑珊的幽暗之处。这蓦然回首的一瞬间,有太多人生体验与感悟交织在一起。

“众里寻他千百度,蓦然回首,那人却在,灯火阑珊处。”此句被王国维认为是古今成大事业、大学问三种境界中之最后一境。

天仙子[1]

[宋]张　先

时为嘉禾小倅,以病眠,不赴府会[2]。

《水调》[3]数声持酒听,午醉醒来愁未醒。送春春去几时回?临晚镜,伤流景[4],往事后期空记省。沙上并禽[5]池上暝,云破月来花弄影[6]。重重帘幕密遮灯,风不定,人初静,明日落红应满径。

(选自朱东润.中国历代文学作品选(中编第二册)[M].上海:上海古籍出版社,1980.)

【注释】

[1] 天仙子:词牌名

[2] 时为嘉禾小倅(cuì),以病眠,不赴府会:嘉禾,宋时郡名,今浙江嘉兴市。倅,副职。小倅,小官。词前注的这句话,意思是当时我在嘉禾做一个副职,因病,不能去赴集会。

[3] 水调:曲调名。

[4] 流景:逝去的光阴。景,日光。杜牧诗“自伤临晚镜,谁与惜流年?”

[5] 并禽:成对的鸟儿,这里指鸳鸯。

[6] 云破月来花弄影:此为张先得意之句。张先以“云破月来花弄影”“娇柔懒起,帘压卷花影”“柳径无人,堕风絮无影”,被当时的人称诵,谓之“张三影”。

【作者简介】

张先(990—1078年),字子野,乌程人(今浙江吴兴人)。他与柳永齐名,擅长小令,亦作慢词。其词含蓄工巧,情韵浓郁。长于锤炼字句,因善于用“影”字,世称“张三影”。有《张子野词》,存词180多首。

【赏析指要】

这首词通过惜春伤春情绪的描写,感叹年华易逝和孤独寂寞的处境。叹老嗟卑,本是封建时代诗词中常见的内容,但由于作者长于炼句,精雕细琢,使本词所写春天夜景颇有新意。“临晚镜,伤流景”,词人的感慨与暮春景色交融,深沉而含蓄。

【辑评】

"云破月来"句,心与景会,落笔即是,着意即非,故当脍炙。

（沈际飞《草堂诗余正集》）

"云破月来花弄影",景物如画,画亦不能至此,绝倒绝倒!

（杨慎《词品》）

听"水调"而愁,自伤卑贱也。"送春"四句,喟流光易去,后期茫茫也。"沙上"二句,言所居岑寂,以沙禽与花自喻也。"重重"三句,言多障蔽也。结句仍缴送春本题,恐其时之晚也。

（黄蓼园《蓼园词选》）

"云破月来花弄影",着一"弄"字而境界全出矣。

（王国维《人间词话》）

金缕曲·赠梁汾[1]

[清]纳兰性德

德也狂生耳[2]。偶然间、淄尘京国,乌衣门第[3]。有酒唯浇赵州土[4],谁会成生此意[5]。不信道、遂成知己[6]。青眼高歌俱未老[7],向尊前、拭尽英雄泪[8]。君不见,月如水。共君此夜须沉醉。且由他、娥眉谣诼,古今同忌[9]。身世悠悠何足问[10],冷笑置之而已。寻思起、从头翻悔[11]。一日心期千劫在[12],后身缘、恐结他生里[13]。然诺重,君须记[14]。

（选自纳兰性德.纳兰词集[M].张草纫导读.上海:上海古籍出版社,2009.）

【注释】

[1] 金缕曲:词牌名。梁汾:顾贞观(1637—1714年),字华峰,号梁汾。江苏无锡人,纳兰性德的朋友。著有《积书岩集》及《弹指词》。与纳兰性德相识、交厚,直至纳兰性德病殁。

[2] 德也狂生耳:我本是个狂放不羁的人。德,作者自称。

[3] 偶然间,淄尘京国,乌衣门第:我在京城混迹于官场,又出身于高贵门第,这只是命运的偶然安排。淄尘,黑尘,喻污垢,此处作动词用,指混迹。淄,通"缁",黑色。京国,京城。乌衣门第,东晋王、谢大族多居金陵乌衣巷,后世遂以该巷名指称世家大族。

[4] 有酒唯浇赵州土:用李贺《浩歌》"买丝绣作平原君,有酒唯浇赵州土"句意,是说希望有战国时赵国平原君那样招贤纳士的人来善待天下贤德才士。浇,浇酒祭祀。赵州土,平原君墓土。

[5] 谁会成生此意:谁会理解我的这片心意。会,理解。成生,作者自称。作者原名成德,后避太子讳改性德。

[6] 不信道、竟逢知己:万万没有想到,今天竟然遇到了知己。

[7] 青眼高歌俱未老:趁我们青壮盛年,纵酒高歌。青眼,敬重的眼光,魏晋时的阮籍对鄙俗之人用白眼,对高士知己则用青眼以对。高歌,高声唱,此指青春年少。

[8] 向尊前、拭尽英雄泪:姑且面对酒杯,擦去英雄才有的眼泪。尊,同"樽"。此句为二人均不得志而感伤。

[9] 且由他、娥眉谣诼,古今同忌:姑且由他去吧,才干出众,品行端正的人容易受到谣言中

伤,这是古今常有的事。语出《离骚》:“众女嫉余之娥眉兮,谣诼谓余以善淫。”娥眉,亦作“蛾眉”,喻才能。谣诼,造谣毁谤。忌,语助词,无实义。

[10] 身世悠悠何足问:人生岁月悠悠,遭受挫折苦恼,不必去追究。悠悠,遥远不定。

[11] 寻思起、从头翻悔:若对挫折耿耿于怀,反复寻思,那么从人生一开始就错了。

[12] 一日心期千劫在:一日以心相许成为知己,即使经历千万劫难,我们二人的友情也将依然长存。心期,以心相许,情投意合。

[13] 后身缘、恐结他生里:来世他生,我们的情缘还将保持。后身缘,来生情缘。

[14] 然诺重,君须记:朋友间信用为重,您要切记。然诺重,指守信誉,不食言。

【作者简介】

纳兰性德(1655—1685 年),原名成德,字容若,满洲正黄旗人,号楞伽山人。清朝著名词人。著有《通志堂集》《侧帽集》《饮水词》等。王国维曾评价纳兰性德的词的成就“北宋以来,一人而已”。

【赏析指要】

纳兰性德出身显宦世家,却鄙视名利场而重视结交饱学脱俗之士,其中与顾贞观交往最深。这首词表现作者乍逢知音的狂喜、豪情与感慨。这首词的突出特点是情感奔放、率性、直露,使一个“狂生”的形象跃然纸面。词作格调昂扬,眼界高,气势足,有睥睨俗世的豪侠气概。恰切地运用典故,很自然让人联想到屈原、阮籍那些不合流俗的高洁之士,使词作所表达的人生态度就有了深度和厚度。

【讨论探究】

1. 叙述《氓》这首诗的故事情节,说说主人公情感发展的过程。“桑之未落,其叶沃若”“桑之落矣,其黄而陨”,这里用桑叶暗示了什么?有什么好处?

2. 背诵《拟行路难(其四)》,体会“安能行叹复坐愁”“心非木石岂无感”这两个反问句,在表现诗人情感变化过程中所起的作用。

3. 背诵《梦游天姥吟留别》,选取几处你特别欣赏的句子,写一段赏析文字。

4.《青玉案》(东风夜放花千树)一词采用了对比手法,从场景和心境两方面的对比,抒发苦苦寻觅之后终有所得时一瞬间的幸福感。请进行具体的分析。

【拓展阅读】

1. 阅读李白《行路难》,说说鲍照诗歌对李白的《行路难》有哪些影响?

行路难(其一)

金樽清酒斗十千,玉盘珍馐值万钱。
停杯投箸不能食,拔剑四顾心茫然。
欲渡黄河冰塞川,将登太行雪满山。
闲来垂钓碧溪上,忽复乘舟梦日边。

行路难，行路难！多歧路，今安在？
长风破浪会有时，直挂云帆济沧海。

2. 阅读纳兰性德《临江仙·寒柳》，与《金缕曲·赠梁汾》作对比，看看两首词抒情风格的异同。

临江仙·寒柳

飞絮飞花何处是，
层冰积雪摧残。
疏疏一树五更寒。
爱他明月好，
憔悴也相关。
最是繁丝摇落后，
转教人忆春山。
湔裙梦断续应难。
西风多少恨，
吹不散眉弯。

3. 新文学运动中，白话新诗大量出现，为了区别起见，人们把当时所写的非白话新诗称为旧体诗。五四新文学运动的重要代表人物，如鲁迅、郭沫若、茅盾、郁达夫、田汉、老舍等，都是旧体诗的高手。鲁迅的旧体诗，像“横眉冷对千夫指，俯首甘为孺子牛”“心事浩茫连广宇，于无声处听惊雷”，已经成为国人皆能诵的警句。读读下面鲁迅两首旧体诗。

惯于长夜过春时

惯于长夜过春时，挈妇将雏鬓有丝。
梦里依稀慈母泪，城头变幻大王旗。
忍看朋辈成新鬼，怒向刀丛觅小诗。
吟罢低眉无写处，月光如水照缁衣。

亥年残秋偶作

曾惊秋肃临天下，敢遣春温上笔端。
尘海苍茫沉百感，金风萧瑟走千官。
老归大泽菰蒲尽，梦坠空云齿发寒。
竦听荒鸡偏阒寂，起看星斗正阑干。

第四节　现代诗歌鉴赏

蛇

冯　至

我的寂寞是一条蛇，
静静地没有言语。
你万一梦到它时，
千万呵，不要悚惧！

它是我忠诚的侣伴，
心里害着热烈的相思：
它想那茂密的草原——
你头上的，浓郁的乌丝。

它月影一般轻轻地
从你那儿轻轻走过；
它把你的梦境衔了来，
像一只绯红的花朵。

1926 年

（选自冯至选集[M].成都：四川文艺出版社，1985.）

【作者简介】

冯至（1905—1993 年），原名冯承植，河北涿县人。1921 年考入北京大学，1923 年开始发表新诗。1927 年 4 月出版第一部诗集《昨日之歌》，1929 年 8 月出版第二部诗集《北游及其他》，记录了大学毕业后的哈尔滨教书生活。1930 年赴德国留学，五年后获得哲学博士学位，回国后在西南联大任外语系教授。其诗集有《十四行集》《西郊集》《十年诗抄》。冯至的小说与散文也均十分出色，小说的代表作《蝉与晚秋》《仲尼之将丧》，中篇小说《伍子胥》，传记《杜甫传》；散文集有《山水》《东欧杂记》，论文集《诗与遗产》等。

【赏析指要】

关于这首诗的写作缘起，冯至曾回忆说："1926 年，我见到一幅黑白线条的画（我不记得是比亚兹莱本人的作品呢，还是在他的影响下另一个画家画的，画上是一条蛇，尾部盘在地上，身躯直立，头部上仰，口中衔着一朵花。蛇，无论是在中国，或是在西方，都不是可爱的生物。在西方它诱惑夏娃吃了禁果；在中国，除了白娘娘，不给人以任何美感。可是这条直挺挺，身上有黑白花纹的蛇，我看不出什么阴毒险狠，却觉得秀丽无邪。它那沉默的神情，像是青年人感到的寂寞，而那一朵花呢，有如一个少女的梦境。于是我写了一首题为'蛇'的短诗，写出后没有发表，后来收在1927年出版的第一部诗集《昨日之歌》里。"

"我的寂寞是一条蛇"，诗的起首就给出一个令人惊诧又耐人思索的意象，将"寂寞"比喻为"蛇"，新鲜而又形象。整首诗就是从这样一个奇异的比喻通过想象展开。

的确，蛇的形象会让人产生阴冷狡猾的联想，但蛇同时给人以来去无声、游移不定、难以捉摸的奇幻感觉。这种感觉也恰如一个青年的寂寞和相思，变化不定，时时缠绕着却又似乎捕捉不住，如同"忠诚的侣伴"，不离不弃，如影随形。第三节借助于"月影""梦境"这样优美的画面，展现了"寂寞"之"蛇"的温柔与羞涩。诗歌的语言色彩也极富有美感，"绯红""月影""梦境"构成了优雅而静默的意境。

【辑评】

《蛇》所表现的也就是对于爱情的渴望，然而写得那样不落俗套，那样有色彩。不应该把这首诗的长处仅仅归结为构思的巧妙，而是由于作者青年时期对于"寂寞"有深切的感受，因而就得到了一个奇异的比喻：它"静静地没有言语"，像一条蛇。整首诗就是从这样一个想象展开的。

（选自何其芳. 诗歌欣赏[M]. 北京：人民文学出版社，1962.）

"蛇"的冰凉、阴沉、无声的潜行，给予人的只能是恐惧而神秘的感觉联想。冯至在这首诗中，却竟然说"蛇"是"我"忠诚的伙伴！还"轻轻地"向"你"走去，把沉睡中"你"的"梦境衔了来"，这些表现潜在地反映着《蛇》里没有正常人怀春的艳美，而是心灵严重受损者阴郁的病态抒情。但问题还不是这么简单的。想把人郁积的心力发泄于适当的行动就是欲望；人心成为欲望同社会影响的激斗场，而当后者取得了胜利，就会造成欲望的压抑。为了摆脱这种压抑，欲望只得逃入隐意识里躲起来，但它又随时要想乔装一番，通过检查作用而闯到意识中去，以求得满足。可是又毕竟出不去，这时它只有通过求梦或白日梦——幻想来获得满足。于是，这些以具体的意象为标志的梦或白日梦，作为一种欲望的满足，以显像代表隐义，就出现了象征。现在对《蛇》要进一步考察的，就是白日梦中一个蛇的显性意象究竟象征什么意义或者情绪。不妨注意一下诗人写"蛇"对"你"的示爱："它想那茂密的草原——你头上的、浓郁的乌丝"，"它月影一般轻轻地/从你那儿轻轻走过"。如果承认梦中的图像都是睡眠中器官状态的象征，梦中的"戏剧化"都是以具体的形象来表现抽象的欲望的，那么《蛇》中这些图像和"戏剧化"表现就可以解释成某种白日梦中性行为的象征，而隐义则是追求超文化的动物本能这一主体怪异情结的泄露。

（选自骆寒超. 20世纪新诗综论.《蛇》的意识流幻示[M]. 上海：学林出版社，2001.）

在寒冷的腊月的夜里[1]

穆　旦

在寒冷的腊月的夜里，风扫着北方的平原，

北方的田野是枯干的，大麦和谷子已经推进村庄，
岁月尽竭了，牲口憩息了，村外的小河冻结了，
在古老的路上，在田野的纵横里闪着一盏灯光，
一副厚重的，多纹的脸，
他想什么？他做什么？
在这亲切的，为吱哑的轮子压死的路上。

风向东吹，风向南吹，风在低矮的小街上旋转，
木格的窗子堆着沙土，我们在泥草的屋顶下安眠，
谁家的儿郎吓哭了，哇—呜—呜—从屋顶传过屋顶，
他就要长大了，渐渐和我们一样地躺下，一样地打鼾，
从屋顶传过屋顶，
风这样大，岁月这样悠久，
我们不能够听见，我们不能够听见。

火熄了么？红的炭火拨灭了么？一个声音说，
我们的祖先是已经睡了，睡在离我们不远的地方，
所有的故事已经讲完了，只剩下了灰烬的遗留，
在我们没有安慰的梦里，在他们走来又走去以后，
在门口，那些用旧了的镰刀，
锄头，牛轭[2]，石磨，大车，
静静地，正承接着雪花的飘落。

1941年2月

（选自穆旦诗全集[M].北京：中国文学出版社，1996.）

【注释】

[1] 腊月：农历十二月为“腊月”，古时候也称“蜡月”。
[2] 牛轭(è)：驾车时搁在牛马颈上的曲木。

【作者简介】

穆旦(1918—1977年)，原名查良铮，曾用笔名梁真，著名诗人、翻译家。祖籍浙江省海宁市。穆旦于20世纪40年代出版了《探险者》《穆旦诗集(1939—1945)》《旗》三部诗集，将西欧现代主义和中国诗歌传统结合起来，诗风富于象征寓意和心灵思辨，是“九叶诗派”的代表诗人。

【赏析指要】

诗歌写于1941年2月，此时正是抗日战争进行到最艰苦的时刻，中国大地陷入灾难与苦痛之中。诗歌描绘了一幅凝滞、衰败、困窘的北方原野的冬夜图，这正如同笼罩在战争阴

云下的中华民族的生存状态。如同摄影一样，诗歌由远而近地展现了一幅幅画面。先是远镜头——总体上扫描北方平原的田野、村庄、河流等，在这冷清的背景下忽然闪现“一盏灯光”，露出“一副厚重的，多纹的脸”，“他想什么？他做什么？”与其说是一种提问，不如说是为了提醒读者注意这位农夫在“岁月尽竭”“牲口憩息”后的劳作。镜头拉近，诗人让我们的目光停留在“低矮的小街”“木格的窗子”“泥草的屋顶”上面，婴儿的一阵啼哭打破了小街的沉静。似乎带来了某种憧憬，但随着“渐渐和我们一样地躺下，一样地打鼾”，这种憧憬又受到了质疑，因为没有什么能够比岁月更“悠久”。最后像是特写，从室内一群围着炭火讲故事的人，移向室外门口的种种劳动工具——镰刀、锄头、牛轭、石磨、大车，这些“静静”的劳动工具。仿佛久远以来，这群人就这么祖祖辈辈地静默而坚韧地生活着、劳作着。“就要长大”的婴儿也将“渐渐和我们一样地躺下，一样地打鼾”，如同“我们的祖先”，岁月“悠久”而生命生生不息。

春　鸟

臧克家

当我带着梦里的心跳，
睁大发狂的眼睛，
把黎明叫到了我的窗纸上——
你真理一样的歌声。
我吐一口长气，
拊一下心胸，
从床上的恶梦，
走进了地上的恶梦。

歌声，
像煞黑天上的星星，
越听越灿烂，
像若干只女神的手
一齐按着生命的键。
美妙的音流
从绿树的云间，
从蓝天的海上，
汇成了活泼自由的一潭。
是应该放开嗓子
歌唱自己的季节，
歌声的警钟，
把宇宙
从冬眠的床上叫醒，
寒冷被踏死了，

到处是东风的脚踪。

你的口
歌向青山，
青山添了媚眼；
你的口
歌向流水，
流水野孩子一般；
你的口
歌向草木，
草木开出了青春的花朵；
你的口
歌向大地，
大地的身子应声酥软；
蛰虫听到你的歌声，
揭开土被
到太阳底下去爬行；
人类听到你的歌声
活力冲涌得仿佛新生。
而我，有着同样早醒的一颗诗心，
也是同样的不惯寒冷，
我也有一串生命的歌，
我想唱，像你一样，
但是，我的喉头上锁着链子，
我的嗓子在痛苦地发痒。

（选自中国当代名诗人选集[M]. 北京：人民文学出版社，2006.）

【作者简介】

臧克家（1905—2004 年），笔名少全、何嘉等。杰出诗人，著名作家、编辑，山东诸城人，有诗集《烙印》《罪恶的黑手》《运河》《古树的花朵》《泥土的歌》《生命的零度》等。有散文集《甘苦寸心知》《克家论诗》《乱莠集》等。

【赏析指要】

《春鸟》写于抗日战争时期，当时作者正在战地进行宣传活动，政治空气十分沉闷，人们感到抑郁和窒息。《春鸟》这首诗通过比喻和象征，含蓄地写出了那个时代人们“喉头上锁着链子”的社会现实，表达了对当时黑暗社会现实的郁愤的心情。

诗的开头写春鸟的歌声把“我”从恶梦中惊醒，可是睁眼一看，眼前的现实生活也正如恶梦一样，于是“从床上的恶梦，走进了地上的恶梦”。诗人接着转笔写春鸟的自由歌唱：春鸟用真理一样的歌声，叫来了黎明，唤醒了大地，给人们带来了蓬勃的生机。在诗人笔下，春鸟已成为美好事物的象征，成了为真理和自由而歌唱的诗人。然而，作者却没有这种歌唱的自由；“我也有一串生命的歌”，但是，“喉头上锁著链子”，“嗓子在痛苦的发痒”。在与春鸟的对比中，诗人揭露了政治高压下摧残民主、钳制言论的罪行，抒发了向往自由、渴求真理的心情。

全诗运用比喻、想象、拟人等手法，通过生动具体的形象来感染读者。例如，描述歌声给人的感觉，“像煞黑天上的星星那样灿烂”；形容歌声的优美动听，就“像若干只女神的手，一齐按着生命的键”；描绘万鸟齐鸣的情景，“美妙的音流汇成了活泼自由的一潭”。又用拟人的手法，说春鸟“把宇宙从冬眠的床上叫醒”，“寒冷被踏死了”，“到处是东风的脚踪”，“青山添了媚眼”，“大地的身子应声酥软”，形象地描绘出“春鸟”的歌声使大地回春、自然界万物复苏的景象，具有强烈的艺术感染力。

寻梦者

戴望舒

梦会开出花来的，
梦会开出娇妍的花来的，
去求无价的珍宝吧。

在青色的大海里，
在青色的大海的底里，
深藏着金色的贝一枚。

你去攀九年的冰山吧，
你去航九年的旱海吧，
然后你逢到那金色的贝。

它有天上的云雨声，
它有海上的风涛声，
它会使你的心沉醉。

把它在海水里养九年，
把它在天水里养九年，
然后，它在一个暗夜里开绽了。

当你鬓发斑斑了的时候，
当你眼睛朦胧了的时候，
金色的贝吐出桃色的珠。

把桃色的珠放在你怀里，
把桃色的珠放在你枕边，
于是一个梦静静地升上来了。

你的梦开出花来了，
你的梦开出娇妍的花来了，
在你已衰老了的时候。

（选自戴望舒.望舒草[M].北京:人民文学出版社,2000.）

【作者简介】

戴望舒(1905—1950年),笔名有戴梦鸥、江恩、艾昂甫等,生于浙江杭州,中国现代著名的诗人,为中国现代派诗歌的代表。早年就读于上海大学、复旦大学,曾因宣传革命被捕。诗集有《我的记忆》《望舒草》《望舒诗稿》《灾难的岁月》《戴望舒诗选》《戴望舒诗集》,另有译著等数十种。

【赏析指要】

《寻梦者》是诗人精神追求的形象写照,也是一个群体精神与灵魂的深刻自白。诗人把"梦"具体化为一枚金色的贝,于是寻梦的过程变成追寻珠贝的过程。最后诗人写道,当你衰老了的时候,梦就开出了花。这支美丽的歌揭示了一个人生的真谛:任何美好理想的实现,任何事业成功的获取,必须付出人的一生追求的艰苦代价;你的梦"开出娇妍的花"来的时候,正是"在你已衰老了的时候"。

采莲曲

朱　湘

小船呀轻飘，
杨柳呀风里颠摇；
荷叶呀翠盖，
荷花呀人样妖娆。
日落，
微波，
金线闪动过小河。
左行，
右撑，
莲舟上扬起歌声。

菡萏呀半开，
蜂蝶呀不许轻来，
绿水呀相拌，

清净呀不染尘埃。
溪间，
采莲，
摇动了叶上珠圆，
拍紧
拍轻，
桨声应答着歌声。

藕心呀丝长，
羞涩呀水底深藏；
不见呀蚕茧，
丝多呀蛹裹中央。
溪头，
采藕，
女郎要采又夷犹。
波沉，
波升，
波上抑扬着歌声。

莲蓬呀子多，
两岸呀柳树婆娑，
云鹊呀欢噪，
榴花呀落上新罗。
溪中，
采莲，
耳鬓边晕着微红。
风定，
风生，
风飏荡漾着歌声。

升了呀月钩，
明了呀织女牵牛；
薄雾呀拂水，
凉风呀飘去莲舟。
花芳，
衣香，
消溶入一片苍茫；
时静，

时闻，
虚空里袅着歌音。

（选自钱谷融．中国现当代文学作品选（上卷二）［M］．上海：华东师范大学出版社，1999．）

【作者简介】

朱湘（1904—1933 年），字子沅，安徽太湖人，现代著名诗人，致力于探索中国新诗创作和外国诗歌的译介，提倡诗歌的“形式美”。在清华大学学习期间，人称“清华四子”之一，享有诗名。1926 年与人合办《晨报诗镌》。1929 年留学美国，回国后执教于安徽大学。1933 年 12 月自沉于南京采石矶。主要作品有诗集《石门集》《草莽集》，散文书信集《中书集》《海外寄霓君》等。

【赏析指要】

诗、乐、画在这首诗里是统一的。从整首诗看来，诗人对荷塘的景色描写得细致入微，用小船、荷花、藕心、莲蓬子、月钩，将采莲女入荷池、采莲、采藕、采蓬、出荷池有机地连接在一起，充满了流动感和雕塑感。此诗化用古诗中长短句的音节，每节又大致押韵，呈现出强烈鲜明的音乐感。读这首诗，就是在赏画，在听歌。朱湘的诗以“形式的完美”“文字的典则”和“东方的静美”（沈从文语）而成为中国早期现代格律诗的典范。鲁迅称早逝的才子诗人朱湘为“中国的济慈”。

窗

陈敬容

（一）

你的窗
开向太阳
开向四月的蓝天
为何以重帘遮住
让春风溜过如烟？
我将怎样寻找
那些寂寞的足迹
在你静静的窗前
我将怎样寻找
我失落的叹息？
让静夜星空
带给你我的怀想吧
带给你无忧的睡眠
而我　如一个陌生客
默默地　走过你窗前

（二）

空漠锁住了你的窗
锁住了我的阳光
重帘遮断了凝望
留下晚风如故人
幽咽在屋
远去了　你带着
照澈我阴影的
你的明灯
而我独自迷失于
无尽的黄昏
我有不安的睡梦
与严寒的隆冬
而我的窗
开向黑夜
开向无言的星空

（选自严家炎，孙玉石，温儒敏. 中国现代文学作品精选[M]. 北京：北京大学出版社，2001.）

【作者简介】

陈敬容（1917—1989 年），原名陈懿范，原籍四川乐山，是现代女诗人和著名翻译家。创作了大量既具现代意识、又具有中国古典风格的诗歌和散文，结集出版了《盈盈集》《交响集》《老去的是时间》《星雨集》《远帆集》，以及法国现代诗歌翻译集《图象与花朵》，翻译了外国文学名著《巴黎圣母院》《绞刑架下的报告》《安徒生童话》等。

【赏析指要】

“窗”是古典诗歌中常见的意象。现代诗人对“窗”的吟咏，与古典意象之间，有着割不断的联系。现代诗人的心灵世界中，也不时有着古典意象的独特神韵。

一扇窗子就是一个境界，接近一扇窗子，等于走近了一个人的心灵世界。诗歌通过具有沟通意味的“窗”的意象，将窗内与窗外、你的窗与我的窗进行了诗意的对比。“你的窗/开向太阳/开向四月的蓝天”，而“我的窗/开向黑夜/开向无言的星空”。你的世界是开阔、深远而明亮的，这样的一个世界，却“为何以重帘遮住/让春风溜过如烟”，“重帘”让人联想到隔绝、封闭，或者是封闭的心灵的象征。诗歌表达了两个心灵、两个世界的一种隔膜与拒绝，表达诗人情感的失落。

诗歌在色彩的情感化运用方面别具匠心。在描写“你”的时候，诗人使用的是色彩明亮的词语。你的窗向着“太阳”“四月的蓝天”，祝福你有“无忧的睡眠”。爱情对对方来说，或许只是生活中的极小部分，对方还有更广阔的天地和人生。而在诗人自己，除了用“黑暗”“黄昏”等表达孤独迷茫情绪的常用色彩之外，还用“叹息”“凝望”“幽咽”等动词传达内心的感受，用这种感伤色彩和灰暗色调来暗示自己心绪落寞。

诗中两次出现“重帘”，这是古典诗词较常见的一个意象。“空漠锁住你的窗/锁住我的阳光/重帘遮断了凝望/留下晚风如故人/幽咽在屋上”，很大程度上再现了古典诗词的意境。

【讨论探究】

1.《春鸟》中哪些诗句绘声绘色地描绘了春鸟的歌声？哪些诗句表现了春鸟的歌声对自然界产生的作用？各是如何描绘的？

2.《在寒冷的腊月的夜里》描写了哪些景物，这些景物有共同的特点吗？

3. 阅读陈敬容的《窗》，把诗歌中描述的“你的窗”与“我的窗”做一个多角度的对比，体会诗歌所表达的复杂、委婉的情感。

4. 唐代王昌龄的《采莲曲》很有名，“荷叶罗裙一色裁，芙蓉向脸两边开。乱入池中看不见，闻歌始觉有人来。”白居易的《采莲曲》：“菱叶萦波荷飐风，荷花深处小船通。逢郎欲语低头笑，碧玉搔头落水中。”诗歌把莲花和采莲女子结合在一起，人、物、景、情彼此映衬，情景交融，浑然一体，创造出非常美妙的意境。诵读感悟，体会诗歌美的意境。

【拓展阅读】

1. 阅读下边的文字片段，体会一下，应该怎样去欣赏现代诗歌。

亲爱的朋友，你也许已经读过古今中外的不少诗，可是，你是否想过，你是怎样读一首诗的？你从哪条路径、哪道门槛走到一首诗的世界？你是迷恋那华美优雅或简洁朴实的语词，还是更留意那幽邃的、发人深省的内涵？或者，你仅仅为一种莫名的意绪或情思所感染？这里你首先得明白：虽然读所有的诗总会有一些近似的读法，但读不同的诗，往往需要采用不同的方法。因为，诗之间的差别有时实在太大了。譬如，中国的古典诗歌（旧体诗）和现代诗歌（新诗），它们之间的差别是如此之大，似乎成了两个迥异的文字系统；它们在不同的历史条件下，形成了各自的语汇、想象方式和体式。现代诗人废名曾经说：旧诗是“诗的文字、散文的内容”，新诗是“诗的内容、散文的文字”。你琢磨一下，觉得这话是否有道理呢？

中国现代诗歌是为反叛中国古典诗歌而诞生的，同时受外国诗歌特别是外国现代诗歌的影响很深，在近百年发展历史中形成了自己的特点。在阅读现代诗歌之前，你需要对它的特点有所了解：

其一，经验的繁复与特别。现代诗歌书写的是现代人在纷繁复杂的现代社会中的经验、情感和心理，其间充满了强烈的自我意识。现代生活的方方面面，为现代诗歌提供了丰富的主题和题材。

其二，体式的自由与变化。在“言文一致”趋势的影响下，现代诗歌采用的语言是贴近口语的白话，这使得诗歌的体式更自由灵活、富于变化。同时，繁复的现代经验也要求诗歌体式趋于复杂、精细。

其三，艺术的实验与开放。现代诗歌总在进行艺术创新，总在不断尝试新的创作手段、吸收各种养分。隐喻、象征、通感、变形等是现代诗歌常见的手法，这些手法赋予了现代诗歌暗示性、跳跃性等特点。

一言以蔽之，现代诗歌就是“现代人在现代生活中所感受到的现代情绪，用现代的辞藻排列成的现代的诗形”(施蛰存语)。现代诗歌流派纷呈、风格多样、新人辈出,一代代诗人留下了不少堪称经典的作品,为丰富我们的精神生活积累了宝贵的资源。

针对现代诗歌的上述特点,在阅读一首诗时你可以借助于形象的分析、意境的体会,去挖掘包含在作品中的情感和内涵;也可以从体式、手法等方面入手,通过领略它特殊的节奏和韵律、语气和声调,去感受语词之间传达的意绪或美感。

读诗的方法是多种多样的,关键在于多读、多思、多悟。

张桃洲

(选自钱理群.诗歌读本·高中卷[M].桂林:广西师范大学出版社,2010.)

2. 对比阅读臧克家的《春鸟》和劳伦斯的《鸟啼》一文,说说鸟啼的声音引发了诗人们各自怎样的思考?

严寒持续了好几个星期,鸟儿很快地死去了。田间与灌木篱下,横陈着田凫、椋鸟、画眉等数不清的腐鸟的血衣,鸟儿的肉已被隐秘的老饕吃净了。

突然间,一个清晨,变化出现了。风刮到了南方,海上飘来了温暖和慰藉。午后,太阳露出了几星光亮,鸽子开始不间断地缓慢而笨拙地发出咕咕的叫声。这声音显得有些吃力,仿佛还没有从严冬的打击下缓过气来。黄昏时,从河床的蔷薇棘丛中,开始传出野鸟微弱的啼鸣。

当大地还散落着厚厚的一层鸟的尸体的时候,它们怎么会突然歌唱起来?从夜色中浮起的隐约的清越的声音,使人惊讶。当大地仍在束缚中时,那小小的清越之声已经在柔弱的空气中呼唤春天了。它们的啼鸣,虽然含糊,若断若续,却把明快而萌发的声音抛向苍穹。

冬天离去了。一个新的春天的世界。田地间响起斑鸠的叫声。在不能进入的荆棘丛底,每一个夜晚以及每一个早晨,都会闪动出鸟儿的啼鸣。

它从哪儿来呀?那歌声?在这么长的严酷后,鸟儿们怎么会这么快就复生?它活泼,像泉水,从那里,春天慢慢滴落又喷涌而出。新生活在鸟儿们喉中凝成悦耳的声音。它开辟了银色的通道,为着新鲜的春日,一路潺潺而行。

当冬天抑制一切时,深埋着的春天的生机一片沉默,只等着旧秩序沉重的阻碍退去。冰消雪化之后,顷刻间现出银光闪烁的王国。在毁灭一切的冬天巨浪之下,蛰伏着的是宝贵的百花吐艳的潜力。有一天,黑色的浪潮精力耗尽,缓缓后移,番红花就会突然间显现,胜利地摇曳。于是我们知道,规律变了,这是一片新的天地,喊出了崭新的生活!生活!

不必再注视那些暴露四野的破碎的鸟尸,也无须再回忆严寒中沉闷的响雷,以及重压在我们身上的酷冷。冬天走开了,不管怎样,我们的心会放出歌声。

即使当我们凝视那些散落遍地、尸身不整的鸟儿腐烂而可怕的景象时,屋外也会飘来一阵阵鸽子的咕咕声,那从灌木丛中发出的微弱的啼鸣。那些破碎不堪的毁灭了的生命,意味着冬天疲倦而残缺不全的队伍的撤退。我们耳中充塞的,是新生的造物清明而生动的号音,那造物从身后追赶上来,我们听到了鸟儿们发出的轻柔而欢快的隆隆鼓声。

世界不能选择。我们用眼睛跟随极端的严冬那沾满血迹的骇人的行列,直到它走过去。春天不能抑制,任何力量都不能使鸟儿悄然,不能阻止大野鸽的沸腾,不能滞留美好世界中丰饶的创造。它们不可阻挡地振作自己,来到我们身边。无论人们情愿与否,月桂树总要飘出花香，绵羊总要站立舞蹈，白屈菜总要遍地闪烁，那就是新的天堂和新的大地。

那些强者将跟随冬天从大地上隐遁。春天来到我们中间，银色的泉流在心底奔涌，这喜悦，我们禁不住。在这一时刻，我们将这喜悦接受了！变化的时节，啼唱起不平凡的颂歌，这是极度的苦难所禁不住的，是无数残损的死亡所禁不住的。

多么漫长的冬天，冰封昨天才裂开。但看上去，我们已把它全然忘记了。它奇怪地远离了，像远去的黑暗。看上去那么不真实，像长夜的梦。新世界的光芒摇曳在心中，跃动在身边。我们知道过去的是冬天，漫长、恐怖。我们知道大地被窒息、被残害。我们知道生命的肉体被撕裂，零落遍地。所有的毁害和撕裂，啊，是的，过去曾经降临在我们身上，曾经团团围住我们。它像高空中的一阵风暴，一阵浓雾，或一阵倾盆大雨。它缠在我们周身，像蝙蝠绕进我们的头发，逼得我们发疯。但它永远不是我们最深处真正的自我。我们就是这样，是银色晶莹的泉流，先前是安静的，此时却跌宕而起，注入盛开的花朵。

生命和死亡全部不相容。死时，生便不存在，皆是死亡，犹如一场势不可挡的洪水。继而，一股新的浪头涌起，便全是生命，便是银色的极乐的源泉。

死亡攫住了我们，一切残断，沉入黑暗。生命复生，我们便变成水溪下微弱但美丽的喷泉，朝向鲜花奔去。当炽烈而可爱的画眉，在荆棘丛中平静地发出它的第一声啼鸣时，怎能把它和那些在树丛外血肉模糊、羽毛纷乱的残骸联系在一起呢？在死亡的王国里，不会有清越的歌声，正如死亡不能美化生的世界。

鸽子，还有斑鸠、画眉……不能停止它们的歌唱。它们全身心地投入了，尽管同伴昨天遭遇了毁灭。它们不能哀伤，不能静默，不能追随死亡。死去的，就让它死去。现在生命鼓舞着、摇荡着到新的天堂，新的昊天，在那里，它们禁不住放声歌唱，似乎从来就这般炽烈。

从鸟儿们的歌声中，听到了这场变迁的第一阵爆发。在心底，泉流在涌动，激励着我们前行。谁能阻挠到来的生命冲动呢？它从陌生的地方来，降临在我们身上，使我们乘上了从天国吹来的清新柔风，就如向死而生的鸟儿一样。

3. 艾青的《窗》是他不多情诗中的拔萃之作，一反艾青诗歌创作“忧郁”的基调，给人以温馨甜蜜的陶醉之感。而陈敬容的《窗》是表现失落的爱情之作，以一种女性的深沉音色唱出了哀婉的歌。当诗人内心的感情色彩投射于外在事物时，同样的景观会呈现出迥异的感情内涵。读一读艾青的《窗》，和陈敬容的《窗》作对比阅读。

窗

艾 青

在这样绮丽的日子里
我悠悠地望着窗
也能望见她
她在我幻想的窗里
我望她也在窗前
用手支着丰满的下颌
而她柔和的眼

则沉浸在思念里

在她思念的眼里
映着一个无边的天
那天的颜色
是梦一般青的
青的天的上面
浮起白的云片了
追踪那云片
她能望见我的影子

是的，她能望见我
也在这样的日子
因我也是生存在
她幻想的窗里的

4. 阅读冯至的《蚕马》，试着分析蚕马的形象。

蚕 马

一

溪旁开遍了红花，
天边染上了春霞，
我的心里燃起火焰，
我悄悄地走到她的窗前。
我说，姑娘啊，蚕儿正在初眠，
你的情怀可曾觉得疲倦？
只要你听着我的歌声落了泪，
就不必打开窗门问我，"你是谁？"

在那时，年代真荒远，
路上少行车，水上不见船，
在那荒远的岁月里，
有多少苍凉的情感。
是一个可怜的少女，
没有母亲，父亲又远离，
临行的时候嘱咐她：
"好好耕种着这几亩田地！"

旁边一匹白色的骏马，

父亲眼望着女儿,手指着它,
“它会驯良地帮助你犁地,
它是你忠实的伴侣。”
女儿不懂得什么是别离,
不知父亲往天涯,还是海际。
依旧是风风雨雨,
可是田园呀,一天比一天荒寂。

“父亲呀,你几时才能够回来?
别离真像是汪洋的大海;
马,你可能渡我到海的那边,
去寻找父亲的笑脸?”
她望着眼前的衰花枯叶,
轻抚着骏马的鬃毛,
“如果有一个亲爱的青年,
他必定肯为我到处去寻找!”

她的心里这样想,
天边浮着将落的太阳,
好像有一个含笑的青年,
在她的面前荡漾。
忽然一声响亮的嘶鸣,
把她的痴梦惊醒;
骏马已经投入远远的平芜,
同时也消逝了她面前的幻影!

二

温暖的柳絮成团,
彩色的蝴蝶翩翩,
我心里正燃烧着火焰,
我悄悄地走到她的窗前。
我说,姑娘啊,蚕儿正在三眠,
你的情怀可曾觉得疲倦?
只要你听着我的回声落了泪,
就不必打开窗门问我,“你是谁?”

荆棘生遍了她的田园,
烦闷占据了她的日夜,
在她那寂静的窗前,

只叫着喳喳的麻雀。
一天又靠着窗儿发呆，
路上远远地起了尘埃；
(她早已不做这个梦了，
这个梦早已在她的梦外。)

现在啊，远远地起了尘埃，
骏马找到了父亲归来；
父亲骑在骏马的背上，
马的嘶鸣变成和谐的歌唱。
父亲吻着女儿的鬓边，
女儿拂着父亲的征尘，
马却跪在她的身边，
止不住全身的汗水淋淋。

父亲像宁静的大海，
她正如莹晶的明月，
月投入海的深怀，
净化了这烦闷的世界。
只是马跪在她的床边，
整夜地涕泪涟涟，
目光好像明灯两盏，
“姑娘啊，我为你走遍了天边！”

她拍着马头向它说，
“快快地去到田里犁地！
你不要这样癫痴，
提防着父亲要杀掉了你。”
它一些儿鲜草也不咽，
半瓢儿清水也不饮，
不是向着她的面庞长叹，
就是昏昏地在她的身边睡寝。

三

黄色的蘼芜已经凋残
到处飞翔黑衣的海燕
我的心里还燃着余焰，
我悄悄地走到她的窗前。
我说，姑娘啊，蚕儿正在织茧，

你的情怀可曾觉得疲倦?
只要你听着我的歌声落了泪,
就不必打开窗门问我,“你是谁?”

空空旷旷的黑夜里,
窗外是狂风暴雨;
壁上悬挂着一张马皮,
这是她唯一的伴侣。
“亲爱的父亲,你今夜
又流浪在哪里?
你把这匹骏马杀掉了,
我又是凄凉,又是恐惧!

“亲爱的父亲,
电光闪,雷声响,
你丢下了你的女儿,
又是恐惧,又是凄凉!”
“亲爱的姑娘,
你不要凄凉,不要恐惧!
我愿生生世世保护你,
保护你的身体!”

马皮里发出沉重的语声,
她的心儿怦怦,发儿悚悚;
电光射透了她的全身,
皮又随着雷声闪动。
随着风声哀诉,
伴着雨滴悲啼,
“我生生世世地保护你,
只要你好好地睡去!”

一瞬间是个青年的幻影,
一瞬间是那骏马的狂奔;
在大地将要崩溃的一瞬,
马皮紧紧裹住了她的全身!
姑娘啊,我的歌儿还没有唱完,
可是我的琴弦已断;
我惴惴地坐在你的窗前,

要唱完最后的一段：
一霎时风雨都停住，
皓月收束了雷和电；
马皮裹住了她的身体，
月光中变成了雪白的蚕茧！

1925 年

附注：

传说有蚕女，父为人掠去，唯所乘马在。母曰："有得父还者，以女嫁焉。"马闻言，绝绊而去。数日，父乘马归。母告之故，父不可。马咆哮，父杀之，曝皮于庭。皮忽卷女而去，栖于桑，女化为蚕。——见干宝《搜神记》

第五节　当代诗歌鉴赏

神女峰

舒　婷

在向你挥舞的各色花帕中
是谁的手突然收回
紧紧捂住自己的眼睛
当人们四散而去，谁
还站在船尾
衣裙漫飞，如翻涌不息的云
江涛
高一声
低一声

美丽的梦留下美丽的忧伤
人间天上，代代相传
但是，心
真能变成石头吗
为眺望远天的杳鹤
而错过无数次春江月明

沿着江岸

金光菊和女贞子的洪流
正煽动新的背叛
与其在悬崖上展览千年
不如在爱人肩头痛哭一晚

（选自舒婷的诗[M].北京:人民文学出版社,2005.）

【作者简介】

舒婷(1952—),原名龚佩瑜、龚婷婷,福建厦门人。有诗集《双桅船》《会唱歌的鸢尾花》《始祖鸟》《舒婷的诗》,散文集《心烟》《柏林》《露珠里的“诗想”》等。舒婷是朦胧诗派的代表作家之一,与北岛、顾城齐名。

【赏析指要】

这首诗取材于长江三峡的神女峰神话传说,是古往今来很多诗人吟咏过多次的题材。诗写了抒情主人公(以第一节的两个“谁”指代)在江轮上初见风雨中屹立千年的神女峰时的内心体验,以及对有关神女峰神话传说的重新解读。

相信未来

食　指

当蜘蛛网无情地查封了我的炉台,
当灰烬的余烟叹息着贫困的悲哀,
我依然固执地铺平失望的灰烬,
用美丽的雪花写下:相信未来。

当我的紫葡萄化为深秋的露水,
当我的鲜花依偎在别人的情怀,
我依然固执地用凝露的枯藤,
在凄凉的大地上写下:相信未来。

我要用手指那涌向天边的排浪,
我要用手撑那托住太阳的大海,
摇曳着曙光那枝温暖漂亮的笔杆,
用孩子的笔体写下:相信未来。

我之所以坚定地相信未来,
是我相信未来人们的眼睛——
她有拨开历史风尘的睫毛,
她有看透岁月篇章的瞳孔。

不管人们对于我们腐烂的皮肉，
那些迷途的惆怅，失败的苦痛，
是寄予感动的热泪，深切的同情，
还是给以轻蔑的微笑，辛辣的嘲讽。

我坚信人们对于我们的脊骨，
那无数次的探索、迷途、失败和成功，
一定会给予热情客观、公正的评定，
是的，我焦急地等待着他们的评定。

朋友，坚定地相信未来吧，
相信不屈不挠的努力，
相信战胜死亡的年轻，
相信未来，热爱生命。

1968 年

（选自食指的诗[M].北京:人民文学出版社,2000.）

【作者简介】

食指(1948—)，原名郭路生，山东鱼台人。1968 年插队下乡，早期作品广泛传诵于知青中。诗集有《相信未来》《食指、黑大春现代抒情诗合集》《食指的诗》等。

【赏析指要】

在“文化大革命”那个非常的年代里，一代青年陷入困惑和迷茫。诗人能够写出这样铿锵有力的诗句，表达对未来的必胜信心，实在难能可贵。诗一开始就摆出了两种截然对立的事实，一方面是对现实的失望困惑，一方面是固执倔强的“我”依然相信未来。穿越历史的烟尘，我们竟发现诗人犹如时代的预言家，向人们吹响了走向未来的号角。

诗意晓畅明白，诗形整齐，所用的一些意象具有象征意义，耐人咀嚼。

河　床

昌　耀

我从白头的巴颜喀拉走下。
白头的雪豹默默卧在鹰的城堡，目送我走向远方。
但我更是值得骄傲的一个。
我老远就听到了唐古特人[1]的那些马车。
我轻轻地笑着，并不出声。
我让那些早早上路的马车，沿着我的堤坡，鱼贯而行。
那些马车响着刮木、像奏着迎神的喇叭，登上了我的胸脯。轮子跳动在我鼓囊囊的肌块。

那些裹着冬装的唐古特车夫也伴着他们的辕马谨小慎微地举步，随时准备拽紧握在他们手心的刹绳。

他们说我是巨人般躺倒的河床。
他们说我是巨人般屹立的河床。
是的，我从白头的巴颜喀拉走下。我是滋润的河床，
我是枯干的河床，我是浩荡的河床。
我的令名[2]如雷贯耳。

我坚实、宽厚、壮阔，我是发育完备的雄性美。
我创造，我须臾不停地
向东方大海排泻我那不竭的精力。
我刺肤纹身，让精心显示的那些图形可被远观而不可近狎。
我喜欢向霜风透露我体魄之多毛。
我让万山洞开，好叫钟情的众水投入我博爱的襟怀。

我是父亲。
我爱听秃鹰长唳。他有少年的声带。他的目光有少女的媚眼。
他的翼轮双展之舞可让血流沸腾。
我称誉在我隘口的深雪潜伏达旦的猎人。
也同等地欣赏那头三条腿的母狼。
她在长夏的每一次黄昏都要从我的阴影跛向天边的彤云。
也永远怀念你们——消逝了的黄河象。

我在每一个瞬间都同时看到你们。
我在每一个瞬间都表现为大千众相。
我是屈曲的峰峦。是下陷的断层。是切开的地峡。是眩晕的飓风。
是纵的河床。是横的河床。是总谱的主旋律。
我一身织锦，一身珠宝，一身黄金。
我张弛如弓，我拓荒千里。
我是时间，是古迹，是宇宙洪荒的一片胯骨化石。
是始皇帝，我是排列成阵的帆墙。是广场。是通都大邑。是展开的景观。
是不可测度的深渊。是结构力，是驰道。是不可攻克的球门。
我把龙的形象重新推上世界的前台。

而现在我仍转向你们白头的巴颜喀拉。
你们的马车已满载昆山之玉，走向归程。
你们的麦种在农妇的胝掌准时地亮了。

你们的团栾[3]月正从我的脐蒂升起。
我答应过你们,我说潮汛即刻到来,
而潮汛已经到来……

(选自命运之书——昌耀四十年诗作精品[M].青海:青海人民出版社,1994.)

【注释】

[1] 唐古特人:蒙古族人的一部分。
[2] 令名:好名声,美名。
[3] 团栾(luán):(方言)团圆。

【作者简介】

昌耀(1936—2000年),原名王昌耀,湖南省桃源县人,1950年参军,在朝鲜战争中负伤,1957年因写诗被打成右派,在青海务农。出版的诗集有《昌耀抒情诗集》《命运之书——昌耀四十年诗作精品》《一个挑战的旅行者步行在上帝的沙盘》《昌耀的诗》等。

【赏析指要】

象征是在具体事物上赋予不完全确定的意义,让读者自己去品味、去确定的一种诉诸感官又超越感官的形象创造手段。昌耀的诗《河床》通篇赋予河床象征意味。"我是巨人般躺倒的河床","我是巨人般屹立的河床","我是滋润的河床。我是干枯的河床。我是浩荡的河床","我坚实宽厚、壮阔。我是发育完备的雄性美。我创造。我须臾不停地,向东方大海排泻我那不竭的精力","我在每一个瞬间都表现为大千众相。我是屈曲的峰峦。是下陷的断层。是切开的地峡"……在这里,所有的形象特征既是河床的,又是远远大于河床的,渗进了不屈不挠的人类精神。河床,可以说是英雄的象征,先驱者的象征,也可以说是一个文化丰厚、沉着自信的民族的象征。诗人通过河床这个象征物,把景物与情感、道德、意志等内容凝聚在一起。诗歌的语言雄浑、高亢、阳刚、大气,带有一泻千里的宏大气派与原始的血性,有着鲜明的个性。

【辑评】

昌耀是当代诗歌史上的一个传奇。他以边缘化生存中博大的普世理想,将二十多年的流放生涯和始终的精神困顿,鼎现为青藏高原式的诗篇。深重的苦难感和命运感,来自青藏高原的土著民俗元素和大地气质,现代生存剧烈精神冲突中悲悯的平民情怀和坚定的道义担当,"君子自强不息"的灵魂苦行,构成了他在诗艺和精神上对于当代汉语诗歌无可替代的奉献。中国类型性的优秀诗人为数不少,但昌耀式的诗人只有一个。

(选自燎原.昌耀评传[M].北京:人民文学出版社,2008.)

昌耀的《河床》,以辐射性的构思,无限伸展的空间序列形式,为我们勾勒了一幅黄河源河床的巨人般躺倒、巨人般屹立的形象。这首诗,通篇采用了"自述"的形式,诗人代替河床发言,这就避免了我们读诗时"隔"的感觉,也避免了我们已经不感到新鲜的"母亲"呀、"摇篮"呀之类的肤浅的赞美。当我们读到这首诗的第一行"我从白头的巴颜喀拉走下"时,从审美心理上就已经与河床成为一体了，审美距离也随着诗歌感性的递进而递进，直至消失。这正是诗人巧妙的抒情手法的成功。另外，这首诗的意象构成也是十分独特的，有实有虚，虚实相生，显得既不拥塞又不空洞。实的如“白头的雪豹默默卧在鹰的城堡，目送我走向远方”，“唐古特人的那些马车”，“在我隘口的深雪潜伏达旦的那个猎人”等，给人以具体的视觉刺激。虚的如“我坚实宽厚、壮阔。我是发育完备的雄性美”，“我是父亲”，“我在每一个瞬间都表现为大千众相”，“是眩晕的飓风”，“我是时间，是古迹。是宇宙洪荒的一片膠骨化石。是始皇帝”，“是不可测度的深渊”，“是结构力，是驰道。是不可攻克的球门”等，又给人以空洞虚幻的美感。读这样的诗，我们感到的不是什么画面，而是具有质感、有体积感的河床本身。诗人的思绪纷纷扬扬，但又都像辐条一样紧紧地辐辏在所咏唱的核心意象河床上，这就避免了由于庞杂给人造成的审美疲劳，同时又获得了“真力弥满，万象在旁”的审美享受。在为数众多的歌唱黄河的诗中，昌耀的这首河床真正称得上独标逸韵另铸伟辞了！

这首诗在标点符号的使用上也是很讲究的。几乎每一句都标以句号，这样做的用意是限制语流的速度，使每一句都形成一个环境，形成一个嶙峋的、自足的空间。仿佛电影中的蒙太奇组接，每一个画面既有联系又相对独立，这就恰到好处地展示了黄河源河床粗粝的地貌，以及诗人沉雄、稳健、恒久的感情。

（选自中国探索诗鉴赏辞典[M].石家庄：河北人民出版社，1989.）

半棵树

牛　汉

真的，我看见过半棵树
在一个荒凉的山丘上

像一个人
为了避开迎面的风暴
侧着身子挺立着

它是被二月的一次雷电
从树尖到树根
齐楂楂劈掉了半边

春天来到的时候
半棵树仍然直直的挺立着
长满了青青的树叶

半棵树
还是一整棵树那样高
还是一整棵树那样伟岸

人们说
雷电还要来劈它
因为它还是那么直那么高
雷电从远远的天边盯住了它

1972 年于咸宁

（选自叶橹. 中国现代诗歌名篇赏析[M]. 北京:光明日报出版社,2010.）

【作者简介】

牛汉(1923—2013 年),原名史成汉,蒙古族,山西省定襄县人。早年在西安编辑《流火》杂志,1955 年因“胡风事件”被牵连。出版有诗集《彩色的生活》《海上蝴蝶》《沉默的悬崖》和《牛汉抒情诗选》等。

【赏析指要】

这首诗可以说是一首咏物言志诗。全诗以半棵树作为一个核心意象来塑造,表现一种命运与精神追求。诗歌以“半棵树”为题目,不仅给读者的视觉造成一种残缺感,造成与日常生活中“一棵树”相背离的陌生感,而且为读者设定了一个悬念,是什么力量使它变成“半棵树”?

诗歌篇首扣题,直接将半棵树的形象推到读者的视野,并且简笔勾勒出半棵树的恶劣的生存环境。接着,点明半棵树“像一个人”,塑造半棵树的倔强挺立的形象,架通了“象”与“意”、“人”与“物”的桥梁,引领读者去捕捉本诗的内蕴之意。第三节,叙述半棵树的命运遭际,交代了被摧残的原因。“二月的一次雷电”“从树尖到树根”“齐楂楂劈掉了半边”,将这棵树遭受戕害之深重作了形象的概括,表现了外在的恶势力的强横凶残。第四、五节,交代树遭摧残、迫害的结果。采用了特写的镜头,“仍然”“直直”“青青”这几个词具体表现了半棵树昂扬的战斗的姿态、坚韧的斗志与顽强的生命力,把对“半棵树”的景仰与礼赞的感情提升到一个高度。第六节话锋一转,“人们说/雷电还要来劈它/因为它还是那么直那么高”,这就形象地表现了正与邪、善与恶、美与丑的尖锐的冲突,反衬出树的钢铁般的不屈的力量。也真实地反映出处在一个高压恐怖的时代之中的抗争者对自己的艰难的处境,对自己的抗争的脆弱是有着清醒的认识的。

这首诗的象征意味是极其鲜明的。它象征着那些在迫害面前桀骜不驯的生命,象征着顽强不屈的抗争精神与韧性的战斗传统。读之令人心胸激荡。

秋

杜运燮

连鸽哨都发出成熟的音调,
过去了,那阵雨喧闹的夏季。
不再想那严峻的闷热的考验,
危险游泳中的细节回忆。

经历过春天萌芽的破土，
幼芽成长中的扭曲和受伤，
这些枝条在烈日下也狂热过，
差点在雨夜中迷失方向。

现在，平易的天空没有浮云，
山川明净，视野格外宽广；
智慧、感情都成熟的季节啊，
河水也像是来自更深处的源泉。

紊乱的气流经过发酵
在山谷里酿成透明的好酒；
吹来的是第几阵秋意？醉人的香味
已把秋花秋叶深深染透。

街树也用红颜色暗示点什么，
自行车的车轮闪射着朝气；
塔吊的长臂在高空指向远方，
秋阳在上面扫描丰收的信息。

1979 年秋

（选自钱理群.诗歌读本·高中卷[M].桂林：广西师范大学出版社，2010.）

【作者简介】

杜运燮（1918—2002 年），现代诗人，福建古田人。1945 年毕业于西南联合大学外文系，1945 年后历任重庆《大公报》编辑等。1940 年开始发表作品。1980 年加入中国作家协会。出版《杜运燮六十年诗选》等作品集。

【赏析指要】

下面这段文字是杜运燮自己谈《秋》的写作体会的一段文字（有删节），可以作为对《秋》的赏析指要。读一读，也许感受更为真切。

古今中外，写秋的诗文数不清。古代的，外国的，最多的恐怕还是悲秋。《秋声赋》是我小时候就熟读的，后来读外国诗歌，雪莱的《秋：葬歌》也给我较深的印象。秋风萧瑟，草木摇落，作者从秋联想到的，多是寒冷、萧条、衰老、寂寥、惨淡、凄切、肃杀之类。新中国成立后，诗人们则多半把秋看作收获的季节，把秋作为丰收的象征来歌颂。

在我的心目中，一九七九年秋天，另有一种使人激动的面貌。这个秋天，是三中全会以后国家形势越来越好的秋天，拨乱反正的方针取得明显的胜利，安定团结的局面已经形成，国民经济得到比较快的恢复和发展，冤假错案不断得到平反，人的思想得到空前的解放。就我个人的经历来说，去年秋天也是十多年来空前的解放，去年秋天也是十多年来心情最舒畅的一个秋天。就在这一年初，我终于得到落实政策，从山西回到北京，恢复原来的工作。喜看老朋友们纷纷重新执笔著文写诗，他们也鼓励我多写诗，而且鼓励我继续探索自己过去的风格。

就是在这样的政治形势和社会气氛中，我觉得“秋”的最大特点是“成熟”，我经常想到成熟。在我周围的可爱的秋天里，我接触到了成熟的空气，看到了成熟的颜色，听到了成熟的声音，闻到了成熟的香味。当然，我也看到了丰收，因为成熟就意味着收获。因此，我歌颂“智慧、感情都成熟的季节啊。”这就是《秋》的主调。这也是全诗最重要的一行。

我对“成熟”是这样理解的：谈到成熟，一般最容易想起的是植物果实完全长成，特别是水果，变得又甜又软，或甜中带酸，颜色也变得格外诱人，多半是暖和的色调。另一种成熟是动物发育到完备的阶段，一般指生理上的成熟，如小公鸡变为大公鸡，人类则是从儿童少年变为成人，除生理上的变化外，还在其他方面表现出来。同幼稚相比，成熟（不一定同年龄成正比）一般表现为知识和经验较丰富，能理解较复杂的事物，能作较全面的分析，处事决策较为冷静慎重，较能符合客观规律，也较能平心静气地与人讨论，倾听不同的意见。在这方面，在我的感觉中，同成熟有关的还有较讲礼貌，平易近人等。从以上两种成熟的涵义加以延伸，也可以指事情、状态发展到完善的程度，如意见成熟、条件成熟、艺术风格的成熟等。

以上简略谈的就是我对去年秋天的总的看法和心情。在这样的“情”支配下，我所看到的“景”，当然不免带有其特定的印记，“景”的范围也受其限制。我看到的天空，不是鲁迅先生在《秋夜》中所说的“不安”的天空，我对“没有浮云”的秋空的感觉首先是亲切，平易可亲。我闻到的，好像是在山谷里，夏季紊乱的气流经过发酵酿造出来的好酒的香味。我听到浑厚深沉的鸽哨声，使我想起成熟的歌唱家的歌喉（我听到时，也感到一点惊奇，因此用了个“连”字）。我每天上下班骑车在宽阔的大街上，看到街旁树叶好像也以成熟的红色暗示某种哲理。无数自行车的车轮滚滚向前，在晨曦中闪射着骑车者的朝气。秋阳在建设工地的吊车长臂上闪烁着，好像在荧光屏上扫描出报告丰收的消息。

是的，章明向志“猜”对了，在秋天凉爽的空气中，对于闷热的夏季终于过去，我是感到十分欣慰的。我就是从回忆阵雨喧闹的夏季，联想到那动乱的十年的，并从十年浩劫，联想到夏天酷热的考验，联想到全国人民在“大风大浪”中“游泳”时的种种危险景象，联想到眼前这些经过劫难的枝条，它们曾经也经历过萌芽破土和扭曲受伤的艰辛过程，然后在夏季中也狂热，差点迷失方向。但是现在，大家都没有时间多想那些病苦和浪费，主要是向前看，抢时间干“四化”，虽然我们绝不应该忘记那个“夏季”的经历。

关于是否“作者本来就没有想得清楚”，我觉得自己倒是经过认真思考，如上述的那样，“想得清楚”的。在写这首诗时，同写其他诗一样，我也认真地想写得短些，精练些，口语化些，有节调，押大致相近的韵，含蓄些，深刻些，浓缩些。譬如第一行，原来我想了两种写法。第一次在香港《新晚报》文艺副刊《星海》上发表时（见《新华月报》[文摘版]今年1月号）用的是：“成熟的空气带来新的满意。”后来在给《诗刊》时，改用另一写法：“连鸽哨也发出成熟的音调”。这种改变，我也是“想得清楚”的，而且是想改得更好些：主要是觉得第一种写法不够形象化。至于这样改是否必要，全诗的构思立意对不对，好不好，一些表现方法是否运用得当，那是有关个人能力、我的思想水平、艺术修养的另一个问题。

（选自钱理群.诗歌读本·高中卷[M].桂林：广西师范大学出版社，2010.）

麦地

海子

吃麦子长大的
在月亮下端着大碗
碗内的月亮
和麦子
一直没有声响

和你俩不一样
在歌颂麦地时
我要歌颂月亮

月亮下
连夜种麦的父亲
身上像流动金子

月亮下
有十二只鸟
飞过麦田
有的衔起一颗麦粒
有的则迎风起舞,矢口否认

看麦子时我睡在地里
月亮照我如照一口井
家乡的风
家乡的云
收聚翅膀
睡在我的双肩

麦浪——
天堂的桌子
摆在田野上
一块麦地

收割季节
麦浪和月光
洗着快镰刀

月亮知道我
有时比泥土还要累
而羞涩的情人
眼前晃动着
麦秸

我们是麦地的心上人
收麦这天我和仇人
握手言和
我们一起干完活
合上眼睛，命中注定的一切
此刻我们心满意足地接受

妻子们兴奋地
不停用白围裙
擦手

这时正当月光普照大地。
我们各自领着
尼罗河、巴比伦或黄河
的孩子　在河流两岸
在群蜂飞舞的岛屿或平原
洗了手
准备吃饭

就让我这样把你们包括进来吧
让我这样说
月亮并不忧伤
月亮下
一共有两个人
穷人和富人
纽约和耶路撒冷
还有我
我们三个人
一同梦到了城市外面的麦地
白杨树围住的
健康的麦地

健康的麦子
养我性命的麦子

（选自海子诗全编[M].上海:上海三联书店,1997.）

【作者简介】

海子(1964—1989年),当代青年诗人,原名查海生,安徽省安庆人。出版有长诗《土地》,短诗选集《海子、骆一禾作品集》等,创作了包括诗歌、小说、剧本等大量的文学作品。部分作品已被收入近20种诗歌选集。

【赏析指要】

海子的诗歌探求将激情与理性、个人的体验与人类文化精神相结合,常常在对土地的抒写中表现出清新朴素的诗风。《麦地》一诗通过对种麦、看麦、收麦等的描写,对土地、粮食和劳作寄予了深深的恋情,并暗含着对健康生命的崇拜。在诗人笔下,连夜种麦的父亲身上的汗水像"金子"一样闪亮;当我看麦子睡着时,月亮陪伴着我,连风和云都"收拢翅膀"依偎着我;收割季节,我的情人也顾不得羞涩来帮我一起割麦;共同的劳作使"我"和"仇人"消除了彼此的隔阂;妻子们因收获而兴奋,全世界的孩子们因收获而有了饭吃;无论是穷人或富人都在做着美丽的麦地和粮食的梦。

诗歌善于营造暗示性的意象,如写到月亮,她柔和、甜美,普照大地,美化一切。在诗中,月亮是作为一个与麦地和劳作者共存的人格化的意象出现的。她是麦地的伙伴,是劳作的见证者,月亮的存在使田园劳作充满诗情画意。诗人歌颂月亮,也隐含着对麦地、劳作和健康生命的歌颂。

【讨论探究】

1.《神女峰》作为一首优秀的诗歌,无论在诗歌艺术性方面还是在主题意义上都获得了极大的成功。细细咀嚼,体会其在情感、历史、伦理等方面丰富的意蕴。

揣摩"人间天上、代代相传"的这个故事为什么是美丽忧伤的?"新的背叛"如何理解和评价?如何理解"与其在悬崖上展览千年/不如在爱人肩头痛哭一晚"的心情?

"江涛/高一声/低一声"怎么读才能把握诗情?

你还读过舒婷的哪些爱情诗?能从中体会出一些共同的思想倾向吗?

查一查下面这些资料,可以拓展你的视野,或许让你有更丰富的联想和积累。

(1)神女峰,又名望霞峰,美人峰,巫山十二峰之最,相传巫山神女瑶姬居此。在重庆市巫山县城东约15公里处的巫峡大江北岸,一根巨石突兀于青峰云霞之中,宛若一个亭亭玉立、美丽动人的少女。每当云烟缭绕峰顶,那人形石柱,像披上薄纱似的,更显脉脉含情,妩媚动人。每天第一个迎来灿烂的朝霞,又最后一个送走绚丽的晚霞,故又名"望霞峰"。

(2)神女峰闻名古今,古代文人就多有记写。宋玉在"神女赋"中虚构了一个楚襄王与神女幽会的故事,神话传说中有神女瑶姬下凡助禹治水的传说。历代骚人墨客都慕名而来,为此峰写了许多诗词歌赋。唐代诗人刘禹锡游神女庙后赋诗说:"巫山十二郁苍苍,片石亭亭号女郎。晓雾乍开疑卷幔,山花欲谢似残妆。星河好夜闻清佩,云雨旧时带异香。何事神仙九天上，人间畔就楚襄王。”李商隐一首无题诗中，有“神女生涯原是梦”一句，也是源出于此。《巫山县志》记载：“赤帝女瑶姬，未行而卒，葬于巫山之阳为神女。”

2. 昌耀写诗有时偏爱用长句子，《河床》最长的句子有40个字，有的诗句中还包含若干个短句；有的诗人特意写短句，如朱湘的《采莲曲》等；有的诗人写诗又是长短句相杂多变的。凡此种种，特点各异，精彩纷呈。请你认真朗读诗句长短不同的诗作，体会其中的意蕴和表达效果。

3. 诗歌语言具有综合性特点。每一种语言都包含着三重因素：声音、形象和意义。诗人的工作就在于最充分、最丰富、最机敏地调动这三种因素，通过词语的巧妙组合，把声音变成优美的节奏；让平面的文字符号变为有生命的造型；使字典里的意义得以超越，产生意义的弹性和张力，让它们更丰富、更形象、更有音乐感地承载和推动情思的表现。

你现在已经读了很多诗歌了，对于诗歌的语言，有没有你自己的看法？能结合诗歌作品补充说明一两点吗？

【拓展阅读】

1. 对比《半棵树》，阅读《悬崖边的树》《疯狂的石榴树》，想想这“三棵树”的意象有什么相同与不同？就诗歌塑造“意象”谈点看法。

悬崖边的树

曾　卓

不知道是什么奇异的风
将一棵树吹到了那边——
平原的尽头
临近深谷的悬崖上

它倾听远处森林的喧哗
和深谷中小溪的歌唱
它孤独地站在那里
显得寂寞而又倔强

它的弯曲的身体
留下了风的形状
它似乎即将倾跌进深谷里
却又像是要展翅飞翔……

附注：

这棵悬崖边的树就是诗人自身的写照。那股从1950年一直刮到1975年的“奇异的风”将诗人吹到了命运的“悬崖上”，他被卷入了“胡风案件”的大风暴。他像一棵树一样，颤抖地立在草原的尽头，深谷的边上。命运的挑战更点起诗人灵魂的光芒，于是当流逝的岁月在它身上打下深刻的烙印，留下风的形状时，当别人为它即将跌入深渊而担忧时，它却欲展翅飞翔。

疯狂的石榴树

[希腊]埃利蒂斯

在这些粉刷过的乡村的庭院中,当南风
呼呼地吹过盖有拱顶的走廊,告诉我
是不是疯狂的石榴树
在阳光中撒着果实累累的笑声,
与风的嬉戏和絮语跳跃、奔驰;告诉我
是不是疯狂的石榴树
以新生的叶簇在欢舞,当黎明
以胜利的震颤在天空展示我全部的色彩?

当草地上那些裸体的姑娘们醒了
用白皙的双手采摘翠绿的三叶草
还在梦的边缘上飘游,告诉我
是不是疯狂的石榴树
随意用阳光把她们的篮子装满,
让她们的名字被鸟儿纷纷讴歌;告诉我,
是不是疯狂的石榴村
在向宇宙多云的天空零星地战斗?

当白日炫耀地佩带七种不同的彩羽,
用千只炫目的棱镜将太阳围绕,告诉我
是不是疯狂的石榴树
抓住了一匹奔马绺绺纷披的鬃毛?
它从不忧伤,从不懊恼;告诉我,
是不是疯狂的石榴树
在高叫新生的希望已开始破晓?

告诉我,是不是疯狂的石榴树在欢迎我们
远远地捂着多叶的手帕,如熊熊火光,
摇着一个即将诞生于百艘船只的海洋,
即将使千百次涌起的波涛
向荒无人迹的海滩奔荡;告诉我,
是不是疯狂的石榴树
使帆缆高高地在透明的天空振响?

高高地在上面,伴着发光的葡萄串,

傲慢地狂欢着，充满了危险，告诉我
是不是疯狂的石榴树
在世界中央用亮光撕碎魔鬼险恶的云天，
又从东到西铺开白日的橘黄色衣领，
上面有密布的歌曲装点；告诉我
是不是疯狂的石榴树
在急急忙忙地抖开白昼的绸衫？

在四月初的衬裙和八月中旬鸣蝉的深处，
告诉我，嬉戏的她，发怒的她，诱惑的她
从所有的威胁中摆脱掉黑色邪恶的阴影，
将头晕眼花的禽鸟倾泼于太阳的胸脯；
告诉我，那展开羽翼遮盖着万物的胸乳，
遮盖在我们深沉的梦寐之心上的，
是不是疯狂的石榴树？

（李野光译）

附注：

埃利蒂斯（1911—1996 年），希腊诗人，1979 年诺贝尔文学奖获得者。这首诗的标题“疯狂的石榴树”，给人以勃勃生机之感，令人联想到石榴树在狂风中剧烈摇晃的姿态。而且，“疯狂的石榴树”作为整首诗的意象，在诗中多次出现，引出了其他重要意象如“太阳”“风”“波涛”等的呈现，表现出生命巨大的张力。

2. 阅读以下两首同题诗歌，想想诗歌彼此学习、借鉴的问题。

当你老了

［爱尔兰］叶　芝

当你老了，头发花白，睡意沉沉，
倦坐在炉边，取下这本书来，
慢慢读着，追梦当年的眼神
那柔美的神采与深幽的晕影。

多少人爱过你青春的片影，
爱过你的美貌，以虚伪或是真情，
唯独一人爱你那朝圣者的心，
爱你哀戚的脸上岁月的留痕。

在炉栅边，你弯下了腰，
低语着，带着浅浅的伤感，
爱情是怎样逝去，又怎样步上群山，

怎样在繁星之间藏住了脸。

附注：

这是一首情诗，写给诗人终生追求的一位女性——毛德·冈。她是位才华出众的演员，但一直投身于爱尔兰的民族自治运动，并成为这场运动的领导人之一。在年轻时代，诗人第一次见到这位传奇的女性，就被她深深吸引，坠入了情网，但遭到了拒绝，这段痛苦的恋情几乎萦绕了诗人的一生。《当你老了》一诗，写于诗人的感情受挫之后，诗歌成了化解内心苦痛的方式。但是，诗人没有直接抒写当时的感受，而是将时间推移到几十年以后，想象自己的恋人衰老时，仍然被深爱着的情景。

当你衰老之时

［法国］龙　萨

当你衰老之时，伴着摇曳的灯，
晚上纺纱，坐在炉边摇着纺车，
唱着、赞叹着我的诗歌，你会说：
“龙萨赞美过我，当我美貌年轻。”
女仆们已因劳累而睡意朦胧，
但一听到这件新闻，没有一个
不被我的名字惊醒，精神振作，
祝福你受过不朽赞扬的美名。
那时，我将是一个幽灵，在地底，
在爱神木的树荫下得到安息；
而你呢，一个蹲在火边的婆婆，
后悔曾高傲地蔑视了我的爱。——
听信我：生活吧，别把明天等待，
今天你就该采摘生活的花朵。

（飞白译）

3. 品读智利当代著名诗人巴勃鲁·聂鲁达的诗歌《你的微笑》。

你的微笑

［智利］巴勃鲁·聂鲁达

你需要的话，可以拿走我的面包，
可以拿走我的空气，可是
别把你的微笑拿掉。

这朵玫瑰你别动它，
这是你的喷泉，
甘霖从你的欢乐当中
一下就会喷发，

你的欢愉会冒出
突如其来的银色浪花。

我从事的斗争是多么的艰苦，
每当我用疲惫的眼睛回顾，
常常会看到，
世界并没有天翻地覆，
可是，一望到你那微笑
冉冉地飞升起来寻找我，
生活的大门
一下子就都为我打开。

我的爱情啊，
在最黑暗的今朝
也会脱颖出你的微笑，
如果你突然望见
我的血洒在街头的石块上面，
你笑吧，因为你的微笑
在我的手中
将变作一把锋利的宝刀。

秋日的海滨，
你的微笑
掀起飞花四溅的瀑布，
在春天，爱情的季节，
我更需要你的微笑，
它像期待着我的花朵，
蓝色的、玫瑰色的，
都开在我这回声四起的祖国。

微笑，它向黑夜挑战，
向白天，向月亮挑战，
向盘绕在岛上的
大街小巷挑战，
向爱着你的
笨小伙子挑战，
不管是睁开还是闭上
我的双眼，

当我迈开步子
无论是后退还是向前,
你可以不给我面包、空气、
光亮和春天,
但是,你必须给我微笑,
不然,我只能立即长眠。

4. 联想与想象在审美鉴赏活动中占据非常重要地位。以下文字出自朱光潜《谈美》,从美学的角度,用大量的例子让我们懂得什么叫联想、想象,有什么特征。

谈美(有删节)

朱光潜

什么叫做联想呢? 联想就是见到甲而想到乙。甲唤起乙的联想通常不外起于两种原因:或是甲和乙在性质上相类似,例如看到春光想起少年,看到菊花想到节士;或是甲和乙在经验上曾相接近,例如看到扇子想起萤火虫,走到赤壁想起曹孟德或苏东坡。类似联想和接近联想有时混在一起,牛希济的"记得绿罗裙,处处怜芳草"两句词就是好例。词中主人何以"记得绿罗裙"呢? 因为罗裙和他的欢爱者相接近;他何以"处处怜芳草"呢? 因为芳草和罗裙的颜色相类似。

意识在活动时就是联想在进行,所以我们差不多时时刻刻都在起联想。听到声音知道说话的是谁,见到一个词知道它的意义,都是起于联想作用。联想是以旧经验诠释新经验,如果没有它,知觉、记忆和想象都不能发生,因为它们都得根据过去的经验。从此可知联想为用之广。

联想有时可用意志控制,作文构思时或追忆一时记不起的过去经验时,都是勉强把联想挤到一条路上去走。但是在大多数情境之中,联想是自由的,无意的,飘忽不定的。听课读书时本想专心,而打球、散步、吃饭、邻家的猫儿种种意象总是不由你自主地闯进脑里来,失眠时越怕胡思乱想,越禁止不住胡思乱想。这种自由联想好比水流湿,火就燥,稍有勾搭,即被牵绊,未登九天,已入黄泉。比如我现在从"火"字出发,就想到红,石榴,家里的天井,浮山,雷鲤的诗,鲤鱼,孔夫子的儿子,等等,这个联想线索前后相承,虽有关系可寻,但是这些关系都是偶然的。我的"火"字的联想线索如此,换一个人或是我自己在另一时境,"火"字的联想线索却另是一样。从此可知联想的散漫飘忽。

联想的性质如此。多数人觉得一件事物美时,都是因为它能唤起甜美的联想。

在"记得绿罗裙,处处怜芳草"的人看,芳草是很美的。颜色心理学中有许多同类的事实。许多人对于颜色都有所偏好,有人偏好红色,有人偏好青色,有人偏好白色。据一派心理学家说,这都是由于联想作用。例如红是火的颜色,所以看到红色可以使人觉得温暖;青是田园草木的颜色,所以看到青色可以使人想到乡村生活的安闲。许多小孩子和乡下人看画,都只是欢喜它的花红柳绿的颜色。有些人看画,欢喜它里面的故事,乡下人欢喜把孟姜女、薛仁贵、桃园三结义的图糊在壁上做装饰,并不是因为那些木板雕刻的图好看,是因为它们可以提起许多有趣故事的联想。这种脾气并不只是乡下人才有。我每次陪朋友们到画馆里去看画,见到他们所特别注意的第一是几张有声名的画,第二是有历史性的作品如耶稣临刑图、拿破仑结婚图之类,像伦勃朗所画的老太公、老太婆,和后期印象派的山水风景之类的作品,他们却不屑一顾。此外又有些人看画(和看一切其他艺术作品一样),偏重它所含的道德教训。道学先生看到裸体雕像或画像,都不免起若干嫌恶。记得詹姆斯在他的某一部书里说过,有一次见过一位老修道妇,站在一幅耶稣临刑图面前合掌仰视,悠然神往。旁边人问她那幅画何如,她回答说:"美极了,你看上帝是多么仁慈,让自己的儿子去牺牲,来赎人类的罪孽!"

在音乐方面,联想的势力更大。多数人在听音乐时,除了联想到许多美丽的意象之外,便别无所得。他们欢喜这个调子,因为它使他们想起清风明月;不欢喜那个调子,因为它唤醒他们以往的悲痛的记忆。钟子期何以负知音的雅名?因他听伯牙弹琴时,惊叹说:"善哉!峨峨兮若泰山,洋洋兮若江河。"李颀在胡笳声中听到什么?他听到的是"空山百鸟散还合,万里浮云阴且晴"。白乐天在琵琶声中听到什么?他听到的是"银瓶乍破水浆迸,铁骑突出刀枪鸣"。苏东坡怎样形容洞箫?他说:"其声呜呜然,如怨如慕,如泣如诉。余音袅袅,不绝如缕。舞幽谷之潜蛟,泣孤舟之嫠妇。"这些数不尽的例子都可以证明多数人欣赏音乐,都是欣赏它所唤起的联想。

艺术和游戏都是臆造空中楼阁来慰情遣兴。现在我们来研究这种楼阁是如何建筑起来的,这就是说,看看诗人在做诗或是画家在作画时的心理活动到底像什么样。

为说话易于明了起见,我们最好拿一个艺术作品做实例来讲。本来各种艺术都可以供给这种实例,但是能拿真迹摆在我们面前的只有短诗。所以我们姑且选一首短诗,不过心里要记得其他艺术作品的道理也是一样。比如王渔洋所推许为唐人七绝"压卷"作的王昌龄的《长信怨》:

奉帚平明金殿开,且将团扇共徘徊。玉颜不及寒鸦色,犹带昭阳日影来。

大家都知道,这首诗的主人公是班婕妤。她从失宠于汉成帝之后,谪居长信宫侍奉太后。昭阳殿是汉成帝和赵飞燕住的地方。这首诗是一个具体的艺术作品。王昌龄不曾留下记载来,告诉我们他作时心路历程如何,他也许并没有留意到这种问题。但是我们用心理学的帮助来从文字上分析,也可以想见大概。他作这首诗时有哪些心理的活动呢?

他必定使用想象。

什么叫做想象呢?它就是在心里唤起意象。比如看到寒鸦,心中就印下一个寒鸦的影子,知道它像什么样,这种心镜从外物摄来的影子就是"意象"。意象在脑中留有痕迹,我眼睛看不见寒鸦时仍然可以想到寒鸦像什么样,甚至于你从来没有见过寒鸦,别人描写给你听,说它像什么样,你也可以凑合已有意象推知大概。这种回想或凑合以往意象的心理活动叫做"想象"。

想象有再现的,有创造的。一般的想象大半是再现的。原来从知觉得来的意象如此,回想起来的意象仍然是如此,比如我昨天看见一只鸦,今天回想它的形状,丝毫不用自己的意思去改变它,就是只用再现的想象。艺术作品不能不用再现的想象。比如这首诗里"奉帚""金殿""玉颜""寒鸦""日影""团扇""徘徊",等等,在独立时都只是再现的想象。"团扇"这个意象尤其如此。班婕妤在自己《怨歌行》里已经用过秋天丢开的扇子自比,王昌龄不过是借用这个典故。诗做出来总须旁人能懂得,"懂得"这是能够唤起以往的经验来印证。用以往的经验来印证新经验大半凭借再现的想象。

但是只有再现的想象决不能创造艺术。艺术既是创造的,就要用创造的想象。创造的想象也并非从无中生有,它仍用已有意象,不过把它们加以新配合。王昌龄的《长信怨》精彩全在后两句,这后两句就是用创造的想象做成的。每个人都见过"寒鸦"和"日影",从来却没有人想到班婕妤的"怨"可以见于带昭阳日影的寒鸦。但是这话一经王昌龄说出,我们就觉得它实在是至情至理。从这个实例看,创造的定义就是:平常的旧材料之不平常的新综合。

王昌龄的题目是"长信怨"。"怨"字是一个抽象的字,他的诗却画出一个如在目前的具体的情境,不言怨而怨自见。艺术不同于哲学,它最忌讳抽象。抽象的概念在艺术家的脑里都要先翻译成具体的意象,然后才表现于作品。具体的意象才能引起深切的情感。比如说"贫富不均"一句话入耳时只是一笔冷冰冰的总账,杜工部的"朱门酒肉臭,路有冻死骨"才是一幅惊心动魄的图画。思想家往往不是艺术家,就因为不能把抽象的概念翻译为具体的意象。

从理智方面看,创造的想象可以分析为两种心理作用:一是分想作用,一是联想作用。

我们所有的意象都不是独立的,都是嵌在整个经验里面的,都是和许多其他意象固结在一起的。比如我昨天在树林里看见一只鸦,同时还看见许多其他事物,如树林、天空、行人,等等。如果这些记忆都全盘复现于意识,我就无法单提鸦的意象来应用。好比你只要用一根丝,它裹在一团丝里,要单抽出它而其他的丝也连带地抽出来一样。"分想作用"就是把某一个意象(比如说鸦)和与它相关的许多意象分开而单提出它来。这种分想作用是选择的基础。许多人不能创造艺术就因为没有这副本领。他们常常说:"一部十七史从何处说起?"他们一想到某一个意象,其余许多平时虽有关系而与本题却不相干的意象都一齐涌上心头来,叫他们无法脱围。小孩子读死书,往往要从头背诵到尾,才想起一篇文章中某一句话来,也就是吃不能"分想"的苦。

有分想作用而后有选择,只是选择有时就已经是创造。雕刻家在一块顽石中雕出一座爱神来,画家在一片荒林中描出一幅风景画来,都是在混乱的情境中把用得着的成分单独提出来,把用不着的成分丢开,来造成一个完美的形象。诗有时也只要有分想作用就可以作成。例如"采菊东篱下,悠然见南山","寒波澹澹起,白鸟悠悠下","风吹草低见牛羊"诸名句都是从混乱的自然中划出美的意象来,全无机杼的痕迹。

不过创造大半是旧意象的新综合,综合大半借"联想作用"。错乱的联想妨碍美感,但是我们却保留过一条重要的原则:"联想是知觉和想象的基础。艺术不能离开知觉和想象,就不能离开联想。"现在我们可以详论这番话的意义了。

我们曾经把联想分为"接近"和"类似"两类。比如这首诗里所用的"团扇"这个意象,在班婕妤自己第一次用它时,是起于类似联想,因为她见到自己色衰失宠类似秋天的弃扇;在王昌龄用它时则起于接近联想,因为他读过班婕妤的《怨歌行》,提起班婕妤就因经验接近而想到团扇的典故。不过他自然也可以想到她和团扇的类似。

"怀古""忆旧"的作品大半起于接近联想,例如看到赤壁就想起曹操和苏东坡,看到遗衣挂壁就想到已故的妻子。类似联想在艺术上尤其重要。《诗经》中"比""兴"两体都是根据类似联想。比如《关关雎鸠》章就是拿雎鸠的挚爱比夫妇的情谊。《长信怨》里的"玉颜"在现在已成滥调,但是第一次用这两个字的人却费了一番想象。"玉"和"颜"本来是风马牛不相及，只因为在色泽肤理上相类似，就嵌合在一起了。语言文字的引申义大半都是这样起来的，例如"云破月来花弄影"一句词中三个动词都是起于类似联想的引申义。

因为类似联想的结果，物固然可以变成人，人也可变成物，物变成人通常叫做"拟人"。《长信怨》的"寒鸦"是实例，鸦是否能寒，我们不能直接感觉到，我们觉得它寒，便是设身处地地想。不但如此，寒鸦在这里是班婕妤所羡慕而又妒忌的受恩承宠者，它也许是隐喻赵飞燕。一切移情作用都起类似联想，都是"拟人"的实例。例如"感时花溅泪，恨别鸟惊心"和"水是眼波横，山是眉峰聚"一类的诗句都是以物拟人。

人变成物通常叫做"托物"。班婕妤自比"团扇"，就是托物的实例。"托物"者大半不愿直言心事，故婉转以隐语出之。曹子建被迫于乃兄，在走七步路的时间中做成一首诗说：

煮豆燃豆萁，豆在釜中泣，本是同根生，相煎何太急！

清朝有一位诗人不敢直骂爱新觉罗氏以胡人夺了明朝的江山，乃在咏《紫牡丹》诗里寄意说：

夺朱非正色，异种亦称王。

这都是托物的实例。最普通的托物是"寓言"，寓言大半拿动植物的故事来隐射人类的是非善恶。托物是中国文人最喜欢的玩意儿。庄周、屈原首开端倪。但是后世注疏家对于古人诗文往往穿凿附会太过，黄山谷说得好：

彼喜穿凿者弃其大旨，取其发兴，于所遇林泉人物草木鱼虫，以为物物皆有所托，如世间商度隐语者，则子美之诗委地矣！（胡仔《苕溪渔隐丛话》卷六）

"拟人"和"托物"都属于象征。所谓"象征"，就是以甲为乙的符号。甲可以做乙的符号，大半起于类似联想。象征最大的用处就是以具体的事物来代替抽象的概念。艺术最怕抽象和空泛，象征就是免除抽象和空泛的无二法门。象征的定义可以说是"寓理于象"。梅圣俞《续金针诗格》里有一段话很可以发挥这个定义：

诗有内外意，内意欲尽其理，外意欲尽其象。内外意含蓄，方入诗格。

上面诗里的"昭阳日影"便是象征皇帝的恩宠。"皇帝的恩宠"是"内意"，是"理"，是一个空泛的抽象概念，所以王昌龄拿"昭阳日影"这个具体的意象来代替它，"昭阳日影"便是"象"，便是"外意"。不过这种象征是若隐若现的。诗人用"昭阳日影"时，原来因为"皇帝的恩宠"一类的字样不足以尽其意蕴，如果我们一定要把它明白指为"皇帝的恩宠"的象征，这又未免剪云为裳，以迹象绳玄渺了。诗有可以解说出来的地方，也有不可以解说出来的地方。不可以言传的全赖读者意会。在微妙的境界我们尤其不可拘虚绳墨。

（选自朱光潜. 谈美[M]. 合肥：安徽教育出版社，1997.）

5. 普希金的《致大海》是一首反抗暴政、反对独裁、追求光明、讴歌自由的政治抒情诗。诗人以大海为知音，以自由为旨归，以倾诉为形式，多角度多侧面描绘自己追求自由的心路历程。感情凝重深沉而富于变化，格调雄浑奔放而激动人心。朗读普希金的《致大海》。

致大海

[俄]普希金

再见吧，自由奔放的大海！
这是你最后一次在我的眼前，

翻滚着蔚蓝色的波浪，
和闪耀着娇美的容光。
好像是朋友忧郁的怨诉，
好像是他在临别时的呼唤，
我最后一次在倾听
你悲哀的喧响，你召唤的喧响。
你是我心灵的愿望之所在呀！
我时常沿着你的岸旁，
一个人静悄悄地，茫然地徘徊，
还因为那个隐秘的愿望而苦恼心伤！
我多么热爱你的回音，
热爱你阴沉的声调，你的深渊的音响，
还有那黄昏时分的寂静，
和那反复无常的激情！
渔夫们的温顺的风帆，
靠了你的任性的保护，
在波涛之间勇敢地飞航；
但当你汹涌起来而无法控制时，
大群的船只就会覆亡。
我曾想永远地离开
你这寂寞和静止不动的海岸，
怀着狂欢之情祝贺你，
并任我的诗歌顺着你的波涛奔向远方，
但是我却未能如愿以偿！
你等待着，你召唤着……而我却被束缚住；
我的心灵的挣扎完全归于枉然：
我被一种强烈的热情所魅惑，
使我留在你的岸旁……
有什么好怜惜呢？现在哪儿
才是我要奔向的无忧无虑的路径？
在你的荒漠之中，有一样东西
它曾使我的心灵为之震惊。
那是一处峭岩，一座光荣的坟墓……
在那儿，沉浸在寒冷的睡梦中的，
是一些威严的回忆；
拿破仑就在那儿消亡。
在那儿，他长眠在苦难之中。
而紧跟他之后，正像风暴的喧响一样，

另一个天才,又飞离我们而去,
他是我们思想上的另一个君主。
为自由之神所悲泣着的歌者消失了,
他把自己的桂冠留在世上。
阴恶的天气喧腾起来吧,激荡起来吧:
哦,大海呀,是他曾经将你歌唱。
你的形象反映在他的身上,
他是用你的精神塑造成长:
正像你一样,他威严、深远而深沉,
他像你一样,什么都不能使他屈服投降。
世界空虚了,大海呀,
你现在要把我带到什么地方?
人们的命运到处都是一样:
凡是有着幸福的地方,那儿早就有人在守卫:
或许是开明的贤者,或许是暴虐的君王。
哦,再见吧,大海!
我永远不会忘记你庄严的容光,
我将长久地,长久地
倾听你在黄昏时分的轰响。
我整个心灵充满了你,
我要把你的峭岩,你的海湾,
你的闪光,你的阴影,还有絮语的波浪,
带进森林,带到那静寂的荒漠之乡。

Chapter 03

第三章　小说鉴赏

小说是以塑造人物为中心,通过完整的故事情节和具体的环境描写来反映社会生活的一种叙事文学体裁。小说可以分为长篇小说、中篇小说和短篇小说,文言小说和白话小说等。小说的特点主要有三个方面,一是能细致、多方面地刻画人物;二是有生动、完整的故事情节;三是能具体、灵活地描写人物活动环境。小说反映社会生活的主要手段是塑造人物形象。

第一节　小说发展概述

一、古代小说发展概述

中国"小说"一词最早见于《庄子・外物篇》:"夫揭竿累,趣灌渎,守鲵鲋,其于得大鱼难矣!饰小说以干县令,其于大达亦远矣!"这里所谓的"小说",是指不合大道的浅薄琐碎的言论,并不是指一种文学体裁。到东汉开始有了小说家的名称,班固《汉书・艺文志》把小说家列为诸子十家中的最末一家,说:"小说家者流,盖出于稗官;街谈巷语、道听途说者之所造也。"班固认为"小说"是来自民间的口头传说,这才与后世所说的小说含义相近。但在古代,小说这种文学体裁始终被视为不登大雅之堂。中国古代小说从语言系统来看,大致可分为文言小说和白话小说。文言小说从上古神话传说、两汉野史杂传,发展为六朝志怪志人小说、唐代传奇小说。传奇小说在宋、元、明、清仍有创作,志怪小说则演变为笔记小说。白话小说在唐宋民间"说话"的基础上形成,以群众口头创作为主,短篇的发展为明清"拟话本",长篇的发展为明清章回小说。

我国小说的起源,可以追溯到先秦时代。大抵古代神话、杂史、民间传说、人物轶事、寓言等,凡带有一定故事性、有意无意包含着虚构成分的东西,都与小说的形成有关。其中最主要的是神话传说、寓言故事、史传三类。

一般说来,中国的小说起源于远古的神话,《山海经》和《穆天子传》中保存许多神话传说，这些流传下来的神话故事，都是原始社会人们的集体创作。有的反映了先民与自然斗争中对自然的认识和对神力的祈求，如《鲧禹治水》《夸父逐日》；有的神话表现了对征服自然、为人造福的太古神人的无限崇敬，如《女娲补天》《后羿射日》；有的反映部落之间的斗争，如《黄帝伐蚩尤》《舜逐三苗》等。从上述作品中已经可以看到完整的故事，其情节大多加入了夸张的想象，为后代的志怪志人小说开了先河。先秦历史散文和诸子散文中夹杂的寓言故事大多短小精悍，文笔凝练，有着很强的讥讽特色，用生活中的小事去启发人们的思考，如《画蛇添足》《惊弓之鸟》《狐假虎威》《拔苗助长》《滥竽充数》《郑人买履》等，这些寓言故事巧于机锋，既娓娓动听，又发人深省。在魏晋的诸多志怪小说中，几乎都可以找到这些寓言的影子。汉代杂史如《吴越春秋》和《越绝书》中所记的人物奇闻，也可以看作我国小说的萌芽。

魏晋南北朝时期，小说开始繁荣，产生了大量作品。当时，从文人史家到道士佛徒，都喜欢编撰小说，出现了前所未有的盛况，这标志着我国小说已发展到了一个新的阶段。小说在这一时期开始有了比较完整的篇章结构，并且被后人按内容大致分为“志怪小说”和“轶事小说”两类。志为记录的意思。干宝的《搜神记》和刘义庆的《世说新语》分别是这两类小说的代表作。志怪小说产生的原因是东汉以来巫风大扬，佛道两教盛行。统治阶级需要宗教迷信来欺骗人民，因此鬼神故事不断产生。所以志怪小说的一个重要内容就是宣扬幽冥世界的存在，以鬼神作祟的臆说来推断人生的福祸，如《阮瞻》。但志怪小说中也有不少表现对统治者的仇恨和对美好生活的向往，如《东海孝妇》《李寄斩蛇》《吴王小女》。而轶事小说是以现实人物为对象的。刘义庆的《世说新语》就是魏晋轶事小说中的集大成者，其中大部分描写当时士族阶层的“名士风度”；也有部分作品歌颂了一些正直人物；还有部分作品则直接揭露了豪门士族骄奢淫逸的生活。《世说新语》是中国笔记体小说的雏形，它把记言叙事巧妙地结合，文字简约隽永，对后世的小说发展具有深远的影响。其中很多故事，如“望梅止渴”“拾人牙慧”等早已成为典故而被人们广泛地引用。

中国的小说是到唐代才脱离历史记录而成为文学创作的。到了唐代，唐人把小说称为“传奇”。“传奇”之名，起于晚唐裴铏小说集《传奇》，发展到后来，传奇才逐渐被认为是一种小说的体裁。于是，传奇作为唐人文言小说的通称，便约定俗成地沿用下来。所谓“传奇”，本来专指形成于唐代的文言短篇小说，由于有曲折奇特的故事情节，与一般散文的内容不同，故名。小说的存在由来已久，而唐传奇是在六朝志怪小说的基础上，唐代作家“是有意为小说”，从而产生的新型小说。唐传奇的发展大体可分三个阶段：初、盛唐是唐传奇的初步发展的时期，也是由六朝志怪到成熟的唐传奇的过渡，作品数量不多，现存有王度的《古镜记》、无名氏的《补江总白猿传》、张鷟的《游仙窟》，内容近于志怪，艺术上也不够成熟，但已逐渐注意到形象的描绘和结构的完整。中唐是唐传奇的鼎盛时期，内容主要是反应现实生活，题材广泛，涉及爱情、历史、政治、豪侠、志怪、神仙等，但大多作品体现了较强的现实精神，创作方法与艺术技巧更加成熟。作品作家均多，如陈玄祐的《离魂记》、沈既济的《任氏传》、李朝威的《柳毅传》、元稹的《莺莺传》、白行简的《李娃传》、蒋防的《霍小玉传》、陈鸿的《长恨歌传》等。晚唐传奇创作仍然很丰富，大批传奇专集的出现，表明晚唐文人对这种文学形式的进一步重视。作品有牛僧孺的《玄怪录》、皇甫枚的《三水小牍》、裴铏的《传奇》等。这些专集中有可喜之作，但总体来看，内容较为单薄，艺术上也较为粗俗。唯有豪侠题材的作品成就较高，如传为杜光庭所做的《虬髯客传》就是最著名的作品。

唐传奇的出现标志着中国短篇小说的成熟，作家们自觉地用小说反映生活，为小说发展探索了一条新的道路，在艺术手法和语言技巧方面，也做出了可贵的贡献，使小说正式成为一种独立的文学体裁。唐代也成为我国小说的创新和定型期。唐代传奇的内容和形式，对后代文学所产生的影响深远，它所提出的许多反对封建压迫、要求爱情自由等思想主题代表了当时和后世的群众要求，它在艺术上创造出许多美丽生动的人物和故事，为宋元明清的小说、戏剧、诗歌提供了丰富的材料。唐传奇就题材和思想内容说，主要有五类：一是以男女婚姻为题材表现爱情主题的，这也是唐传奇中流传最广、影响最深的，著名作品很多，比如《柳毅传》《霍小玉传》《李娃传》等，当中塑造了一批勇于冲破封建束缚争取自身婚姻幸福的女子形象，人物刻画十分鲜明，艺术成就很高，对后世影响很大。二是描写宦海沉浮，揭露官场黑暗，讽刺知识分子醉心功名利禄的，这一类直接继承了前人笔记小说，著名作品有《南柯太守传》《枕中记》等。三是取材于历史事迹，对真人真事加以铺张渲染的，如《高力士外传》《长恨歌传》等。四是描写义侠刺客的，如《谢小娥传》《虬髯客传》等。五是描写神仙鬼怪的，如《古镜记》《补江总白猿传》等。

宋元“话本”的出现是我国古代小说发展的一个重大飞跃。话本是“说话艺人”讲故事的底本，是在群众集体创作中产生的白话小说，而“说话”又是当时人们最为喜闻乐见的娱乐场所的伎艺，所以流传的范围很广。较之以往，话本又有了很多发展，如为了使情节更能吸引观众，说话人在小说的结构中设置了层层悬念；同时，说话人开始运用典型的细节描写来刻画人物，比如人物的内心活动和言行，借此来更好地表现人物性格。而且，运用通俗生动的语言来叙事，也让小说的发展进入一个崭新阶段。

“说话”伎艺按述说的题材范围主要分为四类：①小说：演说传奇志怪的故事和反映现实生活的社会新闻；②讲史：演说国家兴亡、时代变迁的历史故事；③说经：宣传佛祖成道、轮回报应的宗教故事；④合生或说诨话：大约类似相声，并无完整故事。前三类都有“话本”。小说话本都是短篇，现存的宋元小说话本约40篇，其中以爱情婚姻和公案侠义两类为最多，成就也最高，代表作有《碾玉观音》《错斩崔宁》等。讲史话本一般也叫“平话”或“评话”，是连续演说的长篇。现存宋元讲史话本有《大宋宣和遗事》等，大多根据史书敷衍成篇，一定程度上反映了当时人民的爱憎感情。艺术水平不及话本。讲话经话本极少见。宋元以后，小说和戏剧逐步在文学史上取得了与诗词分庭抗礼甚至主导的地位，话本的繁荣为它们打下了基础。明清的短篇白话小说是在宋代小说话本的直接影响下成长起来的。元明以来的长篇巨著如《三国演义》《水浒传》，就沿用了宋代讲史话本的故事内容或模拟了它的艺术形式。至于宋代话本的现实主义与浪漫主义精神以及它的一些艺术特点，更成为明清以来中国小说的优良传统。另外，宋代话本也给元明以来的戏剧提供了大量题材。在宋元话本的基础上，元末明初出现了一批长篇章回小说，如《三国志通俗演义》《残唐五代史演义》《平妖传》《水浒传》等，这些小说是民间创作与作家创作相结合的产物，它们比之讲史话本有很大发展，篇幅更长了，分若干卷，每卷又分成若干节，每节用一单句作为题目。

到了明清时期，我国小说步入发展的最高峰，《三国演义》《水浒传》《西游记》《红楼梦》这四大名著相继问世，这时小说作为一种成熟的文学体裁在中国才开始真正得到它所应有的地位，小说也逐渐成为人们所喜爱的阅读方式。除四大名著外，开拓写实道路的《金瓶梅》、冯梦龙的“三言”(《警世通言》《醒世恒言》《喻世明言》)、凌濛初的“二拍”(《初刻拍案惊奇》《二刻拍案惊奇》)、文言短篇小说《聊斋志异》、白话长篇小说《儒林外史》也是成就很高的作品。

近代是中国小说发展的转折期,一方面是古典小说的衰落,另一方面是“新小说”的兴盛。辛亥革命前出现的大批“新小说”中,影响最大的是一批揭露社会黑暗和官场腐败的小说,鲁迅称之为“谴责小说”,其中比较优秀的是被称为晚清四大谴责小说的李宝嘉的《官场现形记》、吴沃尧的《二十年目睹之怪现状》、刘鹗的《老残游记》、曾朴的《孽海花》。

二、现代小说发展概述

“五四”时期的文学革命掀开了中国文学发展新的一页,小说的形式和内容都在文学革命的浪潮中获得巨大突破。鲁迅的日记体短篇《狂人日记》冲出古典小说笔记体的叙述方式,创造了全新的形态,是我国现代文学中的第一篇小说,后收入小说集《呐喊》。除《呐喊》外,鲁迅主要的小说作品集还有《彷徨》和《故事新编》。在新小说形成时期,鲁迅的《呐喊》《彷徨》两部小说集脱颖而出,成为新小说乃至中国现代文学史的奠基石。

1921 年 1 月成立于北京的文学研究会,主张为人生的文学,倾向于现实主义,创作了大批问题“小说”,有成就的小说作家有茅盾、冰心、叶圣陶、王统照、许地山、庐隐等。叶圣陶的《潘先生在难中》及其中的潘先生,冰心的《超人》及其中的何彬等,是颇具影响的作品与人物形象。此外,庐隐的《海滨故人》,许地山的《缀网劳蛛》《春桃》,王统照的《沉思》《微笑》都是重要作品。而 1921 年 6 月成立于日本的创造社则走上另一条创作道路,小说作家如郁达夫、张资平、郭沫若等在其作品中注重塑造“自我”形象和主观抒情,构成现代文学史上最早的浪漫主义小说流派。其中郁达夫成就最高,代表作《沉沦》,后来创作了《春风沉醉的晚上》《她是一个弱女子》《迟桂花》等独具抒情味道的小说。另一位重要作家是张资平,代表作是《冲积期化石》《植树节》等。但抗日战争期间,张资平叛国附逆,成了汉奸文人。

20 世纪 20 年代中期,乡土文学兴盛,它表现了农民的种种苦痛和他们的觉醒,以及乡村地主阶级和小有产者的败落。主要的作家及作品有王任叔的《疲惫者》,彭家煌的短篇集《怂恿》《茶杯里的风波》,台静农的短篇集《地之子》《建塔者》,许钦文的《鼻涕阿二》,王鲁彦的《自立》《黄金》等。

自 1927 年大革命失败到 1937 年抗日战争爆发,是新文学的第二个十年,文学史上习惯称为“左联”时期。“左联”全称为中国左翼作家联盟,它的成立,标志着中国新文学进入无产阶级领导的“革命文学”的新阶段,也是我国现代文学从文学革命向着革命文学发展的十年,是现代文学从思想到艺术都走向成熟的十年。这一时期,优秀的长篇小说相继问世,如叶圣陶的《倪焕之》,茅盾的《蚀》《子夜》,巴金的《家》,老舍的《老张的哲学》《赵子曰》《二马》《骆驼祥子》,王鲁彦的《愤怒的乡村》,王统照的《山雨》,萧军的《八月的乡村》,萧红的《生死场》等。其次,小说反映现实的深度更加显著,如四川的李劼人的长篇《死水微澜》,和他后来的《暴风雨前》《大波》,描写了从甲午战争到辛亥革命前夕四川城镇动乱的社会图景,构成了现代重要的长河小说。其次,小说在题材上更加广阔多样,如蒋光慈的《短裤党》,反映了大革命时期上海工人武装起义的史实。茅盾的《春蚕》《秋收》《残冬》,丁玲的《水》,

叶圣陶的《多收了三五斗》，沙汀的《航线》，艾芜的《南行记》等作品，反映了农村动荡的生活，农民悲苦的处境。柔石的《二月》，丁玲的《莎菲女士的日记》，茅盾的《蚀》，巴金的"爱情三部曲"(《雾》《雨》《电》)，反映了时代青年的苦闷，映衬出时代的黑暗。茅盾的《子夜》和《林家铺子》叙写了从都市到乡镇工商业凋敝的现实和从业者的艰辛。许地山的《春桃》、柔石的《为奴隶的母亲》，反映了劳动妇女的凄苦命运。老舍的《老张的哲学》《离婚》《骆驼祥子》《断魂枪》《月牙儿》等短篇，张天翼的《包氏父子》等，描写了城市市民的苦难生活，作者同情他们，发掘他们的美德，也对他们向上爬的人生哲学进行嘲讽。沈从文的《边城》，艾芜的《南国之夜》等，描绘了人们陌生的边地生活。萧军的《八月的乡村》，萧红的《生死场》等，描写了东北大地上反帝抗日的斗争，被左翼作家们肯定为给中国文坛带来了一个全新的场面的杰作。第二个十年里，在上海出现过 20 世纪我国第一个被引进的现代主义小说流派——新感觉派小说，代表作家有刘呐鸥、穆时英、施蛰存，此外还有黑婴、禾金等。代表作品有刘呐鸥的短篇小说集《都市风景线》，穆时英的《夜总会里的五个人》，施蛰存的《梅雨之夕》《春阳》《薄暮的舞女》《鸠摩罗什》《石秀》《在巴黎大戏院》等。

1937 年卢沟桥事变后，新文学也被称为四十年代文学。四十年代文学指的是 1937 年"七七事变"到 1949 年 10 月中华人民共和国成立这段时间的文学。这个时期，经历了八年抗战，三年解放战争，大规模战争接连不断，这对于中国现代文学影响很大，可以说第三个十年的文学为战争中的文学。

抗战爆发后，中国政治地理主要划分为三个区域。中国国民党统治区，称为国统区；日本侵略军占领区，称为沦陷区；此外还有一个上海"孤岛时期"。1937 年 11 月日军占据上海的华界后，租界处于被沦陷区包围之中，如同孤岛，直到 1941 年 12 月珍珠港事件发生，日军进入租界为止，共达四年零一个月之久，这个时段、区域的文学被称为"孤岛文学"。中国共产党领导下的抗日根据地，称为解放区。

国统区文学创作是四十年代文学的主流。国统区最早出现的小说是抗日救亡小说，主要代表作品有萧乾的《刘粹刚之死》，姚雪垠的《差半车麦秸》等。随着作家们对现实生活认识的深化和生活积累的增加，小说的视野和容量逐渐扩大，中长篇小说也日益增多了。在国统区小说创作中，七月派小说是一个引人注目的文学流派，七月派小说因胡风于抗战初期创办的文学刊物《七月》而得名。七月派小说以胡风的现实主义理论为基础，强调"主观战斗精神"，反映下层社会的"带着精神奴役的创伤"的民众生活，追求主客体之间"人格力量"的渗透融合。七月派小说的主要代表作家和作品有丘东平的《茅山下》，彭柏山的《皮背心》《某看护底遭遇》，路翎的《饥饿的郭素娥》《财主底儿女们》，冀汸的《走夜路的人们》等。七月派小说作家中最重要的是丘东平和路翎，路翎是最有成就也最能反映七月派小说的审美特质的作家。"皖南事变"后，国民党勾结日伪，暴露反共卖国的嘴脸，国统区政治形势逆转，进步文艺界处境十分困难。随着作家们的社会心理和时代情绪的转变，讽刺暴露文学承担起历史责任。这些小说深入民族生活的底蕴，解剖民族痼疾，揭露阻碍抗战、阻碍时代前进的反动黑暗势力，形成了 40 年代国统区小说创作的主潮，代表作家及作品有茅盾的《腐蚀》，巴金的《寒夜》《憩园》《第四病室》，老舍的《四世同堂》，沙汀的《淘金记》《在其香居茶馆里》，钱钟书的《围城》，张天翼的《华威先生》，艾芜的《丰饶的原野》，骆宾基的《北望园的春天》等。深受华南读者喜欢的国统区的小说，当推黄谷柳的《虾球传》。在国统区的小说创作中，还有著名通俗小说作家张恨水，代表作有《春明外史》《金粉世家》《啼笑因缘》《八十一梦》等。

全国成为沦陷区的主要有东北、华北、上海、华东诸省及其他地区，还可包括日军占领时代更长的台湾，沦陷区文学有1931年“九一八”事变后的东北沦陷区文学，1937年“七七”事变以后以北平为中心的华北沦陷区文学，统称为“沦陷区文学”，以及1941年12月太平洋战争爆发后，上海孤岛文学时代结束，纳入了沦陷区文学的范围。东北沦陷区的文学，小说创作取得了很大的成就，代表作家及作品有小松的《无花的蔷薇》，古丁的《平沙》，王则的《昼与夜》，田琅的《大地的波动》，石军的《沃土》，疑迟的《同心结》，姜灵非的《新土地》，马寻的《生之温室》，梁山丁的长篇小说《绿色的谷》，秋萤的《河流的底层》等。华北沦陷区的小说在突破狭隘的爱情题材的藩篱后，出现了多元化的创作，主要作家及作品有袁犀的长篇小说《贝壳》，梅娘的短篇小说集《鱼》，关永吉的短篇小说集《秋初》和长篇小说《牛》，萧艾的短篇小说集《萍絮集》，马骊的短篇小说集《太平愿》，沙里的长篇小说《土》，闻国兴的长篇小说《蓉蓉》等。这时期出现了一些回忆性小说。它们多是作者对过去生活的回顾，展现了一幅风土风情画面，重要的有萧红的长篇《呼兰河传》，端木蕻良的长篇《科尔沁旗草原》，齐同的长篇《新生代》，骆宾基的长篇《混沌》等。

孤岛文学则以其特异的风姿，机智而曲折地展示了中国人民痛苦而悲愤的心灵历程。主要作家及作品有王统照的短篇集《华亭鹤》，关露的《新旧时代》，苏青的《结婚十年》，师陀的《马兰》《无望村的馆主》，罗洪的《春王正月》和《孤岛时代》，程造之的《地下》，徐讦的《吉普赛的诱惑》《荒谬的英法海峡》《一家》等。在第二个十年里上海出现过以刘呐鸥、穆时英、施蛰存为代表的“新感觉派”小说，作为这一流派在第三个十年的继承者，后期“海派”小说作品比“新感觉派”更为深入的人物变态心理刻画，更为圆熟流畅的意识流和心理分析技巧，这一流派的主要作家及作品有徐讦的《风萧萧》，张爱玲的《沉香屑：第一炉香》《沉香屑：第二炉香》《金锁记》《红玫瑰与白玫瑰》《倾城之恋》《十八春》，无名氏的《北极风情画》和《塔里的女人》等。

在解放区，作家深入生活，反映了中国共产党领导下广大农村天翻地覆的变革，主要是对新社会新制度的赞美以及对人民群众斗争生活的热情描绘，着力刻画工农兵新人形象，文学民族化大众化的自觉探求称为其艺术追求。1945年前，解放区小说创作的成就主要在短篇小说，如丁玲的《一颗未出膛的枪弹》《我在霞村的时候》《在医院中》等作品。延安文艺座谈会以后，情况发生变化，先是赵树理的通俗小说异军突起，继之又有冀中作家孙犁抒情小说脱颖而出，解放战争时期又有刘白羽的新闻体小说问世。康濯、杨朔、秦兆阳等一批初露头角的新人，以他们新的内容、新的格调和色彩的作品，促进了解放区短篇小说创作的活跃与繁荣。抗日战争胜利前夕至解放战争时期，解放区中长篇小说创作获得了丰收，主要作家及作品有马烽、西戎的《吕梁英雄传》，赵树理的“通俗小说”《李家庄的变迁》，柳青（前期）的《种谷记》，欧阳山的《高干大》，丁玲的《太阳照在桑乾河上》和周立波的《暴风骤雨》等。在解放区的小说创作中，数量最多，影响最大的是反映解放区农村新生活和农民新面貌的作品，如赵树理的《小二黑结婚》《李有才板话》，康濯的《我的两家房东》《灾难的明天》，孔厥的《凤仙花》《受苦人》《一个女人翻身的故事》，秦兆阳的《老头刘满屯》《幸福》，洪林的《李秀兰》，王林的长篇《女村长》，西戎的《喜事》，方纪的《魏妈妈》等。随着解放战争的不断胜利，许多大中城市相继得到解放，在解放区的小说创作中，反映工业生产的作品逐渐增多，如女作家草明的长篇《原动力》，杨朔的中篇《红石山》，康濯的长篇《黑石坡煤窑演义》等。此外，还有称之为“新英雄传奇”的小说，“新英雄传奇”是解放区文学创作中，继承古代“英雄传奇”的传统，采用章回体形式，描写敌后农村对敌斗争的传奇故事的一种小说品种。属于“新英雄传奇”的主要作品有柯兰的《洋铁桶的故事》，马烽，西戎的《吕梁英雄传》，孔厥、袁静的《新儿女英雄传》及王希坚的《地覆天翻记》等。孙犁的小说大都是以他的家乡冀中平原农村为背景，描写了冀中地区人民在抗日战争与解放战争中英勇奋斗的事迹。但他一般不直接描写人民与敌人拼杀的战争场面，而总是通过日常生活平凡的人和事表现伟大的时代，歌颂人民革命事业的胜利，作品主要有结集出版过的《荷花淀》(小说散文合集)、《芦花荡》、《嘱咐》和《采蒲台》等。1945 年发表的《荷花淀》是孙犁刻画劳动妇女的代表作。刘白羽的新闻体小说，迅速及时地反映了人民解放战争的胜利进程，如短篇《政治委员》《战火纷飞》《无敌三勇士》和中篇《火光在前》等。

台湾新文学是整个中国新文学不可分割的支流。在小说领域，大概可以分为三个阶段：一是草创阶段(1926—1931 年)；二是初熟阶段(1932—1937 年上半年)；三是变异复苏阶段(1937 年“七七事变”—1949 年)(杨义. 中国现代小说史：二卷[M]. 北京：人民文学出版社，1986:683.)。草创阶段的主要作家及作品有被誉为“台湾文学之母”的赖和的《不如意的过年》《浪漫外纪》，杨守愚的《凶年不免于死亡》《一群失业的人》，陈虚谷的《无处申冤》，蔡愁洞的《保正伯》等。1932 年前后，台湾新小说发展到初步成熟的阶段，和草创阶段相比，这一时期的小说创作有长足进步，如赖和的《善讼人的故事》，杨守愚的《鸳鸯》，吴希圣的《豚》，龙瑛宗的《植有木瓜的小镇》，杨逵的《送报伕》，吕赫若的《牛车》，杨华的《薄命》等。长篇小说在此时期也有所突破，如林辉焜的《不可抗争的命运》，赖庆的《女性悲曲》，徐坤泉的《可爱的仇人》等。1937 年以后的战争期和光复初期的台湾文学，经历了比祖国大陆文学远为残酷、压抑和艰难的处境。在 1937 年卢沟桥事变前夕，殖民当局先后废止报纸中文版和中文杂志，以抑制文化界的民族反抗意识，但“可以说，良知未泯的不少台湾作家是在失去艺术独立的境遇中追求艺术独立，在殖民者推行皇民意识中吟味乡土情调，在祖国面临最严重的民族危机的历史关头，曲折地表达了对祖国文化的认同”(杨义. 中国现代小说史：三卷[M]. 北京：人民文学出版社，1986:650.)。主要作家及作品有吴浊流的《水月》《泥沼中的金鲤鱼》《先生妈》《亚细亚的孤儿》《狡猿》，张文环的《艺旦之家》《在地上爬行的人》(用日文写成，中文译名《滚地郎》)，龙瑛宗除了上述《植有木瓜的小镇》之外，还有《白色的山脉》《黄昏月》，吕赫若除了上述《牛车》之外，还有《风水》《财子寿》《清秋》，在赖和、杨逵之后，存在着一座重要的文学桥梁——钟理和的小说，代表作品有中短篇小说集《夹竹桃》和长篇小说《笠山农场》等。

三、当代小说发展概述

中华人民共和国成立后的 17 年，小说创作主要着力于艺术地再现新民主主义革命历史和社会主义建设的现实生活。再现新民主主义革命历史的作品，长篇小说主要有杜鹏程的《保卫延安》，吴强的《红日》，曲波的《林海雪原》，罗广斌和杨益言的《红岩》等反映解放战争的作品；孙犁的《风云初记》是反映抗日战争的作品；知侠的《铁道游击队》，冯志的《敌后武工队》，冯德英的《苦菜花》，李英儒的《野火春风斗古城》等反映敌后斗争的作品；陆柱国的《上甘岭》，杨朔的《三千里江山》，路翎的《洼地上的"战役"》等作品是反映抗美援朝斗争的。此外，还有高云览的《小城春秋》，主要反映二三十年代革命斗争；杨沫的《青春之歌》，探索展现一代知识分子成长道路；欧阳山的《三家巷》，反映20年代香港罢工、广州起义等历史；梁斌的《红旗谱》被誉为中国农民革命运动史诗。短篇小说主要有王愿坚的《七根火柴》《党费》，峻青的《黎明的河边》，茹志鹃的《百合花》，刘真的《长长的流水》等作品。

展现社会主义建设的长篇小说主要以农村合作化为题材者，代表作有赵树理的《三里湾》，周立波的《山乡巨变》和柳青的《创业史》。短篇方面主要有李准的《不能走那条路》《李双双小传》，马烽的《我的第一个上级》《三年早知道》，王汶石的《新结识的伙伴》等。反映工业题材小说，主要有周而复的《上海的早晨》，艾芜的《百炼成钢》，周立波的《铁水奔流》，草明的《乘风破浪》等长篇小说。

在这一时期，还有一些描写人性、爱情，在艺术上有所突破的小说，宗璞的《红豆》，陆文夫的《小巷深处》，萧也牧的《我们夫妇之间》，丰村的《美丽》，高缨的《达吉和她的父亲》等。此外，这一时期少数民族作家在小说创作方面有优秀的作品出现，如云南彝族作家李乔的长篇小说《欢笑的金沙江》三部曲（《醒了的土地》《早来的春天》《呼啸的山风》），蒙古族作家玛拉沁夫的《科尔沁草原的人们》，另外几位蒙古族作家，也写出了优秀的作品，如扎拉嘎胡的中篇小说《春到草原》，安柯钦夫的短篇小说集《草原之夜》，朋斯克的中篇小说《金色的兴安岭》等。

"文化大革命"十年是我国乃至世界文学史上罕见的"缺少诗歌，缺少小说，缺少散文，缺少文学评论"的萧条时期。但还是有少数小说作品受当时社会形势的影响少，突破了意识形态设置的禁区和框架，长篇小说如克非的《春潮急》，黎汝清的《万山红遍》，李云德的《沸腾的群山》，姚雪垠的《李自成》第二部、张扬的《第二次握手》；短篇小说如蒋子龙的《机电局长的一天》，孙健忠的《山鹰展翅》等。

经历了"文化大革命"之后的新时期小说创作，首先出现了一批深刻地控诉十年动乱给人民造成的灾难和心灵创伤的被称为"伤痕文学"的作品。"伤痕文学"指20世纪70年代末到80年代初在中国大陆文坛占主导地位的一种文学现象，这一小说现象因1978年8月11日《文汇报》发表复旦大学中文系卢新华的短篇小说《伤痕》而命名，1977年11月《人民文学》发表的刘心武的《班主任》则是这一小说现象的开山之作。"伤痕文学"揭露了"文化大革命"十年动乱对党、国家和人民造成的严重创伤，特别是心灵创伤，代表作家及作品有刘心武的《班主任》，卢新华的《伤痕》，陈国凯的《我该怎么办》，陈世旭的《小镇上的将军》，宗璞的《我是谁》，张贤亮的《邢老汉和狗的故事》，孔捷生的《在小河那边》，郑义的《枫》，莫应丰的《将军吟》，王亚平的《神圣的使命》，王蒙的《最可宝贵的》等短篇小说，以及叶辛的《蹉跎岁月》，周克芹的《许茂和他的女儿们》为代表的为数不多的长篇小说，也是"伤痕文学"中的成绩突出者。"伤痕文学"中还有以讴歌革命战士坚持斗争、不屈不挠的高风亮节为主题的作品，如从维熙的《大墙下的红玉兰》，张洁的《森林里来的孩子》，张贤亮的《土牢情话》，叶蔚林的《在没有航标的河流上》等作品，是以赞美人民美好情操为主题的"伤痕文学"的重要组成部分。

20世纪80年代初出现了对历史悲剧根源的探寻的“反思文学”。反思文学不仅表现社会政治问题，而且对人的生存状态非常关注，既控诉极“左”思潮对人性的毁灭，又歌颂身处逆境的人们为维护人的尊严、权利所表现出的人性美和人情美。如茹志鹃的《剪辑错了的故事》，高晓声的《李顺大造屋》，刘真的《黑旗》，张弦的《记忆》，李国文的《月食》《冬天里的春天》，鲁彦周的《天云山传奇》，王蒙的《蝴蝶》，古华的《芙蓉镇》，谌容的《人到中年》，张贤亮的《绿化树》《灵与肉》《男人的一半是女人》，叶文玲的《心香》，梁晓声的《这是一片神奇的土地》《雪城》，史铁生的《我的遥远的清平湾》等。“文化大革命”后的中国开始走向改革开放，反映这一时代特征的“改革文学”应运而生，如蒋子龙的《乔厂长上任记》《开拓者》《赤橙黄绿青蓝紫》《燕赵悲歌》，柯云路的《三千万》《新星》《夜与昼》，水运宪的《祸起萧墙》，张贤亮的《龙种》《男人的风格》，张洁的《沉重的翅膀》，李国文的《花园街五号》，贾平凹的《鸡窝洼人家》《浮躁》等。这些作品从不同侧面展示了各条战线的人们不畏艰险、锐意进取的精神风貌。军旅小说的代表作有徐怀中的《西线轶事》，李斌奎的《天山深处的“大兵”》，方南江和李荃的《最后一个军礼》，宋学武的《敬礼！妈妈》，朱春雨的《沙海的绿荫》，李存葆的《高山下的花环》，朱苏进的《射天狼》，唐栋的《兵车行》，刘亚洲的《两代风流》等。

20世纪80年代中期，出现“文学寻根”，它超越社会政治层面，突入到历史与文化的深处，对中国的民间生存和民族性格进行文化学的思考。汪曾祺的《受戒》《大淖记事》，贾平凹的“商州系列”，莫言的“红高粱系列”以及《透明的红萝卜》，李杭育的“葛川江小说”系列，阿城的《棋王》《遍地风流》，郑义的《远村》《老井》，韩少功的《爸爸爸》《女女女》，郑万隆的《异乡异闻》，王安忆的《小鲍庄》，扎西达娃的《系在皮绳扣上的魂》，张承志的《黑骏马》《北方的河》等作品，被指认为是体现“文学寻根”的成果，但作家本人大多不能认可这一归类，所以，“寻根文学”和“寻根作家”的说法认同度较低。这一时期，还出现了“市井小说”“都市小说”“乡土小说”“乡情小说”等称谓，邓友梅、陆文夫、冯骥才、刘心武、王安忆等作家，被认为是“市井小说”和“都市小说”的主要作家，代表作有邓友梅的《寻访“画儿韩”》《那五》《烟壶》，冯骥才的《神鞭》《三寸金莲》，刘心武的《钟鼓楼》《公共汽车咏叹调》，陆文夫的《围墙》《美食家》，王安忆的《流逝》，程乃珊的《蓝屋》等。高晓生、汪曾祺、刘绍棠、古华、张一弓、路遥、陈忠实、贾平凹、张炜等作家，则被认为是“乡土小说”和“乡情小说”的主要作家，代表作有刘绍棠的《蒲柳人家》，古华的《爬满青藤的小屋》《月兰》，彭见明的《那山那人　那狗》，蔡测海的《远处的伐木声》，贾平凹的《山地笔记》集，路遥的《人生》《平凡的世界》，权文学的《在九曲十八弯的山凹里》，铁凝的《哦，香雪》《麦秸垛》，何士光的《种包谷的老人》《乡场上》，王滋润的《内当家》，张一弓的《犯人李铜钟的故事》，张炜的《秋天的愤怒》《古船》等。

20世纪80年代末90年代，出现了“先锋小说”“新写实小说”“新历史小说”等。先锋小说也叫“新潮小说”“探索小说”“实验小说”“现代派”。这类小说把叙事本身看作审美对象，运用虚构、想象等手段，进行叙事方法的实验，有的把实验本身，直接写进小说中，代表作家及作品有刘索拉的《你别无选择》，徐星的《无主题变奏》，残雪的《山上的小屋》《苍老的浮云》《天堂里的对话》，苏童的《园艺》《红粉》《妻妾成群》《已婚男人》，格非的《迷舟》《褐色鸟群》《边缘》《欲望的旗帜》，叶兆言的《枣树的故事》，孙甘露的《访问梦境》《信使之函》《忆秦娥》《呼吸》，余华的《在细雨中呼喊》《活着》《许三观卖血记》《兄弟》《世事如烟》《现实的一种》，马原的《冈底斯的诱惑》等。对新写实小说的界定，有这样的表述：“所谓新写实小说，简单地说，就是不同于历史上已有的现实主义，也不同于现代主义‘先锋派’文学，而是近几年小说创作低谷中出现的一种新的文学倾向。这些新写实小说的创作方法仍以写实为主要特征，但特别注重现实生活原生形态的还原，真诚直面现实，直面人生。虽然从总体的文学精神来看，新写实小说仍划归为现实主义的大范畴，但无疑具有了一种新的开放性和包容性，善于吸收、借鉴现代主义各种流派在艺术上的长处。”（《钟山》卷首语，1989 年 3 期）代表作家及作品有池莉的“人生三部曲”（《烦恼人生》《不谈爱情》《太阳出世》），方方的《风景》《桃花灿烂》《行云流水》，刘恒的《狗日的粮食》《伏羲伏羲》，刘震云的《一地鸡毛》《单位》《官场》，韩少功的《马桥词典》，阿城的《棋王》，张炜的《家族》《我的田园》《怀念与追忆》，张承志的《心灵史》等。“新历史小说”是与传统历史小说不同的一种小说。它不以真实历史人物和事件为框架来构筑历史故事，而是把人物活动的时空推到历史形态中，来表现当代人的人生态度与思想情感。新历史小说中描写平民英雄较多，对历史英雄的描写较少，代表作家及作品有陈忠实的《白鹿原》，李锐的《旧址》，苏童的《米》《我的帝王生涯》《后宫》。

特别值得提及的是这一时期女性作家成就非凡，除了上述铁凝、残雪、池莉、张洁之外，张抗抗、竹林、宗璞、茹志鹃等都对新时期文学作出了重要贡献。20 世纪 90 年代女性作家群体性别意识的自觉，建构了女性主义话语和私人空间，创作了一批典型的女性文学，如陈染的《私人生活》，林白的《一个人的战争》，徐坤的《厨房》《狗日的足球》，毕淑敏的《女人之约》《红处方》，迟子建的《日落碗窑》，王安忆的《长恨歌》等。其中，陈染、林白等人的创作被称为“私人化写作”“个体体验小说”。在此基础上，90 年代末出现了所谓的“美女作家”，她们注重描述个人的性、吸毒生活体验，或被称为是以身体写作的作家。棉棉的《糖》和卫慧的《上海宝贝》即因其对个人性体验颓废生活的过分渲染而受到查禁。1997 年前后开始出现“新官场小说”，如李佩甫的《羊的门》，李唯的《腐败分子潘长水》，王跃文的《官场春秋》等。

这一时期少数民族文学在中、短篇小说创作方面收获颇丰，如鄂温克族作家乌热尔图的《一个猎人的恳求》《七叉犄角的公鹿》《琥珀色的篝火》，藏族作家扎西达娃的《江那边》《系在皮绳扣上的魂》《去拉萨的路上》，哈萨克族作家艾克拜尔·米吉提的《哦，十五岁的哈丽黛哟……》，土家族作家蔡测海的《麝香》，朝鲜族作家林春元的《彩霞》《亲戚之间》，苗族作家伍略（本名龙明伍）的《绿色的箭囊》《麻栗沟》，白族作家张长（原名赵培中）的《空谷兰》《希望的绿叶》等作品。长篇小说的创作也很繁荣，如藏族作家降边嘉措的《格桑梅朵》《十三世达赖喇嘛》，益希单增的《幸存的人》《迷茫的大地》，多杰才旦的《又一个早晨》，益西卓玛的《清晨》，班觉的《松耳石》；哈萨克族作家贾合甫·米尔扎汗的《理想之路》，尼合买提·孟加尼的《燕子》，哈里木·哈那菲亚的《风暴》，吾拉兹汗·阿合买提的《巨变》，哈吉乌玛尔·夏布旦的《罪行》；壮族作家陆地（原名陆克惠）的《瀑布》；土家族作家孙健忠的《醉乡》等作品的出现，成为本时期少数民族文学开始趋向成熟的一个重要标志。

21 世纪以来的中国小说作家们怀着强烈的社会责任感和人类良知，走出封闭的自我空间，敏锐地直面现实，走进生活，思考社会，与时俱进，关注时代，关怀现实人生。中、短篇小说的创作实现了从 20 世纪八九十年代的思想深度、理论深度到艺术深度的转变，出现了葛水平、郭文斌、潘向黎、戴来、魏微、田耳、盛可以等一批文坛新人，同时，迟子建、毕飞宇、陈应松、王松、孙惠芬、蒋韵等在进入 21 世纪之后创作风格更加成熟，出现了一批具有艺术深度而经得起推敲和耐人回味的艺术佳作，如迟子建的《世界上所有的夜晚》，葛水平的《喊山》《地气》，潘向黎的《白水青菜》《永远的谢秋娘》，郭文斌的《吉祥如意》《大年》，毕飞宇的《玉米》《青衣》，王祥夫的《上边》，孙惠芬的《天河洗浴》，苏童的《西瓜船》等。同时，中、短篇小说的创作者更多地坚守自己的艺术个性，除了贾平凹、王安忆、阿来、阎连科、莫言、范小青、迟子建等实力派作家之外，当推毕飞宇、郭文斌、葛水平、潘向黎、陈应松、王松、田耳、邵丽、雪漠等文坛生力军。

长篇小说的创作，有老作家王蒙的《狂欢的季节》《青狐》，张洁的《无字》，宗璞的《东藏记》；中年作家张炜的《外省书》《能不忆蜀葵》《丑行与浪漫》，韩少功的《暗示》，王安忆的《桃之夭夭》，贾平凹的《病相报告》，莫言的《蛙》《檀香刑》《生死疲劳》，刘震云的《我叫刘跃进》等。此外，一些作家创作历史题材的作品，如熊召政的《张居正》，张一弓的《远去的驿站》，李锐的《银城故事》，刘醒龙的《圣天门口》；还有女性作家的创作，近年来在长篇创作方面较为活跃的还有铁凝、方方、池莉、张抗抗、徐坤、毕淑敏、林白、虹影等，佳作如铁凝的《大浴女》，张抗抗的《作女》，徐坤的《春天的二十二个夜晚》《爱你两周半》，虹影的《饥饿的女儿》，林白的《万物花开》，池莉的《口红》《有了快感你就喊》《水与火的缠绵》等。反腐题材的代表作有张平的《国家干部》，陆天明的《大雪无痕》，周梅森的《国家公诉》和张宏森的《大法官》等。近年来长篇小说的创作中，新生力量很值得关注，如孙惠芬的《歇马山庄》《上塘书》，阎真的《沧浪之水》，杨显惠的《夹边沟纪事》，韩东的《扎根》，懿翎的《把绵羊和山羊分开》，董立勃的《白豆》《米香》，姜戎的《狼图腾》，范稳的《水乳大地》，雪漠的《大漠祭》，红柯的《西去的骑手》，麦加的《风声》等。

台湾文坛于1950年成立"中华文艺协会"，提倡反共抗俄的文学，此时的小说作者以大陆来台第一代作家占大多数，以反共和怀乡两种题材为主，代表性的作家与作品有姜贵的《旋风》，王蓝的《蓝与黑》，端木芳的《疤勋章》，潘垒的《红河三部曲》，林海音的《城南旧事》，聂华苓的《台湾轶事》等。"中华文艺协会"还提倡"文艺到军中去"，所以产生了一批独具特色的军中作家，如司马中原、朱西宁、段彩华、高阳、张放、姜穆、邓文来等。此外，部分台籍作家也有佳作问世，如廖清秀《恩仇血泪记》，李荣春《祖国与同胞》等。20世纪60年代，现代主义成为创作主流，1960年3月，白先勇、王文兴、欧阳子、陈若曦、叶维廉等人组织创办《现代文学》，标志着现代主义在小说领域的崛起和成熟。在《现代文学》发行的51期（1960—1973）中，培养了黄春明、七等生、李永平、施淑青、李昂、陈映真、林怀民等作家。此外，钟肇政《浊流三部曲》（《浊流》《江山万里》《流云》），李乔的《寒夜三部曲》（《寒夜》《荒村》《孤灯》）等"大河小说"，显示出厚重的历史感。70年代乡土文学复苏，小说主题主要是乡土回归，并更多地关注现实与人生的问题。代表性的作家有陈映真、王祯和、黄春明、李乔、王拓、杨青矗、陈若曦、洪醒夫、李昂、宋泽莱、吴锦发、聂华苓、尉天聪、郑清文、白先勇等。80年代的小说，政治小说数量颇多，如黄凡的《赖索》，陈映真的《山路》《铃铛花》，张大春的《四喜忧国》，宋泽莱的《废墟台湾》，林耀德的《时间龙》等。此外，都市小说异军突起，如张大春的《大说谎家》，黄凡《房地产销售史》，李昂的《杀夫》《暗夜》等作品。进入90年代，都市文学创作依然蓬勃，各种新的理论对作家的创作不同程度地产生了影响，如像林耀德的《一九四七高砂百合》，张大春的《寻人启事》等。另外，更多的作家致力于性别与家族书写，如郝誉翔、李昂、施淑青、成英殊等对女性问题的挖掘，骆以军、舞鹤等则致力于家族小说的书写。同时,这一时期网络小说发展迅速。

21 世纪以来,台湾老一辈作家如司马中原、白先勇等,中生代作家如张大春、李昂、黄凡等,还有出生于 20 世纪 70 年代以后的作家如甘耀明、纪大伟等,都有作品问世,影响较大。

第二节　小说的审美与鉴赏

如何鉴赏小说,尽管有“一千个读者,就有一千个哈姆雷特”这样的个体差异,但人们对于艺术美的欣赏同样具有共性,应该根据小说作为一种文学体裁自身的特点进行鉴赏活动,从而客观地获得审美教育。小说有人物、故事情节、环境三个要素,其中环境包括自然环境和社会环境。我们在鉴赏小说时,就要在抓住人物形象作具体剖析,把握作品的情节和结构,分析人物活动的环境等方面入手。

一、人物的鉴赏

文学作品大都是以刻画人物形象为中心的,而小说却能最全面地体现文学的这一特性。它能够多方面地再现人物的绚丽多彩的生活整体。既可以描写人物当前的现实生活,也可以描写他以往的经历;既可以描写平凡生活的内容,也可以描写叱咤风云的激烈斗争;既可以描写人物的一个横断面,也可以描写人物的一生甚至几代人的生活史;既可以描写人物的动作、语言、神情姿态和音容笑貌等外部特征,也可以描写人物的思想感情、道德情操和种种由外部事物所引发的隐秘的内心活动。

同时,小说在塑造人物性格方面,比其他文学体裁更自由。小说描写人物和生活场景,比叙事诗细致入微,比戏剧更为灵活。小说还可以通过多种多样的表现手段,多方面、多层次地刻画人物。它可以借助叙述人的语言,或借助作品中的人物行为或对话来直接揭示人物性格,还可以通过肖像描写、心理描写、细节描写等手段来刻画人物性格,使人物形象鲜明、生动,富有典型意义。可以说,小说人物形象塑造的优劣成败,对小说的美学价值有至关重要的关系。因此,鉴赏人物形象,理解作者的思想倾向,是提高小说阅读鉴赏能力的关键。对人物的鉴赏,一般从以下几个方面分析。

(一)肖像描写分析

塑造人物形象,是离不开肖像描写的。肖像描写包括外貌、神态、身材、服饰、风度等。小说中的肖像描写是塑造小说人物形象的常用手法之一,肖像描写一定要和人物性格、特点结合。精当得体的肖像描写对刻画人物形象,以及揭示小说主题往往起着重要的作用。

要塑造出鲜活的人物,必须注重人物的性格刻画。刻画人物性格的方法之一,就是肖像描写。成功的肖像描写往往能表现出人物的性格。如《装在套子里的人》对别里科夫的肖像描写:“您一定听说过他。他与众不同的是:他只要出门,哪怕天气很好,也总要穿上套鞋,带着雨伞,而且一定穿上暖和的棉大衣。他的伞装在套子里,怀表装在灰色的鹿皮套子里,有时他掏出小折刀削铅笔,那把刀也装在一个小套子里。就是他的脸似乎也装在套子里,因为他总是把脸藏在竖起的衣领里。他戴墨镜,穿绒衣,耳朵里塞着棉花,每当他坐上出租马车,一定吩咐车夫支起车篷。总而言之,这个人永远有一种难以克制的愿望——把自己包在壳里,给自己做一个所谓的套子,使他可以与世隔绝,不受外界的影响。现实生活令他懊丧、害怕,弄得他终日惶惶不安。也许是为自己的胆怯、为自己对现实的厌恶辩护吧,他总是赞扬过去,赞扬不曾有过的东西。就连他所教的古代语言,实际上也相当于他的套鞋和雨伞,他可以躲在里面逃避现实。”文章一开始就渲染别里科夫总是穿雨靴、带雨伞、着棉衣的肖像特色。所以,我们可以分析出这个人物制造一个“套子”、维护一切旧制度、反对一切新事物的性格。

人物的经历命运也可以通过肖像描写展现,因为人的外貌往往受到其身份、职业、年龄、教养、习惯、生活经历、家庭环境、身体状况等诸因素影响。比如《祝福》中的三次肖像描写深刻地反映了祥林嫂凄苦的一生。作者在三次描写中除了刻画祥林嫂的眼睛,还特意刻画了祥林嫂脸色的变化。特别是对祥林嫂眼睛的描写,富于变化,从初到鲁家的“顺着眼”,到祭祖时遭斥退的“失神的站着”,直至临死前的“眼珠间或一轮”,让读者看到了封建思想和封建制度对她的惊人的迫害,把她推向悲惨生活的深渊。祥林嫂脸色从“青黄”到“黄中带黑”,从“两颊却还是红的”到“两颊上已经消失了血色”再到“消尽了先前悲哀的神色”,变成一个木偶人。这样的描写把祥林嫂近二十年间的悲惨经历和苦难的命运,通过她脸色的巨大变化给我们折射出来。再如,《故乡》中的闰土,少年时“紫色的圆脸,头戴一顶小毡帽,颈上套了一个明晃晃的银项圈”及至中年“先前紫色的圆脸,已经变作灰黄,而且加上了很深的皱纹;眼睛也像他父亲一样,周围都肿得通红……他头上是一顶破毡帽,身上只一件极薄的棉衣,浑身瑟缩着……那手也不是我记得的红活圆实的手,却又粗又笨,而且开裂,像是松树皮了”。我们通过少年闰土和中年闰土面貌巨大的变化,从侧面深刻认识到闰土在旧社会不幸的人生经历和遭遇。

(二)心理描写分析

心理描写就是对人物内心的思想情感活动进行的描写。描写人物的思想活动,能反映人物的性格,展示人物的内心世界。所以,心理描写也是刻画人物思想性格的重要手段之一。通过对人物心理的描写,能够直接深入人物心灵,揭示人物的内心世界,表现人物丰富而复杂的思想感情。作者塑造人物形象,可供运用的方法是很多的,其目的都是为了展示人物的精神世界和性格特征。心理描写的目的也是如此。跟肖像描写、语言描写等方法相比,心理描写能够直接叙写人物的七情六欲,揭示人物灵魂深处的奥秘,把单靠外部形象难以表现的内心感受揭示出来,使文学作品中的人物形象立体化,从而显得更为完整和真实。心理描写的形式有内心独白、动作暗示、景物烘托、心理概述等。

心理描写的方法最为常见的,并且运用最广泛的是直接描写式,有的句子中含有“想”等关键的字眼作为明显的标志。“想”字或出现在心理活动之前,或出现在心理活动之后。“想”字后有的用“逗号”,有的用“冒号”等做标示。例如,高晓声《陈奂生上城》,对陈奂生心理的描写，“推开房间，看看照出人影的地板，又站住犹豫：‘脱不脱鞋？’一转念，忿忿想道：‘出了五块钱呢！’再也不怕脏，大摇大摆走了进去，往弹簧太师椅上一坐：‘管它，坐瘪了不关我事，出了五元钱呢。’”这种心理描写就属于直接描写式，它非常恰当地将陈奂生患得患失、狭隘自私的小农经济的心理描写了出来。

抒情独白式的心理描写，是用抒情的笔法展示人物的内心矛盾和思想斗争。例如，王愿坚《粮食的故事》中“我”的心理变化，“我一边跑一边想：看样子是难以逃脱了。扔了米跑吧，山上急等着用粮食，舍不得丢——而且就是扔了也不一定能逃得脱；不扔吧，叫敌人追上了也是人粮两空。怎么办呢？……这时，洪七还紧跟着我，呼哧呼哧直喘气呢。我听着他的喘气声，蓦地想出了一个法子。可是当我这样想着的时候，我自己不由得浑身都颤抖了起来：儿子，多好的儿子……这叫我怎么跟他妈交代呢……可是，不这样又不行，孩子要紧，革命的事业更要紧！也许我能替了孩子，可孩子替不了我呀！……”这段心理描写非常成功。作者用抒情的笔法，写“我”与儿子洪七给山上的红军送粮，在途中遇到了敌人。在万分危急的情况下，是牺牲儿子保护粮食，还是保护儿子？“我”的内心斗争非常激烈，心情极度矛盾、复杂。最后，“我”毅然牺牲了儿子，使“我”的崇高品质得到了最好的表现。

还有一种在西方的一些小说中很常见的心理描写的方法——心理分析式，即通过剖析人物的心理来展现人物的内心世界，让读者对人物的所思所想更加明了。如莫泊桑在小说《项链》中对玛蒂尔德的一段心理描写，就运用了心理分析式。“她看着那个替她做琐碎家事的勃雷大涅省的小女仆，心里就引起悲哀的感慨和狂乱的梦想。她梦想那些幽静的厅堂，那里装饰着东方的帷幕，点着高脚的青铜灯，还有两个穿短裤的仆人，躺在宽大的椅子里，被暖炉的热气烘得打盹儿。她梦想那些宽敞的客厅，那里张挂着古式的壁衣，陈设着精巧的木器，珍奇的古玩。她梦想那些华美的香气扑鼻的小客室，在那里，下午五点钟的时候她跟最亲密的男朋友闲谈，或者跟那些一般女人所最仰慕最乐于结识的男子闲谈。”这段文字表现了玛蒂尔德希望摆脱寒酸、暗淡、平庸的生活，置身于上流社会，成为生活优裕、受人奉承的高贵夫人的梦想；通过“她陶醉于自己的美貌胜过一切女宾”，表现她自觉颇有姿色，具有跳出平庸家庭，爬进上流社会的资本的自信心。

（三）动作描写分析

动作描写，即对人物行为、动作的描写。动作描写是刻画人物的重要方法之一。人物的每一行动都是受其思想、性格制约的，因此，具体细致地描写某一人物在某一情况下所作出的反应，主要是动作反应，就势必显示出了这一人物的内心活动、处世态度、思想品质。成功的动作描写，可以交代人物的身份、地位，可以反映人物心理活动的进程，可以表现人物的性格特征，有时候还能推动情节的发展。例如，巴尔扎克《守财奴》中对葛朗台的一段描写：

一看见丈夫瞪着金子的眼光，葛朗台太太便叫起来：

“上帝呀，救救我们！”

老头儿身子一纵，扑上梳妆匣，好似一头老虎扑上一个睡着的婴儿。

“瞪着金子的眼光”写出了葛朗台一看见金子时那种贪婪、攫取的目光，而“一纵”“扑上”等动作，写出了已76岁高龄的葛朗台的敏捷、迅猛，看似与年龄不符，实则反映了他对金钱的痴迷、强烈的占有欲。从中我们不难看出葛朗台的贪婪本质。

还有如矛盾《子夜》对吴荪甫的动作描写:“他蓦地一声狞笑,跳起来抢到书桌边,一手拉开了抽屉,抓住一枝手枪来,就把枪口对准了自己的胸口……窗外是狂风怒吼,斜脚雨打那窗上的玻璃,达达达地。可是那手枪没有放射。吴荪甫长叹一声,身体落在那转轮椅子里,手枪掉在地上。”小说中原来坚毅果断、刚愎自用、颇有魄力的吴荪甫最终竟然落得几欲自杀的困境。他的“狞笑”“长叹”,他的歇斯底里的“拉”“抓”“对准”等动作,都有力地暗示着吴荪甫悲剧命运的认识意义——在半封建半殖民地的旧中国,民族资产阶级难逃失败的结局,靠民族工业来发展中国只能是幻想。

再如《水浒传》第二十六回《郓哥大闹授官厅　武松斗杀西门庆》中描写武松的动作:

两个一同出到巷口酒店里坐下,叫量酒人打两角酒来。何九叔起身道:“小人不曾与都头接风,何故反扰?”武松道:“且坐。”何九叔心里已猜八九分。量酒人一面筛酒,武松更不开口,且只顾吃酒。何九叔见他不做声,倒捏两把汗。却把些话来撩他。武松也不开口,并不把话来提起。酒已数杯,只见武松揭起衣裳,飕地掣出把尖刀来,插在桌子上。量酒的都惊得呆了,那里肯近前?看何九叔面色青黄,不敢吐气。武松捋起双袖,握着尖刀,指何九叔道:“小子粗疏,还晓得‘冤各有头,债各有主!’你休惊怕。只要实说,对我一一说知哥哥死的缘故,便不干涉你。我若伤了你不是好汉!倘若有半句儿差错,我这口刀立定教你身上添三四百个透明的窟窿!闲言不道,你只直说我哥哥死的尸首是怎地模样?”武松道罢,一双手按住胳膝,两只眼睁得圆彪彪地,看着何九叔。

这一系列的动作描写,表现出武松急于为屈死的大哥报仇的心情,体现了武松刚强、果断的性格。

(四)细节描写分析

细节描写是指抓住生活中的细微而又具体的典型情节,加以生动细致的描绘,它具体渗透在对人物、景物或场面描写之中。细节描写是刻画人物性格,揭示人物内心世界,表现人物细微复杂感情,点化人物关系,暗示人物身份、处境等最重要的方法。例如,鲁迅小说《药》中华老栓买药前的一段描写:

华大妈在枕头底下掏了半天,掏出一包洋钱,交给老栓。老栓接了,抖抖装入衣袋,又在外面按了两下;便点上灯笼,吹熄灯盏,走向里屋去了。

老栓的洋钱来之不易,平时节俭度日,“抖抖”装入衣袋不算,还要在外面“按”上两下,以证实这洋钱确实可靠地放进了衣袋才安心,这一细节生动地表现了这位贫穷、俭朴而又谨慎的老人形象,也表现了他的愚昧——他深信人血馒头可以治病。

再如小说《儒林外史》对严监生的一段描写:

严监生的病,一日重似一日……病重得一连三天不能说话。晚间挤了一屋的人,桌上点着一盏灯。严监生喉咙里痰响得一进一出,一声不倒一声的,总不得断气,还把手从被里拿出来,伸着两个指头。大侄子走上前来问道:“二叔,你莫不是还有两个亲人不曾见面?”他就把头摇了两三摇。二侄子走上前来问道:“二叔,莫不是还有两笔银子在那里,不曾吩咐明白?”他把两眼睁得溜圆,把头又狠狠摇了几摇,越发指得紧了。奶妈抱着哥子插口道:“老爷想是因两位舅爷不在眼前,故此记念。”他听了这话,把眼闭着摇头,那手只是指着不动。赵氏分开众人,走上前道:“爷,只有我能知道你的心事。你是为那灯盏里点的是两茎灯草,不放心，恐费了油。我如今挑掉一茎就是了。”说罢，忙走去挑掉一茎。众人看严监生时，点一点头，把手垂下，登时就没了气。

严监生临终时，一个劲地伸出两个指头，坚持着不断气，原来他是看到灯盏里点着两茎灯草，怕费油。这一绝妙的细节描写，活画出严监生这个吝啬鬼的形象。

（五）语言描写分析

语言描写是塑造人物形象的重要手段。语言描写包括人物独白和人物对白的描写。独白是反映人物心理活动的重要手段。对话可以是两个人的对话，也可以是几个人的相互交谈。描写人物的语言，不但要求做到个性化，即在用词、语气、表达方式上显出人物的性格特点、文化水平、思想修养、职业身份、内心世界等，而且还要体现出人物说话的艺术性。例如，巴尔扎克《守财奴》中葛朗台说的一段话：

“什么东西？”他拿着宝匣往窗前走去。“噢，是真金！金子！”他连声叫嚷，“这么多的金子！有两斤重。啊！啊！查里把这个跟你换了美丽的金洋，是不是？为什么不早告诉我？这交易划得来，小乖乖！你真是我的女儿，我明白了。”

“噢，是真金！金子！”表现了葛朗台发现金子时的惊和喜。“这交易划得来”说明了在葛朗台的心目中人世间没有亲情，没有爱情，一切都是交易，是赤裸裸的金钱关系。

再如《红楼梦》中，王熙凤出场的描写：

一语未完，只听后院中有笑语声，说：“我来迟了，没得迎接远客！”黛玉思忖道：“这些人个个皆敛声屏气如此，这来者是谁，这样放诞无礼？”心下想时，只见一群媳妇丫鬟拥着一个丽人，从后房进来……

这段描写用了未见其人，先闻其声的写法。当时贾母在场，“个个皆敛声屏气”敢于这样“放诞无礼”的人，除了“凤辣子”外再无他人，单就这一句，人们就可大致知道他在贾府中的特殊身份和地位了。

二、情节的鉴赏

情节是叙事性作品中人物的活动过程和性格的发展历史。人物的思想、性格是通过具体事件表现出来的；而这些事件之间又必须有连贯性，不是毫不相干的连缀，这些具有连贯性的事件，就形成作品的情节。小说一般篇幅较长，容量较大，可以更广泛全面地描绘多方面的社会生活，反映多种多样的矛盾冲突，并在生活事件的发展过程中刻画人物性格。叙事性文学比较注重情节，而其中小说的情节更为完整和复杂。小说可以突破相对固定的时空限制，容纳更为复杂丰富的情节，反映更广泛的生活内容。因为要充分叙述完整的情节，所以小说一般都要有一定的长度。短篇小说和小小说虽然篇幅短小，但其长度也必须足以容纳一个较完整的情节。

小说的主题思想需要在情节的发展过程中展现出来，有的小说甚至有多条线索、多种矛盾相互交错，要准确地理解作品的主题，必须理清作品的线索和情节。分析情节，要善于把握故事发生的开端、发展、高潮、结局这四个环节，并能概括各部分的要义，为提炼主题思想做准备。同时，我们还须从情节的发展中把握人物形象，因为情节是人物性格形成和发展的历史,在事件发展的过程中,才能显现出人物灵魂深处的东西来。离开了情节,就不知道人物怎样活动,也就无法分析人物性格特征。情节的组合方式,有顺序、倒叙和插叙等。鉴赏情节,可从以下方面注意。

(一)找出作品的线索

线索指贯穿在整个情节发展中的脉络,它的作用在于把显示人物性格及其发展的各个事件连接成为一个整体。只要找到了一条贯穿整个作品的线索,情节的来龙去脉也就容易把握了。线索分为单线、复线,而复线又有主、暗线之别。例如,鲁迅的《祝福》中祥林嫂与鲁四老爷的矛盾冲突,这就是构成情节的主要线索。

(二)分析场面和细节

场面也叫场景,是由人物在一定时间和场合中的活动所构成的生活画面,它是组成情节的基本单位,情节的发展过程实际上就是场面不断推移变换的过程,而场面是由很多个细节组成的。所以鉴赏情节,分析场面和细节是很重要的。例如,作家魏金枝对《阿Q正传》的一段情节分析:“写一个犯人在最后受判时画押,通常总是迟疑地颤抖地执着笔,无可奈何地画上一笔就算。鲁迅写阿Q的画押就大大不同,他写的画押却是独一无二的阿Q式的:一面是‘使尽平生的力气画圆圈’;而另一面却是‘这可恶的笔不但很沉重,并且不听话,刚刚一抖一抖的几乎要合缝,却又向外一耸,画成瓜子模样了。’我看,即使没有看过《阿Q正传》全文,不知道阿Q平生为人,单就这一节画押来看,阿Q的麻木、无知以及精神胜利法,岂不是都尽情地表露出来,然而那只是一个最后判决的场面描写。”这段话很客观地说明场面和细节对于情节的重要性。

(三)注意人物的心理活动

有些作品的情节发展和传统的写法不一样,而是以心理活动或意识流作为动因。我们分析这类作品就要把握“感情线索”或“意识流”,依照人物的“心灵辩证法”的轨迹进行剖析,如鲁迅的《狂人日记》、王蒙的《海的梦》等。

三、环境的鉴赏

环境与人物的关系颇为密切。离开了环境,人物性格的形成就失去了依据;离开了人物,各种环境的创造也就失去了凭借。环境描写是衬托人物性格、展示故事情节的重要手段。小说中人物的活动和事件的发生发展,都不能离开一定时代的、社会的和自然的环境。人物性格的形成与发展,也是受特定环境制约的。只有充分地描绘环境,才可能具体、真实地揭示出人物活动和矛盾冲突的现实依据。小说是长于描写的文学样式。在环境的描写上比其他文学样式有更多的自由,使其可以充分地发挥环境描写的艺术功能。它可以对社会环境作全面的介绍,可以对具体的生活场景作细致详尽的描绘。历史环境可以写上下几千年,自然环境可写纵横几万里。它可以随时变换场景,为人物活动和情节展开提供自由灵活的时间和空间范围。

小说描写环境的手法很多。有的是以叙述人的语言来刻画人物,叙述情节,描写环境;有的直接描写人物的对话和内心独白;既可以用第三人称客观描写,也可以用第一人称;既可以通过人物观察进行叙述,也可以结合人物心理活动进行渲染。这些语言表述的灵活性和手法的多样性,是其他文学体裁所难以做到的。

(一)分析环境与人物性格的关系

作家描写环境总是与刻画人物性格互为表里的。在更多的情况下,环境描写可能主要是为展示人物的行动和命运以及刻画人物的性格创造必要的条件,提供生动的衬景。所以我们分析环境就要紧扣人物的性格特征。如在《祝福》中的鲁四老爷的书斋兼卧室里,墙壁上的半幅"事理通达心气和平"对联,以及案头上的《近思录集注》和《四书衬》映照出"一个讲理学的老监生"的性格特色。再如《红楼梦》中,作者这样描写蘅芜院的环境:"阴森透骨",屋外长着"愈冷愈苍翠"的"奇草仙藤",屋内"一色玩器全无",像"雪洞一般"。这样的环境正好衬托出薛宝钗阴冷无情、装愚守拙的性格特征。

(二)分析环境与人物心理的关系

环境与心理的关系是客观世界作用于主观世界的结果。春风杨柳、鸟语花香给予人们以舒适畅快、幸福甜蜜的心理体验,而秋风残叶、哀鸿落花给予人们以惆怅不幸、忧愤悲伤的伤感情绪。不同的心理活动与不同的环境描绘基本相协调。但是,艺术的特殊性却往往运用正反对比手法说明环境与心理的关系,即以欢乐的景色衬托悲凉的心情,使人物的心理越显得悲凉凄惨。如《红楼梦》中黛玉葬花的凄凉心理与满园春色的反差;还有黛玉焚稿的生死决绝的心理活动,与灯红酒绿的婚宴大厅的对比。

(三)分析环境和社会历史背景的关系

小说里的人物,都是在一定的社会历史背景下活动的。鉴赏人物,如果离开了人物活动的社会历史背景,就不可能正确地理解人物,更不能理解人物形象的社会意义。这不仅是因为人物的个性形成与他的生活环境有关,更重要的是,作者每塑造一个人物,都是把他作为一定历史时期的典型人物来塑造的。或者说,一个人物形象的成功与否,不但要看他是否有鲜明的"个性",还要看他是否具有广泛的"共性"。而对人物"共性"的分析,就必须放在一定的社会历史背景中去考察。当然,我们分析作品,应该防止死扣"时代背景"介绍或完全抛弃"时代背景"介绍两种倾向,要把景物描绘、气氛烘托与一定的时代精神、社会情况有机结合起来。如鲁迅小说《药》的开头写道,"秋天的后半夜,月亮下去了,太阳还没有出,只剩下一片乌蓝的天;除了夜游的东西,什么都睡着。"在华老栓为儿子买"药"走在街上时,"……街上黑沉沉的一无所有,只有一条灰白的路,看得分明。"这样的自然环境给人以死气沉沉、非常压抑的感觉,使人感受不出一点生命的活动。联系小说的时代背景,我们深切地感受到1907 年革命者秋瑾被害后的那种沉寂冷肃的社会现实。

第三节 古典小说鉴赏

李娃传

[唐]白行简

汧国夫人李娃[1],长安之倡女也[2]。节行瑰奇[3],有足称者。故监察御史白行简为传述[4]。

天宝中[5],有常州刺史荥阳公者[6],略其名氏,不书。时望甚崇,家徒甚殷。知命之年[7],有一子,始弱冠矣[8],隽朗有词藻[9],迥然不群,深为时辈推伏。其父爱而器之,曰:"此吾家千里驹也[10]。"应乡赋秀才举[11],将行,乃盛其服玩车马之饰,计其京师薪储之费[12],谓之曰:"吾观尔之才,当一战而霸。今备二载之用,且丰尔之给,将为其志也[13]。"生亦自负,视上第如指掌[14]。自毗陵发[15],月余抵长安,居于布政里[16]。

尝游东市还[17],自平康东门入[18],将访友于西南。至鸣珂曲[19],见一宅,门庭不甚广,而室宇严邃。阖一扉,有娃方凭一双鬟青衣立[20],妖姿要妙[21],绝代未有。生忽见之,不觉停骖久之[22],徘徊不能去。乃诈坠鞭于地,候其从者,敕取之[23],累眄于娃[24]。娃回眸凝睇,情甚相慕。竟不敢措辞而去。生自尔意若有失,乃密征其友游长安之熟者,以讯之。友曰:"此狭邪女李氏宅也[25]。"曰:"娃可求乎?"对曰:"李氏颇赡[26],前与通之者多贵戚豪族,所得甚广。非累百万,不能动其志也。"生曰:"苟患其不谐,虽百万,何惜!"

他日,乃洁其衣服,盛宾从[27],而往扣其门,俄有侍儿启扃。生曰:"此谁之第耶?"侍儿不答,驰走大呼曰:"前时遗策郎也[28]。"娃大悦曰:"尔姑止之,吾当整妆易服而出。"生闻之私喜。乃引至萧墙间[29],见一姥垂白上偻[30],即娃母也。生跪拜前致词曰:"闻兹地有隙院,愿税以居,信乎[31]?"姥曰:"惧其浅陋湫隘,不足以辱长者所处,安敢言直耶[32]?"延生于迟宾之馆[33],馆宇甚丽。与生偶坐[34],因曰:"某有女娇小,技艺薄劣,欣见宾客,愿将见之。"乃命娃出,明眸皓腕,举步艳冶。生遂惊起,莫敢仰视。与之拜毕,叙寒燠[35],触类妍媚[36],目所未睹。复坐,烹茶斟酒,器用甚洁。久之,日暮,鼓声四动。姥访其居远近,生绐之曰:"在延平门外数里[37]。"冀其远而见留也。姥曰:"鼓已发矣。当速归,无犯禁。"生曰:"幸接欢笑,不知日之云夕。道里辽阔,城内又无亲戚,将若之何?"娃曰:"不见责僻陋,方将居之,宿何害焉。"生数目姥。姥曰:"唯唯。"生乃召其家僮,持双缣[38],请以备一宵之馔。娃笑而止之曰:"宾主之仪,且不然也[39]。今夕之费,愿以贫窭之家,随其粗粝以进之。其余以俟他辰。"固辞,终不许。俄徙坐西堂,帷幙帘榻,焕然夺目;妆奁衾枕,亦皆侈丽。乃张烛进馔,品味甚盛。彻馔[40],姥起。生娃谈话方切,诙谐调笑,无所不至。生曰:"前偶过卿门,遇卿适在屏间。厥后心常勤念,虽寝与食,未尝或舍。"娃答曰:"我心亦如之。"生曰:"今之来,非直求居而已,愿偿平生之志。但未知命也若何?"言未终,姥至,询其故,具以告。姥笑曰:

"男女之际，大欲存焉[41]。情苟相得，虽父母之命，不能制也。女子固陋，曷足以荐君子之枕席[42]？"生遂下阶，拜而谢之曰："愿以己为厮养[43]。"姥遂目之为郎[44]。饮酣而散。及旦，尽徙其囊橐[45]，因家于李之第。

自是生屏迹戢身[46]，不复与亲知相闻，日会倡优侪类，狎戏游宴。囊中尽空，乃鬻骏乘，及其家童。岁余，资财仆马荡然。迩来姥意渐怠，娃情弥笃。他日，娃谓生曰："与郎相知一年，尚无孕嗣。常闻竹林神者，报应如响[47]，将致荐酹求之[48]，可乎？"生不知其计，大喜。乃质衣于肆，以备牢醴[49]，与娃同谒祠宇而祷祝焉，信宿而返[50]。策驴而后，至里北门，娃谓生曰："此东转小曲中，某之姨宅也，将憩而觐之，可乎？"生如其言，前行不逾百步，果见一车门。窥其际，甚弘敞。其青衣自车后止之曰："至矣。"生下，适有一人出访曰："谁？"曰："李娃也。"乃入告。俄有一妪至，年可四十余，与生相迎曰："吾甥来否？"娃下车，妪逆访之[51]，曰："何久疏绝？"相视而笑。娃引生拜之，既见，遂偕入西戟门偏院[52]。中有山亭，竹树葱茜[53]，池榭幽绝。生谓娃曰："此姨之私第耶？"笑而不答，以他语对。俄献茶果，甚珍奇。食顷，有一人控大宛[54]，汗流驰至，曰："姥遇暴疾颇甚，殆不识人，宜速归。"娃谓姨曰："方寸乱矣[55]，某骑而前去，当令返乘，便与郎偕来。"生拟随之，其姨与侍儿偶语[56]，以手挥之，令生止于户外，曰："姥且殁矣，当与某议丧事以济其急。奈何遽相随而去？"乃止，共计其凶仪斋祭之用[57]。日晚，乘不至。姨言曰："无复命，何也？郎骤往觇之，某当继至。"生遂往，至旧宅，门扃钥甚密，以泥缄之。生大骇，诘其邻人。邻人曰："李本税此而居，约已周矣[58]。第主自收，姥徙居而且再宿矣。"征"徙何处？"曰："不详其所。"生将驰赴宣阳[59]，以诘其姨，日已晚矣，计程不能达[60]。乃弛其装服[61]，质馔而食，赁榻而寝。生恚怒方甚，自昏达旦，目不交睫。质明[62]，乃策蹇而去[63]。既至，连扣其扉，食顷无人应。生大呼数四，有宦者徐出。生遽访之："姨氏在乎？"曰："无之。"生曰："昨暮在此，何故匿之？"访其谁氏之第，曰："此崔尚书宅。昨者有一人税此院，云迟中表之远至者，未暮去矣。"

生惶惑发狂，罔知所措，因返访布政旧邸，邸主哀而进膳。生怨懑，绝食三日，遘疾甚笃，旬余愈甚。邸主惧其不起，徙之于凶肆之中[64]。绵缀移时[65]，合肆之人共伤叹而互饲之。后稍愈，杖而能起。由是凶肆日假之[66]，令执繐帷[67]，获其直以自给。累月，渐复壮，每听其哀歌，自叹不及逝者[68]，辄呜咽流涕，不能自止。归则效之。生，聪敏者也。无何，曲尽其妙，虽长安无有伦比。

初，二肆之佣凶器者，互争胜负。其东肆车舆皆奇丽，殆不敌，唯哀挽劣焉[69]。其东肆长知生妙绝，乃醵钱二万索顾焉[70]。其党耆旧[71]，共较其所能者，阴教生新声，而相赞和。累旬，人莫知之。其二肆长相谓曰："我欲各阅所佣之器于天门街[72]，以较优劣。不胜者罚直五万，以备酒馔之用，可乎？"二肆许诺，乃邀立符契，署以保证，然后阅之。士女大和会[73]，聚至数万。于是里胥告于贼曹[74]，贼曹闻于京尹[75]。四方之士，尽赴趋焉，巷无居人。自旦阅之，及亭午，历举辇舆威仪之具，西肆皆不胜，师有惭色。乃置层榻于南隅[76]，有长髯者拥铎而进[77]，翊卫数人[78]，于是奋髯扬眉，扼腕顿颡而登[79]，乃歌《白马》之词[80]。恃其夙胜[81]，顾眄左右，旁若无人。齐声赞扬之，自以为独步一时，不可得而屈也。有顷，东肆长于北隅上设连榻[82]，有乌巾少年，左右五六人，秉翣而至[83]，即生也。整衣服，俯仰甚徐，申喉发调，容若不胜[84]。乃歌《薤露》之章[85]，举声清越，响振林木。曲度未终，闻者歔欷掩泣。西肆长为众所诮，益惭耻。密置所输之直于前，乃潜遁焉。四座愕眙[86]，莫之测也。

先是，天子方下诏，俾外方之牧[87]，岁一至阙下[88]，谓之入计。时也，适遇生之父在京师，与同列者易服章窃往观焉[89]。有老竖[90]，即生乳母婿也，见生之举措辞气，将认之而未敢，乃泫然流涕。生父惊而诘之，因告曰："歌者之貌，酷似郎之亡子[91]。"父曰："吾子以多财为盗所害，奚至是耶？"言讫，亦泣。及归，竖间驰往，访于同党曰："向歌者谁，若斯之妙欤？"皆曰："某氏之子。"征其名，且易之矣，竖凛然大惊。徐往，迫而察之。生见竖，色动回翔[92]，将匿于众中。竖遂持其袂曰："岂非某乎？"相持而泣，遂载以归。至其室，父责曰："志行若此，污辱吾门，何施面目[93]，复相见也？"乃徒行出，至曲江西杏园东[94]，去其衣服。以马鞭鞭之数百。生不胜其苦而毙，父弃之而去。其师命相狎昵者阴随之，归告同党，共加伤叹。令二人赍苇席瘗焉。至则心下微温，举之，良久，气稍通。因共荷而归，以苇筒灌勺饮，经宿乃活。月余，手足不能自举，其楚挞之处皆溃烂，秽甚。同辈患之，一夕弃于道周。行路咸伤之，往往投其余食，得以充肠。十旬，方杖策而起。被布裘，裘有百结，褴褛如悬鹑[95]。持一破瓯，巡于闾里，以乞食为事。自秋徂冬，夜入于粪壤窟室，昼则周游廛肆。

一旦大雪，生为冻馁所驱，冒雪而出。乞食之声甚苦，闻见者莫不凄恻。时雪方甚，人家外户多不发。至安邑东门[96]，循里垣北转第七八，有一门独启左扉，即娃之第也。生不知之，遂连声疾呼："饥冻之甚。"音响凄切，所不忍听。娃自阁中闻之，谓侍儿曰："此必生也，我辨其音矣。"连步而出。见生枯瘠疥疠[97]，殆非人状。娃意感焉，乃谓曰："岂非某郎也？"生愤懑绝倒，口不能言，颔颐而已[98]。娃前抱其颈，以绣襦拥而归于西厢。失声长恸曰："令子一朝及此，我之罪也。"绝而复苏。姥大骇奔至，曰："何也？"娃曰："某郎。"姥遽曰："当逐之，奈何令至此。"娃敛容却睇曰[99]："不然，此良家子也，当昔驱高车，持金装，至某之室，不逾期而荡尽。且互设诡计，舍而逐之，殆非人行。令其失志，不得齿于人伦[100]。父子之道，天性也。使其情绝，杀而弃之，又困踬若此[101]。天下之人，尽知为某也。生亲戚满朝，一旦当权者熟察其本末，祸将及矣。况欺天负人，鬼神不祐，无自贻其殃也。某为姥子，迨今有二十岁矣。计其赀，不啻直千金[102]。今姥年六十余，愿计二十年衣食之用以赎身，当与此子别卜所诣[103]。所诣非遥，晨昏得以温凊[104]，某愿足矣。"姥度其志不可夺，因许之。给姥之余，有百金。北隅四五家，税一隙院。乃与生沐浴，易其衣服，为汤粥，通其肠，次以酥乳润其脏。旬余，方荐水陆之馔[105]。头巾履袜，皆取珍异者衣之。未数月，肌肤稍腴。卒岁，平愈如初。

异时，娃谓生曰："体已康矣，志已壮矣。渊思寂虑[106]，默想曩昔之艺业[107]，可温习乎？"生思之曰："十得二三耳。"娃命车出游，生骑而从。至旗亭南偏门鬻坟典之肆[108]，令生拣而市之，计费百金，尽载以归。因令生斥弃百虑以志学，俾夜作昼，孜孜矻矻[109]。娃常偶坐，宵分乃寐。伺其疲倦，即谕之缀诗赋[110]。二岁而业大就，海内文籍，莫不该览[111]。生谓娃曰："可策名试艺矣[112]。"娃曰："未也，且令精熟，以俟百战。"更一年，曰："可行矣。"于是遂一上登甲科[113]，声振礼闱[114]。虽前辈见其文，罔不敛衽敬羡[115]，愿友之而不可得。娃曰："未也。今秀士，苟获擢一科第[116]，则自谓可以取中朝之显职[117]，擅天下之美名。子行秽迹鄙，不侔于他士[118]。当砻淬利器[119]，以求再捷，方可以连衡多士[120]，争霸群英。"生由是益自勤苦，声价弥甚。其年，遇大比[121]，诏征四方之隽。生应直言极谏科[122]，策名第一[123]，授成都府参军[124]。三事以降[125]，皆其友也。将之官，娃谓生曰："今之复子本躯，某不相负也。愿以残年,归养小姥。君当结媛鼎族[126],以奉蒸尝[127]。中外婚媾,无自黩也[128]。勉思自爱,某从此去矣。”生泣曰:“子若弃我,当自刭以就死。”娃固辞不从,生勤请弥恳。娃曰:“送子涉江,至于剑门[129],当令我回。”生许诺。

月余,至剑门。未及发而除书至[130],生父由常州诏入,拜成都尹,兼剑南采访使[131]。浃辰[132],父到。生因投刺[133],谒于邮亭[134]。父不敢认,见其祖父官讳,方大惊,命登阶,抚背恸哭移时,曰:“吾与尔父子如初。”因诘其由,具陈其本末。大奇之,诘娃安在。曰:“送某至此,当令复还。”父曰:“不可。”翌日,命驾与生先之成都,留娃于剑门,筑别馆以处之。明日,命媒氏通二姓之好,备六礼以迎之[135],遂如秦晋之偶[136]。

娃既备礼,岁时伏腊[137],妇道甚修,治家严整,极为亲所眷尚。后数岁,生父母偕殁,持孝甚至。有灵芝产于倚庐,一穗三秀[138]。本道上闻[139]。又有白燕数十[140],巢其层甍[141]。天子异之,宠锡加等。终制[142],累迁清显之任[143]。十年间,至数郡。娃封汧国夫人,有四子,皆为大官,其卑者犹为太原尹[144]。弟兄姻媾皆甲门[145],内外隆盛,莫之与京[146]。

嗟乎,倡荡之姬,节行如是,虽古先烈女,不能逾也。焉得不为之叹息哉!予伯祖尝牧晋州[147],转户部[148],为水陆运使[149],三任皆与生为代[150],故谙详其事[151]。贞元中[152],予与陇西公佐话妇人操烈之品格[153],因遂述汧国之事。公佐拊掌竦听[154],命予为传。乃握管濡翰[155],疏而存之。时乙亥岁秋八月[156],太原白行简云。

(选自徐季子.中国古代文学(上册)[M].上海:华东师范大学出版社,1990.)

【注释】

[1] 汧国夫人:唐制,文武一品及国公之母与妻,封为国夫人。汧:汧阳,治所在今陕西陇县。
[2] 倡女:即娼女,妓女。
[3] 节行瑰奇:道德节操和所作所为奇特可贵。
[4] 监察御史:官名,职务是纠察百官,巡按州县。
[5] 天宝:唐玄宗李隆基年号,共15年(742—756年)。
[6] 常州刺史荥阳公:常州刺史是荥阳人,因为是望族,故称荥阳公。荥阳:今河南荥阳县。
[7] 知命之年:50岁。《论语·为政》:“五十而知天命。”
[8] 弱冠:男子到了20岁称弱冠。古代男子20岁行“冠礼”,戴上成人的帽子,表示已成年,但体犹未壮,故称弱冠。
[9] 隽朗有辞藻:俊秀聪慧,富有文采。
[10] 千里驹:日行千里的骏马,比喻年少英俊。
[11] 应乡赋秀才举:由州郡保送,进京参加秀才考试。
[12] 盛:丰盛,这里是多多供应之意。薪储之费:柴米等生活费用。
[13] 一战而霸:参加一次考试便能高中。丰尔之给:对你的供给特别丰盛,指多给盘缠钱。为其志:帮助你实现志愿。
[14] 视上第如指掌:把进士及第看得很容易。
[15] 毗陵:故郡名,唐代为常州晋陵郡,即今江苏常州。
[16] 布政里:长安皇城西第一街第四坊。
[17] 东市:唐代长安有东西二市,为商业集中之地。

[18] 平康:平康里,是长安娼妓聚集的地方。
[19] 鸣珂曲:长安里名。
[20] 青衣:婢女,古代贫贱人家女子多穿青色衣服,亦多被出卖为婢女,故名。
[21] 妖姿:艳美的姿色。要妙:美好。
[22] 停骖:停住马。
[23] 敕取之:命令(仆人)拾取马鞭。
[24] 累眄于娃:不断地斜着眼睛看那个美女。
[25] 狭邪女:妓女。狭邪:同“狭斜”,古乐府《长安有狭斜行》中有句云:“堂上置樽酒,作使邯郸倡。”后因称妓女为狭斜,狎妓饮酒的行为为狭斜行。
[26] 赡:富裕。
[27] 盛宾从:随从极多。
[28] 遗策郎:掉了马鞭的青年男子。郎:对青年男子的通称。
[29] 萧蔷:屏风,照壁。
[30] 垂白:头发快白了,即花白的意思。上偻:驼背。
[31] 税:租赁。信乎:确信吗?
[32] 直:同“值”,指租金。
[33] 迟宾之馆:招待宾客的客厅。
[34] 偶坐:并坐。
[35] 叙寒燠:寒暄,说问寒问暖的应酬话。
[36] 触类妍媚:一举一动,浑身上下都是妩媚美丽。
[37] 延平门:长安西城门,距平康里甚远。
[38] 缣:带黄色的细绢,汉以后常用作货币,这里作为贵重的见面礼。
[39] 宾主两句:宾主之间的礼节是不该如此的。意指李娃是主人,理应设宴招待客人,而荥阳公是客人,怎能叫他第一次见面就破费。
[40] 彻馔:把酒菜撤下,即饭毕之意。
[41] 男女两句:语出《礼记·礼运》:“饮食男女,人之大欲存焉。”
[42] 荐枕席:侍寝。
[43] 厮养:下层奴仆。
[44] 目之为郎:承认为其女的郎君。
[45] 尽徙其囊橐:将自己全部财物都搬过来了。囊橐:装钱物的口袋。
[46] 屏迹戢身:深居简出。屏、戢:隐蔽。
[47] 报应如响:神所给的报应,如声之回响。指很灵验。
[48] 致荐酹:用酒食祭祀。
[49] 牢醴:祭祀用牛、羊、猪三牲叫牢,祭祀用的甜酒叫醴。
[50] 信宿:连宿两夜。
[51] 迎访之:迎出来问她。
[52] 戟门:唐制,三品以上官员得立戟于门。
[53] 葱茜:苍翠茂盛。

[54] 控大宛:骑着骏马。大宛:汉代西域国,以产骏马出名,大宛即大宛马的省称。
[55] 方寸:指心,心仅有方寸之地。
[56] 偶语:两人私语。
[57] 凶仪:丧礼。
[58] 约已周:租约已满期。
[59] 宣阳:唐长安城里名,位于平康里之南。
[60] 计程:计算路程,估计路上所需时间。
[61] 弛:松缓,引申为脱下。
[62] 质明:天刚亮。
[63] 策蹇:骑着驴子。
[64] 凶肆:专门出售丧葬用品的商店。
[65] 绵缀:缠绵委顿,精神萎靡,形容病情很重。
[66] 日假之:每天要用他。
[67] 穗帷:灵账。
[68] 逝者:死去的人。
[69] 哀挽:出丧时唱的挽歌,专唱挽歌为业者,称为“挽歌郎”。
[70] 醵钱:很多人凑钱。顾:同“雇”。
[71] 耆老:老手,老前辈。
[72] 阅:陈列,展览。天门街:在长安宫城承天门外。
[73] 大和会:大聚会。《尚书·周书·康诰》:“四方民大和会。”孔安国转:“四方之民大合约而聚会。”
[74] 里胥:古代乡里之职,等于地保之类。贼曹:州郡掌管治安的佐吏。
[75] 京尹:京兆尹的简称,京城地区的行政长官。
[76] 层榻:高脚椅子。
[77] 铎:唱挽歌时用的大铃。
[78] 翊卫:护卫的人。
[79] 扼腕:一手握住另一手的手腕,情绪激动时的一种动作。顿颡:点头。
[80]《白马》之词:《后汉书·范式转》载,张劭死,将葬,范式“素车白马,号哭而来。”后人于是以“素车白马”为送葬之词。
[81] 恃其夙胜:仗恃着是原来所擅长的。
[82] 连榻:并坐的长椅。
[83] 翣(shà):用羽毛制成的掌扇,为出殡时仪物。
[84] 容若不胜:看上去像是不会唱歌的样子。不胜:不能胜任。
[85]《薤露》之章:属古乐府《相和歌·相和曲》,相传原是东齐的歌谣,为出殡时挽柩的人所唱的挽歌,专以此曲送王公贵人出殡。后来作为一般的送葬曲。
[86] 愕眙(yí):惊呆的样子。
[87] 外方之牧:指州牧,即刺史。
[88] 阙下:京城。阙:皇宫前的城楼。

[89] 易服章:脱去官服穿上便服。
[90] 老竖:老仆人。
[91] 郎:奴仆对少主人的称呼。
[92] 回翔:回旋躲藏。
[93] 何施面目:有什么脸面。
[94] 曲江:为唐代长安游览胜地,在长安城南,周围有杏园、芙蓉苑、慈恩寺、紫云楼、乐游原等。
[95] 悬鹑:典故名,典出《荀子·大略篇》:“子夏家贫,衣若县鹑。”“县”同“悬”,鹌鹑毛斑尾秃,倒悬时如破衣,因以“悬鹑”比喻衣服破烂。
[96] 安邑:长安里名。
[97] 疥疠:生疥癞疮,毛发脱落。
[98] 含颐:点头。
[99] 敛容却睇:正着脸色回头斜视。
[100] 不得齿于人伦:不能排列在人的类别里,即不把他当人看。
[101] 困踬(zhì):困厄潦倒。
[102] 不啻:不止,不下于。
[103] 别卜所诣:另找住处。
[104] 晨昏得以温凊(qìng):早晚可以侍候问安。《礼记·曲礼上》:“凡为人子之礼,冬温而夏凊,昏定而辰省。”
[105] 荐水陆之馔:进奉山珍海味。
[106] 渊思寂虑:深思熟虑。
[107] 艺业:指科举考试用的文章。
[108] 旗亭:酒楼。鬻坟典之肆:书店。古代有三坟、五典,这里泛指书籍。
[109] 孜孜矻矻(kū):勤奋不懈。
[110] 缀诗赋:写作诗赋。诗赋是唐代进士科主要考试科目。
[111] 该览:总览,全读遍了。
[112] 策名试艺:报名参加科举考试。
[113] 甲科:甲等。唐初取士,明经有甲乙丙丁四科,进士有甲乙二科。
[114] 礼闱:即礼部。考试归礼部掌管。
[115] 敛衽:整理衣襟,表示敬意。
[116] 秀士:应试者的通称。
[117] 中朝:朝廷。
[118] 不侔:不及,不能相比。
[119] 砻淬:磨炼。
[120] 连衡:这里是结交的意思。
[121] 大比:这里指三年一次的科举考试。
[122] 直言极谏科:唐代制举项目之一。
[123] 策名:列名,题名。

[124] 成都府:治所在今四川成都市。参军:府尹的佐吏。
[125] 三事:即三公。《新唐书·百官志》:“太尉、司徒、司空各一人,是为三公,皆正一品。”
[126] 结媛鼎族:同豪门贵族女子结婚。
[127] 蒸尝:秋、冬祭祀。主持祭祀为古代家庭主妇的重要家务。
[128] 中外婚媾,无自黩也:应当跟高门豪族通婚,不要降低自己的身份(意指跟李娃这样的妓女结婚)。中外:内外亲戚,这里是偏义复词,单指亲戚。自黩:自污,自己贬低自己。
[129] 剑门:唐县名,故址在今剑阁县东北。
[130] 除书:任命书。
[131] 剑南:道名,治所在今成都市。采访使:即采访处置使,职掌监察州县,举善纠恶。
[132] 浃辰:自子至亥十二辰为一周,即十二日。浃:周匝。
[133] 投刺:送上名片。
[134] 邮亭:传送文书并供住宿的驿馆。
[135] 六礼:古代婚礼的六道程序:纳采、向名、纳吉、纳征、请期、亲迎。
[136] 秦晋:春秋时秦晋两国世代联姻,后来称通婚的男女两家为“秦晋”。
[137] 岁时伏腊:逢年过节。伏日在夏,猎日在冬,都是古代的节日。
[138] 灵芝:瑞草。倚庐:守丧时居住的草屋。一穗三秀:一根穗上开三朵花。
[139] 本道:成都府属剑南道,故称本道。
[140] 白燕:古人认为是祥瑞的鸟。
[141] 层甍:高耸的屋脊。
[142] 终制:三年守丧期满。
[143] 清显之任:清闲显要的官职。
[144] 太原:府名,治所即今太原市。
[145] 甲门:高门豪族。
[146] 莫之与京:没有谁能比得上。京:大。
[147] 牧晋州:担任晋州刺史。
[148] 户部:尚书省六部之一,掌管全国土地、户籍、赋税及财政收支等事务。
[149] 水陆运使:掌管洛阳、长安间的粮米运输事务。
[150] 三任皆与生为代:三任官都跟荥阳生为前后任。
[151] 暗详:熟悉。
[152] 贞元:唐德宗李适年号(785—805 年)。
[153] 陇西李公佐:唐传奇著名作者,字颛蒙,陇西(今甘肃东南)人。
[154] 拊掌竦听:拊掌,同“抚掌”。竦听,敬听。
[155] 握管濡翰:执笔蘸墨。
[156] 乙亥岁:指贞元十一年(795 年),岁次乙亥。

【作者简介】

白行简(约 776—826 年),字知退,华州下邽(今陕西渭南市临渭区下邽镇)人,白居易之弟。元和二年(807年)进士,授秘书省校书郎。元和九年(814年)入剑南东川节度使卢坦幕掌书记。后历任左拾遗、主客员外郎、主客郎中等职。白行简原有文集二十卷,"文笔有兄风,辞赋尤称精密,文士皆师法之"。(《旧唐书·白行简传》)可惜文集已佚,现仅存传奇《李娃传》《三梦记》两篇。

【赏析指要】

《李娃传》是中国唐传奇中最优秀的作品之一,白行简也因此孤篇而在文学史上享有盛名。小说中的李娃,是一个身份卑微的妓女,但最后却被豪门贵族明媒正娶,并被封为汧国夫人。这实质上是很浪漫的一种虚构,是对当时封建门阀制度的有力抨击,同时也暴露了娼妓制度的罪恶。作品中的李娃是一个忠于爱情,对门阀制度有清醒认识的妓女形象,她美丽、善良、多情。身为妓女,开始与荥阳公子的关系是以色事人,后又参与驱赶荥阳公子的骗局,这也是她职业所使,但这不是李娃性格的主导方面。她的性格是忠于爱情的,表现在她既超越了职业的庸俗和偏见追求爱的本真,又超越了门第悬殊,追求爱的自由。在初见时,"回眸凝睇,情甚相慕";当荥阳公子钱财用完时,"娃情弥笃";而当荥阳公子沦落时,"娃前抱其颈,以绣襦拥而归于西厢"。精心护理,让其求取功名,这都说明李娃对荥阳公子的爱情与日俱增。

李娃一面忠于爱情,却又对门阀制度有清醒的认识,这使她对荥阳公子的爱情产生矛盾,一方面渴望与荥阳公子能够白头到老,另一方面又担心门第悬殊而不能结合。所以,当荥阳公子将去做官之时,她提出归养老姥,甚至当荥阳公子以死相求时,李娃仍然固执不从,这都表明了李娃的可贵清醒。作品中的荥阳公子超越了贵公子的玩弄女性的通病,又超越了门阀制度对人的禁锢,大胆与李娃喜结良缘,这说明了他对李娃是真心相爱的,但性格懦弱。

【辑评】

(白)行简本善文笔,李娃事又近情而耸听,故缠绵可观。

(鲁迅《中国小说史略》)

婴　宁

[清]蒲松龄

王子服,莒之罗店人[1],早孤。绝惠[2],十四入泮[3]。母最爱之,寻常不令游郊野。聘萧氏[4],未嫁而夭,故求凰未就也[5]。

会上元[6],有舅氏子吴生,邀同眺瞩[7]。方至村外,舅家有仆来,招吴去。生见游女如云,乘兴独遨。有女郎携婢,拈梅花一枝,容华绝代,笑容可掬。生注目不移,竟忘顾忌。女过去数武,顾婢曰:"个儿郎目灼灼似贼[8]!"遗花地上,笑语自去。生拾花怅然,神魂丧失,怏怏遂返。

至家,藏花枕底,垂头而睡,不语亦不食。母忧之。醮禳益剧[9],肌革锐减[10]。医师诊视,投剂发表[11],忽忽若迷。母抚问所由[12],默然不答。适吴生来,嘱密诘之。吴至榻前,生见之泪下。吴就榻慰解,渐致研诘[13]。生具吐其实[14],且求谋画。吴笑曰:"君意亦复痴!

此愿有何难遂？当代访之。徒步于野，必非世家[15]。如其未字[16]，事固谐矣；不然，拚以重赂[17]，计必允遂。但得痊瘳，成事在我。”生闻之，不觉解颐[18]。吴出告母，物色女子居里，而探访既穷，并无踪绪。母大忧，无所为计。然自吴去后，颜顿开，食亦略进。

数日，吴复来。生问所谋。吴绐之曰：“已得之矣。我以为谁何人[19]，乃我姑氏女，即君姨妹行，今尚待聘。虽内戚有婚姻之嫌[20]，实告之，无不谐者。”生喜溢眉宇，问：“居何里？”吴诡曰[21]：“西南山中，去此可三十余里。”生又付嘱再四，吴锐身自任而去。

生由是饮食渐加，日就平复。探视枕底，花虽枯，未便雕落。凝思把玩，如见其人。怪吴不至，折柬招之[22]。吴支托不肯赴招[23]。生恚怒，悒悒不欢。母虑其复病，急为议姻；略与商确[24]，辄摇首不愿，惟日盼吴。

吴迄无耗，益怨恨之。转思三十里非遥，何必仰息他人[25]？怀梅袖中，负气自往，而家人不知也。伶仃独步，无可问程，但望南山行去。约三十余里，乱山合沓[26]，空翠爽肌，寂无人行，止有鸟道[27]。遥望谷底，丛花乱树中，隐隐有小里落。下山入村，见舍宇无多，皆茅屋，而意甚修雅[28]。北向一家，门前皆丝柳，墙内桃杏尤繁，间以修竹[29]；野鸟格磔其中[30]。意其园亭，不敢遽入。回顾对户，有巨石滑洁，因据坐少憩。

俄闻墙内有女子，长呼“小荣”，其声娇细。方伫听间，一女郎由东而西，执杏花一朵，俯首自簪。举头见生，遂不复簪，含笑拈花而入。审视之，即上元途中所遇也。心骤喜。但念无以阶进[31]；欲呼姨氏，顾从无还往，惧有讹误。门内无人可问。坐卧徘徊，自朝至于日昃[32]，盈盈望断[33]，并忘饥渴。时见女子露半面来窥，似讶其不去者。忽一老媪扶杖出，顾生曰：“何处郎君，闻自辰刻便来，以至于今。意将何为？得勿饥耶？”生急起揖之，答云：“将以盼亲[34]。”媪聋聩不闻。又大言之。乃问：“贵戚何姓？”生不能答。媪笑曰：“奇哉！姓名尚自不知，何亲可探？我视郎君，亦书痴耳，不如从我来，啖以粗粝[35]，家有短榻可卧。待明朝归，询知姓氏，再来探访，不晚也。”生方腹馁思啖，又从此渐近丽人，大喜。从媪入，见门内白石砌路，夹道红花，片片堕阶上；曲折而西，又启一关，豆棚花架满庭中，肃客入舍[36]，粉壁光明如镜；窗外海棠枝朵探入室中，裀藉几榻[37]，罔不洁泽。甫坐，即有人自窗外隐约相窥。媪唤：“小荣！可速作黍[38]。”外有婢子噭声而应[39]。坐次[40]，具展宗阀[41]。媪曰：“郎君外祖，莫姓吴否？”曰：“然。”媪惊曰：“是吾甥也！尊堂，我妹子。年来以家窭贫[42]，又无三尺男[43]，遂至音问梗塞。甥长成如许，尚不相识。”生曰：“此来即为姨也，匆遽遂忘姓氏。”媪曰：“老身秦姓，并无诞育；弱息仅存[44]，亦为庶产[45]。渠母改醮[46]，遗我鞠养。颇亦不钝，但少教训，嬉不知愁。少顷，使来拜识。”

未几，婢子具饭，雏尾盈握[47]。媪劝餐已，婢来敛具。媪曰：“唤宁姑来。”婢应去。良久，闻户外隐有笑声。媪又唤曰：“婴宁，汝姨兄在此。”户外嗤嗤笑不已。婢推之以入，犹掩其口，笑不可遏。媪嗔目曰[48]：“有客在，咤咤叱叱，是何景象？”女忍笑而立，生揖之。媪曰：“此王郎，汝姨子。一家尚不相识，可笑人也。”生问：“妹子年几何矣？”媪未能解。生又言之。女复笑，不可仰视。媪谓生曰：“我言少教诲，此可见矣。年已十六，呆痴裁如婴儿[49]。”生曰：“小于甥一岁。”曰：“阿甥已十七矣，得非庚午属马者耶[50]？”生首应之。又问：“甥妇阿谁？”答云：“无之。”曰：“如甥才貌，何十七岁犹未聘？婴宁亦无姑家[51]，极相匹敌[52]；惜有内亲之嫌。”生无语，目注婴宁，不遑他瞬。婢向女小语云，“目灼灼，贼腔未改！”女又大笑，顾婢曰：“视碧桃开未？”遽起，以袖掩口，细碎连步而出。至门外，笑声始纵。媪亦起，唤婢被[53]，为生安置。曰："阿甥来不易，宜留三五日，迟迟送汝归[54]。如嫌幽闷，舍后有小园，可供消遣；有书可读。"

次日，至舍后，果有园半亩，细草铺毡，杨花糁径[55]；有草舍三楹[56]，花木四合其所。穿花小步，闻树头苏苏有声，仰视，则婴宁在上。见生来，狂笑欲堕。生曰："勿尔，堕矣！"女且下且笑，不能自止。方将及地，失手而堕，笑乃止。生扶之，阴挼其腕[57]。女笑又作，倚树不能行，良久乃罢。生俟其笑歇，乃出袖中花示之。女接之，曰："枯矣。何留之？"曰："此上元妹子所遗，故存之。"问："存之何意？"曰："以示相爱不忘也。自上元相遇，凝思成病，自分化为异物[58]；不图得见颜色，幸垂怜悯。"女曰："此大细事[59]。至戚何所靳惜[60]？待郎行时，园中花，当唤老奴来，折一巨捆负送之。"生曰："妹子痴耶？"女曰："何便是痴？"生曰[61]："我非爱花，爱拈花之人耳。"女曰："葭莩之情[62]，爱何待言。"生曰："我所谓爱，非瓜葛之爱[63]，乃夫妻之爱。"女曰："有以异乎？"曰："夜共枕席耳。"女俯思良久，曰："我不惯与生人睡。"语未已，婢潜至，生惶恐遁去。

少时，会母所。母问："何往？"女答以园中共话。媪曰："饭熟已久，有何长言，周遮乃尔[64]。"女曰："大哥欲我共寝。"言未已，生大窘，急目瞪之。女微笑而止。幸媪不闻，犹絮絮究诘。生急以他词掩之，因小语责女。女曰："适此语不应说耶？"生曰："此背人语。"女曰："背他人，岂得背老母。且寝处亦常事，何讳之？"生恨其痴，无术可以悟之。食方竟，家中人捉双卫来寻生[65]。先是，母待生久不归，始疑；村中搜觅几遍，竟无踪兆。因往询吴。吴忆曩言，因教于西南山村行觅。凡历数村，始至于此。生出门，适相值，便入告媪，且请偕女同归。媪喜曰："我有志，匪伊朝夕[66]。但残躯不能远涉，得甥携妹子去，识认阿姨，大好！"呼婴宁。宁笑至。媪曰："有何喜，笑辄不辍？若不笑，当为全人。"因怒之以目。乃曰："大哥欲同汝去，可便装束。"又饷家人酒食，始送之出曰："姨家田产丰裕，能养冗人。到彼且勿归，小学诗礼，亦好事翁姑。即烦阿姨，为汝择一良匹。"二人遂发。至山坳，回顾，犹依稀见媪倚门北望也。

抵家，母睹姝丽，惊问为谁。生以姨女对。母曰："前吴郎与儿言者，诈也。我未有姊，何以得甥？"问女，女曰："我非母出。父为秦氏，没时，儿在褓中，不能记忆。"母曰："我一姊适秦氏，良确；然殂谢已久[67]，那得复存？"因审诘面庞、志赘[68]，一一符合。又疑曰："是矣。然亡已多年，何得复存？"疑虑间，吴生至，女避入室。吴询得故，惘然久之。忽曰："此女名婴宁耶？"生然之。吴亟称怪事。问所自知，吴曰："秦家姑去世后，姑丈鳏居[69]，祟于狐，病瘠死。狐生女名婴宁，绷卧床上，家人皆见之。姑丈没，狐犹时来；后求天师符粘壁上[70]，狐遂携女去。将勿此耶？"彼此疑参[71]。但闻室中吃吃皆婴宁笑声[72]。母曰："此女亦太憨生[73]。"吴请面之。母入室，女犹浓笑不顾，母促令出，始极力忍笑，又面壁移时，方出。才一展拜，翻然遽入，放声大笑。满室妇女，为之粲然。

吴请往觇其异，就便执柯[74]。寻至村所，庐舍全无，山花零落而已。吴忆姑葬处，仿佛不远；然坟垅湮没[75]，莫可辨识，诧叹而返。母疑其为鬼。人告吴言，女略无骇意；又吊其无家[76]，亦殊无悲意，孜孜憨笑而已[77]。众莫之测。母令与少女同寝止。昧爽即来省问[78]，操女红精巧绝伦[79]。但善笑，禁之亦不可止；然笑处嫣然，狂而不损其媚，人皆乐之。邻女少妇，争承迎之。母择吉将为合卺[80]，而终恐为鬼物。窃于日中窥之，形影殊无少异[81]。至日，使华装行新妇礼；女笑极不能俯仰，遂罢。生以其憨痴，恐泄漏房中隐事；而女殊密秘，不肯道一语。每值母忧怒，女至，一笑即解。奴婢小过，恐遭鞭楚，辄求诣母共话；罪婢投见，恒得免。而爱花成癖，物色遍戚党；窃典金钗，购佳种，数月，阶砌藩溷，无非花者。

庭后有木香一架，故邻西家。女每攀登其上，摘供簪玩[82]。母时遇见，辄诃之。女卒不改。一日，西人子见之，凝注倾倒。女不避而笑。西人子谓女意已属，心益荡。女指墙底笑而下，西人子谓示约处，大悦。及昏而往，女果在焉。就而淫之，则阴如锥刺，痛彻于心，大号而踣。细视非女，则一枯木卧墙边，所接乃水淋窍也。邻父闻声，急奔研问，呻而不言。妻来，始以实告。爇火烛窍[83]，见中有巨蝎，如小蟹然。翁碎木捉杀之。负子至家，半夜寻卒。邻人讼生，讦发婴宁妖异[84]。邑宰素仰生才，稔知其笃行士[85]，谓邻翁讼诬，将杖责之。生为乞免，遂释而出。母谓女曰："憨狂尔尔，早知过喜而伏忧也。邑令神明，幸不牵累；设鹘突官宰[86]，必逮妇女质公堂，我儿何颜见戚里？"女正色，矢不复笑。母曰："人罔不笑，但须有时。"而女由是竟不复笑，虽故逗，亦终不笑；然竟日未尝有戚容。

一夕，对生零涕。异之。女哽咽曰："曩以相从日浅，言之恐致骇怪。今日察姑及郎，皆过爱无有异心，直告或无妨乎？妾本狐产。母临去，以妾托鬼母，相依十余年，始有今日。妾又无兄弟，所恃者唯君。老母岑寂山阿[87]，无人怜而合厝之[88]，九泉辄为悼恨。君倘不惜烦费，使地下人消此怨恫，庶养女者不忍溺弃。"生诺之，然虑坟冢迷于荒草。女但言无虑。刻日，夫妻舆榇而往[89]。女于荒烟错楚中[90]，指示墓处，果得媪尸，肤革犹存。女抚哭哀痛。舁归，寻秦氏墓合葬焉。是夜，生梦媪来称谢，寤而述之。女曰："妾夜见之，嘱勿惊郎君耳。"生恨不邀留。女曰："彼鬼也。生人多，阳气胜，何能久居？"生问小荣，曰："是亦狐，最黠。狐母留以视妾，每摄饵相哺[91]，故德之常不去心。昨问母，云已嫁之。"由是岁值寒食，夫妻登秦墓，拜扫无缺。

女逾年，生一子。在怀抱中，不畏生人，见人辄笑，亦大有母风云。

异史氏曰："观其孜孜憨笑，似全无心肝者；而墙下恶作剧，其黠孰甚焉。至凄恋鬼母，反笑为哭，我婴宁殆隐于笑者矣[92]。窃闻山中有草，名'笑矣乎'。嗅之，则笑不可止。房中植此一种，则合欢、忘忧[93]，并无颜色矣。若解语花[94]，正嫌其作态耳[95]。"

（选自蒲松龄. 聊斋志异[M]. 会校会注会评本. 吕湛恩，等，注. 王士禛，等，评. 上海：上海古籍出版社，1978.）

【注释】

[1] 莒(jǔ)：古国名，后置为州县，在今山东省莒县一带。

[2] 绝惠：极端聪明。惠，通"慧"。

[3] 入泮(pàn)：古代学校有泮池，故称学童入学为入泮。

[4] 聘：订婚。旧时订婚，男方须向女方行纳聘礼，称"行聘"或"文定"。后来就以"聘"代指订婚。

[5] 求凰：汉司马相如《琴歌》："凤兮凤兮归故乡，遨游四海求其凰。"相传此歌为向卓文君求爱而作，后因称男子求偶为求凰。

[6] 上元：上元节，旧历正月十五。

[7] 眺瞩：居高望远。此指观赏景物。

[8] 个儿郎：这个小伙子。个，这个。儿郎，指青年男子。

[9] 醮禳(jiào ráng):祈祷消灾。醮,祭神。禳,消除灾祸。
[10] 肌革锐减:消瘦得极快。肌革,犹肌肤。
[11] 投剂发表:中医治病方法,用药把病从体内表散出来。剂,药剂。
[12] 抚问所由:爱抚地问其得病的原因。
[13] 研诘:细细追问。
[14] 具:全,全部。
[15] 世家:世代显贵之家族。
[16] 字:女子许婚。
[17] 拚(pàn):不顾惜,豁出去。
[18] 解颐:露出笑容。颐,面颊。
[19] 谁何:什么。
[20] 内戚有婚姻之嫌:意谓姨表亲戚因血缘相近,通婚有所禁忌。内戚,内亲,妻的亲属。王子服与婴宁为姨兄妹,故云内戚。
[21] 诡曰:谎称,假说。
[22] 折柬:裁纸写信。柬,通"简"。
[23] 支托:支吾推托。支,支吾,以含混之词搪塞。
[24] 确:疑为笔误,当作"榷"。
[25] 仰息他人:喻依赖他人。语出《后汉书·袁绍传》。仰,仰仗;息,鼻息,指鼻腔呼吸的气息,呼气则温,吸气则寒。
[26] 合沓(tà):重迭。
[27] 鸟道:喻山路险峻狭窄,意谓只有飞鸟可过。
[28] 意甚修雅:给人以美好幽雅的感觉。
[29] 修竹:细长的竹子。修,长,高。
[30] 格磔(zhé):鸟鸣声。
[31] 阶进:进身的因由。阶,因由,凭借。
[32] 日昃(zè):太阳偏西。
[33] 盈盈望断:犹言望穿秋水,形容盼望殷切。盈盈,形容眼波流动,明澈如秋水。《西厢记》三本二折:"你若不去啊,望穿他盈盈秋水,蹙损他淡淡春山。"
[34] 盼亲:探亲。
[35] 粗粝:糙米。喻粗茶淡饭。
[36] 肃客:请客人进入。《礼记·曲礼》:"主人肃客而入。"
[37] 裀(yīn)藉:垫席。裀,同"茵",重席。
[38] 作黍:做饭。
[39] 噭(jiào)声而应:高声答应。
[40] 坐次:相对而坐的时候。次,指事件正在进行时。
[41] 展:陈述。宗阀:宗族门第。
[42] 窭(jù)贫:贫穷。《诗·邶风·北门》:"终窭且贫。"朱熹注:"窭者,贫而无以为礼也。"
[43] 无三尺男:谓家无一男性。三尺男,指身高三尺的男童。

［44］弱息：本指幼弱的子女；后多指女儿。
［45］庶产：妾生。封建家族中，侧室称庶，所生子女称“庶出”。
［46］改醮：改嫁。《仪礼·士昏礼》：“庶妇则使人醮之。”醮，古婚礼的一种简单仪式；后多指女子嫁人。
［47］雏尾盈握：指肥嫩的雏鸡。《礼记·内则》：“雏尾不盈握，弗食。”雏，此指小鸡。盈握，满一把。鸡的尾部满一把，言其肥。
［48］嗔目：生气地看对方一眼。嗔，生气。
［49］裁：通“才”，仅仅。
［50］庚午属马：庚午年生人，属马。古时以鼠、牛、虎、兔、龙、蛇、马、羊、猴、鸡、犬、猪十二种动物，来配十二地支子、丑、寅、卯、辰、巳、午、未、申、酉、戌、亥，称为“十二属”或“十二生肖”。午年生人应属马。
［51］姑家：婆家。
［52］匹敌：般配。敌，相当。
［53］被：包着被子。
［54］迟迟：慢慢地，指过些时候。
［55］杨花糁（sǎn）径：杨花粉粒，星星点点散落在小路上。糁，碎米屑，泛指散乱的粒状细物；此谓撒落。
［56］楹：量词，屋一间为一楹。
［57］捘（zùn）：捏。
［58］化为异物：指人死亡。语见贾谊《鸟赋》。异物，指死亡的人，“鬼”的讳词。
［59］大细事：极小的事。
［60］靳惜：吝惜。
［61］生曰：原无“生”字，此从铸雪斋抄本。
［62］葭莩之情：亲戚情谊。《汉书·中山王传》：“非有葭莩之亲。”葭莩，芦苇内壁的薄膜，喻指疏远的亲戚，亦泛指亲戚。
［63］瓜葛：指亲戚。瓜和葛都是蔓生植物，因以比喻互相牵连的亲戚。蔡邕《独断》：“四姓小侯，诸侯家妇，凡与先帝后有瓜葛者……皆会。”
［64］周遮：言语烦琐。白居易《老戒》诗：“矍铄夸身健，周遮说话长。”
［65］捉双卫：牵着两头驴子。捉，牵。卫，驴的别称。《尔雅翼》：“驴一名卫。或曰：晋卫好乘之，故以为名。”
［66］匪伊朝夕：不止一日。匪，通“非”。伊，句中语词。
［67］殂谢：死亡。
［68］面庞：面部轮廓。志赘：指身体上的特征或标记。志，通“痣”。赘，赘疣，俗称瘊子。
［69］鳏居：无妻独居。
［70］天师符：张天师的神符。天师，道教指东汉张道陵及其后裔。详见《雹神》注。
［71］疑参：疑惑参详。
［72］吃吃：笑声。
［73］憨生：娇痴。憨，傻。生，语助词。

[74] 执柯:做媒。语出《诗·风·伐柯》。
[75] 垅:坟。湮(yīn)没:埋没。
[76] 吊:怜悯。
[77] 孜孜:不停地。
[78] 昧爽:黎明。省(xǐng)问:问候,问安。
[79] 女红(gōng):旧时指妇女所作的纺织、刺绣、缝纫等事。红,同“功”。
[80] 择吉:选择吉日良辰。
[81] “窃于日中窥之”两句:传说鬼在日光下无影,因而以此检验婴宁是否为鬼物。
[82] 簪玩:妇女折花,或插戴在发髻之上,或插养于瓶中赏玩,因合称。
[83] 爇(ruò)火:点燃灯火。烛,照。
[84] 讦(jié):揭发。
[85] 笃行士:品行忠厚的读书人。
[86] 鹘(hú)突:胡涂。
[87] 岑寂山阿:孤寂地居处山阿。陶渊明《挽歌》诗:“死去何所道,托体同山阿。”山阿,山中曲坳处。
[88] 合厝(cuò):合葬。厝,安葬。
[89] 舆榇:以车载棺。榇,棺材。
[90] 错楚:错杂的树丛。
[91] 摄饵:摄取食物。
[92] 隐于笑:用笑来掩护自已。隐,潜藏。
[93] 合欢:花名,俗称夜合花、马缨花。忘忧:忘忧草,萱草的别名。
[94] 解语花:《开元天宝遗事·解语花》:唐明皇与杨贵妃庄太液池赏花,左右极赞池花之美,而“帝指贵妃示于左右曰:‘争如我解语花?’”后因以“解语花”比喻善于迎合人意的美女。
[95] 作态:装模作样,指矫饰而有失自然。

【作者简介】

蒲松龄(1640—1715 年),字留仙,一字剑臣,别号柳泉居士,淄川(今山东淄博)人。清著名小说家。出身于没落的地主家庭,童年时跟着父亲读书。19 岁时初应童子试,以县、府、道三个第一名补博士弟子员。以后却屡次失意于科场,只得以做幕宾、塾师为生。71 岁才援例成为贡生。艰难的时世和坎坷的遭遇,造成了他“孤愤”“狂痴”的人生态度,集中表现在他创作的《聊斋志异》中。其诗、文、俗曲等作品今汇编为《蒲松龄集》。

【赏析指要】

《聊斋志异》近五百篇,继承了六朝志怪小说、唐传奇和《史记》传记文学的传统,把花妖狐媚人格化,幽冥世界现实化,曲折地批判社会,表达理想,是中国古代短篇文言小说的顶峰之作。

《婴宁》描写了婴宁与王子服的爱情故事,成功地塑造了婴宁这个光彩夺目的女性形象。

在这个特殊的女性形象中，贯注着作者对人生世态的深切感受，也寄寓着美好的社会理想。小说前半部分以浓墨重彩描写了婴宁从恋爱到成婚的过程中手不离花、口不离笑、天真憨痴的性格特征。她出生和成长在山青水秀山村，园外“乱山合沓，空翠爽肌”，园内“细草铺毡，杨花糁径”。在如此钟灵毓秀之地，婴宁的出现如一抹春风。婴宁出场是“容华绝代，笑容可掬”，手拈梅花，婀娜多姿地走在上元节的郊野；当王子服“注目不移，竟忘顾忌”后，婴宁“顾婢曰：‘个儿郎目光灼灼似贼！’遗花地上，笑语自去。”好像不知道王子服“目灼灼”是因为她，婴宁爱花、爱笑、美丽、纯真的特点言简义丰地展现给读者。写王子服因为婴宁独特的风姿而念念不忘，以致“忽忽若迷”，后王子服按照吴生所指在西南山中寻找婴宁，作者极力描写婴宁家中之花，以花喻人，婴宁“由东而西，执杏花一朵，俯首自簪”，花之丰美与婴宁之美丽相映成趣。当王子服与婴宁相见时，婴宁无所顾忌的痴笑作者描写得很精彩。婴宁人未到笑声先闻，“闻户外隐有笑声”，相见过程中，她时而“嗤嗤笑不已”，时而“笑不可遏”，受到母亲斥责后“忍笑而立”，但转瞬“女复笑，不可仰视”，第二天，王子服去房后观赏时，看见婴宁在树上，而婴宁“见生来，狂笑欲堕”，“女且下且笑，不能自止”，“女笑又作，倚树不能行，良久乃罢”。在这里作者还把婴宁爱花的个性再次描写，“（婴宁）顾婢曰：‘视碧桃开未？’”前后衔接。同时，还刻画了她的近乎痴憨和单纯天真。王子服拿出上元节婴宁遗落的梅花示以相爱之意，婴宁却说：“等兄行时，园中花，当唤老奴来，折一巨捆负送之。”王生告诉她：“我非爱花，爱拈花之人耳”，婴宁竟全然不解其中的风情，说：“葭莩之情，爱何待言？”当她得知王子服所说的是“夜共枕席”的夫妻之爱时，仍了无所悟，“俯思良久，曰：‘我不惯与生人睡。’”甚至要告诉母亲“大哥欲我共寝”。这些细节描写，将婴宁天真烂漫、如痴似憨的性格特点刻画得栩栩如生。小说的结尾安排了婴宁幻化成枯木巨蝎惩治西邻之子的奇幻情节，有人分析这个促狭的恶作剧表现了婴宁的狡黠。

上述特点使婴宁的形象有声有色，但其中表现出的性格矛盾困扰着很多的现代读者。实际上，这种情况在很多优秀的文学作品中都存在，如《水浒传》中的宋江、《红楼梦》中的尤三姐等。

【辑评】

婴宁憨态，一片天真，过于司花儿远矣。我正以其笑为全人。

（清·何守奇评本《聊斋志异》）

有花乃有人，有人乃有笑；见其花如见其人，欲见其人，必袖其花。乃未见其人，而先见其里落之花，见其门前之花，则野鸟格磔中，固早有含笑拈花人在矣。未见其人，先闻其声，见其花，见其笑，而后审视而得见所欲见之人。既照应起笔，即引逗下文，文中贵有顿笔也。至入门而夹道写花，庭外写花，窗外写花，室内写花，借许多花引出人来；而后未写其人，先写其笑，写其户外之笑，写其入门之笑，写其见面之笑，又照应上元之言，照应上元之笑。许多笑字，配对上许多花字，此遥对法也。随手借视碧桃撇开，写花写笑，双双绾住，然后再写花，再写人，再写笑。树上写笑，将堕写笑，堕时写笑，堕后写笑，束住笑字，正叙袖中之花，入其正面矣，却以园中花作一夹衬，随又撇开。写其笑，写其来时之笑，写其见母之笑，写其见客之笑，写其转入之笑；又恐冷落花字，以山花零落，小作映带，然后笑与花反复并写，从花写笑，从笑而写不笑；既不笑矣，笑字无从写矣，偏以不笑反复映衬，而忽而零涕，忽而哽咽，忽而抚哭哀痛，无非出力反衬笑字。更以其子见人辄笑，大有母风，收拾全篇笑字。此作者以嬉笑为文章，如评中所云，隐于笑者矣。故为琐琐批出，而不禁失声大笑。此篇以笑字立胎，而以花为眼，处处写笑，即处处以花映带之。拈梅花一枝数语，已伏全文之脉，故文章全在提掇处得力也。以拈花笑起，以摘花不笑收，写笑层见叠出，无一意冗复，无一笔雷同，不笑后复用反衬，后仍结转笑字，篇法严密乃尔。

（清·但明伦评本《聊斋志异》）

婴宁这一形象的构成是比较复杂的，从整体上说，她是人和狐的复合；如果单从她作为人的方面看，又是两种个性的复合。我们看：她的鬼母几次说她“少教训”“少教诲”，并嘱咐她到王家“小学诗礼，亦好事翁姑”。但她到王家后，未学诗礼，即懂得“昧爽即来省视（姨母）”，“操女红精巧绝伦”；她在母亲面前直言不讳地说“大哥欲我共寝”，而与王子服成婚后，“生以其憨痴，恐漏泄房中隐事，而女殊密秘，不肯道一语”。她对王生述说自己的身世、请求王生将其父母合葬的那段话，更是真挚感人。婴宁这些言行及其表现出来的思想感情，使爱花、爱笑、纯真得近乎痴憨的婴宁形象中又依稀迭印出另一个婴宁。这个婴宁绝不是憨不知礼，缺少教诲，而是聪明、勤劳、知礼、虑事缜密而又具有深沉的感情。蒲松龄在“异史氏曰”中说：“观其孜孜憨笑，似全无心肝者；而墙下恶作剧，其黠孰甚焉。至凄恋鬼母，反笑为哭，我婴宁殆隐于笑者矣。”这就再清楚不过地告诉我们：“孜孜憨笑”“似无心肝”只是她的外在特点，而在笑的帷幕后面，隐藏着另一个婴宁。她大约不愿使自己形同世俗之女，又有少女的羞涩之心，所以才以天真烂漫的面目出之，才在王子服向她倾吐肺腑之情时佯装不解，以憨言痴语应对。她知道母亲聋聩重听，所以才故意在母亲面前说“大哥欲我共寝”，捉弄得王子服窘迫不堪。这个婴宁真是聪明狡黠得无与伦比。上元节有意遗花地上，借吴生之口巧妙地透露出自己的居里，正是这个狡黠的婴宁之所为。婴宁的两副性格相映成趣，使这一形象越发显得可爱了。一个人物两副面目，唯长于变幻的鬼狐能之，这样写婴宁又使她增强了狐女形象的特殊真实性，具有了真真幻幻、扑朔迷离的艺术美感。

从《婴宁》篇可以看出，蒲松龄在创作《聊斋志异》中那些最优秀的小说时，能够准确地把握人物的特点，根据表现人物的需要进行缜密的构思，通过血肉丰满的艺术形象寄寓自己的生活理想。他不是单纯地述奇记异，也不是为了劝善惩恶的目的而使人物变成笔下的傀儡。这样，就使小说创作上升到艺术创造的更高级的领域。《婴宁》是我国文学遗产中的珍品，也将永远熠耀于世界优秀短篇小说之林。

（选自张稔穰，李永昶.《婴宁》赏析[M].聊斋志异鉴赏集.北京：人民文学出版社，1983.）

抄检大观园（节选[1]）

［清］曹雪芹

一语未了，人报：“太太来了。”凤姐听了诧异，不知为何事亲来，与平儿等忙迎出来。只见王夫人气色更变，只带一个贴己的小丫头走来[2]，一语不发，走至里间坐下。凤姐忙奉茶，因陪笑问道：“太太今日高兴，到这里逛逛。”王夫人喝命：“平儿出去！”平儿见了这般，着慌不知怎么样了，忙应了一声，带着众小丫头一齐出去，在房门外站住，越性将房门掩了[3]，自己坐在台矶上，所有的人，一个不许进去。凤姐也着了慌，不知有何等事。只见三夫人含着泪，从袖内掷出一个香袋子来，说：“你瞧。”凤姐忙拾起一看，见是十锦春意香袋[4]，也吓了一跳,忙问:“太太从那里得来?”王夫人见问,越发泪如雨下,颤声说道:“我从那里得来!我天天坐在井里,拿你当个细心人,所以我才偷个空儿。谁知你也和我一样。这样的东西大天白日明摆在园里山石上,被老太太的丫头拾着,不亏你婆婆遇见,早已送到老太太跟前去了。我且问你,这个东西如何遗在那里来?”凤姐听得,也更了颜色,忙问:“太太怎知是我的?”王夫人又哭又叹说道:“你反问我!你想,一家子除了你们小夫小妻,余者老婆子们,要这个何用?再女孩子们是从那里得来?自然是那琏儿不长进下流种子那里弄来。你们又和气,当作一件顽意儿,年轻人儿女闺房私意是有的,你还和我赖!幸而园内上下人还不解事,尚未捡得。倘或丫头们捡着,你姊妹看见,这还了得。不然有那小丫头们捡着,出去说是园内捡着的,外人知道,这性命脸面要也不要?”凤姐听说,又急又愧,登时紫涨了面皮,便依炕沿双膝跪下,也含泪诉道:“太太说的固然有理,我也不敢辩我并无这样的东西。但其中还要求太太细详其理:那香袋是外头雇工仿着内工绣的,带子穗子一概是市卖货。我便年轻不尊重些,也不要这劳什子[5],自然都是好的,此其一。二者这东西也不是常带着的,我纵有,也只好在家里,焉肯带在身上各处去?况且又在园里去,个个姊妹我们都肯拉拉扯扯,倘或露出来,不但在姊妹前,就是奴才看见,我有什么意思?我虽年轻不尊重,亦不能糊涂至此。三则论主子内我是年轻媳妇,算起奴才来,比我更年轻的又不止一个人了。况且他们也常进园,晚间各人家去,焉知不是他们身上的?四则除我常在园里之外,还有那边太太常带过几个小姨娘来,如嫣红翠云等人,皆系年轻侍妾,他们更该有这个了。还有那边珍大嫂子,他不算甚老外,他也常带过佩凤等人来,焉知又不是他们的?五则园内丫头太多,保的住个个都是正经的不成?也有年纪大些的知道了人事,或者一时半刻人查问不到偷着出去,或借着因由同二门上小幺儿们打牙犯嘴[6],外头得了来的,也未可知。如今不但我没此事,就连平儿我也可以下保的。太太请细想。”王夫人听了这一席话大近情理,因叹道:“你起来。我也知道你是大家小姐出身,焉得轻薄至此,不过我气急了,拿了话激你。但如今却怎么处?你婆婆才打发人封了这个给我瞧,说是前日从傻大姐手里得的,把我气了个死。”凤姐道:“太太快别生气。若被众人觉察了,保不定老太太不知道。且平心静气暗暗访察,才得确实;纵然访不着,外人也不能知道。这叫作‘胳膊折在袖内’[7]。如今唯有趁着赌钱的因由革了许多的人这空儿,把周瑞媳妇旺儿媳妇等四五个贴近不能走话的人安插在园里[8],以查赌为由。再如今他们的丫头也太多了,保不住人大心大,生事作耗[9],等闹出事来反悔之不及。如今若无故裁革,不但姑娘们委屈烦恼,就连太太和我也过不去。不如趁此机会,以后凡年纪大些的,或有些咬牙难缠的[10],拿个错儿撵出去配了人。一则保得住没有别的事,二则也可省些用度。太太想我这话如何?”王夫人叹道:“你说的何尝不是,但从公细想,你这几个姊妹也甚可怜了。也不用远比,只说如今你林妹妹的母亲,未出阁时[11],是何等的娇生惯养,是何等的金尊玉贵,那才像个千金小姐的体统[12]。如今这几个姊妹,不过比人家的丫头略强些罢了。通共每人只有两三个丫头像个人样,余者纵有四五个小丫头子,竟是庙里的小鬼。如今还要裁革了去,不但于我心不忍,只怕老太太未必就依。虽然艰难,难不至此。我虽没受过大荣华富贵,比你们是强的。如今我宁可省些,别委屈了他们。以后要省俭先从我来倒使的。如今且叫人传了周瑞家的等人进来,就吩咐他们快快暗地访拿这事要紧。”凤姐听了,即唤平儿进来吩咐出去。

一时,周瑞家的与吴兴家的、郑华家的、来旺家的、来喜家的现在五家陪房进来[13],余者皆在南方各有执事[14]。王夫人正嫌人少不能勘察，忽见邢夫人的陪房王善保家的走来，方才正是他送香囊来的。王夫人向来看视邢夫人之得力心腹人等原无二意，今见他来打听此事，十分关切，便向他说："你去回了太太，也进园内照管照管，不比别人又强些。"这王善保家正因素日进园去那些丫鬟们不大趋奉他，他心里大不自在，要寻他们的故事又寻不着[15]，恰好生出这事来，以为得了把柄。又听王夫人委托，正撞在心坎上，说："这个容易。不是奴才多话，论理这事该早严紧的。太太也不大往园里去，这些女孩子们一个个倒像受了封诰似的[16]，他们就成了千金小姐了。闹下天来，谁敢哼一声儿。不然，就调唆姑娘的丫头们[17]，说欺负了姑娘们了，谁还耽得起。"王夫人道："这也有的常情，跟姑娘的丫头原比别的娇贵些。你们该劝他们。连主子们的姑娘不教导尚且不堪，何况他们。"王善保家的道："别的都还罢了。太太不知道，一个宝玉屋里的晴雯，那丫头仗着他生的模样儿比别人标致些，又生了一张巧嘴，天天打扮的像个西施的样子，在人跟前能说惯道，掐尖要强[18]。一句话不投机，他就立起两个骚眼睛来骂人，妖妖趫趫[19]，大不成个体统。"王夫人听了这话，猛然触动往事，便问凤姐道："上次我们跟了老太太进园逛去，有一个水蛇腰、削肩膀、眉眼又有些像你林妹妹的[20]，正在那里骂小丫头。我的心里很看不上那个轻狂样子，因同老太太走，我不曾说得。后来要问是谁，又偏忘了。今日对了坎儿[21]，这丫头想必就是他了。"凤姐道："若论这些丫头们，共总比起来，都没晴雯生得好。论举止言语，他原有些轻薄。方才太太说的倒很像他，我也忘了那日的事，不敢乱说。"王善保家的便道："不用这样，此刻不难叫了他来太太瞧瞧。"王夫人道："宝玉房里常见我的只有袭人麝月，这两个笨笨的倒好。若有这个，他自不敢来见我的。我一生最嫌这样人，况且又出来这个事。好好的宝玉，倘或叫这蹄子勾引坏了[22]，那还了得。"因叫自己的丫头来，吩咐他到园里去，"只说我说有话问他们，留下袭人麝月伏侍宝玉不必来，有一个晴雯最伶俐，叫他即刻快来。你不许和他说什么。"

小丫头子答应了，走入怡红院，正值晴雯身上不自在，睡中觉才起来，正发闷，听如此说，只得随了他来。素日这些丫鬟皆知王夫人最嫌趫妆艳饰语薄言轻者[23]，故晴雯不敢出头。今因连日不自在，并没有十分妆饰，自为无碍。及到了凤姐房中，王夫人一见他钗亸鬓松[24]衫垂带褪，有春睡捧心之遗风[25]，而且形容面貌恰是上月的那人，不觉勾起方才的火来。王夫人原是天真烂漫之人，喜怒出于心臆，不比那些饰词掩意之人，今既真怒攻心，又勾起往事，便冷笑道："好个美人！真像个病西施了。你天天作这轻狂样儿给谁看？你干的事，打量我不知道呢[26]！我且放着你，自然明儿揭你的皮！宝玉今日可好些？"晴雯一听如此说，心内大异，便知有人暗算了他。虽然着恼，只不敢作声。他本是个聪敏过顶的人，见问宝玉可好些，他便不肯以实话对，只说："我不大到宝玉房里去，又不常和宝玉在一处，好歹我不能知道，只问袭人麝月两个。"王夫人道："这就该打嘴！你难道是死人，要你们作什么！"晴雯道："我原是跟老太太的人。因老太太说园里空大人少，宝玉害怕，所以拨了我去外间屋里上夜[27]，不过看屋子。我原回过我笨，不能伏侍。老太太骂了我，说'又不叫你管他的事，要伶俐的作什么。'我听了这话才去的。不过十天半个月之内，宝玉闷了大家顽一会子就散了。至于宝玉饮食起坐，上一层有老奶奶老妈妈们，下一层又有袭人麝月秋纹几个人。我闲着还要作老太太屋里的针线，所以宝玉的事竟不曾留心。太太既怪，从此后我留心就是了。"王夫人信以为实了，忙说："阿弥陀佛！你不近宝玉是我的造化[28]，竟不劳你费心。既是老太太给宝玉的，我明儿回了老太太，再撵你。"因向王善保家的道："你们进去，好生防他几日，不许他在宝玉房里睡觉。等我回过老太太，再处治他。”喝声“去！站在这里，我看不上这浪样儿[29]！谁许你这样花红柳绿的妆扮！”晴雯只得出来，这气非同小可，一出门便拿手帕子握着脸，一头走，一头哭，直哭到园门内去。

这里王夫人向凤姐等自怨道：“这几年我越发精神短了，照顾不到。这样妖精似的东西竟没看见。只怕这样的还有，明日倒得查查。”凤姐见王夫人盛怒之际，又因王善保家的是邢夫人的耳目，常调唆着邢夫人生事，纵有千百样言词，此刻也不敢说，只低头答应着。王善保家的道：“太太请养息身体要紧，这些小事只交与奴才。如今要查这个主儿也极容易，等到晚上园门关了的时节，内外不通风，我们竟给他们个猛不防，带着人到各处丫头们房里搜寻。想来谁有这个，断不单只有这个，自然还有别的东西。那时翻出别的来，自然这个也是他的。”王夫人道：“这话倒是。若不如此，断不能清的清白的白。”因问凤姐如何。凤姐只得答应说：“太太说的是，就行罢了。”王夫人道：“这主意很是，不然一年也查不出来。”于是大家商议已定。

至晚饭后，待贾母安寝了，宝钗等入园时，王善保家的便请了凤姐一并入园，喝命将角门皆上锁[30]，便从上夜的婆子处抄检起，不过抄检出些多余攒下蜡烛灯油等物。王善保家的道：“这也是赃，不许动，等明儿回过太太再动。”于是先就到怡红院中，喝命关门。当下宝玉正因晴雯不自在，忽见这一干人来，不知为何直扑了丫头们的房门去，因迎出凤姐来，问是何故。凤姐道：“丢了一件要紧的东西，因大家混赖，恐怕有丫头们偷了，所以大家都查一查去疑。”一面说，一面坐下吃茶。王善保家的等搜了一回，又细问这几个箱子是谁的，都叫本人来亲自打开。袭人因见晴雯这样，知道必有异事，又见这番抄检，只得自己先出来打开了箱子并匣子，任其搜检一番，不过是平常动用之物。随放下又搜别人的，挨次都一一搜过。到了晴雯的箱子，因问：“是谁的，怎不开了让搜？”袭人等方欲代晴雯开时，只见晴雯挽着头发闯进来，豁一声将箱子掀开，两手捉着底子，朝天往地下尽情一倒，将所有之物尽都倒出。王善保家的也觉没趣，看了一看，也无甚私弊之物。回了凤姐，要往别处去。凤姐儿道：“你们可细细的查，若这一番查不出来，难回话的。”众人都道：“都细翻看了，没什么差错东西。虽有几样男人物件，都是小孩子的东西，想是宝玉的旧物件，没甚关系的。”凤姐听了，笑道：“既如此咱们就走，再瞧别处去。”

说着，一径出来，因向王善保家的道：“我有一句话，不知是不是。要抄检只抄检咱们家的人，薛大姑娘屋里，断乎检抄不得的。”王善保家的笑道：“这个自然。岂有抄起亲戚家来。”凤姐点头道：“我也这样说呢。”一头说，一头到了潇湘馆内。黛玉已睡了，忽报这些人来，也不知为甚事。才要起来，只见凤姐已走进来，忙按住他不许起来，只说：“睡罢，我们就走。”这边且说些闲话。那个王善保家的带了众人到丫鬟房中，也一一开箱倒笼抄检了一番。因从紫鹃房中抄出两副宝玉常换下来的寄名符儿[31]，一副束带上的披带，两个荷包并扇套，套内有扇子[32]。打开看时皆是宝玉往年往日手内曾拿过的。王善保家的自为得了意，遂忙请凤姐过来验视，又说：“这些东西从那里来的？”凤姐笑道：“宝玉和他们从小儿在一处混了几年，这自然是宝玉的旧东西。这也不算什么罕事，撂下再往别处去是正经。”紫鹃笑道：“直到如今，我们两下里的东西也算不清。要问这一个，连我也忘了是那年月日有的了。”王善保家的听凤姐如此说，也只得罢了。

又到探春院内，谁知早有人报与探春了。探春也就猜着必有原故，所以引出这等丑态来，遂命众丫鬟秉烛开门而待。一时众人来了。探春故问何事。凤姐笑道:“因丢了一件东西，连日访察不出人来，恐怕旁人赖这些女孩子们，所以越性大家搜一搜，使人去疑，倒是洗净他们的好法子。”探春冷笑道:“我们的丫头自然都是些贼，我就是头一个窝主[33]。既如此，先来搜我的箱柜，他们所有偷了来的都交给我藏着呢。”说着便命丫头们把箱柜一齐打开，将镜奁、妆盒、衾袱、衣包若大若小之物一齐打开，请凤姐去抄阅。凤姐陪笑道:“我不过是奉太太的命来，妹妹别错怪我。何必生气。”因命丫鬟们快快关上。平儿丰儿等忙着替侍书等关的关，收的收。探春道:“我的东西倒许你们搜阅;要想搜我的丫头，这却不能。我原比众人歹毒[34]，凡丫头所有的东西我都知道，都在我这里间收着，一针一线他们也没的收藏，要搜所以只来搜我。你们不依，只管去回太太，只说我违背了太太，该怎么处治，我去自领。你们别忙，自然连你们抄的日子有呢！你们今日早起不曾议论甄家，自己家里好好的抄家，果然今日真抄了。咱们也渐渐的来了。可知这样大族人家，若从外头杀来，一时是杀不死的，这是古人曾说的‘百足之虫，死而不僵’[35]，必须先从家里自杀自灭起来，才能一败涂地!”说着，不觉流下泪来。凤姐只看着众媳妇们。周瑞家的便道:“既是女孩子的东西全在这里，奶奶且请到别处去罢，也让姑娘好安寝。”凤姐便起身告辞。探春道:“可细细的搜明白了？若明日再来，我就不依了。”凤姐笑道:“既然丫头们的东西都在这里，就不必搜了。”探春冷笑道:“你果然倒乖[36]。连我的包袱都打开了，还说没翻。明日敢说我护着丫头们，不许你们翻了。你趁早说明，若还要翻，不妨再翻一遍。”凤姐知道探春素日与众不同的，只得陪笑道:“我已经连你的东西都搜查明白了。”探春又问众人:“你们也都搜明白了不曾?”周瑞家的等都陪笑说:“都翻明白了。”那王善保家的本是个心内没成算的人[37]，素日虽闻探春的名，那是为众人没眼力没胆量罢了，那里一个姑娘家就这样起来;况且又是庶出，他敢怎么。他自恃是邢夫人陪房，连王夫人尚另眼相看，何况别个。今见探春如此，他只当是探春认真单恼凤姐，与他们无干。他便要趁势作脸献好[38]，因越众向前拉起探春的衣襟，故意一掀，嘻嘻笑道:“连姑娘身上我都翻了，果然没有什么。”凤姐见他这样，忙说:“妈妈走罢，别疯疯颠颠的。”一语未了，只听“拍”的一声，王家的脸上早着了探春一掌。探春登时大怒，指着王家的问道:“你是什么东西，敢来拉扯我的衣裳！我不过看着太太的面上，你又有年纪，叫你一声妈妈，你就狗仗人势，天天作耗，专管生事。如今越性了不得了。你打谅我是同你们姑娘那样好性儿，由着你们欺负他，就错了主意！你搜检东西我不恼，你不该拿我取笑。”说着，便亲自解衣卸裙，拉着凤姐儿细细的翻。又说:“省得叫奴才来翻我身上。”凤姐平儿等忙与探春束裙整袂，口内喝着王善保家的说:“妈妈吃两口酒就疯疯颠颠起来。前儿把太太也冲撞了。快出去，不要提起了。”又劝探春休得生气。探春冷笑道:“我但凡有气性，早一头碰死了！不然岂许奴才来我身上翻贼赃了。明儿一早，我先回过老太太、太太，然后过去给大娘陪礼，该怎么，我就领。”那王善保家的讨了个没意思，在窗外只说:“罢了，罢了，这也是头一遭挨打。我明儿回了太太，仍回老娘家去罢。这个老命还要他做什么!”探春喝命丫鬟道:“你们听他说的这话，还等我和他对嘴去不成。”侍书等听说，便出去说道:“你果然回老娘家去，倒是我们的造化了。只怕舍不得去。”凤姐笑道:“好丫头，真是有其主必有其仆。”探春冷笑道:“我们作贼的人，嘴里都有三言两语的。这还算笨的，背地里就只不会调唆主子。”平儿忙也陪笑解劝，一面又拉了侍书进来。周瑞家的等人劝了一番。凤姐直待伏侍探春睡下，方带着人往对过暖香坞来。

彼时李纨犹病在床上，他与惜春是紧邻，又与探春相近，故顺路先到这两处。因李纨才吃了药睡着，不好惊动，只到丫鬟们房中一一的搜了一遍，也没有什么东西，遂到惜春房中来。因惜春年少，尚未识事，吓的不知当有什么事，故凤姐也少不得安慰他。谁知竟在入画箱中寻出一大包金银锞子来[39]，约共三四十个，又有一副玉带板子并一包男人的靴袜等物[40]。入画也黄了脸。因问是那里来的，入画只得跪下哭诉真情，说："这是珍大爷赏我哥哥的。因我们老子娘都在南方，如今只跟着叔叔过日子。我叔叔婶子只要吃酒赌钱，我哥哥怕交给他们又花了，所以每常得了，悄悄的烦了老妈妈带进来叫我收着的。"惜春胆小，见了这个也害怕，说："我竟不知道。这还了得！二嫂子，你要打他，好歹带他出去打罢，我听不惯的。"凤姐笑道："这话若果真呢，也倒可恕，只是不该私自传送进来。这个可以传递，什么不可以传递。这倒是传递人的不是了。若这话不真，倘是偷来的，你可就别想活了。"入画跪着哭道："我不敢扯谎。奶奶只管明日问我们奶奶和大爷去，若说不是赏的，就拿我和我哥哥一同打死无怨。"凤姐道："这个自然要问的，只是真赏的也有不是。谁许你私自传送东西的！你且说是谁作接应，我便饶你。下次万万不可。"惜春道："嫂子别饶他这次方可。这里人多，若不拿一个人作法，那些大的听见了，又不知怎样呢。嫂子若饶他，我也不依。"凤姐道："素日我看他还好。谁没一个错，只这一次。二次犯下，二罪俱罚。但不知传递是谁。"惜春道："若说传递，再无别个，必是后门上的张妈。他常肯和这些丫头们鬼鬼祟祟的，这些丫头们也都肯照顾他。"凤姐听说，便命人记下，将东西且交给周瑞家的暂拿着，等明日对明再议。于是别了惜春，方往迎春房内来。

迎春已经睡着了，丫鬟们也才要睡，众人叩门半日才开。凤姐吩咐："不必惊动小姐。"遂往丫鬟们房里来。因司棋是王善保的外孙女儿，凤姐倒要看看王家的可藏私不藏，遂留神看他搜检。先从别人箱子搜起，皆无别物。及到了司棋箱子中搜了一回，王善保家的说："也没有什么东西。"才要盖箱时，周瑞家的道："且住，这是什么？"说着，便伸手掣出一双男子的锦带袜并一双缎鞋来。又有一个小包袱，打开看时，里面有一个同心如意并一个字帖儿[41]。一总递与凤姐。凤姐因当家理事，每每看开帖并账目，也颇识得几个字了。便看那帖子是大红双喜笺帖，上面写道："上月你来家后，父母已觉察你我之意。但姑娘未出阁，尚不能完你我之心愿。若园内可以相见，你可托张妈给一信息。若得在园内一见，倒比来家得说话。千万，千万。再所赐香袋二个，今已查收外，特寄香珠一串，略表我心。千万收好。表弟潘又安拜具。"凤姐看罢，不怒而反乐。别人并不识字。王家的素日并不知道他姑表姊弟有这一节风流故事，见了这鞋袜，心内已是有些毛病[42]，又见有一红帖，凤姐又看着笑，他便说道："必是他们胡写的账目，不成个字，所以奶奶见笑。"凤姐笑道："正是这个账竟算不过来。你是司棋的老娘[43]，他的表弟也该姓王，怎么又姓潘呢？"王善保家的见问的奇怪，只得勉强告道："司棋的姑妈给了潘家，所以他姑表兄弟姓潘。上次逃走了的潘又安就是他表弟。"凤姐笑道："这就是了。"因道："我念给你听听。"说着从头念了一遍，大家都唬了一跳。这王家的一心只要拿人的错儿，不想反拿住了他外孙女儿，又气又臊。周瑞家的四人又都问着他："你老可听见了？明明白白，再没的话说了。如今据你老人家，该怎么样？"这王家的只恨没地缝儿钻进去。凤姐只瞅着他嘻嘻的笑，向周瑞家的笑道："这倒也好。不用你们作老娘的操一点儿心，他鸦雀不闻的给你们弄了一个好女婿来，大家倒省心。"周瑞家的也笑着凑趣儿。王家的气无处泄，便自己回手打着自己的脸，骂道："老不死的娼妇，怎么造下孽了！说嘴打嘴，现世现报在人眼里。”众人见这般，俱笑个不住，又半劝半讽的。凤姐见司棋低头不语，也并无畏惧惭愧之意，倒觉可异。料此时夜深，且不必盘问，只怕他夜间自愧去寻拙志[44]，遂唤两个婆子监守起他来。带了人，拿了赃证回来，且自安歇，等待明日料理。谁知到夜间又连起来几次，下面淋血不止。

至次日，便觉身体十分软弱，起来发晕，遂撑不住。请太医来[45]，诊脉毕，遂立药案云[46]：“看得少奶奶系心气不足，虚火乘脾[47]，皆由忧劳所伤，以致嗜卧好眠，胃虚土弱，不思饮食。今聊用升阳养荣之剂[48]。”写毕，遂开了几样药名，不过人参、当归、黄芪等类之剂。一时退去，有老嬷嬷们拿好了方子回过王夫人，不免又添一番愁闷，遂将司棋等事暂且未理。

（节选自曹雪芹．红楼梦[M]．西安：三秦出版社，1992．）

【注释】

[1] 本篇节选自《红楼梦》第七十四回《惑奸谗抄检大观园　矢孤介杜绝宁国府》。
[2] 贴己：总在身边，与自己关系最亲密的。
[3] 越性：索性，干脆。
[4] 十锦：由各种花样配合而成的图案。春意：男女欢爱的情意。
[5] 劳什子：泛指东西或事情（含厌恶或轻蔑意）。
[6] 二门：大门之内的第二道门。小幺（yāo）儿：未成年的男仆。打牙犯嘴：互相打闹逗趣。
[7] 胳膊折在袖内：俗话。意思是家丑不可外扬，不好的事不要张扬出去。
[8] 走话：走漏消息。
[9] 作耗：胡闹，捣乱生事。
[10] 咬牙难缠：尖酸刻薄，口齿尖利，不听使唤。
[11] 出阁：女子出嫁。
[12] 体统：体制，规矩。这里指身份。
[13] 陪房：旧时富家女子的随嫁仆人。
[14] 执事：掌管某项事情。
[15] 故事：指做错的事。
[16] 封诰：即“诰封”。以诰命（帝王的封赠命令）封赐爵号。
[17] 调唆：挑拨人做坏事或跟别人闹纠纷。
[18] 掐尖要强：争强好胜。
[19] 妖妖趫趫（qiáo）：妖冶轻佻的样子。趫，行动轻捷，这里有举止轻浮的意思。
[20] 水蛇腰：指细长而腰部略弯的身材。
[21] 对了坎儿：即对上号儿了，指双方情况恰巧相符。
[22] 蹄子：骂人的话，多用于对女子的蔑称。
[23] 趫妆艳饰：形容打扮得十分浓艳。语薄言轻：语言轻薄，说话轻佻不稳重。
[24] 钗亸（duǒ）：发髻上的钗饰将要脱落。亸，下垂的样子。
[25] 春睡捧心之遗风：春睡，本喻杨贵妃之醉态。《明皇杂录》：“上尝登沉香亭，召妃子。妃子时卯酒未醒，高力士从侍儿扶掖而至。上皇笑曰：岂是妃子醉邪？海棠睡未足耳。”捧心：指西施蹙眉捧心之美。遗风，即余风，前人遗留下来的风韵、风致。这里讥

讽女子的娇慵病弱。

[26] 打量:以为,估计;料想。

[27] 上夜:指守夜值班。

[28] 造化:福气,运气。

[29] 浪样儿:指女人打扮妖艳,故意卖弄风骚,挑逗诱惑男人的样子。

[30] 角门:整个建筑物的靠近角上的小门,泛指小的旁门。

[31] 寄名符儿:旧时怕幼儿夭亡,给寺院和道观一定财物,让幼儿作“寄名”弟子,并从道观领来一种符箓带在身上以避祸免灾。这种符箓叫寄名符儿。

[32] 荷包:随身携带的小口袋,扁圆形,二寸左右大小,抽口绣花,常用来装散碎银钱、药品、槟榔及细小物件。

[33] 窝主:窝藏赃物的人。

[34] 歹毒:北京一带方言,指阴险狠毒。

[35] 百足之虫,死而不僵:比喻大贵族官僚家庭,虽已衰败,但表面上仍能维持某种繁荣的假象。百足之虫,指马陆、蜈蚣一类节肢动物。僵,仆倒。三国魏曹冏《六代论》:“故语云:‘百足之虫,至死不僵’,以扶之者众也(足多而能扶之使不倒的意思)。”

[36] 乖:乖巧,有意讨人喜欢。

[37] 成算:心计,心里对事情的盘算。

[38] 作脸:于脸面上得到光彩。

[39] 锞(kè)子:旧时作货币用的小金锭或小银锭。

[40] 玉带板子:男子腰带上的玉质带头。

[41] 同心如意:如意是一种象征吉祥的器物,头呈灵芝或云形,柄微曲,用竹、玉、骨等制成。同心如意是饰以连在一起的两颗心图样的如意,表示两心图样的如意,表示两心相印,称心如意,作为男女定情之物。

[42] 毛病:心病,由私弊引起的狐疑和不安。

[43] 老娘:方言,指外祖母。

[44] 寻拙志:寻短见,自杀。

[45] 太医:御医,属太医院。京师也通称医师为太医。

[46] 药案:即医案,医生诊病后写下的关于病情、处方案由等的文字。

[47] 虚火乘脾:乘,乘虚侵袭。五行(人体五脏)相克太过,各部失却正常协调叫相乘。如木气(肝火)偏亢,而金(肺)不能对木加以正常克制时,太过的木(虚火)便去乘土(伤脾胃),就会出现“胃虚土弱”的病症。

[48] 升阳养荣:升阳,是一种治疗脾失健运、消化力弱、不能上输精气的方法。养荣,即养营,是一种治心气虚、血不能正常运行等病症的营养周身之法。

【作者简介】

曹雪芹(约1 715或1725年前后—约1 763或1764年),名沾,字梦阮,号雪芹、芹圃、芹溪,我国文学史上伟大的小说家。祖籍辽阳(今属辽宁),先祖为中原汉人,满洲正白旗包衣出身。曹雪芹的高祖曹振彦立过军功,曾祖曹玺任江宁织造。曾祖母孙氏做过康熙帝玄烨的保姆。祖父曹寅做过玄烨的伴读和御前侍卫，后任江宁织造，兼任两淮巡盐监察御使，极受玄烨宠信。雍正帝即位后，杀戮和他争位的兄弟及其党羽，排斥异己，曹家受到牵连，由盛及衰。曹雪芹因家庭的衰败饱尝人世辛酸，后以坚韧不拔之毅力，历经多年艰辛创作出极具思想性、艺术性的伟大作品《红楼梦》。

【赏析指要】

"抄检大观园"是《红楼梦》中的一个大事件，全书中又一个高潮，是贾府这个封建大家庭内部矛盾尖锐化、表面化的表现，它演化出这个家族成员之间自相残杀的一幕。据脂砚斋的评语得知，在曹雪芹写的八十回后现已散佚的原稿中，还要写到使贾府一败涂地的真正抄家。可见，"抄检大观园"的情节是在为后来贾府被抄一事"作引"。贾府这个封建宗法制的大家族，在某种意义上可以看作是清代整个封建宗法统治国家的缩影。"'百足之虫，死而不僵'，必须先从家里自杀自灭起来，才能一败涂地。"作者借贵族小姐探春之口，道出了当时的历史事实，这就是表面上太平昌盛的清王朝，也与表面上风月繁华的大家族一样，都会因为内部先自杀自灭起来而最终导致彻底败亡的。为了一个绣春囊而兴师动众，大事抄检，把大观园闹得人仰马翻，这对于贾府这个表面上世代冠冕簪缨，知诗书、明礼义，实际上骨子里已霉烂发臭的封建官僚大家族来说，实在是小题大做。封建伦理道德的虚伪性，在这里表现得特别明显。

在节选的这一章中，作者细致地描述了"抄检大观园"这一事件的起因、过程和结局，通过人物的活动推动情节的发展，而人物性格的特点又在情节发展中得到了充分表现。随着情节的展开，各种人物的性格都得到充分的表现。人物性格愈鲜明、突出，构成的情节也就愈生动。文中"抄检"部分的结构布局，有详有略，富于变化，有的写主子，有的写丫鬟，有的主子与丫鬟一起写，有的则一语带过，用笔极其灵活，充分地表现了作者高超精湛的艺术技巧。欣赏本文，要注意这个特点。

【辑评】

在抄检大观园中，能够有反抗表示的只有三人：晴雯、探春、司棋。司棋的表现是"低头不语，也并无畏惧惭愧之意"，用沉默表达了一种坚强不屈的血性，其后终于殉情而死，以生命进行了悲壮的抗争。晴雯和探春都采取了以退为进，以毒攻毒，以发展凸现对方的荒谬来寒碜对方的方法表示自己的抗议。晴雯是"挽着头发闯进来，豁一声将箱子掀开，两手捉着底子，朝天往地上尽情一倒……"你不是要抄检吗，我让你抄检个痛快。"王善保家的也觉没趣"，晴雯主动倾箱，堵住了王善保家的嘴。探春则声称"先来搜我的箱柜""我就是头一个窝主""我们的丫头自然都是些贼"，既然你不尊重我这里，我便第一个迎上去，硬碰硬，干脆把矛盾激化，不允许你一面跑进我的房中对丫头作威作福，一面假模假式地说什么"越性大家搜一搜，使人去疑，倒是洗净他们的好法子"。晴雯、探春敢于这样用更加极端和激烈的办法来对待极端和激烈的蛮横，当然有一个前提：心中没病，己方没有辫子可抓。司棋不同，便只有沉默的份儿。呜呼，如果竖立"抄检大观园纪念像"的话，应该塑这三个人的像。其他人的表现太差！堂堂宝玉，平常倒还略有几句过激的清谈，到了这种场合，噤若寒蝉，为晴雯连一句公平话都不敢说，他能算得上什么"叛逆"？最令人不解的是黛玉，连送宫花把最后一枝送给她她都要大挑其眼的，这时居然一声不吭地接受了抄检，接受了王善保家的从紫鹃房中抄出“宝玉的两副寄名符儿，一副束带上的披带，两个荷包并扇套……”并且“自为得了意”的事实。即使当时她不在场，来不及反应，事后何能不知？何能连一滴眼泪都没掉？她的“孤标傲世”哪里去了？她的“促狭小性”哪里去了？是曹公的疏漏，还是另有奥妙？

其他如迎春、李纨，则死人一般。惜春胆小，比凤姐等还要偏执过激，胆小的人的被动的激烈程度超过了胆大包天的人的主动的激烈，倒也是人性奇观。曹氏传之，功不可没。发现了惜春房中丫环入画藏有贾珍赠给乃兄的物品并听了入画的申诉以后，凤姐已表态如情况属实“倒还可恕”“你且说是谁作接应，我便饶你”，这时作为主子的、占有了入画的劳动的惜春不但不为之求情，反而强调：“嫂子别饶他这次方可。这里人多，若不拿一个人作法，那些大的听见了，又不知怎样呢。嫂子若饶了他，我也不依……”好一个“我也不依”！这也是铁面无私，“向我开炮”。只是打完了炮，中弹的不是自己而是自己的下属！喊完了“我不入地狱谁入地狱”，她把婢女推下地狱，而自己修行成佛去了。

一花独秀，主子中表现堪称精彩的只有探春，宝玉与黛玉与她比较起来也是黯然无色！她那个要搜就搜我的，“要想搜我的丫头，这却不能。我原比众人歹毒，凡丫头所有的东西我都知道……一针一线他们也没的收藏……你们不依，只管去回太太，只说我违背了太太”的声明何其尊严！何其带刺！丫头的所有东西她都知道，一针一线也没让他们收藏，果然又歹又毒！潜台词是，你们要搞歹毒的吗，姑娘我比你们还歹毒十倍呢！所以是以歹攻歹，以毒攻毒，挺身保护自己的丫头，“怎么处置，我去自领”，这才是有派的真“主子”呢！相形之下，连凤姐也显得那么渺小。

看来探春的庶出不白庶出，她没有白白付出代价，看来她早已学会了在不利的情况下捍卫自己的尊严。她言语尖刻，说得又狠又准。她读书知理，能一眼判定此次抄检的极不正常的性质与严重后果。她敢于斗争，一个耳光的清脆响声永垂天地！《红楼梦》中整日男男女女吃吃喝喝，哭哭笑笑，本来就少阳刚之气，“抄检大观园”读起来更是令人憋气，幸亏有探春的这个耳光，金声玉振，为抄检的受害者也为读者出了一口鸟气！

此七十四回题曰：“惑奸谗抄检大观园”，“惑奸谗”三字表现了曹氏的鲜明倾向。谁被奸谗惑？当然是王夫人。谁是奸谗？邢夫人，王善保家的是也。再远一点的谗，则是袭人于宝玉挨打后向王夫人的投其所好、抓住要害而又极端虚伪的进言。邢夫人此举与她前不久的“有心生嫌隙”，或可为自己出一点气，实际并无所获，她和贾赦夺不了贾政夫妇的地位与凤姐的权，她们的挑战影响不了贾母对赦、政二支的态度。其结果，只能是使贾府更加混乱、衰微！统治者的内讧中，其实并没有也不可能有胜利者。

王善保家的那副从狗仗人势到得意忘形、到挨了嘴巴、到现世现报的样子，写得不算太深刻，但仍然十分好读。《红楼梦》从整体上是不受善恶报应的观念的束缚的，但具体到赵姨娘、王善保家的这些人，曹雪芹似乎按捺不住要出出她们的洋相。王善保家的闹剧表演的下场，符合民意，值得多读几遍，以为势利恶奴的照妖镜，她们总是要挨耳光与自打耳光的。

薛宝钗最成功。趋利避祸，宝钗确有高明之处。只是这里也有悖论：宝钗的目的是“进入”大观园荣国府，成为其主宰至少是主宰之一，为此她必须远离大观园荣国府。她的独善其身的成功，正说明“兼善”的失败、她赖以生存和荣耀的家族的失败。她的心态与道路依然是贾府衰微过程中的一个现象一个因素。

总之，抄检事件中，没有成功者。无辜的晴雯、司棋、芳官、入画首当其害。王夫人折腾了一场并没查出绣春囊的由来，也不可能收到整顿道德秩序的功效，而是使已经极堕落了的道德秩序益发不可收拾地堕落下去。凤姐受到打击。居住在大观园中的所有年轻人受到打击。邢夫人除了积怨什么也没得到。王善保家的搬起石头砸自己的脚。袭人因晴雯事而受到宝玉的怀疑。一阵风狂雨骤之后，只有凋零，只有灰烬，只有凄清与寂寞。

（王蒙. 探春及其他人在抄检中[M]//王蒙活说红楼梦. 北京：作家出版社，2005.）

对待“抄检大观园”，看之重、言之痛、怒之深、虑之远、慷慨陈词、声泪俱下的是探春。人们熟知的探春的下面一段话，上纲之高，令人咋舌：

“你们别忙，自然连你们抄的日子有呢！你们今日早起不曾议论甄家，自己家里好好的抄家，果然今日真抄了。咱们也渐渐的来了。可知这样大族人家，若从外头杀来，一时是杀不死的，这是古人曾说的‘百足之虫，死而不僵’，必须先从家里自杀自灭起来，才能一败涂地！”说着，不觉流下泪来。

好一个探春，果然如第五十五回王熙凤对她的评价：“他虽是姑娘家，心里却事事明白，不过是言语谨慎；他又比我知书识字，更利害一层了。”她的“利害”（即厉害）表现在第一，她是把抄检大观园这件事作为走向“一败涂地”的必然结局的一个重要环节，一个凶险的征兆，一个终于被（锦衣府）抄家的事前的预演来看待的，叫作“渐渐的来了”。什么来了？一切厄运直至灭亡的全过程和各种事件来了。第二，从某种意义上说，探春认为，这种预演，这种自己抄即“自杀自灭”，比被抄即“外头杀来”更可怕，更能致己于死命。因为“百足之虫，死而不僵”“外头杀来，一时是杀不死”的。也就是说，抄检大观园事件中，蕴藏了致贾氏家族于一败涂地的一切危机，一切病灶。

单从小说文本来看，探春这一段话略显突兀，因为此前的文字未能表现探春姑娘对于贾府的兴衰荣辱浮沉治乱命运的整体性思考。探春在与宝钗李纨联合执政、三套马车、兴利除弊之时，似乎也还兴致勃勃，能与宝钗一面讨论俗务利弊，一面引经据典地斗嘴（第五十六回）。其次，在顶住赵姨娘的压力、维护自己的主子身份以及在贾赦欲收鸳鸯为妾触怒了贾母时，挺身而出为王夫人辩护等事上，探春的表现都是积极的与有为的，远没有这样愤激绝望。为何未见别人大声疾呼地反对抄检，独独探春这样“言重”呢？这里也可能有作者未及写出的因素。我们可以设想，探春在联合执政一段以后对贾府的家政痼疾了解得更深忧愤得更广，我们还可以设想探春毕竟还是少女，容易冲动，自尊心备受“抄检”的伤害，因而言重了。但更为合乎逻辑的是：第一，这样深刻的论断决非探春冲口而出，她早有感受早有忧思，不过此前未及——写出罢了。第二，更重要的是，这样深刻的论断实出自曹氏雪芹之口，没有过来人的清醒与犀利，很难说出那一段话来。通过自己的人物说出自己想说的话，是小说家包括伟大而且客观如曹氏者很难抵挡的诱惑，对这样的现象很难一概抹杀，这大概也是文无定法之一例。好在这话由探春说出，也还算“基本属实”，没有违背她的身份与性格。

但无论如何，探春的那一段话已是对“抄检大观园”的不移之论，一针见血，精彩确当，直捣要害，字字千钧。

（王蒙. 探春的历史性评价[M]//王蒙活说红楼梦. 北京：作家出版社，2005.）

定三分隆中决策 战长江孙氏报仇[1]

[明]罗贯中

却说玄德访孔明两次不遇，欲再往访之。关公曰："兄长两次亲往拜谒，其礼太过矣。想诸葛亮有虚名而无实学，故避而不敢见。兄何惑于斯人之甚也！"玄德曰："不然，昔齐桓公欲见东郭野人，五反而方得一面。况吾欲见大贤耶？"张飞曰："哥哥差矣。量此村夫，何足为大贤；今番不须哥哥去；他如不来，我只用一条麻绳缚将来！"玄德叱曰："汝岂不闻周文王谒姜子牙之事乎？文王且如此敬贤，汝何太无礼！今番汝休去，我自与云长去。"飞曰："既两位哥哥都去，小弟如何落后！"玄德曰："汝若同往，不可失礼。"飞应诺。

于是三人乘马引从者往隆中。离草庐半里之外，玄德便下马步行，正遇诸葛均。玄德忙施礼，问曰："令兄在庄否？"均曰："昨暮方归。将军今日可与相见。"言罢，飘然自去。玄德曰："今番侥幸得见先生矣！"张飞曰："此人无礼！便引我等到庄也不妨，何故竟自去了！"玄德曰："彼各有事，岂可相强。"

三人来到庄前叩门，童子开门出问。玄德曰："有劳仙童转报：刘备专来拜见先生。"童子曰："今日先生虽在家，但今在草堂上昼寝未醒。"玄德曰："既如此，且休通报。"分付关、张二人，只在门首等着。玄德徐步而入，见先生仰卧于草堂几席之上。玄德拱立阶下。半晌，先生未醒。关、张在外立久，不见动静，入见玄德犹然侍立。张飞大怒，谓云长曰："这先生如何傲慢！见我哥哥侍立阶下，他竟高卧，推睡不起！等我去屋后放一把火，看他起不起！"云长再三劝住。玄德仍命二人出门外等候。望堂上时，见先生翻身将起，忽又朝里壁睡着。童子欲报。玄德曰："且勿惊动。"又立了一个时辰，孔明才醒，口吟诗曰："大梦谁先觉？平生我自知，草堂春睡足，窗外日迟迟。"孔明吟罢，翻身问童子曰："有俗客来否？"童子曰："刘皇叔在此，立候多时。"孔明乃起身曰："何不早报！尚容更衣。"遂转入后堂。又半晌，方整衣冠出迎。

玄德见孔明身长八尺，面如冠玉，头戴纶巾，身披鹤氅，飘飘然有神仙之概。玄德下拜曰："汉室末胄、涿郡愚夫，久闻先生大名，如雷贯耳。昨两次晋谒，不得一见，已书贱名于文几，未审得入览否？"孔明曰："南阳野人，疏懒性成，屡蒙将军枉临，不胜愧赧。"二人叙礼毕，分宾主而坐，童子献茶。茶罢，孔明曰："昨观书意，足见将军忧民忧国之心；但恨亮年幼才疏，有误下问。"玄德曰："司马德操之言，徐元直之语，岂虚谈哉？望先生不弃鄙贱，曲赐教诲。"孔明曰："德操、元直，世之高士。亮乃一耕夫耳，安敢谈天下事？二公谬举矣。将军奈何舍美玉而求顽石乎？"玄德曰："大丈夫抱经世奇才，岂可空老于林泉之下？愿先生以天下苍生为念，开备愚鲁而赐教。"孔明笑曰："愿闻将军之志。"玄德屏人促席而告曰："汉室倾颓，奸臣窃命，备不量力，欲伸大义于天下，而智术浅短，迄无所就。惟先生开其愚而拯其厄，实为万幸！"孔明曰："自董卓造逆以来，天下豪杰并起。曹操势不及袁绍，而竟能克绍者，非惟天时，抑亦人谋也。今操已拥百万之众，挟天子以令诸侯，此诚不可与争锋。孙权据有江东，已历三世，国险而民附，此可用为援而不可图也。荆州北据汉、沔，利尽南海，东连吴会，西通巴、蜀，此用武之地，非其主不能守；是殆天所以资将军，将军岂有意乎？益州险塞，沃野千里，天府之国，高祖因之以成帝业；今刘璋暗弱，民殷国富，而不知存恤，智能之士，思得明君。将军既帝室之胄，信义著于四海，总揽英雄，思贤如渴，若跨有荆、益，保其岩阻，西和诸戎，南抚彝、越，外结孙权，内修政理；待天下有变，则命一上将将荆州之兵以向宛、洛，将军身率益州之众以出秦川，百姓有不箪食壶浆以迎将军者乎？诚如是，则大业可成，汉室可兴矣。此亮所以为将军谋者也。惟将军图之。”言罢，命童子取出画一轴，挂于中堂，指谓玄德曰：“此西川五十四州之图也。将军欲成霸业，北让曹操占天时，南让孙权占地利，将军可占人和。先取荆州为家，后即取西川建基业，以成鼎足之势，然后可图中原也。”玄德闻言，避席拱手谢曰：“先生之言，顿开茅塞，使备如拨云雾而睹青天。但荆州刘表、益州刘璋，皆汉室宗亲，备安忍夺之？”孔明曰：“亮夜观天象，刘表不久人世；刘璋非立业之主，久后必归将军。”玄德闻言，顿首拜谢。只这一席话，乃孔明未出茅庐，已知三分天下，真万古之人不及也！后人有诗赞曰：“豫州当日叹孤穷，何幸南阳有卧龙！欲识他年分鼎处，先生笑指画图中。”

玄德拜请孔明曰：“备虽名微德薄，愿先生不弃鄙贱，出山相助。备当拱听明诲。”孔明曰：“亮久乐耕锄，懒于应世，不能奉命。”玄德泣曰：“先生不出，如苍生何！”言毕，泪沾袍袖，衣襟尽湿。孔明见其意甚诚，乃曰：“将军既不相弃，愿效犬马之劳。”玄德大喜，遂命关、张入，拜献金麻礼物。孔明固辞不受。玄德曰：“此非聘大贤之礼，但表刘备寸心耳。”孔明方受。于是玄德等在庄中共宿一宵。

次日，诸葛均回，孔明嘱付曰：“吾受刘皇叔三顾之恩，不容不出。汝可躬耕于此，勿得荒芜田亩。待我功成之日，即当归隐。”后人有诗叹曰：“身未升腾思退步，功成应忆去时言。只因先主丁宁后，星落秋风五丈原。”又有古风一篇曰：“高皇手提三尺雪，芒砀白蛇夜流血；平秦灭楚入咸阳，二百年前几断绝。大哉光武兴洛阳，传至桓灵又崩裂；献帝迁都幸许昌，纷纷四海生豪杰：曹操专权得天时，江东孙氏开鸿业；孤穷玄德走天下，独居新野愁民厄。南阳卧龙有大志，腹内雄兵分正奇；只因徐庶临行语，茅庐三顾心相知。先生尔时年三九，收拾琴书离陇亩；先取荆州后取川，大展经纶补天手；纵横舌上鼓风雷，谈笑胸中换星斗；龙骧虎视安乾坤，万古千秋名不朽！”玄德等三人别了诸葛均，与孔明同归新野。

玄德待孔明如师，食则同桌，寝则同榻，终日共论天下之事，孔明曰：“曹操于冀州作玄武池以练水军，必有侵江南之意。可密令人过江探听虚实。”玄德从之，使人往江东探听。

却说孙权自孙策死后，据住江东，承父兄基业，广纳贤士，开宾馆于吴会，命顾雍、张纮延接四方宾客。连年以来，你我相荐。时有会稽阚泽，字德润；彭城严畯，字曼才；沛县薛综，字敬文；汝阳程秉，字德枢；吴郡朱桓，字休穆；陆绩，字公纪；吴人张温，字惠恕；乌伤骆统，字公绪；乌程吾粲，字孔休。此数人皆至江东，孙权敬礼甚厚。又得良将数人：乃汝南吕蒙，字子明；吴郡陆逊，字伯言；琅琊徐盛，字文向；东郡潘璋，字文珪；庐江丁奉，字承渊。文武诸人，共相辅佐，由此江东称得人之盛。

建安七年，曹操破袁绍，遣使往江东，命孙权遣子入朝随驾。权犹豫未决。吴太夫人命周瑜、张昭等面议。张昭曰：“操欲令我遣子入朝，是牵制诸侯之法也。然若不令去，恐其兴兵下江东，势必危矣。”周瑜曰：“将军承父兄遗业，兼六郡之众，兵精粮足，将士用命，有何逼迫而欲送质于人？质一入，不得不与曹氏连和；彼有命召，不得不往：如此，则见制于人也。不如勿遣，徐观其变，别以良策御之。”吴太夫人曰：“公瑾之言是也。”权遂从其言，谢使者，不遣子。自此曹操有下江南之意。但正值北方未宁，无暇南征。

建安八年十一月，孙权引兵伐黄祖，战于大江之中。祖军败绩。权部将凌操，轻舟当先，杀入夏口，被黄祖部将甘宁一箭射死。凌操子凌统，时年方十五岁，奋力往夺父尸而归。权见风色不利，收军还东吴。

却说孙权弟孙翊为丹阳太守，翊性刚好酒，醉后尝鞭挞士卒。丹阳督将妫览、郡丞戴员二人，常有杀翊之心；乃与翊从人边洪结为心腹，共谋杀翊。时诸将县令，皆集丹阳，翊设宴相待。翊妻徐氏美而慧，极善卜《易》，是日卜一卦，其象大凶，劝翊勿出会客。翊不从，遂与众大会。至晚席散，边洪带刀跟出门外，即抽刀砍死孙翊。妫览、戴员乃归罪边洪，斩之于市。二人乘势掳翊家资侍妾。妫览见徐氏美貌，乃谓之曰："吾为汝夫报仇，汝当从我；不从则死。"徐氏曰："夫死未几，不忍便相从；可待至晦日，设祭除服，然后成亲未迟。"览从之。

徐氏乃密召孙翊心腹旧将孙高、傅婴二人入府，泣告曰："先夫在日，常言二公忠义。今妫、戴二贼，谋杀我夫，只归罪边洪，将我家资童婢尽皆分去。妫览又欲强占妾身，妾已诈许之，以安其心。二将军可差人星夜报知吴侯，一面设密计以图二贼，雪此仇辱，生死衔恩！"言毕再拜。孙高、傅婴皆泣曰："我等平日感府君恩遇，今日所以不即死难者，正欲为复仇计耳。夫人所命，敢不效力！"于是密遣心腹使者往报孙权。

至晦日，徐氏先召孙、傅二人，伏于密室帏幕之中，然后设祭于堂上。祭毕，即除去孝服，沐浴薰香，浓妆艳裹，言笑自若。妫览闻之甚喜。至夜，徐氏遣婢妾请览入府，设席堂中饮酒。饮既醉，徐氏乃邀览入密室。览喜，乘醉而入。徐氏大呼曰："孙、傅二将军何在！"二人即从帏幕中持刀跃出。妫览措手不及，被傅婴一刀砍倒在地，孙高再复一刀，登时杀死。徐氏复传请戴员赴宴。员入府来，至堂中，亦被孙、傅二将所杀。一面使人诛戮二贼家小及其余党。徐氏遂重穿孝服，将妫览、戴员首级，祭于孙翊灵前。不一日，孙权自领军马至丹阳，见徐氏已杀妫、戴二贼，乃封孙高、傅婴为牙门将，令守丹阳，取徐氏归家养老。江东人无不称徐氏之德。后人有诗赞曰："才节双全世所无，奸回一旦受摧锄。庸臣从贼忠臣死，不及东吴女丈夫。"

且说东吴各处山贼，尽皆平复。大江之中，有战船七千余只。孙权拜周瑜为大都督，总统江东水陆军马。建安十二年，冬十月，权母吴太夫人病危，召周瑜、张昭二人至，谓曰："我本吴人，幼亡父母，与弟吴景徙居越中。后嫁与孙氏，生四子。长子策生时，吾梦月入怀；后生次子权，又梦日入怀。卜者云：梦日月入怀者，其子大贵。不幸策早丧，今将江东基业付权。望公等同心助之，吾死不朽矣！"又嘱权曰："汝事子布、公瑾以师傅之礼，不可怠慢。吾妹与我共嫁汝父，则亦汝之母也；吾死之后，事吾妹如事我。汝妹亦当恩养，择佳婿以嫁之。"言讫遂终。孙权哀哭，具丧葬之礼，自不必说。

至来年春，孙权商议欲伐黄祖。张昭曰："居丧未及期年，不可动兵。"周瑜曰："报仇雪恨，何待期年？"权犹豫未决。适平北都尉吕蒙入见，告权曰："某把龙湫水口，忽有黄祖部将甘宁来降。某细询之：宁字兴霸，巴郡临江人也；颇通书史，有气力，好游侠；尝招合亡命，纵横于江湖之中；腰悬铜铃，人听铃声，尽皆避之。又尝以西川锦作帆幔，时人皆称为锦帆贼。后悔前非，改行从善，引众投刘表。见表不能成事，即欲来投东吴，却被黄祖留住在夏口。前东吴破祖时，祖得甘宁之力，救回夏口；乃待宁甚薄。都督苏飞屡荐宁于祖。祖曰：宁乃劫江之贼，岂可重用！宁因此怀恨。苏飞知其意，乃置酒邀宁到家，谓之曰：吾荐公数次，奈主公不能用。日月逾迈，人生几何，宜自远图。吾当保公为鄂县长，自作去就之计。宁因此得过夏口，欲投江东，恐江东恨其救黄祖杀凌操之事。某具言主公求贤若渴，不记旧恨；况各为其主，又何恨焉？宁欣然引众渡江，来见主公。乞钧旨定夺。"孙权大喜曰："吾得兴霸，破黄祖必矣。”遂命吕蒙引甘宁入见。参拜已毕,权曰:“兴霸来此,大获我心,岂有记恨之理?请无怀疑。愿教我以破黄祖之策。”宁曰:“今汉祚日危,曹操终必篡窃。南荆之地操所必争也。刘表无远虑,其子又愚劣,不能承业传基,明公宜早图之;若迟,则操先图之矣。今宜先取黄祖。祖今年老昏迈,务于货利;侵求吏民,人心皆怨;战具不修,军无法律。明公若往攻之,其势必破。既破祖军,鼓行而西,据楚关而图巴、蜀,霸业可定也。”孙权曰:“此金玉之论也!”遂命周瑜为大都督,总水陆军兵;吕蒙为前部先锋;董袭与甘宁为副将;权自领大军十万,征讨黄祖。

细作探知,报至江夏。黄祖急聚众商议,令苏飞为大将,陈就、邓龙为先锋,尽起江夏之兵迎敌。陈就、邓龙各引一队艨艟截住沔口,艨艟上各设强弓硬弩千余张,将大索系定艨艟于水面上。东吴兵至,艨艟上鼓响,弓弩齐发,兵不敢进,约退数里水面。

甘宁谓董袭曰:“事已至此,不得不进。”乃选小船百余只,每船用精兵五十人:二十人撑船;三十人各披衣甲,手执铜刀,不避矢石,直至艨艟傍边,砍断大索,艨艟遂横。甘宁飞上艨艟,将邓龙砍死。陈就弃船而走。吕蒙见了,跳下小船,自举橹棹,直入船队,放火烧船。陈就急待上岸,吕蒙舍命赶到跟前,当胸一刀砍翻。比及苏飞引军于岸上接应时,东吴诸将一齐上岸,势不可当。祖军大败。苏飞落荒而走,正遇东吴大将潘璋,两马相交,战不数合,被璋生擒过去,径至船中来见孙权。权命左右以槛车囚之,待活捉黄祖,一并诛戮。催动三军,不分昼夜,攻打夏口。正是:只因不用锦帆贼,至令冲开大索船。未知黄祖胜负如何,且看下文分解。

(选自罗贯中. 三国演义[M]. 长沙:岳麓书社,1986.)

【注释】

[1] 本文选自《三国演义》第三十八回《定三分隆中决策　战长江孙氏报仇》。

【作者简介】

罗贯中(约1330—约1400年),名本,字贯中,别号湖海散人,杭州人,祖籍山西。元末明初著名小说家、戏曲家,是中国章回小说的鼻祖。14岁时因母病故,随父亲去苏州、杭州一带做生意。在苏州结识施耐庵,以师徒相称。元朝末年,曾参加过反元的起义,与张士诚有往来。据说他当时看到朱元璋得天下的大局将定,就结束政治生涯,专心致力于文学创作。罗贯中的一生著作颇丰,主要作品有剧本《赵太祖龙虎风云会》《忠正孝子连环谏》《三平章死哭蜚虎子》,小说《三国志通俗演义》《隋唐两朝志传》《残唐五代史志传》《三遂平妖传》等,其中影响最广,艺术上最为成功的是《三国志通俗演义》(简称《三国演义》)。

【赏析指要】

本文生动描写刘备三顾茅庐,终于在第三次见到了诸葛亮。刘备三次登门求教的诚意打动了诸葛亮,于是两人畅谈天下大事,并提出三国鼎足而立的战略思想。诸葛亮认为霸业可成,兴复汉室应该采取的策略有四个方面,首先,当时的形势是“今操已拥百万之众,挟天子而令诸侯,此诚不可与争锋。孙权据有江东,已历三世,国险而民附,贤能为之用,此可以为援而不可图也。”而荆州和益州乃用武之地,应利用荆州刘表、益州刘璋不能守成的机会,

"若跨有荆、益,"取代割据荆、益的刘表、刘璋,建立起可靠的根据地,与曹操、孙权三分天下。其次,在夺取荆州和益州的同时,利用"帝室之胄,信义着于四海"的声望,招揽人才,"内修政理",逐步增强政治、经济和军事实力。第三,在益州要妥善处理好与西南地区少数民族的关系,"西和诸戎,南抚夷越,"解除以后北伐时的后顾之忧。第四,在荆州要外结孙权,北拒曹操。待"天下有变,"再分兵两路,"命一上将将荆州之军以向宛、洛,将军身率益州之众出于秦川,"如果这样的话,刘备"则霸业可成,汉室可兴矣"。显示出诸葛亮既是政治家又是军事家的远见卓识和过人才干,足不出户,就通晓天下大事的智慧,并且描写了刘备听了诸葛亮一席话后茅塞顿开的心情,为以后两人同兴汉室的关系奠定了基础。本文后半部分写了曹操讨孙权之子人朝,孙权不给,于是曹操有南下江南的意图。后来孙权的母亲去世,并且留下了遗嘱。黄祖的部下甘宁投降了孙权,孙权听从甘宁的计谋,领十万大军攻打江夏。

文中前半部分细腻地描写,把刘备求贤若渴、识才、礼貌、真诚、执着的特点体现得淋漓尽致。后半部分生动地描写了汉末群雄争霸、政治动荡不安的社会现实。

【辑评】

关于《三国演义》的主题。

在这个问题上,主要有五种观点。

1."正统"说。持这种观点的人历来很多。他们认为,所谓"尊刘抑曹"乃是正统思想的具体化,而这正是《三国演义》主题思想的中心。作者不仅从刘汉正统的观点出发,百般暴露曹操的挟天子以令诸侯的奸伪,同情汉献帝的傀儡处境,尽情地歌颂董承、吉平、王子服等人谋杀曹操恢复后汉正统的行动,而且,以蜀汉为正统,热情地颂扬了标榜恢复汉室的英雄们——刘、关、张和诸葛亮的业绩。有的人还指出,《三国演义》中的正统思想有三个来源:一是三国历史本身原有的正统思想。在东汉末年军阀彼此混战,魏、蜀、吴三国尚未出现的时期,名义上还是"汉家天下",大多数军阀表面上也都承认皇室的合法性。刘备自然要抓住正统思想作武器,打起"兴复汉室"的旗号来反对曹操。到了三国割据已经形成之后,蜀汉仍然以正统自居,也是很自然的事。二是封建主义历史观的影响。《三国演义》取材的一个重要来源是记述三国史实的著作。由于正统思想是封建主义历史观的一部分,封建社会里的任何一部历史著作都不能不拥护正统思想。从习凿齿的《汉晋春秋》到朱熹的《通鉴纲目》都是以蜀汉为正统,因此罗贯中写《三国演义》时就接受了这种影响。三是《三国演义》的作者继承了宋元以来有关三国故事的话本和杂剧从现实生活中提取出来的正统思想。它表现了汉族广大人民在异族的入侵和压迫下渴望光复故国,因而把刘备政权当作汉族政权的象征来拥护的感情。这是《三国演义》取材的另一个重要来源。

2."'拥刘反曹'反映人民愿望"说。持这种观点的人也很多。他们也认为《三国演义》的主题是"尊刘抑曹",或者叫作"拥刘反曹",但不同意说罗贯中是从封建正统观念出发来写作的。他们认为,罗贯中是在元末农民大起义的时代背景下,在民族矛盾空前尖锐的历史条件下,站在当时思想水平的高度,从浩瀚纷繁的三国历史题材中,提炼出"拥刘反曹"的主题。这个主题,表达了人民中强烈的民族意识和民族愿望,寄托了人民的爱和理想。同时,罗贯中是一位献身于通俗文学的艺术大师,接受了唐、宋、元以来流传于民间的"拥刘反曹"历史故事的影响。他在历代群众创作的基础上,参考各种正史、野史、传说、佚闻,塑造了人民喜爱的栩栩如生的传奇英雄的典型，刻画了人民憎恶的反面人物形象。所以，《三国演义》“拥刘反曹”主题的形成，既有它的现实基础和时代需要，又是植根于人民群众创作的肥沃土壤之中。

3.“忠义”说。这种观点也有一定的代表性。持这种观点的人从作品所反映的伦理思想来认识作品的主题，认为《三国演义》主要是以忠义思想来臧否褒贬人物的。作者精心刻画的人物，如诸葛亮、关羽、张飞、赵云等，都以“上报国家，下安黎庶”为毕生宗旨，都是忠义的典型，而作者竭力鞭挞的董卓、曹操等则是不忠不义的典型。因此，可以说《三国演义》是讴歌忠义观念和忠义英雄的史诗。

4.“反映三国兴亡”说。持这种观点的人认为，《三国演义》的主题是，通过对东汉末年统治阶级内部错综复杂的矛盾（士族和非士族人士与宦官外戚之间的矛盾，中小士族和非士族人士与大士族之间的矛盾，军阀与军阀之间的矛盾，等等）的描写，特别是通过对魏、蜀、吴三国之间的政治、军事斗争的描写，暴露了封建统治阶级争权夺利、尔虞我诈的阶级本质和残杀压迫人民的罪行，是一部形象的三国兴亡史。

5.“讴歌封建贤才”说。这是近年来出现的一种观点。持这种观点的人认为，诸葛亮是《三国演义》的真正主角，也是对人民群众影响最大的人物。他的胸襟开阔、深谋远虑，他的忠于职守、坚贞不贰，他的公正严明、信赏必罚，他的精明练达、智慧无穷，以及他的“鞠躬尽瘁，死而后已”的精神，都受到作者的热烈赞颂，被当作理想的封建政治家的典范，当作封建社会里才智之士的楷模，成为一个不朽的艺术典型，不仅为历代人民所喜爱，而且为今天的群众所欣赏。

（选自沈伯俊.建国以来《三国演义》研究情况综述[J].社会科学研究，1982-04.）

《三国演义》中的主要人物形象，都具有一个最主要的性格特征，比如曹操的奸诈，刘备的仁德，诸葛亮的忠贞和智慧，关羽的义气，张飞的粗莽，等等。人们只要提到他们中间的任何一个，脑子中立刻会联想到他的主要性格特征……《三国演义》中人物还达到了性格的单一性与多样性的统一。这种多样性体现了人物具有鲜明的个性。以曹操来说，曹操既有奸诈的一面，又有雄才大略的一面，曹操是既奸且雄的，而且这奸与雄的两方面，又不是可以断然分开的，是紧密融合在一起的，这就是曹操独特的个性。罗贯中笔下的曹操，首先是东汉末年，在社会大动乱中涌现出来的英雄人物之一。他早年参与镇压黄巾起义，在平定黄巾起义的战争中崭露头角；在反对腐朽的宦官势力的斗争中，他表现得非常活跃，提出了许多很好的建议；当董卓阴谋篡权的时候，他挺身而出谋刺董卓，谋刺不成，首先树起义旗，声讨董卓……因此，曹操首先是作为一个英雄人物活跃在三国舞台上的，罗贯中把握住这个基调，描写了曹操的雄才大略，招纳贤才，善于吸纳意见，多谋善断等许多好的方面。特别是在曹操的早期，优点多于缺点，长处多于短处。然而，曹操不单是一个英雄，他还是英雄中的奸雄，或者说由英雄发展为一个奸雄。曹操的这个演变并非突然，而是有他心理、思想的依据。曹操这个人，从小就比别人多些心眼，比别的孩子要狡诈，会权谋机变，他装中风欺骗他的叔叔、父亲便是其例。曹操从小养成了他极端利己主义的世界观，这就是“宁教我负天下人，休教天下人负我”。在他内心里，是一个以自我为中心的王国。曹操的这种极端利己主义的世界观，与刘备等人“下安黎庶，上报国家”的思想正好形成鲜明的对照。曹操的极端利己主义世界观与他的聪明、狡诈结合起来，促成了他政治野心的大爆发。正因为如此，如果说曹操在早年，还做出了许多英雄业绩的话，那么，随着他政治势力的发展，政治经验的成熟，曹操的野心也就越来越显露，他的奸诈、残暴的一面也就暴露得越来越充分，曹操最终还是以一个奸雄的形象矗立在读者的面前。

（选自傅隆基.古老大地上的英雄史诗——《三国演义》[M].昆明：云南人民出版社，1999.）

【讨论探究】

1. 你对《李娃传》一文中李娃的经历和结局怎么看待？

2.《婴宁》一文中是怎样描写婴宁“笑”的音容姿态的？

3. 请就《抄检大观园》[辑评]部分关于对探春的评价，发表自己的看法。

4. 分析《定三分隆中决策　战长江孙氏报仇》中刘备三顾茅庐的做法对现代社会的意义。

【拓展阅读】

1. 阅读唐传奇《柳毅传》《虬髯客传》《霍小玉传》；并且比较《李娃传》和《霍小玉传》在情节和人物形象上的异同。

2. 阅读《聊斋志异·小翠》，在情节与人物描写方面与《聊斋志异·婴宁》进行比较。

3. 阅读《红楼梦》第五十六回《敏探春兴利除宿弊　贤宝钗小惠全大体》，进一步认识探春的性格特征。

4. 如有兴趣，请阅读《三国演义》《水浒传》《西游记》《儒林外史》等作品，可选择其中一部作品或某一章节谈一下看法。

第四节　现代小说鉴赏

潘先生在难中

叶圣陶

一

车站里挤满了人，各有各的心事，都现出异样的神色。脚夫的两手插在号衣的袋里，睡着一般地站着；他们知道可以得到特别收入的时间离得还远，也犯不着老早放出精神来。空气沉闷得很，人们略微感到呼吸受压迫，大概快要下雨了。电灯亮了一会了，仿佛比平时昏黄一点，望去好象一切的人物都在雾里梦里。

揭示处的黑漆板上标明西来的快车须迟到四点钟。这个报告在几点钟以前早就教人家看熟了，现在便同风化了的戏单一样，没有一个人再望它一眼。象这种报告，在这一个礼拜里，几乎每天每趟的行车都有；大家也习以为当然了。

不知几多人心系着的来车居然到了,闷闷的一个车站就一变而为扰扰的境界。来客的安心,候客者的快意,以及脚夫的小小发财,我们且都不提。单讲一位从让里来的潘先生。他当火车没有驶进月台之先,早已安排得十分周妥:他领头,右手提着个黑漆皮包,左手牵着个七岁的孩子;七岁的孩子牵着他哥哥(今年九岁),哥哥又牵着他母亲。潘先生说人多照顾不齐,这么牵着,首尾一气,犹如一条蛇,什么地方都好钻了。他又屡次叮嘱,教大家握得紧紧,切勿放手;尚恐大家万一忘了,又屡次摇荡他的左手,意思是教把这警告打电报一般一站一站递过去。

首尾一气诚然不错,可是也不能全然没有弊病。火车将停时,所有的客人和东西都要涌向车门,潘先生一家的那条蛇就有点尾大不掉了。他用黑漆皮包做前锋,胸腹部用力向前抵,居然进展到距车门只两个窗洞的地位。但是他的七岁的孩子还在距车门四个窗洞的地方,被挤在好些客人和座椅之间,一动不能动;两臂一前一后,伸得很长,前后的牵引力都很大,似乎快要把胳臂拉了去的样子。他急得直喊,"啊!我的胳臂!我的胳臂!"

一些客人听见了带哭的喊声,方才知道腰下挤着个孩子;留心一看,见他们四个人一串,手联手牵着。一个客人呵斥道,"赶快放手;要不然,把孩子拉做两半了!"

"怎么弄的,孩子不抱在手里!"又一个客人用鄙夷的声气自语,一方面他仍注意在攫得向前行进的机会。

"不,"潘先生心想他们的话不对,牵着自有牵着的妙用;再转一念,妙用岂是人人能够了解的,向他们辩白,也不过徒费唇舌,不如省些精神吧:就把以下的话咽了下去。而七岁的孩子还是"胳臂!胳臂!"喊着。潘先生前进后退都没有希望,只得自己失约先放了手,随即惊惶地发命令道,"你们看着我!你们看着我!"

车轮一顿,在轨道上站定了;车门里弹出去似地跳下了许多人。潘先生觉得前头松动了些;但是后面的力量突然增加,他的脚作不得一点主,只得向前推移;要回转头来招呼自己的队伍,也不得自由,于是对着前面的人的后脑叫喊,"你们跟着我!你们跟着我!"

他居然从车门里被弹出来了。旋转身子一看,后面没有他的儿子同夫人。心知他们还挤在车中,守住车门老等总是稳当的办法。又下来了百多人,方才看见脚踏上人丛中现出七岁的孩子的上半身,承着电灯光,面目作哭泣的形相。他走前去,几次被跳下来的客人冲回,才用左臂把孩子抱了下来。再等了一会,潘师母同九岁的孩子也下来了;她吁吁地呼着气,连喊"哎唷,哎唷",凄然的眼光相着潘先生的脸,似乎要求抚慰的孩子。

潘先生到底镇定,看见自己的队伍全下来了,重又发命令道,"我们仍旧象刚才一样联起来。你们看月台上的人这么多,收票处又挤得厉害,要不是联着,就走散了!"

七岁的孩子觉得害怕,拦住他的膝头说,"爸爸,抱。"

"没用的东西!"潘先生颇有点愤怒,但随即耐住,蹲下身子把孩子抱了起来。同时关照大的孩子拉着他的长衫的后幅,一手要紧紧牵着母亲,因为他自己两只手都不空了。

潘师母从来不曾受过这样的困累,好容易下了车,却还有可怕的拥挤在前头,不禁发怨道,"早知道这样子,宁可死在家里,再也不要逃难了!"

"悔什么!"潘先生一半发气,一半又觉得怜惜。"到了这里,懊悔也是没用。并且,性命到底安全了。走吧,当心脚下。"于是四个一串向人丛中蹒跚地移过去。

一阵的拥挤,潘先生象在梦里似的,出了收票处的隘口。他仿佛急流里的一滴水滴,没有回旋转侧的余地，只有顺着大家的势，脚不点地地走。一会儿已经出了车站的铁栅栏，跨过了电车轨道，来到水门汀的人行道上。慌忙地回转身来，只见数不清的给电灯光耀得发白的面孔以及数不清的提箱与包裹，一齐向自己这边涌来，忽然觉得长衫后幅上的小手没有了，不知什么时候放了的；心头怅惘到不可言说，只是无意识地把身子乱转。转了几回，一丝踪影也没有。家破人亡之感立时袭进他的心，禁不住渗出两滴眼泪来，望出去电灯人形都有点模糊了。

幸而抱着的孩子眼光敏锐，他瞥见母亲的疏疏的额发，便认识了，举起手来指点着，"妈妈，那边。"

潘先生一喜；但是还有点不大相信，眼睛凑近孩子的衣衫擦了擦，然后望去。搜寻了一会，果然看见他的夫人呆鼠一般在人丛中瞎撞，前面护着那大的孩子，他们还没跨过电车轨道呢。他便向前迎上去，连喊"阿大"，把他们引到刚才站定的人行道上。于是放下手中的孩子，舒畅地吐一口气，一手抹着脸上的汗说，"现在好了！"的确好了，只要跨出那一道铁栅栏，就有人保着险，什么兵火焚掠都遭逢不到；而已经散失的一妻一子，又幸运得很，一寻即着：岂不是四条性命，一个皮包，都从毁灭和危难之中捡了回来么？岂不是"现在好了"？

"黄包车！"潘先生很入调地喊。

车夫们听见了，一齐拉着车围拢来，问他到什么地方。

他稍微昂起了头，似乎增加了好几分威严，伸出两个指头扬着说，"只消两辆！两辆！"他想了一想，继续说，"十个铜子，四马路，去的就去！"这分明表示他是个"老上海"。

辩论了好一会，终于讲定十二个铜子一辆。潘师母带着大的孩子坐一辆，潘先生带着小的孩子同黑漆皮包坐一辆。

车夫刚要拔脚前奔，一个背枪的印度巡捕一条胳臂在前面一横，只得缩住了。小的孩子看这个人的形相可怕，不由得回过脸来，贴着父亲的胸际。

潘先生领悟了，连忙解释道，"不要害怕，那就是印度巡捕，你看他的红包头。我们因为本地没有他，所以要逃到这里来；他背着枪保护我们。他的胡子很好玩的，你可以看一看，同罗汉的胡子一个样子。"

孩子总觉得怕，便是同罗汉一样的胡子也不想看。直到听见当当的声音，才从侧边斜睨过去，只见很亮很亮的一个房间一闪就过去了；那边一家家都是花花灿灿的，灯点得亮亮的，他于是不再贴着父亲的胸际。

到了四马路，一连问了八九家旅馆，都大大地写着"客满"的牌子；而且一望而知情商也没用，因为客堂里都搭起床铺，可知确实是住满了。最后到一家也标着"客满"，但是一个伙计懒懒地开口道，"找房间么？"

"是找房间，这里还有么？"一缕安慰的心直透潘先生的周身，仿佛到了家似的。

"有是有一间，客人刚刚搬走，他自己租了房子了。你先生若是迟来一刻，说不定就没有了。"

"那一间就归我们住好了。"他放了小的孩子，回身去扶下夫人同大的孩子来，说，"我们总算运气好，居然有房间住了！"随即付车钱，慷慨地照原价加上一个铜子；他相信运气好的时候多给人一些好处，以后好运气会连续而来的。但是车夫偏不知足，说跟着他们回来回去走了这多时，非加上五个铜子不可。结果旅馆里的伙计出来调停，潘先生又多破费了四个铜子。

这房间就在楼下，有一张床，一盏电灯，一张桌子，两把椅子，此外就只有烟雾一般的一房间的空气了。潘先生一家跟着茶房走进去时，立刻闻到刺鼻的油腥味，中间又混着阵阵的尿臭。潘先生不快地自语道，“讨厌的气味！”随即听见隔壁有食料投下油锅的声音，才知道那里是厨房。

再一想时，气味虽讨厌，究比吃枪子睡露天好多了；也就觉得没有什么，舒舒泰泰地在一把椅子上坐下。

“用晚饭吧？”茶房放下皮包回头问。

“我要吃火腿汤淘饭，”小的孩子咬着指头说。

潘师母马上对他看个白眼，凛然说，“火腿汤淘饭！是逃难呢，有得吃就好了，还要这样那样点戏！”

大的孩子也不知道看看风色，央着潘先生说，“今天到上海了，你给我吃大菜。”

潘师母竟然发怒了，她回头呵斥道，“你们都是没有心肝的，只配什么也没得吃，活活地饿……”

潘先生有点儿窘，却作没事的样子说，“小孩子懂得什么。”便吩咐茶房道，“我们在路上吃了东西了，现在只消来两客蛋炒饭。”

茶房似答非答地一点头就走，刚出房门，潘先生又把他喊回来道，“带一斤绍兴，一毛钱熏鱼来。”

茶房的脚声听不见了，潘先生舒快地对潘师母道，“这一刻该得乐一乐，喝一杯了。你想，从兵祸凶险的地方，来到这绝无其事的境界，第一件可乐。刚才你们忽然离开了我，找了半天找不见，真把我急死了；倒是阿二乖觉(他说着，把阿二拖在身边，一手轻轻地拍着)，他一眼便看见了你，于是我迎上来，这是第二件可乐。乐哉乐哉，陶陶酌一杯。”他作举杯就口的样子，迷迷地笑着。

潘师母不响，她正想着家里呢。细软虽然已经带在皮包里，寄到教堂里去了，但是留下的东西究竟还不少。不知王妈到底可靠不可靠；又不知隔壁那家穷人家有没有知道他们一家都出来了，只剩个王妈在家里看守；又不知王妈睡觉时，会不会忘了关上一扇门或是一扇窗。她又想起院子里的三只母鸡，没有完工的阿二的裤子，厨房里的一碗白爊鸭……真同通了电一般，一刻之间，种种的事情都涌上心头，觉得异样地不舒服；便叹口气道，“不知弄到怎样呢！”

两个孩子都怀着失望的心情，茫昧地觉得这样的上海没有平时父母嘴里的上海来得好玩而有味。

疏疏的雨点从窗外洒进来，潘先生站起来说，“果真下雨了，幸亏在这时候下，”就把窗子关上。突然看见原先给窗子掩没的旅客须知单，他便想起一件顶紧要的事情，一眼不眨地直望那单子。

“不折不扣，两块！”他惊讶地喊。回转头时，眼珠瞪视着潘师母，一段舌头从嘴里伸了出来。

二

第二天早上，走廊中茶房们正蜷在几条长凳上熟睡，狭得只有一条的天井上面很少有晨光透下来,几许房间里的电灯还是昏黄地亮着。但是潘先生夫妇两个已经在那里谈话了;两个孩子希望今天的上海或许比昨晚的好一点,也醒了一会儿,只因父母教他们再睡一会,所以还躺在床上,彼此呵痒为戏。

“我说你一定不要回去,”潘师母焦心地说。“这报上的话,知道它靠得住靠不住的。既然千难万难地逃了出来,哪有立刻又回去的道理!”

“料是我早先也料到的。顾局长的脾气就是一点不肯马虎。‘地方上又没有战事,学自然照常要开的,’这句话确然是他的声口。这个通信员我也认识,就是教育局里的职员,又哪里会靠不住?回去是一定要回去的。”

“你要晓得,回去危险呢!”潘师母凄然地说。“说不定三天两天他们就会打到我们那地方去,你就是回去开学,有什么学生来念书?就是不打到我们那地方,将来教育局长怪你为什么不开学时,你也有话回答。你只要问他,到底性命要紧还是学堂要紧?他也是一条性命,想来决不会对你过不去。”

“你懂得什么!”潘先生颇怀着鄙薄的意思。“这种话只配躲在家里,伏在床角里,由你这种女人去说;你道我们也说得出口么!你切不要拦阻我(这时候他已转为抚慰的声调),回去是一定要回去的;但是包你没有一点危险,我自有保全自己的法子。而且(他自喜心思灵敏,微微笑着),你不是很不放心家里的东西么?我回去了,就可以自己照看,你也能定心定意住在这里了。等到时局平定了,我马上来接你们回去。”

潘师母知道丈夫的回去是万无挽回的了。回去可以照看东西固然很好;但是风声这样紧,一去之后,犹如珠子抛在海里,谁保得定必能捞回来呢!生离死别的哀感涌上心头,她再不敢正眼看她的丈夫,眼泪早在眼角边偷偷地想跑出来了。她又立刻想起这个场面不大吉利,现在并没有什么不好的事情,怎么能凄惨地流起眼泪来。于是勉强忍住眼泪,聊作自慰地请求道,“那么你去看看情形,假使教育局长并没有照常开学这句话,要是还来得及,你就搭了今天下午的车来,不然,搭了明天的早车来。你要知道(她到底忍不住,一滴眼泪落在手背,立刻在衫子上擦去了),我不放心呢!”

潘先生心里也着实有点烦乱,局长的意思照常开学,自己万无主张暂缓开学之理,回去当然是天经地义,但是又怎么放得下这里!看他夫人这样的依依之情,断然一走,未免太没有恩义。又况一个女人两个孩子都是很懦弱的,一无依傍,寄住在外边,怎能断言决没有意外?他这样想时,不禁深深地发恨:恨这人那人调兵遣将,预备作战,恨教育局长主张照常开课,又恨自己没有个已经成年,可以帮助一臂的儿子。

但是他究竟不比女人,他更从利害远近种种方面着想,觉得回去终于是天经地义。便把恼恨搁在一旁,脸上也不露一毫形色,顺着夫人的口气点头道,“假若打听明白局长并没有这个意思,依你的话,就搭了下午的车来。”

两个孩子约略听得回去和再来的话,小的就伏在床沿作娇道,“我也要回去。”

“我同爸爸妈妈回去,剩下你独个儿住在这里,”大的孩子扮着鬼脸说。

小的听着,便迫紧喉咙叫唤,作啼哭的腔调,小手擦着眉眼的部分,但眼睛里实在没有眼泪。

“你们都跟着妈妈留在这里,”潘先生提高了声音说。

“再不许胡闹了,好好儿起来等吃早饭吧。”说罢,又嘱咐了潘师母几句,径出雇车,赶往车站。

模糊地听得行人在那里说铁路已断火车不开的话,潘先生想,“火车如果不开,倒死了我的心,就是立刻免职也只得由他了。”同时又觉得这消息很使他失望;又想他要是运气好,未必会逢到这等失望的事,那么行人的话也未必可靠。欲决此疑,只希望车夫三步并作一步跑。

他的运气果然不坏,赶到车站一看,并没有火车不开的通告;揭示处只标明夜车要迟四点钟才到,这时候还没到呢。买票处绝不拥挤,时时有一两个人前去买票。聚集在站中的人却不少,一半是候客的,一半是来看看的,也有带着照相器具的,专等夜车到时摄取车站拥挤的情形,好作《风云变幻史》的一页。行李房满满地堆着箱子铺盖,各色各样,几乎碰到铅皮的屋顶。

他心中似乎很安慰,又似乎有点儿怅惘,顿了一顿,终于前去买了一张三等票,就走入车厢里坐着。晴明的阳光照得一车通亮,可是不嫌燠热;座位很宽舒,勉强要躺躺也可以。他想,“这是难得逢到的。倘若心里没有事,真是一趟愉快的旅行呢。”

这趟车一路耽搁,听候军人的命令,等待兵车的通过。

开到让里,已是下午三点过了。潘先生下了车,急忙赶到家,看见大门紧紧关着,心便一定,原来昨天再四叮嘱王妈的就是这一件。

叩了十几下,王妈方才把门开了。一见潘先生,出惊地说,“怎么,先生回来了!不用逃难了么?”

潘先生含糊回答了她;奔进里面四周一看,便开了房门的锁,直闯进去上下左右打量着。没有变更,一点没有变更,什么都同昨天一样。于是他吊起的半个心放下来了。还有半个心没放下,便又锁上房门,回身出门;吩咐王妈道,“你照旧好好把门关上了。”

王妈摸不清头绪,关了门进去只是思索。她想主人们一定就住在本地,恐怕她也要跟去,所以骗她说逃到上海去。“不然,怎么先生又回来了?奶奶同两个孩子不同来,又躲在什么地方呢?但是,他们为什么不让我跟去?这自然嫌得人多了不好——他们一定就住在那洋人的红房子里,那些兵都讲通的,打起仗来不打那红房子——其实就是老实告诉我,要我跟去,我也不高兴去呢。我在这里一点也不怕;如果打仗打到这里来,反正我的老衣早就做好了。”她随即想起甥女儿送她的一双绣花鞋真好看,穿了那双鞋上西方,阎王一定另眼相看;于是她感到一种微妙的舒快,不再想主人究竟在哪里的问题。

潘先生出门,就去访那当通信员的教育局职员,问他局长究竟有没有照常开学的意思。那人回答道,“怎么没有?他还说有些教员只顾逃难,不顾职务,这就是表示教育的事业不配他们干的;乘此淘汰一下也是好处。”潘先生听了,仿佛觉得一凛;但又赞赏自己有主意,决定从上海回来到底是不错的。一口气奔到自己的学校里,提起笔来就起草送给学生家属的通告。通告中说兵乱虽然可虑,子弟的教育犹如布帛菽粟,是一天一刻不可废弃的,现在暑假期满,学校照常开学。从前欧洲大战的时候,人家天空里布着御防炸弹的网,下面学校里却依然在那里上课:这种非常的精神,我们应当不让他们专美于前。希望家长们能够体谅这一层意思,若无其事地依旧把子弟送来:这不仅是家庭和学校的益处,也是地方和国家的荣誉。

他起好草稿,往复看了三遍,觉得再没有可以增损,局长看见了,至少也得说一声“先得我心”。便得意地誊上蜡纸,又自己动手印刷了百多张,派校役向一个个学生家里送去。公事算是完毕了，开始想到私事：既要开学，上海是去不成了，他们母子三个住在旅馆里怎么挨得下去！但也没有办法，唯有教他们一切留意，安心住着。于是蘸着刚才的残墨写寄与夫人的信。

下一天，他从茶馆里得到确实的信息，铁路真个不通了。他心头突然一沉，似乎觉得最亲热的一妻两儿忽地乘风飘去，飘得很远，几乎至于渺茫。没精没采地踱到学校里，校役回报昨天的使命道，“昨天出去送通告，有二十多家关上了大门，打也打不开，只好从门缝里塞进去。有三十多家只有佣人在家里，主人逃到上海去了，孩子当然跟了去，不一定几时才能回来念书。其余的都说知道了；有的又说性命还保不定安全，读书的事再说吧。”

“哦，知道了，”潘先生并不留心在这些上边，更深的忧虑正萦绕在他的心头。他抽完了一支烟卷以后，应走的路途决定了，便赶到红十字会分会的办事处。

他缴纳会费愿做会员；又宣称自己的学校房屋还宽敞，愿意作为妇女收容所，到万一的时候收容妇女。这是慈善的举措，当然受热诚的欢迎，更兼潘先生本来是体面的大家知道的人物。办事处就给他红十字的旗子，好在学校门前张起来；又给他红十字的徽章，标明他是红十字会的一员。

潘先生接旗子和徽章在手，象捧着救命的神符，心头起一种神秘的快慰。“现在什么都安全了！但是……”想到这里，便笑向办事处的职员道，“多给我一面旗，几个徽章罢。”他的理由是学校还有个侧门，也得张一面旗，而徽章这东西太小巧，恐怕偶尔遗失了，不如多备几个在那里。

办事员同他说笑话，这东西又不好吃的，拿着玩也没有什么意思，多拿几个也只作一个会员，不如不要多拿罢。但是终于依他的话给了他。

两面红十字旗立刻在新秋的轻风中招展，可是学校的侧门上并没有旗，原来移到潘先生家的大门上去了。一个红十字徽章早已缀上潘先生的衣襟，闪耀着慈善庄严的光，给与潘先生一种新的勇气。其余几个呢，重重包裹，藏在潘先生贴身小衫的一个口袋里。他想，“一个是她的，一个是阿大的，一个是阿二的。”虽然他们远在那渺茫难接的上海，但是仿佛给他们加保了一重险，他们也就各各增加一种新的勇气。

三

碧庄地方两军开火了。

让里的人家很少有开门的，店铺自然更不用说，路上时时有兵士经过。他们快要开拔到前方去，觉得最高的权威附灵在自己身上，什么东西都不在眼里，只要高兴提起脚来踩，都可以踩做泥团踩做粉。这就来了拉夫的事情：恐怕被拉的人乘隙脱逃，便用长绳一个联一个拴着胳臂，几个弟兄在前，几个弟兄在后，一串一串牵着走。因此，大家对于出门这件事都觉得危惧，万不得已时，也只从小巷僻路走，甚至佩着红十字徽章如潘先生之辈，也不免怀着戒心，不敢大模大样地踱来踱去。于是让里的街道见得又清静又宽阔了。

上海的报纸好几天没来。本地的军事机关却常常有前方的战报公布出来，无非是些“敌军大败，我军进展若干里”的话。街头巷尾贴出一张新鲜的战报时，也有些人慢慢聚集拢来，注目看着。但大家看罢以后依然不能定心，好似这布告背后还有许多话没说出来，于是怅怅地各自散了，眉头照旧皱着。

这几天潘先生无聊极了。最难堪的，自然是妻儿远离，而且消息不通，而且似乎有永远难通的朕兆。次之便是自身的问题，“碧庄冲过来只一百多里路，这徽章虽说有用处，可是没有人写过笔据，万一没有用，又向谁去说话？——枪子炮弹劫掠放火都是真家伙，不是耍的，到底要多打听多走门路才行。”他于是这里那里探听前方的消息，只要这消息与外间传说的不同，便觉得真实的成分越多，即根据着盘算对于自身的利害。街上如其有一个人神色仓皇急忙行走时，他便突地一惊，以为这个人一定探得确实而又可怕的消息了；只因与他不相识，“什么！”一声就在喉际咽住了。

红十字会派人在前方办理救护的事情，常有人搭着兵车回来，要打听消息自然最可靠了。潘先生虽然是个会员，却不常到办事处去探听，以为这样就是对公众表示胆怯，很不好意思。然而红十字会究竟是可以得到真消息的机关，舍此他求未免有点傻，于是每天傍晚到姓吴的办事员家里去打听。姓吴的告诉他没有什么，或者说前方抵住在那里，他才透了口气回家。

这一天傍晚，潘先生又到姓吴的家里；等了好久，姓吴的才从外面走进来。

“没有什么吧？”潘先生急切地问。“照布告上说，昨天正向对方总攻击呢。”

“不行，”姓吴的忧愁地说；但随即咽住了，捻着唇边仅有的几根二三分长的髭须。

“什么！”潘先生心头突地跳起来，周身有一种拘牵不自由的感觉。

姓吴的悄悄地回答，似乎防着人家偷听了去的样子，“确实的消息，正安（距碧庄八里的一个镇）今天早上失守了！”

“啊！”潘先生发狂似地喊出来。顿了一顿，回身就走，一壁说道，“我回去了！”

路上的电灯似乎特别昏暗，背后又仿佛有人追赶着的样子，慌慌地，歪斜的急步赶到了家，叮嘱王妈道，“你关着门安睡好了，我今夜有事，不回来住了。”他看见衣橱里有一件绉纱的旧棉袍，当时没收拾在寄出去的箱子里，丢了也可惜；又有孩子的几件布夹衫，仔细看时还可以穿穿；又有潘师母的一条旧绸裙，她不一定舍得便不要它：便胡乱包在一起，提着出门。

“车！车！福星街红房子，一毛钱。”

“哪里有一毛钱的？”车夫懒懒地说。“你看这几天路上有几辆车？不是拼死寻饭吃的，早就躲起来了。随你要不要，三毛钱。”

“就是三毛钱，”潘先生迎上去，跨上脚踏坐稳了，“你也得依着我，跑得快一点！”

“潘先生，你到哪里去？”一个姓黄的同业在途中瞥见了他，站定了问。

“哦，先生，到那边……”潘先生失措地回答，也不辨问他的是谁；忽然想起回答那人简直是多事——车轮滚得绝快，那人决不会赶上来再问——便缩住了。

红房子里早已住满了人，大都是十天以前就搬来的，儿啼人语，灯火这边那边亮着，颇有点热闹的气象。主人翁见面之后，说，“这里实在没有余屋了。但是先生的东西都寄在这里，也不好拒绝。刚才有几位匆忙地赶来，也因不好拒绝，权且把一间做厨房的厢房让他们安顿。现在去同他们商量，总可以多插你先生一个。”

“商量商量总可以，”潘先生到了家似地安慰。“何况在这样时候。我也不预备睡觉，随便坐坐就得了。”

他提着包裹跨进厢房的当儿，以为自己受惊太厉害了，眼睛生了翳，因而引起错觉；但是闭一闭眼睛再睁开来时，所见依然如前，这靠窗坐着，在那里同对面的人谈话，上唇翘起两笔浓须的，不就是教育局长么？

他顿时踌躇起来,已跨进去的一只脚想要缩出来,又似乎不大好。那局长也望见了他,尴尬的脸上故作笑容说,“潘先生,你来了,进来坐坐。”主人翁听了,知道他们是相识的,转身自去。

“局长先在这里了。还方便吧,再容一个人?”

“我们只三个人,当然还可以容你。我们带着席子;好在天气不很凉,可以轮流躺着歇歇。”

潘先生觉得今晚上局长特别可亲,全不象平日那副庄严的神态,便忘形地直跨进去说,“那么不客气,就要陪三位先生过一夜了。”

这厢房不很宽阔。地上铺着一张席子,一个戴眼镜的中年人坐在上面,略微有疲倦的神色,但绝无欲睡的意思。锅灶等东西贴着一壁。靠窗一排摆着三只凳子,局长坐一只,头发梳得很光的二十多岁的人,局长的表弟,坐一只,一只空着。那边的墙角有一只柳条箱,三个衣包,大概就是三位先生带来的。仅仅这些,房间里已没有空地了。电灯的光本来很弱,又蒙上了一层灰尘,照得房间里的人物都昏暗模糊。

潘先生也把衣包放在那边的墙角,与三位的东西合伙。回过来谦逊地坐上那只空凳子。局长给他介绍了自己的同伴,随后说,“你也听到了正安的消息么?”

“是呀,正安。正安失守,碧庄未必靠得住呢。”

“大概这方面对于南路很疏忽,正安失守,便是明证。那方面从正安袭取碧庄是最便当的,说不定此刻已被他们得手了。要是这样,不堪设想!”

“要是这样,这里非糜烂不可!”

“但是,这方面的杜统帅不是庸碌无能的人,他是著名善于用兵的,大约见得到这一层,总有方法抵挡得住。也许就此反守为攻,势如破竹,直捣那方面的巢穴呢。”

“若能这样,战事便收场了,那就好了!——我们办学的就可以开起学来,照常进行。”

局长一听到办学,立刻感到自己的尊严,捻着浓须叹道,“别的不要讲,这一场战争,大大小小的学生吃亏不小呢!”他把坐在这间小厢房里的局促不舒的感觉忘了,仿佛堂皇地坐在教育局的办公室里。

坐在席子上的中年人仰起头来含恨似地说,“那方面的朱统帅实在可恶!这方面打过去,他抵抗些什么,——他没有不终于吃败仗的。他若肯漂亮点儿让了,战事早就没有了。”

“他是傻子,”局长的表弟顺着说,“不到尽头不肯死心的。只是连累了我们,这当儿坐在这又暗又窄的房间里。”他带着玩笑的神气。

潘先生却想念起远在上海的妻儿来了。他不知道他们可安好,不知道他们出了什么乱子没有,不知道他们此刻睡了不曾,抓既抓不到,想象也极模糊;因而想自己的被累要算最深重了,凄然望着窗外的小院子默不做声。

“不知道到底怎么样呢!”他又转而想到那个可怕的消息以及意料所及的危险,不自主地吐露了这一句。

“难说,”局长表示富有经验的样子说。“用兵全在趁一个机,机是刻刻变化的,也许竟不为我们所料,此刻已……所以我们……”他对着中年人一笑。

中年人,局长的表弟同潘先生三个已经领会局长这一笑的意味;大家想坐在这地方总不至于有什么,也各安慰地一笑。

小院子里长满了草，是蚊虫同各种小虫的安适的国土。厢房里灯光亮着，虫子齐飞了进来。四位怀着惊恐的先生就够受用了；扑头扑面的全是那些小东西，蚊虫突然一针，痛得直跳起来又时时停语侧耳，惶惶地听外边有没有枪声或人众的喧哗。睡眠当然是无望了，只实做了局长所说的轮流躺着歇歇。

下一天清晨，潘先生的眼球上添了几缕红丝；风吹过来，觉得身上很凉。他急欲知道外面的情形，独个儿闪出红房子的大门。路上同平时的早晨一样，街犬竖起了尾巴高兴地这头那头望，偶尔走过一两个睡眼惺忪的人。他走过去，转入又一条街，也听不见什么特别的风声。回想昨夜的匆忙情形，不禁心里好笑。但是再一转念，又觉得实在并无可笑，小心一点总比冒险好。

四

二十余天之后，战事停止了。大众点头自慰道，“这就好了！只要不打仗，什么都平安了！”但是潘先生还不大满意，铁路还没通，不能就把避居上海的妻儿接回来。信是来过两封了，但简略得很，比不看更教他想念。他又恨自己到底没有先见之明；不然，这一笔冤枉的逃难费可以省下，又免得几十天的孤单。

他知道教育局里一定要提到开学的事情了，便前去打听。跨进招待室，看见局里的几个职员在那里裁纸磨墨，象是办喜事的样子。

一个职员喊道，“巧得很，潘先生来了！你写得一手好颜字，这个差使就请你当了吧。”

“这么大的字，非得潘先生写不可，”其余几个人附和着。

“写什么东西？我完全茫然。”

“我们这里正筹备欢迎杜统帅凯旋的事务。车站的两头要搭起四个彩牌坊，让杜统帅的花车在中间通过。现在要写的就是牌坊上的几个字。”

“我哪里配写这上边的字？”

“当仁不让，”“一致推举，”几个人一哄地说；笔杆便送到潘先生手里。

潘先生觉得这当儿很有点意味，接了笔便在墨盆里蘸墨汁。凝想一下，提起笔来在蜡笺上一并排写“功高岳牧”四个大字。第二张写的是“威镇东南”。又写第三张，是“德隆恩溥”。

——他写到“溥”字，仿佛看见许多影片，拉夫，开炮，焚烧房屋，奸淫妇人，菜色的男女，腐烂的死尸，在眼前一闪。

旁边看写字的一个人赞叹说，“这一句更见恳切。字也越来越好了。”

“看他对上一句什么，”又一个说。

1924 年 11 月 27 日

（原载 1925 年 1 月 10 日《小说月报》第 16 卷第 1 号）

【作者简介】

叶圣陶（1894—1988 年），原名叶绍钧，字秉臣，辛亥革命后改字圣陶，生于江苏苏州，现代著名作家、教育家、文学出版家和社会活动家。叶圣陶是“五四”新文化运动的先驱者，是文学研究会在创作上最有成绩的作家，也是五四时期除鲁迅之外最重要的现实主义小说家。1914 年开始文言小说的创作。1921 年冬，叶圣陶开始尝试童话创作。1923 年创作了我国第一部童话集《稻草人》,1928年创作了中国现代文学史上第一部长篇小说《倪焕之》。其他作品还有短篇小说集《隔膜》《火灾》《线下》《城中》《未厌集》等。新中国成立后,叶圣陶曾担任新闻出版总署副署长、人民教育出版社社长、教育部副部长、第六届全国政协副主席、第五届全国人大常委委员、第五届全国政协常委委员、民进中央主席。

【赏析指要】

《潘先生在难中》历来被称为最能代表叶圣陶短篇小说创作成就的作品,这篇作品最初发表于1925年1月《小说月报》第16卷第1号。

作品以1924年秋天直系军阀齐燮元和皖系军阀卢永祥为争夺上海而发生的江浙战乱为背景,故事的发生地点是上海附近的小镇让里,描写了小学校长潘先生在战乱中举家逃难的种种可笑而又可鄙的行径。当战争逼近让里时,潘先生率领全家到上海租界避难,而让王妈看家。到上海的第二天读到报载让里教育局长主张照常开学的消息,又抛妻离子匆忙只身返回让里。正当他在校"忠于职守"之际,战争情况又趋于紧张,于是赶紧躲进洋人的红房子。但战争最终并未危及让里,只不过受了一场虚惊。战争结束之后,潘先生一方面怨恨自己无先见之明,既花了一笔冤枉的逃难费,又受了几十天的孤单,另一方面又应邀欣然为军阀歌功颂德。作品塑造了一个自私自利、怯懦虚伪、苟且自得的小市民习气十分严重的知识分子形象。作品的布局严谨,采用能体现人物性格又能揭示人物内心活动和精神状态的情节、细节和语言;表现手法上采用了强烈的对比和心理描写等。茅盾在《中国新文学大系小说一集·导言》中指出:"冷静地谛视人生,客观的地、写实的地,描写着灰色的卑琐人生的,是叶绍钧。"《潘先生在难中》充分地体现出了这个特点。

【辑评】

在叶绍钧的作品,我最喜欢的也就是描写城市小资产阶级的几篇;现在还深深地刻在记忆上的,是那可爱的《潘先生在难中》。这把城市小资产阶级的没有社会意识,卑谦的利己主义,precaution(戒备),琐屑,临虚惊而失色,暂苟安而又喜等心理,描写得很透彻。这一阶级的人物,在现文坛上是最少被写到的,可是幸而也还有代表。

(选自沈雁冰.王鲁彦论[J].小说月报1928-01,19(1).)

拜　堂

台静农

黄昏的时候,汪二将蓝布夹小袄托蒋大的屋里人[1]当了四百大钱。拿了这些钱一气跑到吴三元的杂货店,一屁股坐在柜台前破旧的大椅上,椅子被坐得咯格地响。

"哪里来,老二?"吴家二掌柜问。

"从家里来。你给我请三股香,数二十张黄表。"

"弄什么呢?"

"人家下书子[2],托我买的。"

"那么不要蜡烛吗?"

"他妈的,将蜡烛忘了,那么就给我拿一对蜡烛罢。"

吴家二掌柜将香表蜡烛裹在一起，算了账，付了钱。汪二在回家的路上走着，心里默默地想：同嫂子拜堂成亲，世上虽然有，总不算好事。哥哥死了才一年，就这样了，真有些对不住。转而想，要不是嫂子天天催，也就可以不用磕头[3]，糊里糊涂地算了。不过她说得也有理：肚子眼看一天大似一天，要是生了一男半女，到底算谁的呢？不如率性磕了头，遮遮羞，反正人家是笑话了。

走到家，将香纸放在泥砌的供桌上。嫂子坐在门口迎着亮绱鞋。

"都齐备了么？"她停了针向着汪二问。

"都齐备了，香，烛，黄表。"汪二蹲在地上，一面答，一面擦了火柴吸起旱烟来。

"为什么不买炮呢？"

"你怕人家不晓得么，还要放炮？"

"那么你不放炮，就能将人家瞒住了！"她深深地叹了一口气。"既然丢了丑，总得图个吉利，将来日子长，要过活的。我想哈[4]要买两张灯红纸，将窗户糊糊。"

"俺爹可用告诉他呢？"

"告诉他作什么？死多活少的，他也管不了这些，他天天只晓得问人要钱灌酒。"她愤愤地说。"夜里哈少不掉牵亲[5]的，我想找赵二的家里同田大娘，你去同她两个说一声。"

"我不去，不好意思的。"

"哼，"她向他重重地看了一眼。"要讲意思，就不该作这样丢脸的事！"她冷悄地说。

这时候，汪二的父亲缓缓地回来了。右手提了小酒壶，左手端着一个白碗，碗里放着小块豆腐。他将酒壶放在供桌上，看见了那包香纸，于是不高兴地说：

"妈的，买这些东西作什么？"

汪二不理他，仍旧吸烟。

"又是许你妈的什么愿，一点本事都没有，许愿就能保佑你发财了？"

汪二还是不理他。他找了一双筷子，慢慢地在拌豆腐，预备下酒。全室都沉默了，除了筷子捣碗声，汪二的吸旱烟声，和汪大嫂的绱鞋声。

镇上已经打了二更，人们大半都睡了，全镇归于静默。

她趁着夜静，提了篾编的小灯笼，悄悄地往田大娘那里去。才走到田家获柴门的时候，已听着屋里纺线的声音，她知道田大娘还没有睡。

"大娘，你开开门。哈在纺线呢。"她站在门外说。

"是汪大嫂么？在哪里来呢，二更都打了？"田大娘早已停止了纺线，开开门，一面向她招呼。

她坐在田大娘纺线的小椅上，半晌没有说话，田大娘很奇怪，也不好问。终于她说了：

"大娘，我有点事……就是……"她未说出又停住了。"真是丑事，现在同汪二这样了。大娘，真是丑事，如今有了四个月的胎了。"她头是深深地低着，声音也随之低微。"我不恨我的命该受苦，只恨汪大丢了我，使我孤零零地，又没有婆婆，只这一个死多活少的公公……我好几回就想上吊死去……"

"嗳，汪大嫂你怎么这样说！小家小户守什么？况且又没有个牵头[6]；就是大家的少奶奶，又有几个能守得住的？"

"现在真没有脸见人……"她的声音有些哽咽了。

“是不是想打算出门呢？本来应该出门，找个不缺吃不缺喝的人家。”

“不呀，汪二说不如磕个头，我想也只有这一条路。我来就是想找大娘你去。”

“要我牵亲么？”

“说到牵亲，真丢脸，不过要拜天地，总得要旁人的；要是不恭不敬地也不好，将来日子长，哈要过活的。”

“那么，总得哈要找一个人，我一个也不大好。”

“是的，我想找赵二嫂。”

“对啦，她很相宜，我们一阵去。”田大娘说着，在房里摸了一件半旧的老蓝布褂穿了。

这深夜的静寂的帷幕，将大地紧紧地包围着，人们都酣卧在梦乡里，谁也不知道大地上有这么两个女人，依着这小小的灯笼的微光，在这漆黑的帷幕中走动。

渐渐地走到了，不见赵二嫂屋里的灯光，也听不见房内有什么声音，知道她们是早已睡了。

“赵二嫂，你睡了么？”田大娘悄悄地走到窗户外说。

“是谁呀？”赵二嫂丈夫的口音。

“是田大娘么？”赵二嫂接着问。

“是的，二嫂你开开门，有话跟你说。”

赵二嫂将门开开，汪大嫂就便上前招呼：

“二嫂已经睡了，又麻烦你开门。”

“怎么，你两个吗，这夜黑头从哪里来呢？”赵二嫂很惊奇地问。“你俩请到屋里坐，我来点灯。”

“不用，不用，你来我跟你说！”田大娘一把拉了她到门口一棵柳树的底下。低声地说了她们的来意。结果赵二嫂说：

“我去，我去，等我换件褂子。”

少顷，她们三个一起在这黑的路上缓缓走着了，灯笼残烛的微光，更加黯弱。柳条迎着夜风摇摆，荻柴沙沙地响，好像幽灵出现在黑夜中的一种阴森的可怕，顿时使这三个女人不禁地感觉着恐怖的侵袭。汪大嫂更是胆小，几乎全身战栗得要叫起来了。

到了汪大嫂家以后，烛已熄灭，只剩了烛烬上一点火星了。汪二将茶已煮好，正在等着；汪大嫂端了茶敬奉这两位来客。赵二嫂于是问：

“什么时候拜堂呢？”

“就是半夜子时罢，我想。”田大娘说。

“你两位看着罢，要是子时，就到了，马上要打三更的。”汪二说。

“那么，你就净净手，烧香罢。”赵二嫂说着，忽然看见汪大嫂还穿着孝。“你这白鞋怎么成，有黑鞋么？”

“有的，今天下晚才赶着绱起来的。”她说了，便到房里换鞋去了。

“扎头绳也要换大红的，要是有花，哈要戴几朵。”田大娘一面说着，一面到了房里帮着她去打扮。

汪二将香烛都已烧着，黄表预备好了。供桌捡得干干净净的。于是轻轻地跑到东边墙外半间破屋里，看看他的爹爹是不是睡熟了，听在打鼾，倒放下心。

赵二嫂因为没有红毡子，不得已将汪大嫂床上破席子拿出铺在地上。汪二也穿了一件蓝布大褂，将过年的洋缎小帽戴上，帽上小红结，系了几条水红线；因为没有红丝线，就用几条绵线替代了。汪大嫂也穿戴周周正正地同了田大娘走出来。

烛光映着陈旧褪色的天地牌，两人恭敬地站在席上，顿时显出庄严和寂静。

“站好了，男左女右，我来烧黄表。”田大娘说着，向前将表对着烛焰燃起，又回到汪大嫂身边。“磕罢，天地三个头。”赵二嫂说。

汪大嫂本来是经过一次的，也倒不用人扶持；听赵二嫂说了以后，就静静地和汪二磕了三个头。

“祖宗三个头。”

汪大嫂和汪二，仍旧静静地磕了三个头。

“爹爹呢，请来，磕一个头。”

“爹爹睡了，不要惊动罢，他的脾气又不好。”汪二低声说。

“好罢，那就给他老人家磕一个堆着罢。”

“再给阴间的妈妈磕一个。”

“哈有……给阴间的哥哥也磕一个。”

然而汪大嫂的眼泪扑地落下地了，全身是颤动和抽搐；汪二也木然地站着，颜色变得可怕。

全室中情调，顿成了阴森惨淡。双烛的光辉，竟黯了下去，大家都张皇失措了。终于田大娘说：

“总得图个吉利，将来哈要过活的！”

汪大嫂不得已，忍住了眼泪，同了汪二，又呆呆地磕了一个头。

第二天清晨，汪二的爹爹，提了小酒壶，买了一个油条，坐在茶馆里。

“给你老头道喜呀，老二安了家。”推车的吴三说。

“道他妈的喜，俺不问他妈的这些屌事！”汪二的爹爹愤然地说。“以前我叫汪二将这小寡妇卖了，凑个生意本。他妈的，他不听，居然他俩个弄起来了！”

“也好。不然，老二到哪里安家去，这个年头？”拎画眉笼的齐二爷庄重地说。

“好在肥水不落外人田。”好像摆花生摊的小金从后面这样说。

汪二的爹爹没有听见，低着头还是默默地喝他的酒。

一九二七年六月六日

（原载 1927 年 6 月 10 日《莽原》第 2 卷第 11 期）

【注释】

[1] 屋里人：即内人。

[2] 下书子：即过婚书。

[3] 磕头：即拜堂。

[4] 哈：作还解。

[5] 牵亲：即傧相。

[6] 牵头：指儿女。

【作者简介】

台静农(1903—1990 年),著名作家、文学评论家。字伯简,笔名有青曲、孔嘉等,安徽霍丘县叶集人。中学毕业后,曾在北京大学中文系旁听,后转至北大国学研究所半工半读,其间积极参加鲁迅支持和影响的文学社团未名社,和鲁迅关系密切,友谊深厚。1927 年后,任教于辅仁大学、山东大学等。抗战爆发后在四川白沙女子师范学院教书,任中文系主任。1946 年赴台,后任台湾大学中文系教授。著作有《地之子》《建塔者》等。

【赏析指要】

《拜堂》描写了年轻的汪二因为家里贫穷娶不起媳妇,而自己的哥哥于一年前去世,于是汪二和寡嫂打算生活在一起。这是一件很难堪的事情,叔嫂二人为遮羞,也为度日、图吉利,决定拜堂成亲。小说选取了旧时代农村中很特殊的这样一件事情加以描述,作品中细腻地描写了叔嫂二人复杂的心理与拜堂时特殊的场面。尽管汪二觉得叔嫂成亲“总不算好事”,但是生活极端贫困,不娶寡嫂可能一辈子也娶不起媳妇;又觉得这样做对不起已故才一年的大哥,而且又怕别人知道笑话。汪大嫂对此事也很羞愧,但又认为“总得图个吉利,将来还要过活的!”于是请了两个见证人,按照本地规矩习俗极为简单地举行了结婚仪式。尽管是喜事,但气氛的寒伧悲凉,让人透不过气来。

小说在结构上采取了以场景展示为主,主要的场景是“请牵亲”与“拜堂”,在具体的描述中融合了民风习俗和自然环境描写,而自然环境的阴森寒冷又衬托出叔嫂二人无奈、凄苦的心境,渲染了一种凄婉悲凉的气氛,使喜事中透出深深的悲剧意味。此外,《拜堂》的语言也多用安徽方言“哈”,显示了乡土小说的特色。总之,作品通过旧时代乡村中底层民众黯淡凄楚的生存状态,揭示了他们凄凉苦痛的内心世界和在命运的边缘苦苦挣扎的悲凉社会现实。

【辑评】

二十年代,中国小说家能够将旧社会的病态这样深刻地描绘出来,除鲁迅之外,台静农是最成功的一位。

(选自刘以鬯.台静农的短篇小说[M].台北:远景出版社,1980.)

为奴隶的母亲

柔　石

她底丈夫是一个皮贩,就是收集乡间各猎户底兽皮和牛皮,贩到大埠上出卖的人。但有时也兼做点农作,芒种的时节,便帮人家插秧。他能将每行插得非常直,假如有五人同在一个水田内,他们一定叫他站在第一个做标准。然而境况是不佳,债是年年积起来了。他大约就因为境况的不佳,烟也吸了,酒也喝了,钱也赌起来了。这样,竟使他变做一个非常凶狠而暴躁的男子,但也就更贫穷下去。连小小的移借,别人也不敢答应了。

在穷底结果的病以后,全身便变成枯黄色,脸孔黄得和小铜鼓一样,连眼白也黄了。别人说他是黄疸病,孩子们也就叫他“黄胖”了。有一天,他向他底妻说:

“再也没有办法了。这样下去,连小锅也都卖去了。我想,还是从你底身上设法罢。你跟着我挨饿,有什么办法呢?”

“我底身上?……”

他底妻坐在灶后,怀里抱着她刚满五周的男小孩——孩子还在啜着奶,她讷讷地低声地问。

“你,是呀,”她底丈夫病后的无力的声音,“我已经将你出典了……”

“什么呀?”她底妻子几乎昏去似的。

屋内是稍稍静寂了一息。他气喘着说:

“三天前,王狼来坐讨了半天的债回去以后,我也跟着他去。走到九亩潭边,我很不想要做人了。但是坐在那株爬上去一纵身就可落在潭里的树下,想来想去,总没有力气跳了。猫头鹰在耳朵边不住地啭,我底心被它叫寒起来,我只得回转身。但在路上,遇见了沈家婆,她问我,晚也晚了,在外做什么。我就告诉她,请她代我借一笔款,或向什么人家的小姐借些衣服或首饰去暂时当一当,免得王狼底狼一般的绿眼睛天天在家里闪烁。可是沈家婆向我笑道:

“‘你还将妻养在家里做什么呢?你自己黄也黄到这个地步了。’”

“我低着头站在她面前没有答,她又说:

“‘儿子呢,你只有一个,舍不得。但妻——’”

“我当时想:‘莫非叫我卖去妻子么?’”

“而她继续道:

“‘但妻——虽然是结发的,穷了,也没有法。还养在家里做什么呢?’”

“这样,她就直说出:‘有一个秀才,因为没有儿子,年纪已五十岁了,想买一个妾;又因他底大妻不允许,只准他典一个,典三年或五年。叫我物色相当的女人:年纪三十岁左右,养过两三个儿子的,人要沉默老实,又肯做事,还要对他底大妻肯低眉下首。这次是秀才娘子向我说的,假如条件合,肯出八十元或一百元的身价。我代她寻好几天,总没有相当的女人。’她说:‘现在碰到我,想起了你来,样样都对的。’当时问我底意见怎样,我一边掉了几滴泪,一边却被她催得答应她了。”

说到这里,他垂下头,声音很低弱,停止了。他底妻简直痴似的,话一句没有。又静寂了一息,他继续说:

“昨天,沈家婆到过秀才底家里,她说秀才很高兴,秀才娘子也喜欢,钱是一百元,年数呢,假如三年养不出儿子,是五年。沈家婆并将日子也拣定了——本月十八,五天后。今天,她写典契去了。”

这时,他底妻简直连腑脏都颤抖,吞吐着问:

“你为什么早不对我说?”

“昨天在你底面前旋了三个圈子,可是对你说不出。不过我仔细想,除出将你底身子设法外,再也没有办法了。”

“决定了么?”妇人战着牙齿问。

“只待典契写好。”

“倒霉的事情呀,我!——一点也没有别的方法了么?春宝底爸呀!”

春宝是她怀里的孩子底名字。

“倒霉,我也想到过,可是穷了,我们又不肯死,有什么办法?今年,我怕连插秧也不能插了。”

“你也想到过春宝么?春宝还只有五岁,没有娘,他怎么好呢?”

“我领他便了,本来是断了奶的孩子。”

他似乎渐渐发怒了。也就走出门外去了。她,却呜呜咽咽地哭起来。

这时,在她过去的回忆里,却想起恰恰一年前的事:那时她生下了一个女儿,她简直如死去一般地卧在床上。死还是整个的,她却肢体分作四碎与五裂。刚落地的女婴,在地上的干草堆上叫:“呱呀,呱呀,”声音很重的,手脚揪缩。脐带绕在她底身上,胎盘落在一边,她很想挣扎起来给她洗好,可是她底头昂起来,身子凝滞在床上。这样,她看见她底丈夫,这个凶狠的男子,红着脸,提了一桶沸水到女婴的旁边。她简单用了她一生底最后的力向他喊:“慢!慢……”但这个病前极凶狠的男子,没有一分钟商量的余地,也不答半句话,就将“呱呀,呱呀,”声音很重地在叫着的女儿,刚出世的新生命,用他底粗暴的两手捧起来,如屠户捧将杀的小羊一般,扑通,投下在沸水里了!除出沸水的溅声和皮肉吸收沸水的嘶声以外,女孩一声也不喊——她疑问地想,为什么也不重重地哭一声呢?竟这样不响地愿意冤枉死去么?啊!——她转念,那是因为她自己当时昏过去的缘故,她当时剜去了心一般地昏去了。

想到这里,似乎泪竟干涸了。“唉!苦命呀!”她低低地叹息了一声。这时春宝拔去了奶头,向他底母亲的脸上看,一边叫:

“妈妈!妈妈!”

在她将离别底前一晚,她拣了房子底最黑暗处坐着。一盏油灯点在灶前,萤火那么的光亮。她,手里抱着春宝,将她底头贴在他底头发上。她底思想似乎浮漂在极远,可是她自己捉摸不定远在哪里。于是慢慢地跑回来,跑到眼前,跑到她底孩子底身上。她向她底孩子低声叫:

“春宝,宝宝!”

“妈妈,”孩子含着奶头答。

“妈妈明天要去了……”

“唔,”孩子似不十分懂得,本能地将头钻进他母亲底胸膛。

“妈妈不回来了,三年内不能回来了!”

她擦一擦眼睛,孩子放松口子问:

“妈妈那里去呢?庙里么?”

“不是,三十里路外,一家姓李的。”

“我也去。”

“宝宝去不得的。”

“呃!”孩子反抗地,又吸着并不多的奶。

“你跟爸爸在家里,爸爸会照料宝宝的:同宝宝睡,也带宝宝玩,你听爸爸底话好了。过三年……”

她没有说完,孩子要哭似地说:

“爸爸要打我的！”

“爸爸不再打你了，”同时用她底左手抚摸着孩子底右额，在这上，有他父亲在杀死他刚生下的妹妹后第三天，用锄柄敲他，肿起而又平复了的伤痕。

她似要还想对孩子说话，她底丈夫踏进门了。他走到她底面前，一只手放在袋里，掏取着什么，一边说：

“钱已经拿来七十元了。还有三十元要等你到了十天后付。”

停了一息说：“也答应轿子来接。”

又停了一息说：“也答应轿夫一早吃好早饭来。”

这样，他离开了她，又向门外走出去了。

这一晚，她和她底丈夫都没有吃晚饭。

第二天，春雨竟滴滴淅淅地落着。

轿是一早就到了。可是这妇人，她却一夜不曾睡。她先将春宝底几件破衣服都修补好；春将完了，夏将到了，可是她，连孩子冬天用的破烂棉袄都拿出来，移交给他底父亲——实在，他已经在床上睡去了。以后，她坐在他底旁边，想对他说几句话，可是长夜是迟延着过去，她底话一句也说不出。而且，她大着胆向他叫了几声，发了几个听不清楚的声音，声音在他底耳外，她也就睡下不说了。

等她朦朦胧胧地刚离开思索将要睡去，春宝又醒了，他就推叫他底母亲，要起来。以后当她给他穿衣服的时候，向他说：

“宝宝好好地在家里，不要哭，免得你爸爸打你。以后妈妈常买糖果来，买给宝宝吃，宝宝不要哭。”

而小孩子竟不知道悲哀是什么一回事，张大口子“唉，唉，”地唱起来了。她在他底唇边吻了一吻，又说：

“不要唱，你爸爸被你唱醒了。”

轿夫坐在门首的板凳上，抽着旱烟，说着他们自己要听的话。一息，邻村的沈家婆也赶到了。一个老妇人，熟悉世故的媒婆，一进门，就拍拍她身上的雨点，向他们说：

“下雨了，下雨了，这是你们家里此后会有滋长的预兆。”

老妇人忙碌似地在屋内旋了几个圈，对孩子底父亲说了几句话，意思是讨酬报。因为这件契约之能订得如此顺利而合算，实在是她底力量。

“说实在话，春宝底爸呀，再加五十元，那老头子可以买一房妾了。”她说。

于是又转向催促她——妇人却抱着春宝，这时坐着不动。老妇人声音很高地：

“轿夫要赶到他们家里吃中饭的，你快些预备走呀！”

可是妇人向她瞧了一瞧，似乎说：

“我实在不愿离开呢！让我饿死在这里罢！”

声音是在她底喉下，可是媒婆懂得了，走近到她前面，迷迷地向她笑说：

“你真是一个不懂事的丫头，黄胖还有什么东西给你呢？那边真是一份有吃有剩的人家，两百多亩田，经济很宽裕，房子是自己底，也雇着长工养着牛。大娘底性子是极好的，对人非常客气，每次看见人总给人一些吃的东西。那老头子——实在并不老，脸是很白白的，也没有留胡子,因为读了书,背有些偻偻的,斯文的模样。可是也不必多说,你一走下轿就看见的,我是一个从不说谎的媒婆。"

妇人拭一拭泪,极轻地:

"春宝……我怎么抛开他呢!"

"不用想到春宝了。"老妇人一手放在她底肩上,脸凑近她和春宝。"有五岁了,古人说:'三周四岁离娘身,'可以离开你了。只要你肚子争气些,到那边,也养下一二个来,万事都好了。"

轿夫也在门首催起身了,他们噜苏着说:

"又不是新娘子,啼啼哭哭的。"

这样,老妇人将春宝从她底怀里拉去,一边说:

"春宝让我带去罢。"

小小的孩子也哭了,手脚乱舞的,可是老妇人终于给他拉到小门外去。当妇人走进轿门的时候,向他们说:

"带进屋里来罢,外边有雨呢。"

她底丈夫用手支着头坐着,一动没有动,而且也没有话。

两村的相隔有三十里路,可是轿夫的第二次将轿子放下肩,就到了。春天的细雨,从轿子底布蓬里飘进,吹湿了她底衣衫。一个脸孔肥肥的,两眼很有心计的约莫五十四五岁的老妇人来迎她,她想:这当然是大娘了。可是只向她满面羞涩地看一看,并没有叫。她很亲昵似的将她牵上阶沿,一个长长的瘦瘦的而面孔圆细的男子就从房里走出来。他向新来的少妇,仔细地瞧了瞧,堆出满脸的笑容来,向她问:

"这么早就到了么?可是打湿你底衣裳了。"

而那位老妇人,却简直没有顾到他底说话,也向她问:

"还有什么在轿里么?"

"没有什么了,"少妇答。

几位邻舍的妇人站在大门外,探头张望的;可是她们走进屋里面了。

她自己也不知道这究竟为什么,她底心老是挂念着她底旧的家,掉不下她的春宝。这是真实而明显的,她应庆祝这将开始的三年的生活——这个家庭,和她所典给他的丈夫,都比曾经过去的要好:秀才确是一个温良和善的人,讲话是那么地低声;连大娘,实在也是一个出乎意料之外的妇人,她底态度之殷勤,和滔滔的一席话:说她和她丈夫底过去的生活之经过,从美满而漂亮的结婚生活起,一直到现在,中间的三十年。她曾做过一次的产,十五六年以前了,养下一个男孩子,据她说,是一个极美丽又极聪明的婴儿,可是不到十个月,竟患天花死去了。这样,以后就没有养过第二个。在她底意思中,似乎——似乎——早就叫她底丈夫娶一房妾,可是他,不知是爱她呢,还是没有相当的人——这一层她并没有说清楚;于是,就一直到现在。这样,竟说得这个具着朴素的心地的她,一时酸,一会苦,一时甜上心头,一时又咸的压下去了。最后这个老妇人并将她底希望也向她说出来了。她底脸是娇红的,可是老妇人说:

"你是养过三四孩子的女人了,当然,你是知道什么的,你一定知道的还比我多。"

这样，她说着走开了。

当晚，秀才也将家里底种种情形告诉她，实际，不过是向她夸耀或求媚罢了。她坐在一张橱子的旁边，这样的红的木橱，是她旧的家所没有的，她眼睛白晃晃地瞧着它。秀才也就坐在橱子底面前来，问她：

“你叫什么名字呢?”

她没有答，也并不笑，站起来，走在床底前面，秀才也跟到床底旁边，更笑地问她：

“怕羞么？哈，你想你底丈夫么？哈，哈，现在我是你底丈夫了。”声音是轻轻的，又用手去牵着她底袖子。“不要愁罢！你也想你底孩子的，是不是？不过——”

他没有说完，却又哈的笑了一声，他自己脱去他外面的长衫了。

她可以听见房外的大娘底声音在高声地骂着什么人，她一时听不出在骂谁，骂烧饭的女仆，又好像骂她自己，可是因为她底怨恨，仿佛又是为她而发的。秀才在床上叫道：

“睡罢，她常是这么噜噜苏苏的。她以前很爱那个长工，因为长工要和烧饭的黄妈多说话，她却常要骂黄妈的。”

日子是一天天地过去了。旧的家，渐渐地在她底脑子里疏远了，而眼前，却一步步地亲近她使她熟悉。虽则，春宝底哭声有时竟在她耳朵边响，梦中，她也几次地遇到过他了。可是梦是一个比一个缥渺，眼前的事务是一天比一天繁多。她知道这个老妇人是猜忌多心的，外表虽则对她还算大方，可是她底嫉妒的心是和侦探一样，监视着秀才对她的一举一动。有时，秀才从外面回来，先遇见了她而同她说话，老妇人就疑心有什么特别的东西买给她了，非在当晚，将秀才叫到她自己底房内去，狠狠地训斥一番不可。“你给狐狸迷着了么?”“你应该称一称你自己底老骨头是多少重!”像这样的话，她耳闻到不止一次了。这样以后，她望见秀才从外面回来而旁边没有她坐着的时候，就非得急忙避开不可；即使她在旁边，有时也该让开一些。但这种动作，她要做得非常自然，而且不能让旁人看出，否则，她又要向她发怒，说是她有意要在旁人的前面暴露她大娘底丑恶。而且以后，竟将家里的许多杂务都堆积在她底身上，同一个女仆那么样。她还算是聪明的，有时老妇人底换下来的衣服放着，她也给她拿去洗了，虽然她说：

“我底衣服怎么要你洗呢？就是你自己底衣服，也可叫黄妈洗的。”可是接着说：

“妹妹呀，你最好到猪栏里去看一看，那两只猪为什么这样嗯嗯叫的，或者因为没有吃饱罢，黄妈总是不肯给它们吃饱的。”

八个月了，那年冬天，她底胃却起了变化：老是不想吃饭，想吃新鲜的面、番薯等。但番薯或面吃了两餐，又不想吃，又想吃馄饨，多吃又要呕。而且还想吃南瓜和梅子——这是六月里的东西，真稀奇，向哪里去找呢？秀才是知道在这个变化中所带来的预告了。他整日地笑微微，能找到的东西，总忙着给她找来。他亲身给她街上去买橘子，又托便人买了金柑来。他在廊沿下走来走去，口里念念有词的，不知说什么。他看她和黄妈磨过年的粉，但还没有磨了三升，就向她叫：“歇一歇罢，长工也好磨的，年糕是人人要吃的。”

有时在夜里，人家谈着话，他却独自拿了一盏灯，在灯下，读起《诗经》来了：

“关关雎鸠，

在河之洲，

窈窕淑女，

君子好逑——”

这时长工向他问：

“先生，你又不去考举人，还读它做什么呢？”

他却摸一摸没有胡子的口边，怡悦地说道：

“是呀，你也知道人生底快乐么？所谓：‘洞房花烛夜，金榜挂名时。’你也知道这两句话底意思么？这是人生底最快乐的两件事呀！可是我对于这两件事都过去了，我却还有比这两件更快乐的事呢！”

这样，除出他底两个妻以外，其余的人们都大笑了。

这些事，在老妇人眼睛里是看得非常气恼了。她起初闻到她底受孕也欢喜，以后看见秀才的这样奉承她，她却怨恨她自己肚子底不会还债了。有一次，次年三月了，这妇人因为身体感觉不舒服，头有些痛，睡了三天。秀才呢，也愿她歇息歇息，更不时地问她要什么，而老妇人却着实地发怒了。她说她装娇，噜噜苏苏地说了三天。她先是恶意地讥嘲她：说是一到秀才底家里就高贵起来了，什么腰酸呀，头痛呀，姨太太的架子也都摆出来了；以前在自己底家里，她不相信她有这样的娇养，恐怕竟和街头的母狗一样，肚皮里有着一肚子的小狗，临产了，还要到处地奔求着食物。现在呢，因为“老东西”——这是秀才的妻叫秀才的名字——趋奉了她，就装着娇滴滴的样子了。

“儿子，”她有一次在厨房里对黄妈说：“谁没有养过呀？我也曾怀过十个月的孕，不相信有这么的难受。而且，此刻的儿子，还在‘阎罗王的簿里’，谁保得定生出来不是一只癞蛤蟆呢？也等到真的‘鸟儿’从洞里钻出来看见了，才可在我底面前显威风，摆架子，此刻，不过是一块血的猫头鹰，就这么的装腔，也显得太早一点！”

当晚这妇人没有吃晚饭，这时她已经睡了，听了这一番婉转的冷嘲与热骂，她呜呜咽咽地低声哭泣了。秀才也带衣服坐在床上，听到浑身透着冷汗，发起抖来。他很想扣好衣服，重新走起来，去打她一顿，抓住她底头发狠狠地打她一顿，泄泄他一肚皮的气。但不知怎样，似乎没有力量，连指也颤动，臂也酸软了，一边轻轻地叹息着说：

“唉，一向实在太对她好了。结婚了三十年，没有打过她一掌，简直连指甲都没有弹到她底皮肤上过，所以今日，竟和娘娘一般地难惹了。”

同时，他爬过到床底那端，她底身边，向她耳语说：

“不要哭罢，不要哭罢，随她吠去好了！她是阉过的母鸡，看见别人的孵卵是难受的。假如你这一次真能养出一男孩子来。我当送你两样宝贝——我的一只青玉的戒指，一只白玉的……”

他没有说完，可是他忍不住听下门外的他底大妻底喋喋的讥笑声音，他急忙地脱去了衣服，将头钻进被窝里去，凑向她底胸膛，一边说：

“我有白玉的……”

肚子一天天地膨胀得如斗那么大，老妇人终究也将产婆雇定了，而且在别人的面前，竟拿起花布来做婴儿用的衣服。

酷热的暑天到了尽头，旧历的六月，他们在希望的眼中过去。秋开始，凉风也拂拂地乡镇上吹送。于是有一天，这全家的人们都到了希望底最高潮，屋里底空气完全地骚动起来。

秀才底心更是异常地紧张，他在天井上不断地徘徊，手里捧着一本历书，好似要读它背诵那么地念去——“戊辰”“甲戌”“壬寅之年”，老是反复地轻轻地说着。有时他底焦急的眼光向一间关了窗的房子望去——在这间房子内是有产母底低声呻吟的声音；有时他向天上望一望被云笼罩着的太阳，于是又走走向房门口，向站在房门内的黄妈问：

“此刻如何？”

黄妈不住地点着头不做声响，一息，答：

“快下来了，快下来了。”

于是他又捧了那本历书，在廊下徘徊起来。

这样的情形，一直继续到黄昏底青烟在地面起来，灯火一盏盏的如春天的野花般在屋内开起，婴儿才落地了，是一个男的。婴儿底声音很重地在屋内叫，秀才却坐在屋角里，几乎快乐到流出泪来了。全家的人都没有心思吃晚饭，在平淡的晚餐席上，秀才底大妻向佣人们说道：

“暂时瞒一瞒罢，给小猫头避避晦气；假如别人问起，也答养一个女的好了。”

他们都微笑地点点头。

一个月以后，婴儿底白嫩的小脸孔，已在秋天的阳光里照耀了。这个少妇给他哺着奶，邻舍的妇人围着他们瞧，有的称赞婴儿底鼻子好，有的称赞婴儿底口子好，有的称赞婴儿底两耳好；更有的称赞婴儿底母亲，也比以前好，白而且壮了。老妇人却正和老祖母那么地吩咐着，保护着，这时开始说：

“够了，不要弄他哭了。”

关于孩子底名字，秀才是煞费苦心地想着，但总想不出一个相当的字来。据老妇人底意见，还是从“长命富贵”或“福禄寿喜”里拣一个字，最好还是“寿”字或“寿”同意义的字，如“其颐”“彭祖”等。但秀才不同意，以为太通俗，人云亦云的名字。于是翻开了《易经》《书经》，向这里面找，但找了半月，一月，还没有恰贴的字。在他底意思：以为在这个名字内，一边要祝福孩子，一边要包含他底老而得子底蕴义，所以竟不容易找。这一天，他一边抱着三个月的婴儿，一边又向书里找名字，戴着一副眼镜，将书递到灯底旁边去。婴儿底母亲呆呆地坐在房内底一边，不知思想着什么，却忽然开口说：

“我想，还是叫他‘秋宝’罢。”屋内的人们底几对眼睛都转向她，注意地静听着：“他不是生在秋天吗？秋天的宝贝——还是叫他‘秋宝’罢。”

秀才立刻接着说道：

“是呀，我真极费心思了。我年过半百，实在到了人生的秋期；孩子也正养在秋天；‘秋’是万物成熟的季节。秋宝，实在是很好的名字呀！而且《书经》里没有么？‘乃亦有秋’，我真乃亦有‘秋’了！”

接着，又称赞了一通婴儿底母亲：说是呆读书实在无用，聪明是天生的。这些话，说得这妇人连坐着都觉着局促不安，垂下头，苦笑地又含泪地想：

“我不过因春宝想到了。”

秋宝是天天成长得非常可爱地离不开他底母亲了。他有出奇的大的眼睛，对陌生人是不倦地注视地瞧着，但对他底母亲，却远远地一眼就知道了。他整天地抓住了他底母亲，虽则秀才是比她还爱他，但不喜欢父亲；秀才底大妻呢，表面也爱他，似爱她自己亲生的儿子一样，但在婴儿底大眼睛里，却看她似陌生人，也用奇怪的不倦的视法。可是他的执着他底母亲愈紧，而他底母亲离开这家的日子也愈近了。春天底口子咬住了冬天底尾巴；而夏天底脚又常是紧随着在春天底身后的；这样，谁都将孩子底母亲底三年快到的问题横放在心头上。

秀才呢，因为爱子的关系，首先向他底大妻提出来了：他愿意再拿出一百元钱，将她永远买下来。可是他底大妻底回答是：

"你要买她，那先给我药死罢！"

秀才听到这句话，气得只向鼻孔放出气，许久没有说；以后，他反儿做着笑脸地：

"你想想孩子没有娘……"

老妇人也尖利地冷笑地说：

"我不好算是他底娘么？"

在孩子的母亲的心呢，却正矛盾这两种的冲突了：一边，她底脑里老是有"三年"这两个字，三年是容易过去的，于是她底生活便变做在秀才家里底佣人似的了。而且想象中的春宝，也同眼前的秋宝一样活泼可爱，她既舍不得秋宝，怎么就能舍得掉春宝呢？可是另一面边，她实在愿意永远在这新的家里住下去。她想，春宝的爸爸不是一个长寿的人，他底病一定是在三五年之内要将他带走到不可知的异国里去的，于是，她便要求她底第二个丈夫，将春宝也领过来，这样，春宝也在她底眼前。

有时，她倦坐在房外的沿廊下，初夏的阳光，异常地能令人昏朦地起幻想：秋宝睡在她底怀里，含着她底乳，可是她觉得仿佛春宝同时也站在她底旁边，她伸出手去也想将春宝抱近来，她还要对他们兄弟两人说几句话，可是身边是空空的。在身边的较远的门口，却站着这位脸孔慈善而眼睛凶毒的老妇人，目光注视着她。这样，恍恍惚惚地敏悟："还是早些脱离开罢，她简直探子一样地监视着我了。"可是忽然怀内的孩子一叫，她却又什么也没有的只剩着眼前的事实来支配她了。

以后，秀才又将计划修改了一些：他想叫沈家婆来，叫她向秋宝底母亲底前夫去说，他愿否再拿进三十元——最多是五十元，将妻续典三年给秀才。秀才对他底大妻说：

"要是秋宝到五岁，是可以离开娘了。"

他底大妻正是手里捻着念佛珠，一边在念着"南无阿弥陀佛"，一边答：

"她家里也还有前儿在，你也应放她和她底结发夫妇团聚一下罢。"

秀才低着头，断断续续地仍然这样说：

"你想想秋宝两岁就没有娘……"

可是老妇人放下念佛珠说：

"我会养的，我会管理他的，你怕我谋害了他么？"

秀才一听到末一句话，就拔步走开了。老妇人仍在后面说：

"这个儿子是帮我生的，秋宝是我底；绝种虽然是绝了你家底种，可是我却仍然吃着你家底餐饭。你真被迷了，老昏了，一点也不会想了。你还有几年好活，却要拼命拉她在身边？双连牌位，我是不愿意坐的！"

老妇人似乎还有许多刻毒的锐利的话，可是秀才走远开听不见了。

在夏天,婴儿底头上生了一个疮,有时身体稍稍发些热,于是这位老妇人就到处地问菩萨,求佛药,给婴儿敷在疮上,或灌下肚里。婴儿底母亲觉得并不十分要紧,反而使这样小小的生命哭成一身的汗珠,她不愿意,或将吃了几口的药暗地里拿去倒掉。于是这位老妇人就高声叹息,向秀才说:

"你看她竟一点也不介意他底病,还说孩子是并不怎样瘦下去。爱在心里的是深的;专疼表面是假的。"

这样,妇人只有暗自挥泪,秀才也不说什么话了。

秋宝一周纪念的时候,这家热闹地排了一天的酒筵,客人也到了三四十。有的送衣服;有的送面;有的送银制的狮子,给婴儿挂在胸前的;有的送镀金的寿星老头儿,给孩子钉在帽上的……许多礼物,都在客人底袖子里带来了。他们祝福着婴儿的飞黄腾达,赞颂着婴儿的长寿永生;主人底脸孔,竟是荣光照耀着,有如落日的云霞反映着在他底颊上的。

可是在这天,正当他们筵席将举行的黄昏时,来了一个客,从朦胧的暮光中向他们底天井走进,人们都注意他:一个憔悴异常的乡人,衣服补衲的,头发很长,在他底腋下,挟着一个纸包。主人骇异地迎上前去,问他是那里人,他口吃似地答了,主人一时糊涂的,但立刻明白了,就是那个皮贩。主人更轻轻地说:

"你为什么也送东西来了？你真不必的呀!"

来客胆怯地向四周看看,一边答说:

"要,要的……我来祝祝这个宝贝长寿千……"

他似没有说完,一边将腋下的纸包打开来了,手指颤动地打开了两三重的纸,于是拿出四只铜制镀银的字,一方寸那么大,是"寿比南山"四字。

秀才底大娘走来了,向他仔细一看,似乎不大高兴。秀才却将他招待到席上,客人们互相私语着。

两点钟的酒与肉,将人们弄得胡乱与狂热了:他们高声猜着拳,用大碗盛着酒互相比赛,闹得似乎房子都被震动了。只有那个皮贩,他虽然也喝了两杯酒,可是仍然坐着不动,客人们也不招呼他。等到兴尽了,于是各人草草地吃了一碗饭,互祝着好话,从两两三三的灯笼光影中,走散了。

而皮贩却吃到最后,佣人来收拾羹碗了,他才离开了桌,走到廊下的黑暗处。在那里,他遇见了他底被典的妻。

"你也来做什么呢?"妇人问,语气是非常凄惨的。

"我哪里又愿意来,因为没有法子。"

"那末你为什么来得这样晚?"

"我哪里来买礼物的钱呀?!奔跑了一上午,哀求了一上午,又到城里买礼物,走得乏了,饿了,也迟了。"

妇人接着问:

"春宝呢?"

男了沉吟了一息答:

"所以,我是为春宝来的……"

"为春宝来的?"妇人惊异地回音似的问。

男人慢慢地说：

“从夏天来，春宝是瘦得异样了。到秋天，竟病起来了。我又哪里有钱给他请医生吃药，所以现在，病是更厉害了！再不想法救救他，眼见得要死！”静寂了一刻，继续说：“现在，我是向你来借钱的……”

这时妇人底胸膛内，简直似有四五只猫在抓她，咬她，咀嚼着她底心脏一样。她恨不得哭出来，但在人们个个向秋宝祝颂的日子，她又怎么好跟在人们底声音后面叫哭呢？她吞下她底眼泪，向她底丈夫说：“我又哪里有钱呢？我在这里，每月只给我两角钱的零用，我自己又哪里要用什么，悉数补在孩子底身上了。现在，怎么好呢？”

他们一时没有话，以后，妇人又问：

“此刻有什么人照顾着春宝呢？”

“托了一个邻舍，我仍旧想回家，我就要走了。”

他一边说着，一边揩着泪。女的同时哽咽着说：

“你等一下罢，我向他去借借看。”

她就走开了。

三天以后的一天晚上，秀才忽然问这妇人道；

“我给你的那只青玉戒指？”

“在那天夜里，给了他了。给了他拿去当了。”

“没有借你五块钱么？”秀才愤怒地。

妇人低着头停了一息答：

“五块钱怎么够呢！”

秀才接着叹息说：

“总是前夫和眼儿好，无论我对你怎么样！本来我很想再留你两年的，现在，你还是到明春就走罢！”

女人简直连泪也没有地呆了。

几天后，他还向她那么地说：

“那只戒指是宝贝，我给你是要你传给秋宝的，谁知你一下就拿去当了！幸得她不知道，要是知道了。有三个月好闹了！”

妇人是一天天地黄瘦了。没有精采的光芒在她底眼睛里起来，而讥笑与冷骂的声音又充塞在她底耳内了。她是时常记念着她底春宝的病的，探听着有没有从她底本乡来的朋友，也探听着有没有向她底本乡去的便客，她很想得到一个关于“春宝的身体已复原”的消息，可是消息总没有；她也想借两元钱或买些糖果去，方便的客人又没有，她不时地抱着秋宝在门首过去一些大路边，眼睛望着来和去的路。这种情形却很使秀才底大妻不舒服了，她时常对秀才说：

“她哪里愿意在这里呢？她是极想早些飞回去的。”

有几夜，她抱着秋宝在睡梦中突然喊起来，秋宝也被吓醒，哭起来了。秀才就追逼地问：

“你为什么？你为什么？”

可是女人拍着秋宝，口子哼哼的没有答。秀才继续说：

“梦着你底前儿死了么,那么地喊?连我都被你叫醒了。”

女人急忙一边答:

“不,不……好像我底前面有一圹坟呢!”

秀才没有再讲话,而悲哀的幻象更在女人底前面展现开来,她要走向这坟去。

冬末了,催离别的小鸟,已经到她底窗前不住地叫了。先是孩子断了奶,又叫道士们来给孩子了一个关,于是孩子和他亲生的母亲的别离——永远的别离的命运就被决定了。

这一天,黄妈先悄悄地向秀才底大妻说:

“叫一顶轿子送她去么?”

秀才底妻子还是手里捻着念佛珠说:

“走走好罢,到那边轿钱是那边付的,她又哪里有钱呢?听说她底亲夫连饭也没得吃,她不必摆阔了。路也不算远,我也是曾经走过三十里路的人,她的脚比较大,半天可以到了。

这天早晨当她给秋宝穿衣服的时候,她的泪如溪水地流下。孩子向她叫:“婶婶,婶婶”——因为老妇人要他叫自己是“妈妈”,只准叫她是“婶婶”——她向他咽咽地答应。她很想对他说几句话,意思是:

“别了,我底亲爱的儿子呀!你的妈妈待你是好的,你将来也好好地待还她罢,永远不要再记念我了!”

可是她无论怎样也说不出。她也知道一周半的孩子是不会了解的。

秀才悄悄地走向她,从她背后的腋下伸进手来,在他底手内是十枚双毫角子,一边轻轻说:

“拿去罢,这两块钱。”

妇人扣好孩子的钮扣,就将角子塞在怀内的衣袋里。

老妇人又进来了,注意着秀才走出去的背后,又向妇人说:

“秋宝给我抱去罢,免得你走时他哭。”

妇人不做声响。可是秋宝总不愿意,用手不住地拍在老妇人底脸上,于是老妇人生气地又说:

“那末你同他去吃早饭去罢,吃了早饭交给我。”

黄妈拼命地劝她多吃饭,一边说:

“半月来你就这样了,你真来的时候还瘦了。你没有去照照镜子。今天,吃一碗下去罢,你还要走三十里路呢。”

她只不关紧要地说了一句:

“你对我真好!”

但是太阳是升得非常高了,一个很好的天气。秋宝还是不肯离开他的母亲,老妇人便狠狠地将他从她底怀里夺去。秋宝用小小的脚踢在老妇人底肚子上,用小小的拳头搔住她底头发,高声呼喊她。妇人在后面说:

“让我吃了中饭去罢。”

老妇人却转过头,汹汹地答:

“赶快打起你底包袱去罢,早晚总有一次的!”

孩子底哭声便在她的耳内渐渐去了。

打包裹的时候,耳内是听着孩子底哭声。黄妈在旁边,一边劝慰着她,一边却看她打进什么去。终于,她挟着一只旧的包裹走了。

她离开他底大门时,听见她底秋宝的哭声;可是慢慢地远远地走了三里路了,还听见她底秋宝的哭声。

暖和的太阳所照耀的路,在她底面前竟和天一样无穷止地长。当她走到一条河边的时候,她很想停止她底那么无力的脚步,向明澈可以照见她自己底身子的水底跳下去了。但在水边坐了一会之后,她还得依前去的方向,移动她自己的影子。

太阳已经过午了,一个村里的一个年老的乡人告诉她,路还有十五里,于是她向那个老人说:

"伯伯,请你代我就近叫一顶轿子罢,我是走不回去了!"

"你是有病的么?"老人问。

"是的。"

她那时坐在村口的凉亭里面。

"你从哪里来?"

妇人静默了一时答:

"我是向那里去的;早晨我以为自己会走的。"

老人怜悯地也没有多说话,就给她两位轿夫,一顶没篷的轿。因为那是下秧的季节。

下午三四时的样子,一条狭窄而污秽的乡村小街上,抬过了一顶没篷的轿子,轿里躺着一个脸色枯萎如同一张干瘪的黄菜叶那么的中年妇人,两眼朦胧地颓唐地闭着。嘴里的呼吸只有微弱地吐出。街上的人们个个睁着惊异的目光,怜悯地凝视着过去。一群孩子们,争噪地跟在轿后,好像一件奇异的事情落到这沉寂小村镇里来了。

春宝也是跟在轿的孩子们中底一个。他还在似赶猪那么地哗着轿走,可是轿子一转一个弯,却是向他底家里去的路,他却伸直了两手而奇怪了。等到轿子到了他家里的门口,他简直呆似地远远地站在前面,背靠一株柱子上,面向着轿,其余的孩子们胆怯地围在轿的两边。妇人走出来了,她昏迷的眼睛还认不清站在前面的,穿着褴褛的衣服,头发蓬乱的,身子和三年前一样的短小,那个八岁的孩子是她的春宝。突然,她哭出来地高叫了:

"春宝呀!"

一群孩子们,个个无意地吃了一惊,而春宝简直吓得躲进屋子他父亲那里去了。

妇人在灰暗的屋内坐了许久许久,她和她底丈夫都没有一句话。夜色降落了,他下垂的头昂起来,向她说:

"烧饭吃罢!"

妇人不得已地站起来,向屋角上旋转了一周,一点也没有气力地对她丈夫说:

"米缸内是空空的……"

男人冷笑了一声,答说:

"你真是大人家底家里生活过了!米,盛在那只香烟盒子内。"

当天晚上,男子向她底儿子说:

"春宝,跟你底娘去睡!"

而春宝却靠在灶边哭起来了。他底母亲走近他,一边叫:

"春宝,宝宝!"

可是当她底手去抚摸他的时候,他又躲闪开了。男子加上说:

"会生疏得那么快,一顿打呢!"

她眼睁睁地睡在一张龌龊的狭窄板床上,春宝陌生似地睡在她底身边。在她底已经麻木的胸内,仿佛秋宝肥白可爱地在她身边挣动着,她伸出两手去抱,可是身边是春宝。这时,春宝睡着了。转了一个身,她的母亲紧紧地将他抱住,而孩子却从微弱的鼻声中,脸伏在她的胸膛,两手抚摩着她底两乳。

沉静而寒冷的死一般长的夜,似无限地拖延着,拖延着……

一九三〇年一月二十日

(原载1930年3月1日《萌芽》第1卷第3期)

【作者简介】

柔石(1902—1931年),原名赵平复,又名少雄,浙江宁海人。1928年到上海从事革命文学运动,曾任《语丝》编辑,并与鲁迅先生同办"朝花社"。1930年初,自由运动大同盟筹建,柔石为发起人之一。1930年3月中国左翼作家联盟成立,柔石曾任执行委员、编辑部主任。1930年参与由鲁迅主编的《萌芽》月刊(后成"左联"机关刊物)编辑工作,并创作小说《为奴隶的母亲》,控诉封建社会。同年5月以左联代表资格,参加全国苏维埃区域代表大会。1931年1月在上海被捕,同年2月7日与殷夫、欧阳立安等23位同志同被国民党反动派秘密杀害。遗著有《柔石选集》。

【赏析指要】

《为奴隶的母亲》是柔石创作的关注劳苦大众题材作品中最为出色的一篇。作者借善良温顺的农妇春宝娘的不幸遭遇,控诉了"典妻"这种野蛮习俗,以及在这种制度之下封建阶级对于农妇的残酷压榨与欺凌,通过人物的悲剧性,突出宗教文化的"无我"性,深刻批判封建宗教文化对人性的戕害。

作品中春宝娘是一个善良、勤劳、忍辱负重的农村妇女形象。因经济所迫,被自己的丈夫"典出"给一个年过半百的秀才,她只好扔下自己年仅五岁的儿子春宝去了秀才家,临时做了别人的生孩子的机器,为秀才生了另一个儿子秋宝。三年期满之后,她又不得不离开儿子秋宝,回到自己原来的家。家里的状况没有得到丝毫的改变,贫穷与疾病仍然是她们生活的主旋律,等待着她的依然是"沉静而寒冷的死一般的长夜"。

作为地主和春宝娘的临时丈夫的秀才,可以说是封建社会的典型代表:为了给自己延续香火,不顾及别人的痛苦而典了个妻子,表面上道貌岸然,实则伪善透顶。秀才的大妻专横、刻薄,通过对比她更弱小者的欺凌,满足消除她内心的痛苦,以及因为自己没有孩子而产生的不安。文中写了大量生活中常见而又富有典型意义的场面和细节,使作品显得朴素自然,平易真切。

这篇小说在写法上运用了对比手法。作者通过两个家庭中的两个妻子、两个儿子、两个男人之间的生活、心理状态的描写与对比,更深刻地揭示了主题,控诉了罪恶的"典妻"制度。另外,作品运用白描手法塑造人物形象,并根据不同人物采用不同的方法:用语言和动作描写完成对秀才、大妻的塑造；对春宝娘则更多地采用心理描写，从而表现春宝娘情绪的复杂。

【辑评】

小说以浓重沉痛的笔墨，写出了在贫困和陋俗的夹攻下，贞操可以典当，神圣的母爱感情也因之被毁灭的社会历史荒谬性，从而以出色的艺术表现力升华出一种严峻警拔的既是社会的、又是心灵的双重悲剧境界来。

（选自杨义．中国现代小说史（二卷）[M]．北京：人民文学出版社，1986：289．）

春蚕

茅盾

一

老通宝坐在“塘路”边的一块石头上，长旱烟管斜摆在他身边。“清明”节后的太阳已经很有力量，老通宝背脊上热烘烘地，像背着一盆火。“塘路”上拉纤的快班船上的绍兴人只穿了一件蓝布单衫，敞开了大襟，弯着身子拉，额角上黄豆大的汗粒落到地下。

看着人家那样辛苦地劳动，老通宝觉得身上更加热了；热得有点儿发痒。他还穿着那件过冬的破棉袄，他的夹袄还在当铺里，却不防才得“清明”边，天就那么热。

“真是天也变了！”

老通宝心里说，就吐一口浓厚的唾沫。在他面前那条“官河”内，水是绿油油的，来往的船也不多，镜子一样的水面这里那里起了几道皱纹或是小小的涡旋，那时候，倒影在水里的泥岸和岸边成排的桑树，都晃乱成灰暗的一片。可是不会很长久的。渐渐儿那些树影又在水面上显现，一弯一曲地蠕动，像是醉汉，再过一会儿，终于站定了，依然是很清晰的倒影。那拳头模样的桠枝顶都已经簇生着小手指儿那么大的嫩绿叶。这密密层层的桑树，沿着那“官河”一直望去，好像没有尽头。田里现在还只有干裂的泥块，这一带，现在是桑树的势力！在老通宝背后，也是大片的桑林，矮矮的，静穆的，在热烘烘的太阳光下，似乎那“桑拳”上的嫩绿叶过一秒钟就会大一些。

离老通宝坐处不远，一所灰白色的楼房蹲在“塘路”边，那是茧厂。十多天前驻扎过军队，现在那边田里留着几条短短的战壕。那时都说东洋兵要打进来，镇上有钱人都逃光了；现在军队又开走了，那座茧厂依旧空关在那里，等候春茧上市的时候再热闹一番。老通宝也听得镇上小陈老爷的儿子——陈大少爷说过，今年上海不太平，丝厂都关门，恐怕这里的茧厂也不能开；但老通宝是不肯相信的。他活了六十岁，反乱年头也经过好几个，从没见过绿油油的桑叶白养在树上等到成了“枯叶”去喂羊吃；除非是“蚕花”不熟，但那是老天爷的“权柄”，谁又能够未卜先知？

“才得清明边，天就那么热！”

老通宝看着那些桑拳上怒茁的小绿叶儿，心里又这么想，同时有几分惊异，有几分快活。他记得自己还是二十多岁少壮的时候，有一年也是“清明”边就得穿夹袄，后来就是“蚕花二十四分”，自己也就在这一年成了家。那时，他家正在“发”：他的父亲像一头老牛似的，什么都懂得，什么都做得；便是他那创家立业的祖父，虽说在长毛窝里吃过苦头，却也愈老愈硬朗。那时候,老陈老爷去世不久,小陈老爷还没抽上鸦片烟,“陈老爷家”也不是现在那么不像样的。老通宝相信自己一家和“陈老爷家”虽则一边是高门大户,而一边不过是种田人,然而两家的运命好像是一条线儿牵着。不但“长毛造反”那时候,老通宝的祖父和陈老爷同被长毛掳去,同在长毛窝里混上了六七年,不但他们俩同时从长毛营盘里逃了出来,而且偷得了长毛的许多金元宝——人家到现在还是这么说;并且老陈老爷做丝生意“发”起来的时候,老通宝家养蚕也是年年都好,十年中间挣得了二十亩的稻田和十多亩的桑地,还有三开间两进的一座平屋。这时候,老通宝家在东村庄上被人人所妒羡,也正像“陈老爷家”在镇上是数一数二的大户人家。可是以后,两家都不行了:老通宝现在已经没有自己的田地,反欠出三百多块钱的债;“陈老爷家”也早已完结。人家都说“长毛鬼”在阴间告了一状,阎罗王追还“陈老爷家”的金元宝横财,所以败得这么快。这个,老通宝也有几分相信,不是鬼使神差,好端端的小陈老爷怎么会抽上了鸦片烟?

可是老通宝死也想不明白,为什么“陈老爷家”的“败”会牵动到他家。他确实知道自己家并没得过长毛的横财。虽则听死了的老头子说,好像那老祖父逃出长毛营盘的时候,不巧撞着了一个巡路的小长毛,当时没法,只好杀了他——这是一个“结”!然而从老通宝懂事以来,他们家替这小长毛鬼拜忏念佛烧纸锭,记不清有多少次了。这个小冤魂,理应早投凡胎。老通宝虽然不很记得祖父是怎样“做人”,但父亲的勤俭忠厚,他是亲眼看见的;他自己也是规矩人,他的儿子阿四,儿媳四大娘,都是勤俭的。就是小儿子阿多年纪轻,有几分“不知苦辣”,可是毛头小伙子,大都这么着,算不得“败家相”!

老通宝抬起他那焦黄的皱脸,苦恼地望着他面前的那条河,河里的船,以及两岸的桑地。一切都和他二十多岁时差不了多少,然而“世界”到底变了。他自己家也要常常把杂粮当饭吃一天,而且又欠出了三百多块钱的债。

呜!呜,呜,呜——

汽笛叫声突然从那边远远的河身的弯曲地方传了来。就在那边,蹲着又一个茧厂,远望去隐约可见那整齐的石“帮岸”。一条柴油引擎的小轮船很威严地从那茧厂后驶出来,拖着三条大船,迎面向老通宝来了。满河平静的水立刻激起泼剌剌的波浪,一齐向两旁的泥岸卷过来。一条乡下“赤膊船”赶快拢岸,船上人揪住了泥岸上的树根,船和人都好像在那里打秋千。轧轧轧的轮机声和洋油臭,飞散在这和平的绿的田野。老通宝满脸恨意,看着这小轮船来,看着它过去,直到又转一个弯,呜呜呜地又叫了几声,就看不见。老通宝向来仇恨小轮船这一类洋鬼子的东西!他从没见过洋鬼子,可是他从他的父亲嘴里知道老陈老爷见过洋鬼子:红眉毛,绿眼睛,走路时两条腿是直的。并且老陈老爷也是很恨洋鬼子,常常说“铜钿都被洋鬼子骗去了”。老通宝看见老陈老爷的时候,不过八九岁——现在他所记得的关于老陈老爷的一切都是听来的,可是他想起了“铜钿都被洋鬼子骗去了”这句话,就仿佛看见了老陈老爷捋着胡子摇头的神气。

洋鬼子怎样就骗了钱去,老通宝不很明白。但他很相信老陈老爷的话一定不错。并且他自己也明明看到自从镇上有了洋纱、洋布、洋油……这一类洋货,而且河里更有了小火轮船以后,他自己田里生出来的东西就一天一天不值钱,而镇上的东西却一天一天贵起来。他父亲留下来的一分家产就这么变小,变做没有,而且现在负了债。老通宝恨洋鬼子不是没有理由的!他这坚定的主张,在村坊上很有名。五年前,有人告诉他:朝代又改了,新朝代是要

“打倒”洋鬼子的。老通宝不相信。为的他上镇去看见那新到的喊着“打倒洋鬼子”的年轻人们都穿了洋鬼子衣服。他想来这伙年轻人一定私通洋鬼子，却故意来骗乡下人。后来果然就不喊“打倒洋鬼子”了，而且镇上的东西更加一天一天贵起来，派到乡下人身上的捐税也更加多起来。老通宝深信这都是串通了洋鬼子干的。

然而更使老通宝去年几乎气成病的，是茧子也是洋种的卖得好价钱；洋种的茧子，一担要贵上十多块钱。素来和儿媳总还和睦的老通宝，在这件事上可就吵了架。儿媳四大娘去年就要养洋种的蚕。小儿子跟他嫂嫂是一路，那阿四虽然嘴里不多说，心里也是要洋种的。老通宝拗不过他们，末了只好让步。现在他家里有的五张蚕种，就是土种四张，洋种一张。

“世界真是越变越坏！过几年他们连桑叶都要洋种了！我活得厌了！”

老通宝看着那些桑树，心里说，拿起身边的长旱烟管恨恨地敲着脚边的泥块。太阳现在正当他头顶，他的影子落在泥地上，短短地像一段乌焦木头，还穿着破棉袄的他，觉得浑身躁热起来了。他解开了大襟上的纽扣，又抓着衣角搧了几下，站起来回家去。

那一片桑树背后就是稻田。现在大部分是匀整的半翻着的燥裂的泥块。偶尔也有种了杂粮的，那黄金一般的菜花散出强烈的香味。那边远远的一簇房屋，就是老通宝他们住了三代的村坊，现在那些屋上都袅起了白的炊烟。

老通宝从桑林里走出来，到田塍上，转身又望那一片爆着嫩绿的桑树。忽然那边田野跳跃着来了一个十来岁的男孩子，远远地就喊道：

“阿爹！妈等你吃中饭呢！”

“哦——”

老通宝知道是孙子小宝，随口应着，还是望着那一片桑林。才只得“清明”边，桑叶尖儿就抽得那么小指头儿似的，他一生就只见过两次。今年的蚕花，光景是好年成。五张蚕种，该可以采多少茧子呢？只要不像去年，他家的债也许可以拔还一些罢。

小宝已经跑到他阿爹的身边了，也仰着脸看那绿绒似的桑拳头；忽然他跳起来拍着手唱道：

“清明削口，看蚕娘娘拍手！”[1]

老通宝的皱脸上露出笑容来了。他觉得这是一个好兆头。他把手放在小宝的“和尚头”上摩着，他的被穷苦弄麻木了的心里勃然又生出新的希望来了。

二

天气继续暖和，太阳光催开了那些桑拳头上的小手指儿模样的嫩叶，现在都有小小的手掌那么大了。老通宝他们那村庄四周围的桑林似乎发长得更好，远望去像一片绿锦平铺在密密层层灰白色矮矮的篱笆上。“希望”在老通宝和一般农民们的心里一点一点一天一天强大。蚕事的动员令也在各方面发动了。藏在柴房里一年之久的养蚕用具都拿出来洗刷修补。那条穿村而过的小溪旁边，蠕动着村里的女人和孩子，工作着，嚷着，笑着。

这些女人和孩子们都不是十分健康的脸色——从今年开春起，他们都只吃个半饱；他们身上穿的，也只是些破旧的衣服。实在他们的情形比叫花子好不了多少。然而他们的精神都很不差。他们有很大的忍耐力，又有很大的幻想。虽然他们都负了天天在增大的债，可是他们那简单的头脑老是这么想：只要蚕花熟，就好了！他们想象到一个月以后那些绿油油的桑叶就会变成雪白的茧子，于是又变成丁丁当当响的洋钱，他们虽然肚子里饿得咕咕地叫，却也忍不住要笑。

这些女人中间也就有老通宝的媳妇四大娘和那个十二岁的小宝。这娘儿两个已经洗好了那些“团匾”和“蚕箪”[2]，坐在小溪边的石头上撩起布衫角揩脸上的汗水。

“四阿嫂！你们今年也看(养)洋种么?”

小溪对岸的一群女人中间有一个二十岁左右的姑娘隔溪喊过来了。四大娘认得是隔溪的对门邻舍陆福庆的妹子六宝。四大娘立刻把她的浓眉毛一挺，好像正想找人吵架似的嚷了起来:

“不要来问我！阿爹做主呢！——小宝的阿爹死不肯，只看了一张洋种！老糊涂的听得带一个洋字就好像见了七世冤家！洋钱，也是洋，他倒又要了!”

小溪旁那些女人们听得笑起来了。这时候有一个壮健的小伙子正从对岸的陆家稻场上走过，跑到溪边，跨上了那横在溪面用四根木头并排做成的雏形的“桥”。四大娘一眼看见，就丢开了“洋种”问题，高声喊道:

“多多弟！来帮我搬东西罢！这些匾，浸湿了，就像死狗一样重!”

小伙子阿多也不开口，走过来拿起五六只“团匾”，湿漉漉地顶在头上，却空着一双手，划桨似的荡着，就走了。这个阿多高兴起来时，什么事都肯做，碰到同村的女人们叫他帮忙拿什么重家伙，或是下溪去捞什么，他都肯；可是今天他大概有点不高兴，所以只顶了五六只“团匾”去，却空着一双手。那些女人们看着他戴了那特别大箬帽似的一叠“匾”，袅着腰，学镇上女人的样子走着，又都笑起来了。老通宝家紧邻的李根生的老婆荷花一边笑，一边叫道:

“喂，多多头！回来！也替我带一点儿去!”

“叫我一声好听的，我就给你拿。”

阿多也笑着回答，仍然走。转眼间就到了他家的廊下，就把头上的“团匾”放在廊檐口。

“那么，叫你一声干儿子!”

荷花说着就大声地笑起来，她那出众的白净然而扁得作怪的脸上看去就好像只有一张大嘴和眯紧了好像两条线一般的细眼睛。她原是镇上人家的婢女，嫁给那不声不响整天苦着脸的半老头子李根生还不满半年，可是她的爱和男子们胡调已经在村中很有名。

“不要脸的!”

忽然对岸那群女人中间有人轻声骂了一句。荷花的那对细眼睛立刻睁大了，怒声嚷道:

“骂哪一个？有本事，当面骂，不要躲!”

“你管得我？棺材横头踢一脚，死人肚里自得知:我就骂那不要脸的骚货!”

隔溪立刻回骂过来了，这就是那六宝，又一位村里有名淘气的大姑娘。

于是对骂之下，两边又泼水。爱闹的女人也夹在中间帮这边帮那边。小孩子们笑着狂呼。四大娘是老成的，提起她的“蚕箪”，喊着小宝，自回家去。阿多站在廊下看着笑。他知道为什么六宝要跟荼花吵架；他看着那“辣货”六宝挨骂，倒觉得很高兴。

老通宝掮着一架“蚕台”[3]从屋子里出来，这三棱形家伙的木梗子有几条给白蚂蚁蛀过了，怕不牢，须得修补一下。看见阿多站在那里笑嘻嘻地望着外边的女人们吵架，老通宝的脸色就板起来了。他这“多多头”的小儿子不老成，他知道。尤其使他不高兴的，是多多也和紧邻的荷花说说笑笑。“那母狗是白虎星，惹上了她就得败家”——老通宝时常这样警戒他的小儿子。

“阿多！空手看野景么？阿四在后边扎‘缀头’[4]，你去帮他！”

老通宝像一匹疯狗似的咆哮着，火红的眼睛一直盯住了阿多的身体，直到阿多走进屋里去，看不见了，老通宝方才提过那“蚕台”来反复审察，慢慢地动手修补。木匠生活，老通宝早年是会的；但近来他老了，手指头没有劲，他修了一会儿，抬起头来喘气，又望望屋里挂在竹竿上的三张蚕种。

四大娘就在廊檐口糊“蚕箪”。去年他们为的想省几百文钱，是买了旧报纸来糊的。老通宝直到现在还说是因为用了报纸——不惜字纸，所以去年他们的蚕花不好。今年是特地全家少吃一餐饭，省下钱来买了“糊箪纸”来了。四大娘把那鹅黄色坚韧的纸儿糊得很平贴，然后又照品字式糊上三张小小的花纸——那是跟“糊箪纸”一块儿买来的，一张印的花色是“聚宝盆”，另两张都是手执尖角旗的人儿骑在马上，据说是“蚕花太子。”

“四大娘！你爸爸做中人借来三十块钱，就只买了二十担叶。后天米又吃完了，怎么办？”

老通宝气喘喘地从他的工作里抬起头来，望着四大娘。那三十块钱是二分半的月息。总算有四大娘的父亲张财发做中人，那债主也就是张财发的东家“做好事”，这才只要了二分半的月息。条件是蚕事完后本利归清。

四大娘把糊好了的“蚕箪”放在太阳底下晒，好像生气似的说：

“都买了叶！又像去年那样多下来——”

“什么话！你倒先来发利市了！年年像去年么？自家只有十来担叶；五张布子（蚕种），十来担叶够么？”

“噢，噢；你总是不错的！我只晓得有米烧饭，没米饿肚子！”

四大娘气哄哄地回答；为了那“洋种”问题，她到现在常要和老通宝抬杠。

老通宝气得脸都紫了。两个人就此再没有一句话。

但是“收蚕”的时期一天一天逼进了。这二三十人家的小村落突然呈现了一种大紧张，大决心，大奋斗，同时又是大希望。人们似乎连肚子饿都忘记了。老通宝他们家东借一点，西赊一点，居然也一天一天过着来。也不仅老通宝他们，村里哪一家有两三斗米放在家里呀！去年秋收固然还好，可是地主，债主，正税，杂捐，一层一层地剥削来，早就完了。现在他们唯一的指望就是春蚕，一切临时借贷都是指明在这“春蚕收成”中偿还。

他们都怀着十分希望又十分恐惧的心情来准备这春蚕的大搏战！

“谷雨”节一天近一天了。村里二三十人家的“布子”都隐隐现出绿色来。女人们在稻场上碰见时，都匆忙地带着焦灼而快乐的口气互相告诉道：

“六宝家快要‘窝种’[5]了呀！”

“荷花说她家明天就要‘窝’了。有这么快！”

“黄道士去测一字，今年的青叶要贵到四洋！”

四大娘看自家的五张“布子”。不对！那黑芝麻似的一片细点子还是黑沉沉，不见绿影。她的丈夫阿四拿到亮处去细看，也找不出几点“绿”来。四大娘很着急。

“你就先‘窝’起来罢！这余杭种，作兴是慢一点的。”

阿四看着他老婆，勉强自家宽慰。四大娘堵起了嘴巴不回答。

老通宝哭丧着干皱的老脸,没说什么,心里却觉得不妙。

幸而再过了一天,四大娘再细心看那"布子"时,哈,有几处转成绿色了!而且绿得很有光彩。四大娘立刻告诉了丈夫,告诉了老通宝、多多头,也告诉了她的儿子小宝。她就把那些布子贴肉揾在胸前,抱着吃奶的婴孩似的静静儿坐着,动也不敢多动了。夜间,她抱着那五张"布子"到被窝里,把阿四赶去和多多头做一床。那"布子"上密密麻麻的蚕子儿贴着肉,怪痒痒的;四大娘很快活,又有点儿害怕,她第一次怀孕时胎儿在肚子里动,她也是那样半惊半喜的!

全家都是惴惴不安地又很兴奋地等候"收蚕"。只有多多头例外。他说:今年蚕花一定好,可是想发财却是命里不曾来。老通宝骂他多嘴,他还是要说。

蚕房早已收拾好了。"窝种"的第二天,老通宝拿一个大蒜头涂上一些泥,放在蚕房的墙脚边;也是年年的惯例,但今番老通宝更加虔诚,手也抖了。去年他们"卜"[6]得非常灵验。可是去年那"灵验",现在老通宝想也不敢想。

现在这村里家家都在"窝种"了。稻场上和小溪边顿时少了那些女人们的踪迹。一个"戒严令"也在无形中颁布了:乡农们即使平日是最好的,也不往来;人客来冲了蚕神不是玩的!他们至多在稻场上低声交谈一二句就走开。这是个"神圣"的季节。

老通宝家的五张布子上也有些"乌娘"[7]蠕蠕地动了。于是全家的空气,突然紧张。那正是"谷雨"前一日。四大娘料来可以挨过了"谷雨"节那一天[8]。布子不须再"窝"了,很小心地放在"蚕房"里。老通宝偷眼看一下那个躺在墙脚边的大蒜头,他心里就一跳。那大蒜头上还只有一两茎绿芽!老通宝不敢再看,心里祷祝后天正午会有更多更多的绿芽。

终于"收蚕"的日子到了。四大娘心神不定地淘米烧饭,时时看饭锅上的热气有没有直冲上来。老通宝拿出预先买了来的香烛点起来,恭恭敬敬放在灶君神位前。阿四和阿多去到田里采野花。小小宝帮着把灯芯草剪成细末子,又把采来的野花揉碎。一切都准备齐全了时,太阳也近午刻了,饭锅上水蒸气嘟嘟地直冲,四大娘立刻跳了起来,把"蚕花"[9]和一对鹅毛插在发髻上,就到"蚕房"里。老通宝拿着秤杆,阿四拿了那揉碎的野花片儿和灯芯草碎末。四大娘揭开"布子",就从阿四手里拿过那野花碎片和灯芯草末子撒在"布子"上,又接过老通宝手里的秤杆来,将"布子"挽在秤杆上,于是拔下发髻上的鹅毛在"布子"上轻轻儿拂;野花片,灯芯草末子,连同"乌娘",都拂在那"蚕箪"里了。一张,两张……都拂过了;最后一张是洋种,那就收在另一个"蚕箪"里。末了,四大娘又拔下发髻上那朵"蚕花",跟鹅毛一块插在"蚕箪"的边儿上。

这是一个隆重的仪式!千百年相传的仪式!那好比是誓师典礼,以后就要开始了一个月光景的和恶劣的天气和恶运以及和不知什么的连日连夜无休息的大决战!

"乌娘"在"蚕箪"里蠕动,样子非常强健;那黑色也是很正路的。四大娘和老通宝他们都放心地松一口气了。但当老通宝悄悄地把那个"命运"的大蒜头拿起来看时,他的脸色立刻变了!大蒜头上还只得三四茎嫩芽!天哪!难道又同去年一样?

三

然而那"命运"的大蒜头这次竟不灵验。老通宝家的蚕非常好!虽然头眠二眠的时候连天阴雨,气候是比"清明"边似乎还要冷一点,可是那些"宝宝"都很强健。

村里别人家的"宝宝"也都不差。紧张的快乐弥漫了全村庄,似那小溪里琮琮的流水也像是朗朗的笑声了。只有荷花家是例外。她们家看了一张“布子”，可是“出火”[10]只称得二十斤；“大眠”快边人们还看见那不声不响晦气色的丈夫根生倾弃了三“蚕箪”在那小溪里。

这一件事，使得全村的妇人对于荷花家特别“戒严”。她们特地避路，不从荷花的门前走，远远的看见了荷花或是她那不声不响丈夫的影儿就赶快躲开；这些幸运的人儿唯恐看了荷花他们一眼或是交谈半句话就传染了晦气来！

老通宝严禁他的小儿子多多头跟荷花说话——“你再跟那东西多嘴，我就告你忤逆！”老通宝站在廊檐外高声大气喊，故意要叫荷花他们听得。

小小宝也受到严厉的嘱咐，不许跑到荷花家的门前，不许和他们说话。

阿多像一个聋子似的不理睬老头子那早早夜夜的唠叨，他心里却在暗笑。全家就只有他不大相信那些鬼禁忌。可是他也没有跟荷花说话，他忙都忙不过来。

“大眠”捉了毛三百斤，老通宝全家连十二岁的小宝也在内，都是两日两夜没有合眼。蚕是少见的好，活了六十岁的老通宝记得只有两次是同样的，一次就是他成家的那年，又一次是阿四出世那一年。“大眠”以后的“宝宝”第一天就吃了七担叶，个个是生青滚壮，然而老通宝全家都瘦了一圈，失眠的眼睛上充满了红丝。

谁也料得到这些“宝宝”上山前还得吃多少叶。老通宝和儿子阿四商量了：

“陈大少爷借不出，还是再求财发的东家罢？”

“地头上还有十担叶，够一天。”

阿四回答，他委实是支撑不住了，他的一双眼皮像有几百斤重，只想合下来。老通宝却不耐烦了，怒声喝道：

“说什么梦话！刚吃了两天老蚕呢。明天不算，还得吃三天，还要三十担叶，三十担！”

这时外边稻场上忽然人声喧闹，阿多押了新发来的五担叶来了。于是老通宝和阿四的谈话打断，都出去“捋叶”。四大娘也慌忙从蚕房里钻出来。隔溪陆家养的蚕不多，那大姑娘六宝抽得出工夫，也来帮忙了。那时星光满天，微微有点风，村前村后都断断续续传来了吆喝和欢笑，中间有一个粗暴的声音嚷道：

“叶行情飞涨了！今天下午镇上开到四洋一担！”

老通宝偏偏听得了，心里急得什么似的。四块钱一担，三十担可要一百二十块呢，他哪来这许多钱！但是想到茧子总可以采五百多斤，就算五十块钱一百斤，也有这么二百五，他又心一宽。那边“捋叶”的人堆里忽然又有一个小小的声音说：

“听说东路不大好，看来叶价钱涨不到多少的！”

老通宝认得这声音是陆家的六宝。这使他心里又一宽。

那六宝是和阿多同站在一个筐子边“捋叶”。在半明半暗的星光下，她和阿多靠得很近。忽然她觉得在那“杠条”[11]的隐蔽下，有一只手在她大腿上拧了一把。好像知道是谁拧的，她忍住了不笑，也不声张。蓦地那手又在她胸前摸了一把，六宝直跳起来，出惊地喊了一声：

“嗳哟！”

“什么事？”

同在那筐子边捋叶的四大娘问了，抬起头来。六宝觉得自己脸上热烘烘了，她偷偷地瞪了阿多一眼，就赶快低下头，很快地捋叶，一面回答：

“没有什么。想来是毛毛虫刺了我一下。”

阿多咬住了嘴唇暗笑。虽然在这半个月来也是半饱而且少睡，也瘦了许多了，他的精神可还是很饱满。老通宝那种忧愁，他是永远没有的。他永不相信靠一次蚕花好或是田里熟，他们就可以还清了债再有自己的田；他知道单靠勤俭工作，即使做到背脊骨折断也是不能翻身的。

但是他仍旧很高兴地工作着，他觉得这也是一种快活，正像和六宝调情一样。

第二天早上，老通宝就到镇里去想法借钱来买叶。临走前，他和四大娘商量好，决定把他家那块出产十五担叶的桑地去抵押。这是他家最后的产业。

叶又买来了三十担。第一批的十担发来时，那些壮健的"宝宝"已经饿了半点钟了。"宝宝"们尖出了小嘴巴，向左向右乱晃，四大娘看得心酸。叶铺了上去，立刻蚕房里充满着萨萨萨的响声，人们说话也不大听得清。不多一会儿，那些"团匾"里立刻又全见白了，于是又铺上厚厚的一层叶。人们单是"上叶"也就忙得透不过气来。但这是最后五分钟了。再得两天，"宝宝"可以上山。人们把剩余的精力榨出来拼死命干。

阿多虽然接连三日三夜没有睡，却还不见怎么倦。那一夜，就由他一个人在"蚕房"里守那上半夜，好让老通宝以及阿四夫妇都去歇一歇。那是个好月夜，稍稍有点冷。蚕房里爇了一个小小的火。阿多守到二更过，上了第二次的叶，就蹲在那个"火"旁边听那些"宝宝"萨萨地吃叶。渐渐儿他的眼皮合上了。恍惚听得有门响，阿多的眼皮一跳，睁开眼来看了看，就又合上了。他耳朵里还听得萨萨萨的声音和屑索屑索的怪声。猛然一个踉跄，他的头在自己膝头上磕了一下，他惊醒过来，恰就听得蚕房的芦帘拍叉一声响，似乎还看见有人影一闪。阿多立刻跳起来，到外面一看，门是开着，月光下稻场上有一个人正走向溪边去。阿多飞也似跳出去，还没看清那人是谁，已经把那人抓过来摔在地下。他断定了这是一个贼。

"多多头！打死我也不怨你，只求你不要说出来！"

是荷花的声音，阿多听真了时不禁浑身的汗毛都竖了起来。月光下他又看见那扁得作怪的白脸儿上一对细圆的眼睛定定地看住了他。可是恐怖的意思那眼睛里也没有。阿多哼了一声，就问道：

"你偷什么?"

"我偷你们的宝宝！"

"放到哪里去了?"

"我扔到溪里去了！"

阿多现在也变了脸色。他这才知道这女人的恶意是要冲克他家的"宝宝"。

"你真心毒呀！我们家和你们可没有冤仇！"

"没有么？有的，有的！我家自管蚕花不好，可并没害了谁，你们都是好的！你们怎么把我当作白老虎，远远地望见我就别转了脸？你们不把我当人看待！"

那妇人说着就爬了起来，脸上的神气比什么都可怕。阿多瞅着那妇人好半晌，这才说道：

"我不打你，走你的罢！"

阿多头也不回地跑回家去，仍在"蚕房"里守着。他完全没有睡意了。他看那些"宝宝"，都是好好的。他并没想到荷花可恨或可怜，然而他不能忘记荷花那一番话；他觉到人和人中间有什么地方是永远弄不对的，可是他不能够明白想出来是什么地方，或是为什么。再过一会儿，他就什么都忘记了。“宝宝”身强健的，像有魔法似的吃了又吃，永远不会饱！

以后直到东方快打白了时，没有发生事故。老通宝和四大娘来替换阿多了，他们拿那些渐渐身体发白而变短了的“宝宝”在亮处照着，看是“有没有通”。他们的心被快活胀大了。但是太阳出山时四大娘到溪边汲水，却看见六宝满脸严重地跑过来悄悄地问道：

“昨夜二更过，三更不到，我远远地看见那骚货从你们家跑出来，阿多跟在后面，他们站在这里说了半天话呢！四阿嫂！你们怎么不管事呀？”

四大娘的脸色立刻变了，一句话也没说，提了水桶就回家去，先对丈夫说了，再对老通宝说。这东西竟偷进人家“蚕房”来了，那还了得！老通宝气得直跺脚，马上叫了阿多来查问。

但是阿多不承认，说六宝是做梦见鬼。老通宝又去找六宝询问。六宝是一口咬定了看见的。老通宝没有主意，回家去看那“宝宝”，仍然是很健康，瞧不出一些败相来。

但是老通宝他们满心的欢喜却被这件事打消了。他们相信六宝的话不会毫无根据。他们唯一的希望是那骚货或者只在廊檐口和阿多鬼混了一阵。

“可是那大蒜头上的苗却当真只有三四茎呀！”

老通宝自心里这么想，觉得前途只是阴暗。可不是，吃了许多叶去，一直以来都很好，然而上了山却干殭了的事，也是常有的。不过老通宝无论如何不敢想到这上头去；他以为即使是肚子里想，也是不吉利。

四

“宝宝”都上山了，老通宝他们还是捏着一把汗。他们钱都花光了，精力也绞尽了，可是有没有报酬呢，到此时还没有把握。虽则如此，他们还是硬着头皮去干。“山棚”下爇了火，老通宝和阿四他们伛着腰慢慢地从这边蹲到那边，又从那边蹲到这边。他们听得山棚上有些屑屑索索的细声音[12]，他们就忍不住想笑，过一会儿又不听得了，他们的心就重甸甸地往下沉了。

这样地，心是焦灼着，却不敢向山棚上望。偶或他们仰着的脸上淋到了一滴蚕了[13]，虽然觉得有点难过，他们心里却快活；他们巴不得多淋一些。

阿多早已偷偷地挑开“山棚”外围着的芦帘望过几次了。小小宝看见，就扭住了阿多，问“宝宝”有没有做茧子。阿多伸出舌头做一个鬼脸，不回答。

“上山”后三天，熄火了。四大娘再也忍不住，也偷偷地挑开芦帘角看了一眼，她的心立刻卜卜地跳了。那是一片雪白，几乎连“缀头”都瞧不见；那是四大娘有生以来从没有见过的“好蚕花”呀！老通宝全家立刻充满了欢笑。现在他们一颗心定下来了！“宝宝”们有良心，四洋一担的叶不是白吃的；他们全家一个月的忍饿失眠总算不冤枉，天老爷有眼睛！

同样的欢笑声在村里到处都起来了。今年蚕花娘娘保佑这小小的村子。二三十人家都可以采到七八分，老通宝家更是与众不同，估量来总可以采一个十二三分。

小溪边和稻场上现在又充满了女人和孩子们。这些人都比一个月前瘦了许多，眼眶陷进了，嗓子也发沙，然而都很快活兴奋。她们嘈嘈地谈论那一个月内的“奋斗”时，她们的眼前便时时现出一堆堆雪白的洋钱，她们那快乐的心里便时时闪过了这样的盘算：夹衣和夏衣都在当铺里，这可先得赎出来；过端阳节也许可以吃一条黄鱼。

那晚上荷花和阿多的把戏也是她们谈话的资料。六宝见了人就宣传荷花的“不要脸，送上门去！”男人们听了就粗暴地笑着，女人们念一声佛，骂一句，又说老通宝家总算幸气，没有犯克，那是菩萨保佑，祖宗有灵！

接着是家家都“浪山头”了，各家的至亲好友都来“望山头”[14]。老通宝的亲家张财发带了小儿子阿九特地从镇上来到村里。他们带来的礼物，是软糕、线粉、梅子、枇杷，也有咸鱼。小小宝快活得好像雪天的小狗。

“通宝，你是卖茧子呢，还是自家做丝？”

张老头子拉老通宝到小溪边一棵杨柳树下坐了，这么悄悄地问。这张老头子张财发是出名“会寻快活”的人，他从镇上城隍庙前露天的“说书场”听来了一肚子的疙瘩东西；尤其烂熟的，是“十八路反王，七十二处烟尘”，程咬金卖柴扒，贩私盐出身，瓦岗寨做反王的《隋唐演义》。他向来说话“没正经”，老通宝是知道的；所以现在听得问是卖茧子或者自家做丝，老通宝并没把这话看重，只随口回答道：

“自然卖茧子。”

张老头子却拍着大腿叹一口气。忽然他站了起来，用手指着村外那一片秃头桑林后面耸露出来的茧厂的风火墙说道：

“通宝，茧子是采了，那些茧厂的大门还关得紧洞洞呢！今年茧厂不开秤！——十八路反王早已下凡，李世民还没出世；世界不太平！今年茧厂关门，不做生意！”

老通宝忍不住笑了，他不肯相信。他怎么能够相信呢？难道那“五步一岗”似的比露天毛坑还要多的茧厂会一齐都关了门不做生意？况且听说和东洋人也已“讲拢”，不打仗了，茧厂里驻的兵早已开走。

张老头子也换了话，东拉西扯讲镇里的“新闻”，夹着许多“说书场”上听来的什么秦叔宝，程咬金。最后，他代他的东家催那三十块钱的债，为的他是“中人”。

然而老通宝到底有点不放心。他赶快跑出村去，看看“塘路”上最近的两个茧厂，果然大门紧闭，不见半个人；照往年说，此时应该早已摆开了柜台，挂起了一排乌亮亮的大秤。

老通宝心里也着慌了，但是回家去看见了那些雪白发光很厚实硬古古的茧子，他又忍不住嘻开了嘴。上好的茧子！会没有人要？他不相信。并且他还要忙着采茧，还要谢“蚕花利市”[15]，他渐渐不把茧厂的事放在心上了。

可是村里的空气一天一天不同了。才得笑了几声的人们现在又都是满脸的愁云。各处茧厂都没开门的消息陆续从镇上传来，从“塘路”上传来。往年这时候，“收茧人”像走马灯似的在村里巡回，今年没见半个“收茧人”，却换替着来了债主和催粮的差役。请债主们就收了茧子罢，债主们板起面孔不理。

全村子都是嚷骂、诅咒和失望的叹息！人们做梦也不会想到今年“蚕花”好了，他们的日子却比往年更加困难。这在他们是一个晴天的霹雳！并且愈是像老通宝他们家似的，蚕愈养得多，愈好，就愈加困难——“真正世界变了！”老通宝捶胸跺脚地没有办法。然而茧子是不能搁久了的，总得赶快想法：不是卖出去，就是自家做丝。村里有几家已经把多年不用的丝车拿出来修理，打算自家把茧做成了丝再说。六宝家也打算这么办。老通宝便也和儿子媳妇商量道：

“不卖茧子了，自家做丝！什么卖茧子，本来是洋鬼子行出来的！”

“我们有四百多斤茧子呢，你打算摆几部丝车呀！”

四大娘首先反对了。她这话是不错的。五百斤的茧子可不算少，自家做丝万万干不了。

请帮手么？那又得花钱。阿四是和他老婆一条心。阿多抱怨老头子打错了主意，他说：

“早依了我的话，扣住自己的十五担叶，只看一张洋种，多么好！”

老通宝气得说不出话来。

终于一线希望忽又来了。同村的黄道士不知从哪里得的消息，说是无锡脚下的茧厂还是照常收茧。黄道士也是一样的种田人，并非吃十方的“道士”，向来和老通宝最说得来。于是老通宝去找那黄道士详细问过了以后，便又和儿子阿四商量把茧子弄到无锡脚下去卖。老通宝虎起了脸，像吵架似的嚷道：

“水路去有三十多九[16]呢！来回得六天！他妈的！简直是充军！可是你有别的办法么？茧子当不得饭吃，蚕前的债又逼紧来！”

阿四也同意了。他们去借了一条赤膊船，买了几张芦席，赶那几天正是好晴，又带了阿多。

他们这卖茧子的“远征军”就此出发。

五天以后，他们果然回来了；但不是空船，船里还有一筐茧子没有卖出。原来那三十多九水路远的茧厂挑剔得非常苛刻：洋种茧一担只值三十五元，土种茧一担二十元，薄茧不要。老通宝他们的茧子虽然是上好的货色，却也被茧厂里挑剩了那么一筐，不肯收买。老通宝他们实卖得一百十一块钱，除去路上盘川，就剩了整整的一百元，不够偿还买青叶所借的债！老通宝路上气得生病了，两个儿子扶他到家。

打回来的八九十斤茧子，四大娘只好自家做丝了。她到六宝家借了丝车，又忙了五六天。家里米又吃完了。叫阿四拿那丝上镇里去卖，没有人要；上当铺当铺也不收。说了多少好话，总算把清明前当在那里的一石米换了出来。

就是这么着，因为春蚕熟，老通宝一村的人都增加了债！老通宝家为的养了五张布子的蚕，又采了十多分的好茧子，就此白赔上十五担叶的桑地和三十块钱的债！一个月光景的忍饥熬夜还不算！

1932年11月1日

（原载1932年11月《现代》第2卷第1期）

【注释】

[1] 这是老通宝所在那一带乡村里关于“蚕事”的一种歌谣式的成语。所谓“削口”，指桑叶抽发如指；“清明削口”谓清明边桑叶已抽放如许大也。“看”是方言，意同“饲”或“育”。全句谓清明边桑叶开绽则熟年可卜，故蚕妇拍手而喜。

[2] 老通宝乡里称那圆桌面那样大、极像一个盘的竹器为“团匾”；又一种略小而底部编成六角形网状的，称为“箪”，方言读如“踏”；蚕初收蚁时，在“箪”中养育，呼为“蚕箪”，那是糊了纸的；这种纸通称“糊箪纸”。

[3] “蚕台”是三棱式可以折起来的木架子，像三张梯连在一处的家伙；中分七八格，每格可放一团匾。

[4] “缀头”是方言，是稻草扎的，蚕在上面做茧子。

[5] “窝种”是老通宝乡里的习惯：蚕种转成绿色后就得把来贴肉揾着，三四天后，蚕蚁孵出，就可以“收蚕”。这工作是女人做的。“窝”是方言，意即“揾”也。

[6] 用大蒜头来“卜”蚕花好否,是老通宝乡里的迷信。收蚕前两三天,以大蒜涂泥置蚕中,至收蚕那天拿来看,蒜叶多主蚕熟,少则不熟。

[7] 老通宝乡间称初生的蚕蚁为“乌娘”,这也是方言。

[8] 老通宝乡里的习惯,“收蚕”,即收蚁,须得避过“谷雨”那一天,或上或下都可以,但不能正在“谷雨”那一天。什么理由,不知道。

[9] “蚕花”是一种纸花,预先买下来的。这些迷信的仪式,各处小有不同。

[10] “出火”是方言,是指“二眠”以后的“三眠”;因为“眠”时特别短,所以叫“出火”。

[11] “杠条”是方言,指那些带叶的桑树枝条。通常采叶是连枝条剪下来的。

[12] 蚕在山棚上受到热,就往“缀头”上爬,所以有屑索屑索的声音。这是蚕要做茧的第一步手续。爬不上去的,不是健康的蚕,多半不能作茧。

[13] 据说蚕在作茧以前必撒一泡尿,而这尿是黄色的。

[14] “浪山头”在息火后一日举行,那时蚕已成茧,山棚四周的芦帘撤去。“浪”是“亮出来”的意思。“望山头”是来探望“山头”,有慰问祝颂的意思。“望山头”的礼物也有定规。

[15] 老通宝乡里的风俗,“大眠”以后得拜一次“利市”,采茧以后,又是一次。经济窘的人家只举行“谢蚕花利市”,“拜利市”是方言,意即“谢神”。

[16] 老通宝乡间计算路程都以“九”计;“一九”就是九里。“十九”是九十里,“三十多九”就是三十多个“九里”。

【作者简介】

茅盾(1896—1981 年),原名沈德鸿,字雁冰,浙江省桐乡县乌镇人。茅盾的父亲沈永锡是一位医生,注重自然科学,茅盾自幼就受到比较开明的家教。茅盾十岁时父亲去世,他的母亲陈爱珠毅然挑起了抚养和教育儿子的重担,母亲的品格对茅盾的性格发展有着良好的影响。1913 年茅盾考入北京大学预科。北京大学预科毕业后,因家境困顿,于 1916 年进入上海商务印书馆工作,接编并全面革新了老牌的《小说月报》,使其成为文学研究会及进步作家发表新文学作品的重要阵地。20 世纪 20 年代初,在上海加入中国共产主义小组,是中国共产党的第一批党员。1930 年 4 月,自日本回国后,参加“左联”,并一度担任执行书记,与鲁迅并肩战斗,促进了左翼文学的蓬勃发展,抵御了反动派的文化围剿。1931 年前后到 1937 年抗战爆发,是茅盾创作的鼎盛时期。1938 年 12 月从香港出发赴新疆学院任教,后因形势险恶,离开新疆,于 1940 年初冬抵达重庆。新中国成立后历任中国文联副主席、文化部长、中国作协主席,并任全国政协副主席。主要著作有《蚀》三部曲、《虹》、《子夜》、《林家铺子》、《春蚕》、《腐蚀》、《霜叶红似二月花》、《锻炼》等。

【赏析指要】

《春蚕》以 1932 年上海“一·二八”事变后帝国主义势力侵入中国农村、民族危机日益加重为背景,描写了主人公老通宝一家的遭遇。他们一家人怀着“大希望”,本来想通过努力,挣得一次春蚕丰收,能够还清债务,赎回自己的田地,能够摆脱贫困的命运。他们忍饥挨饿,甚至不惜借钱买桑,非常艰辛地养蚕,最后取得了多年未见的蚕茧丰收。可是雪白、发光、厚实而又硬鼓鼓的茧子,却没有人要,往年很多的收茧人,今年没有见半个人,来的却是催命鬼似的债主和要粮的差役。春蚕的丰收带给他们的不是生活的改善，而是更严重的灾难，“因为春蚕熟，老通宝一村的人都增加了债！老通宝家……白赔上十五石叶的桑地和三十块钱的债！一个月光景的忍饥熬夜还不算！”作品通过“蚕花丰富，蚕农愈困顿”这一当时特定的政治历史条件下具有普遍性的现象，深刻地剖析了“丰收成灾”的社会根源，概括起来说，一是帝国主义经济侵略，二是战争的影响，三是高利贷的盘剥。

《春蚕》的思想成就除了上述的意义之外，更重要的是，作者敢于在20世纪30年代同类题材作品中，把农民的出路作为一个紧迫的问题提出来。

作品中的老通宝是一个质朴、善良、勤劳、忠厚而又保守落后的老一代的农民的艺术典型。他出生在清末，亲身经历了从自耕农下降为贫农的“败家”过程，生活经验和现实教训，使他隐约意识到自己生活地位的下降都是因为“洋鬼子”的缘故，“铜钱都被洋鬼子骗去了”，因而仇恨一切带“洋”字的东西。同时，他又深受封建观念的毒害。他是一个安分守己、勤俭刻苦的人。他在长期贫困生活的煎熬中，总是逆来顺受，承认现存的制度是合理的。他不甘于贫困，想方设法摆脱，竭力挣扎，他相信勤劳可以发家，幻想着通过辛勤紧张的劳动获得丰收，过上富裕的生活。但是蚕茧的丰收使他陷入更加深重的苦难和贫困之中。尽管他隐约约地觉察到“真正世界变了”，但并没有激起他走向反抗的道路。

老通宝的儿子多多头，是正在觉醒的新一代农民形象。他与老通宝完全不同，活泼乐观、爽朗热情。他不相信“蚕茧好”和“田里熟”能改变农民的穷苦命运，他对现实不抱任何幻想，因而也就没有什么顾忌。他不相信老通宝那些“鬼禁忌”，对于被人们鄙弃的荷花，他不仇恨也不歧视。但他不明白自己应该走什么路。多多头和老通宝的冲突，实际上是两代农民两种不同生活道路的冲突。

《春蚕》通过人物对人物肖像、言行、心理的细腻描写及对比等手法来突出人物的性格特征；作品结构严谨完整，情节曲折、紧凑；小说充满着独特的风俗和浓厚的乡土气息。

【辑评】

老通宝的悲剧是双重性的：他陈旧的小农思想行为方式无法在近代社会变迁中作出合理的有力的反应，而近代中国社会变迁又是以日益加深的半封建半殖民地化的畸形形态给这种小农以致命的磨难。《春蚕》以浑朴沉实的艺术魅力，给中国革命志士提供的启示，不仅及于政治经济的层面，而且及于文化心理的层面，难怪美国作家埃德加·斯诺在《〈活的中国〉编者序言》中把它列为《阿Q正传》一类的“杰作”。

（选自杨义. 中国现代小说史（二卷）[M]. 北京：人民文学出版社，1986：112.）

边　城（节选）

沈从文

三

两省接壤处，十余年来主持地方军事的，注重在安辑保守，处置还得法，并无变故发生。水陆商务既不至于受战争停顿，也不至于为土匪影响，一切莫不极有秩序，人民也莫不安分乐生。这些人，除了家中死了牛，翻了船，或发生别的死亡大变，为一种不幸所绊倒觉得十分伤心外，中国其他地方正在如何不幸挣扎中的情形，似乎就永远不会为这边城人民所感到。

边城所在一年中最热闹的日子，是端午、中秋和过年。三个节日过去三五十年前如何兴奋了这地方人，直到现在，还毫无什么变化，仍能成为那地方居民最有意义的几个日子。

端午日，当地妇女小孩子，莫不穿了新衣，额角上用雄黄蘸酒画了个王字。任何人家到了这天必可以吃鱼吃肉。大约上午十一点钟，全茶峒人就吃了午饭，把饭吃过后，在城里住家的，莫不倒锁了门，全家出城到河边看划船。河街有熟人的，可到河街吊脚楼门口边看，不然就站在税关门口与各个码头上看。河中龙船以长潭某处作起点，税关前作终点。作比赛竞争。因为这一天军官税官以及当地有身份的人，莫不在税关前看热闹。划船的事各人在数天以前就早有了准备，分组分帮各自选出了若干身体结实手脚伶俐的小伙子，在潭中练习进退。船只的形式，与平常木船大不相同，形体一律又长又狭，两头高高翘起，船身绘着朱红颜色长线，平常时节多搁在河边干燥洞穴里，要用它时，拖下水去。每只船可坐十二个到十八个桨手，一个带头的，一个鼓手，一个锣手。桨手每人持一支短桨，随了鼓声缓促为节拍，把船向前划去。坐在船头上，头上缠裹着红布包头，手上拿两支小令旗，左右挥动，指挥船只的进退。擂鼓打锣的，多坐在船只的中部，船一划动便即刻蓬蓬镗镗把锣鼓很单纯地敲打起来，为划桨水手调理下桨节拍。一船快慢既不得不靠鼓声，故每当两船竞赛到剧烈时，鼓声如雷鸣，加上两岸人呐喊助威，便使人想起梁红玉老鹳河时水战擂鼓，牛皋水擒杨幺时也是水战擂鼓。凡把船划到前面一点的，必可在税关前领赏：一匹红，一块小银牌，不拘缠挂到船上某一个人头上去，皆显出这一船合作的光荣。好事的军人，且当每次某一只船胜利时，必在水边放些表示胜利庆祝的五百响鞭炮。

赛船过后，城中的戍军长官，为了与民同乐，增加这节日的愉快起见，便把三十只绿头长颈大雄鸭，颈脖上缚了红布条子，放入河中，尽善于泅水的军民人等，下水追赶鸭子。不拘谁把鸭子捉到，谁就成为这鸭子的主人。于是长潭换了新的花样，水面各处是鸭子，各处有追赶鸭子的人。

船与船的竞赛，人与鸭子的竞赛，直到天晚方能完事。

掌水码头的龙头大哥顺顺，年轻时节便是一个泅水的高手，入水中去追逐鸭子，在任何情形下总不落空。但一到次子傩送年过十二岁时，已能入水闭铺氽着到鸭子身边，再忽然从水中冒水而出，把鸭子捉到，这做爸爸的便解嘲似的说："好，这种事有你们来做，我不必再下水了。"于是当真就不下水与人来竞争捉鸭子。但下水救人呢，当作别论。凡帮助人远离患难，便是入火，人到八十岁，也还是成为这个人一种不可逃避的责任！

天保傩送两人皆是当地泅水划船好选手。

端午又快来了，初五划船，河街上初一开会，就决定了属于河街的那只船当天入水。天保恰好在那天应向上行，随了陆路商人过川东龙潭送节货，故参加的就只傩送。十六个结实如牛犊的小伙子，带了香烛、鞭炮、同一个用生牛皮蒙好绘有朱红太极图的高脚鼓，到了搁船的河上游山洞边。烧了香烛，把船拖入水后，各人上了船，燃着鞭炮，擂着鼓，这船便如一枝箭似的，很迅速地向下游长潭射去。

那时节还是上午，到了午后，对河渔人的龙船也下了水，两只龙船就开始预习种种竞赛的方法。水面上第一次听到了鼓声，许多人从这鼓声中，感到了节日临近的欢悦。住临河吊脚楼对远方人有所等待有所盼望的，也莫不因鼓声想到远人。在这个节日里，必然有许多船只可以赶回，也有许多船只只合在半路过节，这之间，便有些眼目所难见的人事哀乐，在这小山城河街间，让一些人铺事，也让一些人皱眉。

蓬蓬鼓声掠水越山到了渡船头那里时，最先注意到的是那只黄狗。那黄狗汪汪地吠着，受了惊似的绕屋乱走，有人过渡时，便随船渡过河东岸去，且跑到那小山头向城里一方面大吠。

翠翠正坐在门外大石上用棕叶编蚱蜢蜈蚣玩，见黄狗先在太阳下睡着，忽然醒来便发疯似的乱跑，过了河又回来，就问它骂它：

“狗，狗，你做什么！不许这样子！”

可是一会儿那声音被她发现了，她于是也绕屋跑着，且同黄狗一块儿渡过了小溪，站在小山头听了许久，让那点迷人的鼓声，把自己带到一个过去的节日里去。

四

还是两年前的事。五月端阳，渡船头祖父找人做了代替，便带了黄狗同翠翠进城，过大河边去看划船。河边站满了人，四只朱色长船在潭中滑着，龙船水刚刚涨过，河中水皆豆绿，天气又那么明朗，鼓声蓬蓬响着，翠翠抿着嘴一句话不说，心中充满了不可言说的快乐。河边人太多了一点，各人皆尽张着眼睛望河中，不多久，黄狗还在身边，祖父却挤得不见了。

翠翠一面注意划船，一面心想“过不久祖父总会找来的”。但过了许久，祖父还不来，翠翠便稍稍有点儿着慌了。先是两人同黄狗进城前一天，祖父就问翠翠：“明天城里划船，倘若一个人去看，人多怕不怕？”翠翠就说：“人多我不怕，但自己只是一个人可不好玩。”于是祖父想了半天，方想起一个住在城中的老熟人，赶夜里到城里去商量，请那老人来看一天渡船，自己却陪翠翠进城玩一天。且因为那人比渡船老人更孤单，身边无一个亲人，也无一只狗，因此便约好了那人早上过家中来吃饭，喝一杯雄黄酒。第二天那人来了，吃了饭，把职务委托那人以后，翠翠等便进了城。到路上时，祖父想起什么似的，又问翠翠，“翠翠，翠翠，人那么多，好热闹，你一个人敢到河边看龙船吗？”翠翠说：“怎么不敢？可是一个人有什么意思。”到了河边后，长潭里的四只红船，把翠翠的注意力完全占去了，身边祖父似乎也可有可无了。祖父心想：“时间还早，到收场时，至少还得三个时刻。溪边的那个朋友，也应当来看看年轻人的热闹，回去一趟，换换地位还赶得及。”因此就问翠翠，“人太多了，站在这里看，不要动，我到别处去有事情，无论如何总赶得回来伴你回家。”翠翠正为两只竞速并进的船迷着，祖父说的话毫不思索就答应了。祖父知道黄狗在翠翠身边，也许比他自己在她身边还稳当，于是便回家看船去了。

祖父到了那渡船处时，见代替他的老朋文，正站在白塔下注意听远处鼓声。

祖父喊他，请他把船拉过来，两人渡过小溪仍然站到白塔下去。那人问老船夫为什么又跑回来，祖父就说想替他一会儿，故把翠翠留在河边，自己赶回来，好让他也过河边去看看热闹，且说，“看得好，就不必再回来，只须见了翠翠问她一声，翠翠到时自会回家的。小丫头不敢回家，你就伴她走走！”但那替手对于看龙船已无什么兴味，却愿意同老船夫在这溪边大石上各自再喝两杯烧酒。老船夫十分高兴，把葫芦取出，推给城中来的那一个。两人一面谈些端午旧事，一面喝酒，不到一会，那人却在岩石上为烧酒醉倒了。

人既醉倒了，无从入城，祖父为了责任又不便与渡船离开，留在河边的翠翠便不能不着急了。

河中划船的决了最后胜负后，城里军官已派人驾小船在潭中放了一群鸭子，祖父还不见来。翠翠恐怕祖父也正在什么地方等着她，因此带了黄狗各处人丛中挤着去找寻祖父，结果还是不得祖父的踪迹。后来看看天快要黑了，军人扛了长凳出城看热闹的，皆已陆续扛了那凳子回家。潭中的鸭子只剩下三五只，捉鸭人也渐渐的少了。落日向上游翠翠家中那一方落去，黄昏把河面装饰了一层薄雾。翠翠望到这个景致，忽然起了一个怕人的想头，她想："假若爷爷死了？"

她记起祖父嘱咐她不要离开原来地方那一句话，便又为自己解释这想头的错误，以为祖父不来必是进城去或到什么熟人处去，被人拉着喝酒，故一时不能来的。正因为这也是可能的事，她又不愿在天未断黑以前，同黄狗赶回家去，只好站在那石码头边等候祖父。

再过一会，对河那两只长船已泊到对河小溪里去不见了，看龙船的人也差不多全散了。吊脚楼有娼妓的人家，已上了灯，且有人敲小斑鼓弹月琴唱曲子。另外一些人家，又有划拳行酒的吵嚷声音。同时停泊在吊脚楼下的一些船只，上面也有人在摆酒炒菜，把青菜萝卜之类，倒进滚热油锅里去时发出吵——的声音。河面已朦朦胧胧，看去好像只有一只白鸭在潭中浮着，也只剩一个人追着这只鸭子。

翠翠还是不离开码头，总相信祖父会来找她，同她一起回家。

吊脚楼上唱曲子声音热闹了一些，只听到下面船上有人说话，一个水手说："金亭，你听你那铺子陪川东庄客喝酒唱曲子，我赌个手指，说这是她的声音！"另一个水手就说："她陪他们喝酒唱曲子，心里可想我。她知道我在船上！"先前那一个又说："身体让别人玩着，心还想着你；你有什么凭据？"另一个说："有凭据。"于是这水手吹着唿哨，作出一个古怪的记号，一会儿，楼上歌声便停止了。歌声停止后，两个水手皆笑了。两人接着便说了些关于那个女人的一切，使用了不少粗鄙字眼，翠翠很不习惯把这种话听下去，但又不能走开。且听水手之一说，楼上妇人的爸爸是在棉花坡被人杀死的，一共杀了十七刀。翠翠心中那个古怪的想头，"爷爷死了呢？"便仍然占据到心里有一忽儿。

两个水手还正在谈话，潭中那只白鸭慢慢地向翠翠所在的码头边游来，翠翠想："再过来些我就捉住你！"于是静静地等着，但那鸭子将近岸边三丈远近时，却有个人笑着，喊那船上水手。原来水中还有个人，那人已把鸭子捉到手，却慢慢地"踹水"游近岸边的。船上人听到水面的喊声，在隐约里也喊道："二老，二老，你真干，你今天得了五只吧。"那水上人说："这家伙狡猾得很，现在可归我了。""你这时捉鸭子，将来捉女人，一定有同样的本领。"水上那一个不再说什么，手脚并用地拍着水傍了码头。湿淋淋地爬上岸时，翠翠身旁的黄狗，仿佛警问水中人似的，汪汪地叫了几声，那人方注意到翠翠。码头上已无别的人，那人问：

"是谁？"

"是翠翠！"

"翠翠又是谁？"

"是碧溪岨撑渡船的孙女。"

"你在这儿做什么？"

"我等我爷爷。我等他来好回家去。"

"等他来他可不会来，你爷爷一定到城里军营里喝了酒，醉倒后被人抬回去了！"

"他不会。他答应来，他就一定会来的。"

“这里等也不成。到我家里去，到那边点了灯的楼上去，等爷爷来找你好不好？”

翠翠误会邀他进屋里去那个人的好意，正记着水手说的妇人丑事，她以为那男子就是要她上有女人唱歌的楼上去。本来从不骂人，这时正因等候祖父太久了，心中焦急得很，听人要她上去，以为欺侮了她，就轻轻地说：

“你个悖时砍脑壳的！”

话虽轻轻的，那男的却听得出，且从声音上听得出翠翠年纪，便带笑说：“怎么，你骂人！你不愿意上去，要呆在这儿，回头水里大鱼来咬了你，可不要叫喊！”

翠翠说：“鱼咬了我也不管你的事。”

那黄狗好像明白翠翠被人欺侮了，又汪汪地吠起来。那男子把手中白鸭举起，向黄狗吓了一下，便走上河街去了。黄狗为了自己被欺侮还想追过去，翠翠便喊：“狗，狗，你叫人也看人叫！”翠翠意思仿佛只在问给狗“那轻薄男子还不值得叫”，但男子听去的却是另外一种好意，男的以为是她要狗莫向好人叫，放肆地笑着，不见了。

又过了一阵，有人从河街拿了一个废缆做成的火炬，喊叫着翠翠的名字来找寻她，到身边时翠翠却不认识那个人。那人说：老船夫回到家中，不能来接她，故搭了过渡人口信来，问翠翠要她即刻就回去。翠翠听说是祖父派来的，就同那人一起回家，让打火把的在前引路，黄狗时前时后，一同沿了城墙向渡口走去。翠翠一面走一面问那拿火把的人，是谁问他就知道她在河边。那人说是二老问他的，他是二老家里的伙计，送翠翠回家后还得回转河街。

翠翠说：“二老他怎么知道我在河边？”

那人便笑着说：“他从河里捉鸭子回来，在码头上见你，他说好意请你上家里坐坐，等候你爷爷，你还骂过他！”

翠翠带了点儿惊讶轻轻地问：“二老是谁？”

那人也带了点儿惊讶说：“二老你都不知道？就是我们河街上的傩送二老！就是岳云！他要我送你回去！”傩送二老在茶峒地方不是一个生疏的名字！

翠翠想起自己先前骂人那句话，心里又吃惊又害羞，再也不说什么，默默地随了那火把走去。

翻过了小山岨，望得见对溪家中火光时，那一方面也看见了翠翠方面的火把，老船夫即刻把船拉过来，一面拉船一面哑声儿喊问：“翠翠，翠翠，是不是你？”翠翠不理会祖父，口中却轻轻地说：“不是翠翠，不是翠翠，翠翠早被大河里鲤鱼吃去了。”翠翠上了船，二老派来的人，打着火把走了，祖父牵着船问：“翠翠，你怎么不答应我，生我的气了吗？”

翠翠站在船头还是不作声。翠翠对祖父那一点儿埋怨，等到把船拉过了溪，一到了家中，看明白了醉倒的另一个老人后，就完事了。但另一件事，属于自己不关祖父的，却使翠翠沉默了一个夜晚。

五

两年日子过去了。

这两年来两个中秋节，恰好都无月亮可看，凡在这边城地方，因看月而起整夜男女唱歌的故事，皆不能如期举行，故两个中秋留给翠翠的印象，极其平淡无奇。两个新年却照例可以看到军营里与各乡来的狮子龙灯，在小教场迎春，锣鼓喧阗很热闹。到了十五夜晚，城中舞龙耍狮子的镇筸兵士，还各自赤裸着肩膀，往各处去欢迎炮仗烟火。城中军营里，税关局长公馆，河街上一些大字号，莫不预先截老毛竹筒，或镂空棕榈树根株，用洞硝拌和磺炭钢砂，一千捶八百捶把烟火做好。好勇取乐的军士，光赤着个上身，玩着灯打着鼓来了，小鞭炮如落雨的样子，从悬到长竿尖端的空中落到玩灯的肩背上，锣鼓催动急促的拍子，大家皆为这事情十分兴奋。鞭炮放过一阵后，用长凳绑着的大筒灯火，在敞坪一端燃起了引线，先是嗞嗞的流泻白光，慢慢的这白光便吼啸起来，作出如雷如虎惊人的声音，白光向上空冲去，高至二十丈，下落时便洒散着满天花雨。玩灯的兵士，在火花中绕着圈子，俨然毫不在意的样子。翠翠同他的祖父，也看过这样的热闹，留下一个热闹的印象，但这印象不知为什么原因，总不如那个端午所经过的事情甜而美。

翠翠为了不能忘记那件事，上年一个端午又同祖父到城边河街去看了半天船，一切玩得正好时，忽然落了行雨，无人衣衫不被雨湿透。为了避雨，祖孙二人同那只黄狗，走到顺顺吊脚楼上去，挤在一个角隅里。有人扛凳子从身边过去，翠翠认得那人是去年打了火把送她回家的人，就告给祖父：

"爷爷，那个人去年送我回家，他拿了火把走路时，真像个喽罗！"

祖父当时不作声，等到那人回头又走过面前时，就一把抓住那个人，笑嘻嘻说：

"嗨嗨，你这个人！要你到我家喝一杯也不成，还怕酒里有毒，把你这个真命天子毒死！"

那人一看是守渡船的，且看到了翠翠，就笑了。"翠翠，你大长了！二老说你在河边大鱼会吃你，我们这里河中的鱼，现在可吞不下你了。"

翠翠一句话不说，只是抿起嘴唇笑着。

这一次虽在这喽罗长年口中听到个"二老"名字，却不曾见及这个人。从祖父与那长年谈话里，翠翠听明白了二老是在下游六百里外青浪滩过端午的。但这次不见二老却认识了"大老"，且见着了那个一地出名的顺顺。大老把河中的鸭子捉回家里后，因为守渡船的老家伙称赞了那只肥鸭两次，顺顺就要大老把鸭子给翠翠。且知道祖孙二人所过的日子十分拮据，节日里自己不能包粽子，又送了许多尖角粽子。

那水上名人同祖父谈话时，翠翠虽装作眺望河中景致，耳朵却把每一句话听得清清楚楚。那人向祖父说翠翠长得很美，问过翠翠年纪，又问有不有人家。祖父则很快乐地夸奖了翠翠不少，且似乎不许别人来关心翠翠的婚事，故一到这件事便闭口不谈。

回家时，祖父抱了那只白鸭子同别的东西，翠翠打火把引路。两人沿城墙走去，一面是城，一面是水。祖父说："顺顺真是个好人，大方得很。大老也很好。这一家人都好！"翠翠说："一家人都好，你认识他们一家人吗？"祖父不明白这句话的意思所在，因为今天太高兴一点，便笑着说："翠翠，假若大老要你做媳妇，请人来做媒，你答应不答应？"翠翠就说："爷爷，你疯了！再说我就生你的气！"

祖父话虽不说了，心中却很显然的还转着这些可笑的不好的念头。翠翠着了恼，把火炬向路两旁乱晃着，向前快快地走去了。

"翠翠，莫闹，我摔到河里去，鸭子会走脱的！"

"谁也不稀罕那只鸭子！"

祖父明白翠翠为什么事不高兴，祖父便唱起摇橹人驶船下滩时催橹的歌声，声音虽然哑沙沙的，字眼儿却稳稳当当毫不含糊。翠翠一面听着一面向前走去，忽然停住了发问：

"爷爷,你的船是不是正在下青浪滩呢?"

祖父不说什么,还是唱着,两人皆记顺顺家二老的船正在青浪滩过节,但谁也不明白另外一个人的记忆所止处。祖孙二人便沉默地一直走还家中。到了渡口,那代理看船的,正把船泊在岸边等候他们。几人渡过溪到了家中,剥粽子吃,到后那人要进城去,翠翠赶即为那人点上火把,让他有火把照路。人过了小溪上小山时,翠翠同祖父在船上望着,翠翠说:

"爷爷,看喽罗上山了啊!"

祖父把手攀引着横缆,注目溪面的薄雾,仿佛看到了什么东西,轻轻地吁了一口气。祖父静静地拉船过对岸家边时,要翠翠先上岸去,自己却守在船边,因为过节,明白一定有乡下人上城里看龙船,还得乘黑赶回家去。

六

白日里,老船夫正在渡船上同个卖皮纸的过渡人有所争持。一个不能接受所给的钱,一个却非把钱送给老人不可。正似乎因为那个过渡人送钱气派,使老船夫受了点压迫,这撑渡船人就俨然生气似的,迫着那人把钱收回,使这人不得不把钱捏在手里。但船拢岸时,那人跳上了码头,一手铜钱向船舱里一撒,却笑眯眯地匆匆忙忙走了。老船夫手还得拉着船让别人上岸,无法去追赶那个人,就喊小山头的女:

"翠翠,翠翠,帮我拉着那个卖皮纸的小伙子,不许他走!"

翠翠不知道是怎么回事,当真便同黄狗去拦那第一个下山人。那人笑着说:

"不要拦我!……"

正说着,第二个商人赶来了,就告给翠翠是什么事情。翠翠明白了,更拉着卖纸人衣服不放,只说:"不许走!不许走!"黄狗为了表示同主人的意见一致,也便在翠翠身边汪汪汪地吠着。其余商人皆笑着,一时不能走路。祖父气吁吁地赶来了,把钱强迫塞到那人手心里,且搭了一大束草烟到那商人担子上去,搓着两手笑着说:"走呀!你们上路走!"那些人于是全笑着走了。

翠翠说:"爷爷,我还以为那人偷你东西同你打架!"

祖父就说:

"他送我好些钱。我才不要这些钱!告他不要钱,他还同我吵,不讲道理!"

翠翠说:"全还给他了吗?"

祖父抿着嘴把头摇摇,装成狡猾得意神气笑着,把扎在腰带上留下的那枚单铜子取出,送给翠翠。且说:

"他得了我们那把烟叶,可以吃到镇筸城!"

远处鼓声又蓬蓬地响起来了,黄狗张着两个耳朵听着。翠翠问祖父,听不听到什么声音。祖父一注意,知道是什么声音了,便说:

"翠翠,端午又来了。你记不记得去年天保大老送你那只肥鸭子。早上大老同一群人上川东去,过渡时还问你。你一定忘记那次落的行雨。我们这次若去,又得打火把回家;你记不记得我们两人用火把照路回家?"

翠翠还正想起两年前的端午一切事情哪。但祖父一问,翠翠却微带点儿恼着的神气,把头摇摇,故意说:"我记不得,我记不得。"其实她那意思就是"我怎么记不得?!"

祖父明白那话里意思，又说："前年还更有趣，你一个人在河边等我，差点儿不知道回来，我还以为大鱼会吃掉你！"

提起旧事翠翠嗤地笑了。

"爷爷，你还以为大鱼会吃掉我？是别人家说我，我告给你的！你那天只是恨不得让城中的那个爷爷把装酒的葫芦吃掉！你这种记性！"

"我人老了，记性也坏透了。翠翠，现在你人长大了，一个人一定敢上城看船，不怕鱼吃掉你了。"

"人大了就应当守船哩。"

"人老了才当守船。"

"人老了应当歇憩！"

"你爷爷还可以打老虎，人不老！"祖父说着，于是，把膀子弯曲起来，努力使筋肉在局束中显得又有力又年轻，且说："翠翠，你不信，你咬。"

翠翠睨着腰背微驼白发满头的祖父，不说什么话。远处有吹唢呐的声音，她知道那是什么事情，且知道唢呐方向，要祖父同她下了船，把船拉过家中那边岸旁去。为了想早早地看到那迎婚送亲的喜轿，翠翠还爬到屋后塔下去眺望。过不久，那一伙人来了，两个吹唢呐的，四个强壮乡下汉子，一顶空花轿，一个穿新衣的团总儿子模样的青年，另外还有两只羊，一个牵羊的孩子，一坛酒，一盒糍粑，一个担礼物的人。一伙人上了渡船后，翠翠同祖父也上了渡船，祖父拉船，翠翠却傍花轿站定，去欣赏每一个人的脸色与花轿上的流苏。拢岸后，团总儿子模样的人，从扣花抱肚里掏出了一个小红纸包封，递给老船夫。这是规矩，祖父再不能说不接收了。但得了钱祖父却说话了，问那个人，新娘是什么地方人，明白了，又问姓什么，明白了，又问多大年纪，一起皆弄明白了。吹唢呐的一上岸后又把唢呐呜呜喇喇吹起来，一行人便翻山走了。祖父同翠翠留在船上，感情仿佛皆追着那唢呐声音走去，走了很远的路方回到自己身边来。

祖父掂着那红纸包封的分量说："翠翠，宋家堡子里新嫁娘只十五岁。"

翠翠明白祖父这句话的意思所在，不作理会，静静地把船拉动起来。

到了家边，翠翠跑回家去取小小竹子做的双管唢呐，请祖父坐在船头吹"娘送女"曲子给她听，她却同黄狗躺到门前大岩石上荫处看天上的云。白日渐长，不知什么时节，祖父睡着了，翠翠同黄狗也睡着了。

二十三年四月十九日完成

（原载1934年1—6月《国闻周报》第11卷第1、2、4、10—16期）

【作者简介】

沈从文（1902—1988年），原名沈岳焕，生于湖南凤凰县一个行伍家庭。15岁便参加地方土著部队，在沅水流域一带驻防，五六年间几乎走遍了湘黔川边界各县，深入了解了社会生活状况。1923年到北京开始学习写作。1927年赴上海，参加新月社。1930年起，先后在武汉大学、青岛大学任教。1933年返回北京，主编《大公报》的《文艺副刊》。抗战爆发后到昆明任西南联大教授。抗战胜利后任北京大学教授。1949年后转向文物研究工作，在中国古代服饰研究等方面取得重要成绩。沈从文是一位多产作家，已结集出版文学作品七十余种，主要有《石子船》《虎雏》《月下小景》《记胡也频》《记丁玲》《如蕤集》《湘行散记》《边城》《八骏图》《湘西》《黑凤集》《春灯集》等。其中中篇小说《边城》和散文集《湘行散记》是他的优秀作品，最能代表他的风格特色。

【赏析指要】

沈从文小说中最引人注目的是他的一系列以湘西为背景的作品，写于 1934 年的中篇小说《边城》是其中的代表作。作品以撑渡老人的外孙女翠翠与船总的儿子天保、傩送的爱情为线索，表达了作者内心的追求以及与这一追求相一致的田园牧歌情调。

本文节选部分并没有完整的故事情节，只是选取了老船夫和翠翠的几个生活片段，来描绘湘西地区的自然景色、生活风习和人物心性。作者笔下的湘西，自然风光秀丽，民风淳朴，人与人之间真诚相待，相互友爱。作品中的翠翠既不甘心于目前的平凡生活，又对自己年迈爷爷充满着关爱。而天保内心明明爱着翠翠，却又无法去爱，因为他不忍心看到弟弟痛苦的样子。作品中描写的外公对孙女的爱，翠翠对傩送纯真的爱，天保兄弟对翠翠真挚的爱以及兄弟间诚挚的手足之爱，事实上是作者理想世界的寄托，作者通过对人物爱情的描写，抒发作者心灵深处呼唤的理想的人生形式。作品中澄净美好的湘西世界和腐化堕落的现实形成了鲜明的对比。

文中景物描写清新细腻，烘托了人物形象；不注重情节和结构的构思，将散文的写法和诗歌的抒情融入到小说创作中。

【辑评】

一部 idyllic（田园诗的，牧歌的）杰作。一颗千年不磨的珠玉。

（刘西渭《咀华集·边城》）

我要表现的本是一种“人生形式”，一种“优美、健康、自然，而又不悖乎人性的人生形式”。我注意不在领导读者去桃源旅行，却想借重桃源上行七百里路酉水流域一个小城小市中几个愚夫俗子，被一件人事牵连在一处时，各人应有的一份哀乐，为人类“爱”字作一度恰如其分的说明。

（沈从文《从文小说习作选·代序》）

小二黑结婚

赵树理

一　神仙的忌讳

刘家峧有两个神仙，邻近各村无人不晓：一个是前庄上的二诸葛，一个是后庄上的三仙姑。

二诸葛原来叫刘修德，当年做过生意，抬脚动手都要论一论阴阳八卦，看一看黄道黑道。三仙姑是后庄于福的老婆，每月初一十五都要顶着红布摇摇摆摆装扮天神。

二诸葛忌讳“不宜栽种”，三仙姑忌讳“米烂了”。这里边有两个小故事：有一年春天大旱，直到阴历五月初三才下了四指雨。初四那天大家都抢着种地，二诸葛看了看历书，又掐指算了一下说：“今日不宜栽种。”初五日是端午，他历年就不在端午这天做什么，又不曾种；

初六倒是个黄道吉日，可惜地干了，虽然勉强把他的四亩谷子种上了，却没有出够一半。后来直到十五才又下雨，别人家都在地里锄苗，二诸葛却领着两个孩子在地里补空子。邻家有个后生，吃饭时候在街上碰上二诸葛便问道："老汉！今天宜栽种不宜?"二诸葛翻了他一眼，扭转头返回去了，大家就嘻嘻哈哈传为笑谈。

三仙姑有个女孩叫小芹。一天，金旺他爹到三仙姑那里问病，三仙姑坐在香案后唱，金旺他爹跪在香案前听。小芹那年才九岁，晌午做捞饭，把米下进锅里了，听见她娘哼哼得很中听，站在桌前听了一会，把做饭也忘了。一会，金旺他爹出去小便，三仙姑趁空子向小芹说："快去捞饭！米烂了！"这句话却不料就叫金旺他爹听见，回去就传开了。后来有些好玩笑的人，见了三仙姑就故意问别人"米烂了没有?"

二　三仙姑的来历

三仙姑下神，足足有三十年了。那时三仙姑才十五岁，刚刚嫁给于福，是前后庄上第一个俊俏媳妇。于福是个老实后生，不多说一句话，只会在地里死受。于福的娘早死了，只有个爹，父子两个一上了地，家里只留下新媳妇一个人。村里的年轻人们感觉着新媳妇太孤单，就慢慢自动地来跟新媳妇做伴，不几天就集合了一大群，每天嘻嘻哈哈，十分红火。于福他爹看见不像个样子，有一天发了脾气，大骂一顿，虽然把外人挡住了，新媳妇却跟他闹起来。新媳妇哭了一天一夜，头也不梳，脸也不洗，饭也不吃，躺在炕上，谁也叫不起来，父子两个没了办法。邻家有个老婆替她请了一个神婆子，在她家下了一回神，说是三仙姑跟上她了，她也哼哼唧唧自称吾神长吾神短，从此以后每月初一十五就下起神来，别人也给她烧起香来求财问病，三仙姑的香案便从此设起来了。

青年们到三仙姑那里去，要说是去问神，还不如说是去看圣像。三仙姑也暗暗猜透大家的心事，衣服穿得更新鲜，头发梳得更光滑，首饰擦得更明，宫粉搽得更匀，不由青年们不跟着她转来转去。

这是三十来年前的事。当时的青年，如今都已留下了胡子，家里大半又都是子媳成群，所以除了几个老光棍，差不多都没有那些闲情到三仙姑那里去了。三仙姑却和大家不同，虽然已经四十五岁，却偏爱当个老来俏，小鞋上仍要绣花，裤腿上仍要镶边，顶门上的头发脱光了，用黑手帕盖起来，只可惜宫粉涂不平脸上的皱纹，看起来好像驴粪蛋上下上了霜。

老相好都不来了，几个老光棍不能叫三仙姑满意，三仙姑又团结了一伙孩子们，比当年的老相好更多，更俏皮。

三仙姑有什么本领能团结这伙青年呢？这秘密在她女儿小芹身上。

三　小　芹

三仙姑前后共生过六个孩子，就有五个没有成人，只落了一个女儿，名叫小芹。小芹当两三岁时候，就非常伶俐乖巧，三仙姑的老相好们，这个抱过来说是"我的"，那个抱起来说是"我的"。后来小芹长到五六岁，知道这不是好话，三仙姑教她说："谁再这么说，你就说'是你的姑姑'。"说了几回，果然没有人再提了。

小芹今年十八了，村里的轻薄人说，比她娘年轻时候好得多。青年小伙子们，有事没事，总想跟小芹说句话。小芹去洗衣服，马上青年们也都去洗；小芹上树采野菜，马上青年们也都去采。

吃饭时候，邻居们端上碗爱到三仙姑那里坐一会，前庄上的人来回一里路，也并不觉得远。这已经是三十年来的老规矩，不过小青年们也这样热心，却是近二三年来才有的事。三仙姑起先还以为自己仍有勾引青年的本领，日子长了，青年们并不真正跟她接近，她才慢慢看出门道来，才知道人家来了为的是小芹。

不过小芹却不跟三仙姑一样，表面上虽然也跟大家说说笑笑，实际上却不跟人乱来，近二三年，只是跟小二黑好一点。前年夏天，有一天前晌，于福去地，三仙姑去溜门，家里只留下小芹一个人，金旺来了，嘻皮笑脸向小芹说："这会可算是个空子吧？"小芹板起脸来说："金旺哥！咱们以后说话规矩些！你也是娶媳妇大汉了！"金旺撇撇嘴说："咦！装什么假正经？小二黑一来管保你就软了！有便宜大家讨开点，没事；要正经除非自己锅底没有黑。"说着就拉住小芹的胳膊悄悄说："不用装模作样了！"不料小芹大声喊道："金旺！"金旺赶紧跑出来。一边还咄念道："等得住你！"说着就悄悄溜走了。

四　金旺弟兄

提起金旺来，刘家峧没有人不恨他，只有他一个本家兄弟名叫兴旺跟他对劲。

金旺他爹虽是个庄稼人，却是刘家峧一只虎，当过几十年老社首，捆人打人是他的拿手好戏。金旺长到十七八岁，就成了他爹的好帮手，兴旺也学会了帮虎吃食，从此金旺他爹想要捆谁，就不用亲自动手，只要下个命令，自有金旺兴旺代办。

抗战初年，汉奸敌探溃兵土匪到处横行，那时金旺他爹已经死了，金旺兴旺弟兄两个，给一支溃兵做了内线工作，引路绑票，讲价赎人，又做巫婆又做鬼，两头出面装好人。后来八路军来，打垮溃兵土匪，他两人才又回到刘家峧。

山里人本来就胆子小，经过几个月大混乱，死了许多人，弄得大家更不敢出头了。别的大村子都成立了村公所、各救会、武委会，刘家峧却除了县府派来一个村长以外，谁也不愿意当干部。不久，县里派人来刘家峧工作，要选举村干部，金旺跟兴旺两个，看出这又是掌权的机会，大家也巴不得有人愿干，就把兴旺选为武委会主任，把金旺选为村政委员，连金旺老婆也被选为妇救会主席。其他各干部，硬捏了几个老头子出来充数。只有青抗先队长，老头子充不得。兴旺看见小二黑这个小孩子漂亮好玩，随便提了一下名就通过了，他爹二诸葛虽然不愿，可是惹不起金旺，也没有敢说什么。

村长是外来的，对村里情形不十分了解，从此金旺兴旺比前更厉害了，只要瞒住村长一个人，村里人不论那个都得由他两个调遣。这几年来，村里别的干部虽然调换了几个，而他两个却好像铁桶江山。大家对他两个虽是恨之入骨，可是谁也不敢说半句话，都恐怕扳不倒他们，自己吃亏。

五　小二黑

小二黑，是二诸葛的二小子，有一次反扫荡打死过两个敌人，曾得到特等射手的奖励。说到他的漂亮，那不只在刘家峧有名，每年正月扮故事，不论去到那一村，妇女们的眼睛都跟着他转。

小二黑没有上过学，只是跟着他爹识了几个字。当他六岁时候，他爹就教他识字。识字课本既不是《五经》《四书》，也不是常识国语，而是从天干、地支、五行、八卦、六十四卦名等学起，进一步便学些《百中经》《玉匣记》《增删卜易》《麻衣神相》《奇门遁甲》《阴阳宅》等书。小二黑从小就聪明，像那些算属相、卜六壬课、念大小流年或"甲子乙丑海中金"等口诀，不几天就都弄熟了，二诸葛也常把他引在人前卖弄。因为他长得伶俐可爱，大人们也都爱跟他玩;这个说:“二黑,算一算十岁属什么?”那个说:“二黑,给我卜一课!”后来二诸葛因为说“不宜栽种”误了种地,老婆也埋怨,大黑也埋怨,庄上人也都传为笑谈,小二黑也跟着这事受了许多奚落。那时候小二黑十三岁,已经懂得好歹了,可是大人们仍把他当成小孩来玩弄,好跟二诸葛开玩笑的,一到了家,常好对着二诸葛问小二黑道:“二黑!算算今天宜不宜栽种?”和小二黑年纪相仿的孩子们,一跟小二黑生了气,就连声喊道:“不宜栽种不宜栽种……”小二黑因为这事,好几个月见了人躲着走,从此就和他娘商量成一气,再不信他爹的鬼八卦。

小二黑跟小芹相好已经二三年了。那时候他才十六七,原不过在冬天夜长时候,跟着些闲人到三仙姑那里凑热闹,后来跟小芹混熟了,好像是一天不见面也不能行。后庄上也有人愿意给小二黑跟小芹做媒人,二诸葛不愿意,不愿意的理由有三:第一小二黑是金命,小芹是火命,恐怕火克金;第二小芹生在十月,是个犯月;第三是三仙姑的名声不好。恰巧在这时候彰德府来了一伙难民,其中有个老李带来个八九岁的小姑娘,因为没有吃的,愿意把姑娘送给人家逃个活命。二诸葛说是个便宜,先问了一下生辰八字,掐算了半天说:“千里姻缘一线牵。”就替小二黑收作童养媳。

虽然二诸葛说是千合适万合适,小二黑却不认账。父子俩吵了几天,二诸葛非养不行,小二黑说:“你愿意养你就养着,反正我不要!”结果虽然把小姑娘留下了,却到底没有说清楚算什么关系。

六 斗争会

金旺自从碰了小芹的钉子以后,每日怀恨,总想设法报一报仇。有一次武委会训练村干部,恰巧小二黑发疟疾没有去。训练完毕之后,金旺就向兴旺说:“小二黑是装病,其实是被小芹勾引住了,可以斗争他一顿。”兴旺就是武委会主任,从前也碰过小芹一回钉子,自然十分赞成金旺的意见,并且又叫金旺回去和自己的老婆说一下,发动妇救会也斗争小芹一番。金旺老婆现任妇救会主席,因为金旺好到小芹那里去,早就恨得小芹了不得。现在金旺回去跟她说要斗争小芹,这才是巴不得的机会,丢下活计,马上就去布置。第二天,村里开了两个斗争会,一个是武委会斗争小二黑,一个是妇救会斗争小芹。

小二黑自己没有错,当然不承认,嘴硬到底,兴旺就下命令把他捆起来送交政权机关处理。幸而村长脑筋清楚,劝兴旺说:“小二黑发疟是真的,不是装病,至于跟别人恋爱,不是犯法的事,不能捆人家。”兴旺说:“他已是有了女人的。”

村长说:“村里谁不知道小二黑不承认他的童养媳。人家不承认是对的,男不过十六,女不过十五,不到订婚年龄。十来岁小姑娘,长大也不会来认这笔账。小二黑满有资格跟别人恋爱,谁也不能干涉。”兴旺没话说了,小二黑反要问他:“无故捆人犯法不犯?”经村长双方劝解,才算放了完事。

兴旺还没有离村公所,小芹拉着妇救会主席也来找村长。她一进门就说:“村长!捉贼要赃,捉奸要双,当了妇救会主席就不说理了?”兴旺见拉着金旺的老婆,生怕说出这事与自己有关,赶紧溜走。后来村长问了问情由,费了好大一会唇舌,才给他们调解开。

七 三仙姑许亲

两个斗争会开过以后,事情包也包不住了,小二黑也知道这事是合理合法的了,索性就跟小芹公开商量起来。

三仙姑却着了急。她跟小芹虽是母女,近几年来却不对劲。三仙姑爱的是青年们,青年们爱的是小芹。小二黑这个孩子,在三仙姑看来好像鲜果,可惜多一个小芹,就没了自己的份儿。她本想早给小芹找个婆家推出门去,可是因为自己名声不正,差不多都不愿意跟她结亲。开罢斗争会以后,风言风语都说小二黑要跟小芹自由结婚,她想要真是那样的话,以后想跟小二黑说几句笑话都不能了,那是多么可惜的事,因此托东家求西家要给小芹找婆家。

"插起招军旗,就有吃粮人。"有个吴先生是在阎锡山部下当过旅长的退职军官,家里很富,才死了老婆。他在奶奶庙大会上见过小芹一面,愿意续她,媒人向三仙姑一说,三仙姑当然愿意。不几天过了礼帖,就算定了,三仙姑以为了却一宗心事。

小芹已经和小二黑商量得差不多了,如何肯听她娘的话。过礼那一天,小芹跟她娘闹起来,把吴先生送来的首饰绸缎扔下一地。媒人走后,小芹跟她娘说:"我不管!谁收了人家的东西谁跟人家去!"

三仙姑愁住了,睡了半天,晚饭以后,说是神上了身,打了两个呵欠就唱起来。她起先责备于福管不了家,后来说小芹跟吴先生是前世姻缘,还唱些什么"前世姻缘由天定,不顺天意活不成……"于福跪在地下哀求,神非教他马上打小芹一顿不可。小芹听了这话,知道跟这个装神弄鬼的娘说不出什么道理来,干脆躲了出去,让她娘一个人胡说。

小芹一个人悄悄跑到前庄上去找小二黑,恰在路上碰上小二黑去找她,两个就悄悄拉着手到一个大窑里去商量对付三仙姑的法子。

八　拿　双

小芹把她娘怎样主婚怎样装神,唱些什么,从头至尾细细向小二黑说了一遍。小二黑说:"不用理她!我打听过区上的同志,人家说只要男女本人愿意,就能到区上登记,别人谁也作不了主……"说到这里,听见外边有脚步声,小二黑伸出头来一看,黑影里站着四五个人,有一个说:"拿双拿双!"他两人都听出是金旺的声音,小二黑起了火,大叫道:"拿?没有犯了法!"兴旺也来了,下命令道:"捉住捉住!我就看你犯法不犯法?给你操了好几天心了!"小二黑说:"你说去那里咱就去那里,到边区政府你也不能把谁怎么样!走!"兴旺说:"走?便宜了你!把他捆起来!"小二黑挣扎了一会,无奈没有他们人多,终于被他们七手八脚打了一顿捆起来了。兴旺说:"里边还有个女的,也捆起来!捉奸要双,这是她自己说的!"说着就把小芹也捆起来了。

前庄上的人都还没有睡,听见有人吵架,有些人就跑出来看,麻秆火把下看见捆着的两个人,大家不问就都知道了八九分。二诸葛也出来了,见小二黑被人家捆起来,就跪在兴旺面前哀求道:"兴旺!咱两家没有什么仇!看在我老汉面上,请你们诸位高高手……"兴旺说:"这事情,我们管不了,送给上级再说吧!"小二黑说:"爹!你不用管!送到那里也不犯法!我不怕他!"兴旺说:"好小子!要硬你就硬到底!"又逼住三个民兵说:"带他们走!"一个民兵问:"带到村公所?"兴旺说:"还到村公所干什么?上一回不是村长放了的?送给区武委会主任按军法处理!"说着就把他两个人拥上走了。

九　二诸葛的神课

邻居们见是兴旺弟兄们捆人,也没有人敢给小二黑讲情,直等到他们走后,才把二诸葛招呼回家。

二诸葛连连摇头说:"唉!我知道这几天要出事啦:前天早上我上地去,才上到岭上,碰上个骑驴媳妇，穿了一身孝，我就知道坏了。我今年是罗睺星照运，要谨防带孝的冲了运气，因此那里也不敢去，谁知躲也躲不过？昨天晚上二黑她娘梦见庙里唱戏。今天早上一个老鸦落在东房上叫了十几声……唉！反正是时运，躲也躲不过。”他罗里罗嗦念了一大堆，邻居们听了有些厌烦，又给他说了一会宽心话，就都散了。

有事人那里睡得着？人散了之后，二诸葛家里除了童养媳之外，三个人谁也没有睡。二诸葛摸了摸脸，取出三个制钱占了一卦，占出之后吓得他面色如土。他说：“了不得呀了不得！丑土的父母动出午火的官鬼，火旺于夏，恐怕有些危险了。唉！人家把他选成青年队长，我就说过不叫他当，小杂种硬要充人物头！人家说要按军法处理，要不当队长那里犯得了军法？”老婆也拍手跺脚道：“小爹呀！谁知道你要闯这么大的事啦？”大黑劝道：“不怕！事已经出下了，由他去吧！我想这又不是人命事，也犯不了什么大罪！既然他們送到区上了，我先到区上打听打听！你们都睡吧！”说着点了个灯笼就走了。

二诸葛打发大黑去后，仍然低头细细研究方才占的那一卦。停了一会，远远听着有个女人哭，越哭越近，不大一会就来到窗下，一推门就进来了。二诸葛还没有看清是谁，这女人就一把把他拉住，带哭带闹说：“刘修德！还我闺女！你的孩子把我的闺女勾引到那里了？还我……”二诸葛老婆正气得死去活来，一看见来的是三仙姑，正赶上出气，从炕上跳下来拉住她道：“你来了好！省得我去找你！你母女两个好生生把我孩子勾引坏，你倒有脸来找我！咱两人就也到区上说说理！”这两个女人滚成一团，二诸葛一个人拉也拉不开，也再顾不上研究他的卦。三仙姑见二诸葛老婆已经不顾了命，自己先胆怯了几分，不敢恋战，少闹了一会挣脱出来就走了。二诸葛老婆追出门来，被二诸葛拦回去，还骂个不休。

十　恩典恩典

二诸葛一夜没有睡，一遍一遍念：“大黑怎么还不回来，大黑怎么还不回来。”第二天天不明就起程往区上走，走到半路，远远看见大黑、三个民兵已都回来了，还来了区上一个助理员，一个交通员。他远远就喊叫道：“大黑！怎么样？要紧不要紧？”大黑说：“没有事！不怕！”说着就走到跟前，助理员跟三个民兵先走了。大黑告交通员说：“这就是我爹！”又向二诸葛说：“区上添传你跟于福老婆。你去吧，没有事！二黑跟小芹两个人，一到区上就放开了。区上早就听说兴旺和金旺两个人不是东西，已经把他两个人押起来了，还派助理员到咱村开大会调查他们横行霸道的证据。我赶到那里人家就问罢了，听说区上还许咱二黑跟小芹结婚。”二诸葛说：“不犯罪就好，结婚可不行，命相不对！你没有听说添传我做什么？”大黑说：“不知道，大约也没有什么大事。你去吧，我先回去告我娘说。”交通员说：“老汉！这就算见了你了！你去吧，我再传那一个去！”说了就跟大黑相跟着走了。

二诸葛到了区上，看见小二黑跟小芹坐在一条板凳上，他就指着小二黑骂道：“闯祸东西！放了你你还不快回去？你把老子吓死了！不要脸！”区长道：“干什么？区公所是骂人的地方？”

二诸葛不说话了。区长问：“你就是刘修德？”二诸葛答：“是！”问：“你给刘二黑收了个童养媳？”答：“是！”问：“今年几岁了？”答：“属猴的，十二岁了。”区长说：“女不过十五不能订婚，把人家退回娘家去，刘二黑已经跟于小芹订婚了！”二诸葛说：“她只有个爹，也不知逃难逃到那里去了，退也没处退。女不过十五不能订婚，那不过是官家规定，其实乡间七八岁订婚的多着哩。请区长恩典恩典就过去了……”区长说：“凡是不合法的订婚，只要有一方面不愿意都得退!”二诸葛说:“我这是两家情愿!”区长问小二黑道:“刘二黑!你愿意不愿意?”小二黑说:“不愿意!”二诸葛的脾气又上来了,瞪了小二黑一眼道:“由你啦?”区长道:“给他订婚不由他,难道由你啦?老汉!如今是婚姻自主,由不得你了!你家养的那个小姑娘,要真是没有娘家,就算成你的闺女好了。”二诸葛道:“那也可以,不过还得请区长恩典恩典,不能叫他跟于福这闺女订婚!”区长说:“这你就管不着了!”二诸葛发急道:“千万请区长恩典恩典,命相不对,这是一辈子的事!”又向小二黑道:“二黑!你不要糊涂了!这是你一辈子的事!”区长道:“老汉!你不要糊涂了;强逼着你十九岁的孩子娶上个十二岁的小姑娘,恐怕要生一辈子气!我不过是劝一劝你,其实只要人家两个人愿意,你愿意不愿意都不相干。回去吧!童养媳没处退就算成你的闺女!”二诸葛还要请区长“恩典恩典”,一个交通员把他推出来了。

十一　看看仙姑

三仙姑去寻二诸葛,一来为的是逞逞斗气的本领,二来为的是遮遮外人的耳目。其实让小芹吃一吃亏她很高兴,所以跟二诸葛老婆闹了一阵之后,回去就睡了。第二天早上,她起得很迟,于福虽比她着急,可是自己既没有主意,又不敢叫醒她,只好自己先去做饭,饭快成的时候,三仙姑慢慢起来梳妆,于福问她道:“不去打听打听小芹?”她说:“打听她做甚啦?她的本领多大啦?”于福也再没有敢说什么,把饭菜做成了放在炉边等,直等到她梳妆罢了才开饭。

饭还没有吃罢,区上的交通员来传她。她好像很得意,嗓子拉得长长地说:“闺女大了咱管不了,就去请区长替咱管教管教!”她吃完了饭,换上新衣服、新手帕、绣花鞋、镶边裤,又擦了一次粉,加了几件首饰,然后叫于福给她备上驴,她骑上,于福给她赶上,往区上去。

到了区上。交通员把她引到区长房子里,她爬下就磕头,连声叫道:“区长老爷,你可要给我作主!”区长正伏在桌上写字,见她低着头跪在地下,头上戴了满头银首饰,还以为是前两天跟婆婆生了气的那个年轻媳妇,便说道:“你婆婆不是有保人吗?为什么不找保人?”三仙姑莫明其妙,抬头看了看区长的脸。区长见是个擦着粉的老太婆,才知道是认错了人。交通员道:“认错人了!这就是于小芹的娘!”区长打量了她一眼道:“你就是小芹的娘呀?起来!不要装神做鬼!我什么都清楚!起来!”三仙姑站起来了。区长问:“你今年多大岁数?”三仙姑说:“四十五。”区长说:“你自己看看你打扮得像个人不像?”门边站着老乡一个十来岁的小闺女嘻嘻嘻笑了。交通员说:“到外边耍!”小闺女跑了。区长问:“你会下神是不是?”三仙姑不敢答话。区长问:“你给你闺女找了个婆家?”三仙姑答:“找下了!”问:“使了多少钱?”答:“三千五!”问:“还有些什么?”答:“有些首饰布匹!”问:“跟你闺女商量过没有?”答:“没有!”问:“你闺女愿意不愿意?”答:“不知道!”区长道:“我给你叫来你亲自问问她!”又向交通员道:“去叫于小芹!”

刚才跑出去那个小闺女,跑到外边一宣传,说有个打官司的老婆,四十五了,擦着粉,穿着花鞋。邻近的女人们都跑来看,挤了半院,唧唧哝哝说:“看看!四十五了!”“看那裤腿!”“看那花鞋!”三仙姑半辈没有脸红过,偏这会撑不住气了,一道道热汗在脸上流。交通员领着小芹来了,故意说:“看什么?人家也是个人吧,没有见过?闪开路!”一伙女人们哈哈大笑。

把小芹叫来，区长说："你问问你闺女愿意不愿意！"三仙姑只听见院里人说"四十五""穿花鞋"，羞得只顾擦汗，再也开不得口。院里的人们忽然又转了话头，都说"那是人家的闺女"，"闺女不如娘会打扮"，也有人说"听说还会下神"，偏又有个知道底细的断断续续讲"米烂了"的故事，这时三仙姑恨不得一头碰死。

区长说："你不问我替你问！于小芹，你娘给你找的婆家你愿意跟人家结婚不愿意？"小芹说："不愿意！我知道人家是谁？"区长向三仙姑道："你听见了吧？"又给她讲了一会婚姻自主的法令，说小芹跟小二黑订婚完全合法，还吩咐她把吴家送来的钱和东西原封退了，让小芹跟小二黑结婚。她羞愧之下一一答应了下来。

十二　怎么到底

三个民兵回到刘家峧，一说区上把兴旺金旺两人押起来，又派助理员来调查他们的罪恶，真是人人拍手称快。午饭后，庙里开一个群众大会，村长报告了开会宗旨就请大家举他两个人的作恶事实。起先大家还怕扳不倒人家，人家再返回来报仇，老大一会没有人说话，有几个胆子太小的人，还悄悄劝大家说："忍事者安然。"有个被他两人作践垮了的年轻人说："我从前没有忍过？越忍越不得安然！你们不说我说！"

他先从金旺领着土匪到他家绑票说起，一连说了四五款，才说道："我歇歇再说，先让别人也说几款！"他一说开了头，许多受过害的人也都抢着说起来：有给他们花过钱的，有被他们逼着上过吊的，也有产业被他们霸了的，老婆被他们奸淫过的。他两人还派上民兵给他们自己割柴，拨上民夫给他们自己锄地；浮收粮，私派款，强迫民兵捆人……你一宗他一宗，从晌午说到太阳落，一共说了五六十款。

区上根据这些罪状把他两人送到县里，县里把罪状一一证实之后，除叫他们赔偿大家损失外，又判了十五年徒刑。

经过这次大会之后，村里人也都敢出头了。不久，村干部又都经过大改选，村里人再也不敢乱投坏人的票了。这其间，金旺老婆自然也落了选。偏她还变了口吻，说："以后我也要进步了。"

两个神仙也有了变化：

三仙姑那天在区上被一伙妇女围住看了半天，实在觉着不好意思，回去对着镜子研究了一下，真有点打扮得不像话；又想到自己的女儿快要跟人结婚，自己还卖什么老俏？这才下了个决心，把自己的打扮从顶到底换了一遍，弄得像个当长辈人的样子，把三十年来装神弄鬼的那张香案也悄悄拆去。

二诸葛那天从区上回去，又向老婆提起二黑跟小芹的命相不对。他老婆道："把你的鬼八卦收起吧！你不是说二黑这回了不得吗？你一辈子放个屁也要卜一课，究竟抵了些什么事？我看小芹满不错，能跟咱二黑过就很好！什么命相对不对？你就不记得'不宜栽种'？"二诸葛见老婆都不信自己的阴阳，也就不好意思再到别人跟前卖弄他那一套了。

小芹和小二黑各回各家，见老人们的脾气都有些改变，托邻居们趁势和说和说，两位神仙也就顺水推舟同意他们结婚。后来两家都准备了一下，就过门。过门之后，小两口都十分得意，邻居们都说是村里第一对好夫妻。

夫妻们在自己卧房里有时候免不了说玩话：小二黑好学三仙姑下神时候唱"前世姻缘由天定"，小芹好学二诸葛说"区长恩典，命相不对"。淘气的孩子们去听窗，学会了这两句话，就给两位神仙加了新外号：三仙姑叫“前世姻缘”，二诸葛叫“命相不对”。

1943 年 5 月写于太行

（选自《小二黑结婚》，1943 年 9 月华北新华书店初版）

【作者简介】

赵树理（1906—1970 年），原名赵树礼，出生于山西省沁水县尉迟村一个贫农家庭。1930 年底，赵树理开始创作。1937 年，赵树理投身到抗日战争，出任过《黄河日报》副刊、《人民报》副刊、《抗战生活》杂志的编辑等。1942 年的延安整风运动和《在延安文艺座谈会上的讲话》的发表，使赵树理的创作进入到成熟期。1943 年《小二黑结婚》《李有才板话》等小说的相继问世，立即震动了文坛。此后又相继发表了《地板》《孟祥英翻身》《李家庄的变迁》《田寡妇看瓜》等作品。新中国成立后出版短篇小说集《下乡集》《赵树理小说选》及长篇小说《三里湾》等。赵树理的小说坚持民族化、大众化的创作道路。在他的影响下，马烽等山西籍作家形成了一个被命名为“山药蛋派”的作家群体。但在文化大革命中赵树理的作品被批判，最后惨遭迫害而死。

【赏析指要】

短篇小说《小二黑结婚》是赵树理的成名之作。小说于 1943 年 9 月出版后，立即在解放区引起了轰动，仅半年时间，就在解放区发行了三四万册。正是这部作品的成功，奠定了赵树理在解放区文坛的地位。小说以真人真事为基础加工创作的，小说以农村中小二黑和小芹的爱情故事为主线，叙写了他们想办法摆脱传统思想束缚及恶霸势力的阻挠，在民主政权的支持之下，成功地自由恋爱的故事。作品以小见大，写青年男女的婚姻恋爱反映社会变动。

《小二黑结婚》深刻的主题，主要是通过三种代表着不同力量的人物描写来体现的，分别是二诸葛和三仙姑，金旺和兴旺兄弟，二黑和小芹。三组人物中，写得最为生动的应该是二诸葛和三仙姑。他们是刘家峧的两个“神仙”，是封建落后势力的代表。他们深受封建迷信思想及小农意识的毒害，愚昧、盲从、迷信，不但没有意识到自己的落后，反而以封建传统思想为框架，来约束儿女们追求自由民主新生活的正当要求。可时代毕竟不同了，他们的干涉自然遭到了儿女们的一致反对，最后在现实生活的教育之下，终于改变了认识，提高了觉悟。

小二黑、小芹则代表了新一代农民的形象。他们大胆追求自由恋爱，敢于同任何反动势力、落后思想展开斗争，要求主宰自己的命运，最后取得胜利。这两个人物身上和以往文学作品中那些受尽欺压与凌辱的悲剧性农民形象不同，而是充分体现了时代的变革给农民的影响。

金旺和兴旺兄弟是残存在农村的封建恶霸势力的代表，他们的爹本来就是刘家峧的老社首，金旺兄弟子承父业，从小就做他爹的帮手，无恶不作。但在新生力量起来反抗时，他们必然会迅速垮台。

作品在艺术上取得了很大的成就，孙犁说赵树理的小说“以其故事的通俗性，人物性格的鲜明，特别是语言的地方色彩，引起了各抗日根据地军民的注意。他的几种作品，不胫而走，油印、石印，很快传播”，“在炮火烽烟中，绽放了一支奇异的花，突破了前此一直很难解决的文学大众化的难关"(《谈赵树理》)。在人物形象塑造上吸取了古典小说和民间说唱文学的优良传统。此外,文章的语言朴实生动,幽默风趣,表现力很强,真正做到了语言的通俗化与艺术化的有机结合。

【辑评】

不但在人物对话上,而且在一般叙述的描写上,都是口语化的。

在他的作品中,他几乎很少用方言、土语、歇后语这些;他绝不为了炫耀自己语言的知识,或为了装饰自己的作品来滥用它们。

有意识地将他的这些作品通叫作"通俗故事"。当然,这些绝不是普通的通俗故事,而是真正的艺术品,它们把艺术性和大众性相当高地结合起来了。

(周扬《论赵树理的创作》)

荷花淀

孙　犁

月亮升起来,院子里凉爽得很,干净得很,白天破好的苇眉子潮润润的,正好编席。女人坐在小院当中,手指上缠绞着柔滑修长的苇眉子。苇眉子又薄又细,在她怀里跳跃着。

要问白洋淀有多少苇地?不知道。每年出多少苇子?不知道。只晓得,每年芦花飘飞苇叶黄的时候,全淀的芦苇收割,垛起垛来,在白洋淀周围的广场上,就成了一条苇子的长城。女人们,在场里院里编着席。编成了多少席?六月里,淀水涨满,有无数的船只,运输银白雪亮的席子出口,不久,各地的城市村庄,就全有了花纹又密、又精致的席子用了。大家争着买:

"好席子,白洋淀席!"

这女人编着席。不久在她的身子下面,就编成了一大片。她像坐在一片洁白的雪地上,也像坐在一片洁白的云彩上。她有时望望淀里,淀里也是一片银白世界。水面笼起一层薄薄透明的雾,风吹过来,带着新鲜的荷叶荷花香。

但是大门还没关,丈夫还没回来。

很晚丈夫才回来了。这年轻人不过二十五六岁,头戴一顶大草帽,上身穿一件洁白的小褂,黑单裤卷过了膝盖,光着脚。他叫水生,小苇庄的游击组长,党的负责人。今天领着游击组到区上开会去来。女人抬头笑着问:

"今天怎么回来得这么晚?"站起来要去端饭。水生坐在台阶上说:

"吃过饭了,你不要去拿。"

女人就又坐在席子上。她望着丈夫的脸,她看出他的脸有些红胀,说话也有些气喘。她问:

"他们几个哩?"

水生说:

"还在区上。爹哩?"

女人说:

"睡了。"

"小华哩?"

"和他爷爷去收了半天虾篓,早就睡了。他们几个为什么还不回来?"

水生笑了一下。女人看出他笑得不像平常。

"怎么了,你?"

水生小声说:

"明天我就到大部队上去了。"

女人的手指震动了一下,像是叫苇眉子划破了手,她把一根手指放在嘴里吮了一下。水生说:

"今天县委召集我们开会。假若敌人再在同口安上据点,那和端村就成了一条线,淀里的斗争形势就变了。会上决定成立一个地区队。我第一个举手报了名的。"

女人低着头说:

"你总是很积极的。"

水生说:

"我是村里的游击组长,是干部,自然要站在头里,他们几个也报了名。他们不敢回来,怕家里的人拖尾巴。公推我代表,回来和家里人们说一说。他们全觉得你还开明一些。"

女人没有说话。过了一会,她才说:

"你走,我不拦你,家里怎么办?"

水生指着父亲的小房叫她小声一些。说:

"家里,自然有别人照顾。可是咱的庄子小,这一次参军的就有七个。庄上青年人少了,也不能全靠别人,家里的事,你就多做些,爹老了,小华还不懂事。"

女人鼻子里有些酸,但她并没有哭。只说:

"你明白家里的难处就好了。"

水生想安慰她。因为要考虑准备的事情还太多,他只说了两句:

"千斤的担子你先担吧,打走了鬼子,我回来谢你。"

说罢,他就到别人家里去了,他说回来再和父亲谈。

鸡叫的时候,水生才回来。女人还是呆呆地坐在院子里等他,她说:

"你有什么话嘱咐我吧!"

"没有什么话了,我走了,你要不断进步,识字,生产。"

"嗯。"

"什么事也不要落在别人后面!"

"嗯,还有什么?"

"不要叫敌人汉奸捉活的。捉住了要和他拼命。"那最重要的一句,女人流着眼泪答应了他。

第二天,女人给他打点好一个小小的包裹,里面包了一身新单衣,一条新毛巾,一双新鞋子。那几家也是这些东西,交水生带去。一家人送他出了门。父亲一手拉着小华,对他说:

"水生,你干的是光荣事情,我不拦你,你放心走吧。大人孩子我给你照顾,什么也不要惦记。"

全庄的男女老少也送他出来,水生对大家笑一笑,上船走了。

女人们到底有些藕断丝连。过了两天，四个青年妇女集在水生家里来，大家商量：

“听说他们还在这里没走。我不拖尾巴，可是忘下了一件衣裳。”

“我有句要紧的话得和他说说。”

水生的女人说：

“听他说鬼子要在同口安据点……”

“哪里就碰得那么巧，我们快去快回来。”

“我本来不想去，可是俺婆婆非叫我再去看看他，有什么看头啊！”

于是这几个女人偷偷坐在一只小船上，划到对面马庄去了。

到了马庄，她们不敢到街上去找，来到村头一个亲戚家里。亲戚说：你们来得不巧，昨天晚上他们还在这里，半夜里走了，谁也不知开到哪里去。你们不用惦记他们，听说水生一来就当了副排长，大家都是欢天喜地的……

几个女人羞红着脸告辞出来，摇开靠在岸边上的小船。现在已经快到晌午了，万里无云，可是因为在水上，还有些凉风。这风从南面吹过来，从稻秧上苇尖吹过来。水面没有一只船，

水像无边的跳荡的水银。

几个女人有点失望，也有些伤心，各人在心里骂着自己的狠心贼。可是青年人，永远朝着愉快的事情想，女人们尤其容易忘记那些不痛快。不久，她们就又说笑起来了。

“你看说走就走了。”

“可慌（高兴的意思）哩，比什么也慌，比过新年，娶新——也没见他这么慌过！”

“拴马桩也不顶事了。”

“不行了，脱了缰了！”

“一到军队里，他一准得忘了家里的人。”

“那是真的，我们家里住过一些年轻的队伍，一天到晚仰着脖子出来唱，进去唱，我们一辈子也没那么乐过。等他们闲下来没有事了，我就傻想：该低下头了吧。你猜人家干什么？用白粉子在我家影壁上画上许多圆圈圈，一个一个蹲在院子里，托着枪瞄那个，又唱起来了！”

她们轻轻划着船，船两边的水哗，哗，哗。顺手从水里捞上一棵菱角来，菱角还很嫩很小，乳白色。顺手又丢到水里去。那棵菱角就又安安稳稳浮在水面上生长去了。

“现在你知道他们到了哪里？”

“管他哩，也许跑到天边上去了！”

她们都抬起头往远处看了看。

“唉呀！那边过来一只船。”

“唉呀！日本鬼子，你看那衣裳！”

“快摇！”

小船拼命往前摇。她们心里也许有些后悔，不该这么冒冒失失走来；也许有些怨恨那些走远了的人。但是立刻就想，什么也别想了，快摇，大船紧紧追过来了。

大船追得很紧。

幸亏是这些青年妇女，白洋淀长大的，她们摇得小船飞快。小船活像离开了水皮的一条打跳的梭鱼。她们从小跟这小船打交道，驶起来，就像织布穿梭，缝衣透针一般快。

假如敌人追上了，就跳到水里去死吧！

后面大船来得飞快。那明明白白是鬼子！这几个青年妇女咬紧牙制止住心跳，摇橹的手并没有慌，水在两旁大声哗哗，哗哗，哗哗哗！

“往荷花淀里摇！那里水浅，大船过不去。”

她们奔着那不知道有几亩大小的荷花淀去，那一望无边际的密密层层的大荷叶，迎着阳光舒展开，就像铜墙铁壁一样。粉色荷花箭高高地挺出来，是监视白洋淀的哨兵吧！

她们向荷花淀里摇，最后，努力地一摇，小船窜进了荷花淀。几只野鸭扑楞楞飞起，尖声惊叫，掠着水面飞走了。就在她们的耳边响起一排枪声！

整个荷花淀全震荡起来。她们想，陷在敌人的埋伏里了，一准要死了，一齐翻身跳到水里去。渐渐听清楚枪声只是向着外面，她们才又扒着船帮露出头来。她们看见不远的地方，那宽厚肥大的荷叶下面，有一个人的脸，下半截身子长在水里。荷花变成人了？那不是我们的水生吗？又往左右看去，不久各人就找到了各人丈夫的脸，啊！原来是他们！

但是那些隐蔽在大荷叶下面的战士们，正在聚精会神瞄着敌人射击，半眼也没有看她们。

枪声清脆，三五排枪过后，他们投出了手榴弹，冲出了荷花淀。

手榴弹把敌人那只大船击沉，一切都沉下去了。水面上只剩下一团烟硝火药气味。战士们就在那里大声欢笑着，打捞战利品。他们又开始了沉到水底捞出大鱼来的拿手戏。他们争着捞出敌人的枪支、子弹带，然后是一袋子一袋子叫水浸透了的面粉和大米。水生拍打着水去追赶一个在水波上滚动的东西，是一包用精致纸盒装着的饼干。

妇女们带着浑身水，又坐到她们的小船上去了。

水生追回那个纸盒，一只手高高举起，一只手用力拍打着水，好使自己不沉下去。对着荷花淀吆喝：

“出来吧，你们！”

好像带着很大的气。

她们只好摇着船出来。忽然从她们的船底下冒出一个人来，只有水生的女人认得那是区小队的队长。这个人抹一把脸上的水问她们：

“你们干什么来呀？”

水生的女人说：

“又给他们送了一些衣裳来！”

小队长回头对水生说：

“都是你村的？”

“不是她们是谁，一群落后分子！”说完把纸盒顺手丢在女人们船上，一泅，又沉到水底下去了，到很远的地方才钻出来。

小队长开了个玩笑，他说：

“你们也没有白来，不是你们，我们的伏击不会这么彻底。可是，任务已经完成，该回去晒晒衣裳了。情况还紧得很!"

战士们已经把打捞出来的战利品,全装在他们的小船上,准备转移。一人摘了一片大荷叶顶在头上,抵挡正午的太阳。几个青年妇女把掉在水里又捞出来的小包裹,丢给了他们,战士们的三只小船就奔着东南方向,箭一样飞去了。不久就消失在中午水面上的烟波里。

几个青年妇女划着她们的小船赶紧回家,一个个像落水鸡似的。一路走着,因过于刺激和兴奋,她们又说笑起来,坐在船头脸朝后的一个噘着嘴说:

"你看他们那个横样子,见了我们爱搭理不搭理的!"

"啊,好像我们给他们丢了什么人似的。"

她们自己也笑了,今天的事情不算光彩,可是:

"我们没枪,有枪就不往荷花淀里跑,在大淀里就和鬼子干起来!"

"我今天也算看见打仗了。打仗有什么出奇,只要你不着慌,谁还不会趴在那里放枪呀!"

"打沉了,我也会凫水捞东西,我管保比他们水式好,再深点我也不怕!"

"水生嫂,回去我们也成立队伍,不然以后还能出门吗!"

"刚当上兵就小看我们,过二年,更把我们看得一钱不值了,谁比谁落后多少呢!"

这一年秋季,她们学会了射击。冬天,打冰夹鱼的时候,她们一个个登在流星一样的冰船上,来回警戒。敌人围剿那百亩大苇塘的时候,她们配合子弟兵作战,出入在那芦苇似的海里。

(原载1945年5月15日《解放日报》第4版)

【作者简介】

孙犁(1913—2002年),原名孙树勋,河北省安平县人。十四岁考入保定育德中学,高中毕业后,流浪到北平,当过店员。1936年到安新县同口镇小学教学。1937年冬天,在家乡参加抗日战争。1939年到阜平,正式发表短篇小说和散文作品。1942年加入中国共产党。曾任冀中抗战学院、华北联合大学、延安鲁艺教员,晋察冀通讯社、《晋察冀日报》、晋察冀边区文联编辑。新中国成立后,历任中国作协天津分会副主席、主席,天津市文联名誉主席,中国作协第一至三届理事、作协顾问,中国文联第四届委员。著有长篇小说《风云初纪》,小说、散文集《白洋淀纪事》,中篇小说《铁木前传》。

【赏析指要】

《荷花淀》是孙犁的成名作,也是他的代表作。小说通过抗日战争时期白洋淀边以水生嫂为代表的年轻的农村妇女们,从送夫参军到组织起来抗战的一系列场景的描绘,歌颂了中国农村劳动妇女的美好心灵。作者把她们爱丈夫的人情之美和爱祖国的性格之美融合在一起,赞美了根据地军民英勇抗战的爱国主义精神和乐观主义的战斗激情,全文充满着浓郁的浪漫主义气息。对此,作者自己指出:"对于那些青年妇女。我已屡次声言,她们在抗日战争时代,所表现的识大体、乐观主义以及献身精神,使我衷心敬佩到五体投地的程度。"(孙犁.关于《荷花淀》的写作[J].新港.1979(1).)

小说的主人公水生嫂是一名普通的根据地农村劳动妇女。当水生告诉自己是第一个报名参军的时候，女人低着头说："你总是很积极的。"这七个字，把水生嫂依恋而又支持的心理表现得淋漓尽致，生动地表现了水生嫂对水生的真挚、朴实、深沉的爱情和识大体、顾大局的襟怀。几天之后，经历了荷花淀伏击战的青年妇女们被丈夫们的英勇行为所鼓舞，决定也组织起来，成立自己的队伍，配合子弟兵作战。这些描写，细腻生动地把以水生嫂为代表的青年妇女们丰富的思想感情及性格发展的全过程表现无遗。

在写法上，《荷花淀》独具特色。首先是作品中浓郁的诗意，对此，学术界曾有过"诗体小说""意境小说""抒情小说"等评价。这种诗意化的特点主要体现在日常生活场面的描写，如小说一开始月下织苇的画面，水生嫂和其他青年妇女在水上经历战斗的场面，还有散文诗化的语言等。写法上的另外一个特点是情节的设置上疏密相间，作者并没有描述故事发展的全过程，而是集中笔力重点描写了夫妻话别、马庄寻夫及湖面战斗三个典型的场景，塑造妇女群像的风貌，展现她们的性格发展。小说行文流畅自然，语言清新质朴，它熔小说、诗歌、散文的特点于一炉，创造了散文诗式的小说的独特风格，具有长久的艺术生命力。

【辑评】

这篇小说引起延安读者的注意，我想是因为同志们长年在西北高原工作，习惯于那里的大风沙的气候，忽然见到关于白洋淀水乡的描写，刮来的是带有荷花香味的风，于是情不自禁地感到新鲜吧。

（选自孙犁. 关于《荷花淀》的写作[J]. 新港，1979(1).）

【讨论探究】

1. 叶圣陶在《潘先生在难中》一文是如何塑造潘先生形象的？他对这个人物持怎样的态度？
2. 分析《拜堂》中男女主人公的形象。
3. 分析《为奴隶的母亲》的艺术特色。
4. 分析《春蚕》中老通宝的艺术形象。
5. 在当代，《边城》受到各种各样的读者的喜爱，你认为主要原因是什么？
6. 分析《小二黑结婚》的民族化、大众化特色。
7. 结合作品《荷花淀》，谈小说人性美、人情美的体现。

【拓展阅读】

1. 阅读叶圣陶的《倪焕之》，比较"潘先生"和"倪焕之"的形象塑造，评价叶圣陶小说创作思想和艺术风格的发展变化。
2. 阅读台静农的《新坟》《红灯》，结合《拜堂》，分析台静农小说的创作特点。
3. 如有兴趣，课外阅读许杰的《赌徒吉顺》、罗淑的《生人妻》，然后和柔石的《为奴隶的母亲》进行比较。
4. 阅读茅盾《农村三部曲》中其他两篇作品《秋收》和《残冬》。
5. 阅读沈从文《边城》的其他章节。

第五节 当代小说鉴赏

百合花

茹志鹃

一九四六年的中秋。

这天打海岸的部队决定晚上总攻。我们文工团创作室的几个同志，就由主攻团的团长分派到各个战斗连去帮助工作。

大概因为我是个女同志吧！团长对我抓了半天后脑勺，最后才叫一个通讯员送我到前沿包扎所去。

包扎所就包扎所吧！反正不叫我进保险箱就行。我背上背包，跟通讯员走了。

早上下过一阵小雨，现在虽放了晴，路上还是滑得很，两边地里的秋庄稼，却给雨水冲洗得青翠水绿，珠烁晶莹。空气里也带有一股清鲜湿润的香味。要不是敌人的冷炮，在间歇地盲目地轰响着，我真以为我们是去赶集的呢！

通讯员撒开大步，一直走在我前面。一开始他就把我撩下几丈远。我的脚烂了，路又滑，怎么努力也赶不上他。我想喊他等等我，却又怕他笑我胆小害怕；不叫他，我又真怕一个人摸不到那个包扎所。我开始对这个通讯员生起气来。

嗳！说也怪，他背后好像长了眼睛似的，倒自动在路边站下了。但脸还是朝着前面，没看我一眼。等我紧走慢赶地快要走近他时，他又蹬蹬蹬地自个向前走了，一下又把我摔下几丈远。我实在没力气赶了，索性一个人在后面慢慢晃。不过这一次还好，他没让我撩得太远，但也不让我走近，总和我保持着丈把远的距离。我走快，他在前面大踏步向前；我走慢，他在前面就摇摇摆摆。奇怪的是，我从没见他回头看我一次，我不禁对这通讯员发生了兴趣。

刚才在团部我没注意看他，现在从背后看去，只看到他是高挑挑的个子，块头不大，但从他那副厚实实的肩膀看来，是个挺棒的小伙。他穿了一身洗淡了的黄军装，绑腿直打到膝盖上。肩上的步枪筒里，稀疏地插了几根树枝，这要说是伪装，倒不如算作装饰点缀。

没有赶上他，但双脚胀痛得像火烧似的。我向他提出了休息一会后，自己便在做田界的石头上坐了下来。他也在远远的一块石头上坐下，把枪横搁在腿上，背向着我，好像没我这个人似的。凭经验，我晓得这一定又因为我是个女同志的缘故。女同志下连队，就有这些困难。我着恼地带着一种反抗情绪走过去，面对着他坐下来。这时，我看见他那张十分年轻稚气的圆脸，顶多有十八岁。他见我挨他坐下，立即张惶起来，好像他身边埋下了一颗定时炸弹，局促不安，掉过脸去不好，不掉过去又不行，想站起来又不好意思。我拼命忍住笑，随便地问他是哪里人。他没回答，脸涨得像个关公，讷讷半晌，才说清自己是天目山人。原来他还是我的同乡呢!

“在家时你干什么?”

“帮人拖毛竹。”

我朝他宽宽的两肩望了一下,立即在我眼前出现了一片绿雾似的竹海中间,一条窄窄的石级山道,盘旋而上。一个肩膀宽宽的小伙,肩上垫了一块老蓝布,扛了几枝青竹,竹梢长长地拖在他后面,刮打得石级哗哗作响……这是我多么熟悉的故乡生活啊!我立刻对这位同乡,越加亲热起来。

我又问:“你多大了?”

“十九。”

“参加革命几年了?”

“一年。”

“你怎么参加革命的?”我问到这里自己觉得这不像是谈话,倒有些像审讯。不过我还是禁不住地要问。

“大军北撤时我自己跟来的。”

“家里还有什么人呢?”

“娘,爹,弟弟妹妹,还有一个姑姑也住在我家里。”

“你还没娶媳妇吧?”

“……”他飞红了脸,更加忸怩起来,两只手不停地数摸着腰皮带上的扣眼。半晌他才低下了头,憨憨地笑了一下,摇了摇头。我还想问他有没有对象,但看到他这样子,只得把嘴里的话,又咽了下去。

两人闷坐了一会,他开始抬头看看天,又掉过来扫了我一眼,意思是在催我动身。

当我站起来要走的时候,我看见他摘了帽子,偷偷地在用毛巾拭汗。这是我的不是,人家走路都没出一滴汗,为了我跟他说话,却害他出了这一头大汗,这都怪我了。

我们到包扎所,已是下午两点钟了。这里离前沿有三里路,包扎所设在一个小学里,大小六个房子组成品字形,中间一块空地长了许多野草,显然,小学已有多时不开课了。我们到时屋里已有几个卫生员在弄着纱布棉花,满地上都是用砖头垫起来的门板,算作病床。

我们刚到不久,来了一个乡干部,他眼睛熬得通红,用一片硬拍纸插在额前的破毡帽下,低低地遮在眼睛前面挡光。

他一肩背枪,一肩挂了一杆秤;左手挎了一篮鸡蛋,右手提了一口大锅,呼哧呼哧地走来。他一边放东西,一边对我们又抱歉又诉苦,一边还喘息地喝着水,同时还从怀里掏出一包饭团来嚼着。我只见他迅速地做着这一切。他说的什么我就没大听清。好像是说什么被子的事,要我们自己去借。我问清了卫生员,原来因为部队上的被子还没发下来,但伤员流了血,非常怕冷,所以就得向老百姓去借。哪怕有一二十条棉絮也好。我这时正愁工作插不上手,便自告奋勇讨了这件差事,怕来不及就顺便也请了我那位同乡,请他帮我动员几家再走。他踌躇了一下,便和我一起去了。

我们先到附近一个村子,进村后他向东,我往西,分头去动员。不一会,我已写了三张借条出去,借到两条棉絮,一条被子,手里抱得满满的,心里十分高兴,正准备送回去再来借时,看见通讯员从对面走来，两手还是空空的。

“怎么，没借到?”我觉得这里老百姓觉悟高，又很开通，怎么会没有借到呢？我有点惊奇地问。

“女同志，你去借吧！……老百姓死封建……”

“哪一家？你带我去。”我估计一定是他说话不对，说崩了。借不到被子事小，得罪了老百姓影响可不好。我叫他带我去看看。但他执拗地低着头，像钉在地上似的，不肯挪步，我走近他，低声地把群众影响的话对他说了。他听了，果然就松松爽爽地带我走了。

我们走进老乡的院子里，只见堂屋里静静的，里面一间房门上，垂着一块蓝布红额的门帘，门框两边还贴着鲜红的对联。我们只得站在外面向里“大姐、大嫂”地喊，喊了几声，不见有人应，但响动是有了。一会，门帘一挑，露出一个年轻媳妇来。这媳妇长得很好看，高高的鼻梁，弯弯的眉，额前一溜蓬松松的刘海。穿的虽是粗布，倒都是新的。我看她头上已硬挠挠的挽了髻，便大嫂长大嫂短的向她道歉，说刚才这个同志来，说话不好别见怪，等等。她听着，脸扭向里面，尽咬着嘴唇笑。我说完了，她也不作声，还是低头咬着嘴唇，好像忍了一肚子的笑料没笑完。这一来，我倒有些尴尬了，下面的话怎么说呢！我看通讯员站在一边，眼睛一眨不眨地看着我，好像在看连长做示范动作似的。我只好硬了头皮，讪讪地向她开口借被子了，接着还对她说了一遍共产党的部队，打仗是为了老百姓的道理。这一次，她不笑了，一边听着，一边不断向房里瞅着。我说完了，她看看我，看看通讯员，好像在掂量我刚才那些话的斤两。半晌，她转身进去抱被子了。

通讯员乘这机会，颇不服气地对我说道：“我刚才也是说的这几句话，她就是不借，你看怪吧！……”

我赶忙白了他一眼，不叫他再说。可是来不及了，那个媳妇抱了被子，已经在房门口了。被子一拿出来，我方才明白她刚才为什么不肯借的道理了。这原来是一条里外全新的新花被子，被面是假洋缎的，枣红底，上面撒满白色百合花。

她好像是在故意气通讯员，把被子朝我面前一送，说：“抱去吧。”

我手里已捧满了被子，就一努嘴，叫通讯员来拿。没想到他竟扬起脸，装作没看见。我只好开口叫他，他这才绷了脸，垂着眼皮，上去接过被子，慌慌张张地转身就走。不想他一步还没有走出去，就听见“嘶”的一声，衣服挂住了门钩，在肩膀处，挂下一片布来，口子撕得不小。那媳妇一面笑着，一面赶忙找针拿线，要给他缝上。通讯员却高低不肯，挟了被子就走。

刚走出门不远，就有人告诉我们，刚才那位年轻媳妇，是刚过门三天的新娘子，这条被子就是她唯一的嫁妆。我听了，心里便有些过意不去，通讯员也皱起了眉，默默地看着手里的被子。我想他听了这样的话一定会有同感吧！果然，他一边走，一边跟我嘟哝起来了。

“我们不了解情况，把人家结婚被子也借来了，多不合适呀！……”我忍不住想给他开个玩笑，便故作严肃地说：“是呀！也许她为了这条被子，在做姑娘时，不知起早熬夜，多干了多少零活，才积起了做被子的钱，或许她曾为了这条花被，睡不着觉呢。可是还有人骂她死封建……”

他听到这里，突然站住脚，呆了一会，说：“那！……那我们送回去吧！”

“已经借来了，再送回去，倒叫她多心。”我看他那副认真、为难的样子，又好笑，又觉得可爱。不知怎么的,我已从心底爱上了这个傻呼呼的小同乡。

他听我这么说,也似乎有理,考虑了一下,便下了决心似的说:“好,算了。用了给她好好洗洗。”他决定以后,就把我抱着的被子,统统抓过去,左一条、右一条地披挂在自己肩上,大踏步地走了。

回到包扎所以后,我就让他回团部去。他精神顿时活泼起来了,向我敬了礼就跑了。走不几步,他又想起了什么,在自己挂包里掏了一阵,摸出两个馒头,朝我扬了扬,顺手放在路边石头上,说:“给你开饭啦!”说完就脚不点地地走了。我走过去拿起那两个干硬的馒头,看见他背的枪筒里不知在什么时候又多了一枝野菊花,跟那些树枝一起,在他耳边抖抖地颤动着。

他已走远了,但还见他肩上撕挂下来的布片,在风里一飘一飘。我真后悔没给他缝上再走。现在,至少他要裸露一晚上的肩膀了。

包扎所的工作人员很少。乡干部动员了几个妇女,帮我们打水,烧锅,做些零碎活。那位新媳妇也来了,她还是那样,笑眯眯地抿着嘴,偶然从眼角上看我一眼,但她时不时地东张西望,好像在找什么。后来她到底问我说:“那位同志弟到哪里去了?”我告诉她同志弟不是这里的,他现在到前沿去了。她不好意思地笑了一下说:“刚才借被子,他可受我的气了!”说完又抿了嘴笑着,动手把借来的几十条被子、棉絮,整整齐齐地分铺在门板上、桌子上(两张课桌拼起来,就是一张床)。我看见她把自己那条白百合花的新被,铺在外面屋檐下的一块门板上。

天黑了,天边涌起一轮满月。我们的总攻还没发起。敌人照例是忌怕夜晚的,在地上烧起一堆堆的野火,又盲目地轰炸,照明弹也一个接一个地升起,好像在月亮下面点了无数盏的汽油灯,把地面的一切都赤裸裸地暴露出来了。在这样一个“白夜”里来攻击,有多困难,要付出多大的代价啊!

我连那一轮皎洁的月亮,也憎恶起来了。

乡干部又来了,慰劳了我们几个家做的干菜月饼。原来今天是中秋节了。

啊,中秋节,在我的故乡,现在一定又是家家门前放一张竹茶几,上面供一副香烛,几碟瓜果月饼。孩子们急切地盼那炷香快些焚尽,好早些分摊给月亮娘娘享用过的东西,他们在茶几旁边跳着唱着:“月亮堂堂,敲锣买糖……”或是唱着:“月亮嬷嬷,照你照我……”我想到这里,又想起我那个小同乡,那个拖毛竹的小伙,也许,几年以前,他还唱过这些歌吧!……我咬了一口美味的家做月饼,想起那个小同乡大概现在正趴在工事里,也许在团指挥所,或者是在那些弯弯曲曲的交通沟里走着哩!……

一会儿,我们的炮响了,天空划过几颗红色的信号弹,攻击开始了。不久,断断续续地有几个伤员下来,包扎所的空气立即紧张起来。

我拿着小本子,去登记他们的姓名、单位,轻伤的问问,重伤的就得拉开他们的符号,或是翻看他们的衣襟。我拉开一个重彩号的符号时,“通讯员”三个字使我突然打了个寒战,心跳起来。我定了下神才看到符号上写着×营的字样。啊!不是,我的同乡他是团部的通讯员。但我又莫名其妙地想问问谁,战地上会不会漏掉伤员。通讯员在战斗时,除了送信,还干什么——我不知道自己为什么要问这些没意思的问题。

战斗开始后的几十分钟里,一切顺利,伤员一次次带下来的消息,都是我们突破第一道鹿砦，第二道铁丝网，占领敌人前沿工事打进街了。但到这里，消息忽然停顿了，下来的伤员，只是简单地回答说："在打。"或是"在街上巷战。"

但从他们满身泥泞、极度疲乏的神色上，甚至从那些似乎刚从泥里掘出来的担架上，大家明白，前面在进行着一场什么样的战斗。

包扎所的担架不够了，好几个重伤号不能及时送后方医院，耽搁下来。

我不能解除他们任何痛苦，只得带着那些妇女，给他们拭脸洗手，能吃的喂他们吃一点，带着背包的，就给他们换一件干净衣裳，有些还得解开他们的衣服，给他们拭洗身上的污泥血迹。

做这种工作，我当然没什么，可那些妇女又羞又怕，就是放不开手来，大家都要抢着去烧锅，特别是那新媳妇。我跟她说了半天，她才红了脸，同意了。不过只答应做我的下手。

前面的枪声，已响得稀落了。感觉上似乎天快亮了，其实还只是半夜。

外边月亮很明，也比平日悬得高。前面又下来一个重伤员。屋里铺位都满了，我就把这位重伤员安排在屋檐下的那块门板上。担架员把伤员抬上门板，但还围在床边不肯走。一个上了年纪的担架员，大概把我当作医生了，一把抓住我的膀子说："大夫，你可无论如何要想办法治好这位同志呀！你治好他，我……我们全体担架队员给你挂匾……"他说话的时候，我发现其他的几个担架员也都睁大了眼盯着我，似乎我点一点头，这伤员就立即会好了似的。我心想给他们解释一下，只见新媳妇端着水站在床前，短促地"啊"了一声。我急拨开他们上前一看，我看见了一张十分年轻稚气的圆脸，原来棕红的脸色，现已变得灰黄。他安详地合着眼，军装的肩头上，露着那个大洞，一片布还挂在那里。

"这都是为了我们……"那个担架员负罪地说道，"我们十多副担架挤在一个小巷子里，准备往前运动，这位同志走在我们后面，可谁知道狗日的反动派不知从哪个屋顶上撂下颗手榴弹来，手榴弹就在我们人缝里冒着烟乱转，这时这位同志叫我们快趴下，他自己就一下扑在那个东西上了……"

新媳妇又短促地"啊"了一声。我强忍着眼泪，给那些担架员说了些话，打发他们走了。我回转身看见新媳妇已轻轻移过一盏油灯，解开他的衣服，她刚才那种忸怩羞涩已经完全消失，只是庄严而虔诚地给他拭着身子，这位高大而又年轻的小通讯员无声地躺在那里……我猛然醒悟地跳起身，磕磕绊绊地跑去找医生，等我和医生拿了针药赶来，新媳妇正侧着身子坐在他旁边。

她低着头，正一针一针地在缝他衣肩上那个破洞。医生听了听通讯员的心脏，默默地站起身说："不用打针了。"我过去一摸，果然手都冰冷了。

新媳妇却像什么也没看见，什么也没听到，依然拿着针，细细地、密密地缝着那个破洞。我实在看不下去了，低声地说："不要缝了。"她却对我异样地瞟了一眼，低下头，还是一针一针地缝。我想拉开她，我想推开这沉重的氛围，我想看见他坐起来，看见他羞涩地笑。但我无意中碰到了身边一个什么东西，伸手一摸，是他给我开的饭，两个干硬的馒头……

卫生员让人抬了一口棺材来，动手揭掉他身上的被子，要把他放进棺材去。新媳妇这时脸发白，劈手夺过被子，狠狠地瞪了他们一眼。自己动手把半条被子平展展地铺在棺材底，半条盖在他身上。卫生员为难地说："被子……是借老百姓的。"

"是我的——"她气汹汹地嚷了半句，就扭过脸去。在月光下，我看见她眼里晶莹发亮，我也看见那条枣红底色上洒满白色百合花的被子，这象征纯洁与感情的花，盖上了这位平常的、掩毛竹的青年人的脸。

1958年3月

（原载《延河》1958年第3期）

【作者简介】

茹志鹃（1925—1998年），曾用笔名阿如、初旭。原籍浙江杭州，生于上海。1944年随兄参加新四军，发表小说《一个女学生的遭遇》。1951年创作的话剧《不拿枪的战士》获南京军区55年文艺创作二等奖。1955年转业到上海，任《文艺月报》编辑。出版小说集《关大妈》《黎明前的故事》。1958年发表短篇小说《百合花》（《延河》1958年3期），以细腻的笔触、清新的文风受到茅盾的赞赏，声誉鹊起。1960年起从事专业创作，出版了小说集《静静的产院》。“文化大革命”中创作中断。1974年在上海人民出版社文艺组工作。1979重新开始小说创作，有作品《剪辑错了的故事》《草原上的小路》等。《剪辑错了的故事》获1979年全国优秀短篇小说奖。还有长篇小说《她从那条路上来》，散文集《惜花人已去》等。

【赏析指要】

《百合花》是茹志鹃短篇小说的代表作。小说所反映的是一次激烈的解放战争，但作者只是把血腥的战争场面作为背景，描写了年仅19岁的小通讯员、文工团团员和过门才三天的新媳妇三个性格不同的普通人，这些人物有血有泪，个性鲜明，真实，与通常同类作品中那种高大式的英雄形象截然不同。小通讯员涉世不深，天真质朴，对生活充满情趣，他憨厚腼腆，和异性接触便很羞怯，但在危急关头却能挺身而出，舍己救人。过门才三天的俊俏新媳妇，是一个很普通的农村妇女，她善良淳朴，对“同志弟”有着朴素自然的骨肉情深，她毫不犹豫地献出自己象征着洁白无瑕的爱的百合花被子。作品朴素、自然、清新，赞美了人与人之间的最美好最纯真的感情。

【辑评】

是我最近读过的几十个短篇中间最使我满意，也最使我感动的一篇。

（茅盾. 谈最近的短篇小说[M]. 茅盾评论文集（上）：173.）

高女人和她的矮丈夫

冯骥才

一

你家院里有棵小树，树干光溜溜，早瞧惯了，可是有一天它忽然变得七扭八弯，愈看愈别扭。但日子一久，你就看顺眼了，仿佛它本来就应该是这样子。如果某一天，它忽然重新变直，你又会觉得说不出多么不舒服。它单调、乏味、简易，像根棍子！其实，它不过恢复最初的模样，你何以又别扭起来？

这是习惯吗？嘿，你可别小看了“习惯”！世界万事万物中，它无所不在。别看它不是必需恪守的法定规条，惹上它照旧叫你麻烦和倒霉。不过，你也别埋怨给它死死捆着，有时你也会不知不觉地遵从它的规范。比如说:你敢在上级面前喧宾夺主地大声大气说话吗?你能在老者面前放肆地发表自己的主见吗?在合影时,你能叫名人站在一旁,你却大模大样站在中间放开笑颜?不能,当然不能。甭说这些,你娶老婆,敢娶一个比你年长十岁,比你块头大,或者比你高一头的吗?你先别拿空话呛火,眼前就有这么一对——

二

她比他高十七厘米。

她身高一米七五,在女人们中间算做鹤立鸡群了;她丈夫只有一米五八,上大学时绰号"武大郎"。他和她的耳垂儿一般齐,看上去却好像差两头!

再说他俩的模样:这女人长得又干、又瘦、又扁,脸盘像没上漆的乒乓球拍儿。五官还算勉强看得过去,却又小又平,好似浅浮雕;胸脯毫不隆起,腰板细长僵直,臀部瘪下去,活像一块硬挺挺的搓板。她的丈夫却像一根短粗的橡皮辊儿:饱满,轴实,发亮;身上的一切——小腿啦,嘴巴啦,鼻头啦,手指肚儿啦,好像都是些溜圆而有弹性的小肉球。他的皮肤柔细光滑,有如质地优良的薄皮子。过剩的油脂就在这皮肤下闪出光亮,充分的血液就从这皮肤里透出鲜美微红的血色。他的眼睛简直像一对电压充足的小灯泡。他妻子的眼睛可就像一对乌乌涂涂的玻璃球儿了。两人在一起,没有谐调,只有对比。可是他俩还好像拴在一起,整天形影不离。

有一次,他们邻居一家吃团圆饭时,这家的老爷子酒喝多了,乘兴把桌上的一个细长的空酒瓶和一罐矮礅礅的猪肉罐头摆在一起,问全家人:"你们猜这像嘛?"他不等别人猜破就公布谜底,"就是楼下那高女人和她的短爷儿们!"

全家人轰然大笑,一直笑到饭后闲谈时。

他俩究竟是怎么凑成一对的?

这早就是团结大楼几十户住家所关注的问题了。自从他俩结婚时搬进这大楼,楼里的老住户无不抛以好奇莫解的目光。不过,有人爱把问号留在肚子里,有人忍不住要说出来罢了。多嘴多舌的人便议论纷纷。尤其是下雨天气,他俩出门,总是那高女人打伞。如果有什么东西掉在地上,矮男人去拾便是最方便了。大楼里一些闲得没事儿的婆娘们,看到这可笑的情景,就在一旁指指划划。难禁的笑声,憋在喉咙里咕咕作响。大人的无聊最能纵使孩子们的恶作剧。有些孩子一见到他俩就哄笑,叫喊着:"扁担长,板登宽……"他俩闻如未闻,对孩子们的哄闹从不发火,也不搭理。可能为此,也就与大楼里的人们一直保持着相当冷淡的关系。少数不爱管闲事的人,上下班碰到他们时,最多也只是点点头,打一下招呼而已。这便使那些真正对他俩感兴趣的人们,很难再多知道一些什么?比如,他俩的关系如何?为什么结合一起?谁将就谁?没有正式答案,只有靠瞎猜了。

这是座旧式的公寓大楼,房间的间量很大,向阳而明亮,走道又宽又黑。楼外是个很大的院子,院门口有间小门房。门房里也住了一户,户主是个裁缝。裁缝为人老实;裁缝的老婆却是个精力充裕、走家串户、爱好说长道短的女人,最喜欢刺探别人家里的私事和隐私。这大楼里家家的夫妻关系、姑嫂纠纷、做事勤懒、工资多少,她都一清二楚。凡她没弄清楚的事情,就要千方百计地打听到;这种求知欲能使愚顽成才。她这方面的本领更是超乎常人,甭说察言观色,能窥见人们藏在心里的念头;单靠嗅觉,就能知道谁家常吃肉,由此推算出这家收入状况。不知为什么,六十年代以来,处处居民住地,都有这样一类人被吸收为"街道积极分子”，使得他们对别人的干涉欲望合法化，能力和兴趣也得到发挥。看来，造物者真的不会荒废每一个人才的。

尽管裁缝老婆能耐，她却无法获知这对天天从眼前走来走去的极不相称的怪夫妻结合的缘由。这使她很苦恼。好像她的才干遇到了有力的挑战。但她凭着经验，苦苦琢磨，终于想出一条最能说服人的道理：夫妻俩中，必定一方有某种生理缺陷，否则谁也不会找一个比自己身高逆差一头的对象。她的根据很可靠：这对夫妻结婚三年还没有孩子呢！于是团结大楼的人都相信裁缝老婆这一聪明的判断。

事实向来不给任何人留情面，它打败了裁缝老婆！高女人怀孕了。人们的眼睛不断地瞥向高女人渐渐凸出来的肚子。这肚子由于离地面较高而十分明显。不管人们惊奇也好，质疑也好，困惑也好，高女人的孩子呱呱坠地了。每逢大太阳或下雨天气，两口子出门，高女人抱着孩子，打伞的事就落到矮男人身上。人们看他迈着滚圆的小腿，半举着伞儿，紧紧跟在后面滑稽的样子，对他俩居然成为夫妻，居然这样形影不离，好奇心仍然不减当初。各种听起来有理的说法依旧都有，但从这对夫妻身上却得不到印证。这些说法就像没处着落的鸟儿，啪啪地满天飞。裁缝老婆说：“这两人准有见不得人的事。要不他们怎么不肯接近别人？身上有脓早晚得冒出来，走着瞧吧！”果然一天晚上，裁缝老婆听见了高女人家里发出打碎东西的声音。她赶忙以收大院扫地费为借口，去敲高女人家的门。她料定长久潜藏在这对夫妻间的隐患终于爆发了，她要亲眼看见这对夫妻怎样反目，捕捉到最生动的细节。门开了，高女人笑吟吟迎上来，矮丈夫在屋里也是笑容满面，地上一只打得粉碎的碟子——裁缝老婆只看到这些。她匆匆收了扫地费出来后，半天也想不明白这夫妻之间到底发生了什么事。打碎碟子，没有吵架，反而像什么开心事一般快活。怪事！

后来，裁缝老婆做了团结大院的街道居民代表。她在协助户籍警察挨家查对户口时，终于找到了多年来经常叫她费心的问题答案。一个确凿可信、无法推翻的答案。原来这高女人和她的矮丈夫，都在化学工业研究所工作。矮男人是研究所总工程师，工次达一百八十元之多！高女人只是一名普普通通的化验员，收入不足六十元，而且出生在一个辛苦而赚钱又少的邮递员家庭。不然她怎么会嫁给一个比自己矮一头的男人？为了地位，为了钱，为了过好日子，对！她立即把这珍贵情报，告诉给团结大楼里闲得难受的婆娘们。人们总是按照自己的思维方式去解释世界，尽力把一切事物都和自己的理解力拉平。于是，裁缝老婆的话被大家确信无疑。多年来留在人们心里的谜，一下子被打开了。大家恍然大悟：原来这矮男人是个先天不足的富翁，高女人是个见钱眼开、命里有福的穷娘儿们。当人们谈到这个模样像匹大洋马、却偏偏命好的高女人时，语调中往往带一股气。尤其是裁缝老婆。

三

人命运的好坏不能看一时，可得走着瞧。

一九六六年，团结大楼就像缩小了的世界，灾难降世，各有祸福，楼里的所有居民都到了“转运”时机。生活处处都是巨变和急变。矮男人是总工程师，迎头遭到横祸，家被抄，家具被搬得一空，人挨过斗，关进牛棚。祸事并不因此了结，有人说他多年来，白天在研究所工作，晚上回家把研究成果偷偷写成书，打算逃出国，投奔一个有钱的远亲。把国家科技情报献给外国资本家——这个荒诞不经的说法居然有很多人信以为真。那时，世道狂乱，人人失去常态，宁肯无知，宁愿心狠，还有许多出奇的妄想，恨不得从身旁发现出希特勒。研究所的人们便死死缠住总工程师不放,吓他、揍他、施加各种压力,同时还逼迫高女人交出那部谁也没见过的书稿,但没效果。有人出主意,把他俩弄到团结大楼的院里开一次批斗大会;谁都怕在亲友熟人面前丢丑,这也是一种压力。当各种压力都使过而无效时,这种做法,不妨试试,说不定能发生作用。

那天,团结大楼有史以来这样热闹。

下午研究所就来了一群人,在当院两棵树中间用粗麻绳扯了一道横标,写着有那矮子的姓名,上边打个叉;院内外贴满口气咄咄逼人的大小标语,并在院墙上用十八张纸公布了这矮子的“罪状”。会议计划在晚饭后召开,研究所还派来一位电工,在当院拉了电线,装上四个五百烛光的大灯泡。此时的裁缝老婆已经由街道代表升任为治保主任,很有些权势,志得意满,人也胖多了。这天可把她忙得够呛,她带领楼里几个婆娘,忙里忙外,帮着刷标语,又给研究所的革命者们斟茶倒水,装灯用电还是从她家拉出来的呢!真像她家办喜事一样!

晚饭后,大楼里的居民都给裁缝老婆召集到院里来了。四盏大灯亮起来,把大院照得像夜间球场一般雪亮。许许多多人影,好似放大了数十倍,投射在楼墙上。这人影都是肃然不动的,连孩子们也不敢随便活动。裁缝老婆带着一些人,左臂上也套上红袖章,这袖章在当时是最威风的了。她们守在门口,不准外人进来。不一会儿,化工研究所一大群人,也戴袖章,押着高女人和她的矮丈夫,一路呼着口号,浩浩荡荡来了。矮男人胸前挂一块牌子,高女人没挂。他俩一直给押到台前,并排低头站好。裁缝老婆跑上来说:“这家伙太矮了,后边的革命群众瞧不见。我给他想点办法!”说着,带着一股冲动劲儿扭着肩上的两块肉,从家里抱来一个肥皂箱子,倒扣过来,叫矮男人站上去。这样一来,他才与自己的老婆一般高,但此时此刻,很少有人对这对大难临头的夫妻不成比例的身高发生兴趣了。

大会依照流行的格式召开。宣布开会,呼口号,随后是进入了角色的批判者们慷慨激昂的发言,又是呼口号。压力使足,开始要从高女人嘴里逼供了。于是,人们围绕着那本“书稿”,唇枪舌剑地向高女人发动进攻。你问,我问,他问;尖声叫,粗声吼,哑声喊;大声喝,厉声逼,紧声追……高女人却只是摇头,真诚恳切地摇头。但真诚最廉价;相信真诚就意味着否定这世界上的一切。

无论是脾气暴躁的汉子们跳上去,挥动拳头威胁她,还是一些颇有攻心计的人,想出几句巧妙而带圈套的话问她,都给她这恳切又断然的摇头拒绝了。这样下去,批判会就会没结果,没成绩,甚至无法收场。研究所的人有些为难,他们担心这个会开得龙头蛇尾,乘兴而来,败兴而归。

裁缝老婆站在一旁听了半天,愈听愈没劲。她大字不识,既对什么“书稿”毫无兴趣,又觉得研究所这帮人说话不解气。她忽然地跑到台前,抬起戴红袖章的左胳膊,指着高女人气冲冲地问:

“你说,你为什么要嫁给他?”

这句突如其来的问话使研究所的人一怔,不知道这位治保主任的问话与他们所关心的事有什么奇妙的联系。

高女人也怔住了。她也不知道裁缝老婆为什么提出这个问题。这问题不是这个世界所关心的。她抬起几个月来被折磨得如同一张皱巴巴枯叶的瘦脸,脸上满是诧异神情。

“好啊!你不敢回答,我替你说吧!你是不是图这家伙有钱,才嫁给他的?没钱,谁要这么个矮子!”裁缝老婆大声说。声调中有几分得意,似乎她才是最知道这高女人根底的。

高女人没有点头,也没摇头。她好像忽然明白了裁缝老婆的一切。眼里闪出一股傲岸、嘲讽、倔犟的光芒。

“好,好,你不服气! 这家伙现在完蛋了,看你还靠得上不! 你心里是怎么回事,我知道!”裁缝老婆一拍胸脯,手一挥,还有几个婆娘在旁边助威,她真是得意到达极点。

研究所的人听得稀里糊涂:这种弄不明白的事,就索性糊涂下去更好。别看这些婆娘们离题千里地胡来,反而使会场一下子热闹起来。没有这种气氛,批判会怎好收场? 于是研究所的人也不阻拦,任使婆娘们上阵发威。只听这些婆娘们叫着:

“他总共给你多少钱? 他给你买过什么好东西? 说!”

“你一月二百块钱不嫌够,还想出国,美的你!”

“邓拓是不是他的后台?”

“有一天你往北京打电话,给谁打的,是不是给‘三家村’打的?”

会开得成功与否,全看气氛如何。研究所主持批判会的人,看准时机,趁会场热闹,带领人们高声呼喊了一连串口号,然后赶紧收场散会。跟着,研究所的人又在高女人家搜查一遍,撬开地板,揿掉墙皮,一无所获,最后押着矮男人走了,只留下高女人。

高女人一直呆在屋里,入夜时竟然独自出去了。她没想到,大楼门房的裁缝家虽然闭了灯,裁缝老婆却一直守在窗口盯着她的动静。见她出去,就紧紧尾随在后边,出了院门,向西走了两个路口,只见高女人穿过街在一家门前停住,轻轻敲几下门板。裁缝老婆躲在街道面的电线杆后面,屏住气,瞪大眼,好像等着捕捉出洞的兔儿。她要捉人,自己反而比要捉的人更紧张。

咔嚓一声,那门开了。一位老婆婆送出个小孩。只听那老婆婆说:

“完事了?”

没听见高女人说什么。

又是老婆婆的声音:

“孩子吃饱了,已经睡了一觉。快回去吧!”

裁缝老婆忽然想起,这老婆婆家原是高女人的托儿户,满心的兴致陡然消失。这时高女人转过身,领着孩子往回走,一路无话,只有娘俩的脚声。裁缝老婆躲在电线杆后面没敢动,待她们走出一段距离,才独自怏怏地回家了。

第二天一早,高女人领着孩子走出大楼时眼圈明显地发红,大楼里没人敢和她说话,却都看见了她红肿的眼皮。特别是昨晚参加过批斗会的人们,心里微微有种异样的、亏心似的感觉,扭过脸,躲开她的目光。

四

矮男人自批判会那天被押走后,一直没放回来。此后据消息灵通的裁缝老婆说,矮男人又出了什么现行问题,进了监狱。高女人成了在押囚犯的老婆,落到了生活的最底层,自然不配住在团结大楼内那种宽敞的房间,被强迫和裁缝老婆家调换了住房。她搬到离楼十几米远孤零零的小屋去住。这倒也不错,省得经常和楼里的住户打头碰面,互相不敢搭理,都挺尴尬。但整座楼的人们都能透过窗子,看见那孤单的小屋和她孤单单的身影。不知她把孩子送到哪里去了,只是偶尔才接回家住几天。她默默过着寂寞又沉重的日子,三十多岁的人，从容貌看上去很难说她还年轻。裁缝老婆下了断语：

“我看这娘儿们最多再等上一年。那矮子再不出来，她就得改嫁。要是我啊——现在就离婚改嫁，等那矮子干嘛，就是放出来，人不是人，钱也没了！”

过了一年，矮男人还是没放出来，高女人依旧不声不响地生活，上班下班，走进走出，点着炉子，就提一个挺大的黄色的破草篮去买菜。一年三百六十五天，天天如此……但有一天，矮男人重新出现了。这是秋后时节，他穿得单薄，剃了短平头，人大变了样子，浑身好似小了一圈儿，皮肤也褪去了光泽和血色。他回来径直奔楼里自家的门，却被新户主、老实巴交的裁缝送到门户前。高女人蹲在门口劈木柴，一听到他的招呼，刷地站起身，直怔怔看着他。两年未见的夫妻，都给对方的明显变化惊呆了。一个枯槁，一个憔悴；一个显得更高，一个显得更矮。两人互相看了一忽儿，赶紧掉过头去，高女人扭身跑进屋去，半天没出来；他便蹲在地上拾起斧头劈木柴，直把两大筐木块都劈成细木条。仿佛他俩再面对片刻就要爆发出什么强烈而受不了的事情来。此后，他俩又是形影不离地一起上班，一起下班回家，一切如旧。楼里的人们从他俩身上找不出任何异样，兴趣也就渐渐减少。无论有没有他俩，都与别人无关。

一天早上，高女人出了什么事。只见矮男人惊慌失措从家里跑出去。不会儿，来了一辆救护车把高女人拉走。一连好些天，那门房总是没人，夜间也黑着灯。二十多天后，矮男人和一个陌生人抬一副担架回来，高女人躺在担架上，走进小门房。从此高女人便没有出屋。矮男人照例上班，傍晚回来总是急急忙忙生小炉子，就提着草篮去买菜。这草篮就是一两年前高女人天天使用的那个。如今提在他手里便显得太大，底儿快蹭地了。

转年天气回暖时，高女人出屋了。她久久没见阳光的脸，白得像刷一层粉那样难看。刚刚立起的身子左倒右歪。她右手拄一根竹棍，左胳膊弯在胸前，左腿僵直，迈步困难，一看即知，她的病是脑血栓。从这天起，矮男人每天清早和傍晚都搀扶着高女人在当院遛两圈。他俩走得艰难缓慢。矮男人两只手用力端着老婆打弯的胳膊。他太矮了，抬她的手臂时，必须向上耸起自己的双肩。他很吃力，但他却掬出笑容，为了给妻子以鼓励。高女人抬不起左脚，他就用一根麻绳，套在高女人的左脚上，绳子的另一端拿在手里。高女人每要抬起左脚，他就使劲向上一提绳子。这情景奇异，可怜，又颇为壮观，使团结大楼的人们看了，不由得受到感动。这些人再与他俩打头碰面时，情不自禁地向他俩主动而友善地点头了……

五

高女人没有更多的福气，在矮小而挚爱的丈夫身边久留。死神和生活一样无情。生活打垮了她，死神拖走了她。现在只留下矮男人了。

偏偏在高女人离去后，幸运才重新来吻矮男人的脑门。他被落实了政策，抄走的东西发还给他了，扣掉的工资被发给他了。只剩下被裁缝老婆占去的房子还没调换回来。团结大楼里又有人眼盯着他，等着瞧他生活中的新闻。据说研究所不少人都来帮助他续弦，他都谢绝了。裁缝老婆说：

“他想要什么样的，我知道。你们瞧我的！”

裁缝老婆度过了她的极盛时代，如今变得谦和多了。权力从身上摘去，笑容就得挂在脸上。她怀里揣一张漂亮又年轻的女人照片，去到门房找矮男人。照片上这女人是她的亲侄女。

她坐在矮男人家里，一边四下打量屋里的家具物件，一边向这矮小的阔佬提亲。她笑容满面，正说得来劲，忽然发现矮男人一声不吭，脸色铁青，在他背后挂着当年与高女人的结婚照片，裁缝老婆没敢掏出侄女的照片，就自动告退了。

几年过去了，至今矮男人还是单身寡居，只在周日，从外边把孩子接回来，与他为伴。大楼里的人们看着他矮礅礅而孤寂的身影，想到他十多年来一桩桩事，渐渐好像悟到他坚持这种独身生活的缘故……逢到下雨天气，矮男人打伞去上班时，可能由于习惯，仍旧半举着伞。这时，人们有种奇妙的感觉，觉得那伞下好像有长长一块空间，空空的，世界上任什么东西也填补不上。

1982年2月16日天津

（原载《上海文学》1982年第5期）

【作者简介】

冯骥才，祖籍浙江省慈溪县，1942年生于天津市。20世纪70年代开始文学创作，已出版小说集《雕花烟斗》《铺花的歧路》《雾中人》《高女人和她的矮丈夫》《怪世奇谈》《炮打双灯》等，以及长篇小说《义和拳》（与李定兴合作）。冯骥才的小说题材广泛，体裁多样，手法多变，善于记录现实的风云，又擅长描写近代历史，表达对传统文化积淀的思考。

【赏析指要】

《高女人和她的矮丈夫》讲述了一个身材很高的女人嫁给了矮她很多的男人，时间是“文化大革命”时期。高女人是一个非常普通的服务员，而她的矮丈夫是一个研究所的研究员，工资很高，因为他们相差悬殊的身高，以及高女人丈夫高出她很多的工资，导致邻居们对他们有很多的非议，甚至是很恶毒的议论。小说有一个很感人的细节，就是每到下雨天出门，矮丈夫就会拼命踮起脚跟为妻子撑伞，但是这个让人感动心酸的至情至性的场面，他们的邻居们却看不到也不理解，而是感觉很滑稽、可笑。他们住的地方叫团结大楼，可以说是很有讽刺性的名字，里面住着物质和精神都很贫乏的人，无法理解这对夫妇内心的爱情，除了无端的非议之外，竟然凭空捏造，说他们夫妻与海外私通。这个罪名在那样一个年代，是非常严重的，最后高女人和她的矮丈夫终于被隔离批斗了。小说最精彩的场景应该是批斗会的描写，批斗会最后以闹剧收场，批斗会中那些心理极不平衡的女人们所关注的问题就是工资收入多少、海外私通等，但他们忽略了也无法感受和理解人性深处最感人的东西，如爱情、同情、善良。最后高女人在她生了孩子之后不久因病去世。后来矮丈夫终于平反了，一个人领着小孩艰难度日。人们看到，雨天出门时他仍努力向上举着伞，伞下却永远留着那段让人心碎的空白，这样的画面永远定格在阅读者的脑海中，让人潸然泪下，感人至深。

《高女人和她的矮丈夫》揭示在那个非常时代，人性被扭曲所引发出的悲剧。从这对夫妇所受的伤害中，揭示世俗心理中卑微、污浊的一面，充分显示了小市民那种趋炎附势、落井下石、搬弄是非、窥人隐私的文化心理的缺陷，这种心理有长期传统文化中积淀的糟粕，同时当时极“左”的政治环境的影响，这种恶俗的文化心理表现出的就是对人的不尊重，对人性的漠视和践踏。作品在艺术表现上细节描写非常成功，如下雨天出门时夫妇两人的行动描写，邻居在吃团圆饭时无聊地把长颈酒瓶与矮礅罐头放在一起猜谜的细节等，揭示了人性的美好和丑恶。

哦，香雪

铁 凝

如果不是有人发明了火车，如果不是有人把铁轨铺进深山，你怎么也不会发现台儿沟这个小村。它和它的十几户乡亲，一心一意掩藏在大山那深深的皱褶里，从春到夏，从秋到冬，默默地接受着大山任意给予的温存和粗暴。

然而，两根纤细、闪亮的铁轨延伸过来了。它勇敢地盘旋在山腰，又悄悄地试探着前进，弯弯曲曲，曲曲弯弯，终于绕到台儿沟脚下，然后钻进幽暗的隧道，冲向又一道山梁，朝着神秘的远方奔去。

不久，这条线正式营运，人们挤在村口，看见那绿色的长龙一路呼啸，挟带着来自山外的陌生、新鲜的清风，擦着台儿沟贫弱的脊背匆匆而过。它走得那样急忙，连车轮碾轧钢轨时发出的声音好像都在说：不停不停，不停不停！是啊，它有什么理由在台儿沟站脚呢，台儿沟有人要出远门吗？山外有人来台儿沟探亲访友吗？还是这里有石油储存，有金矿埋藏？台儿沟，无论从哪方面讲，都不具备挽住火车在它身边留步的力量。

可是，记不清从什么时候起，列车的时刻表上，还是多了"台儿沟"这一站。也许乘车的旅客提出过要求，他们中有哪位说话算数的人和台儿沟沾亲；也许是那个快乐的男乘务员发现台儿沟有一群十七八岁的漂亮姑娘，每逢列车疾驰而过，她们就成帮搭伙地站在村口，翘起下巴，贪婪、专注地仰望着火车。有人朝车厢指点，不时能听见她们由于互相捶打而发出的一两声娇嗔的尖叫。也许什么都不为，就因为台儿沟太小了，小得叫人心疼，就是钢筋铁骨的巨龙在它面前也不能昂首阔步，也不能不停下来。总之，台儿沟上了列车时刻表，每晚七点钟，由首都方向开往山西的这列火车在这里停留一分钟。

这短暂的一分钟，搅乱了台儿沟以往的宁静。从前，台儿沟人历来是吃过晚饭就钻被窝，他们仿佛是在同一时刻听到大山无声的命令。于是，台儿沟那一小片石头房子在同一时刻忽然完全静止了，静得那样深沉、真切，好像在默默地向大山诉说着自己的虔诚。如今，台儿沟的姑娘们刚把晚饭端上桌就慌了神，她们心不在焉地胡乱吃几口，扔下碗就开始梳妆打扮。她们洗净蒙受了一天的黄土、风尘，露出粗糙、红润的面色，把头发梳得乌亮，然后就比赛着穿出最好的衣裳。有人换上过年时才穿的新鞋，有人还悄悄往脸上涂点胭脂。尽管火车到站时已经天黑，她们还是按照自己的心思，刻意斟酌着服饰和容貌。然后，她们就朝村口，朝火车经过的地方跑去。香雪总是第一个出门，隔壁的凤娇第二个就跟了出来。

七点钟，火车喘息着向台儿沟滑过来，接着一阵空哐乱响，车身震颤一下，才停住不动了。姑娘们心跳着涌上前去，像看电影一样，挨着窗口观望。只有香雪躲在后面，双手紧紧捂着耳朵。看火车，她跑在最前边；火车来了，她却缩到最后去了。她有点害怕它那巨大的车头，车头那么雄壮地吐着白雾，仿佛一口气就能把台儿沟吸进肚里。它那撼天动地的轰鸣也叫她感到恐惧。在它跟前，她简直像一叶没根的小草。

"香雪，过来呀，看！"凤娇拉过香雪向一个妇女头上指，她指的是那个妇女头上别着的那一排金圈圈。

“怎么我看不见?”香雪微微眯着眼睛。

“就是靠里边那个,那个大圆脸。看,还有手表哪,比指甲盖还小哩!”凤娇又有了新发现。

香雪不言不语地点着头,她终于看见了妇女头上的金圈圈和她腕上比指甲盖还要小的手表。但她也很快就发现了别的。“皮书包!”她指着行李架上一只普通的棕色人造革学生书包。就是那种连小城市都随处可见的学生书包。

尽管姑娘们对香雪的发现总是不感兴趣,但她们还是围了上来。

“呦,我的妈呀!你踩着我的脚啦!”凤娇一声尖叫,埋怨着挤上来的一位姑娘。她老是爱一惊一咋的。

“你喳呼什么呀,是想叫那个小白脸和你答话了吧?”被埋怨的姑娘也不示弱。

“我撕了你的嘴!”凤娇骂着,眼睛却不由自主地朝第三节车厢的车门望去。

那个白白净净的年轻乘务员真下车来了。他身材高大,头发乌黑,说一口漂亮的北京话。也许因为这点,姑娘们私下里都叫他“北京话”。“北京话”双手抱住胳膊肘,和她们站得不远不近地说:“喂,我说小姑娘们,别扒窗户,危险!”

“呦,我们小,你就老了吗?”大胆的凤娇回敬了一句。

姑娘们一阵大笑,不知谁还把凤娇往前一搡,弄得她差点撞在他身上,这一来反倒更壮了凤娇的胆,“喂,你们老呆在车上不头晕?”她又问。

“房顶子上那个大刀片似的,那是干什么用的?”又一个姑娘问。她指的是车厢里的电扇。

“烧水在哪儿?”

“开到没路的地方怎么办?”

“你们城里人一天吃几顿饭?”香雪也紧跟在姑娘们后面小声问了一句。

“真没治!”“北京话”陷在姑娘们的包围圈里,不知所措地嘟囔着。

快开车了,她们才让出一条路,放他走。他一边看表,一边朝车门跑去,跑到门口,又扭头对她们说:“下次吧,下次一定告诉你们!”他的两条长腿灵巧地向上一跨就上了车,接着一阵叽哩哐啷,绿色的车门就在姑娘们面前沉重地合上了。列车一头扎进黑暗,把她们撇在冰冷的铁轨旁边。很久,她们还能感觉到它那越来越轻的震颤。

一切又恢复了寂静,静得叫人惆怅。姑娘们走回家去,路上还要为一点小事争论不休:“那九个金圈圈是绑在一块插到头上的。”

“不是!”

“就是!”

有人在开凤娇的玩笑:“凤娇,你怎么不说话,还想那个……‘北京话’哪?”

“去你的,谁说谁就想。”凤娇说着捏了一下香雪的手,意思是叫香雪帮腔。

香雪没说话,慌得脸都红了。她才十七岁,还没学会怎样在这种事上给人家帮腔。

“我看你是又想他又不敢说。他的脸多白呀。”一阵沉默过后,那个姑娘继续逗凤娇。

“白?还不是在那大绿屋里捂的。叫他到咱台儿沟住几天试试。”有人在黑影里说。

“可不,城里人就靠捂。要论白,叫他们和咱们香雪比比。咱们香雪,天生一副好皮子,再照火车那些闺女的样儿,把头发烫成弯弯绕,啧啧!真没治!凤娇姐,你说是不是?”

凤娇不接茬儿，松开了香雪的手。好像姑娘们真的在贬低她的什么人一样，她心里真有点替他抱不平呢。不知怎么的，她认定他的脸绝不是捂白的，那是天生。

香雪又悄悄把手送到凤娇手心里，她示意凤娇握住她的手，仿佛请求凤娇的宽恕，仿佛是她使凤娇受了委屈。

“凤娇，你哑巴啦？”还是那个姑娘。

“谁哑巴啦！谁像你们，专看人家脸黑脸白。你们喜欢，你们可跟上人家走啊！”凤娇的嘴巴很硬。

“我们不配！”

“你担保人家没有相好的？”

……

不管在路上吵得怎样厉害，分手时大家还是十分友好的，因为一个叫人兴奋的念头又在她们心中升起：明天，火车还要经过，她们还会有一个美妙的一分钟。和它相比，闹点小别扭还算回事吗？

哦，五彩缤纷的一分钟，你饱含着台儿沟的姑娘们多少喜怒哀乐！

日久天长，这五彩缤纷的一分钟，竟变得更加五彩缤纷起来，就在这个一分钟里，她们开始挎上装满核桃、鸡蛋、大枣的长方形柳条篮子，站在车窗下，抓紧时间跟旅客和和气气地做买卖。她们垫着脚尖，双臂伸得直直的，把整筐的鸡蛋、红枣举上窗口，换回台儿沟少见的挂面、火柴，以及姑娘们喜爱的发卡、纱巾，甚至花色繁多的尼龙袜。当然，换到后面提到的这几样东西是冒着回家挨骂的风险的，因为这纯属她们自作主张。

凤娇好像是大家有意分配给那个“北京话”的，每次都是她提着篮子去找他。她和他做买卖故意磨磨蹭蹭，车快开时才把整篮的鸡蛋塞给他。又是他先把鸡蛋拿走，下次见面时再付钱，那就更够意思了。如果他给她捎回一捆挂面、两条纱巾，凤娇就一定抽回一斤挂面还给他。她觉得，只有这样才对得起和他的交往，她愿意这种交往和一般的做买卖有区别。有时她也想起姑娘们的话：“你担保人家没有相好的？”其实，有没有相好的不关凤娇的事，她又没想过跟他走。可她愿意对他好，难道非得是相好的才能这么做吗？

香雪平时话不多，胆子又小，但做起买卖却是姑娘中最顺利的一个。旅客们爱买她的货，因为她是那么信任地瞧着你，那洁如水晶的眼睛告诉你，站在车窗下的这个女孩子还不知道什么叫受骗。她还不知道怎么讲价钱，只说：“你看着给吧。”你望着她那洁净得仿佛一分钟前才诞生的面孔，望着她那柔软得宛若红缎子似的嘴唇，心中会升起一种美好的感情。你不忍心跟这样的小姑娘耍滑头，在她面前，再爱计较的人也会变得慷慨大度。

有时她也抓空儿向他们打听外面的事，打听北京的大学要不要台儿沟人，打听什么叫“配乐诗朗诵”（那是她偶然在同桌的一本书上看到的）。有一回她向一位戴眼镜的中年妇女打听能自动开关的铅笔盒，还问到它的价钱。谁知没等人家回话，车已经开动了。她追着它跑了好远，当秋风和车轮的呼啸一同在她耳边鸣响时，她才停下脚步意识到，自己的行为是多么可笑啊。

火车眨眼间就无影无踪了。姑娘们围住香雪，当她们知道她追火车的原因后，便觉得好笑起来。

“傻丫头!”

“值不当的!”

她们像长者那样拍着她的肩膀。

“就怪我磨蹭,问慢了。”香雪可不认为这是一件值不当的事,她只是埋怨自己没抓紧时间。

“咳,你问什么不行呀!”凤娇替香雪挎起篮子说。

“也难怪,咱们香雪是学生呀。”也有人替香雪分辨。

也许就因为香雪是学生吧,是台儿沟唯一考上初中的人。

台儿沟没有学校,香雪每天上学要到十五里以外的公社。尽管不爱说话是她的天性,但和台儿沟的姐妹们总是有话可说的。公社中学可就没那么多姐妹了,虽然女同学不少,但她们的言谈举止,一个眼神,一声轻轻的笑,好像都是为了叫香雪意识到,她是小地方来的,穷地方来的。她们故意一遍又一遍地问她:“你们那儿一天吃几顿饭?”她不明白她们的用意,每次都认真地回答:“两顿。”然后又友好地瞧着她们反问道:“你们呢?”

“三顿!”她们每次都理直气壮地回答。之后,又对香雪在这方面的迟钝感到说不出的怜悯和气恼。

“你上学怎么不带铅笔盒呀?”她们又问。

“那不是吗。”香雪指指桌角。

其实,她们早知道桌角那只小木盒就是香雪的铅笔盒,但她们还是做出吃惊的样子。每到这时,香雪的同桌就把自己那只宽大的泡沫塑料铅笔盒摆弄得哒哒乱响。这是一只可以自动合上的铅笔盒,很久以后,香雪才知道它所以能自动合上,是因为铅笔盒里包藏着一块不大不小的吸铁石。香雪的小木盒呢,尽管那是当木匠的父亲为她考上中学特意制作的,它在台儿沟还是独一无二的呢。可在这儿,和同桌的铅笔盒一比,为什么显得那样笨拙、陈旧?它在一阵哒哒声中有几分羞涩地畏缩在桌角上。

香雪的心再也不能平静了,她好像忽然明白了同学对她的再三盘问,明白了台儿沟是多么贫穷。她第一次意识到这是不光彩的,因为贫穷,同学才敢一遍又一遍地盘问她。她盯住同桌那只铅笔盒,猜测它来自遥远的大城市,猜测它的价值肯定非同寻常。三十个鸡蛋换得来吗?还是四十个、五十个?这时她的心又忽地一沉:怎么想起这些了?娘攒下鸡蛋,不是为了叫她乱打主意啊!可是,为什么那诱人的哒哒声老是在耳边响个没完?

深秋,山风渐渐凛冽了,天也黑得越来越早。但香雪和她的姐妹们对于七点钟的火车,是照等不误的。她们可以穿起花棉袄了,凤娇头上别起了淡粉色的有机玻璃发卡,有些姑娘的辫梢还缠上了夹丝橡皮筋。那是她们用鸡蛋、核桃从火车上换来的。她们仿照火车上那些城里姑娘的样子把自己武装起来,整齐地排列在铁路旁,像是等待欢迎远方的贵宾,又像是准备着接受检阅。

火车停了,发出一阵沉重的叹息,像是在抱怨着台儿沟的寒冷。今天,它对台儿沟表现了少有的冷漠:车窗全部紧闭着,旅客在黄昏的灯光下喝茶、看报,没有人向窗外瞥一眼。那些眼熟的、长跑这条线的人们,似乎也忘记了台儿沟的姑娘。

凤娇照例跑到第三节车厢去找她的“北京话”,香雪紧紧头上的紫红色线围巾,把臂弯里的篮子换了换手,也顺着车身不停地跑着。她尽量高高地踮起脚尖,希望车厢里的人能看见她的脸。车上一直没有人发现她，她却在一张堆满食品的小桌上，发现了渴望已久的东西。它的出现，使她再也不想往前走了，她放下篮子，心跳着，双手紧紧扒住窗框，认清了那真是一只铅笔盒，一只装有吸铁石的自动铅笔盒。它和她离得那样近，她一伸手就可以摸到。

一位中年女乘务员走过来拉开了香雪。香雪挎起篮子站在远处继续观察。当她断定它属于靠窗的那位女学生模样的姑娘时，就果断地跑过去敲起了玻璃。女学生转过脸来，看见香雪臂弯里的篮子，抱歉地冲她摆了摆手，并没有打开车窗的意思，不知怎么的她就朝车门跑去，当她在门口站定时，还一把扒住了扶手。如果说跑的时候她还有点犹豫，那么从车厢里送出来的一阵阵温馨的、火车特有的气息却坚定了她的信心，她学着"北京话"的样子，轻巧地跃上了踏板。她打算以最快的速度跑进车厢，以最快的速度用鸡蛋换回铅笔盒。也许，她所以能够在几秒钟内就决定上车，正是因为她拥有那么多鸡蛋吧，那是四十个。

香雪终于站在火车上了。她挽紧篮子，小心地朝车厢迈出了第一步。这时，车身忽然悸动了一下，接着，车门被人关上了。当她意识到眼前发生了什么事时，列车已经缓缓地向台儿沟告别了。香雪扑在车门上，看见凤娇的脸在车下一晃。看来这不是梦，一切都是真的，她确实离开姐妹们，站在这又熟悉、又陌生的火车上了。她拍打着玻璃，冲凤娇叫喊："凤娇！我怎么办呀，我可怎么办呀！"

列车无情地载着香雪一路飞奔，台儿沟刹那间就被抛在后面了。下一站叫西山口，西山口离台儿沟三十里。

三十里，对于火车、汽车真的不算什么，西山口在旅客们闲聊之中就到了。这里上车的人不少，下车的只有一位旅客。车上好像有人阻拦她，但她还是果断地跳了下来，就像刚才果断地跃上去一样。

她胳膊上少了那只篮子，她把它塞到那个女学生座位下面了。在车上，当她红着脸告诉女学生，想用鸡蛋和她换铅笔盒时，女学生不知怎么的也红了脸。她一定要把铅笔盒送给香雪，还说她住在学校吃食堂，鸡蛋带回去也没法吃。她怕香雪不信，又指了指胸前的校徽，上面果真有"矿冶学校"几个字。香雪却觉着她在哄她，难道除了学校她就没家吗？香雪收下了铅笔盒，到底还是把鸡蛋留在了车上。台儿沟再穷，她也从没白拿过别人的东西。后来，当旅客们知道香雪要在西山口下车时，他们是怎么对她说的？他们劝她在西山口住上一夜再回去，那个热情的"北京话"甚至告诉她，他爱人有个亲戚就住在站上。香雪并不想去找他爱人的亲戚，可是，他的话倒更使她感到一点委屈，替凤娇委屈，替台儿沟委屈。想到这些委屈，难道她不应该赶快下车吗？赶快下车，赶快回家，第二天赶快去上学，那时她就会理直气壮地打开书包，把"它"摆在桌上……于是，她对车上那些再次劝阻她的人们说："没关系，我走惯了。"也许他们信她的话，他们没见过火车的呼啸曾经怎样叫她惧怕，叫她像只受惊的小鹿那样不知所措。他们搞不清楚山里的女孩究竟有多大本事。她的话使他们相信：山里人不怕走夜路。

现在，香雪一个人站在西山口，目送列车远去。列车终于在她的视线里彻底消失了，眼前一片空旷，一阵寒风扑来，吸吮着她单薄的身体。她把滑到肩上的围巾紧裹在头上，缩起身子在铁轨上坐了下来。香雪感受过各种各样的害怕：小时候她怕头发，身上粘着一根头发择不下来，她会急得哭起来；长大了她怕晚上一个人到院子里去，怕毛毛虫，怕被人胳肢（凤娇最爱和她来这一手)；现在她害怕这陌生的西山口，害怕四周黑幽幽的大山，害怕叫人心惊肉跳的寂静，当风吹响近处的小树林时，她又害怕小树林发出的窸窸窣窣的声音。三十里，一路走回去，该路过多少大大小小的林子啊！

一轮满月升起来了，照亮了寂静的山谷，灰白的小路，照亮了秋日的败草，粗糙的树干，还有一丛丛荆棘、怪石，还有满山遍野那树的队伍，还有香雪手中那只闪闪发光的小盒子。

她这才想到把它举起来仔细端详。她想，为什么坐了一路火车，竟没有拿出来好好看看？现在，在皎洁的月光下，她才看清了它是淡绿色的，盒盖上有两朵洁白的马蹄莲。她小心地把它打开，又学着同桌的样子轻轻一拍盒盖，“哒”的一声，它便合得严严实实。她又打开盒盖，觉得应该立刻装点东西进去。她从兜里摸出一只盛擦脸油的小盒放进去，又合上了盖子。只有这时，她才觉得这铅笔盒真属于她了，真的。她又想到了明天，明天上学时，她多么盼望她们会再三盘问她啊！

她站了起来，忽然感到心里很满意，风也柔和了许多。她发现月亮是这样明净。群山被月光笼罩着，像母亲庄严、神圣的胸脯；那秋风吹干的一树树核桃叶，卷起来像一树树金铃铛，她第一次听清它们在夜晚，在风的怂恿下“豁啷啷”地歌唱。她不再害怕了，在枕木上跨着大步，一直朝前走去。大山原来是这样的！月亮原来是这样的！核桃树原来是这样的！香雪走着，就像第一次认出养育她长大成人的山谷。台儿沟呢？不知怎么的，她加快了脚步。她急着见到它，就像从来没有见过它那样觉得新奇。台儿沟一定会是“这样的”：那时台儿沟的姑娘不再央求别人，也用不着回答人家的再三盘问。火车上的漂亮小伙子都会求上门来，火车也会停得久一些，也许三分、四分，也许十分、八分。它会向台儿沟打开所有的门窗，要是再碰上今晚这种情况，谁都能从从容容地下车。

对了，今晚台儿沟发生这样的情况，火车拉走了香雪，为什么现在她像闹着玩儿似的去回忆呢？四十个鸡蛋没有了，娘会怎么说呢？爹不是盼望每天都有人家娶媳妇、聘闺女吗？那时他才有干不完的活儿，他才能光着红铜似的脊梁，不分昼夜地打出那些躺柜、碗橱、板箱，挣回香雪的学费。想到这儿，香雪站住了，月光好像也黯淡下来，脚下的枕木变成一片模糊。回去怎么说？她环视群山，群山沉默着；她又朝着近处的杨树林张望，杨树林窸窸窣窣地响着，并不真心告诉她应该怎么做。是哪来的流水声？她寻找着，发现离铁轨几米远的地方，有一道浅浅的小溪。她走下铁轨，在小溪旁边坐了下来。她想起小时候有一回和凤娇在河边洗衣裳，碰见一个换芝麻糖的老头。凤娇劝香雪拿一件汗衫换几块糖吃，还教她对娘说，那件衣裳不小心叫河水给冲走了。香雪很想吃芝麻糖，可她到底没换。她还记得，那老头真心实意等了她半天呢。为什么她会想起这件小事？也许现在应该骗娘吧，因为芝麻糖怎么也不能和铅笔盒的重要性相比。她要告诉娘，这是一个宝盒子，谁用上它，就能一切顺心如意，就能上大学、坐上火车到处跑，就能要什么有什么，就再也不会叫人瞧不起……娘会相信的，因为香雪从来不骗人。

小溪的歌唱高昂起来了，它欢腾着向前奔跑，撞击着水中的石块，不时溅起一朵小小的浪花。香雪也要赶路了，她捧起溪水洗了把脸，又用沾着水的手抿光被风吹乱的头发。水很凉，但她觉得很精神。她告别了小溪，又回到了长长的铁路上。

前边又是什么？是隧道，它愣在那里，就像大山的一只黑眼睛。香雪又站住了，但她没有返回去，她想到怀里的铅笔盒，想到同学们惊羡的目光，那些目光好像就在隧道里闪烁。

她弯腰拔下一根枯草，将草茎插在小辫里。娘告诉她，这样可以“避邪”。然后她就朝隧道跑去。确切地说，是冲去。

香雪越走越热了，她解下围巾，把它搭在脖子上。她走出了多少里？不知道。只听见不知名的小虫在草丛里鸣叫，松散、柔软的荒草抚弄着她的裤脚。小辫叫风吹散了，她停下来把它们编好。台儿沟在哪儿？她向前望去，她看见迎面有一颗颗黑点在铁轨上蠕动。再近一些她才看清，那是人，是迎着她走过来的人群。第一个是凤娇，凤娇身后是台儿沟的姐妹们。当她们也看清对面是香雪时，忽然都停住了脚步。

香雪猜出她们在等待，她想快点跑过去，但腿为什么变得异常沉重？她站在枕木上，回头望着笔直的铁轨，铁轨在月亮的照耀下泛着清淡的光，它冷静地记载着香雪的路程。她忽然觉得心头一紧，不知怎么的就哭了起来：那是欢乐的泪水，满足的泪水。面对严峻而又温厚的大山，她心中升起一种从未有过的骄傲。她用手背抹净眼泪，拿下插在辫子里的那根草棍儿，然后举起铅笔盒，迎着对面的人群跑去。

迎面，那静止的队伍也流动起来。同时，山谷里突然爆发了姑娘们欢乐的呐喊，她们叫着香雪的名字，声音是那样奔放、热烈；她们笑着，笑得是那样不加掩饰，无所顾忌。古老的群山终于被感动得颤栗了，它发出宽亮低沉的回音，和她们共同欢呼着。

哦，香雪！香雪！

一九八二年六月

（原载《青年文学》1982 年第 5 期）

【作者简介】

铁凝，1957 年生于北京。1975 年高中毕业后到河北农村插队，同年开始发表作品。1979 年调保定地区文联工作，曾任河北省作家协会主席，现为中国作家协会主席。主要著作有长篇小说《玫瑰门》《无雨之城》《大浴女》；中篇小说《麦秸垛》《对面》《午后悬崖》《永远有多远》《没有纽扣的红衬衫》；短篇小说《哦，香雪》《孕妇和牛》《马路动作》《安德烈的晚上》；以及散文、电影文学剧本等百余篇、部，300 余万字。

【赏析指要】

《哦，香雪》写的是一个农村少女香雪在火车站用一篮鸡蛋向一个女大学生换来一只渴望已久的铅笔盒的故事，表现了新一代乡村青年对现代文明的急切渴望。故事发生地是台儿沟，这是一个贫穷落后的地方，在通火车之前，人们吃过晚饭后就钻被窝，整个村庄很安静；在通火车之后，姑娘们发生了很大的变化，刚把晚饭端上桌就慌了神，心不在焉地胡乱吃几口，扔下碗就开始梳妆打扮，然后就朝村口火车经过的地方跑。可以说，“大山”象征着封闭、传统、落后；“火车”象征着开放、现代、追求。小说中香雪和其他姑娘天真活泼、朴实纯洁，都有共性，就是都向往现代文明，但又有差异：凤娇等姑娘的关注点是山外人物质层面的生活方式，看到火车停下之后，忙着看头饰、手表，和“北京话”做买卖；她们注意到的不是妇女头上的金圈子，就是比指甲盖还小的手表。她们总是用鸡蛋、红枣等土产换回自己喜爱的发卡、纱巾，甚至花色繁多的尼龙丝袜。而香雪除此之外，更多地关注山外人的精神文化，注意的是车厢里的学生书包；渴望用一篮子鸡蛋换一个班上其他同学都有的自动铅笔盒，打听北京的大学、配乐诗朗诵、铅笔盒，渴望交换铅笔盒，她超越了一般姑娘，追求的是自尊、文明，渴求科学文化，渴望摆脱贫困，对新生活有着炽热的向往和追求。作品清新、婉丽、优美、纯净，很有诗意。

红高粱（节选）

莫　言

一

一九三九年古历八月初九，我父亲这个土匪种十四岁多一点。他跟着后来名满天下的传奇英雄余占鳌司令的队伍去胶平公路伏击日本人的汽车队。奶奶披着夹袄，送他们到村头。余司令说："立住吧。"奶奶就立住了。奶奶对我父亲说："豆官，听你干爹的话。"父亲没吱声，他看着奶奶高大的身躯，嗅着奶奶的夹袄里散出的热烘烘的香味，突然感到凉气逼人。他打了一个战，肚子咕噜噜响一阵。余司令拍了一下父亲的头，说："走，干儿。"

天地混沌，景物影影绰绰，队伍的杂沓脚步声已响出很远。父亲眼前挂着蓝白色的雾幔，挡住他的视线，只闻队伍脚步声，不见队伍形和影。父亲紧紧扯住余司令的衣角，双腿快速挪动。奶奶像岸愈离愈远，雾像海水愈近愈汹涌，父亲抓住余司令，就像抓住一条船舷。

父亲就这样奔向了耸立在故乡通红的高粱地里属于他的那块无字的青石墓碑。他的坟头上已经枯草瑟瑟，曾经有一个光屁股的男孩牵着一只雪白的山羊来到这里，山羊不紧不忙地啃着坟头上的草，男孩子站在墓碑上，怒气冲冲地撒上一泡尿，然后放声高唱：高粱红了——日本来了——同胞们准备好——开始开炮——

有人说这个放羊的男孩就是我，我不知道是不是我。我曾经对高密东北乡极端热爱，曾经对高密东北乡极端仇恨，长大后努力学习马克思主义，我终于悟到：高密东北乡无疑是地球上最美丽最丑陋、最超脱最世俗、最圣洁最龌龊、最英雄好汉最王八蛋、最能喝酒最能爱的地方。生存在这块土地上的我的父老乡亲们，喜食高粱，每年都大量种植。八月深秋，无边无际的高粱红成洸洋的血海。高粱高密辉煌，高粱凄婉可人，高粱爱情激荡。秋风苍凉，阳光很旺，瓦蓝的天上游荡着一朵朵丰满的白云，高粱上滑动着一朵朵丰满的白云的紫红色影子。一队队暗红色的人在高粱棵子里穿梭拉网，几十年如一日。他们杀人越货，精忠报国，他们演出过一幕幕英勇悲壮的舞剧，使我们这些活着的不肖子孙相形见绌，在进步的同时，我真切感到种的退化。

出村之后，队伍在一条狭窄的土路上行进，人的脚步声中夹杂着路边碎草的窸窣声响。雾奇浓，活泼多变。我父亲的脸上，无数密集的小水点凝成大颗粒的水珠，他的一撮头发，粘在头皮上，从路两边高粱地里飘来的幽淡的薄荷气息和成熟高粱苦涩微甘的气味，我父亲早已闻惯，不新不奇。在这次雾中行军里，我父亲闻到了那种新奇的、黄红相间的腥甜气息。那味道从薄荷和高粱的味道中隐隐约约地透过来，唤起父亲心灵深处一种非常遥远的回忆。

七天之后，八月十五日，中秋节。一轮明月冉冉升起，遍地高粱肃然默立，高粱穗子浸在月光里，像蘸过水银，汩汩生辉。我父亲在剪破的月影下，闻到了比现在强烈无数倍的腥甜气息。那时候，余司令牵着他的手在高粱地里行走，三百多个乡亲叠股枕臂、陈尸狼藉，流出的鲜血灌溉了一大片高粱，把高粱下的黑土浸泡成稀泥，使他们拔脚迟缓。腥甜的气味令人窒息，一群前来吃人肉的狗，坐在高粱地里，目光炯炯地盯着父亲和余司令。余司令掏出自来得手枪，甩手一响，两只狗眼灭了；又一甩手，灭了两只狗眼。群狗一哄而散，坐得远远的，呜呜地咆哮着，贪婪地望着死尸。腥甜味愈加强烈，余司令大喊一声："日本狗！狗娘养的日本！"他对着那群狗打完了所有的子弹，狗跑得无影无踪。余司令对我父亲说："走吧，儿子！"一老一小，便迎着月光，向高粱深处走去。那股弥漫田野的腥甜味浸透了我父亲的灵魂，在以后更加激烈更加残忍的岁月里，这股腥甜味一直伴随着他。

高粱的茎叶在雾中滋滋乱叫，雾中缓慢地流淌着在这块低洼平原上穿行的墨河水明亮的喧哗，一阵强一阵弱，一阵远一阵近。赶上队伍了，父亲的身前身后响着踢踢踏踏的脚步声和粗重的呼吸。不知谁的枪托撞到另一个谁的枪托上了。不知谁的脚踩破了一个死人的骷髅什么的。父亲前边那个人吭吭地咳嗽起来，这个人的咳嗽声非常熟悉。父亲听着他咳嗽就想起他那两扇一激动就充血的大耳朵。透明单薄布满细血管的大耳朵是王文义头上引人注目的器官。他个子很小，一颗大头缩在耸起的双肩中。父亲努力看去，目光刺破浓雾，看到了王文义那颗一边咳一边颠动的大头。父亲想起王文义在演练场上挨打时，那颗大头颠成那般可怜模样。那时他刚参加余司令的队伍，任副官在演练场上对他也对其他队员喊：向右转——王文义欢欢喜喜地跺着脚，不知转到哪里去了。任副官在他腚上打了一鞭子，他嘴咧开叫一声：孩子他娘！脸上表情不知是哭还是笑。围在短墙外看光景的孩子们都哈哈大笑。

余司令飞去一脚，踢到王文义的屁股上。

"咳什么？"

"司令……"王文义忍着咳嗽说："嗓子眼儿发痒……"

"痒也别咳！暴露了目标我要你的脑袋！"

"是，司令。"王文义答应着，又有一阵咳嗽冲口而出。

父亲觉出余司令前跨了一大步，只手捺住了王文义的后颈皮。王文义口里咝咝地响着，随即不咳了。

父亲觉得余司令的手从王文义的后颈皮上松开了，父亲还觉得王文义的脖子上留下两个熟葡萄一样的紫手印，王文义幽蓝色的惊惧不安的眼睛里，飞迸出几点感激与委屈。

很快，队伍钻进了高粱地。我父亲本能地感觉到队伍是向着东南方向开进的。适才走过的这段土路是由村庄直接通向墨水河边的唯一的道路。这条狭窄的土路在白天颜色青白，路原是由乌油油的黑土筑成，但久经践踏，黑色都沉淀到底层，路上叠印过多少牛羊的花瓣蹄印和骡马毛驴的半圆蹄印，马骡驴粪像干萎的苹果，牛粪像虫蛀过的薄饼，羊粪稀拉拉像震落的黑豆。父亲常走这条路，后来他在日本炭窑中苦熬岁月时，眼前常常闪过这条路。父亲不知道我的奶奶在这条土路上主演过多少风流悲喜剧，我知道。父亲也不知道在高粱阴影遮掩着的黑土上，曾经躺过奶奶洁白如玉的光滑肉体，我也知道。

拐进高粱地后，雾更显凝滞，质量加大，流动感少，在人的身体与人负载的物体碰撞高粱秸秆后，随着高粱嚓嚓啦啦的幽怨鸣声，一大滴一大滴的沉重水珠扑簌簌落下。水珠冰凉清爽，味道鲜美，我父亲仰脸时，一滴大水珠准确地打进他的嘴里。父亲看到舒缓的雾团里，晃动着高粱沉甸甸的头颅。高粱沾满了露水的柔韧叶片，锯着父亲的衣衫和面颊。高粱晃动激起的小风在父亲头顶上短促出去，墨水河的流水声愈来愈响。

父亲在墨水河里玩过水，他的水性好像是天生的，奶奶说他见了水比见了亲娘还急。父亲五岁时，就像小鸭子一样潜水，粉红的屁眼儿朝着天，双脚高举。父亲知道，墨水河底的淤泥乌黑发亮，柔软得像油脂一样。河边潮湿的滩涂上，丛生着灰绿色的芦苇和鹅绿色车前草，还有贴地爬生的野葛蔓，支支直立的接骨草。滩涂的淤泥上，印满螃蟹纤细的爪迹。秋风起，天气凉，一群群大雁往南飞，一会儿排成个“一”字，一会儿排成个“人”字，等等。高粱红了，成群结队的、马蹄大小的螃蟹都在夜间爬上河滩，到草丛中觅食。螃蟹喜食新鲜牛屎和腐烂的动物的尸体。父亲听着河声，想着从前的秋天夜晚，跟着我家的老伙计刘罗汉大爷去河边捉螃蟹的情景。夜色灰葡萄，金风串河道，宝蓝色的天空深邃无边，绿色的星辰格外明亮。北斗勺子星——北斗主死，南斗簸箕星——南斗司生，八角玻璃井——缺了一块砖，焦灼的牛郎要上吊，忧愁的织女要跳河……都在头上悬着。刘罗汉大爷在我家工作了几十年，负责着我家烧酒作坊的全面工作，父亲跟着罗汉大爷脚前脚后地跑，就像跟着自己的爷爷一样。

父亲被迷雾扰乱的心头亮起了一盏四块玻璃插成的罩子灯，洋油烟子从罩子灯上盖的铁皮、钻眼的铁皮上钻出来。灯光微弱，只能照亮五六米方圆的黑暗。河里的水流到灯影里，黄得像熟透的杏子一样可爱，但可爱一霎霎，就流过去了，黑暗中的河水倒映着一天星斗。父亲和罗汉大爷披着蓑衣，坐在罩子灯旁，听着河水的低沉呜咽——非常低沉的呜咽。河道两边无穷的高粱地不时响起寻偶狐狸的兴奋鸣叫。螃蟹趋光，正向灯影聚拢。父亲和罗汉大爷静坐着，恭听着天下的窃窃私语，河底下淤泥的腥味，一股股泛上来。成群结队的螃蟹团团围上来，形成一个躁动不安的圆圈。父亲心里惶惶，跃跃欲起，被罗汉大爷按住了肩头。“别急！”大爷说，“心急喝不得热粘粥。”父亲强压住激动，不动。螃蟹爬到灯光里就停下来，首尾相衔，把地皮都盖住了。一片青色的蟹壳闪亮，一对对圆杆状的眼睛从凹陷的眼窝里打出来。隐在倾斜的脸面下的嘴里，吐出一串一串的五彩泡沫。螃蟹吐着彩沫向人类挑战，父亲身上披着大蓑衣长毛奓起。罗汉大爷说：“抓！”父亲应声弹起，与罗汉大爷抢过去，每人抓住一面早就铺在地上的密眼罗网的两角，把一块螃蟹抬起来，露出了螃蟹下的河滩涂地。父亲和罗汉大爷把网角系起扔在一边，又用同样的迅速和熟练抬起网片。每一网都是那么沉重，不知网住了几百几千只螃蟹。

父亲跟着队伍进了高粱地后，由于心随螃蟹横行斜走，脚与腿不择空隙，撞得高粱棵子东倒西歪。他的手始终紧扯着余司令的衣角，一半是自己行走，一半是余司令牵拉着前进，他竟觉得有些瞌睡上来，脖子僵硬，眼珠子生涩呆板。父亲想，只要跟着罗汉大爷去墨水河，就没有空手回来的道理。父亲吃螃蟹吃腻了，奶奶也吃腻了。食之无味，弃之可惜，罗汉大爷就用快刀把螃蟹斩成碎块，放到豆腐磨里研碎，加盐，装缸，制成蟹酱，成年累月地吃，吃不完就臭，臭了就喂罂粟。我听说奶奶会吸大烟但不上瘾，所以始终面如桃花，神清气爽。用螃蟹喂过的罂粟花朵肥硕壮大，粉、红、白三色交杂，香气扑鼻。故乡的黑土本来就是出奇的肥沃，所以物产丰饶，人种优良，民心高拔健迈，本是我故乡心态。墨水河盛产的白鳝鱼肥得像肉棍一样，从头至尾一根刺。它们呆头呆脑，见钩就吞。父亲想着的罗汉大爷去年就死了，死在胶平公路上。他的尸体被割得零零碎碎，扔得东一块西一块，躯干上的皮被剥了，肉跳，肉蹦，像只褪皮后的大青蛙。父亲一想起罗汉大爷的尸体，脊梁沟就发凉。父亲又想起大约七八年前的一个晚上，我奶奶喝醉了酒，在我家烧酒作坊的院子里，有一个高粱叶子垛，奶奶倚在草垛上，搂住罗汉大爷的肩，呢呢喃喃地说：“大叔……你别走，不看僧面看佛面，不看鱼面看水面，不看我的面子也看豆官的面子上，留下吧，你要我……我也给你……你就像我的爹一样……”父亲记得罗汉大爷把奶奶推到一边，晃晃荡荡走进骡棚，给骡子拌料去了。我家养着两头大黑骡子，开着烧高粱酒的作坊，是村子里的首富。罗汉大爷没走，一直在我家担任业务领导，直到我家那两头大黑骡子被日本人拉到胶平公路修筑工地上去使役为止。

这时，从被父亲他们甩在身后的村子里，传来悠长的毛驴叫声。父亲精神一振，眼睛睁开，然而看到的，依然是半凝固半透明的雾气。高粱挺拔的秆子，排成密集的栅栏，模模糊糊地隐藏在气体的背后，穿过一排又一排，排排无尽头。走进高粱地多久了，父亲已经忘记，他的神思长久地滞留在远处那条喧响着的丰饶河流里，长久地滞留在往事的回忆里，竟不知这样匆匆忙忙拥拥挤挤地在如梦如海的高粱地里蹚进是为了什么。父亲迷失了方位。他在前年有一次迷途高粱地的经验，但最后还是走出来了，是河声给他指引了方向。现在，父亲又谛听着河的启示，很快明白，队伍是向正东偏南开进，对着河的方向开进。方向辨清，父亲也就明白，这是去打伏击，打日本人，要杀人，像杀狗一样。他知道队伍一直往东南走，很快就要走到那条南北贯通，把偌大个低洼平原分成两半，把胶县平度县两座县城连在一起的胶平公路。这条公路，是日本人和他们的走狗用皮鞭和刺刀催逼着老百姓修成的。

高粱的骚动因为人们的疲惫困乏而频繁激烈起来，积露连续落下，淋湿了每个人的头皮和脖颈。王文义咳嗽不断，虽连遭余司令辱骂也不改正。父亲感到公路就要到了，他的眼前昏昏黄黄地晃动着路的影子。不知不觉，连成一体的雾海中竟有些空洞出现，一穗一穗被露水打得精湿的高粱在雾洞里忧悒地注视着我父亲，父亲也虔诚地望着它们。父亲恍然大悟，明白了它们都是活生生的灵物。它们根扎黑土，受日精月华，得雨露滋润，上知天文下知地理。父亲从高粱的颜色上，猜到了太阳已经把被高粱遮挡着的地平线烧成一片可怜的艳红。

忽然发生变故，父亲先是听到耳边一声尖利呼啸，接着听到前边发出什么东西被迸裂的声响。

余司令大声吼叫：“谁开枪？小舅子，谁开的枪？”

父亲听到子弹钻破浓雾，穿过高粱叶子高粱秆，一颗高粱头颅落地。一时间众人都屏气息声。那粒子弹一路尖叫着，不知落到哪里去了。芳香的硝烟迷散进雾。王文义惨叫一声：“司令——我没有头啦——司令——我没有头啦——”

余司令一愣神，踢了王文义一脚，说：“你娘个蛋！没有头还会说话！”

余司令撇下我父亲，到队伍前头去了。王文义还在哀嚎。父亲凑上前去，看清了王文义奇形怪状的脸。他的腮上，有一股深蓝色的东西在流动。父亲伸手摸去，触了一手粘腻发烫的液体。父亲闻到了跟墨水河淤泥差不多，但比墨水河淤泥要新鲜得多的腥气。它压倒了薄荷的幽香，压倒了高粱的甘苦，它唤醒了父亲那越来越迫近的记忆，一线穿珠般地把墨水河淤泥、把高粱下黑土、把永远死不了的过去和永远留不住的现在联系在一起，有时候，万物都会吐出人血的味道。

“大叔，”父亲说，“大叔，你挂彩了。”

“豆官，你是豆官吧，你看看大叔的头还在脖子上长着吗？”

“在，大叔，长得好好的，就是耳朵流血啦。”

王文义伸手摸耳朵，摸到一手血，一阵尖叫后，他就瘫了：“司令，我挂彩啦！我挂彩啦，我挂彩啦。”

余司令从前边回来，蹲下，捏着王文义的脖子，压低嗓门说："别叫，再叫我就毙了你！"

王文义不敢叫了。

"伤着哪儿啦？"余司令问。

"耳朵……"王文义哭着说。

余司令从腰里抽出一块包袱皮样的白布，嚓一声撕成两半，递给王文义，说："先捂着，别出声，跟着走，到了路上再包扎。"

余司令又叫："豆官。"父亲应了，余司令就牵着他的手走。王文义哼哼唧唧地跟在后边。

适才那一枪，是扛着一盘耙在头前开路的大个子哑巴，不慎摔倒，背上的长枪走了火。哑巴是余司令的老朋友，一同在高粱地里吃过"拤饼"的草莽英雄，他的一只脚因在母腹中受过伤，走起来一颠一颠，但非常快。父亲有些怕他。

黎明前后这场大雾，终于在余司令的队伍跨上胶平公路时溃散下去。故乡八月，是多雾的季节，也许是地势低洼土壤潮湿所致吧。走上公路后，父亲顿时感到身体灵巧轻便，脚板利索有劲，他松开了抓住余司令衣角的手。王文义用白布捂着血耳朵，满脸哭相。余司令给他粗手粗脚包扎耳朵，连半个头也包住了。王文义痛得龇牙咧嘴。

余司令说："你好大的命！"

王文义说："我的血流光了，我不能去啦！"

余司令说："屁，蚊子咬了一口也不过这样，忘了你那三个儿子啦吧！"

王文义垂下头，嘟嘟哝哝说："没忘，没忘。"

他背着一支长筒子鸟枪，枪托儿血红色。装火药的扁铁盒斜吊在他的屁股上。

那些残存的雾都退到高粱地里去了。大路上铺着一层粗砂，没有牛马脚踪，更无人的脚印。相对着路两侧茂密的高粱，公路荒凉，荒唐，令人感到不祥。父亲早就知道余司令的队伍连聋带哑连瘸带拐不过四十人，但这些人住在村里时，搅得鸡飞狗跳，仿佛满村是兵。队伍摆在大路上，三十多人缩成一团，像一条冻僵了的蛇。枪支七长八短，土炮、鸟枪、老汉阳，方六方七兄弟俩抬着一门能把小秤砣打出去的大抬杆子。哑巴扛着一盘长方形的平整土地用的、周遭二十六根铁尖齿的耙。另有三个队员扛着一盘。父亲当时还不知道打伏击是怎么一回事，更不知道打伏击为什么还要扛上四盘铁齿耙。

二

为了为我的家族树碑立传，我曾经跑回高密东北乡，进行了大量的调查，调查的重点，就是这场我父亲参加过的、在墨水河边打死鬼子少将的著名战斗。我们村里一个九十二岁的老太太对我说："东北乡，人万千，阵势列在墨河边。余司令，阵前站，一举手炮声连环。东洋鬼子魂儿散，纷纷落在地平川。女中魁首戴凤莲，花容月貌巧机关，调来铁耙摆连环，挡住鬼子不能前……"老太婆头顶秃得像一个陶罐，面孔都朽了，干手上凸着一条条丝瓜瓤子一样的筋。她是三九年八月中秋节那场大屠杀的幸存者，那时她因脚上生疮跑不动，被丈夫塞进地瓜窖子里藏起来，天凑地巧活了下来。老太婆所唱快板中的戴凤莲，就是我奶奶的大号。听到这里，我兴奋异常。这说明，用铁耙挡住鬼子汽车退路的计谋竟是我奶奶这个女流想出来的。我奶奶也应该是抗日的先锋，民族的英雄。

提起我的奶奶，老太太话就多了。她的话破碎零乱，像一群随风遍地滚的树叶。她说起我奶奶的脚，是全村最小的脚。我们家的烧酒后劲好大。说到胶平公路时，她的话连贯起来:“路修到咱这地盘时哪……高粱齐腰深了……鬼子把能干活的人都赶去了……打毛子工,都偷懒磨滑……你们家里那两头大黑骡子也给拉去了……鬼子在墨水河上架石桥……罗汉,你们家那个老长工……他和你奶奶不大清白咧,人家都这么说……呵呀呀,你奶奶年轻时花花事儿多着咧……你爹多能干,十五岁就杀人,杂种出好汉,十有九个都不善……罗汉去铲骡子腿……被捉住零刀子剐啦……鬼子糟害人呢,在锅里拉屎,盆里撒尿。那年,去挑水,挑上来一个什么呀,一个人头呀,扎着大辫子……”

刘罗汉大爷是我们家历史上的一个重要的人物。关于他与我奶奶之间是否有染,现已无法查清,诚然,从心里说,我不愿承认这是事实。

道理虽懂,但陶罐头老太太的话还是让我感到难堪。我想,既然罗汉大爷对待我父亲像对待亲孙子一样,那他就像我的曾祖父一样;假如这位曾祖父竟与我奶奶有过风流事,岂不是乱伦吗?这其实是胡想,因为我奶奶并不是罗汉大爷的儿媳而是他的东家,罗汉与我的家族只有经济上的联系而无血缘上的联系,他像一个忠实的老家人点缀着我家的历史而且确凿无疑地为我们家的历史增添了光彩。我奶奶是否爱过他,他是否上过我奶奶的炕,都与伦理无关。爱过又怎么样?我深信,我奶奶什么事都敢干,只要她愿意。她老人家不仅仅是抗日英雄,也是个性解放的先驱,妇女自立的典范。

我查阅过县志,县志载:民国二十七年,日军捉高密、平度、胶县民夫累计四十万人次,修筑胶平公路。毁稼禾无数。公路两侧村庄中骡马被劫掠一空。农民刘罗汉,乘夜潜入,用铁锹铲伤骡蹄马腿无数,被捉获。翌日,日军在拴马桩上将刘罗汉剥皮零割示众。刘面无惧色,骂不绝口,至死方休。

三

确实是这样,胶平公路修筑到我们这里时,遍野的高粱只长到齐人腰高。长七十里宽六十里的低洼平原上,除了点缀着几十个村庄,纵横着两条河流,曲折着几十条乡间土路外,绿浪般招展着的全是高粱。平原北边的白马山上,那块白色的马状巨石,在我们村头上看得清清楚楚。锄高粱的农民们抬头见白马,低头见黑土,汗滴禾下土,心中好痛苦!风传着日本人要在平原修路,村里人早就惶惶不安,焦急地等待着大祸降临。

日本人说来就来。

日本鬼子带着伪军到我们村里抓民夫拉骡马时,我父亲还在睡觉。他是被烧酒作坊那边的吵闹声惊醒的。奶奶拉着父亲的手,颠着两只笋尖般的小脚,跑到烧酒作坊院里去。当时,我家烧酒作坊院子里,摆着十几口大瓮,瓮里满装着优质白酒,酒香飘遍全村。两个穿黄衣的日本人端着上了刺刀的步枪在院子里站着。两个穿黑衣的中国人肩背着枪,正要解拴在楸树上的两头大黑骡子。罗汉大爷一次一次地扑向那个解缰绳的小个子伪军,但一次一次地都被那个大个子伪军用枪筒子戳退。初夏天气,罗汉大爷只穿一件单衫,袒露的胸膛上布满被枪口戳出的紫红圆圈。

罗汉大爷说:“弟兄们,有话好说,有话好说。”

大个子伪军说:“老畜生,滚到一边去。”

罗汉大爷说:“这是东家的牲口,不能拉。”

伪军说:“再吵嚷就毙了你个小舅子!”

日本兵端着枪,像泥神一样。

奶奶和我父亲一进院，罗汉大爷就说："他们要拉咱的骡子。"

奶奶说："先生，我们是良民。"

日本兵眯着眼睛对奶奶笑。

小个子伪军把骡子解开，用力牵扯，骡子倔强地高昂着头，死死不肯移步。大个子伪军上去用枪戳骡子屁股，骡子愤怒起蹄，明亮的蹄铁趵起泥土，溅了伪军一脸。

大个子伪军拉了一下枪栓，用枪指着罗汉大爷，大叫："老混蛋，你来牵，牵到工地上去。"

罗汉大爷蹲在地上，一气不吭。

一个日本兵端着枪，在罗汉大爷眼前晃着，鬼子说："呜哩哇啦哑啦哩呜！"罗汉大爷看着在眼前乱晃的贼亮的刺刀，一屁股坐在地上。鬼子兵把枪往前一送，锋快的刺刀下刃在罗汉大爷光溜溜的头皮上豁开一条白口子。

奶奶哆嗦成一团，说："大叔，你，给他们牵去吧。"

一个鬼子兵慢慢向奶奶面前靠。父亲看到这个鬼子兵是个年轻漂亮的小伙子，两只大眼睛漆黑发亮，笑的时候，嘴唇上翻，露出一口黄牙。奶奶跌跌撞撞地往罗汉大爷身后退。罗汉大爷头上的白口子里流出了血，满头挂色。两个日本兵笑着靠上来。奶奶在罗汉大爷的血头上按了两巴掌，随即往脸上两抹，又一把撕散头发，张大嘴巴，疯疯癫癫地跳起来。奶奶的模样三分像人七分像鬼。日本兵愕然止步。小个子伪军说："太君，这个女人，大大的疯了的有。"

鬼子兵咕噜着，对着我奶奶的头上开了一枪。奶奶坐在地上，呜呜地哭起来。

大个子伪军把罗汉大爷用枪逼起来。罗汉大爷从小个子伪军手里接过骡子缰绳。骡子昂着头，腿抖着，跟着罗汉大爷走出院子。街上乱纷纷跑着骡马牛羊。

奶奶没疯。鬼子和伪军刚一出院，奶奶就揭开一只瓮的木盖子，在平静如镜面的高粱烧酒里，看到一张骇人的血脸。父亲看到泪水在奶奶腮上流过，就变红了。奶奶用烧酒洗了脸，把一瓮酒都洗红了。

罗汉大爷跟骡子一起，被押上了工地。高粱地里，已开出一截路胎子。墨水河南边的公路已差不多修好，大车小车从新修好的路上挤过来，车上载着石头黄沙，都卸在河南岸。河上只有一座小木桥，日本人要在河上架一座大石桥。公路两侧，宽大的两片高粱都被踩平，地上像铺了层绿毡。河北的高粱地里，在刚用黑土弄出个模样的路两边，有几十匹骡马拉着碌碡，从海一样高粱地里，压出两大片平坦的空地，破坏着与工地紧密相连的青纱帐。骡马都有人牵着，在高粱地里来来回回地走。鲜嫩的高粱在铁蹄下断裂、倒伏，倒伏断裂的高粱又被带棱槽的碌碡和不带棱槽的石滚子反复镇压。各色的碌碡和滚子都变成了深绿色，高粱的汁液把它们湿透了。一股浓烈的青苗子味道笼罩着工地。

罗汉大爷被赶到河南往河北搬运石头。他极不情愿地把骡子缰绳交给了一个烂眼圈的老头子。小木桥摇摇晃晃，好象随时要塌。罗汉大爷过了桥，站在河南，一个工头模样的中国人，用手中持着的紫红色藤条，轻轻戳戳罗汉大爷的头，说："去，往河北搬石头。"罗汉大爷抹一把眼睛——头上流下的血把眉毛都浸湿了。他搬着一块不大不小的石头，从河南到河北。那个接骡的老头还未走，罗汉大爷对他说："你珍贵着使唤，这两头骡子，是俺东家的。"老头儿麻木地垂着头，牵着骡子，走进开辟信道的骡马大队。黑骡子光滑的屁股上反映阳光点点。头上还在流血，罗汉大爷蹲下，抓起一把黑土，按在伤口上。头顶上沉重的钝痛一直传导到十个脚趾,他觉得头裂成了两半。

工地的边缘上稀疏地站着持枪的鬼子和伪军。手持藤条的监工,像鬼魂一样在工地上转来转去,罗汉大爷在工地上走,民夫们看着他血泥模糊的头,吃惊得眼珠乱颤。罗汉大爷搬起一块桥石,刚走了几步,就听到背后响起一阵利飕的小风,随即有一道长长的灼痛落到他的背上。他扔下桥石,见那个监工正对着他笑。罗汉大爷说:“长官,有话好说,你怎么举手就打人?”

监工微笑不语,举起藤条又横着抽了一下他的腰。罗汉大爷感到这一藤条几乎把自己打成两半,两股热辣辣的泪水从眼窝里凸出来。血冲头顶,那块血与土凝成的嘎痂,在头上崩崩乱跳,似乎要迸裂。

罗汉大爷喊:“长官!”

长官又给了他一藤条。

罗汉大爷说:“长官,打俺是为了啥?”

长官抖着手里的藤条,笑眯眯地说:“让你长长眼色,狗娘养的。”

罗汉大爷气噎咽喉,泪眼模糊,从石堆里搬起一块大石头,踉踉跄跄地往小桥上走。他的脑袋膨胀,眼前白花花一片。石头尖硬的棱角刺着他的肚腹和肋骨,他都觉不出痛了。

监工拄着藤条原地不动,罗汉大爷搬着石头,胆战心惊地从他眼前走过。监工在罗汉大爷脖子上抽了一藤条。大爷一个前爬,抱着大石,跪倒在地上。石头砸破了他的双手,他的下巴在石头上碰得血肉模糊。大爷被打得六神无主,像孩子一样糊糊涂涂地哭起来。这时,一股紫红色的火苗,也在他空白的脑子里缓缓地亮起来。

他费力地从石头下抽出手,站起来,腰半弓着,像一只发威的老瘦猫。

一个约有四十岁出头的中年人,满脸堆着笑,走到监工面前,从口袋里摸出一包烟,捏出一支,敬到监工嘴边。监工张嘴叼了烟,又等着那人替他点燃。

中年人说:“您老,犯不着跟这根糟木头生气。”

监工把烟雾从鼻孔里喷出来,一句话也不说。大爷看到他握藤条的焦黄手指在紧急地扭动。

中年人把那盒烟装进监工口袋里。监工好像全无觉察,哼了一声,用手掌压压口袋,转身走了。

“老哥,你是新来的吧?”中年人问。

罗汉大爷说是。

他问:“你没送他点见面礼?”

罗汉大爷说:“不讲理,狗!不讲理,他们硬抓我来的。”

中年人说:“送他点钱,送他盒烟都行,不打勤的,不打懒的,单打不长眼的。”中年人扬长进入民夫队伍。

整整一个上午,罗汉大爷就跟没魂一样,死命地搬着石头。头上的血痂遭阳光晒着,干硬干硬地痛。手上血肉模糊。下巴上的骨头受了伤,口水不断流出来。那股紫红色的火苗时强时弱地在他脑子里燃着,一直没有熄灭。

中午,从前边那段修得勉强可以行车的公路上,颠颠簸簸地驶来一辆土黄色的汽车。他恍惚听到一阵尖厉的哨响,眼见着半死不活的民工们摇摇摆摆地向汽车走过去。他坐在地上，什么念头也没有，也不想知道那汽车到来是怎么一回事。只有那簇紫红的火苗子灼热地跳跃着，冲击着他的双耳里嗡嗡地响。

中年人过来，拉他一把，说："老哥，走吧，开饭啦，去尝尝东洋大米吧！"

罗汉大爷站起来，跟着中年人走。

从汽车上抬下了几大桶雪白的米饭，抬下了一个盛着蓝花白底洋瓷碗的大筐。桶边站着一个瘦中国人，操着一柄黄铜勺子；筐边站着一个胖中国人，端着一摞碗。来一个人他发给一个碗，黄铜勺子同时往这碗里扣进米饭。众人在汽车周围狼吞虎咽，没有筷子，一律用手抓。

那个监工又转过来，提着藤条，脸上还带着那种冷静的笑容。罗汉大爷脑子里的火苗腾一声燃旺了，火苗把他丢去的记忆照耀得清清楚楚，他记起半天来噩梦般的遭际。持枪站岗的日本兵和伪军也聚拢过来，围着一只白铁皮桶吃饭。一只削耳长脸的狼狗坐在桶后，伸着舌头看着这边的民夫。

罗汉大爷数了数围着桶吃饭的十几个鬼子和十几个伪军，心里萌生了跑的念头。跑，只要钻到了高粱地里，狗日的就抓不到了。他的脚心里热乎乎地流出了汗。自从跑的念头萌动之后，他的心就焦躁不安。持藤监工冷静的笑脸后仿佛隐藏着什么，罗汉大爷一见这笑脸，脑子立刻就糊涂了。

民夫们都没吃饱。胖子中国人收回洋碗。民夫们舔着嘴唇，眼巴巴地盯着那几只空桶里残存的米粒，但没人敢去动。河北岸有一头骡子嘶哑地叫起来。罗汉大爷听出来了，是我家的黑骡子在叫。在那片新开辟出的空地上。骡马都拴在碌碡或石滚子上。高粱尸横遍野。骡马无精打采地叼吃着被揉烂压扁的高粱茎叶。

下午，有一个二十多岁的小青年，瞅着监工不注意，飞一般蹿向高粱地，一颗子弹追上了他。他趴在高粱边缘上，一动也不动。

太阳平西，那辆土黄色的汽车又来了。罗汉大爷吃完了那勺米饭。他吃惯了高粱米饭的肠胃，对这种充满霉气的白米进行着坚决的排斥。但他还是强忍着喉咙的痉挛把它吃了。跑的念头越来越强烈。他惦记着十几里外的村子里，属于他的那个酒香扑鼻的院落。日本人来，烧酒的伙伴们都跑了，热气腾腾的烧酒大锅冷了。他更惦记着我奶奶和我父亲。奶奶在高粱叶子垛边给他的温暖令他终生难忘。

吃过晚饭，民夫们都被赶到一个用杉木杆子夹成的大栅栏里。栅栏上罩着几块篷布。杉木杆子都用绿豆粗的铁丝联成一体。栅栏门是用半把粗的铁棍焊成的。鬼子和伪军分住两个帐篷，帐篷离栅栏几十步远。那条狗拴在鬼子的帐篷门口。栅栏门口，栽着一根高竿，竿上吊着两盏桅灯。鬼子和伪军轮流着站岗移动。骡马都集中地拴在栅栏西边那片高粱的废墟上。那里栽了几十根拴马桩。

栅栏里臭气熏天，有人在打呼噜，有人往栅栏边角上那个铁皮水桶里撒尿，尿打桶壁如珠落玉盘。桅灯的光暗淡地透进栅栏。游动哨的长影子不时在灯影里晃动。

夜渐深了，栅栏里凉气逼人。罗汉大爷无法入睡。他还是想跑。岗哨的脚步声绕着栅栏响。罗汉大爷躺着不敢动，竟迷迷糊糊地睡过去。梦中觉得头上扎着尖刀，手里握着烙铁。醒来，遍体汗湿，裤子尿得湿漉漉的。从遥远的村庄里传来一声尖细的鸡啼。骡马弹蹄吹鼻。破篷布上，漏出几颗鬼鬼祟祟的星辰。

白天帮助过罗汉大爷的那个中年人悄悄坐起来。虽然在幽暗中，罗汉大爷还是看到了他那两颗火球般的眼睛。罗汉大爷知道中年人来历不凡，静躺着看他的动静。

中年人跪在栅栏门口，两臂扬起，动作非常慢。罗汉大爷看着他的背，看着他带着神秘色彩的头。中年人运了一回气，猛一侧面，像开弓射箭一样抓住两根铁棍。他的眼里射出墨绿色的光芒，碰到物体，似乎还窸窣有声。那两根铁棍无声无息地张开了。更多的灯光和星光从栅栏门外射进来，照着不知谁的一只张嘴的破鞋。游动哨转过来了。罗汉大爷看到一条黑影飞出栅栏，鬼子哨兵咯了一声，便在中年人铁臂的扶持下无声倒地。中年人拎起鬼子的步枪，轻悄悄地消逝了。

罗汉大爷好半晌才明白了眼前发生了什么事。中年人原来是个武艺高强的英雄。英雄为他开辟了道路，跑吧！罗汉大爷小心翼翼地从那个洞里爬出去。那个死鬼子仰面躺着，一条腿还在抽抽答答地动。

罗汉大爷爬进了高粱地，直起腰来，顺着垄沟，尽量躲避着高粱，不发出响动，走上墨水河堤。三星正晌，黎明前的黑暗降临。墨水河里星斗灿烂。局促地站在河堤上，罗汉大爷彻骨寒冷，牙齿频繁打击，下巴骨的痛疼扩散到腮上、耳朵上，与头顶上一鼓一鼓的化脓般的疼痛连成一气。清冷的掺杂着高粱汁液的自由空气进入他的鼻孔、肺叶、肠胃，那两盏鬼火般的桅灯在雾中亮着，杉木栅栏黑幢幢的，像个巨大的坟墓。罗汉大爷几乎不敢相信，这么容易就逃出来了。他的脚把他带上了那座腐朽的小木桥，鱼儿在水中翻花，流水潺潺有声，流星亮破一线天。好像什么事也没有发生呀，什么也没有发生。本来，罗汉大爷就可以逃回村子，藏起来，躲起来，养好伤，继续生活。可是，当他走在木桥上时，听到在河南岸，有个不安生的骡子嘶哑地叫了一声。罗汉大爷为了骡子重新返回，酿出了一出壮烈的悲剧。

骡马拴在离栅栏不远处的几十根木桩上，它们的身下，漾溢着尿臊屎臭，马打着响鼻，骡子啃着木桩；马嚼着高粱秸子，骡子拉着稀屎。罗汉大爷一步三跌，闯进骡马群。他嗅到我家那两头大黑骡子亲切的味道，他看到了我家那两头大黑骡子熟悉的身影。他扑上去，想去解救自己的患难的伙伴。骡子，这不通理论的畜生，竟疾速地调转屁股，飞起双蹄。罗汉大爷喃喃地说："黑骡，黑骡，咱一起跑了吧！"骡子暴怒地左旋右转，保护着自己的领地。它们竟然认不出主人啦，罗汉大爷不知道自己身上新鲜的陈旧的血腥味，自己身上新鲜的陈旧的伤痕，已经把自己改变了。罗汉大爷心中烦乱，一步跨进去，骡子飞起一个蹄子，打在了他的胯骨上。老头子侧身飞去，躺在地上，半边身子都麻木不仁。骡子还在撅着屁股打蹄，蹄铁像残月一样闪烁。罗汉大爷胯骨灼热胀大，有沉重的累赘感。他爬起来，歪倒了，歪倒了又爬起来。村里的那只嗓音单薄的公鸡又叫了一声。黑暗逐渐消退，三星愈加辉煌耀目，也辉耀着那亮晶晶的骡子屁股和眼球。

"好两个畜生！"

罗汉大爷，心头火起，一歪一斜地转着，想寻找一件利器。在开挖引水渠的工地上，他找到一柄锋利的铁锨。他毫无拘禁地走，叫骂，忘了百步之外的人与狗。他自由自在，不自白都是因为怕。东方那团渐渐上升的红晕在上升时同时散射，黎明前的高粱地里，静寂得随时都会爆炸。罗汉大爷迎着朝霞，向那两头大黑骡子走去。他对黑骡恨之入骨。骡子静立着不动，罗汉大爷把铁锨端平，对准一头黑骡的一条后腿，猛力铲过去。一道凉凉的阴影落到骡子的后腿上。骡子歪斜了两下，立即挺住，从骡头那儿，响了粗犷豪烈惊愕愤怒的嘶鸣。

随即，受伤的骡子把屁股高高扬起，一溜热血抛洒，像雨点一样，淅淅沥沥淋了大爷满脸。大爷瞅准空当，又铲中了骡子的另一条后腿，黑骡叹息了一声，屁股逐渐堕落，猛然坐在地上，两条前腿还立着，脖子被缰绳吊直，嘴巴朝着已是灰蓝色的苍天呼吁。铁锹被骡子沉重的屁股压住，罗汉大爷也蹲了窝。他用尽全力，把铁锹抽出。他感觉到铁锹刃儿牢牢地嵌在骡子的腿骨里。另一头黑骡，傻愣愣地看着瘫倒的同伴，像哭一样，像求饶一样哀鸣着。

罗汉大爷平托铁锹，向它逼过去，它用力后退着，缰绳几乎被拉断，木桩哗哗叭叭地响，它的拳大的双眼里，流着暗蓝的光。

"你怕了吗？畜生！你的威风呢？畜生！你这个忘恩负义吃里扒外的混账东西！你这个里通外国的狗杂种！"

罗汉大爷怒骂着，对着黑骡长方形的板脸铲出一锹。铁锹铲在木桩上，他上下左右晃动着锹柄，才把锹刃拔出。黑骡挣扎着，后腿曲成弓箭，秃尾巴扫地嚓啦有声。罗汉大爷瞄准骡脸，啦地一响，铁锹正中骡子宽广的脑门，坚固的头骨与锹刃相撞，一阵震颤，通过锹柄传导，使罗汉大爷双臂酸麻。黑骡闭口无言，蹄腿乱动，交叉杂错，到底撑不住，呼隆一声倒下，像倒了一堵厚墙壁。缰绳被顿断，半截在木桩上垂着，半截在骡脸边曲着。罗汉大爷垂手默立。光滑的锹柄在骡头上斜立指着天。那边狗叫人喧，天亮了，从东边的高粱地里，露出了一弧血红的朝阳，阳光正正地照着罗汉大爷半张着的黑洞洞的嘴。

四

队伍走上河堤，一字儿排开，刚从雾里挣扎出来的红太阳照耀着他们。我父亲和大家一样都半边脸红半边脸绿，和他们一起观看着墨水河面上残破的雾团。把河南河北的公路连接起来的是跨越墨水河的十四孔大石桥。原来的小木桥在石桥西侧，桥面早断了三五截，几根棕色的桩子兀立在河水中，无可奈何地挡起一簇簇青白的浪花。破雾中的河面，红红绿绿，严肃恐怖。站在河堤上，抬眼就见到堤南无垠的高粱平整如板砥的穗面。它们都纹丝不动。每穗高粱都是一个深红的成熟的面孔。所有的高粱合成一个壮大的集体，形成一个大度的思想——我父亲那时还小，想不到这些花言巧语，这是我想的。

高粱与人一起等待着时间的花朵结出果实。

公路笔直地往南通去，愈远愈窄，最后被高粱淹没。那最远的地方，与铁青色的穹窿边缘连结着的高粱上，也同样地，呈现出日出时动人的凄婉悲壮情景。

我父亲有几分好奇地看着痴呆呆的游击队员们，他们从哪里来？他们到哪里去？为什么要来打伏击？打了伏击以后还打什么？静穆中，断桥激起的水声节奏更加分明，声音更加清脆入耳。雾被阳光纷纷打落在河水中。墨河水由暗红渐渐燃烧成金红。满河流光溢彩。水边有棵孤独的水荇，黄叶低垂，曾经赫过的蚕虫状花序枯萎苍白地挂在叶杈间。又是抓螃蟹的节令了！父亲想，秋风起，天气凉，一群大雁往南飞……罗汉大爷说，抓、豆官……抓！螃蟹纤巧的脚爪把细软的河泥印满花纹。父亲从河水中闻到了螃蟹特有的那种淡雅的腥气。我家在抗战前种植的罂粟花用蟹酱喂过，花朵肥大，色彩斑斓，香气扑鼻。

余司令说："都下堤藏好。哑巴放耙。"

哑巴从肩上摘下几圈铁丝，把四盘耙绑在一起。他啊了两声，招呼着几个队员，把连环耙抬到公路与石桥相接处。

余司令："弟兄们，藏好，等鬼子汽车上了桥，等冷支队的人把退路封住，听我的口号一齐开火,把畜生们打到河里去喂白鳝喂蟹子。”

余司令对哑巴打了几个手势,哑巴点点头,带着一半人枪,到路西边的高粱地里埋伏。王文义跟着哑巴往西走,被哑巴推了回来。余司令说:“你别过去,你跟着我。害怕吗?”

王文义连连点头,说:“不怕……不怕……”

余司令让方家兄弟把那尊大抬杆在河堤上架好。又对提着一只大喇叭的刘吹手说:“老刘,接上火,你什么都别管,可着劲儿给我吹喇叭,鬼子怕响器,你听到了吗?”

刘吹手是余司令早年的伙伴,那时,司令是轿夫,刘是吹鼓手,他双手攥着喇叭筒子,像握着一杆枪。

余司令对大家说:“丑话说到前头,到时候谁要草鸡了,我就崩了他。咱要打出个样子来给冷支队看看,那些王八蛋,仗着旗号吓唬人。老子不吃他的,他想改编我?我还想改编他呢!”

众人围坐在高粱地里,方六拿出烟袋装烟,摸出火镰火石打火。火镰乌黑,火石褚红,跟煮熟的鸡肝一样。火镰打击火石嚓嚓地响。火星飞迸,每一个火星都很大。一个大火星溅到方六用食指和无名指捏住的高粱秆芯上,方六嘬口吹气,火绒上冒出一缕白烟,红了。方六点燃烟袋,吸一口。烟余司令吐一口气,抽抽鼻子,说:“把烟磕了,鬼子闻到烟味还会上桥?”

方六紧着吸了两口,把烟袋磕了,把烟包装好。余司令说:“都到河堤漫坡上趴着,省得鬼子来了措手不及。”

大家都有些紧张,卧在河堤上,手抱着枪,如临大敌。父亲趴在余司令身边。余司令问:“你怕不怕?”父亲:“不怕!”

余司令说:“好样的,是你干爹的种!你是我的传令兵,打起来别离开我,有什么命令我就给你说,你就给我往西边传。”

父亲点点头。他眼馋地盯着余司令腰里那两支枪。一支大,一支小。

大的是德国造自来得匣子枪,小的是法国造勃朗宁手枪。这两支枪各有来历。

父亲嘴里迸出一个字:“枪!”

余司令说:“你要枪?”

父亲点点头,说:“枪。”

余司令说:“你会使吗?”

“会!”父亲说。

余司令从腰里抽出勃朗宁手枪,在手里掂量着。手枪已老,烧蓝退尽。余司令拉动枪机,弹仓里跳出一颗黄铜壳的圆头子弹。他把子弹扔了一个高,伸手接住,又压进枪里。

“给你!”余司令说,“就像老子一样用它。”

父亲把枪抓了过来。父亲握着枪,想起前天晚上,余司令就用这支枪打碎了一个酒盅子。

那时候眉月初升,低低地压着枯树枝桠。父亲抱着一个酒坛子,捏着一柄铜钥匙,遵照奶奶的命令,到烧酒作坊里去盛酒。父亲拧开大门,院落里静悄悄的,骡棚里黑洞洞的,作坊里发散着腐烂酒糟的浊气。父亲揭开一个瓮盖子,借着星月光辉,看到清平的酒面上,自己干瘦的脸。父亲眉毛短促,嘴唇单薄,他觉得自己很丑。他把酒坛子按到瓮里,酒咕嘟咕嘟灌进坛。提坛出瓮时,坛上的酒滴滴答答落入瓮内。父亲改变了主意,他把坛里的酒倒进瓮里。父亲想起了奶奶洗过血脸的那瓮酒。奶奶在家里陪着余司令和冷支队长喝酒,奶奶和余司令都是大量,冷支队长却有些醉了。父亲走到那瓮酒前,见木制的瓮盖上压着一扇石磨。他放下酒坛,用尽全力把石磨掀掉。石磨在地上滚了两圈,撞到另一只酒瓮上,在瓮壁上撞出一个大洞,高粱酒滋滋地窜出来。父亲不去管它。父亲揭开瓮盖,闻到了罗汉大爷的血腥气。他想起了罗汉大爷的血头和娘的血脸。罗汉大爷的脸和娘的脸在瓮里层出不穷。父亲把坛子按到瓮里,装满血酒,双手捧着,回到家中。

八仙桌上,明烛高悬,余司令和冷支队长四目相逼,都咻咻喘气。奶奶站在他们二人当中,奶奶左手按着冷支队长的左轮枪,右手按着余司令的勃朗宁手枪。

父亲听到奶奶说:“买卖不成仁义在么,这不是动刀动枪的地方,有本事对着日本人使去。”

余司令怒冲冲地骂:“舅子,你打出王旅的旗号也吓不住我。老子就是这地盘上的王,吃了十年拤饼,还在乎王大爪子那个驴日的!”

冷支队长冷冷一笑,说:“占鳌兄,兄弟也是为你好,王旅长也是为你好,只要你把杆子拉过来,给你个营长干。枪饷由王旅长发给,强似你当土匪。”

“谁是土匪?谁不是土匪?能打日本就是中国的大英雄。老子去年摸了三个日本岗哨,得了三支大盖子枪。你冷支队不是土匪,杀了几个鬼子?鬼子毛也没揪下一根。”

冷支队长坐下,抽出一支烟点燃。

趁着机会,父亲捧着酒坛上去。奶奶接过酒坛,脸色陡变,狠狠地看了父亲一眼。奶奶往三个碗里倒酒,每个碗都倒得冒尖。

奶奶说:“这酒里有罗汉大叔的血,是男人就喝了。后日一起把鬼子汽车打了,然后你们就鸡走鸡道,狗走狗道,井水不犯河水。”

奶奶端起酒,咕咚咕咚喝了。

余司令端起酒,一仰脖灌了。

冷支队长端起酒,喝了半碗。放下碗,他说:“余司令,兄弟不胜酒力,告辞啦!”

奶奶按着左轮手枪,问:“打不打?”

余司令气哄哄地说:“你甭求他,他不打,老子打!”

冷支队说:“打。”

奶奶松开手,冷支队长把左轮手枪抓过去,挂在腰带上。

冷支队长白净面皮,鼻子周围有十几颗黑痦子。他的腰带上别着一大圈子弹,挂上枪后,腰带垂成一轮下钩月。

奶奶说:“占鳌,我把豆官交给你了,后日你带着他去。”

余司令看看我父亲,笑着问:“干儿子,有种吗?”

父亲轻蔑地看着余司令双唇间露出的土黄色坚固牙齿,一句话也不说。

余司令拿过一只酒盅,放在我父亲头顶上,让我父亲退到门口站定。他抄起勃朗宁手枪,走向墙角。

父亲看着余司令往墙角前跨了三步,每一步都那么大、那么缓慢。奶奶脸色苍白。冷支队长嘴角上竖着两根嘲弄的笑纹。

余司令走到墙角后，立定，猛一个急转身，父亲看到他的胳膊平举，眼睛黑得出红光，勃朗宁枪口吐出一缕烟。父亲头上一声巨响，酒盅炸成碎片。一块小瓷片掉在父亲的脖子上，父亲一耸头，那块瓷片就滑到了裤腰里。父亲什么也没说。奶奶的脸色更加苍白。冷支队长一屁股坐在板凳上，半晌才说："好枪法。"

余司令说："好小子！"

父亲握着勃朗宁手枪，感到它出奇地沉重。

余司令说："不用我教你，你知道该怎么打。传我的令给哑巴，让他们准备好！"

父亲提着手枪，钻进高粱地，跨过公路，走到哑巴面前。哑巴盘腿大坐，用一块绿油油的石头磨着一把修长的腰刀。其他队员坐的躺的都有。

父亲对哑巴说："让你们准备好。"

哑巴斜了父亲一眼，继续磨刀。磨一阵，他撕了几个高粱叶子，把刀口上的石沫子擦掉，又拔了一棵细草，试着刀锋。小草一碰上刀刃就悄悄地断了。

父亲又说："让你们准备好！"

哑巴把腰刀入鞘，放在身旁。他的脸上绽开狰狞的笑容。他抬起一只大手，对着父亲招着。

"唔！唔！"哑巴说。

父亲蹑手蹑脚地走上前，离哑巴一步远停住。哑巴一探身，扯住了父亲的衣襟，用力一带，父亲伏在哑巴怀里。哑巴拧住父亲的耳朵，父亲的嘴咧到了腮上。父亲用勃朗宁手枪，戳着哑巴的脊梁骨。哑巴又按住了父亲的鼻子，用力一揿，父亲的眼泪噗噗冒出。哑巴怪声怪气地笑起来。

散坐在哑巴周围的队员们齐声哄笑。

"像不像余司令？"

"是余司令下的种子。"

"豆官，我想你娘。"

"豆官，我要吃你娘那两个插枣饽饽。"

父亲恼羞成怒，举手手枪，对准那个妄想吃插枣饽饽的就搂了火。勃朗宁手枪里啪哒一响。子弹没有出膛。

那人脸色灰黄，快速跳起，来夺父亲的手枪。父亲怒火冲天，扑到那人身上，连踢带咬。

哑巴立起来，扯着父亲的脖子用力一摔，父亲的身体离地飘行，下落时砸断了几株高粱。父亲打了一个滚爬起来，破口大骂着，扑倒哑巴面前。哑巴唔唔两声。父亲看着他铁青的脸，被镇在那儿。哑巴拿去勃朗宁手枪，拉动枪机，一粒子弹落到他的手里。他捏着子弹头，看着子弹屁股门上被撞针击出的小孔，对着父亲比划了几下。哑巴把枪插到父亲腰里，拍了拍父亲的头。

"你在那边闹什么？"余司令问。

父亲委屈地说："他们……要和俺娘困觉。"

余司令板着脸，问："你怎么说？"

父亲抬起胳膊擦擦眼，说："我给了他一枪！"

"你开枪了？"

“枪没响。”父亲把那粒金灿灿的臭火递给余司令。

余司令接过子弹，看看，轻松地甩出，子弹滑着漂亮的弧线，落到河里。

余司令说：“好样的！枪子儿先向日本人身上打，打完日本人，谁要是再敢说要和你娘困觉，你就对着他的小肚子开枪。别打他的头，也别打他的胸，记住，打他的小肚子。”

父亲伏在余司令身边。他的右边是方家弟兄。大抬杆子架在河堤上，枪口对着石桥。枪口堵着一团破棉絮。抬杆的后部翘出一根引信。方七的身边，放着一把高粱秆芯制成的火绒，有一根正在燃烧。方六身边放着一个药葫芦，一个盛铁豆子的铁盒。

余司令左边是王文义。他双手攥着长笛子鸟枪，身体抖成一团。他的伤耳已经和白布凝结在一起。

太阳一竿子高了，雪白的核心外还镶着一圈浅淡的红。河水亮晶晶的。一群野鸭子从高粱上空飞来，盘旋三个圈，大部分斜刺里扑到河滩的草丛中，小部分落到河里，随着河水漂流。河水中的野鸭子身体稳住不动，只把灵活的头颈转来转去。父亲身上暖洋洋的。被露水打湿的衣服彻底干了。又趴了一会，父亲感到有一粒石子硌得胸痛，便起身坐起，头和胸高出堤面。余司令说：“趴下。”父亲又不情愿地趴下。方家老六鼻子里吹出鼾声。余司令抠起一块坷垃，投到方六的脸上。方六懵懵懂懂地坐起来，打了一个哈欠，挤出两滴细小的泪珠。

“鬼子来了吗？”方六大声说。

“操你亲娘！”余司令说：“不许困觉。”

河南河北寂静无声，宽阔的公路死气沉沉地躺在高粱丛中。河上的大石桥那么漂亮。无边的高粱迎着更高更亮的太阳，脸庞鲜红，不胜娇羞。野鸭子在浅水边，用扁嘴搜索着什么，发出一片呱呱唧唧的响声。父亲的目光停在野鸭子上，瞄着鸭子平坦的背。他几乎要勾动扳机了。余司令按住他的手，说：“小鳖羔子，你想干什么？”

父亲感到烦躁不安了，公路还是枯死地躺着。高粱更加鲜红。

“冷麻子这个畜生，他要是胆敢耍弄老子！”余司令狠狠地说。河南无声无息，冷支队连个影儿都不见。父亲知道鬼子汽车从这儿路过的情报是冷支队长得到的，冷支队长怕一家打不了，才来联合余司令的队伍。

父亲紧张了一会，又渐渐懈怠。他的目光一次又一次地被野鸭吸引。他想起跟着罗汉大爷打鸭子的事。罗汉大爷有一支鸟枪，乌红的托子，牛皮的枪带。这支鸟枪正被王文义攥着。

父亲的眼里蒙着眼水，但不到流出眶外的数量，就像去年那天一样。在温暖的阳光里，父亲感到有一阵扎人的寒冷在全身扩散。

罗汉大爷和两头骡子一起被鬼子和伪军捉走，奶奶在酒瓮里洗净了满脸的血。奶奶满脸酒香，皮肤赤红，眼皮有些肿，月白色洋布褂子前胸被酒和血渍湿。奶奶伫立在瓮边，凝视着瓮里的酒。酒里映着奶奶的脸。父亲记得，奶奶扑地跪倒，对着酒瓮磕了三个头。然后，她站起来，双手掬起一捧酒喝了。奶奶满脸的红润，都集中到双腮上，额头和下巴却苍白无色。

“跪下！”奶奶命令父亲，“磕头。”

父亲跪下磕头。

"捧一口酒喝！"

父亲捧了酒喝下。

一道道血丝像线一样，垂直地往瓮底下沉着。瓮里飘着一朵小小的白云，并摆着奶奶和父亲的庄严面孔。奶奶两只细长的眼睛里射出灼人的光，父亲不敢看。父亲的心咚咚跳着，又伸出手，从瓮里掬上一捧酒，酒从指缝下落，打破了青天白云大脸小脸。父亲又喝了一口酒，一股血腥味死死粘在舌上。血丝都沉到瓮底，在凸起的瓮底中间集合成一个拳头大小的混浊的团体。父亲和奶奶看了它好久。奶奶拉上瓮盖，从墙角那儿把一扇磨盘滚过来，用力搬起，压在瓮盖上。

"你不要动它。"奶奶说。

父亲看着磨盘凹槽里潮湿的泥土和蠕蠕爬动的灰绿色的潮湿虫，惊恐不安地点了点头。

这一夜，父亲躺在他的小床上，听着奶奶在院子里走来走去。奶奶格登格登的脚步声和田野里的高粱綷縩，编织着父亲纷乱的梦境。父亲在梦中听到我家那两头秀丽的大黑骡子在鸣叫。

平明时分，父亲醒了一次。他赤着身体跑到院子里去撒尿，见奶奶还立在院子里望着天空发呆。父亲叫了一声娘，奶奶没搭腔。父亲撒完尿，扯着奶奶的手往屋里拉。奶奶软疲疲地随着父亲转身进屋。刚刚进屋，就听到从东南方向传来一阵浪潮般的喧闹，紧接着响了一枪，枪声非常尖锐，像一柄利刃，把挺括的绸缎豁破了。

父亲现在趴的地方，那时候堆满了洁白的石条和石块，一堆堆粗粒黄沙堆在堤上，像一排排大坟。去年初夏的高粱在堤外忧悒沉重地发着呆。被碌碡压倒高粱闪出来的公路轮廓，一直向北延伸。那时大石桥尚未修建，小木桥被千万只脚、被千万次骡马蹄铁踩得疲惫不堪，敲得伤痕累累。压断揉烂的高粱流出的青苗味道，被夜雾浸淫，在清晨更加浓烈。遍野的高粱都在痛哭。父亲和奶奶听到那声枪响不久，就和村里的若干老弱妇孺被日本兵驱赶到这里。那时候日头刚刚升上高粱梢头，父亲和奶奶与一群百姓站在河南岸路西边，脚下踩着高粱残骸。父亲们看着那个牛棚马厩般的巨大栅栏，一大群衣衫褴褛的民夫缩在栅栏外。后来，两个伪军又把这群民夫赶到路西边，与父亲他们相挨着，形成了另一个人团。在父亲们和民夫们的面前，就是后来令人失色的拴骡马的地方。人们枯枯地立着，不知过了多久，终于看到，一个肩上佩着两块红布、胯上挂着一柄拖地钢刀、牵着一匹狼狗、戴着两只白手套、面孔清癯的日本官儿从帐篷那边走过来。在他的身后，狼狗垂着鲜艳的舌头，在狼狗身后，两个伪军抬着一具硬邦邦的日本兵尸体，两个日本兵在最后，押着被两个伪军架着的血肉模糊的罗汉大爷。父亲使劲往奶奶身上靠，奶奶揽住了父亲。

日本官儿牵着狗停在骡马场附近的空地上。五十多只白鸟从墨水河道里扑楞楞飞出来，飞经人群上方青蓝蓝的天，又拐弯向东，飞向那个金子般的太阳。父亲看到骡马场上那些蓬毛垢面的牲畜，看到了躺在地上的我家那两头大黑骡子。一头骡子死了，它头上还斜立着那根铁锹。黑血把地上的碎高粱，把骡子光洁的脸，都弄得肮脏不堪。另一头骡子坐在地上，血乎乎的尾巴拂着大地，两腹厚皮抖得索索有声。两个时开时合的鼻孔里，吹出口哨一样的响声。父亲不知道自己多么喜爱这两头黑骡子，奶奶挺胸扬头骑在骡背上，父亲坐在奶奶怀里，骡子驮着母子俩，在高粱挟持下的土路上奔驰，骡子跑得前仰后合，父亲和奶奶被颠得上蹿下跳。细细的骡腿腾起一路烟尘。父亲兴奋得吱哇乱叫。稀稀疏疏的农人，立在高梁地边上，手扶锄头或是别的什么农具，盯着高粱作坊女掌柜艳丽的粉脸，满脸嫉妒仇恨。我家那两头大黑骡子，一头倒在地上死了，嘴唇咧开，一排雪白的长方形大牙齿啃着地。另一头坐着，比死了还难受。父亲对奶奶说："娘，咱的骡子。"奶奶伸手捂住父亲的嘴。

日本兵的尸体停放在拄刀牵狗而立的日本官面前。两个伪军拖着血肉模糊的罗汉大爷向一根拴马高桩走去。父亲并没有立刻认出罗汉大爷。父亲看到了一个被打烂了的人形怪物。他被架着，一颗头忽而歪向左，忽而歪向右，头顶上的血嘎痂像落水的河滩上沉淀下那层光滑的泥，又遭阳光暴晒，皱了边儿，裂了纹儿。他的双脚划着地面，在地上划出一些曲曲折折的花纹。人群悄悄地聚缩。父亲感到奶奶的手牢牢捏住他的肩膀，所有的人都变矮了，有的面如黄土，有的面如黑土。一时间鸦雀无声，听得清那条大狼狗哈达哈达的喘气声，那个牵狼狗的日本官儿放了一个嘹亮的屁。父亲看到伪军把那个人形怪物拖到一根高高地拴马桩前，一松手，怪物就像一堆剔了骨的肉瘫在地上。

父亲惊叫一声："罗汉大爷！"

奶奶又捂住了父亲的嘴。

罗汉大爷在马桩下慢慢动着，先把屁股高高地撅起来，造了一个拱桥形状，又双膝跪地，双手按地，竖起了头。他的脸肿胀得透亮，双眼成了两条细缝，两道深绿色的光线，从他的眼缝里射出。父亲正对着罗汉大爷，他相信罗汉大爷一定看到了自己。他的胸膛里的器官砰砰啪啪地碰撞着，他说不出是惊恐还是愤怒，他想用力号叫，但嘴巴被奶奶的手掌牢牢地捂住了。

牵狗的日本官儿对着人群喊了一阵，一个留着小平头的中国人，把日本官儿的话翻给大家听。

翻译说的话，我父亲没听全。他被我奶奶捂住嘴巴，憋得眼冒金花，耳朵嗡嗡响。

两个黑衣中国人把罗汉大爷剥得一丝不挂，拴在木桩上。鬼子官儿挥挥手，又有两个黑衣人把我们村的也是高密东北乡有名的杀猪匠孙五，从木栅栏里，推推搡搡地押过来。

孙五个子矮小，浑身是肉，腆着肚子，头上无毛，脸色通红，一双小眼间距很小，深陷在鼻子两侧。他左手提着一把尖刀，右手提着一桶净水，哆哆嗦嗦地走到罗汉大爷面前。

翻译官说："太君说，让你好好剥，剥不好就让狼狗开了你的膛。"

孙五诺诺连声，眼皮紧急眨动。他用口叼着刀，提起水桶，从罗汉大爷头上浇下去。罗汉大爷被冷水一激，头猛然抬起，血水顺着他的脸、脖子，混浊地流到脚跟。一个监工从河里又提来一桶水，孙五用一块破布蘸着水，把罗汉大爷擦洗得干干净净。孙五擦净罗汉大爷，屁股扭动着，说："大哥……"

罗汉大爷说："兄弟，一刀捅了我吧，黄泉之下不忘你的恩德。"

日本官儿吼叫一声。

翻译说："快点动手！"

孙五脸色一变，伸出粗短的手指，捏住大爷的耳朵，说："大哥，兄弟没法子……"

父亲看到孙五的刀子在大爷的耳朵上像锯木头一样锯着。罗汉大爷狂呼不止，一股焦黄的尿水从两腿间一蹿一蹿地滋出来。父亲的腿瑟瑟颤抖。走过一个端着白瓷盘的日本兵，站在孙五身旁，孙五把罗汉大爷那只肥硕敦厚的耳朵放在瓷盘里。孙五又割掉罗汉大爷另一只耳朵放进瓷盘。父亲看到那两只耳朵在瓷盘里活泼地跳动，打击得瓷盘叮咚叮咚响。

日本兵托着瓷盘，从民夫面前，从男女老幼们面前慢慢走过。父亲看到大爷的耳朵苍白美丽，瓷盘的响声更加强烈。

日本兵把耳朵端到日本官面前，军官点点头。日本兵把瓷盘放在日本兵的尸体旁，静默片刻，又端起来，放到狼狗嘴下。

狼狗收起舌头，用尖尖的、乌黑的鼻子去嗅那两只耳朵。它摇摇头，又吐出舌头，蹲坐起来。

翻译对孙五说："喂，再割！"

孙五在原地转着圈，嘴里咕咕噜噜地说着什么，父亲看到他满脸油汗，眼睛眨得像鸡啄米一样迅速。

罗汉大爷的双耳底根上，只流了几滴血，大爷双耳一去，整个头部变得非常简洁。

鬼子军官又吼了一声。

翻译说："快点割！"

孙五弯下腰，把罗汉大爷的男性器官一刀旋下来，放进日本兵托着的瓷盘里。日本兵两根胳膊僵硬地伸着，两眼平视，像木偶一样从人群前走。父亲觉得奶奶冰冷的手指几乎抠进自己肩头的肉里。

日本兵把瓷盘放到狼狗嘴下，狼狗咬了两口，又吐出来。

罗汉大爷凄厉地大叫着，瘦骨嶙峋的身体在拴马桩上激烈扭动。

孙五扔下刀子，跪在地上，嚎啕大哭。

日本官儿把皮带一松，狼狗扑上来，两只前爪按着孙五的肩头，一嘴利齿在孙五面前晃。孙五躺在地上，双手捂住脸。

日本官打一个呼哨，狼狗拖着皮带颠颠地跑回去。

翻译官说："快剥！"

孙五爬起来，捏着刀子，一高一低地走到罗汉大爷面前。

罗汉大爷破口大骂，所有的人都在大爷的骂声中昂起了头。

孙五说："大哥……大哥……你忍着点吧……"

罗汉大爷把一口血痰吐到孙五脸上。

"剥吧，操你祖宗，剥吧！"

孙五操着刀，从罗汉大爷头顶上外翻着的伤口剥起，一刀刀细索索发响。他剥得非常仔细，罗汉大爷的头皮褪下。露出青紫的眼珠，露出了一棱棱的肉……

父亲对我说，罗汉大爷脸皮被剥掉后，不成形状的嘴里还呜呜噜噜地响着，一串一串鲜红的小血珠从他的酱色的头皮上往下流。孙五已经不像人，他的刀法是那么精细，把一张皮剥得完整无缺。罗汉大爷被剥成一个肉核后，肚子里的肠子蠢蠢欲动，一群群葱绿的苍蝇漫天飞舞。人群里的女人们全都跪倒在地上，哭声震野。当天夜里，天降大雨，把骡马场上的血迹冲洗得干干净净，罗汉大爷的尸体和皮肤无影无踪。村里流传着罗汉大爷尸体失踪的消息，一传十，十传百，一代传一代，竟成了一个美丽的神话故事。

"他要是胆敢耍弄老子，我拧下他的脑袋做尿壶！"太阳越升越小，发出白炽的光线。高粱上的露水稀了。野鸭子飞走了一批，又飞来一批。冷支队的人还没到。公路上除了偶尔蹿过野兔外，再无一个活物。后来又鬼鬼祟祟地跳出一只火红的狐狸。余司令骂完冷支队长，喊一声："喂，都起来吧，八成是上了冷麻子这个狗娘养的当啦。"

队员们早就趴累了，巴不得这声喊。司令一声令下，就应声爬起，有的坐在河堤上，嚓嚓地打火吸烟，有的站在河堤上，用力往堤下撒尿。

父亲跳上河堤后，还在想着去年的一些情景，罗汉大爷被剥皮后的头颅在他眼前不停地晃动。野鸭子被突然冒出来的人群惊吓，齐飞起，又陆续落到不远处的河滩上，蹒蹒跚跚地行走，翠绿的鸭羽和黄褐的鸭羽在草丛中闪烁。

哑巴提着他的腰刀和老汉阳步枪，来到余司令面前。他面色沮丧，眼珠子发直。抬手指太阳，太阳已东南晌，低手指公路，公路空荡荡；哑巴指指肚子，嗷嗷地叫着，挥动着胳膊，对准村庄的方向。余司令沉思片刻，对路西边的人喊："都过来！"

队员们跨过公路，聚到河堤上。

余司令说："弟兄们，冷麻子要是敢耍弄咱，我就去把他脑袋揪下来！天还没晌呢，咱再等一会，等到过了晌午头，汽车还不来，咱就直奔谭家洼，跟冷麻子算账。大家先到高粱地里歇着去，我让豆官回去催饭。豆官！"

父亲仰脸看着余司令。

余司令说："回家告诉你娘，让她找人擀拃饼，正晌午时，一定送到，让你娘亲自来送。"

我父亲点点头，提一把裤子，插好勃朗宁手枪，飞快地跑下河堤，沿着公路往北跑了一小段，就一头钻进了高粱地，向着西北方向，哧哧溜溜地游动。父亲在海水一样的高粱地里，碰到了几个长方形的骡马头骨。他用脚踢了一下，从骷髅里跳出了两只短尾巴的、毛茸茸的田鼠，并不怎么吃惊地望他一会儿，又钻进骷髅里去。父亲又想起了我家那两头大黑骡子，想起了公路修成后很久了，每逢刮东南风，村子里还能闻到刺鼻的尸臭。墨水河里，去年曾经泡胀沤烂了几十具骡马的尸体，它们就停泊在河边的生满杂草的浅水里，肚子着了阳光，胀到极点，便迸然炸裂，华丽的肠子，像花朵一样溢出来，一道道暗绿色的汁液，慢慢地随河水流走了。

……

九

……

一九七六年，我爷爷死的时候，父亲用他缺了两个指头的左手，把爷爷圆睁的双眼合上。爷爷一九五八年从日本北海道的荒山野岭中回来时，已经不太会说话，每个字都像沉重的石块一样从他口里往外吐。爷爷从日本回来时，村里举行了盛大的典礼，连县长都来参加了。那时候我两岁，我记得在村头的白果树下，一字儿排开八张八仙桌，每张桌子上摆着一坛酒，十几个大白碗。县长搬起坛子，倒出一碗酒，双手捧给爷爷。县长说："老英雄，敬您一碗酒，您给全县人民带来了光荣！"爷爷笨拙地站起来，灰白的眼珠转动着，说："喔——喔——枪——枪"我看到爷爷把那杯酒放到唇边，他的多皱的脖子梗着，喉结上一上一下地滑动，酒很少进口，多半顺着下巴，哗哗啦啦地流到了他的胸膛上。

我记得爷爷牵着我，我牵着一匹小黑狗，在田野里转。爷爷最喜欢去看墨水河大桥，他站在桥头上，手扶着桥墩石，一站就是半个上午或半个下午。我看到爷爷的眼睛常常定在桥石上那些坑坑洼洼的痕迹上。高粱长高时，爷爷带我到高粱地里去，他喜欢去的地方也离着墨水河大桥不远，我猜想，那儿就是奶奶升天的地方，那块普普通通的黑土地上，浸透奶奶的鲜血。那时候，我们家的老房子还没拆，爷爷有一天绰起一把锛头，在那棵楸树下刨起土来。他刨出了几个蝉的幼虫，递给我，我扔给狗，狗把蝉的幼虫咬死，却不吃。“爹，您刨什么？”我得要去找公共食堂做饭的娘问。爷爷抬起头，用恍若隔世的目光看着娘。娘走了，爷爷继续刨土。爷爷刨出了一个大坑，斩断了十几根粗细不一的树根，揭开了一块石板，从一个阴森森的小砖窑里，搬出了一个锈得不成形的铁皮匣子。铁匣子一落地就碎了。一块破布里，露出一条锈得通红的、比我还要长的铁家伙，我问爷爷是什么，爷爷说：“喔——喔——枪——枪”

爷爷把枪放在太阳下晒着，他坐在枪前，睁一会儿眼，闭一会儿眼，又睁一会儿眼，又闭一会儿眼。后来，爷爷起身，找来一柄劈木柴的大斧，对着枪乱砍乱砸。爷爷把枪砸成一堆碎铁，然后，一件件拿开扔掉，扔得满院子都是。

“爹，俺娘死了？”父亲问爷爷。

爷爷点点头。

父亲说：“爹！”

爷爷摸了一下父亲的头，从屁股后掏出一柄小剑，砍倒高粱，把奶奶的身体遮起来。

堤南响起激烈的枪声、喊杀声和炸弹爆炸声。父亲被爷爷拽着，冲上桥头。

桥南的高粱地里，冲出一百多个穿灰布军衣的人。十几个日本鬼子跑上河堤，有的被枪打死，有的被刺刀捅穿。父亲看到，腰扎宽皮带，皮带上挂着左轮手枪的冷支队长在几个高大卫兵的簇拥下，绕过着火的汽车，向桥北走来。爷爷一见冷支队长，怪笑一声，持枪立在桥头不动了。

冷支队长大模大样地走过来，说：“余司令，打得好！”

“狗娘养的！”爷爷骂。

“兄弟晚到了一步！”

“狗娘养的！”

“不是我们赶来，你就完了！”

“狗娘养的！”

爷爷的枪口对准了冷支队长。冷支队长一使眼色，两个虎背狼腰的卫兵就以麻利的动作把爷爷的枪下了。

父亲举起勃朗宁，一枪打中了撕掳爷爷的那个卫兵的屁股。

一个卫兵飞起一脚，把父亲踢翻，用大脚在父亲手腕上踩了一下，弯腰把勃朗宁捡到手里。

爷爷和父亲被卫兵架起来。

“冷麻子，你睁开狗眼看看我的弟兄！”

公路两侧的河堤上，高粱地里，横七竖八地躺着死尸和伤兵。刘大号断断续续地吹着喇叭，鲜血从他嘴里鼻孔往外流。

冷支队长脱掉军帽，对着路东边的高粱地鞠了一躬。对着西边的高粱地鞠了一躬。

“放开余司令和余公子！”冷支队长说。

卫兵放开爷爷和父亲。那个挨枪的卫兵捂着屁股，血从他的指缝里滴滴答答往下流。

冷支队长从卫兵手里接过手枪，还给爷爷和父亲。

冷支队的队伍络绎过桥，他们扑向汽车和鬼子尸体，他们拿起了机枪和步枪、子弹和弹匣、刺刀和刀鞘、皮带和皮靴、钱包和刮胡刀。有几个兵跳下河，抓上来一个躲在桥墩后的活鬼子。抬上了一个死老鬼子。

“支队长，是个将军！”一个小头目说。

冷支队长兴奋地靠前看了看，说：“剥下军衣，收好他的一切东西。”

冷支队长说：“余司令，后会有期！”

一群卫兵簇拥着冷支队长往桥南走。

爷爷吼叫一声：“立住，姓冷的！”

冷支队长回转身，说：“余司令，谅你不会打我的黑枪吧！”

爷爷说：“我饶不了你！”

冷支队长说：“王虎给余司令留下一挺机枪！”

几个兵把一挺机枪放在爷爷脚前。

“这些汽车，汽车上的大米，也归你了。”

冷支队长的队伍全部过了桥，在河堤上整好队，沿着河堤，一直向东走去。

夕阳西下。汽车烧毕，只剩下几具乌黑的框架，胶皮轱辘烧出的臭气令人窒息。那两辆未着火的汽车一前一后封锁着大桥。满河血一样的黑水，遍野血一样的红高粱。

父亲从河堤上捡起一张未跌散的拃饼，递给爷爷，说：“爹，您吃吧，这是俺娘擀的拃饼。”

爷爷说：“你吃吧！”

父亲把饼塞到爷爷手里，说：“我再去捡。”

父亲又捡来一张拃饼，狠狠地咬了一口。

（原载《人民文学》1986年第8期）

【作者简介】

莫言，原名管谟业，生于1955年2月17日，山东高密人。1976年应征入伍，历任战士、班长、教员、干事、专业作家。1997年转业到报社工作，1981年开始发表作品。1985年加入中国作家协会。1986年毕业于解放军艺术学院文学系，后又毕业于北京师范大学鲁迅文学院研究生班，文学硕士。已出版长篇小说《红高粱家族》《天堂蒜薹之歌》《十三步》《食草家族》《丰乳肥臀》《酒国》《红树林》《檀香刑》《生死疲劳》《四十一炮》《蛙》；中篇小说《透明的红萝卜》《爆炸》《金发婴儿》《怀抱鲜花的女人》《欢乐》《牛》《三十年前的长跑比赛》等；短篇小说《枯河》《秋水》《白狗秋千架》《冰雪美人》等。翻译成英文、法文等多国文字。有《莫言文集》（12卷），影视、话剧剧本多部。中篇小说《红高粱》获全国中篇小说奖，《丰乳肥臀》获首届大家文学奖，《白狗秋千架》获台湾联合文学奖，《酒国》（法文版）获法国儒尔·巴泰庸奖，《檀香刑》获首届鼎钧文学奖、台湾联合报十大好书奖，另获意大利第30届诺尼诺国际文学奖。2004年获法兰西文化与艺术骑士勋章，2005年获香港公开大学荣誉文学博士学位。2011年长篇小说《蛙》获第八届茅盾文学奖。2012年莫言获得诺贝尔文学奖，成为第一个获得诺贝尔文学奖的中国籍作家，获奖理由是：“通过幻觉现实主义将民间故事、历史与当代社会融合在一起。”（瑞典皇家科学院诺贝尔奖评审委员会颁奖词）诺贝尔文学奖评委会主席佩尔·韦斯特伯格评价：“在我作为文学院院士的16年里，没有人能像他的作品那样打动我,他充满想象力的描写令我印象深刻。目前仍在世的作家中,莫言不仅是中国最伟大的作家,也是世界上最伟大的作家。”

【赏析指要】

《红高粱》叙写的故事并非新颖,而且是一个简单的抗日战争的故事:“我”爷爷土匪司令余占鳌在墨水河畔组织的民间武装抗击日寇,以及和“我”奶奶的爱情纠葛。这部小说的情节是由两条故事线索交织而成的,主线写民间武装伏击日本汽车队的起因和过程;另一条线索是余占鳌与戴凤莲在抗战前的爱情故事。但就是这样的故事框架,绽放出撼人心魄的艺术魅力。这是因为作品所要“揭示的是一个民族的过去,以及这种过去与现在、将来的某种有机的精神联系。《红高粱》所要证明的是民族精神之魂的复杂内核,而在以往的以抗日生活作为描写对象的小说中,还没有出现过这样深刻独到的,既充满了血腥味,但又富有神魄感的优秀作品。”(吴宏聪,范伯群. 中国现代文学史[M]. 武汉:武汉大学出版社,1991.)

作品采用意识流的创作手法,有人认为借鉴了马尔克斯的魔幻写法,现实叙写与虚幻叙写相结合。作品写“我”奶奶重伤之后生命逐步走向死亡的过程中思想意识的不断变化以及独特感受,通过时间、空间和描写视角的不断变化,塑造了“我”奶奶独特的形象,作品充满着诗意和朦胧美。

【辑评】

莫言的中篇小说《红高粱》是站在民间立场上讲述的一个抗日故事。这种民间立场首先体现在作品的情节框架和人物形象这两个方面。对于抗战故事的描写在中国当代文学中并不少见,但《红高粱》与以往革命历史战争小说的不同就在于,它以虚拟家族回忆的形式把全部笔墨都用来描写由土匪司令余占鳌组织的民间武装,以及发生在高密东北乡这个乡野世界中的各种野性故事。这部小说的情节是由两条故事线索交织而成的:主干写民间武装伏击日本汽车队的起因和过程,后者由余占鳌与戴凤莲在抗战前的爱情故事串起。余占鳌在戴凤莲出嫁时做轿夫,一路上试图与她调情,并率众杀了一个想劫花轿的土匪,随后他在戴凤莲回门时埋伏在路边,把她劫进高粱地里野合,两个人由此开始了激情迷荡的欢爱,接下来余占鳌杀死戴凤莲的麻风病人丈夫,正式做了土匪,也正式地成为她的情人。我们不难看出在这条故事线索中,始终被突显出来的是一种生机勃勃的民间激情,它包容了对性爱与暴力的迷醉,以狂野不羁的野性生命力为其根本。这显然逾越了政治意识形态的限制,对民间世界给予一种直接的观照与自由的表达。前一条抗日的故事线索,从戴凤莲家的长工罗汉大爷被日本人命令残酷剥皮而死开始,到余占鳌愤而拉起土匪队伍在胶平公路边上伏击日本汽车队,于是发动了一场全部由土匪和村民参加的民间战争。整个战斗过程体现出一种民间自发的为生存而奋起反抗的暴力欲望,这在很大程度上弱化了历史战争所具有的政治色彩,将其还原成了一种自然主义式的生存斗争。概括地说,《红高粱》在情节构成上是依照民间自身的主题模式,尽管它讲述的是抗日战争的故事,但其中所突现出来的主要都是民间世界中强悍生动的暴力与性爱内容。与此相关的是这部小说在人物形象塑造上,也除去了传统意识形态二元对立式的正反人物概念,比如把作为“我爷爷”出场的余占鳌写成身兼土匪头子和抗日英雄的两重身份,并在他的性格中极力渲染出了一种粗野、狂暴而富有原始正义感和生命激情的民间色彩。20世纪50—70年代现代历史小说中也出现过类似的草莽人物，但必须要在他身边再树立一个负载政治道德标准的正统英雄人物，以此传达意识形态所规定的思想内容。但在《红高粱》中，余占鳌是唯一被突出的主要英雄，他的草莽缺点和英雄气概都未经任何政治标准加以评判或校正，而是以其性格的真实还原出了民间的本色。这些特点也同样体现在对于“我奶奶”戴凤莲和罗汉大爷等人物的刻画中。比如“我奶奶”具有的那种温热、丰腴、泼辣、果断的女性的美，罗汉大爷的忠诚、坚韧、不屈不挠的农民秉性以及“我父亲”小豆官的莽撞冲动的脾气，都有一种民间的放纵和生气充盈其中。由于叙述者把这些人物都作为自己的家族长辈来写，就又在他们身上体现出了以前革命历史故事中少有的任性与平易之感。这就使得这部小说在人物形象塑造和情感亲合方面，都非常鲜明地表达出了一种真正向民间价值尺度认同的倾向。正是建立在民间崇尚生命力与自由状态的价值取向上，作者描写“我爷爷”的杀人越货，写“我爷爷”和“我奶奶”的野地欢爱，以及其他人物种种粗野不驯的个性与行为，才能那样自然地创造出一种强劲与质朴的美。

（选自陈思和. 中国当代文学史教程[M]. 上海：复旦大学出版社，1999.）

莫言的小说《红高粱》因为同名电影获得的巨大成功而早已为人熟知。小说以“我”，即孙子的口吻叙述爷爷、奶奶的故事，而且还以小男孩——“我父亲”的视角描绘所感受到的一切。《红高粱》不同于传统小说，它的情节十分简单，写一天凌晨，“我父亲”跟“我爷爷”去参加“我爷爷”他们组织的一场简单的伏击战——在如火如荼的红高粱地里伏击日寇的汽车。中间穿插了一系列的事件，如“我爷爷”余占鳌杀死单家父子，与“我奶奶”结合；在红高粱地里，罗汉大爷活活地被剐，等等，最后详写了伏击战的场面。

已有的不少评论、赏析大多注意到了《红高粱》的故事并不新鲜，新鲜的是小说的童年视角与作者独特奇异的感觉。也有人就事论事地指出过莫言小说，包括《红高粱》的“祖宗崇拜”现象。本篇则认为，《红高粱》的叙事结构在当代中国小说中十分独特，但从原型的角度来说，用子孙“我”的口吻带着崇拜的心态来追忆爷爷、奶奶们的英雄业绩，却并不让人感到陌生。这种“祖宗——子孙”的小说叙事结构，其实就是《诗经》中祭祖诗“祖宗——子孙”话语方式的翻版。因此可以说，《红高粱》是作者怀着祭祀祖宗的仪式心态写出的，是我们民族一种古老的“种族记忆”的复活。当然，这种复活充满了时代气息。

莫言式的追忆激情充沛。他为祖先设置了两个背景：一是充盈着原始生命冲动的爱情，二是严酷的为争取自由而进行的战争。在子孙“我”的讲述中，祖宗“我爷爷”“我奶奶”们笼罩着迷人的光环，他们身上充溢着原始活力，追求自由自在的生活。为了实现生命的自由，爷爷们剽悍勇敢、匪气十足、杀人越货、敢作敢为，他们敢于与比自己强大的日本鬼子血战，是因为鬼子妨碍了他们的自由生活，剥夺了他们的生存权利。他们的爱情更多地发自本能。为了女人，“我爷爷”宰了单家父子和土匪花脖子；“我奶奶”则毫无三从四德、畏畏缩缩的气息，她和爷爷高粱地里的野合为高密东北乡丰富多彩的历史“抹上了一道酥红”。总之，他们勇往直前、风流快活，与妨碍其自由的一切人和事争斗，至死不悔。

就这部小说本身来说，作者借助叙述人——孙子“我”的童年视角以及新奇独特的感觉，主要表达的是“我”对“我爷爷”“我奶奶”原始的、浪漫的生命活力的崇拜与赞颂。莫言对这种祖宗精神的发掘当然是有他现实用意的。1985年掀起的文化寻根思潮，既然叫嚷着要寻根，就必然带有一种对祖宗文化精神的追忆、回顾、反思。这正好深深吻合了莫言当时的心态:“我赞成寻‘根’。每个人都有自己的根,每个人都有自己的寻法,每个人都有自己对根的理解。我是在寻根过程中扎根。我的‘红高粱’是扎根文学。”(莫言.十年一觉高粱梦[J].中篇小说选刊.1986(3).)显然,《红高粱》中张扬的祖宗精神就是莫言所找到的祖宗之根。在小说“祖宗——子孙”对应叙事结构中,“我”的叙述愈是汪洋恣肆,“我”的激情愈是澎湃、感觉愈是新奇,读者,即广义上的子孙受到的心理震荡就越大,就越会受“我爷爷”“我奶奶”们的感染,汲取祖先的闪光精神以滋补子孙之元气的效果就愈好。很明显,作者在小说的立意上有潜在的、对当代文化的不满与批判,也有对我辈子孙的训谕,但叙事结构又决定了这篇小说的审美情感有极为传统的地方。《红高粱》仅仅是后来莫言的长篇小说《红高粱家族》(解放军文艺出版社 1987 年版)中的一个章节。在这个长篇中,作者借助“祖宗——子孙”的叙事结构把《红高粱》中的潜在情感表达了出来,小说叙述人,孙子“我”代表着都市文化。“我逃离家乡十年”,便被“机智的上流社会”传染上“虚情假意”,“肉体”也被“肮脏的都市生活臭水浸泡得每个毛孔都散发着扑鼻恶臭”。“我”是“我爷爷”“我奶奶”的不肖子孙,“种的退化”的产物,因此,“我”企盼家族英雄祖先的亡灵指点迷津,在追忆反省中清洗自己的“肉体和灵魂”,“不惜一切努力”去寻找一株仅剩的“纯种红高粱”。这隐喻了作者重塑民族精神的强烈愿望,但“祖宗——子孙”的叙事结构却使小说自然地把祖宗与子孙两相对比,这时,崇拜祖先的仪式情感便引发了作者鄙视子孙的心理。总的说来,《红高粱》所崇尚的爷爷、奶奶精神带有很多的本能冲动成分。他们倾心追求的、“我”为之迷醉的浪漫自由固然叫人感到痛快,但倘若以此来训导子孙,嘲弄现代文化,则是明显地沉溺于一种美学谬误中了。

(选自徐志强.宗祖的梦寻——原形批评与文本解读[M]//文学新思维(下卷).南京:江苏教育出版社,1996.)

白鹿原(节选)

陈忠实

鹿子霖一上任乡约就施展出非凡的办事能力和组织才能。他用白鹿仓拨给他的十分有限的经费,在白鹿镇买下一院破落户的民房。房屋已经破败不堪,庭院里散发着一股酸溜溜臭烘烘的气味。他雇请来卫木匠,向所辖的十个村子摊派小工,把三间大厅和两间厢房全部翻修一新。把临街的已经歪扭的门楼彻底拆除,用蓝色的砖头垒成两个粗壮的四方门柱,用雪白的灰浆勾饰了每一条砖缝,然后安上两扇漆成黑色的宽大门板。在右首的门柱上,挂出一块白底黑字的牌子:滋水县白鹿仓第一保障所。多年来一直破败不堪的居民小院,完全焕然一新了,在灰暗衰老的白鹿镇上,立即昭示出一种奇异的气质。

皇帝在位时的行政机构齐茬儿废除了,县令改为县长:县下设仓,仓下设保障所,仓里的官员称总乡约,保障所的官员叫乡约。白鹿仓原是清廷设在白鹿原上的一个仓库,在镇子西边三里的旷野里,丰年储备粮食,灾年赈济百姓,只设一个仓正的官员,负责丰年征粮和灾年发放赈济,再不管任何事情。现在白鹿仓变成了行使革命权力的行政机构,已不可与过去的白鹿仓同日而语了。保障所更是新添的最低一级行政机构,辖管十个左右的大小村庄。

当白鹿仓的总乡约田福贤要鹿子霖出任第一保障所的乡约那阵儿,鹿子霖听着别扭的“保障所”和别扭的“乡约”这些新名称满腹狐疑,拿不定主意,推诿说自己要做庄稼,怕没时间办保障所里的事。当他从县府接受训练回来以后，就对田福贤是一种知遇恩情的感激心情了。

鹿子霖在县府接受了为期半月的任职训练。受训结束的前一天，县长史维华再一次到场训示，发给大家每人一身青色制服，换上了一色一式制服的各仓总乡约和各保障所的乡约们一起同史县长合影留念，这无疑是滋水县历史上别开生面的一张历史性照片。鹿子霖脱下长袍马褂，穿上新制服到大镜前一照，自己先吓了一跳，几乎认不出自己了。停了片刻，他还是相信那个穿一身青色洋布制服的鹿子霖，仍是那个穿长袍马褂的鹿子霖：长条脸，高额头，深陷的眼睛，长长的眼睫毛，统直的鼻子，俊俏的嘴角，这个鹿子霖比那个鹿子霖更显得精神了。

一天后晌，两个正在朱先生的白鹿书院念书的儿子闻讯跑到县府来看望他，看见他一身制服就惊得愣呆呆地瞅着。鹿子霖哈哈笑着搂住儿子说："爸革命咧！"大儿子兆鹏说："爸！你都革命了，还让我念古书？我想到城里的新学堂去念书。科举考试早都废止了，再念老书没一点点儿用处了。"二儿子兆海也附和哥哥说："好几个生员都走了，到城里的新学堂念书去了。我跟哥哥一块去。"鹿子霖很爽快地说："去！你俩一搭去！史县长说来，咱县上也正筹划新学堂哩！"

鹿子霖日暮时回到白鹿村，在街巷里遇见熟人，全部认不出他来了。他对这种反应已不奇怪，做出无所谓的样子回答他们的询问："在县府受训。满了。十五天满了。这衣裳……制服嘛！"走进自家院子，他的女人端着一盆泔水正往牛圈走，吓得双手失措就把盆子扣到地上了。鹿子霖走进上房向父亲请安。泰恒老汉眨巴着眼睛把他从头到脚瞅盯了半晌，惊奇地问："你的辫子呢？"鹿子霖早有准备："凡是受训的人，齐茬儿都铰了。保障所是革命政府的新设机构，咋能容留清家的辫子？"泰恒老汉闭嘴闷声了。

白鹿仓总乡约田福贤邀请鹿子霖出任第一保障所乡约的时候，鹿泰恒出于自家在白鹿村处境的考虑，支持儿子到白鹿村外边去闯世事，现在自然不能为儿子丢掉辫子再说二话。鹿子霖恭恭敬敬向父亲汇报了在县府受训的情况，泰恒老汉听了说："甭忘了你老太爷的话。"鹿子霖说："那忘不了。"第二天鹿子霖就着手交办买房修房创建保障所的事。他在白鹿村和白嘉轩搭手修造祠堂，创立学堂，修补堡子围墙，结果却只是增加了族长白嘉轩的功德；现在他将第一次出面独立行事，就决心要办出个样子来。在白鹿村，他的财富可以累加，却与族长的位置无缘；现在，他是保障所的乡约，下辖包括白鹿村在内的十个村庄，起码不在白嘉轩之下了吧？他按照县府规定给保障所的编员人数，物色聘请了一位书手，姓王，是大王村的一位学子，写得一手好字，人也精干。到保障所修建完成，他和王书手就在厅房里坐下来摆出办公的架势了。

第一保障所创建成功，并举行了隆重的庆祝活动。鹿子霖首先约请了顶头上司总乡约田福贤，还邀请了第一保障所所辖管的十个村子里的官人——包括白嘉轩在内的各村的族长，又邀请了白鹿仓另外八个保障所的乡约；再就是镇子上的几位头面人物，中医堂的冷先生，杂货铺的葛掌柜，粮店的崔掌柜等；本保障所辖管的十个村子的绅士和财东，也都一个没有遗漏。第一项仪式是挂牌。白鹿仓总乡约田福贤把挽着红绸的木牌挂在右首的四方门柱上，然后鞭炮齐鸣，又三声铳响，把人们震得耳鸣心跳。在乱糟糟的恭贺气氛里，鹿子霖却想起老太爷的话："中了秀才放一串草炮，中了举人放雷子炮，中了进士放三声铳子。"他现在是保障所的乡约，草炮雷子铳子都放了，老大爷在天之灵便可得到了慰藉。

鹿子霖在镇子的饭馆包下五席饭菜，跑堂的掌着红漆木盘把菜送到保障所里。酒过三巡，鹿子霖致词欢迎，田总乡约作指示，各位同僚，各位头面人物相互祝贺恭维。白嘉轩坐在这里很难受，听这些人说话更难受，他怎么也消除不了心里的疑团："这些人在这儿吃谁的？"他几次想把姐夫朱先生写给张总督的民谣念出来，却又几次作罢。他清楚鹿子霖不是张总督，他自己也不是朱先生，念了也没有用。他应酬着坐了一阵子，再也坐不下去，就起身告辞了。鹿子霖捏着酒盅走过来，拉他再饮："嘉轩哥，日后还望你宽容兄弟之不周。"白嘉轩装出豁达的样子说："这话再不能往下说，再说就见外了。我有事得先走一步。"鹿子霖热情地拉住不放："啥事紧得要走？"白嘉轩挣脱了手臂，离开桌椅说："黄牛寻犊子咧！我得去配种。"鹿子霖扫兴地闭了嘴，再不挽留。

白嘉轩得到通知到保障所开会，十个村的官人全部到齐后，鹿子霖传达了县府史维华县长的命令，要对本县的土地和人口进行一次彻底清查，先由保障所逐村逐户核查造册，再由白鹿仓汇总之后统一到县府加盖印章，一亩一章，一丁一章，按土地亩数和人头收缴印章税。白嘉轩还没听完，就突然想到保障所挂牌吃喝那天自己没有说出口的话：这些人在这儿吃谁的？他然后做出一副轻松的样子，对鹿子霖开玩笑说："子霖兄弟，是不是挂牌那天吃下窟窿了？"鹿子霖正怀着上任后第一次执行公务的神圣和庄严，一时变不过脸来，虽然被这话噎得难受，却只能是玩笑且当它玩笑："嘉轩兄谝什么闲传！这是史县长的命令。"但心里却不由懊恼起来。印章税收齐后，县府、仓和保障所按七二一比例开成，上交县府七成，仓里抽取二成，保障所留下一成，作为活动经费以及官员们的俸禄。因为没有各村官人的份儿，所以此条属内部掌握，一律不朝下传达。鹿子霖恢复平静以后，就强烈地意识到，现在不能示弱，否则以后事情就难办了，于是说："各位，咱们官事官办，私事私了。属于兄弟和各位私人交情的事，咋都好说好办，属于官事，就得按县府的条律执行。史县长再三说，必须服从革命法令，建立革命新秩序。"有人问："谁要是实在没钱交咋办？"鹿子霖说："让他们自己想办法。"又有人说："要是想不下办法咋办？现在青黄不接，去年秋里遭了旱，村里多半人吃食接不上新麦……"鹿子霖说："办法只要想，总是能想到的。各位回村以后，牙口得放硬点。"白嘉轩就不再说话，领了鹿子霖散发的通告，径直走回白鹿村。

白嘉轩从皂荚树上用铁锨铲下几束皂荚刺，把署有史维华县长名字的通告扎到祠堂外的墙壁上，然后敲锣，把通告的内容归纳成最简洁的几句话，从村子里一边敲过，一边喊："一亩一章，一人一章按章纳税，月内交齐，抗拒不交者，以革命军法处治。"白嘉轩绕村一匝，回到祠堂放下大锣的时候，通告前已经围满村民。大家议论纷纷，听不清楚，只听得一句粗话："这反正倒反成个㞞子了！这县长倒是个㞞子县长……"

祠堂门外的嘈杂声，搅扰了徐先生的安宁。后晌放学以后，孩子们背上竹笼，提上草镰去给牲口割草，徐先生就到河边去散步。杨柳泛出新绿，麦苗铺一层绿毡，河岸上绣织着青草，河川里弥散着幽幽的清新爽朗的气息。他一边踱着步，一边就吟诵出长短句来。待回到祠堂里，就书记到纸上。现在已有一厚摞了，题为《滋水集》。

徐先生到白鹿村来坐馆执教，免除了在家时沉重的田间劳作之苦，过一种平静无扰的清闲生活。他沿着河岸悠悠漫步，眼前总是飞舞着祠堂门外那张盖着县府大印署有县长姓名的通告，耳畔又响起村民们的议论和粗鲁的谩骂，心里竟然怦怦搏响。清廷的皇帝也没有征收过如此名目的赋税，只是缴纳皇粮就完了。“苛政猛于虎！”徐先生不觉说出口来，随之就吟出一首长短句词章。在他的吟诵山川风月的《滋水集》里，这是唯一一首讽喻时政的词作，别具一格。

徐先生保持着早睡早起的良好生活习惯。他刚刚吹灯躺下，就听到叩击祠堂大门铁环的响声。他穿戴整齐之后，又叠了被子才去开门。黑暗里听出是白嘉轩，忙引入室内。

白嘉轩说：“我想起事。”徐先生忙问：“你……起什么事？”白嘉轩说：“给那个死（史）人一点颜色瞧瞧，骚一骚他的脸皮！”徐先生急问：“咋样闹呢？造反？”“我一个笨庄稼汉，一不会耍刀，二不会弄棒，快枪连见也没见过，造啥反哩！”白嘉轩说，“按人按亩收印章税，这明明是把刀架在农人脖子上搜腰哩嘛！这庄稼还能做吗？做不成了！既是做不成庄稼了，把农器耕具交给县府去，交给那个死（史）人去，不做庄稼喽！”徐先生沉默不语。白嘉轩接着说：“你是知书识礼的读书人，你说，这样弄算不算犯上作乱？算不算不忠不孝？”“不算！”徐先生回答，“对明君要尊，对昏君要反；尊明君是忠，反昏君是大忠！”“好哇！徐先生，我还担心你怕惹事哩！”白嘉轩说，“我想请你写一封传帖。”“鸡毛传帖？写！”徐先生竟是凛然慷慨的气度，“你说怎么写？我听老人说过鸡毛传帖的事，可没见过。”“谁也没见过。我也是听老辈子人说过那年杀贼人就用的鸡毛传帖。”白嘉轩说，“你想着写吧！只要能把百姓煽起来就行咧！怕不能太长。”

徐先生取了一张黄纸，欣然命笔，似乎早已成竹在胸，一气呵成：“苛政猛于虎。灰狼啖肉，白狼吮血……”写罢装进一个厚纸信封，交给白嘉轩。白嘉轩说：“徐先生，这事由我担承，任死任活不连累你。”徐先生说：“什么话！君子取义舍生。既敢为之，亦敢当之。”

白嘉轩未进院门，直接走进对过儿的马号。鹿三悄声问：“写好了？”白嘉轩说：“好了。”白嘉轩掏出三封同样的传帖，往开口里分别插进三根白色的公鸡尾毛，对鹿三说：“你先到神禾村，进村西头头一家，敲响门，从门缝把传帖塞进去，只给主家招呼一声‘货到了’就走，甭跟人家照面。记下了没？”鹿三说：“这好记。”白嘉轩接着吩咐：“剩下这两份，你送给贺家坊村的贺老大贺德教，贺家村街心十字南巷西边第六家。下来你就甭管了。来回路上碰不见熟人不说，碰见熟人装作不认得低头快走。记下了没？”鹿三说：“贺家坊的贺氏兄弟我闭着眼都能摸到，你放心。”说着把三份传帖接过来，扎进蓝布腰带里，又在腰里缠了三匝，外边再套上一件夹衫，说：“我走了，你睡去。明早见话。”白嘉轩说：“我等你，就在这儿。听着，万一路上碰见熟人躲不过了，就说你给我舅送牛去了！”鹿三倒有点不耐烦：“哎呀嘉轩！你把我当成鼻嘴娃子，连个轻重也掂不出来？”说罢就走出马号去了。白嘉轩突然觉得浑身松软，像被人抽掉了筋骨，躺在鹿三的炕席上。

鹿三早已取掉了苇席下铺垫的麦草，土坯炕面上铺着被汗渍浸润得油光的苇席，散发着一股类似马尿的汗腥味儿。他枕着鹿三的被卷，被卷里也散发着类似马尿的男人的腥膻气息。他又想起老人们常说的鸡毛传帖杀贼人的事。一道插着白色翎毛的传帖在白鹿原的乡村里秘密传递，按着约定的时间，各个村庄的男人一齐涌向几个贼人聚居的村庄，把行将就木的耄耋和席子裹包着的婴儿全部杀死。房子烧了，牛马剥了煮了粮食也烧了，贼人占有的土地，经过对调的办法，按村按户分配给临近的村庄，作为各村祠堂里的官地，租赁出去，收来的租子作为祭祀祖宗的用项开销……

骡马已经卧圈，黄牛静静地扯着脖子倒沫儿，粗大的食管不断有吞下的草料返还上来，倒嚼的声音很响，像万千只脚在乡村土路上奔跑时的踢踏声，更像是夏季里突然卷起的暴风。白嘉轩沉静下来以后，就觉得那踢踏声令人鼓舞，令人神往了。

白嘉轩后来引为终生遗憾的是没有听到万人涌动时的踢踏声。四月初八在期待中到来。初七日夜里，白嘉轩一宿未曾合眼。他把那个白铜水烟壶端到鹿三的马号里，俩人坐着抽了一夜烟。天刚麻明，鹿子霖领着田福贤堵在门口。田福贤说："嘉轩，赶快敲锣！给大声吆喝，一律不要上县，不要听逆贼煽动。"白嘉轩冷冷地说："那锣我不敢敲。"田福贤说："你是官人又是族长，怎不敢敲？"白嘉轩说："传帖上写得明明白白，谁不去县府交农具，谁阻挠去交农具，一律砸锅烧房。我不敢。我怕砸了锅烧了房。"田福贤说："谁敢！真的有谁烧了你的房，我让谁给你赔！"白嘉轩蔑视他说："你吹啥哩！传帖连县长都敢反敢弄，谁把你个总乡约当啥！"田福贤的脸臊红了。鹿子霖也觉得被轻视了不大自在。白嘉轩说："锣和锣槌在祠堂放着，要敲你们去敲。我今日个不敲。"这当儿村里传来三声惊天动地的铳响，临近村子也连续响起铳子的轰鸣。白鹿村一片开门关门门板磕碰的噼啪声，杂乱无章的脚步声在清晨寂静的村巷里回响，一个个扛着犁杖，夹着杈耙扫帚的男人，在蛋清色的晨光里跃进，匆匆朝村子北边的道路奔去。白嘉轩站在门外的场地上说："决堤洪水，怎么掩挡？谁这会敲锣阻挡……非把他捶成肉坨儿不可！"田福贤煞白着脸："硬挡挡不住，咱们好言相劝或许可以？走吧！"白嘉轩推诿不过，跟着鹿子霖和田福贤在村巷转着。村里已经变成女人的世界，没有一个成年男人了。没有男人的村巷就显出一种空虚和脆弱。白嘉轩心急如焚，那些被传帖煽动起来的农人肯定已经汇集到三官庙了，而煽动他们的头儿却拔不出脚来，贺家兄弟一怒之下还不带领众人来把他砸成肉坨！白嘉轩情急之下就拉下脸说："二位忙你们的公务，我失陪了。"说罢就走。田福贤跑上前来堵住说："嘉轩，实话实说吧！有人向县府告密，说你是起事的头儿。我给史县长拍了胸膛，说你绝对不会弄这号作乱的事。既然挡不住也劝不下，让他们去吧！你可万万去不得。"鹿子霖则笑嘻嘻地说："我根本不信嘉轩哥会跟那些人在一块闹事。走走走！嘉轩哥，到你屋里坐下，让嫂子给咱沏一壶茶。"

白嘉轩再也找不出借口，就硬着头皮回到屋里，心里只希望贺氏兄弟领头进县城交农器了。但他尚不知，贺氏兄弟跟他一样，此刻也被田福贤安排的几位官员和绅士缠住而不得出门。这原是史县长的精心安排。

时势和机运却促成了鹿三人生历程中的一次壮举。他扛着一架没有安装铁铧的犁杖，走出白鹿村就拥入从各个村子涌出的庄稼人当中，同认识的和不认识的都打起招呼。人往往就这样，一个人的时候是一种样子，好多人汇聚到一起又完全变成另一种样子。临近三官庙，从四面八方通三官庙的大道小路上，人群汇成一股股黑压压的洪流。三官庙小小的庭院早已挤得水泄不通，门外的场地上也拥挤着人群，齐腰高的麦子被踏倒在地，踩踏成烂泥的青苗散发着一股清幽幽的香气。鹿三刚停住脚就听到了一个可怖的流言，说起事的人被吓破了胆不敢出头了！又说起事的人收受了史县长的赏金被收买了！最可怕的是说不愿意收受贿赂的两个头儿被史县长抓走了，现在正捆绑在城墙上示众！谁也无法证实，因而也无法辨别其虚实，但举事的头目没有出面却是既成的事实。随之最粗野的不堪入耳的咒骂不再对着收印章税的史县长，而是集中到鸡毛传帖的起事人头上，但至今谁也搞不清究竟是哪个村的张三李四王麻子煽起了这场事件。于是，纷乱而愤怒的庄稼汉们哄哄嚷叫着要去惩治起事的人。人群开始骚乱，朝来时的大道小路上倒流，鹿三心里急得像火烧，却终究束手无策。

这时候，从三官庙的院墙里突然传出了欢呼声："起事的人出头露面了！"消息像风一样卷过去，倒流的人又从大道小路上折回来。鹿三看见人群从三官庙的大门里流水一样涌泄出来，农具被踩断的咔嚓声，夹杂着被踩倒的人的惨叫，围墙上不断有人翻跳下来。一伙人架着一个光头秃脑的和尚从庙门里卷到场地中间。和尚踩着两个人的肩膀，左手扶着举到空中的一把木叉，右手在空中大幅度挥舞着那只插着白色翎毛的传帖："苛政猛于虎！灰狼啖肉，白狼吮血……"和尚有一副好嗓门儿。朗诵起传帖，嗓音洪亮，抑扬顿挫，感情炽烈："贪官不道，天怒人怨，黎民百姓无计无路，罢种罢收……"众人鸦雀无声。鹿三忽然羡慕起和尚来了。和尚诵完传帖说："我一人孤掌难鸣。各位父老再举荐三个头儿，带领众人进城交农具去！有哪位好汉自告奋勇站出来更好……"鹿三听了大叫一声："白鹿村鹿三算一个！"话音未落，他立即被身旁的人抬了起来，鹿三站在陌生人的肩膀上，高高地俯视着乌压压的一片黑脑袋，忽然觉得自己不是鹿三而是白嘉轩了，直到死亡，鹿三都没有想透，怎么会产生那样奇怪那样荒唐的感觉。众人又推举出两个人来，和尚随之宣布包括自己在内的四个头目为东西南北四路领头儿。和尚吼道："东原的人进东门，西原的人进西门，南原的人进南门，北原的人进北门。史县长不收回成令，誓不回原。"嗷嗷嗷的吼声混合着咒骂，人流像洪水一样滚向县城，土路上扬起滚滚黄尘，大道两旁的麦子被踩踏得像牛嚼过的残渣。鹿三赶到城墙下，城门已经关死，吼声震天。几十个人抱着一根木头撞击大门，门板被撞碎，却发现里头已经用砖封死了。鹿三喊着拆墙扒砖。人拥人挤，效率极低，有人把扒下的砖头掷进城墙里去，有的砖头掉下来砸破了自己人的脑袋。这时候，城墙上响起锣声，一个人敲着锣喊："县长向大家见礼！"一伙随员簇拥着史县长出现在城墙上，县长跪下了，作揖叩头。打锣的人大声宣布："史县长令，收盖印章税的通令作废。请父老兄弟回乡。"砖头飞上城墙，县长的随员们耍杂技似的凌空逮住砖块，保护着县长。史县长又带着随员们跟着敲锣的人顺城墙走了。鹿三倒不知该怎么办了，憋在胸间的怒气尚未完全爆发释放出来却已宣告完结。没有经过多少周折而顺利地达到目的取得胜利，反倒使人觉得意犹未尽不大过瘾。围在城墙下的人立即把矛头回转过来，纷纷吼喊着现在该当实践传帖上的戒律，立即惩治那些没有前来交农具的人，骂他们不冒风险而分享斗争的胜利果实比死（史）人更可憎。鹿三顺从了众人的意向，回原路上所过的村庄，凡是没有参与交农具的人家都受到严厉的惩罚，锅碗被砸成碎片，房子被揭瓦捣烂（本应烧掉，只是怕殃及邻舍而没有点火），有两家乡性恶劣的财东绅士也遭到同样的惩治。鹿三回到白鹿村，白嘉轩在街门口迎接他，深深地向他鞠了一躬："三哥！你是人！"

四月十三日，白鹿镇上贴出两张布告，一张是罢免史维华滋水县长的命令，同时任命一位叫何德治的人接任。布告是由省府张总督亲自签署的。白鹿镇逢集，围观的人津津乐道，走了一个死（史）人，换了一个活（何）人，死的到死也没维持（维华）得下，活的治得住（德治）治不住还难说。白鹿原人幽默的天性得到了一次绝好的表演机会。并贴的另一张布告的内容就不大妙了，那是逮捕拘押闹事主犯的告示，其中包括鹿三在内的领头进城的四个人，还有写传帖的徐先生，煽动起事的贺氏兄弟。围观的人看罢第二张告示的观感是：摔了一场平跤。

白嘉轩比起事以前更难受。一个最沉重的忧虑果然被传言证实了，他的起事人的身份早已不是秘密，而他幸免于坐牢的原因是他花钱买通了县府；说他一看事情不妙就把责任推到那七个人身上，还说他的姐夫朱先生的大脸面在县里楦着，等等。白嘉轩从早到晚阴沉着脸，明知枣芽发了却不去播种棉花。他走了一趟贺家，又走了一趟徐先生家，他对他们的苦楚的家人并不表示特别的热情，只是冷冷地重复着同一句话："我马上到县府去投案，我一定把他们换回来。"他对哭哭啼啼的鹿三的女人说："三嫂，你甭急，我要是救不下三哥就不来见你。"

白嘉轩第二天一早就起身奔县府。县府里的一位年轻的白面书生对他说："交农事件已经平息。余下的事由法院处理，你有事去法院说。"白嘉轩放下褡裢，掏出一条细麻绳说："我是交农的起事人。你们搞错了人。你们把我捆了让我去坐监。"白面书生先是一愣，随之就耐心地解释："交农事件没有错。"白嘉轩吃了一惊，又觉得抓住了对方的漏洞："没错为啥抓人？"白面书生笑着向他解释："而今反正了，革命了，你知道吧！而今是革命政府提倡民主自由平等，允许人民集会结社游行示威，已经不是专制独裁的封建统治了。交农事件是合乎宪法的示威游行，不犯法的。那七个人只是要对烧房子砸锅碗负责任。你明白了吗？快把麻绳装到褡裢去。你要还不明白，你去法院说吧！"白嘉轩不是不明白，而是愈加糊涂。他又去找了法院，又掏出麻绳来要法院的人绑他去坐监狱。法院的人说了与白面书生意思相同的话，宣传了一番新政府的民主精神，只是口吻严厉得多："你开什么玩笑！快把你的麻绳收拾起来。谁犯了法抓谁，谁不犯法想坐监也进不来。快走快走！再不走就是无理取闹，破坏革命机关秩序。"白嘉轩收拾了麻绳，背起褡裢出了法院，就朝县城西边走来，决定去找姐夫朱先生想办法。

第二天微明，白嘉轩又背着褡裢走下白鹿原，胸口的内衫口袋里装着姐夫朱先生写给张总督的一封短信。总督府门前比县府严密得多，荷枪实弹的卫兵睁眼不认人。白嘉轩情急之中就掏出姐夫的信来。卫兵们几乎无人不晓朱先生劝退二十万清军的壮举，于是放他进去。一位中年人接了信说："张总督不在。信我给你亲交。你回吧。"白嘉轩说："我要等见张总督。"中年人说："你等不住。总督不在城里。你有事给我说。"白嘉轩把抓人的事说了，并带着威胁的口吻说："要是不放人，我就碰死到大门上。"中年人笑说："碰死你十个也不顶啥，该放的放，不该放的还得押着。你快走，我还忙着。"白嘉轩急了："不是我姐夫劝退方巡抚，你多半都成了乱葬坟里的野鬼！你们现在官儿坐稳了，用不着人了是不是？"中年人笑了，并不反感他的措辞，反倒诚恳地说："旁人的事权且忘了，朱先生的事怎么能忘？你回吧！要是七天里不见动静，你再来。"白嘉轩当晚就宿在皮匠二姐夫家里。

第二天傍黑回到家，看见鹿三徐先生贺家兄弟以及两个面熟却叫不上名字的人正坐在上房明间的桌子旁。六个人一见他，都齐刷刷跪下了。白嘉轩惊喜万分，一一扶起他们，才知张总督专门派人急告滋水县何德治县长放人。白嘉轩问："和尚呢？"六个人全都默然，说不出口现在就押着和尚独独一个。白嘉轩不在意地说："甭急甭怕。和尚下来再搭救，一个人也不能给他押着。咱们算是患难之交，今日难得相会，喝几盅为众位压惊。"说罢吩咐仙草炒菜，又回过头对鹿三说："三哥，你先回去给三嫂报一声安，她都急死了。"鹿三笑说："她知道我回来了。嘉轩，我这几天在号子里，你猜做梦梦见啥？夜夜梦见的是咱的牛马！我提着泔水去饮牛，醒来时才看见是号子里的尿桶……”

搭救和尚出狱费尽了周折。法院院长直言不讳地述说为难：“烧了人家房，砸了人家锅，总得有一个人背罪吧？”白嘉轩说：“办法你总比我多！”他不惜破费，抱定一个主意：用钱买也得把和尚买出来。徐先生把他的俸银捐赠出来。贺家兄弟也送来了银元。三官庙的老和尚胸膛上挂着“救吾弟子”的纸牌，到原上的各个村庄去化缘，把零碎小钱兑成大钱银元，交给嘉轩。白嘉轩把铛铛响着的银元送到法院院长的太太手里，院长果然想出了释放和尚的办法。和尚释放了。白嘉轩小有不悦的是，和尚获释后，既没有向搭救他出狱的他表示谢意，也没有向为他化缘集资的老和尚辞谢。他没有再回到原上的三官庙，去向不知。和尚成了一个谜。这时候，有人说和尚原先在西府犯了奸，才逃到白鹿原上来的，进三官庙不过是为了逃躲官府的追缉罢了；又有人说他原是一个无父无母的孤儿……在白嘉轩看来，这些已经无须追究，更无须核实，因为搭救他们出狱的总体目的已经达到，至于他还当不当和尚，却是微不足道的了。

（选自陈忠实.白鹿原[M].北京：人民文学出版社，1993.）

【作者简介】

陈忠实，1942 年生于西安市灞桥区，1965 年初发表散文处女作，1979 年加入中国作家协会，已出版《陈忠实小说自选集》三卷、《陈忠实文集》七卷及散文集《告别白鸽》等 40 余种作品。《信任》获 1979 年全国短篇小说奖，《渭北高原，关于一个人的记忆》获 1 990—1 991 全国报告文学奖，长篇小说《白鹿原》获第四届茅盾文学奖（1998），在日本、韩国、越南翻译出版。曾十余次获得《当代》《人民文学》《长城》《求是》《长江文艺》等各大刊物奖。曾任中国作家协会副主席、陕西省作协主席及西安工业大学陈忠实文学研究中心主任。现为陕西省作协名誉主席。

【赏析指要】

《白鹿原》是陈忠实的代表作。这部长达近五十万字的长篇小说，是陈忠实历时六年艰辛创作完成的。小说以陕西关中平原上素有“仁义村”之称的白鹿村为背景，细腻地反映出白姓和鹿姓两大家族祖孙三代的恩怨纷争，上演了一幕幕惊心动魄的活剧：巧取风水地，恶施美人计，孝子为匪，亲翁杀媳，兄弟相煎，情人反目……大革命，日寇入侵，三年内战，白鹿原翻云覆雨，王旗变幻，家仇国恨，交错缠结，冤冤相报代代不已……全书浓缩着深沉的民族历史内涵，有令人震撼的真实感和厚重的史诗风格。

本文节选自《白鹿原》第七章，写改朝换代了，村里成立了乡约，鹿子霖一上任乡约，就建起了滋水县白鹿仓第一保障所。第一保障所创建成功，并举行了隆重的庆祝活动。鹿子霖首先约请了顶头上司总乡约田福贤，还邀请了第一保障所所辖管的十个村子里的官人——包括白嘉轩在内的各村的族长。田福贤、鹿子霖作为道德力量的对立面登场了。遵循着“尊明君是忠，反昏君是大忠”的信念，白嘉轩“鸡毛传帖”，发动了“交农事件”，赶走了史县长。鹿三在关键时刻挺身而出，让白嘉轩不由得刮目相看。

文中的白嘉轩作为青年族长，为人耿直厚道，顾全大局，大公无私，心胸宽广，他做事有原则，他定族规《乡约》，同时推行《乡约》规定，使民风整肃。在交农事件中，他暗传鸡毛信，鼓动民众游行抗税，罢免了史维华县长，并且在头人被抓之后，主动请罪，说明了他不委过于人的思想，同时也体现他的愚昧。

鹿三和白嘉轩的关系很特殊，他和白嘉轩是农民与地主的关系，但在文中，他们的关系却超越了一般的阶级关系，更多地强调两人之间的情谊，如白嘉轩真诚的称他为三哥。在鹿三身上具有勤劳踏实、忠厚善良的传统美德，但在他的这种性格深处，还隐藏着粗豪、勇武或者说冷硬、凶悍的一面，这在本文交农事件中表现得很明显。

鹿子霖尽管对辛亥革命一无所知，但知道革命能带给他好处，因此，他想尽办法抓住了这一机会，做了白鹿原的“乡约”，以此来和白嘉轩的“族长”对抗。但是，白嘉轩发起的交农事件又很快挫败了他，于是他一直伺机报复。

【辑评】

小说的前五章写了白鹿原社会群体的常态，从娶妻生子、土地种植一直写到翻修宗祠和兴办学堂，整个白鹿原被纳入旧生活的常规，“洋溢着一种友好和谐欢乐的气氛”。从第六章开始，作家就着手设置境遇了。第一个境遇是改朝换代。白嘉轩说：“没有皇帝了，往后的日子咋过呢？”朱先生为这位群体领袖（族长）拟定了一份《乡约》，似乎有了群体规范就可以保证稳态。然而，这《乡约》却约不住外部社会，于是便爆发了“交农事件”。“交农”虽说是群体对外界社会的抗争，但这事件中每个人都为自己今后的命运埋下了种因。事件过后，初级群体在内部蕴蓄着，主要是新的一代在新的形势下成长，兆鹏、兆海、孝文、黑娃、白灵都在与外部社会接触中进一步社会化。从第十一章开始，作家设置了第二个境遇：白腿乌鸦兵围城。在围城事件中，白鹿原社会群体尽管仍作为一体来同外界社会抗争，然而，已经从个人的不同斗争方式上预示了群体的分化。接着是第三个境遇：农民运动及国共分裂。至此，群体已分化出三种势力：国民党、共产党与土匪。白嘉轩作为族长尽管还在不遗余力地恢复群体的稳定，但已经回天乏力了。接着是第四个境遇：年馑与瘟疫。从第十八章到第二十八章是小说最出色的十章，大自然的参与加剧了社会的变动，已经完全成熟了的年轻一代以各自的方式投入行动，群体中每一个人，包括此前被置于后景上的妇女都在灾难的旋涡中打转浮沉。自然灾害过后一片死寂，群体的创作还没来得及恢复就又被卷入社会灾难的旋涡。第五个境遇是抗日战争。大概由于西部未曾沦陷，作家才没有对此展开描写，只是用反讽手法写了朱先生投军与兆海之死。第六个境遇是解放战争。这最后的五章写得也很动人，尤其是卖壮丁与策反保安团，写得有声有色。决定整个民族命运的大决战自然也决定了白鹿原社会群体的命运，每个人物都走向自己的归宿。不难看出，结局中笼罩着悲剧气氛，我认为作家这样写是非常聪明的。朱先生的死，黑娃的死，鹿子霖的疯，白嘉轩的残，以及鹿兆鹏的下落不明，共奏出一曲挽歌，似在挽悼旧的白鹿原的终结。

（选自薛迪之. 评《白鹿原》的可读性[J]. 小说评论，1993(4).）

白嘉轩就是几千年中国宗法封建文化所造就的一个人格典型。他是《白鹿原》的第一主人公，也是作品中白鹿两个家族的族长。就个人品质而言，他完美到几乎无可挑剔的程度，以至于有些论者误以为作者对他持完全认同的态度。但是作品的非同一般恰恰在这里，在他的刚直的男子汉、富有远见的一家之长、仁义的族长的现象下面，却是一整套坚固的封建文化信条，在他的身上体现了中国家族文化全部的反动与保守。他的两个儿子和鹿子霖的两个儿子一起上学读书，鹿子霖想让儿子读书识字到外面闯世界，他却很早就让两个儿子回到身边，走耕读传家的道路。他先按照一个族长的标准，培养长子孝文接班，在孝文与小娥的奸情被发现后，他气得昏过去，并不顾众人的哭劝，当众施行严厉的惩罚，断绝父子关系，在孝文以后，他又按照自己的面貌将二儿子孝武培养成家族文化的忠实奴隶。他对叛逆者小娥的处理充分体现了他在捍卫自己的文化理想时的残忍，先是支持鹿三对小娥夫妇开除农籍，既而又先后两次对受人诱惑而失足的小娥用刺刷毒打，小娥冤死化鬼想讨回公道，他又建造七级砖塔镇压。在砖塔奠基时，他又让人将据说是小娥化成的蝴蝶统统抓住，压在塔下，完全一个扼杀白娘子美好爱情的法海和尚形象。他容忍后来的黑娃和白孝文回村认祖归宗，很容易被人理解为这个族长的宽厚，其实不然，那是在他们有了各自不同程度的悔过之后。“凡离开白鹿原的男人，最后都要回来的。”正是这些家族文化的回头浪子，给了白嘉轩这样的自信。所有这些都说明，白嘉轩是家族文化的自觉的维护者，个人人格的完整与强大，更增加了这种文化的欺骗力量。白嘉轩是陈忠实贡献于中国和世界的中国家族文化的最后一位族长，也是最后一个男子汉。在他身上包容了伟大的中国文化传统全部的价值——既有正面又有负面。白嘉轩是农耕社会以血缘关系为纽带的宗法家族制度的代表人物。他是白鹿村白姓一家的家长，又是白鹿两姓组成的白鹿家族的一族之长……

“耕读传家”从来是农耕文化和家族制度的规范之一，白嘉轩始终把它视为治家、治族的根本方略。先来看“耕”，他早年并不缺乏经济头脑，但他终于退守朱先生的教导：“房要小，地要少，养个黄牛慢慢搞。”坚持只雇一个长工。我国封建社会结构的长期稳定，毫无松动的经济原因在这里可以找到它真正的答案。再来看“读”，白嘉轩一贯重视教子读书，教族人读书，但这必须是孔孟儒学，对于所谓新学，他天然地持怀疑、拒斥态度，这些都足以反映他思想中保守的、封闭的、顽固的一面，表现了我国传统文化结构中的不合理因素是怎样制约和阻碍着社会的进步。

（选自李星. 世纪末的回眸[J]. 小说评论，1993(4).）

鹿子霖是宗法家族制度和思想的维护者和破坏者。作为勺勺客的后代，他始终牢记“让人侍候你才算荣耀祖宗”的祖训，把出人头地作为自己的奋斗目标。根据白、鹿两姓创始人的决定，他无缘充任白鹿家族族长，强烈的忌妒心推动他千方百计另寻他法以压倒白嘉轩。小说紧紧抓住他的这一隐蔽的思想动机写他怎样在修祠堂、办学、修围墙中大显身手而博得村民的赞赏，怎样策划由田小娥勾引白孝文给白嘉轩以精神上的打击，怎样在白嘉轩惩罚白孝文、拒绝为田小娥修庙等事件中向白嘉轩长跪不起，既收买人心又使白嘉轩难堪，怎样几次三番投靠田福贤，利用机会中饱私囊。他阴险狡诈又为人平易随和，他贪得无厌却又常常解囊助公。和王熙凤作为贾府封建传统的维护者和破坏者一样，他和宗法家族制度及思想关系也是一身而二任的。他的结局也带有“机关算尽太聪明，反误了卿卿性命”的色彩。

（选自赵祖谟. 多重视角下的历史脉动[J]. 小说评论，1994(4).）

伊豆的舞女

[日]川端康成　叶渭渠译

一

山路变得弯弯曲曲，快到天城岭了。这时，骤雨白亮亮地笼罩着茂密的杉林，从山麓向我迅猛地横扫过来。

那年我二十岁，头戴高等学校的制帽，身穿藏青碎白花纹上衣和裙裤，肩挎一个学生书包。我独自到伊豆旅行，已是第四天了。在修善寺温泉歇了一宿，在汤岛温泉住了两夜，然后登着高齿木屐爬上了天城山。重叠的山峦，原始的森林，深邃的幽谷，一派秋色，实在让人目不暇接。可是，我的心房却在猛烈跳动。因为一个希望在催促我赶路。这时候，大粒的雨点开始敲打着我。我跑步登上曲折而陡峭的山坡，好不容易爬到了天城岭北口的一家茶馆，吁了一口气，呆若木鸡地站在茶馆门前。我完全如愿以偿。巡回艺人一行正在那里小憩。

舞女看见我呆立不动，马上让出自己的坐垫，把它翻过来，推到了一旁。

"噢……"我只应了一声，就在这坐垫上坐下。由于爬坡气喘和惊慌，连"谢谢"这句话也卡在嗓子眼里说不出来了。

我就近跟舞女相对而坐，慌张地从衣袖里掏出一支香烟。舞女把随行女子跟前的烟灰碟推到我面前。我依然没有言语。

舞女看上去约莫十七岁光景。她梳理着一个我叫不上名字的大发髻，发型古雅而又奇特。这种发式，把她那严肃的鹅蛋形脸庞衬托得更加玲珑小巧，十分匀称，真是美极了。令人感到她活像小说里的姑娘画像，头发特别丰厚。舞女的同伴中，有个四十出头的妇女、两个年轻的姑娘；还有一个二十五六岁的汉子，他身穿印有长冈温泉旅馆号的和服外褂。

舞女这一行人至今我已见过两次。初次是在我到汤岛来的途中，她们正去修善寺，是在汤川桥附近遇见的。当时有三个年轻的姑娘。那位舞女提着鼓。我不时地回头看看她们，一股旅行的情趣油然而生。然后是翌日晚上在汤岛，她们来到旅馆演出。我坐在楼梯中央，聚精会神地观赏着那位舞女在门厅里跳舞。

……她们白天在修善寺，今天晚上来到汤岛，明天可能越过天城岭南行去汤野温泉。在天城山二十多公里的山路上，一定可以追上她们的。我就是这样浮想联翩，急匆匆地赶来的。赶上避雨，我们在茶馆里相遇了。我心里七上八下。

不一会儿，茶馆老太婆把我领到另一个房间去。这房间大概平常不用，没有安装门窗。往下看去，优美的幽谷，深不见底。我的肌肤起了鸡皮疙瘩，牙齿咯咯作响，浑身颤抖了。我对端茶进来的老太婆说了声："真冷啊！"

"唉哟！少爷全身都淋湿了。请到这边取取暖，烤烤衣服吧。"

老太婆话音未落，便拉着我的手，把我领到她们的起居室去了。

这个房间里装有地炉，打开拉门，一股很强的热气便扑面而来。我站在门槛边踟蹰不前。只见一位老大爷盘腿坐在炉边。他浑身青肿，活像个溺死的人。他那两只连瞳孔都黄浊的、像是腐烂了的眼睛，倦怠地朝我这边瞧着。身边的旧信和纸袋堆积如山。说他是被埋在这些故纸堆里，也不过分。我呆呆地只顾望着这个山中怪物，怎么也想象不出他还是个活人。

“让你瞧见这副有失体面的模样……不过,他是我的老伴,你别担心。他相貌丑陋,已经动弹不了,请将就点吧。”老太婆这么招呼说。

据老太婆谈,老大爷患了中风症,半身不遂。他身边的纸山,是各县寄来的治疗中风症的药方,以及从各县邮购来的盛满治疗中风症药品的纸袋。听说,凡是治疗中风症的药方,不管是从翻山越岭前来的旅客的口中听到的,或是从新闻广告中读到的,他都一一打听,照方抓药。这些信和纸袋,他一张也不扔掉,都堆放在自己的身边,凝视着它们打发日子。天长日久,这些破旧的废纸就堆积如山了。

老太婆讲了这番话,我无言以对,在地炉边上一味把脑袋耷拉下来。越过山岭的汽车,震动着房子。我落入沉思:秋天都这么冷,过不多久白雪将铺满山头,这位老大爷为什么不下山呢?我的衣衫升腾起一股水蒸汽,炉火旺盛,烤得我头昏脑涨。老太婆在铺面上同巡回演出的女艺人攀谈起来。

“哦,先前带来的姑娘都这么大了吗?长得蛮标致的。你也好起来了,这样娇美。姑娘家长得真快啊。”

不到一小时的工夫,传来了巡回演出艺人整装出发的声响。我再也坐不住了。不过,只是内心纷乱如麻,却没有勇气站起来。我心想:虽说他们长期旅行走惯了路,但毕竟还是女人,就是让她们先走一二公里,我跑步也能赶上。我身在炉旁,心却是焦灼万分。尽管如此,她们不在身旁,我反而获得了解放,开始胡思乱想。老太婆把她们送走后,我问她:

“今天晚上那些艺人住在什么地方呢?”

“那种人谁知道会住在哪儿呢,少爷。什么今天晚上,哪有固定住处的哟。哪儿有客人,就住在哪儿呗。”

老太婆的话,含有过于轻蔑的意思,甚至煽起了我的邪念:既然如此,今天晚上就让那位舞女到我房间里来吧。

雨点变小了,山岭明亮起来。老太婆一再挽留我说:“再呆十分钟,天空放晴,定会分外绚丽。”可是,说什么我再也坐不住了。

“老大爷,请多保重,天快变冷了。”我由衷地说了一句,站了起来。老大爷呆滞无神。动了动枯黄的眼睛,微微点了点头。

“少爷!少爷!”老太婆边喊边追了过来,“你给这么多钱,我怎么好意思呢。真对不起啊。”

她抱住我的书包,不想交给我。我再三婉拒,她也不答应,说要把我直送到那边。她反复唠叨着同样的话,小跑着跟在我后头走了一町远。

“怠慢了,实在对不起啊!我会好生记住你的模样。下次路过,再谢谢你。下次你一定来呀。”

我只是留下一个五角钱的银币,她竟如此惊愕,感动得热泪都快要夺眶而出。而我只想尽快赶上舞女。老太婆步履蹒跚,反而难为我了。我们终于来到了山岭的隧道口。

“太谢谢了。老大爷一个人在家,请回吧。”我说过之后,老太婆好歹才放开了书包。

走进黑魆魆的隧道,冰凉的水滴滴达达地落下来。前面是通向南伊豆的出口,露出了小小的亮光。

二

山路从隧道出口开始，沿着崖边围上了一道刷成白色的栏杆，像一道闪电似地伸延过去。极目展望，山麓如同一副模型，从这里可以窥见艺人们的倩影。走了不到七百米，我追上了她们一行。但我不好突然放慢脚步，便佯装冷漠的样子，赶过了她们。独自走在前头二十米远的汉子，一看见我，就停住子步子。

"您走得真快……正好，天放晴了。"

我如释重负，开始同这汉子并肩行走。这汉子连珠炮似的向我问东问西。姑娘们看见我们两人谈开了，便从后面急步赶了上来。

这汉子背着一个大柳条包。那位四十岁的妇人，抱着一条小狗。大姑娘挎着包袱。另一个姑娘拎着柳条包。各自都拿着大件行李，舞女则背着鼓和鼓架。四十岁的女人慢慢地也同我搭起话来。

"他是高中生呐。"大姑娘悄声对舞女说。

我一回头，舞女边笑边说："可能是吧。这点事我懂得。学生哥常来岛上的。"

这一行是大岛波浮港人。她们说，她们春天出岛，一直在外，天气转冷了，由于没做过冬准备，计划在下田呆十天左右，就从伊东温泉返回岛上。一听说是大岛，我的诗兴就更浓了。我又望了望舞女秀美的黑发，询问了大岛的种种情况。

"许多学生哥都来这儿游泳呢。"舞女对女伴说。

"是在夏天吧?"我回头问了一句。

舞女有点慌张地小声回答说："冬天也……"

"冬天也? ……"

舞女依然望着女伴，舒开了笑脸。

"冬天也能游泳吗?"我重问了一遍。

舞女脸颊绯红，非常认真地轻轻点了点头。

"真糊涂，这孩子。"四十岁的女人笑了。

到汤野，要沿着河津川的山涧下行十多公里。翻过山岭，连山峦和苍穹的色彩也是一派南国的风光。我和那汉子不住地倾心畅谈，亲密无间。过了荻乘、梨本等寒村小庄，山脚下汤野的草屋顶，便跳入了眼帘。我断然说出要同她们一起旅行到下田。汉子喜出望外。

来到汤野的小客店前，四十岁的女人脸上露出了惜别的神情。那汉子便替我说：

"他说，他要跟我们搭伴呐。"

她漫不经心地答道："敢情好。'出门靠旅伴，处世靠人缘'嘛。连我们这号微不足道的人，也能给您消愁解闷呐。请进来歇歇吧。"

姑娘们都望了望我，显出若无其事的样子。她们一句话也没说，只是羞答答地望着我。

我和大家一起登上客店的二楼，把行李卸了下来。铺席、隔扇又旧又脏。舞女从楼下端茶上来。她刚在我的面前跪坐下来，脸就臊红了，手不停地颤抖，茶碗险些从茶碟上掉下来，于是她就势把它放在铺席上了。茶碗虽没落下，茶却洒了一地。看见她那副羞涩柔媚的表情，我都惊呆了。

"哟，讨厌。这孩子有恋情哩。瞧，瞧……"四十岁的女人吃惊地紧蹙起双眉，把手巾扔了过来。舞女捡起手巾，拘谨地揩了揩铺席。

我听了这番意外的话，猛然联想到自己。我被山上老太婆煽起的遐思，戛然中断了。

这时候，四十岁的女人仔细端详了我一番，抽冷子说："这位书生穿藏青碎白花纹布衣，真是潇洒英俊啊。"

她还反复地问身旁的女人："这碎白花纹布衣，同民次的是一模一样。瞧，对吧，花纹是不是一样呢？"

然后，她对我说："我在老家还有一个上学的孩子。现在想起来了，你这身衣服的花纹，同我孩子那身碎白花纹是一模一样的。最近藏青碎白花纹布好贵，真难为我们啊。"

"他上什么学校？"

"上普通小学五年级。"

"噢，上普通小学五年级，太……"

"是上甲府的学校。我长年住在大岛，老家是山梨县的甲府。"

小憩一小时之后，汉子带我到了另一家温泉旅馆。这以前，我只想着要同艺人们同住在一家小客店里。我们从大街往下走过百来米的碎石路和石台阶，踱过小河边公共浴场旁的一座桥。桥那边就是温泉旅馆的庭院。

我在旅馆的室内浴池洗澡，汉子跟着进来了。他说，他快二十四岁了，妻子两次怀孕，不是流产，就是早产，胎儿都死了。他穿着印有长冈温泉字号的和服外褂，起先我以为他是长冈人。从长相和言谈来看，他是相当有知识的。我想，他要么是出于好奇，要么是迷上了卖艺的姑娘，才帮忙拿行李跟着来的。

洗完澡，我马上吃午饭。早晨八点离开汤岛，这会儿还不到下午三点。

汉子临回去时，从庭院里抬头望着我，同我寒暄了一番。

"请拿这个买点柿子尝尝吧！从二楼扔下去，有点失礼了。"我说罢，把一小包钱扔了下去。汉子谢绝了，想要走过去，但纸包却已落在庭院里，他又回头捡了起来。

"这样不行啊。"他说着把纸包抛了上来，落在茅屋顶上。

我又一次扔下去。他就拿走了。

黄昏时分，下了一场暴雨。巍巍群山染上了一层白花花的颜色。远近层次已分不清了。前面的小河，眼看着变得浑浊，成为黄汤了。流水声更响了。这么大的雨，舞女们恐怕不会来演出了吧。我心里这么想，可还是坐立不安，一次又一次地到浴池去洗澡。房间里昏昏沉沉的。同邻室相隔的隔扇门上，开了一个四方形的洞，门框上吊着一盏电灯。两个房间共用一盏灯。

暴雨声中，远处隐约传来了咚咚的鼓声。我几乎要把挡雨板抓破似地打开了它，把身子探了出去。鼓声迫近了。风雨敲打着我的头。我闭目聆听，想弄清那鼓声是从什么地方传来，又是怎样传来的。良久，又传来了三弦琴声。还有女人的尖叫声、嬉闹的欢笑声。我明白了，艺人们被召到小客店对面的饭馆，在宴会上演出。可以辨出两三个女人的声音和三四个男人的声音。我期待着那边结束之后，她们会到这边来。但是，那边的宴席热闹非凡，看来要一直闹腾下去。女人刺耳的尖叫声像一道道闪电，不时地划破黑魆魆的夜空。我心情紧张，一直敞开门扉，惘然呆坐着。每次听见鼓声，心胸就豁然开朗。

"啊，舞女还在宴席上坐着敲鼓呐。"

鼓声停息，我又不能忍受了。我沉醉在雨声中。

不一会儿，连续传来了一阵紊乱的脚步声。他们是在你追我赶，还是在绕圈起舞呢？嗣后，又突然恢复了宁静。我的眼睛明亮了，仿佛想透过黑暗，看穿这寂静意味着什么。我心烦意乱，那舞女今晚会不会被人玷污呢？

我关上挡雨板，钻进被窝，可我的心依然阵阵作痛。我又去浴池洗了个澡，暴躁地来回划着温泉水。雨停了，月亮出来了。雨水冲洗过的秋夜，分外皎洁，银亮银亮的。我寻思：就是赤脚溜出浴池赶到那边去，也无济于事。这时，已是凌晨两点多钟了。

三

翌日上午九时许，汉子又到我的住处来访。我刚起床，邀他一同去洗澡。南伊豆是小阳春天气，一尘不染，晶莹透明，实在美极了。在浴池下方的上涨的小河，承受着暖融融的阳光。昨夜的烦躁，自己也觉得如梦似幻。我对汉子说："昨夜里闹腾得很晚吧？"

"怎么，都听见了？"

"当然听见罗。"

"都是本地人。本地人净瞎闹，实在没意思。"

他装出无所谓的样子。我沉默不响。

"那伙人已经到对面的温泉浴场去了……瞧，似乎发现我们了，还在笑呐。"

顺着他手指的方向，我看见河对面那公共浴场里，热气腾腾的，七八个光着的身子若隐若现。

一个裸体女子突然从昏暗的浴场里跑了出来，站在更衣处伸展出去的地方，做出一副要向河岸下方跳去的姿势。她赤条条的一丝不挂，伸展双臂，喊叫着什么。她，就是那舞女。洁白的裸体，修长的双腿，站在那里宛如一株小梧桐。我看到这幅景象，仿佛有一股清泉荡涤着我的心。我深深地吁了一口气，噗嗤一声笑了。她还是个孩子呐。她发现我们，满心喜悦，就这么赤裸裸地跑到日光底下，踮起足尖，伸直了身躯。她还是个孩子呐。我更是快活、兴奋，又嘻嘻地笑了起来。脑子清晰得好像被冲刷过一样。脸上始终漾出微笑的影子。

舞女的黑发非常浓密，我一直以为她已有十七八岁了呢。再加上她装扮成一副妙龄女子的样子，我完全猜错了。

我和汉子回到了我的房间。不多久，姑娘到旅馆的庭院里观赏菊圃来了。舞女走到桥当中。四十岁的女人走出公共浴场，看见了她们两人。舞女紧缩肩膀，笑了笑。让人看起来像是在说：要挨骂的，该回去啦。然后，她疾步走回去了。四十岁的女人来到桥边扬声喊道：

"您来玩啊！"

"您来玩啊！"大姑娘也同样说了一句。

姑娘们都回去了。那汉子到底还是静坐到傍晚。

晚间，我和一个纸张批发商下起围棋来，忽然听见旅馆的庭院里传来的鼓声。我刚要站起来，就听见有人喊道：

"巡回演出的艺人来了。"

"嗯，没意思，那玩意儿。来，来，该你下啦。我走这儿了。"纸商说着指了指棋盘。他沉醉在胜负之中了。我却心不在焉。艺人们好像要回去，那汉子从院子里扬声喊了一句："晚安！"

我走到走廊上，招了招手。艺人们在庭院里耳语了几句，就绕到大门口去。三个姑娘从汉子身后挨个向走廊这边说了声:“晚安。”便垂下手施了个礼,看上去一副艺妓的风情。棋盘上刹时出现了我的败局。

“没法子,我认输了。”

“怎么会输呢。是我方败着嘛。走哪步都是细棋。”

纸商连瞧也不瞧艺人一眼,逐个地数起棋盘上的棋子来,他下得更加谨慎了。姑娘们把鼓和三弦琴拾掇好,放在屋角上,然后开始在象棋盘上玩五子棋。我本是赢家,这会儿却输了。纸商还一味央求说:“怎么样,再下一盘,再下一盘吧。”

我只是笑了笑。纸商死心了,站起身来。

姑娘们走到了棋盘边。

“今晚还到什么地方演出吗?”

“还要去的,不过……”汉子说着,望了望姑娘们。

“怎么样,今晚就算了,我们大家玩玩就算了。”

“太好了,太高兴了。”

“不会挨骂吧?”

“骂什么?反正没客,到处跑也没用嘛。”

于是,她们玩起五子棋来,一直闹到十二点多才走。

舞女回去后,我毫无睡意,脑子格外清醒,走到廊子上试着喊了喊:

“老板!老板!”

“哦……”一个年近六旬的老人从房间里跑出来,精神抖擞地应了一声。

“今晚来个通宵,下到天亮吧。”

我也变得非常好战了。

四

我们相约翌日早晨八点从汤野出发。我将高中制帽塞进了书包,戴上在公共浴场旁边店铺买来的便帽,向沿街的小客店走去。二楼的门窗全敞开着。我无意之间走了上去,只见艺人们还睡在铺席上。我惊慌失措,呆呆地站在廊道里。

舞女就躺在我脚跟前的那个卧铺上,她满脸绯红,猛地用双手捂住了脸。她和中间那位姑娘同睡一个卧铺。脸上还残留着昨夜的艳抹浓妆,嘴唇和眼角透出了些许微红。这副富有情趣的睡相,使我魄牵梦萦。她有点目眩似的,翻了翻身,依旧用手遮住了脸面,滑出被窝,坐到走廊上来。

“昨晚太谢谢了。”她说着,柔媚地施了个礼。我站立在那儿,惊慌得手足无措。

汉子和大姑娘同睡一个卧铺。我没看见这情景之前,一点儿也不知道他们俩是夫妻。

“对不起。本来打算今天离开,可是今晚有个宴会,我们决定推迟一天。如果您非今儿离开不可,那就在下田见吧。我们订了甲州屋客店,很容易找到的。”四十岁的女人从睡铺上支起了半截身子说。

我顿时觉得被人推开了似的。

“不能明天再走吗?我不知道阿妈推迟了一天。还是有个旅伴好啊。明儿一起走吧。”

汉子说过后,四十岁的女人补充了一句:

“就这么办吧。您特意同我们作伴,我却自行决定延期,实在对不起……不过,明天无论发生什么情况,我们也得起程。因为我们的宝宝在旅途中夭折了,后天是七七,老早就打算在下田做七七了。我们这么匆匆赶路,就是要赶在这之前到达下田。也许跟您谈这些有点失礼,看来我们特别有缘分。后天也请您参加拜祭吧。"

于是,我也决定推迟出发,到楼下去。我等候他们起床,一边在肮脏的账房里同客店的人闲聊起来。汉子邀我去散步。从马路稍往南走,有一座很漂亮的桥。我们靠在桥栏杆上,他又谈起自己的身世。他说,他本人曾一度参加东京新派剧剧团。据说,这剧种至今仍经常在大岛港演出。刀鞘像一条腿从他们的行李包袱里露出来。有时,也在宴席上表演仿新派剧,让客人观赏。柳条包里装有戏装和锅碗瓢勺之类的生活用具。

"我耽误了自己,最后落魄潦倒。家兄则在甲府出色地继承了家业。家里用不着我啰。"

"我一直以为你是长冈温泉的人呐。"

"是么?那大姑娘是我老婆,她比你小一岁,十九岁了。第二个孩子在旅途上早产,活了一周就断气了。我老婆的身子还没完全恢复过来呢。那位是我老婆的阿妈。舞女是我妹妹。"

"嗯,你说有个十四的妹妹?……"

"就是她呀。我总想不让妹妹干这行,可是还有许多具体问题。"

然后他告诉我,他本人叫荣吉,妻子叫千代子,妹妹叫薰子。另一个姑娘叫百合子,十七岁,唯独她是大岛人,雇用来的。荣吉非常伤感,老是哭丧着脸,凝望着河滩。

我们一回来,看见舞女已洗去白粉,蹲在路旁抚摸着小狗的头。我想回到自己的房间去。便说:

"来玩吧。"

"嗯,不过,一个人……"

"跟你哥哥一起来嘛。"

"马上就来。"

不大一会儿,荣吉到我下榻的旅馆来了。

"大家呢?"

"她们怕阿妈唠叨,所以……"

然而,我们两人正摆五子棋,姑娘们就过了桥,嘎嘎地登上二楼来了。和往常一样,她们郑重地施了礼,接着依次跪坐在走廊上,踟蹰不前。第一个站起来的,是千代子。

"这是我的房间,请,请不要客气,进来吧。"

玩了约莫一个小时,艺人们到这旅馆的室内浴池洗澡去了。她们再三邀我同去,因为有三个年轻女子,所以我搪塞了一番,说我过一会儿再去。舞女马上一个人上楼来,转达千代子的话说:

"嫂嫂说请您去,好给您搓背。"

我没去浴池,同舞女下起五子棋来。出乎意料,她是个强手。循环赛时,荣吉和其他妇女轻易地输给我了。下五子棋,我实力雄厚,一般人不是我的对手。我跟她下棋,可以不必手下留情,尽情地下,心情是舒畅的。房间里只有我们两人。起初,她离棋盘很远,要伸长手才能下子。渐渐地她忘却了自己,一心扑在棋盘上。她那显得有些不自然的秀美的黑发,几乎触到我的胸脯。她的脸倏地绯红了。

“对不起,我要挨骂啦。”她说着扔下棋子,飞跑出去。阿妈站在公共浴场前。千代子和百合子也慌里慌张地从浴池里走上来,没上二楼就逃回去了。

这天,荣吉从一早直到傍晚,一直在我的房间里游乐。又纯朴又亲切的旅馆老板娘告诫我说:请这种人吃饭,白花钱!

入夜,我去小客店。舞女正在向她的阿妈学习三弦琴。她一眼瞧见我,就停下手了。阿妈说了她几句,她才又抱起三弦琴。歌声稍为昂扬,阿妈就说:“不是叫你不要扯开嗓门唱吗!可你……”

从我这边,可以望见荣吉被唤到对面饭馆的三楼客厅里念什么台词。

“那是念什么?”

“那是……谣曲呀。”

“念谣曲,气氛不谐调嘛。”

“他是个多面手,谁知他会演唱什么呢。”

这时,一个四十开外的汉子打开隔扇,叫姑娘们去用餐。他是个鸟商,也租了小客店的一个房间。舞女带着筷子同百合子一起到贴邻的小房间吃火锅。她和百合子一起返回这边房间的途中,鸟商轻轻地拍了拍舞女的肩膀。阿妈板起可怕的面孔说:

“喂,别碰这孩子!人家还是个姑娘呢。”

舞女口口声声地喊着大叔大叔,请求鸟商给她朗读《水户黄门漫游记》。但是,鸟商读不多久,便站起来走了。舞女不好意思地直接对我说“接着给我朗读呀”,便一个劲儿请求阿妈,好像要阿妈求我读。我怀着期待的心情,把说书本子拿起来。舞女果然轻快地靠近我。我一开始朗读,她就立即把脸凑过来,几乎碰到我的肩膀,表情十分认真,眼睛里闪出了光彩,全神贯注地凝望着我的额头,一眨也不眨。好像这是她请人读书时的习惯动作。刚才她同鸟商也几乎是脸碰脸的。我一直在观察她。她那双娇媚地闪动着的、亮晶晶的又大又黑的眼珠,是她全身最美的地方。双眼皮的线条,也优美得无以复加。她笑起来像一朵鲜花。用笑起来像一朵鲜花这句话来形容她,是恰如其分的。

不多久,饭馆女佣接舞女来了。舞女穿上衣裳,对我说:“我这就回来,请等着我,接着给我读。”

然后,走到走廊上,垂下双手施礼说:“我走了。”

“你绝不能再唱啦!”阿妈叮嘱了一句。舞女提着鼓,微微地点点头。阿妈回头望着我说:“她现在正在变嗓音呢……”

舞女在饭馆二楼正襟危坐,敲打着鼓。我可以望见她的背影,恍如就在跟她贴邻的宴席上。鼓声牵动了我的心,舒畅极了。

“鼓声一响,宴席的气氛就活跃起来。”阿妈也望了望那边。

千代子和百合子也到同一宴席上去了。

约莫过了一小时,四人一起回来了。

“只给这点儿……”舞女说着,把手里攥着的五角钱银币放在阿妈的手掌上。我又朗读了一会儿《水户黄门漫游记》。她们又谈起宝宝在旅途中夭折的事来。据说,千代子生的婴儿十分苍白,连哭叫的力气也没有。即使这样,他还活了一个星期。

对她们,我不好奇,也不轻视,完全忘掉她们是巡回演出艺人了。我这种不寻常好意,似乎深深地渗进了她们的心。不觉间,我已决定到大岛她们的家去。

“要是老大爷住的那间就好啰。那间很宽敞,把老大爷撵走就很清静,住多久都行,还可以学习呢。”她们彼此商量了一阵子,然后对我说,“我们有两间小房,山上那间是闲着的。”

她们还说,正月里请我帮忙,因为大家已决定在波浮港演出。

后来我明白了,她们的巡回演出日子并不像我最初想像的那么艰辛,而是无忧无虑的,旅途上更是悠闲自在。他们是母女兄妹,一缕骨肉之情把她们连结在一起。只有雇来的百合子总是那么腼腆,在我面前常常少言寡语。

夜半更深,我才离开小客店。姑娘们出来相送。舞女替我摆好了木屐。她从门口探出头来,望了望一碧如洗的苍穹。

“啊,月亮……明儿就去下田啦,真快活啊!要给宝宝做七七,让阿妈给我买把梳子,还有好多事呐。您带我去看电影好不好?”

巡回演出艺人辗转伊豆、相模的温泉浴场,下田港就是她们的旅次。这个镇子,作为旅途中的故乡,它飘荡着一种令人爱恋的气氛。

五

艺人们各自带着越过天城山时携带的行李。小狗把前腿搭在阿妈交抱的双臂上,一副缱绻的神态。走出汤野,又进入了山区。海上的晨曦,温暖了山腹。我们纵情观赏旭日。在河津川前方,河津的海滨历历在目。

“那就是大岛呀。”

“看起来竟是那么大。您一定来啊。”舞女说。

秋空分外澄澈,海天相连之处,烟霞散彩,恍如一派春色。从这里到下田,得走二十多公里。有段路程,大海忽隐忽现。千代子悠然唱起歌来。

她们问我:途中有一条虽然险峻却近两公里路程的山间小径,是抄近路还是走平坦的大道?我当然选择了近路。

这条乡间小径,铺满了落叶,壁峭路滑,崎岖难行。我下气不接上气,反而豁出去了。我用手掌支撑着膝头,加快了步子。眼看一行人落在我的后头,只听见林间送来说话的声音。舞女独自撩起衣服下摆,急匆匆地跟上了我。她走在我身后,保持不到两米的距离,她不想缩短间隔,也不愿拉开距离。我回过头去同她攀谈。她吃惊似地嫣然一笑,停住脚步回答我。舞女说话时,我等着她赶上来,她却依然驻足不前。非等我起步,她才迈脚。小路曲曲弯弯,变得更加险峻,我越发加快步子。舞女还是在后头保持二米左右的距离,埋头攀登。重峦叠嶂,寥无声息。其余的人远远落在我们的后面,连说话的声音也听不见了。

“家在东京什么地方?”

“不,我在学校住。”

“东京我也熟识,赏花时节我还去跳过舞呢……是在儿时,现在什么也不记得了。”

后来,舞女断断续续地问了一通:“令尊健在吧?”“您去过甲府吗?”她还谈起到了下田要去看电影,以及婴儿夭折一类的事。

爬到山巅,舞女把鼓放在枯草丛中的凳子上,用手巾擦了一把汗。她似乎要掸掉自己脚上的尘土,却冷不防地蹲在我跟前,替我抖了抖裙裤下摆。我连忙后退。舞女不由自主地跪在地上,索性弯着身子给我掸去身上的尘土,然后将撩起的衣服下摆放下,对站着直喘粗气的我说：

“请坐!”

一群小鸟从凳子旁飞起来。这时静得只能听见小鸟停落在枝头上时摇动枯叶的沙沙声。

“为什么要走得那么快呢?”

舞女觉得异常闷热。我用手指咚咚地敲了敲鼓,小鸟全飞了。

“啊,真想喝水。”

“我去找找看。”

转眼间,舞女从枯黄的杂树林间空手而归。

“你在大岛干什么?”

于是,舞女突然列举了三两个女孩子的名字,开始谈了起来。我摸不着头脑。她好像不是说大岛,而是说甲府的事。又好像是说她上普通小学二年级以前的小学同学的事。完全是东拉西扯,漫无边际。

约莫等了十分钟,三个年轻人爬到了山顶。阿妈还晚十分钟才到。

下山时,我和荣吉有意殿后,一边慢悠悠地聊天,一边踏上归程。刚走了两百多米,舞女从下面跑了上来。

“下面有泉水呢。请走快点,大家都等着你呢。”

一听说有泉水,我就跑步奔去。清澈的泉水,从林荫掩盖下的岩石缝隙里喷涌而出。姑娘们都站立在泉水的周围。

“来,您先喝吧。把手伸进去,会搅浑的。在女人后面喝,不干净。”阿妈说。

我用双手捧起清凉的水,喝了几口。姑娘们眷恋着这儿,不愿离开。她们拧干手巾,擦擦汗水。

下了山,走到下田的市街,看见好几处冒出了烧炭的青烟。我们坐在路旁的木料上歇脚。舞女蹲在路边,用粉红的梳子梳理着狮子狗的长毛。

“这样会把梳齿弄断的!”阿妈责备说。

“没关系。到下田买把新的。”

还在汤野的时候,我就想跟她要这把插在她额发上的梳子。所以她用这把梳子梳理狗毛,我很不舒服。

我和荣吉看见马路对面堆放着许多捆矮竹,就议论说这些矮竹做手杖正合适,便抢先一步站起身来。舞女跑着赶上,拿来了一根比自己身材还长的粗竹子。

“你干么用?”荣吉这么一问,舞女有点着慌,把竹子摆在我前面。

“给您当手杖用。我捡了一根最粗的拿来了。”

“可不行啊。拿粗的人家会马上晓得是偷来的。要是被发现,多不好啊。送回去!”

舞女折回堆放矮竹捆的地方以后,又跑了过来。这回她给我拿了一根中指般粗的。她身子一晃,险些倒在田埂上,气喘吁吁地等待着其他妇女。

我和荣吉一直走在她们的前面,相距十多米远。

“把那颗牙齿拔掉,装上金牙又有什么关系呢?”舞女的声音忽然飞进了我的耳朵。我扭回头来,只见舞女和千代子并肩行走,阿妈和百合子相距不远,随后跟着。她们似乎没有察觉我回头，千代子说：

“那倒是，你就那样告诉他，怎么样？”

她们好像在议论我。可能是千代子说我的牙齿不整齐，舞女才说出装金牙的话吧。她们无非是议论我的长相，我不至于不愉快。由于已有一种亲切之情，我也就无心思去倾听。

她们继续低声谈论了一阵子，我听见舞女说：“是个好人。”

“是啊，是个好人的样子。”

“真是个好人啊，好人就是好嘛。”

这言谈纯真而坦率，很有余韵。这是天真地倾吐情感的声音。连我本人也朴实地感觉到自己是个好人。我心情舒畅，抬眼望了望明亮的群山。眼睑微微作痛。我已经二十岁了，再三严格自省，自己的性格被孤儿的气质扭曲了。我忍受不了那种令人窒息的忧郁，才到伊豆来旅行的。因此，有人根据社会上的一般看法，认为我是个好人，我真是感激不尽。山峦明亮起来，已经快到下田海滨了。我挥动着刚才那根竹子，斩断了不少秋草尖。

途中，每个村庄的入口处都竖立着一块牌子：

“乞丐、巡回演出艺人禁止进村！”

六

“甲州屋”小客店坐落在下田北入口处不远。我跟在艺人们之后，登上了像顶楼似的二楼。那里没有天花板，窗户临街。我坐在窗边上，脑袋几乎碰到了房顶。

“肩膀不痛吗？”

“手不痛吗？”

阿妈三番五次地叮问舞女。

舞女打出敲鼓时那种漂亮的手势。

“不痛。还能敲，还能敲嘛。”

“那就好。”

我试着把鼓提起来。

“哎呀，真重啊。”

“比您想象的重吧。比你的书包还重呐。”舞女笑了。

艺人们和住在同一客店的人们亲热地相互打招呼。全是些卖艺人和跑江湖的家伙。下田港就像是这种候鸟的窝。客店的小孩小跑着走进房间，舞女把铜币给了他。我刚要离开“甲州屋”，舞女就抢先走到门口，替我摆好木屐，然后自言自语似地柔声说道：

“请带我去看电影吧。”

我和荣吉找了一个貌似无赖的男子带了一程路，到了一家旅店，据说店主是前镇长。浴罢，我和荣吉一起吃了午饭，菜肴中有新上市的鱼。

“明儿要做法事，拿这个去买束花上供吧。”我说道，将一小包为数不多的钱让荣吉带回去。我自己则不得不乘明早的船回东京，因为我的旅费全花光了。我对艺人们说学校里有事，她们也不好强留我了。

午饭后不到三小时，又吃了晚饭。我一个人过了桥，向下田北走去，攀登下田的富士山，眺望海港的景致。归途经过“甲州屋”，看见艺人们在吃鸡火锅。

“您也来尝尝怎么样？女人先下筷虽不洁净，不过可以成为日后的笑料哩。”阿妈说罢，从行李里取出碗筷，让百合子洗净拿来。

明天是宝宝夭折四十九天，哪怕推迟一天走也好嘛。大家又这样劝我。可是我还是拿学校有事做借口，没有答应她们。阿妈来回唠叨说：

“那么，寒假大家到船上来迎您，请通知我们日期。我们等着呐。就别去住什么旅馆啦，我们到船上去接您呀。”

房间里只剩下千代子和百合子，我邀她们去看电影，千代子按住腹部让我看：

“我身体不好，走那么些路，我实在受不了。”

她脸色苍白，有点筋疲力尽。百合子拘束地低下头来。舞女在楼下同客店里的小孩游玩，一看见我，她就央求阿妈让她去看电影。结果脸上掠过一抹失望的阴影，茫然若失地回到了我这边，替我摆好了木屐。

“算了，让他带她一个人去不好吗?”荣吉插进来说。阿妈好像不应允。为什么不能带她一个人去呢？我觉得不可思议。我刚要迈出大门，这时舞女抚摸着小狗的头。她显得很淡漠，我没敢搭话。她仿佛连抬头望我的勇气也没有了。

我一个人看电影去了。女解说员在煤油灯下读着说明书。我旋即走出来，返回旅馆。我把胳膊肘支在窗台上，久久地远眺着街市的夜景。这是黑暗的街市。我觉得远方不断隐约地传来鼓声。不知怎的，我的眼泪扑簌簌地滚下来了。

七

动身那天早晨七点钟，我正在吃早饭，荣吉从马路上呼喊我。他穿了一件带家徽的黑外褂，这身礼服像是为我送行才穿的。姑娘们早已芳踪渺然。一种剐心的寂寞，从我心底里油然而生。荣吉走进我的房间，说：“大家本来都想来送行的，可昨晚睡得太迟，今早起不来，让我赔礼道歉来了。她们说等着您冬天再来。一定来呀。”

早晨，街上秋风萧瑟。荣吉在半路上给我买了四包敷岛牌纸烟、柿子和“熏牌”清凉剂。

“我妹妹叫熏子。”他笑眯眯地对我说。“在船上吃橘子不好。柿子可以防止晕船，可以吃。”

“这个送给你吧。”

我脱下便帽，戴在荣吉的头上。然后从书包里取出学生制帽，把皱折展平。我们两人都笑了。

快到码头，舞女蹲在岸边的倩影赫然映入我的心中。我们走到她身边以前，她一动不动，只顾默默地把头耷拉下来。

她依旧是昨晚那副化了妆的模样，这就更加牵动我的情思。眼角的胭脂给她的秀脸添了几分天真、严肃的神情，使她像在生气。荣吉说：“其他人也来了吗?”

舞女摇了摇头。

“大家还睡着吗?”

舞女点了点头。

荣吉去买船票和舢板票的工夫，我找了许多话题同她攀谈，她却一味低头望着运河入海处，一声不响。每次我还没把话讲完，她就一个劲点头。

这时，一个建筑工人模样的汉子走了过来：“老婆子，这个人合适哩。”

“同学，您是去东京的吧？我们信赖您，拜托您把这位老婆子带到东京，行不行吗？她是个可怜巴巴的老婆子。她儿子早先在莲台寺的银矿上干活，这次染上了流感，儿子、儿媳都死掉了。留下三个这么小不丁点的孙子。无可奈何，俺们商量，还是让她回老家。她老家在水户。老婆子什么也不清楚，到了灵岸岛，请您送她乘上开往上野站的电车就行了。给您添麻烦了。我们给您作揖。拜托啦。唉，您看到她这般处境，也会感到可怜的吧。"

老婆子呆愣愣地站在那里，背上背着一个吃奶的婴儿。左右手各拖着一个小女孩，小的约莫三岁，大的也不过五岁光景。那个污秽的包袱里带着大饭团和咸梅。五六个矿工在安慰着老婆子。我爽快地答应照拂她。

"拜托啦。"

"谢谢，俺们本应把她们送到水户的，可是办不到啊。"矿工都纷纷向我致谢。

舢板猛烈地摇晃着。舞女依然紧闭双唇，凝视着一个方向。我抓住绳梯，回过头去，舞女想说声再见，可话到嘴边又咽了回去，然后再次深深地点了点头。舢板折回去了。荣吉频频地摇动着我刚才送给他的那顶便帽。直到船儿远去，舞女才开始挥舞她手中白色的东西。

轮船出了下田海面，我全神贯注地凭栏眺望着海上的大岛，直到伊豆半岛的南端，那大岛才渐渐消失在船后。同舞女离别，仿佛是遥远的过去了。老婆子怎样了呢？我窥视船舱，人们围坐在她的身旁，竭力抚慰她。我放下心来，走进了贴邻的船舱。相模湾上，波浪汹涌起伏。一落座就不时左跌右倒。船员依次分发着金属小盆。我用书包当枕头，躺了下来。脑子空空，全无时间概念了。泪水簌簌地滴落在书包上。脸颊凉飕飕的，只得将书包翻了过来。我身旁睡着一个少年。他是河津一家工厂老板的儿子，去东京准备入学考试。他看见我头戴一高制帽，对我抱有好感。我们交谈了几句之后，他说：

"你是不是遭到什么不幸啦？"

"不，我刚刚同她离别了。"

我非常坦率地说了。就是让人瞧见我在抽泣，我也毫不在意了。我若无所思，只满足于这份闲情逸致，静静地睡上一觉。

我不知道海面什么时候昏沉下来。网代和热海已经耀着灯光。我的肌肤感到一股凉意，肚子也有点饿了。少年给我打开竹叶包的食物。我忘了这是人家的东西，把紫菜饭团抓起来就吃。吃罢，钻进了少年学生的斗篷里，产生了一股美好而又空虚的情绪，无论别人多么亲切地对待我，我都非常自然地接受了。明早我将带着老婆子到上野站去买前往水户的车票，这也是完全应该做的事。我感到一切的一切都融为一体了。

船舱里的煤油灯熄灭了。船上的生鱼味和潮水味变得更加浓重。在黑暗中，少年的体温温暖着我。我任凭泪泉涌流。我的头脑恍如变成了一池清水，一滴滴溢了出来，后来什么都没有留下，顿时觉得舒畅了。

（1926）

（选自川端康成小说选[M]. 北京：人民文学出版社，1985.）

【讨论探究】

1. 分析《高女人和她的矮丈夫》中人物悲剧产生的原因。

2. 比较分析电影《红高粱》和小说《红高粱》各自的特征；你更喜欢《红高粱》电影版还是小说版？并阐明理由。

3. 分析《白鹿原》中白嘉轩、鹿子霖、朱先生、黑娃和白孝文的形象特征。
4. 为什么说《百合花》在取材上是“以小见大”?
5. 从香雪这个人物形象身上,你受到什么启发?

【拓展阅读】

1. 阅读铁凝的其他作品。
2. 阅读你喜欢的莫言的其他作品。
3. 阅读《白鹿原》的其他章节以及贾平凹、路遥等作家的作品。
4. 阅读孙犁的《荷花淀》,比较与《百合花》写法上的异同。
5. 阅读日本作家川端康成的作品《伊豆的舞女》并赏析。

Chapter 04

第四章　散文鉴赏

散文作为文学样式之一，随着时代的发展，它的含义和范围也在不断地演变。我国古代把与韵文、骈体文相对的散体文章称为“散文”，即除诗、词、曲、赋之外，不论是文学作品还是非文学作品，都一概称之为“散文”。现代的散文指除诗歌、戏剧、小说以外的文学作品，包括杂文、小品文、随笔、游记、传记、见闻录、回忆录、报告文学等。近年来，由于传记、报告文学、杂文等已发展为独具特色的文体，所以人们又趋向于把散文的范围缩小。散文一般篇幅短小，形式自由，取材广泛，写法灵活，语言优美，能比较迅速地反映生活，因而在文学样式中占有重要的地位。

第一节　散文发展概述

一、古代散文发展概述

中国最早的文学样式是诗歌。随着社会生活内容的日益丰富和文字在社会生活中的广泛应用，散文才逐渐发展起来。甲骨卜辞和殷商铜器铭文是我国最早的记事文字，是叙事散文的雏形。从殷商到战国时期，我国散文由萌芽而至成熟。由于我国古代史官文化十分发达，文史不分家，记载历史事件的散文首先出现。

先秦的历史散文总体可以分为记言和记事两类。《尚书》就是上古之书，是古代第一部以记言为主的散文总集，汇集了西周以前各个朝代的重要历史文件。《春秋》是鲁国编年史著作，记载了共240余年的历史事件。它由一些类似标题新闻的文字组成，极简括地记载了春秋时期周王朝、鲁国及其他各国的事件。相传孔子曾对《春秋》进行修订，在十分简略的记事中，仍然表现出鲜明的褒贬态度和思想倾向，主要体现了尊王攘夷、正名定分、维护周王朝“大一统”局面的思想。

战国时期，历史散文的写作有了很大的发展，最具代表性的著作是《左传》《国语》和《战国策》。《左传》是《左氏春秋传》的简称，相传是鲁国的史官左丘明所作。《左传》是记录春秋时期社会状况的重要典籍，广泛涉及春秋列国的政治、军事、外交活动及各类礼仪规范、典章制度、社会风俗，记载了灾祥、鬼神、巫祝、天文地理、历法、时令等，内容丰富多彩。它补充并丰富了《春秋》的内容，不但记鲁国一国的史实，而且还兼记各国历史；不但记政治大事，还广泛涉及社会各个领域的"小事"；不但记春秋时史实，而且引证了许多古代史实，具有很高的史料价值。《左传》中的很多篇目，重视事件前因后果的完整记述，善于描写场面、细节和人物对话，人物刻画栩栩如生。《国语》分别记载了西周至春秋时期各国政治、军事、外交等活动，以记言为主，是分类记录诸侯各国史事的一部国别史。

《战国策》因长于因事论辩而著名，它是记载战国时期诸侯各国史事和政治斗争的一部最完整的著作，上接春秋，下至秦并六国，记事约 240 年。战国时期政治风云变幻，合纵连横，战争绵延，政权更迭，谋士的游说和献策起到重要的作用。《战国策》记载了谋臣策士游说诸侯或进行谋议论辩时的政治主张和斗争策略。《战国策》的文学价值非常高。首先是对战国时期社会各阶层形形色色的人物都有鲜明生动的描写，特别是刻画了一批"士"的形象，栩栩如生，光彩照人。如《邹忌讽齐王纳谏》《唐雎不辱使命》《触龙说赵太后》等篇目中，构想了邹忌看见徐公之美时，内心的种种活动；唐雎的大义凌然、沉勇果敢刻画得细致逼真。《战国策》的"文辞之胜"是其文学成就的重要方面。人物从容不迫、机智善辩，其措辞优美的行文辞令，已然部分地脱离了史实，依托虚构和想象进行了大量文学性描写。大量运用生动的比喻和寓言来增强说服力，描写人物绘声绘色，常用寓言阐述道理，著名的寓言就有"狐假虎威""画蛇添足""亡羊补牢""狡兔三窟"等。《战国策》标志着叙事散文语言发展达到了新的高度，在我国古典文学史上占有重要地位。

春秋战国是社会大变革的时代，诸侯争霸，"士"阶层兴起，学术由官府向下层转移。新兴的"士"以学者或政治家的面目出现，讲学授徒，著书立说，百家争鸣，推动了这一时期以说理为主的诸子散文的蓬勃发展。先秦诸子散文中，较早期的代表性著作有《论语》和《墨子》，中期有《孟子》与《庄子》，晚期有《荀子》和《韩非子》，其思想各据一端，精彩纷呈。诸子文章基本趋向是从简约到繁复，从零散到严整。愈到后期的著作，篇幅愈宏大，组织愈严密，语言风格由简约质朴发展到多姿多彩，形成了百花齐放的局面。

《论语》记录了孔子和他的学生的言行，由孔子的学生及其再传弟子写成，以"语录体"的形式反映孔子的政治思想与各种学术观点。语言基本上是口语，简短明了，很少展开论证，有很多言简意赅、富于哲理性和启发性的语句，如"学而不思则罔，思而不学则殆"，"岁寒，然后知松柏之后凋也"，"子在川上曰，逝者如斯夫"等，流传后世，成为常用的成语、格言。

先秦诸子散文，在语录体的发展变化中逐步成熟。《孟子》总共七篇，主要记录了孟子的谈话，是孟子和其弟子共同著述的。全书不仅记录孟子的只言片语，也有一些章节就一个中心论点反复论述，由简单对话过渡到较长的论辩。战国末期，《荀子》和《韩非子》中的文章，往往是长篇大论，有一个标明全篇主旨的标题，针对某个观点或事实展开论述，论点明确，中心突出，论证精密，注意谋篇布局，表明古代说理散文的形式已经基本定型。

《庄子》散文 33 篇，分为内、外、杂三个部分。在先秦散文中，《庄子》被认为是最有文学价值的。虽然许多篇章围绕论题仍有不少对话，但已不是通篇问答式的对话结构，而是以多则构思奇妙的寓言来结构全文，把说理与形象描绘揉和在一起。《庄子》一书寓言数量多，全书仿佛是一部寓言故事集。一些寓言表现出超常的想象力，超越了时间和空间限制，忽略了物与我的界限，想象奇特荒诞，文笔瑰丽夸张，在生动形象的寓言故事中蕴含深刻的哲理。鲁迅先生在《汉文学史纲要》中评价庄子的文学成就，“晚周诸子之作，莫能先也”。

公元前221年，以秦最终灭齐为界，实现了中国的大统一，建立起历史上第一个中央集权的封建专制王朝。由于秦王朝实行极端的文化专制政策，再加上时间短暂，文学创作进入低谷，流传下来的文学作品屈指可数。由秦国丞相吕不韦门客集体撰写的《吕氏春秋》，李斯的《谏逐客书》是这个时期较有影响的作品。

西汉前期，游走于诸侯宫廷的文士，所作文章依然保存了战国文章的论辩风格。邹阳便是其中的代表人物，其作品以《狱中上梁王书》最为著名。这是一篇为自己辩诬的作品，它大量引征史实，运用比喻，论“谗毁”之祸，表述自己“忠信”的心迹。

代表西汉前期散文主流的，是一批为中央政权服务的政治家写作的具有强烈时代特征的政论散文。这些文章的作者，在新的政权建立之初胸怀大志，把个人前途同国家政治的安危紧密联系在一起，全面阐述了深刻的政治思想和高瞻远瞩的治国方略，积极为新王朝提供统治的良策，鲜明地体现了汉初知识分子在大一统封建帝国创始时期积极用世的人生态度和昂扬向上的精神风貌。其中贾谊的《过秦论》《论治安策》，充满政治家的气魄和历史学家的睿智极富文采，被鲁迅称为“西汉宏文”。稍后出现的晁错，其代表作《贤良文学对策》《言兵事疏》《守边劝农疏》《论贵粟疏》最为著名。

西汉中期的历史散文，以司马迁的成就最高。《史记》代表了古代历史散文的最高成就，是里程碑式的杰作。司马迁在《报任安书》中说，他修史的宗旨是“究天人之际，通古今之变，成一家之言”。为了达到这个目的，他在综合前代史书各种体制的基础上，创立了纪传体的通史。鲁迅在《汉文学史纲要》中评论《史记》是“史家之绝唱，无韵之《离骚》”，高度肯定了司马迁杰出的文学和史学才华。汉武帝时期，由淮南王刘安招集其门下文士编纂的《淮南子》一书，汇集各家各派的学说，可以说是最后一部战国诸子式的著作。书中保存了许多古代文献资料的零散片段，多用历史、神话、传说故事来说理，如“武王伐纣”“黄帝治天下”“女娲补天”“后羿射日”等，语言生动，有很强的文学色彩。

东汉散文在西汉的基础上又有新的发展。历史散文中，班固的《汉书》和赵晔的《吴越春秋》都有很高的文学价值；说理散文相继出现了以王充《论衡》、王符《潜夫论》为代表的一批积极参与现实的作品。另外，游记、碑文等新的散文样式也崭露头角，开始成为文体大家庭的一员。

魏晋南北朝是中国历史上的一个大分裂时期，在多元政治和政权频繁更替的同时，“独尊儒术”的局面不复存在，儒、释、道三家并存局面出现，从而形成继春秋战国以后又一个思想相对活跃、开放的时期，散文的发展也呈现出许多新特点，开拓出文学化、个性化与美文化的多元发展前景。

汉末魏初的文学以“三曹”“七子”为代表。鲁迅先生指出：“汉末魏初的文章是清峻、通脱。”曹操就是这种文风的创始者，他的诗歌与散文具有政治家的宏伟气魄，豪放洒脱，无所顾忌。散文中最著名的是《让县自明本志令》，文笔简朴，情感真挚率性，表现出政治家宏伟的理想和雄才大略。曹丕的《与吴质书》《又与吴质书》悼念亡友，凄楚感人，影响了后来短篇抒情散文的发展。曹植的散文，题材广泛，涉及人物评介、征伐、陈情、答谢、农事等，其范围几乎达到无所不写的程度，说理、叙事率真恳切，长于抒情，语言优美，既表现出建安时期“通脱自然”的共同倾向，又具有自己清丽的特色。

“建安七子”又号“邺中七子”，是指东汉末年的七位文学家，孔融、陈琳、王粲、徐幹、阮瑀、应玚、刘桢，同时代的曹丕在《典论·论文》中首次将他们相提并论，“七子”与“三曹”往往被视作三国时期文学成就的代表。

魏晋南北朝时期，思想的开放与多元，使人以强烈的自我意识来随心所欲地表现自己的思想、观点，散文表现出新的审美追求，文人的眼光投向内心与自然的交流，于是出现一些清丽喜人的有关山川景物描写的佳作。如王羲之的《兰亭集序》，语言清新优美，抒情率真自然，写景逼真。陶渊明是东晋杰出诗人，他把写作当作一种精神享受和心灵表达的需要，在文章中自由、真实地再现自我，创造出一种真率、自然的文章风格，《归去来兮辞序》《五柳先生传》《桃花源记》都是表现他追求精神自由、表现自我真性情的名篇。南朝梁代吴均《与朱元思书》是一篇著名的山水小品，被视为写景的精品。在史传、地理等学术著中，郦道元的《水经注》，是一部具有科学与文学双重价值的奇书，此书详细记述了一千多条水流的分布、走向，又以出色的文笔叙述水流沿岸的自然风光，在山水描写中揉合进一些神话传说、历史故事，创作了优美动人的山水散文。

唐代初期，写散文的人数开始增多，散文的表现领域也日趋扩大。如姚崇的《十事要说》、张说的《并州论边事表》以及大量碑志，并且在碑志的叙事中杂以议论，使碑志表现的内容更加充实丰厚。

中唐时期，韩愈、柳宗元的出现，使得唐代散文的创作气象一变，达到高峰。韩、柳二人先后创作了八百多篇散文，举凡政论、书信、赠序、杂说、传记、祭文、墓志、寓言、游记乃至传奇小说，应有尽有。宋代苏轼在《潮洲韩文公庙碑》中，认为韩愈“文起八代之衰”，给韩愈很高的评价。首先，韩愈的论说文重视“文以载道”，代表作品《师说》《原毁》《讳辩》《争臣论》《论佛骨表》，都是针砭时弊、反映社会现实的佳作。韩愈序文言简意赅，形式多样，表达对现实社会的各种感慨，如《送李愿归盘谷序》《送石处士序》《送董邵南序》历来被人称赏。至于那篇历来为人称誉的《祭十二郎文》，则围绕家庭、身世和生活琐事，尽情抒写作者对亡侄的伤痛，感人至深。韩愈还在《张中丞传后叙》《毛颖传》《柳子厚墓志铭》等传记、碑志中表现出状物叙事的杰出才能，刻画了一组组生动形象的人物画卷。

韩、柳在散文创作上有着众多的开拓。韩愈散文善于吸收前人语言和当时流行词语，创造出精警独到、别具一格的新词，如“崭露头角”“弱肉强食”“痛定思痛”“大放厥词”“蝇营狗苟”“不塞不流，不止不行”，等等。从技巧来看，韩愈善于用变化多端的构思方法组织文章，善于通过比喻、排比、细节描写来丰富文章的形象性和感染力。韩、柳在散文中既一致反对骈文追求辞藻华丽“绣绘雕琢”、华而不实的文风，又尽量吸收骈文的长处，用不少整齐有力的四字句夹杂于散句之间，造成长短错落、音调铿锵的声情效果。将浓郁的情感注入作品之中，大大加强了作品的抒情特征和艺术魅力，把散文创作提高到了真正的文学境地。

柳宗元的一些散文通过寓言说理，结构短小而极富哲理意味。《三戒》借《永某氏之鼠》《临江之麋》《黔之驴》的故事，写三类应该警戒的事情，“黔驴之技”“庞然大物”也作为富有形象性的成语流传下来。山水游记是柳宗元散文中的精品，体现其山水游记“凄神寒骨”之美的特色。如《小石城山记》对小石城山的被冷落深表惋惜和不平，《钴鉧潭西小丘记》直接抒写对“唐氏之弃地”的同情，《至小丘西小石潭记》描写“其境过清”，都具有“借题感慨”、写景状物绘声绘色的特点。柳宗元传记与论说文，如《捕蛇者说》《童区寄传》《种树郭橐驼传》等，都有较高的文学价值和思想价值。

晚唐小品以其鲜明的时代特征受到后人的喜爱和称赞。鲁迅在《小品文的危机》指出：“唐末诗风衰落，而小品放了光辉。但罗隐的《谗书》几乎全部是抗争和愤激之谈；皮日休和陆龟蒙自以为隐士，别人也称之为隐士，而看他们在《皮子文薮》和《笠泽丛书》中的小品文，并没有忘记天下，正是一塌糊涂的泥塘里的光彩和锋芒。”这段话，似可作为晚唐小品的定评。

宋代散文沿着唐代散文的道路发展，宋代散文作家的阵容比唐代更为壮大。后人有“唐宋八大家”之说，而八位作家中有六人出于宋代，而且北宋的王禹偁、范仲淹、晁补之、李格非、李廌，南宋的胡铨、陆游、吕祖谦、陈亮等人，也都是散文名家。

北宋欧阳修的散文无论是议论，还是叙事，都是有为而作，有感而发。他的议论文有些直接关系到当时的政治斗争，有些表达了对历史、人生的深刻思考，如《与高司谏书》《朋党论》《五代史伶官传序》等。即使是亭台记、碑志文等作品，也都具有充实的内容，如《丰乐亭记》《醉翁亭记》对滁州的地理环境乃至风土人情都作了细致的描写，语言精美。欧阳修的名作《秋声赋》，既部分地保留了骈赋的铺陈排比及设为问答的形式特征，又呈现出少活泼流动的散体倾向，为散文文体发展作出了贡献。比欧阳修稍晚，一批优秀的散文作家活跃于文坛，其中最著名的是王安石、曾巩、苏洵、苏轼、苏辙。他们连同欧阳修，与唐代的韩愈、柳宗元齐名，被后人合称为“唐宋八大家”。

王安石的散文大多是直接为其政治目的服务的，因而作品论点鲜明，逻辑严密，有很强的说服力。其短文更能体现其散文的个性风格，如短信《答司马谏议书》、史论《读孟尝君传》，发议论则透辟精警，评点人物则寥寥数语切中精要。其游记名篇《游褒禅山记》，写景简练，议论精辟。曾巩的散文长于议论，其名作为《墨池记》。

苏轼的文学思想是文、道并重，提倡艺术风格的多样化和生动性，反对千篇一律的统一文风，认为那样会造成文坛“弥望皆黄茅白苇”般的荒芜。他广泛地从前代的作品中汲取艺术营养，形成了文理自然、姿态横生的行文风格。苏轼在《自评文》中写道：“吾文如万斛泉源，不择地皆可出，在平地滔滔汩汩，虽一日千里无难。及其与山石曲折，随物赋形，而不可知也。所可知者，常行于所当行，常止于不可不止。”苏文的风格随着表现对象的不同而变化自如，像行云流水一样的自然、畅达。

苏轼擅长写议论文。如《贾谊论》《范增论》《留侯论》《平王论》等，这些史论在写作上善于随机生发，活用历史材料，表现出高度的论说技巧。《石钟山记》是一篇以论说为主的游记，它围绕石钟山得名的由来，根据实地考察的见闻，纠正了前人的说法，并引申出对没有“目见耳闻”的事物不能“臆断其有无”的哲理。苏轼继承了欧阳修的传统，在散文中吸收了诗歌的抒情意味，创作了《赤壁赋》和《后赤壁赋》这样的名篇。《赤壁赋》全文骈散并用，描写了长江月夜的幽美景色，抒写了自己的人生哲学，具有诗的意境，堪称优美的散文诗。

南宋自始至终受到北方强敌的威胁，抗敌御侮是当时最重要的政事，所以南宋的政论文多以抵御外侮、收复失地、策议谋划大计为主要内容。这些文章的政治功利目的十分明确，大都秉笔直书，义正词严。南宋初期，抗金将领和爱国志士在国势危急之际坚决要求抗敌，留下了许多彪炳史册的政论文,如宗泽的《乞毋割地与金人疏》《请驾还汴疏》等。其中最著名的是名将岳飞的《五岳盟誓记》和诤臣胡铨的《戊午上高宗封事》。这些文章在当时引起了强烈的反响,爱国之士将它刻印流传,极大地鼓舞了人们的爱国抗金斗志。南宋中叶的政论文以替朝廷出谋划策为主要内容,陈亮和辛弃疾是具有代表性的作家。辛弃疾写了《美芹十论》和《九议》,全面、精辟地分析了当时的政治军事形势,提出了进取的方略。南宋的政论文使散文的政治功能和社会意义得到了很大的提高。

南宋的笔记散文也取得了很高的成就。由于笔记具有长短不拘、形式灵活的特点,南宋文人很喜欢这种文体,许多人撰有笔记专集。比如陆游把他入蜀途中的见闻写成《入蜀记》六卷,范成大则把他出蜀东归途中的见闻写成《吴船录》二卷。陆游的《老学庵笔记》、洪迈的《容斋随笔》、罗大经的《鹤林玉露》、周密的《武林旧事》等,都有一些生动有趣的文学性很强的小品文。南宋留下的笔记集有近百种,其中的小品文成就尤高,堪称晚明小品文的先驱。

作为正统文学样式的诗文,元代与前代相比,显然处于低谷时期。明代散文创作领域中,宋濂、刘基是两位较有影响的作家。宋濂在当时名气很大,朝廷“屡推为开国文臣之首,士大夫造门乞文者后先相踵”。其创作主张“文以明道”,注重“以道为文”,文学观念洋溢着浓烈的卫道气息。当然,他的一些传记作品也较为成功地塑造了不同的人物形象,如在《王冕传》中塑造了痴狂豪放、高洁孤傲的王冕,《记李歌》中刻画了生长倡门而不失人格尊严的李歌形象,这些人物个性鲜明,富有生气。刘基的散文创作,被放置于与宋濂相提并论的地位,作品中的寓言故事颇有特点,《郁离子》是刘基在元末弃官归田后所著的一部寓言散文集,通过寓言故事的形式揭露反省现实生活中的弊端,表达愤世嫉俗的态度和拯救时弊的治世意图。体裁短小活泼,文字简洁质朴。

明代文人中,归有光的散文善于捕捉日常生活中一些平凡的琐事及普通的人物,状情摹态,寄寓作者真实的生活感受,富有感情色彩。人物的言谈行止刻画得生动细致,因此读来使人感到真切生动,回味无穷。他的《先妣事略》《寒花葬志》《项脊轩志》是这方面的代表作。

李贽是明朝晚期杰出的思想家,其思想极具叛逆色彩与反抗精神,也是一位标新立异而对当时文坛产生很大影响的文学家。他在那篇著名的《童心说》中称:“天下之至文,未有不出于童心焉者也。”所谓“童心”,即是“绝假纯真,最初一念之本心也”。因而,天下的“至文”,都必须真实坦率地表露作者内心的情感和人生的欲望。其作品多表现自我对生活独到的见解,抨击假道学的虚伪面目,直率辛辣,锋芒毕露,具有挑战性。湖北“公安三袁”是在晚明文学领域有重要影响的人物,在袁宗道、袁宏道、袁中道三兄弟中,袁宏道影响尤为突出,是公安派的首要人物。袁宏道在文学上反对“文必秦汉,诗必盛唐”的风气,提出“独抒性灵,不拘格套”的性灵说。他们的小品文在内容题材上趋于生活化,多在文章中反映日常生活状貌及趣味,注重个人真情实感的抒写。如袁宏道的《晚游六桥待月记》《满井游记》,描写个人日常生活,表达审美感受,渗透着晚明文人特有的生活情调。

清初的论说文多为学者所为,他们留心世务,研经治史,发表意见,作品不仅是优秀的散文,也有学术和思想上的价值,如黄宗羲的《明夷待访录》,王夫之的《黄书》,顾炎武的《生员论》《形势论》等。

清代影响最大的散文派别是桐城派。在康熙年间由安徽桐城人方苞开创,同乡刘大魁、姚鼐等继承发展。方苞游记如《游雁荡记》,赠序如《送刘函三序》,碑铭如《先母行略》《兄百川墓志铭》《田间先生墓表》等,选材精当,语言简洁典雅,开桐城派风气。方苞的《狱中杂记》以其亲身经历,揭露狱中种种奸弊、秽污、酷虐,条理分明,文字准确。最著名的《左忠毅公逸事》描绘左光斗形象,用笔简介,人物形象鲜明。姚鼐以《登泰山记》《游灵岩记》《泰山道里记序》等文,最为著名。

清代袁枚写散文,大都感情真挚,生动清新,富有个性。《随园记》表达顺乎自然、顺乎天性的人生观。《祭妹文》于琐事回忆里寄托兄妹手足深情,凄恻哀伤,与韩愈《祭十二郎文》、欧阳修《泷冈阡表》同是祭文中的名作。

清末,近代诗文大家龚自珍的《尊隐》,表现了渴望社会变革的敏锐的思想意识,对社会变革的预见与憧憬,《病梅馆记》则集中表现了追求个性解放的精神。梁启超在戊戌变法前追随康有为,大力宣传变法维新思想;戊戌政变后,流亡国外。他的《少年中国说》《过渡时代论》《变法通议》《自由书》《新民说》等,语言通俗,条理明晰,并且吸收了一些外国语法,词汇丰富,句法灵活,艺术手段多种多样,大大提高了散文的表现力。他在散文中自由大胆地抒写己见,思想新警动人,语言充满感情,具有很强的煽动力、感染力,呼应了社会变革时代的思潮。

二、现代散文发展概述

现代散文发端于"五四"新文化运动前期。当时国家内忧外患纷至沓来,民族危机日趋严重,在反对封建道德、崇尚个性自由、追求民主科学等新思潮的推动下,现代白话散文很快得到发展。现代散文经过了白话与文言的论争和创作实践,在对古代散文遗产多方面多样化的继承、融铸的基础上,汲取外国文学理论和创作经验,发展为"与诗、小说、戏剧并举而为新文学的一个独立部门"(朱自清《什么是散文》)。长期以来,以"文以载道"为主流的古代散文,被以个人叙事、写景、抒情、言志为主的现代散文所替代。

"五四"时期的散文主要以议论性散文和记叙抒情散文为主。议论性散文最早也最著名的是《新青年》杂志所开辟的"随感录"专栏,接连发表了陈独秀、鲁迅、钱玄同等人挥洒自如、大小由之的文章,不仅在当时起到振聋发聩的作用,而且开启了日后杂文创作的先河。记叙抒情散文,是以众多的记游之作开头的。游记、通讯一类文体适应社会开放、中外沟通的时代需要而迅速兴起,风行一时,出现了一批游记名家和游记专集,如瞿秋白的《饿乡纪程》《赤都心史》,冰心的《寄小读者》,徐志摩的《巴黎的鳞爪》。这些作品或介绍域外社会生活风貌,或采写地方风土人情,或以新的眼光领略山水胜景,开拓了游记、通讯的新题材,新境界。郁达夫的《还乡记》、成仿吾的《太湖游记》等,侧重抒写作者的漂泊生涯、身世遭遇及其不满现实、崇拜自然的浪漫感伤情绪,带有浓厚的自叙传色彩和抒情气息。

冰心的《笑》《往事》,许地山的《空山灵雨》,是这时期最早的抒情名篇和"美文"佳作。冰心受古典文学和西洋文学的双重熏陶,用她清雅的文笔,写了《寄小读者》《往事》等名篇,不倦地赞颂着纯洁的母爱和童心,向着蔑视妇女、儿童的封建卫道士进行了抗争,体现了"五四"精神的一个侧面。鲁迅不仅是小说大家,也堪称作文创作的多面手,他的《野草》是我国第一本现代散文诗集，篇幅不多，分量厚重。作品所展示的那种孤独而偏要奋进、悲凉仍不放弃抗争的心境，令人咀嚼不尽。《朝花夕拾》是鲁迅一部回忆性散文集，冷静的叙述中渗透着睿智的思考，活泼的场景里寄寓着无限的感慨，抒情的笔墨里不乏机智的嘲讽，作者笔下各具个性的长妈妈、藤野先生、范爱农等人物，也带着深刻的时代印记。周作人创作了《喝茶》《苦雨》等一批融知识、哲理、趣味于一体的生活小品。朱自清是一位性情深挚的作家，他所写《背影》等叙事散文，是返璞归真，富于至性深情的作品。他对散文的又一贡献是景物描写，对自然景物的形状、声音、色彩观察精细而敏锐，几乎到了毫厘必辨、一丝不苟的境地，而行文又极为活泼流畅，朗朗上口，《荷塘月色》《梅雨潭》是写景的名篇。

新文学散文家中，还有郭沫若、郁达夫、叶圣陶、许地山、茅盾、俞平伯等人，各以富于艺术个性的作品，为现代散文的发展繁荣作出了贡献。郁达夫的《故都的秋》《悲剧的出生》《水样的春愁》《远一程，再远一程》《孤独者》《南行杂记》等，俞平伯的《雪晚归舟》《桨声灯影里的秦淮河》都是经久传诵的名篇佳作。

从20世纪20年代中期开始，现代散文创作进入了成长期、收获期。创作队伍不断扩大，不少受到新文化运动熏陶的作者源源不断地补充进来，著名的有巴金、老舍、沈从文、梁实秋、梁遇春、李广田、吴伯箫、何其芳、柯灵、陆蠡、丰子恺、鲁彦等，他们以热情和彩笔丰富了现代散文创作的天地。创作内容和题材也是异彩纷呈，除抒情散文以外，杂文随笔、游记小品、通讯特写、书简日记、散文诗、回忆录等，应有尽有。抒情散文取得的成就最大，拥有一大群流派、风格、个性各异的作者，如徐志摩、冯至等；“五四”时期倡导“美文”的周作人也佳作不断。这些作家中，大部分以其旺盛的创作，长期活跃于现、当代文坛。

游记在20世纪30年代得到了较大的发展。郁达夫博学多才，游历甚广，他不仅对山水风光的观察精细入微，而又熟悉当地历史掌故、人物事件，加上他又爱即兴赋诗，所以一旦发而为文，便使人文和风光合为一体，诗词和散文相互生辉，分外绰约多姿。著名的游记专辑有《闽游滴沥》《屐痕处处》。沈从文的《湘行散记》风格又比较含蓄，对景物描写既绘声绘色，又讲究简明节制，富于独特的空灵之美。他还常常深情地穿插一些湘西底层人民的生活片段，读来又俨然是一幅幅传神的湘西风情画。

在抗日战争的血与火的艰难岁月中，包括通讯特写在内的报告文学以写实性和巨大、快捷的信息量，艺术地展现了这段苦难的历史，形成了一个庞大的报告文学创作群。有关于日寇野蛮轰炸罪行的，如老舍的《五四之夜》，宋之的的《从仇恨生长出来的》，草明的《遇难者的葬礼》等；表现国土沦丧和战事失利的大溃退，有刘白羽的《逃出北平》，倪受乾的《我怎样退出南京》等；邱东平、骆宾基、萧乾等的创作以主要表现抗日正面战场为主，萧乾创作了《大上海的一日》《救护车里的血》《我有右胳膊就行》；有表现敌后抗日根据地军民生活的，如周立波的《晋察冀边区印象记》，周而复的《高原短曲》，沙汀的《记贺龙》《敌后琐记》等；表现抗战时期国民党军队中涌现出的英烈及其英雄的，如高云览《在炮火中苦斗的祖国士兵》等，共同描绘了民族的灾难和顽强不屈的抗争。

被鲁迅称为“感应的神经”“攻守的手足”的杂文，在抗战时期，也发展到又一个高峰期。前期散文中心在沦陷的“孤岛”上海，以《鲁迅风》杂志为主阵地，王任叔、唐弢是卓有成就的作家。后期，由夏衍、聂绀弩、秦似、宋云彬等编辑的《野草》杂志于1940年8月在桂林创刊，郭沫若、秦牧、廖沫沙、闻一多、冯雪峰等是主要的作家，著作甚丰，成绩斐然。

在苦难深重、炮火连天、物质匮乏的抗战时期，散文文坛也盛开了一枝别样的奇葩，老舍的《一天》《自传难写》等充满机智的讽刺，写得诙谐风趣。梁实秋的《雅舍小品》，王了一的《龙虫并雕斋琐语》，钱钟书的《写在人生边上》，林语堂《吾国吾民》《我的话》等作品集中，所多表现的是俯拾生活琐事琐闻，反映了作者在精神上对于现实生活的超越和博学广闻、奇思妙想的学者风度。

三、当代散文发展概述

在新中国成立后到改革开放的27年时间里，散文创作深受“颂歌”和“战歌”这一主旋律的影响，但在各个时期各种形式又有所不同。新中国成立初期是通讯特写和报告文学蓬勃发展的时期，出现了一大批表现抗美援朝和经济建设的优秀报告文学作品。1956年中共中央提出艺术问题上“百花齐放”、学术问题上“百家争鸣”的“双百”方针，杂文在60年代初空前活跃，出现了不少优秀的作品，如邓拓、吴晗、廖沫沙的《三家村札记》，但终因不合“颂歌”的标准而偃旗息鼓。这个时期，比较优秀的作品有巴金亲切自然的《从镰仓带回的照片》，冰心真挚隽永的《樱花赞》，杨朔诗意盎然的《茶花赋》《荔枝蜜》，刘白羽激越高亢的《日出》《长江三日》，秦牧谈天说地的《土地》《潮汐和船》，吴伯箫朴实醇厚的《记一辆纺车》《歌声》，徐迟绮丽空灵的《黄山记》，翦伯赞充实活泼的《内蒙访古》，曹靖华绘声绘色的《忆当年，穿着细事且莫等闲看!》等，可谓流光溢彩。

随着1978年以后政治环境的改变，散文创作也随着其他文学类别日趋繁荣。进入改革开放的新时期，思想个性的解放，封闭体制的打破，艺术视野的扩大，使散文创作迎来了真正的转机，散文创作形成热潮。最先涌现的是一大批以怀念和反思为主题的散文。许多人纷纷执笔，悼念在动乱中遭受迫害摧残的老一辈革命家、亲人和朋友，这些散文共同的倾向是对动乱给国家、人民造成的伤痛的哀悼与反思。其中影响最大的是巴金的散文创作。八十余岁高龄的巴金，在散文集《随想录》中，对“文革”的性质、危害以及产生的根源作了深切的反思，散文《怀念萧珊》把深切的反省、痛苦的内疚、真挚的怀念交织起来，感人至深。

新时期的散文创作增加了不少新人。所谓“新人”，并非简单的“年轻人”的同义词。具体说来，包含以下不同类型的作家：第一类是被平反以后复出重回文坛的老作家，如萧乾、黄裳、吴祖光、邵燕祥等；第二类是各方面的学者、艺术家，如季羡林、金克木、张中行、周汝昌、吴冠中等；第三类是散文新人，如贾平凹、梁衡、余秋雨、史铁生、赵丽宏、周国平、毕淑敏等。

梁衡的散文追求“大气”，他善写历史人物和山水游记，且都取得了不凡的成绩，他的《大无大有周恩来》《觅渡，觅渡，渡何处?》《把栏杆拍遍》等，体现了强烈的现代理性和忧患意识。贾平凹的《商州初录》系列散文，多角度多侧面地描绘了陕南商州一带的历史传统、地理形胜、风尚变化，具有浓郁的地域文化色彩，显示出了独特的艺术魅力。

余秋雨是年轻一代学者文化散文的代表。1992年，《文化苦旅》由知识出版社结集出版后，一时风行海内外。随后，他的《山居笔记》《文明的碎片》《秋雨散文》《霜冷长河》《千年一叹》《行者无疆》等散文集，掀起了“余秋雨散文热”。史铁生是一位命途多舛的作家。他的散文大幅度地展现了自己的精神历程与追索，表现一种特殊的人生境遇中的深切感受，表达他对生活、对文学、对他人、对自己、对世界的意识。他的散文名作有《合欢树》《好运设计》《我与地坛》等。

台湾散文作家多半来自大陆或为迁居台湾同胞的后代。其中如林语堂、台静农、梁实秋、苏雪林等人,赴台前即已成名成家。后期成长起来的作家,也多接受过古典文学的熏陶,吮吸过新文化运动的乳汁,他们的作品洋溢着浓浓的故园情和思乡情。台湾的优秀散文可谓目不暇接,余光中录下了江南连绵不断的“冷雨”,女作家琦君的《琦君小品》《烟愁》《红纱灯》《三更有梦书当枕》,有不少的篇章表达了思乡怀旧情绪。台湾散文名家王鼎均写了抒情散文《碎琉璃》《海水天涯中国人》《山里山外》《看不透的城市》,以及自传回忆录《昨天的云》《怒目少年》《关山夺路》《文学江湖》等,同时有数量不少的文艺评论,如《两岸书声》《沧海几颗珠》等。柏杨、李敖、张晓风、龙应台都以丰富的创作享誉海内外。台湾散文作家群人才聚集,精品频出,对海峡两岸文坛产生了很大影响。

第二节　散文的审美与鉴赏

同文学作品的其他形式一样,散文有着丰富的认识价值、审美价值和教育意义,不仅教人认识现实、认识历史,还教人学会思考,学会心灵体验,学会提升思想境界。散文阅读的过程,就是一个文字铸就的世界和读者自己内心世界沟通的过程,是一个外在世界内化的过程,是一个“以心会心”、感同身受的审美鉴赏过程。从感受、体验到分析是散文欣赏最主要、最基本的途径和方式。

一、整体诵读,披文入情

在散文的写作中,“文情并茂”是我们最常用到的评价标准,表明了“文”与“情”在散文中至高的地位。“文”即文学语言,“情”即情感思想。我们知道,人的情感是不能绘之于形的抽象的东西,必须靠语言符号表现出来。汉语符号本身包含形、声、义三个方面,因而在表情达意上就有了各种复杂的关系。“形”,在“字”而言是指笔画结构,在“文章”而言,是指句式的变化和语法构成等。优秀的散文都非常重视文句的锤炼,以求声、形、义的完美结合,使文句不仅能充分地表达情感和思想,而且具有观之悦目、读之上口、抑扬顿挫、色彩瑰丽的美感。

朗读散文,首先要注意散文富于变化的句式。散文的句子段落,或长或短,或排或偶,或承或转,均有一定之妙,这种妙处往往通过反复的朗读就可以体验得到。一般来说,整句形式整齐,音调和谐,气势贯通,念起来容易上口,适合表达丰富的感情;散句句式多样,长长短短,但散而不乱,读起来错综变化,活泼、自然、不呆板、不拘束。整句和散句在散文中合理使用,增加了表达的效果。

在《翡冷翠山居闲话》中,“不必说你的胸襟自然会跟着曼长的山径开拓,你的心地会看着澄蓝的天空静定，你的思想和着山壑间的水声，山罅里的泉响，有时一澄到底的清澈，有时激起成章的波动，流，流，流入凉爽的橄榄林中，流入妩媚的阿诺河去……”这段文字整散结合，诗人描写“山罅里的泉响”，“流，流，流入凉爽的橄榄林中”，连用三个“流”字，一个字就是一个句子，表现水的奔泻无阻，也表现了心境随着水流而沉醉、流淌，而无拘无束自由欢歌。

其次，品读散文的语言节奏。先来《听听那冷雨》，“先是料料峭峭，继而雨季开始，时而淋淋漓漓，时而淅淅沥沥，天潮潮地湿湿，即连在梦里，也似乎有把伞撑着。而就凭一把伞，躲过一阵潇潇的冷雨，也躲不过整个雨季。连思想也都是潮润润的。”文句从人的五官感觉对冷雨进行描摹，充分运用叠词，讲究平仄，不仅创造了一种声音的美感，而且这种绵绵的叠词排列在一起，引起特殊的视觉、听觉感受，让人觉得这“冷雨”不仅有绵绵密密的声音，也仿佛看到了绵密的雨景就在眼前，在耳边。令人勾起愁思、遐想，陷入回忆……

散文的语言，虽然不像诗歌那样讲究音律，但整齐匀称的句式，平仄相间的声调，和谐自然的韵脚，回环悦耳的叠音，可以增强文章的节奏感、表现力和感染力。朱自清的散文《春》中描绘春天鲜花盛开：“红的像火，粉的像霞，白的像雪”，均为四字句，句式相同，音节匀称，写红、粉、白的颜色，分别用比喻像火、像霞、像雪。写春雨：“像牛毛、像花针、像细丝”，同为三个比喻句，句式相当整齐，语调短促，充分展示了“润物细无声”的春雨特点。这样描写不仅色彩艳丽，而且读来整齐悦耳，表现一派春的勃勃生机，蕴含着诗情画意。

散文声韵的锤炼与句式的选用很好结合，使得散文的语言不仅读来顺口，听起来悦耳，记起来容易，而且语调波澜起伏，富有极强的音韵美，给读者以强烈的美感，充满了语言美的魅力。

诵读散文就要充分地把握这个特点，力求根据文章的言之短长、声之抑扬来诵读，通过诵读来体会作品的语言艺术，体会作者的情感。夏丏尊和叶圣陶合著的《文章讲话》中明确指出：“文气这东西，看是看不出的，闻也闻不到的，唯一领略的方法，似乎就在用口念诵。”鉴赏散文也一样，如果把一篇美文肢解得七零八散，往往反倒失去了文章的妙处，尤其是在初接触到一篇文章的时候，应把大部分的时间放在诵读上，由此领略文中奥妙。

诵读是一种能力，也是一门艺术，是我们走进散文、认识散文的过程。“书读百遍，其义自见。”在琅琅的诵读声中知晓作者的写作用意，读出美文佳句的韵味和情趣，发现散文的形式美，品味散文的音韵美，交流散文的辞意美。“披文入情”，善于从作者寄情的事物中捕捉诗意，以求与作者的思维碰撞、心灵交汇和感情沟通。在此基础上，调动自己的生活体验，形成个性化的自我感悟，促进情感、态度和价值观的转化、升华。

二、感知真我，悟情辨理

散文是一种最适于抒写作者主观情感和表达心灵的文学形式，是一种“自我”的文学，“个性”的文学。“文化大革命”后把主要精力转向散文创作的作家巴金，在总结写散文的经验时说道：“我自己有一种看法，那就是我的任何一篇散文里都有我自己。”因此，欣赏散文，就要走进那个活生生的“自我”，看其是否真的写出了鲜明的自我和个性。

下面的一段文字摘自佘树森《中国现当代散文研究》，我们读一读，来深刻体会散文是如何表现“自我”的。

有人说：“小品文作家的妙处，便是在乎以自我为中心，不断地提起他本身。”尽管对于这个“自我”中心说，一直存在着疑义和争论，但是，有一点却是人所共见的事实，那就是：在散文里，作者的人格、个性的表现，不仅要求也像抒情诗那样的浓厚、鲜明——比如有人说散文这一文体，“是将诗歌中的抒情诗，行以散文的东西”，而且还要求比抒情诗更加朴实、自然。作者无论是抒情、叙事、说理，亦不论使用的是第一人称，还是第二、第三人称，其实质，无不是在抒我之情，表我之意，言我之志，“处处皆有‘我’在”。作者将他的“人格的动静描画在这里面”，“人格的声音歌奏在这里面”，并且还是“深刻地描画着，锐利地歌奏着，浓厚地渲染着”，使读者一读其文，便能够“洞见作者是一个怎样的人”。

写散文贵在“处处皆有‘我’在”，但又最忌故意“表现自我”。如前所说，散文中的“我”，就是“我之情”“我之意”“我之志”——“我”之思想感受。如果这一切是亲感而诚的，坦白自然的，那么自能从中见到作者人格、个性的真面目；反之，作者缺乏这种“至诚”和“坦白”，一心只想着“表现自我”，将“我”极力夸张，矫揉造作，装腔作势，那就不仅不能给人以真诚、亲切之感，引起人们的关注与同情，反而会使人生厌。所以说，散文中的这个“我”，应该是诚实而又谦虚的。他既有不溢美隐恶的坦诚，又有不伤及他人的自重。他有强烈的爱憎，鲜明的是非观念，发表意见，抒发情感，从来是坦率而尖锐的；然而，他又始终以平等的态度对待读者，将读者视为知己，向读者交出他那颗火热的心。

所以，读者是经常将散文当作作者的“自叙传”和“内心独白”来读的。从那里，我们可以窥知作者的人格、个性、思想、习惯、嗜好，以及生活经历……的确，许多优秀的散文家，虽然已经故去了，但是，他们的纯真美好的心灵，却永远跳动在他们的作品里。

余光中在《散文的知性与感性》一文中说：“在一切文体之中，散文是最亲切、最平实、最透明的言谈，不像诗可以破空而来，绝尘而去，也不像小说可以戴上人物的假面具，事件的隐身衣。散文家理当维持与读者对话的形态，所以其人品尽在文中，伪装不得。”

真实是散文的生命，情感的真实就是散文的灵魂。散文作家是直接地将自己情感与思想投入作品中的，读者可以从文章鉴赏过程中轻易地走进作者眼中的世界，走进作者心中的世界，与作者做心与心的交流。从这个意义上说，读一篇散文，就是结识一位朋友，就是在与朋友进行交谈。所以在散文鉴赏中，我们要透过文字阅读作者，感受作者的情性与意趣、识见与修养、审美崇尚与追求。观文知人，散文阅读是拥抱作品与作者，是心灵与心灵对话，感情与感情的交流。

当然，散文之情的抒发，还要有思想和理性做支撑。散文中的“理”，一般理解为文学作品中的理性内容和美学趣味，使文学作品包涵了道与理的精妙意味。在散文中，情与理往往是相映成趣、相映生辉的。犹如女作家石评梅坦言：“深刻的情感是受过长久的理智的熏陶的，是由深谷底潜流中一滴一滴渗透出来的。”这表达出了情与理透辟的辩证关系。

散文是人类真我的袒露，是人类生命的精神家园，解读散文就是解读品味人类自身。作者把情感思想长久体味、积聚，借助精深的笔力表达出来，闪烁着理性的深邃光辉；读者诵读品评，需要以多元的精神为导引，开放性地接纳、理解，由此而拓展自己的认识空间，从而更好地提高审美品位。

三、由形入神，探究主旨

“形”与“神”是散文的基本元素。论述散文，“形散神不散”是散文重要的特点。所谓“形散”，一般是指散文选取材料的丰富、广阔和行文方式的多种多样、多变灵活。对于散文来说，上下几千年，纵横几万里，大到全球事件，小到蝼蚁之微，一粒沙，一滴水，都可以成为选材的对象。所谓“神不散”，主要是指渗透在字里行间的情绪、意蕴、主题等，好像一个人的精神、气质，集中而统一，但往往需要经过细细琢磨才能感受得到。“神”是散文的主心骨，是灵魂，没有了它，一篇散文就散了架。

古人说“形聚而神生”，“形谢而神灭”，都在突出散文“神”的重要。“形神兼备”，说明“形”和“神”是互相依存的，一篇好的散文必然是丰富的材料与集中的主旨的统一。如《动人的北平》这篇文章，所选取的材料是很丰富的。作者像一位丹青妙手，从不同的侧面具体描绘出北平丰富多彩的“形”：北平好像一个魁梧的老人，像一株古木老树，北平是一个珠玉之城，北平又有多样性，北平有五颜六色旧的与新的色彩……作者从全方位来写北平，材料看似驳杂零散，但为什么不显得杂乱无章呢？原来作为一座古老的城市，北平是有其精神特质的，那就是“老成”“豪爽”“舒适”“平易”“宽大”和“包容”。这是北平的动人之处，也是这篇文章组织材料的“主心骨”所在。文章正是围绕这样一个主题，表现各色人等的生活，从而展现了北平的整体风貌、整体形象。

归有光的《项脊轩志》是一篇出色的抒情散文。篇幅短小，却写到了项脊轩的变迁，追忆三代人的生活，自己日常生活琐事，大家庭的分崩离析等。文章有叙事，有抒情，有动作、语言和景物描写，表现手法多样，行文方式多变灵活却杂而不乱。原来散文有一条明晰的主线，那就是项脊轩的变迁；有一条隐含的暗线，那就是作者自己对亲人的至诚醇厚的深挚感情。明暗两条线，把散乱的生活片段粘连在一起，表达了对亲人的怀念，唱出了人生的哀歌。

散文的材料虽散，但万变不离其宗，它必须围绕作者的思想感情展开。鉴赏散文，除了对所选取的材料进行分析归纳外，还要注意材料的组织方式和行文的线索、文章的结构等，以透过零散的材料来抓到散文的“主心骨”。

一要明了写作的背景来探索主题。主题的表现不可能离开一定的写作背景和作者其人的世界观的制约，想办法弄清作者在怎样的心境下写作的，当时的时代背景如何，社会环境怎样等，是我们探索散文主题的重要途径。

二要抓住“文眼”探索主题。文眼，是指那些特别精练警策的词句，是作者精心安置的“慧眼”，也即散文主题的凝聚点。这点睛之笔，正是我们探索散文主题的直接途径。刘熙载在《文概》中说：“余谓眼乃神光所聚，故有通体之眼，有数句之眼，前前后后无不待眼光照映。”所谓“神光”，即散文的主题；所谓“照映”，即指主题对散文的统摄作用。如苏东坡《留侯论》中的“天下有大勇者，卒然临之而不惊，无故加之而不怒。此其所挟持者甚大，而其志甚远也”。季羡林的散文《幽径悲剧》，其中“幽”和“悲”字皆是文眼，都是“神光”闪烁之处，抓住了，细探究，透过它即可以窥探主旨所在。

三要从品析重点段落探索主题。散文的主题，固然得通过作品的每一个段落表现出来，但它绝非平均分布在各段里；每个段落固然也都要为表现主题服务，但它们所担负的具体任务并不完全相同:或是在描写某个具体的部位,或在叙述某个事件的过程,或在结构上承上启下以表明过渡等。可以说,一篇散文的大部分段落与主题的关系并不是直接的,有的甚至完全是出于结构上的考虑,与主题全无关系。一篇散文的主题,常常是通过作品中的某一两个重点段落来表现的,它好像是支撑一篇散文的"力点",是我们探索主题时千万不能忽视的地方。季羡林的《幽径悲剧》中最后一段,"但是,我愿意把这个十字架背下去,永远永远地背下去。"就有这样的效果。

四要善于梳理文章的思路归纳主题。文章的每一段、每句话归根到底都是为阐明中心服务的,都归向文章的主旨。平时要多注意归纳提要。要找寻、读懂文章关键的词句,特别是那些体现作者立场观点,反映文章深层次内容,内涵丰富、形象生动的词句,文章的主旨常常隐含其中。

总体来说,要很好地分析有关散文选材与主题、"形"与"神"的问题,必须建立一种整体阅读观,要从文章的整体入手,宏观把握作者在字里行间所流露出的思想感情,从而读懂作者的感悟,领会文章的主旨。

四、以小见大,赏析技法

"一粒沙里见世界,半瓣花上说人情。"这是郁达夫谈中国现代散文时做的一个比喻性的总结。这话的确道出了现代散文篇幅短小而内涵丰富的实情,有助于我们领悟散文的特性。

在散文中,"以小见大"是散文普遍性的艺术特征和表现手法。这里说的"小"的含义比较广泛,既可以是某一人、事、物、景,也可以是选取的某个表现角度,也可以是某种象征和比喻手法。"以小见大"是一种艺术处理的独到功夫,它将具体细微与抽象深刻连接,窥一隅而知全貌,撷一叶而知春秋。

第一,"以小见大"是指散文选材虽"小",但主旨博大、深远。散文的选材是非常广泛的。古人说过:"一叶且合人意,虫声有足引心。"意思是说即使一片树叶也能勾起人无限思绪,即使昆虫的叫声也有可能激发人的创作灵感。用这句话来形容散文选材所能达到的细小精微的程度是很贴切的。季羡林的《幽径悲剧》里选取了一株紫藤萝来描写,借紫藤萝的命运表现出一个特定的时代中,对真善美的戕害与摧残,透视出一个时代的悲剧,人性的悲剧。小事物见出大主题。

散文选材的"小",也许是这种文体本身所决定的。散文家们都明白这个道理,他们以小喻大,能以四两拨千金。在写散文时往往运笔于一事一物的细部,在不惹人注意的地方狠下功夫,却常常能够出奇制胜,发人深省,让人在细微处领会"大义",从平凡中发现不平凡。

老作家秦牧在《海滩拾贝》一文中,向我们介绍了一系列令人目迷五色的贝壳,从"看似平静"却"整天在演着生存的竞争"的海滩,领会到事物之间矛盾、复杂、联系、变化的辨证规律;从海滩上"转眼消灭的脚印",感到"个人的渺小";从"亿万的沙粒积成的沙滩和亿万的水滴汇成的海洋",感到"渺小和伟大原又是极其辩证地统一着的"。秦牧的这篇散文,就善于把这些人们习见的微小事物,提升到一个哲理和诗的境界,是一个"由小见大"的极好的例证。

第二,"以小见大"是指散文写作一个常使用的角度——小处着墨,大处着眼。古语说

“一叶落而知天下秋”,用来解说散文,实际上显示了散文由微见著的呈现方式:以细小、平凡来展示宏大、奇特,从局部、表象来表现整体与实质。例如老舍的散文《想北平》,没有写北平的宫殿园林,而是借助于被一般人所忽视的细微事物,如“长着红酸枣的老城墙”,“墙上的牵牛,墙根的靠山竹与草茉莉”,甚至韭菜叶上雨水溅上的“泥点”、柿子上的“白霜”等,写出了这座城市的古老与苍凉。这或许就是人们常说的“管中窥豹”吧。让人在细微处领会“大义”,从平凡中发现不平凡,做到体物入微,微中见大,微中传神,直至微中出味。

第三,“以小见大”作为散文的一种技巧,实质也是“以小喻大”。这里的“喻”,显示了散文的思维方式具有一定的比喻性——作家们总想在平常事物中寄寓点什么。我们在散文中常常看到,沧海一粟、云龙一爪,其实反映了时代风云和社会的变迁;一枝一叶、一草一木,其实对应着茂密的森林和广阔的田野;一句话、一个动作和眼神,其实能见出一个人的风貌和精神世界。那么,所有这些是如何如发生、如何形成的呢?这里显然有一个发散、放大的过程,这个过程就是“喻”。就像一滴晶莹的水珠,在阳光的照耀下折射出多姿多彩的图景。这正是散文“以小见大”的体现。也正是这个“喻”的过程,让散文看似平淡、散漫的“形”,在精巧、严密的“神”的统摄下,焕发出奇异的光彩。

汉语本身具有很强的暗示性。平常的事物,同样也能触发作家的想象及联想。人们借着某一事物,依赖比喻、象征、双关等技巧,往往产生由此及彼、由表及里的想象和联想,从而得到一种生命的启示或人生的哲理。在《春末闲谈》中,借自然界昆虫现象说理论道,揭穿中国自古至今统治阶级的治人术、毒人术、杀人术,其中深刻的内涵怕不是一个“大”字能概括得了的。

总之,“以小见大”准确地概括了散文的特性。“小”其实是“大”的凝聚,“微”其实是“著”的浓缩,“淡”其实是“浓”的沉淀。这是我们在欣赏散文时要好好领悟的。

五、感悟意境,借鉴写法

写景散文贵在写出意境。“意”是指作者在文中流露出的思想感情。这种感情的表达,或直抒胸臆,或借景抒发,或托物言志,或因事明理。这些可寄托作者情思的景、物、事就是“境”。单纯的景物描写谈不上意境,“意境”应该是外在的景物与作者心境的高度统一,是外物与内情的自然融合,是饱含作者感情的艺术画面。

读《荷塘月色》,都会感叹作者笔下的景色太美了,那“淡淡”的月光,那“像亭亭的舞女的裙”一样的荷叶,那“明珠”“星星”一般的荷花,那“远处高楼上渺茫的歌声似的”的清香,那“梵婀玲上奏着的名曲”似的光和影等,一切的一切都“像笼着轻纱的梦”。作者之所以要创造一种朦胧的环境,是因为这环境正象征着他此刻的心境。因为“这几天心里颇不宁静”,尽管景色“今晚却很好”,尽管“我也像超出了平常的自己”,但我仍然“什么也没有”。在此,作者欣赏到了“无边的荷香月色”,心中涌起了几丝淡淡的喜悦。但眼前的美景仅使他暂得偷闲而已,那暂时排遣又不能完全排遣的几丝淡淡的忧愁始终缠在胸中。这喜也朦胧忧也朦胧的心境,不正和月下荷塘朦朦胧胧的环境丝丝相扣吗?这就是环境与心境的统一,景和情的统一,意和境的统一。

清代著名学者王国维在《人间词话》中写道:“一切景语皆情语。”品味这句话的含义,大致是说，一切写景状物的文字都是作者表情寄意的载体，一切景物必然引起作者情感思想的波动。意境是一个奇妙的境界，“景中全是情，情具象而为景”。欣赏散文的意境，绝对不能把情与景机械地分开，而应该多多联系自己的生活实际，善于调动感受能力和想象力，反复吟哦，闭目沉思，意会、神驰，真切地感悟到意境之美。

在散文“借景抒情、情景交融”的意境中，“景”是有形的，是抒情的载体和基础。因而，欣赏散文优美的意境，还要对写景手法做一些必要的分析。在阅读中，要积极调动自己的眼、耳、鼻等感官去体察作者笔下事物的颜色、形态、声响、气味等，注意体会作者是如何抓住不同季节、不同时间、不同地区中景物的特征进行描写。其次，要注意作者写景的次序和观察景物的立足点。写景物可以按方位写，也可以按整体和局部的关系写，还可以按时间的顺序写；可以远观、近看、仰视、俯瞰，做多角度、多侧面的描写。再次，注意分析描写景物所运用的修辞手法。描写景物需要绘形、绘色、绘声、传神，这就需要尽可能选用那些生动形象的语言，准确、恰当地使用修辞手法有助于把景物写得具体、形象、真实感人。最后，注意散文在描写景物时，引用的一些故事逸闻、神话传说、典故名言、文史资料、民俗谚语。旁征博引使景和物蒙上一层神奇的色彩，不仅能使文章内容丰富，而且能使文章情趣横生。

总之，鉴赏散文，需要我们从即景、披事、体物、品人入手，从而探求散文的的内容之美、境界之高、情致之雅、理趣之妙。提高鉴赏散文能力的过程，是一项循序渐进的工程，只有潜心研读，持之以恒，鉴赏水平才会有不断的提高。

第三节　古典散文鉴赏

庖丁解牛[1]

［战国］庄　子

庖丁为文惠君[2]解牛，手之所触，肩之所倚[3]，足之所履[4]，膝之所踦[5]，砉然[6]向然，奏刀騞然[7]，莫不中音[8]。合于《桑林》[9]之舞，乃中《经首》之会[10]。

文惠君曰：“嘻，善哉！技盖[11]至此乎？”

庖丁释刀对曰：“臣之所好者道[12]也，进乎技矣[13]。始臣之解牛之时，所见无非牛者[14]。三年之后，未尝见全牛也[15]。方今之时，臣以神遇而不以目视[16]，官知止而神欲行[17]。依乎天理[18]，批大郤[19]，导大窾[20]，因其固然[21]，技经肯綮之未尝[22]，而况大軱[23]乎！良庖岁更刀，割[24]也；族庖月更刀，折也[25]。今臣之刀十九年矣，所解数千牛矣，而刀刃若新发于硎[26]。彼节者有间[27]，而刀刃者无厚[28]；以无厚入有间，恢恢乎[29]其于游刃必有余地矣，是以十九年而刀刃若新发于硎。虽然，每至于族[30]，吾见其难为，怵然为戒，视为止，行为迟[31]。动刀甚微，謋然[32]已解，如土委地。提刀而立，为之四顾，为之踌躇满志[33]，善刀[34]而藏之。”

文惠君曰:“善哉,吾闻庖丁之言,得养生焉[35]。”

(选自徐季子.中国古代文学(下)[M].上海:华东师范大学出版社,1991.)

【注释】

[1] 节选自《庄子·养生主》。庖(páo)丁:名丁的厨工,先秦古书往往把职业放在人名前。解牛,宰牛,这里指把整个牛体开剥分剖。

[2] 文惠君:即梁惠王。

[3] 肩之所倚:靠着,这里指用肩膀顶住。

[4] 履:踩踏。

[5] 膝之所踦(yǐ):踦,支撑,接触。这里的意思是宰牛时抬起一条腿,用膝盖抵住牛。

[6] 砉(huā)然:象声词,形容皮骨相离声。

[7] 騞(huō)然:象声词,形容更大的进刀解牛声。

[8] 莫不中音:没有不合乎音律。

[9]《桑林》:传说中商汤王的乐曲名。

[10]《经首》之会:经首,传说中尧乐曲《咸池》中的一章。会,音节。

[11] 盖:通“盍”,何,怎样。

[12] 道:天道,自然的规律。

[13] 进乎技矣:超过技术了。进,超过。

[14] 无非牛者:没有不是全牛的。意思是和一般人看到的一样。

[15] 未尝见全牛也:未曾看到整头的牛了。这是说对牛的全身结构完全摸清了。

[16] 臣以神遇而不以目视:我只用精神和牛接触,而不用眼睛去看了。遇,会合,接触。

[17] 官知止而神欲行:视觉停止了而精神在活动。神欲,精神活动。

[18] 天理:牛天然的生理结构。

[19] 郤(xì):空隙。

[20] 窾(kuǎn):骨节空穴处。导,顺着、循着。

[21] 因其固然:因,依照。固然,指牛体本来的结构。

[22] 技经肯綮(qìng)之未尝:技经,经脉。肯,紧附在骨上的肉。綮,筋肉聚结处。技经肯綮之未尝,意思是脉络相连和筋骨结合的地方都不用刀去尝试。

[23] 軱(gū):股部的大骨。

[24] 割:这里指生割硬砍。

[25] 族庖月更刀,折也:族,众,指一般的。折,用刀折骨。一般的杀牛者,每月换刀。

[26] 发于硎(xíng):发,出。硎,磨刀石。

[27] 彼节者有间:牛的关节间都有间隙。

[28] 无厚:没有厚度,形容刀口薄而锋利。

[29] 恢恢乎:宽绰的样子。

[30] 每至于族:每到筋骨交错聚结处。

[31] 怵然为戒,视为止,行为迟:怵(chù)然,警惕的样子。视为止,行为迟:眼光集中在这个地方,行动也迟缓下来。

[32] 謋(huò)然:骨肉分离的声音。
[33] 踌躇满志:悠然自得,心情满足。
[34] 善刀:善通"缮",擦拭刀。
[35] 得养生焉:指得到养生之道。

【作者简介】

庄子(约前369—前286年),名庄周,战国时期蒙人(今河南商丘人),思想家,道家学派代表人物。《庄子》是庄周和他的门人以及后学者的著作,现存33篇,由后人整理为"内篇""杂篇""外篇"三部分。

【赏析指要】

《庖丁解牛》语言精练而富有表现力。一连串动词、象声词把解牛动作写得活灵活现,有声有色,并且夸张其解牛的过程"合于《桑林》之舞,乃中《经首》之会",生动地表现了庖丁动作的节奏感,再现了解牛的娴熟技术;写解牛结束后"提刀而立,为之四顾,为之踌躇满志",寥寥数语,庖丁一副怡然自得的神情跃然纸上。整个劳动过程仿佛艺术舞蹈,是一个令人愉悦享受的至高的境界。

文章中写到了庖丁"臣之所好者道也",与文惠君"吾闻庖丁之言,得养生焉"的所得之"道",尽管有很多不同理解,但是,我们今天仍能从庖丁解牛中得到的启示:任何事情都不可主观冒进,而应该通过反复实践,逐步掌握事物的内部规律,然后遵循客观规律处理错综复杂的事务,只有这样,才能立于不败之地。

出自本文的成语如"游刃有余""踌躇满志""目无全牛"等,至今仍有鲜活的生命力。

【辑评】

这篇散文的思想内容比较复杂,反映了庄子思想的复杂性。为了把问题说清楚,我们想从这样两个方面来分析:

一是庄子论述的原意。庄子的《庖丁解牛》选自内篇《养生主》。所谓"养生主"就是"养生之主",也就是养精神的意思。那么,如何养精神呢?就是要像"庖丁解牛"一样,善于寻找空隙,集中精神注意,"依乎天理,批大郤,导大窾,因其固然",避开矛盾,像保护刀刃一样保护自己。这种避开矛盾、保存自己的人生哲学,来源于庄子的哲学观和世界观。

二是庄子的这则寓言所提供的客观意义。这则寓言是庄子用以说明自己观点的材料。这段材料给了我们这样一些启示:

解牛,要掌握牛的内部结构;处理事情,要掌握事物的本来规律。掌握了规律,"依乎天理",就能适应这种规律,进而妥善地把事情办好。

庖丁解牛之所以动作那么快,动作那么美,是因为他实践得多。实践之初,见"全牛";实践之后,"未尝见全牛"。多方实践后,19年屠刀锋利如初,游刃有余地驾驭了事物。

这些观点,不是庄子固有的,而是我们从这则寓言材料里引申出来的。这一点,应予注意。

《史记·老子韩非列传》说《庄子》"大抵率寓言也"。这则"庖丁解牛"的寓言在艺术表现上也是有成就的。

前面描写充分，后文论述合理。一开始用16字："手之所触，肩之所倚，足之所履，膝之所踦"，写出了解牛时的动人姿态，继之又写出了合舞合乐的美妙。有了这一切，文惠君的赞叹才有依据。有文惠君的赞叹，才会有庖丁的议论。这样，文意的承接转合，就显得异常自然。

概括描述和集中刻画相结合。庖丁介绍解牛的经验时，对3年前后的感受，19年用刀的情况，作了概括性的描述，而在概述中又有集中的刻画。如集中刻画了庖丁解决难题的情景，尤其是难题解决后"提刀而立，为之四顾，为之踌躇满志，善刀而藏之"，其得意之情状，跃然于纸面。

（选自吴功正．明察规律，游刃有余——《庖丁解牛》析[M]//古今名作鉴赏集粹．北京：北京出版社，1989．）

鸿门宴[1]

［西汉］司马迁

沛公[2]军霸上[3]，未得与项羽相见。沛公左司马[4]曹无伤使人言于项羽曰："沛公欲王关中[5]，使子婴[6]为相，珍宝尽有之。"项羽大怒曰："旦日飨[7]士卒，为[8]击破沛公军！"当是时，项羽兵四十万，在新丰鸿门；沛公兵十万，在霸上。范增[9]说项羽曰："沛公居山东[10]时，贪于财货，好美姬[11]。今入关，财物无所取，妇女无所幸[12]，此其志不在小。吾令人望其气[13]，皆为龙虎，成五采，此天子气也。急击勿失[14]。"

楚左尹项伯[15]者，项羽季父[16]也，素善留侯张良[17]。张良是时从沛公，项伯乃夜驰之沛公军[18]，私见张良，具告以事，欲呼张良与俱去。曰：毋从俱死也。张良曰："臣为韩王送沛公[19]，沛公今事有急，亡去不义，不可不语。"良乃入，具告沛公。沛公大惊，曰："为之奈何[20]？"张良曰："谁为大王为此计[21]者？"曰："鲰生[22]说我曰'距[23]关，毋内诸侯[24]，秦地可尽王也'。故听之。"良曰："料大王士卒足以当[25]项王乎？"沛公默然，曰："固不如也，且为之奈何？"张良曰："请往谓项伯，言沛公不敢背项王也。"沛公曰："君安与项伯有故[26]？"张良曰："秦时与臣游，项伯杀人，臣活之。今事有急，故幸来告良。"沛公曰："孰与君少长[27]？"良曰："长于臣。"沛公曰："君为我呼入，吾得兄事之[28]。"张良出，要[29]项伯。项伯即入见沛公。沛公奉卮酒为寿[30]，约为婚姻，曰："吾入关，秋毫不敢有所近[31]，籍吏民[32]，封府库，而待将军[33]。所以遣将守关者，备[34]他盗之出入与非常[35]也。日夜望将军至，岂敢反乎！愿伯具言臣之不敢倍德[36]也。"项伯许诺。谓沛公曰："旦日不可不蚤[37]自来谢项王。"沛公曰："诺。"于是项伯复夜去，至军中，具以沛公言报项王。因言曰："沛公不先破关中，公岂敢入乎？今人有大功而击之，不义也，不如因而善遇之。"项王许诺。

沛公旦日从百余骑[38]来见项王，至鸿门，谢曰："臣与将军戮力[39]而攻秦，将军战河北，臣战河南[40]，然不自意[41]能先入关破秦，得复见将军于此。今者有小人之言，令将军与臣有郤[42]。"项王曰："此沛公左司马曹无伤言之；不然，籍何以至此。"项王即日因留沛公与饮。项王、项伯东向坐，亚父[43]南向坐。亚父者，范增也。沛公北向坐，张良西向侍[44]。范增数目项王，举所佩玉玦[45]以示之者三，项王默然不应。范增起，出，召项庄[46]，谓曰："君王为人不忍，若入前为寿，寿毕，请以剑舞，因击沛公于坐，杀之。不者，若属[47]皆且为所虏。"庄则入为寿。寿毕，曰："君王与沛公饮，军中无以为乐，请以剑舞。"项王曰："诺。"项庄拔剑起舞，项伯亦拔剑起舞，常以身翼蔽[48]沛公，庄不得击。

于是张良至军门见樊哙[49]。樊哙曰："今日之事何如？"良曰："甚急。今者项庄拔剑舞，其意常在沛公也。"哙曰："此迫矣，臣请[50]入，与之同命[51]。"哙即带剑拥盾入军门。交戟之卫士[52]欲止不内，樊哙侧其盾以撞，卫士仆地。哙遂入，披帷[53]西向立，嗔目[54]视项王，头发上指，目眦[55]尽裂。项王按剑而跽[56]曰："客何为者？"张良曰："沛公之参乘[57]樊哙者也。"项王曰："壮士，赐之卮酒。"则与斗卮[58]酒。哙拜谢，起，立而饮之。项王曰："赐之彘肩[59]。"则与一生彘肩。樊哙覆其盾于地，加彘肩上[60]，拔剑切而啖[61]之。项王曰："壮士，能复饮乎？"樊哙曰："臣死且不避，卮酒安足辞！夫秦王有虎狼之心，杀人如不能举，刑人如恐不胜[62]，天下皆叛之。怀王[63]与诸将约曰：'先破秦入咸阳者王之[64]。'今沛公先破秦入咸阳，毫毛不敢有所近，封闭宫室，还军霸上，以待大王来。故遣将守关者，备他盗出入与非常也。劳苦功高如此，未有封侯之赏，而听细说[65]，欲诛有功之人。此亡秦之续[66]耳，窃为大王不取也[67]。"项王未有以应，曰："坐。"樊哙从良坐。坐须臾，沛公起如厕[68]，因招樊哙出。

沛公已出，项王使都尉陈平[69]召沛公。沛公曰："今者出，未辞也，为之奈何？"樊哙曰："大行不顾细谨，大礼不辞小让[70]。如今人方为刀俎[71]，我为鱼肉，何辞为[72]！"于是遂去，乃令张良留谢。良问曰："大王来何操[73]？"曰："我持白璧一双，欲献项王，玉斗一双，欲与亚父，会其怒，不敢献。公为我献之。"张良曰："谨诺[74]。"当是时，项王军在鸿门下，沛公军在霸上，相去四十里。沛公则置[75]车骑，脱身独骑，与樊哙、夏侯婴、靳强、纪信[76]等四人持剑盾步走，从郦山[77]下，道[78]芷阳[79]间行。沛公谓张良曰："从此道至吾军，不过二十里耳。度我至军中，公乃入。"

沛公已去，间至军中，张良入谢，曰："沛公不胜杯杓[80]，不能辞。谨使臣良奉白璧一双，再拜[81]献大王足下；玉斗一双，再拜奉大将军[82]足下。"项王曰："沛公安在？"良曰："闻大王有意督过[83]之，脱身独去，已至军矣。"项王则受璧，置之坐上。亚父受玉斗，置之地，拔剑撞而破之，曰："唉！竖子[84]不足与谋。夺项王天下者，必沛公也，吾属今为之虏矣！"

沛公至军，立诛杀曹无伤。

（节选自史记·项羽本纪[M].北京：中华书局，1982.）

【注释】

[1] 项羽，名籍，字羽，秦末下相人。起兵反秦，后与刘邦争天下，交战五年，最终战败自杀。节选的这部分主要叙述项羽进入函谷关后与刘邦的一场争斗。鸿门，在新丰（现在陕西临潼东）。

[2] 沛公：刘邦，起兵于沛，号称"沛公"。

[3] 霸上：在现在的陕西西安东。

[4] 左司马：官名。

[5] 关中：指函谷关以西，在现在陕西一带。

[6] 子婴：秦朝最后的国君，在位46天。当时已投降刘邦。

[7] 飨（xiǎng）：用酒食款待宾客，这里指犒劳的意思。

[8] 为（wèi）：介词，替、给。

[9] 范增:项羽的主要谋士。
[10] 山东:指崤山以东,也就是函谷关以东地区。
[11] 美姬:美女。
[12] 幸:封建君主对妇女的宠爱叫“幸”。
[13] 望其气:迷信说“真龙天子”所在的地方,天空中有一种异样的云气,会望气的人能够看出来。
[14] 失:指失去时机。
[15] 楚左尹项伯:左尹,官名。项伯,名缠,字伯。
[16] 季父:叔父。
[17] 素善留侯张良:平时与张良友善。善,友善、交好。张良,字子房,刘邦的主要谋士。刘邦得天下后,封他为“留侯”。
[18] 之沛公军:到刘邦驻军地。之,到。
[19] 臣为韩王送沛公:张良曾劝项羽的叔父项梁立韩公子成为韩王。后来张良就做了韩王的申徒(相当于国相)。刘邦从洛阳南行,张良率兵随之。刘邦让韩王成留守,自己同张良西入武关。这里张良托辞说“为韩王送沛公”,是向项伯表示他和刘邦的关系。
[20] 为之奈何:怎样对付这件事。奈何,如何、怎样。
[21] 此计:指下文“距关,毋内诸侯”的计策。
[22] 鲰生(zōu):意思是浅陋无知的小人。鲰,浅陋、卑微。
[23] 距:通“拒”,把守的意思。
[24] 毋内诸侯:不要让诸侯进来。内,通“纳”,接纳、使进入。诸侯,指其他率兵攻秦的人。
[25] 当:抵敌,抵挡。
[26] 有故:有旧,有交情。
[27] 孰与君少长:就是“与君孰少孰长”。
[28] 兄事之:用对待兄长的礼节侍奉他。
[29] 要:通“邀”,邀请。
[30] 奉卮(zhī)酒为寿:奉上一杯酒,祝福项伯。卮,酒杯。
[31] 秋毫不敢有所近:意思是财物丝毫不敢据为己有。秋毫,鸟兽在秋天出生的细毛,比喻细小的东西。近,接触、沾染。
[32] 籍吏民:登记官吏、居民,就是造官吏名册和户籍册。
[33] 将军:指项羽。
[34] 备:防备。
[35] 非常:指意外的变故。
[36] 倍德:忘恩。倍,通“背”。
[37] 蚤:通“早”。
[38] 从百余骑:以一百多人马跟从他。骑,一人一马。
[39] 戮力:合力。
[40] 将军战河北,臣战河南:秦二世三年(前 207 年),楚怀王命项羽渡黄河救赵,又命刘邦沿黄河南进攻秦。河,黄河。

［41］意:料想。
［42］郤(xì):通“隙”,隔阂,嫌怨。
［43］亚父:项羽对范增的尊称,意思是尊敬他仅次于对待父亲。亚,次。
［44］侍:侍坐,这里是陪坐的意思。
［45］玉玦(jué):半环形的佩玉。范增用玦暗示项羽要下决心杀刘邦。
［46］项庄:项羽的堂弟。
［47］若属:你们这些人。
［48］翼蔽:像鸟一样用翅膀遮蔽、掩护。
［49］樊哙:刘邦的部下。
［50］请:谦语,表敬意。
［51］与之同命:跟他同生共死。意思是要守卫在刘邦身旁,竭力保护他。之,指刘邦。
［52］交戟之卫士:拿戟交叉着守卫军门的兵士。
［53］披帷:揭开帷幕。
［54］瞋(chèn)目:睁大眼睛。
［55］目眦(zì):眼眶,一说眼角。
［56］跽(jì):长跪,挺直上身跪起来。古人席地而坐,坐时臀部压在小腿上,挺直上身就显得身子长了,叫长跪,就是跽。
［57］参乘(cān shèng):即“骖乘”,古代主将战车上居于右侧担任护卫的武士,又叫车右。
［58］斗卮:大酒杯。
［59］彘(zhì)肩:猪腿。
［60］加彘(zhì)肩上:把猪腿放在(盾)上。
［61］啖(dàn):吃。
［62］杀人如不能举,刑人如恐不胜:杀人如恐不能杀尽,处罚人如恐不能用尽酷刑。举、胜,都有“尽”的意思。刑,以刀割刺,用作动词,杀。
［63］怀王:名心,是战国时楚怀王之孙。
［64］王之:做关中王。
［65］细说:指小人的谗言。
［66］亡秦之续:已亡的秦朝的后继者,意思是重蹈秦朝灭亡的覆辙。
［67］窃为大王不取也:私意认为大王不采取(这种做法为好)。窃,私下。
［68］如厕:上厕所。“如”,往。
［69］陈平:项羽的部下,后来为刘邦的谋士,官至丞相。
［70］大行不顾细谨,大礼不辞小让:意思是,做大事不必注意细枝末节,行大礼不必讲究小的谦让。行,行为,作为。
［71］刀俎(zǔ):切肉用的刀和板。
［72］何辞为(wéi):还辞别什么呢?为,句末语气词,常用在疑问句末。
［73］操:拿,这里是携带。
［74］谨诺:遵命的意思。谨,表恭敬语气的副词。
［75］置:放弃,丢下。

[76] 夏侯婴、靳强、纪信:都是刘邦的部下。
[77] 郦山:即骊山,在现在陕西临潼东南。
[78] 道:取道。
[79] 芷阳:秦代县名,在现在陕西西安东。
[80] 不胜杯杓:禁不起多喝酒,意思是醉了。杓,舀酒的勺子。
[81] 再拜:拜两次,古代隆重的礼节。
[82] 大将军:指范增。
[83] 督过:责备。
[84] 竖子:骂人的话,相当于“小子”,这里指项羽、项伯辈。

【作者简介】

司马迁,西汉史学家、文学家。字子长,西汉夏阳(今陕西韩城西南)人。生于汉景帝中元五年(前145年),一说生于汉武帝建元六年(前135年),卒年不可考。20岁时,从京师长安南下漫游,足迹遍及江淮流域和中原地区,所到之处考察风俗,采集传说。不久仕为郎中,成为汉武帝的侍卫和扈从,多次随驾西巡,曾出使巴蜀。元封三年(前108年),司马迁继承其父司马谈之职,任太史令,掌管天文历法及皇家图籍,因而得读史官所藏图书。司马迁撰写的《史记》是中国史学史上第一部贯通古今、网罗百代的纪传体通史,同时也是我国传记文学的开端,鲁迅先生评价其为“史家之绝唱,无韵之《离骚》”。

【赏析指要】

司马迁的《史记》是我国古代最伟大的历史著作之一,也是最辉煌的散文著作。《鸿门宴》一文,在《项羽本纪》中是重要而又精彩的段落。但是由于它的情节首尾完整,具有相对的独立性,所以可以作为一个独立篇章来分析。

依照故事情节发展来看,《鸿门宴》大体可以分为三大段:“山雨欲来风满楼”的宴前阶段(也就是矛盾斗争的酝酿开端与上升阶段);“剑拔弩张”的宴上阶段(也就是矛盾高潮阶段);“尴尬不安”的收场阶段(也就是矛盾平伏阶段)。

故事以曹无伤的告密开始。一般说来,刘邦这个集团的内部关系是比较严密的,“左司马”的官也不算小了。但是当曹无伤听到项羽大怒刘邦之后,他竟然敢于派人密告,以预约封赏。这既说明曹无伤的为人,也在说明楚汉两方势力的悬殊。范增用刘邦“财物无所取,妇女无所幸”的行为变化和望气“为龙虎”“成五采”天命迷信说服项羽,令其“急击勿失”,到此形势的确是很危迫了!

然而,由于项伯“私见张良,具告以事”。这就使得这种十分危迫的形势在不意之中获得转变的契机,把矛盾事态引向平缓。项伯在官职上高踞楚之左尹,在亲疏上身属项王季父,在如此重要的关头,却背着主人,夜来夜去,把如此机密严重的军情,因为私人“素善”的关系,全部无遗地泄漏给敌方谋士张良。张良的行为和项伯的行为,实在是构成了极其鲜明的对比。

描写鸿门宴会段落,是全文的核心部分,也是最精彩的部分。它出场人物众多,各具姿态。人物关系也极错综复杂,矛盾显得极其尖锐。

先写刘邦小心谨慎，轻车简从，来见项羽。其在整个活动中，可以说极尽低首下心，卑辞厚币，以博求项羽信任。而项羽这位粗豪大意、骄傲自恃的贵族后裔，几乎是完全疏于戒备，竟在刘邦一番口蜜腹剑的说辞面前，迅速而又彻底地解除了思想武装，成为刘邦的俘虏。并且把密告给他如此重大消息的曹无伤，轻易地泄漏给刘邦，不只断送了曹无伤本人，也断送了刘邦内部军事情报的来路。后文的不听范增、放任项伯、嘉赏樊哙等自损行为，都是有来由的了！

在杀机四伏的席面上，“范增数目项王，举所佩玉玦以示之者三，项王默然不应”的场面，说明未来之前，项羽和范增不是全无计议打算，不过由于项羽骄横自用的思想堡垒，被刘邦的糖衣炮弹所命中，认为刘邦既已表示臣服，再没必要杀他而已。从座位席次安排上，也可以看出项羽骄矜自大的倨傲心理。

范增一计未行，出召项庄舞剑，“因击沛公于坐”。这个计策实行了，自然也就根除项氏集团心腹之患。可惜的是，在这样一个重要问题上，项氏集团内部，不只是步调不统一，并且有人公然出来破坏。“项伯亦拔剑起舞，常以身翼蔽沛公。”以曲尽其对未来的“亲家翁”的“道义”责任。于是“庄不得击”，范增计谋又遭挫败！

在另一方刘邦集团里，情况却大有不同，表现得有组织有准备，步调也极为统一，并且能做到互相配合联合作战。张良看见情况紧急，于是出军门招樊哙，通过张、樊二人的对话，可以看出刘邦一方是无一人无一刻不在高度紧张戒备之中。樊哙问：“今日之事何如?”张良答：“甚急！今者项庄拔剑舞，其意常在沛公也。”樊哙说：“此迫矣！臣请入，与之同命。”随即带剑拥盾入军门。

本部分最后一节，是写樊哙的场面，也是项羽的场面。这个狗屠出身的莽汉，他的一派为刘邦解释的有胆有识的说辞，表明他不只是性格粗豪，也有其精细之处。这段说辞虽然是和刘邦的如出一辙，但在樊哙讲来，却又符合他的身份，口吻声气都极具个性。他所以受到项羽嘉赏，不只是因为具有“能饮”“健啖”的粗豪风格与项羽投合；更主要的还是他的这段“刚中有柔”、“亢中有卑”、指责当中包含着尊敬的讲话，起到最后作用。在本节文字里，除了生动地写出樊哙这一有胆有识、粗中有细的鲁莽英雄面貌外，对项羽的“英雄惜英雄”的人物风格，也在对话中间作了对应的描绘。就在如此场面活动中，缓和了刘邦身边的危迫形势，使他得以抽身离席，从小道逃遁。

鸿门宴收场结束阶段，写刘邦乘势逃席和正式逃遁，把刘邦在席间的算计、警觉、恐惧不安的一副嘴脸，写得呼之欲出。

接着写张良入谢，向项羽、范增献礼。张良的措辞，极为委婉得体。项羽在听到刘邦逃走的消息时，也没什么明显表现，相反的还“受璧，置之坐下”。范增则大不同，“掷之地下”，还“拔剑撞而破之”。并且在项羽面前，破口大骂：“唉！竖子不足与谋！夺项王天下者必沛公也。吾属今为之虏矣！”范增的万丈怒火，只落得在张良面前，完全暴露自己内部的严重分歧；也加深项羽这个喜虚荣爱逢迎的君主的厌憎。范增之所以招致失败，固然与项羽的戆直粗疏有关，也和他自身的刚愎自用、好动肝火、不能针对项羽的具体为人进行说服工作分不开。

最后一节，刘邦回到军中，立刻杀掉密告他的曹无伤，剪除了内部的隐患，加强了内部团结。这和项羽一方的变化动态，恰成了极为鲜明的对比。

鸿门宴一幕斗争，预兆着刘项两方未来成败的前途，是刘项两大势力急遽变化的关键。《鸿门宴》的故事，以它生动而又惊险的情节特点，以它众多人物处在矛盾高峰中的活跃面貌深深吸引着人，给人以深刻而又丰盈的思想教育和艺术享受。

祭十二郎文[1]

[唐]韩 愈

年月日[2]，季父愈闻汝之七日，乃能衔哀致诚[3]，使建中远具时羞之奠[4]，告汝丧十二郎之灵：

呜呼！吾少孤[5]，及长，不省所怙[6]，唯兄嫂是依。中年兄殁南方[7]，吾与汝俱幼，从嫂归葬河阳[8]，既又与汝就食江南[9]，零丁孤苦，未尝一日相离也。吾上有三兄，皆不幸早世。承先人后者，在孙唯汝，在子唯吾，两世一身[10]，形单影只。嫂常抚汝指吾而言曰："韩氏两世，唯此而已。"汝时尤小，当不复记忆；吾时虽能记忆，亦未知其言之悲也。

吾年十九，始来京城。其后四年，而归视汝[11]。又四年，吾往河阳省坟墓[12]，遇汝从嫂丧来葬。又二年，吾佐董丞相于汴州，汝来省吾；止一岁[13]，请归取其孥[14]；明年，丞相薨[15]，吾去汴州，汝不果来[16]。是年，吾佐戎徐州[17]，使取[18]汝者始行，吾又罢去[19]，汝又不果来。吾念汝从于东[20]，东亦客也，不可以久；图久远者，莫如西归，将成家而致汝。呜呼！孰谓汝遽去[21]吾而殁乎！吾与汝俱少年，以为虽暂相别，终当久相与处，故舍汝而旅食京师，以求斗斛之禄[22]；诚知其如此，虽万乘之公相[23]，吾不以一日辍汝而就也[24]！

去年孟东野往[25]，吾书与汝曰："吾年未四十，而视茫茫，而发苍苍，而齿牙动摇。念诸父与诸兄，皆康强而早世，如吾之衰者，其能久存乎！吾不可去，汝不肯来，恐旦暮死，而汝抱无涯之戚也[26]。"孰谓少者殁而长者存，强者夭而病者全乎！

呜呼！其信然邪？其梦邪？其传之非其真邪？信也，吾兄之盛德而夭其嗣乎？汝之纯明而不克蒙其泽乎[27]？少者强者而夭殁，长者衰者而存全乎？未可以为信也。梦也，传之非其真也？东野之书，耿兰[28]之报，何为而在吾侧也？呜呼！其信然矣！吾兄之盛德而夭其嗣矣！汝之纯明宜业[29]其家者，不克蒙其泽矣！所谓天者诚难测，而神者诚难明矣！所谓理者不可推，而寿者不可知矣！

虽然，吾自今年来，苍苍者或化而为白矣，动摇者或脱而落矣[30]。毛血日益衰[31]，志气日益微[32]，几何不从汝而死也！死而有知，其几何离[33]；其无知，悲不几时，而不悲者无穷期矣。

汝之子始十岁，吾之子始五岁，少而强者不可保，如此孩提者，又可冀其成立耶？呜呼哀哉？呜呼哀哉！

汝去年书云："比得软脚病[34]，往往而剧。"吾曰："是疾也，江南之人，常常有之。"未始以为忧也。呜呼！其竟以此而殒其生乎！抑别有疾而至斯乎？

汝之书，六月十七日也。东野云：汝殁以六月二日。耿兰之报无月日。盖东野之使者，不知问家人以月日；如耿兰之报，不知当言月日。东野与吾书，乃问使者，使者妄称以应之耳[35]。其然乎？其不然乎？

今吾使建中祭汝，吊汝之孤[36]，与汝之乳母，彼有食可守以待终丧[37]，则待终丧而取以来[38]；如不能守以终丧，则遂取以来。其余奴婢，并令守汝丧。吾力能改葬[39]，终葬汝于先人之兆[40],然后惟其所愿[41]。

呜呼!汝病吾不知时,汝殁吾不知日。生不能相养以共居,殁不得抚汝以尽哀。敛[42]不凭其棺,窆[43]不临其穴。吾行负神明,而使汝夭,不孝不慈,而不得与汝相养以生,相守以死。一在天之涯,一在地之角,生而影不与吾梦相依,死而魂不与吾梦相接。吾实为之,其又何尤[44]。彼苍者天,曷其有极[45]!

自今已往,吾其无意于人世矣。当求数顷之田,于伊、颍之上[46],以待余年,教吾子与汝子,幸其成[47];长[48]吾女与汝女,待其嫁,如此而已。

呜呼!言有穷而情不可终,汝其知也邪?其不知也邪?呜呼哀哉!

尚飨[49]。

(选自古文观止[M].武汉:湖北美术出版社,2012.)

【注释】

[1] 祭文,祭奠死者的一种文体。十二郎,名老成,韩愈之侄,他在族中排行第十二。

[2] 年月日:此为拟稿时原样。应为某年某月某日。古人起草时常省写具体时间,待誊抄时补上。

[3] 衔哀致诚:心中含着悲哀,表达赤诚的心意。

[4] 使建中远具时羞之奠:建中,人名,当为韩愈家中仆人。时羞,应时的鲜美佳肴。羞,同"馐"。

[5] 孤:幼年丧父称"孤"。

[6] 不省所怙(hù):不知道父亲的模样。《诗·小雅·蓼莪》:"无父何怙,无母何恃。"后世因用"怙"代父,"恃"代母。失父曰"失怙",失母曰"失恃"。

[7] 殁(mò):死

[8] 河阳:今河南孟县西,是韩氏祖宗坟墓所在地。

[9] 就食江南:在江南谋生。

[10] 两世一身:子辈和孙辈均只剩一个男丁。

[11] 视:古时探亲,上对下曰视,下对上曰省。

[12] 省(xǐng):探望,此引申为凭吊。

[13] 止一岁:住了一年。

[14] 取其孥(nú):把家眷接来。孥,妻和子的统称。

[15] 薨(hōng):古时诸侯或二品以上大官死曰薨。

[16] 不果:没能够。

[17] 佐戎徐州:在徐州辅助军务。佐戎,辅助军务。

[18] 取:迎接。

[19] 罢去:贞元十六年五月,张建封卒,韩愈离开徐州赴洛阳。

[20] 东:指故乡河阳之东的汴州和徐州。

[21] 孰谓汝遽(jù),去吾:谁料到你骤然离开我。遽骤然。

[22] 斗斛(hú):唐时十斗为一斛。斗斛之禄,指微薄的俸禄。

[23] 万乘(shèng):指高官厚禄。古代兵车一乘,有马四匹。封国大小以兵赋计算,凡地方

千里的大国，称为万乘之国。

[24] 吾不以一日辍汝而就也：辍（chuò），停止。辍汝，和上句“舍汝”义同。就，就职。

[25] 去年孟东野往：去年，指贞元十八年。孟东野，即韩愈的诗友孟郊。往，去。

[26] 无涯之戚：无穷的悲伤。涯，边。戚，忧伤。

[27] 汝之纯明而不克蒙其泽乎：纯明，纯正明智。不克蒙其泽，不能蒙受先人的恩泽。克，能。蒙，承受。

[28] 耿兰：生平不详，当时宣州韩氏别业的管家人。十二郎死后，孟郊写信告诉韩愈，当时耿兰也有丧报。

[29] 业：用如动词，继承之意。

[30] 动摇者或脱而落矣：牙齿动摇脱落。时年韩愈有《落齿》诗云：“去年落一牙，今年落一齿：俄然落六七，落势殊未已。”

[31] 毛血：指体质。

[32] 志气：指精神。

[33] 其几何离：分离会有多久呢？意谓死后仍可相会。

[34] 比（bì）得软脚病：比，近来。软脚病，即脚气病。

[35] 妄称以应之耳：信口胡诌来应付他。

[36] 吊汝之孤：吊，此指慰问。孤，指十二郎的儿子。

[37] 终丧：守满三年丧期。

[38] 取以来：指把十二郎的儿子和乳母接来。

[39] 力能改葬：假设之意，如有能力改葬。意思是先暂时就地埋葬。

[40] 兆：墓地。

[41] 唯其所愿：才算了却心事。

[42] 敛：同“殓”。为死者更衣称小殓，尸体入棺材称大殓。

[43] 窆（biǎn）：下棺入土。

[44] 何尤：怨恨谁？

[45] 彼苍者天，曷其有极：意谓你青苍的上天啊，我的痛苦哪有尽头啊。语出《诗经·唐风·鸨羽》：“悠悠苍天，曷其有极。”

[46] 伊、颍（yǐng 影）：伊水和颍水，均在今河南省境。此指故乡。

[47] 幸其成：期望他们长大成人。

[48] 长：用如动词，养育之意。

[49] 尚飨：古代祭文结束用词，意为希望死者享用祭品。

【作者简介】

韩愈（768—824 年），河内河阳（今河南孟县）人，字退之，自谓郡望昌黎，世称“韩昌黎”。唐代古文运动的倡导者，他的散文内容丰富，形式多样，语言鲜明简练，新颖生动，为古文运动树立了典范。宋代苏轼称他“文起八代之衰”，明人推他为唐宋八大家之首，与柳宗元并称“韩柳”，有“文章巨公”和“百代文宗”之名。作品收在《昌黎先生集》里。

【赏析指要】

此文是韩愈祭他侄子十二郎的一篇祭文。韩愈二岁丧父，由长兄韩会与嫂抚养成长。从小和十二郎生活在一起，经历患难，因年龄相差无几，虽为叔侄，实同兄弟，彼此感情十分亲密。这篇祭文融抒情于叙事之中，把悼念十二郎之情和身世、琐碎家常、生活遭际的诉说交织在一起，朴实的叙述中，表现出对兄嫂及侄儿深切的怀念和痛惜。

祭文开头几句，叙述听到侄儿去世后，准备祭墓的经过。接着转入身世的叙述和悲叹：从小失去父亲，依靠哥哥、嫂嫂的抚养，而哥哥又值中年殁于南方。年纪幼小的我与你，在孤苦伶仃中相依为命。

自“承先人后者”至“亦未知其言之悲也”这一段写得非常感人。字里行间，流露出形单影只的无限凄苦和对嫂嫂的无限感念。前面那一段铺叙身世，为颠沛流离中嫂嫂的话“韩氏两世，唯此而已”，增加了浓重的感伤情绪及无限的分量。

从“吾年十九”至段末，叙述了韩愈在 19 岁以后至侄儿殁去之前的经过。叙述自己为什么离别形影相依的侄儿的原因，还有得到侄儿死去的消息后将信将疑、悲痛、后悔等复杂的情绪。有对天命无常的慨叹和绝望，有宦海浮沉人生艰辛的心酸，有对侄儿生、病、死、葬照料不周的沉痛自责。有眼前的事，有往昔的事，回忆中的事，推想中的事。这些事情随着十二郎的去世纷至沓来，交织到一起。文章叙事跌宕有致，情思深沉，感人肺腑。

这篇祭文的语言不拘常格，形式上多采用自由多变的散句，语意一气贯注。文章中连接不断地使用语气词，恰如古人所评，“句句用助辞”而“反复出没”，“如怒涛惊湍，变化不测”，既增强了节奏感，也使表达的感情更加强烈，具有浓厚的抒情色彩。

【辑评】

“情之至者，自然流为至文。读此等文，须想其一面哭，一面写，字字是血，字字是泪。未尝有意为文，而文无不工。”

（选自吴楚材、吴调侯，《古文观止》卷八）

退之《祭十二郎文》一篇，大率皆用助语，其最妙处，自“其信然”以下，至“几何不从汝而死也”一段，仅三十句，连用“耶”字三，连用“乎”字三，连用“也”字四，连用“矣”字七，几于句句用助辞矣。而反复出没，如怒涛惊湍，变化不测，非妙于文章者，安得及此！

（选自宋·费衮《梁溪漫志》，卷六《文字用语助》）

采用对话形式，是这篇祭文的一个重要特点。全文用了四十个“汝”字，用第二人称称呼老成，好像老成并没有死，正坐在他对面听他倾诉衷肠；又好像老成虽死，但其亡魂还可以听到他的家常絮语；他甚至向老成直接提问：“其竟以此殒其生乎！抑别有疾而至斯乎？”“其然乎？其不然乎？”询问其病因、死期。这种对话形式，不同于一般祭文纯客观地歌功颂德，而具有浓厚的感情色彩和抒情意味，因而也增强了文章的感染力量。

（选自徐中玉. 古文鉴赏大辞典[M]. 杭州：浙江教育出版社，1995.）

秋声赋

[宋]欧阳修

欧阳子[1]方[2]夜读书，闻有声自西南来者，悚然[3]而听之，曰：“异哉！”初淅沥以萧飒[4]，忽奔腾而砰湃[5]；如波涛夜惊，风雨骤至。其触于物也，鏦鏦[6]铮铮，金铁皆鸣；又如赴敌之兵，衔枚[7]疾走，不闻号令，但闻人马之行声。余谓童子："此何声也？汝出视之。"童子曰："星月皎洁，明河[8]在天，四无人声，声在树间。"余曰："噫嘻悲哉！此秋声也。胡为而来哉？盖夫秋之为状[9]也，其色惨淡[10]，烟霏[11]云敛[12]；其容清明，天高日晶[13]；其气凛冽[14]，砭[15]人肌骨；其意萧条，山川寂寥。故其为声也，凄凄切切，呼号愤发。丰草绿缛[16]而争茂，佳木葱茏而可悦。草拂之而色变，木遭之而叶脱。其所以摧败零落者，乃其一气[17]之余烈[18]。夫秋，刑官[19]也，于时为阴；又兵象也，于行用金。是谓天地之义气，常以肃杀而为心。天之于物，春生秋实，故其在乐也，商声主西方之音，夷则为七月之律。商，伤也，物既老而悲伤；夷，戮也，物过盛而当杀。""嗟呼！草木之无情，有时[20]而飘零。人为动物，唯物之灵。百忧感其心，万物劳其形，有动于中，必摇其精。而况思其力之所不能及，忧其智之所不能行，宜其渥[21]然丹者为槁木，黟[22]然黑者为星星[23]。奈何以非金石之质，欲与草木而争荣？念谁为之戕[24]贼，亦何恨乎秋声！"童子莫对，垂头而睡。但闻四壁虫声唧唧，如助余之叹息。

（选自朱东润·中国历代文学作品选（中编第二册）［M］．上海：上海古籍出版社，1980．）

【注释】

［1］欧阳子：作者自称。

［2］方：正在。

［3］悚（sǒng）然：惊惧的样子。

［4］初淅沥以萧飒：起初是淅淅沥沥的细雨带着萧飒的风声。淅沥，细雨声。以，而。萧飒，形容风声。

［5］砰湃：同"澎湃"，波涛汹涌的声音。

［6］鏦鏦（cōng）铮铮：金属相击的声音。

［7］衔枚：古时行军或袭击敌军时，让士兵衔枚以防出声。枚，形似竹筷，衔于口中，两端有带，系于脖上。

［8］明河：银河。

［9］秋之为状：秋天所表现出来的意气容貌。状，情状，指下文所说的"其色""其容""其气""其意"。

［10］惨淡：黯然无色。

［11］烟霏：烟气浓重。霏，散扬。

［12］云敛：云雾密聚。敛，收，聚。

［13］日晶：日光明亮。晶，亮。

［14］凛冽：寒冷。

［15］砭（biān）：古代用来治病的石针，这里引用为刺的意思。

［16］绿缛（rù）：碧绿繁茂。

［17］一气：这里指秋气。

［18］余烈：余威。

［19］刑官：执掌刑狱的官。《周礼》把官职与天、地、春、夏、秋、冬相配，称为六官。秋天肃杀

万物,所以司寇为秋官,执掌刑法,称刑官。
[20] 有时:有固定时限。
[21] 渥:红润的脸色。
[22] 黟(yī):黑。
[23] 星星:鬓发花白的样子。
[24] 戕(qiāng)贼:残害。

【作者简介】

欧阳修(1007—1072年),字永叔,号醉翁,晚号六一居士,吉洲永丰人(今江西省永安市永丰县)。谥号文忠,世称欧阳文忠公。与韩愈、柳宗元、苏轼、苏洵、苏辙、王安石、曾巩被世人称为“唐宋散文八大家”。欧阳修是宋代文学史上开创一代文风的领袖人物,有《欧阳文忠公集》。

【赏析指要】

《秋声赋》通过多种手法来描绘无形的秋声,把秋天之变化万端的情状形象地呈现出来。文章起首,作者用风声、涛涌、金铁、行军等作比喻,从多方面、多角度,由小到大,由远及近的描绘了秋声状态,生动鲜明地体现了作者耳目中所感受到的秋声的个性特点,融入了作者的主观情感。

写与童子的对话别有情趣。作者对童子说:“此何声也?汝出视之。”童子曰:“星月皎洁,明河在天,四无人声,声在树间。”童子稚拙而若无其事的回答与作者“悚然而听之”形成鲜明对比,两人对秋声的不同感受相映成趣。接着作者从色、容、气、意四个方面描绘了秋天到来后山川寂寥、草木零落的萧条景象和肃杀之气。然后又从社会和自然两个方面,对秋声进行剖析和议论。从个人经验、情感出发,体验感悟自然与社会,发出“奈何以非金石之质,欲与草木而争荣?念谁为之戕贼,亦何恨乎秋声!”的感慨,含蓄点明人们之所以感到秋声的悲凉,实在是因为人事的处境和忧劳所致。

文章写景、抒情、叙事、议论融为一体,全篇语言流畅,声情并茂,是写景散文之佳作。

留侯论[1]

[宋]苏 轼

古之所谓豪杰之士者,必有过人之节[2]。人情有所不能忍者[3],匹夫见辱[4],拔剑而起,挺身而斗,此不足为勇也。天下有大勇者,卒然临之而不惊[5],无故加之而不怒。此其所挟持者[6]甚大,而其志甚远也。

夫子房受书于圯上之老人也[7],其事甚怪[8];然亦安知其非秦之世有隐君子者[9]出而试之?观其所以微见其意者[10],皆圣贤相与警戒之义;而世不察,以为鬼物[11],亦已过矣。且其意不在书[12]。

当韩之亡[13],秦之方盛也,以刀锯鼎镬[14]待天下之士。其平居[15]无罪夷灭者,不可胜数。虽有贲、育[16],无所复施。夫持法太急者[17],其锋[18]不可犯,而其势未可乘[19]。子房不忍忿忿之心[20],以匹夫之力而逞于一击之间[21];当此之时,子房之不死者,其间不能容发[22]，盖亦已危矣。

千金之子[23]，不死于盗贼，何者？其身之可爱，而盗贼之不足以死也[24]。子房以盖世之才，不为伊尹、太公之谋[25]，而特出于荆轲、聂政之计[26]，以侥幸于不死，此圯上老人所为深惜者也。是故倨傲鲜腆[27]而深折之。彼其能有所忍也，然后可以就大事，故曰：“孺子可教也[28]。”

楚庄王伐郑，郑伯肉袒牵羊以逆[29]；庄王曰：“其君能下人[30]，必能信用其民矣[31]。”遂舍之。勾践[32]之困于会稽，而归臣妾于吴者[33]，三年而不倦。且夫有报人之志，而不能下人者，是匹夫之刚也。夫老人者，以为子房才有余，而忧其度量之不足，故深折其少年刚锐之气，使之忍小忿而就大谋。何则？非有生平之素[34]，卒然相遇于草野之间，而命以仆妾之役[35]，油然而不怪者[36]，此固秦皇之所不能惊[37]，而项籍之所不能怒也。

观夫高祖之所以胜，而项籍之所以败者，在能忍与不能忍之间而已矣。项籍唯不能忍，是以百战百胜而轻用其锋；高祖忍之，养其全锋而待其敝，此子房教之也。当淮阴[38]破齐而欲自王，高祖发怒，见于词色[39]。由此观之，犹有刚强不忍之气，非子房其谁全之？

太史公疑子房以为魁梧奇伟[40]，而其状貌乃如妇人女子，不称[41]其志气。呜呼！此其所以为子房欤！

（选自中国古典文学基本丛书《苏轼文集》，中华书局，2008年版）

【注释】

[1] 留侯即张良，字子房，他是“汉初三杰”之一，辅佐刘邦定天下，封为留侯。
[2] 节：操守。
[3] 人情有所不能忍者：常人在情感上总有不能忍耐的时候。
[4] 匹夫见辱：指普通人被侮辱。见，表被动。
[5] 卒：同“猝”。突然，仓猝。指侮辱突然加到头上而不惊惧。
[6] 挟持者：指怀抱的理想。
[7] 圯(yí)：桥。
[8] 其事：这件事。
[9] 隐君子：隐居逃避尘世的高人。
[10] 微见其义：隐约地显示他的意图。见，显现。
[11] 鬼物：老人在给张良兵书以后，告诉张良，13年后到济北谷城山下见到一块黄石，那就是他。13年后张良果然在此处见到一块黄石。
[12] 不在书：不在于以书授张良。
[13] 韩之亡：公元前230年，韩国在六国中最先被秦所灭。
[14] 刀锯鼎镬：四者皆古代刑具，借指酷刑。
[15] 平居：平日。
[16] 贲、育：孟贲、夏育，两人都是战国时著名勇士。
[17] 持法太急者：指秦王朝。急，严峻。
[18] 锋芒：指锐气。
[19] 其势未可乘：那形势有利于秦，还未可乘之机。

［20］忿忿：愤怒不平。
［21］以匹夫之力而逞于一击之间：逞，快意。一击，指张良指使力士行刺秦始皇的事。《史记·留侯世家》："秦皇帝东游，良与客狙击秦始皇博浪沙中，误中副车。秦皇帝大怒，大索天下，求贼甚急，为张良故也。良乃更名姓，亡匿下邳。"此语即说张良暗杀秦始皇的事。
［22］其间不能容发：中间没有一根头发的缝隙。意思是相距甚小。
［23］千金之子：指富贵人家的子弟。
［24］而盗贼之不足以死也：这句意思是说，自己的生命应该珍惜，不值得为盗贼去死。
［25］伊尹、太公之谋：安邦治国的谋略。伊尹，商之贤相。太公，名姜尚，辅佐武王伐纣。
［26］特出于荆轲、聂政之计：特，只是。荆轲聂政之计，指行刺的下策。
［27］倨傲鲜腆：傲慢，说话没礼貌。鲜，少。
［28］孺子：泛指年幼者，这里指张良。
［29］楚庄王伐郑，郑伯肉袒牵羊以逆：《左传·宣公十二年》载，公元前597年楚庄王率领军队围攻郑国三月，破城而入，郑伯投降。肉袒，裸露上身。逆，迎。肉袒牵羊，表示自己以臣仆的身份。
［30］下人：对人卑下、恭谦。
［31］信用其民：被他的百姓信任，从而统治他的百姓。
［32］勾践：春秋末年越国国君，曾被吴国打败，屈辱求和，卧薪尝胆，终于灭了吴国。
［33］归臣妾于吴：投降吴国做其仆妾。臣，男奴隶。妾，女奴。
［34］生平之素：平生的交情。
［35］仆妾之役：仆妾所做的事，这里指张良为老人取鞋、穿鞋。
［36］油然不怪者：感到自然的样子，不以为怪。
［37］惊：使之惊，使动用法。
［38］淮阴：指淮阴侯韩信。
［39］词色：言辞脸色。据《史记·淮阴侯列传》记载，汉四年，韩信打败齐王田广，要求立为代理齐王。当时，刘邦正被项羽困在荥阳，得此信后破口大骂。张良、陈平踩刘邦的脚，并对刘邦耳语，如果禁止韩信为王，要生变故。刘邦醒悟，立即派张良封韩信为王。
［40］太史公：司马迁。《史记》在每篇纪传之后，都有"太史公"一段文字，是司马迁评论总结或补充的话。《史记·留侯世家》："太史公曰：余以为其人魁梧奇伟，至见其图，状貌如妇人好女。"
［41］称：相称。

【作者简介】

苏轼（1037—1101年），字子瞻，号东坡居士，四川眉山人。他与父亲苏洵、弟弟苏辙，同为北宋著名的文学家，称为"三苏"，被后人列入"唐宋八大家"。苏轼是宋代文艺创作成就最为全面的一位作家。他的散文汪洋恣肆，明白畅达，见解深刻，论证精辟；诗歌清新豪健，自成一家；词开豪放一派，与辛弃疾并称"苏辛"；在书法、绘画等方面也有很高的造诣。作品集有后人校注的《苏轼文集》《苏轼诗集》等多种版本。

【赏析指要】

这篇散文是苏轼早年所作，字里行间洋溢着作者的博闻才识和独具匠心。据《史记·留侯世家》记载，张良年轻时行刺秦始皇未果，亡匿下邳。一次在桥上遇到一位老人，老人故意将鞋掉在桥下，要张良为他取来穿上。张良照办，老人说"孺子可教也"。并约定五日后与他相见。张良两次前往，老人都嫌他来得太晚。第三次张良半夜就去，老人高兴地授予他一本兵书。张良熟读此书，后来帮刘邦成就了帝业。在这篇史论中，苏轼灵活地运用史料，提出完全不同的见解，认为圯上老人是为了教会张良隐忍，阐发"忍小忿而就大谋"的观点。作者广征史实，不仅引用了郑伯肉袒迎楚，勾践卧薪尝胆等善于隐忍的正面典型，而且引项羽、刘邦等不善于隐忍的反面典型，从正反两方面加以论证发挥。

诗有诗眼，文也有文眼。这篇文章开宗明义即亮出了"文眼"："天下有大勇者，卒然临之而不惊，无故加之而不怒，此其所挟持者甚大，而其志甚远也。"这句话凝结了青年苏轼对世事人生波折的经验，有意无意之中为以后的奋斗撰写了座右铭。

项脊轩志[1]

[明]归有光

项脊轩，旧[2]南阁子也。室仅方丈，可容一人居。百年老屋，尘泥渗漉，雨泽下注[3]；每移案，顾视无可置者[4]。又北向[5]，不能得日[6]，日过午已昏。余稍为修葺，使不上漏。前辟四窗，垣墙周庭，以当南日，日影反照，室始洞然[7]。又杂植兰桂竹木于庭，旧时栏楯[8]，亦遂增胜[9]。借书满架，偃仰[10]啸歌[11]，冥然兀坐[12]，万籁有声；而庭堦寂寂，小鸟时来啄食，人至不去。三五之夜[13]，明月半墙，桂影斑驳，风移影动，珊珊[14]可爱。

然余居于此，多可喜，亦多可悲。先是[15]庭中通南北为一。迨诸父异爨[16]，内外多置小门，墙往往而是[17]。东犬西吠[18]，客逾庖而宴[19]，鸡栖于厅。庭中始为篱，已为墙，凡再变矣。家有老妪，尝居于此。妪，先大母[20]婢也，乳二世[21]，先妣抚之甚厚[22]。室西连于中闺[23]，先妣尝一至。妪每谓余曰："某所，而母立于兹[24]。"妪又曰："汝姊在吾怀，呱呱而泣；娘以指叩门扉曰：'儿寒乎？欲食乎？'吾从板外相为应答。"语未毕，余泣，妪亦泣。余自束发，读书轩中，一日，大母过[25]余曰："吾儿，久不见若影，何竟日默默在此，大类[26]女郎也？"比[27]去，以手阖[28]门，自语曰："吾家读书久不效[29]，儿之成，则可待乎！"顷之，持一象笏至，曰："此吾祖太常公宣德间执此以朝[30]，他日汝当用之！"瞻顾遗迹[31]，如在昨日，令人长号不自禁。

轩东，故尝为厨，人往，从轩前过。余扃牖[32]而居，久之，能以足音辨人。轩凡四遭火，得不焚，殆[33]有神护者……

余既为此志[34]。后五年，吾妻来归[35]，时至轩中，从余问古事，或凭几学书。吾妻归宁[36]，述诸小妹语曰："闻姊家有阁子，且何谓阁子也？"其后六年，吾妻死，室坏不修。其后二年，余久卧病无聊，乃使人复葺南阁子，其制[37]稍异于前。然自后余多在外，不常居。

庭有枇杷树，吾妻死之年所手植也，今已亭亭如盖矣。

（选自震川文集（卷十七）[M].上海：上海古籍出版社，1981.）

【注释】

[1] 项脊轩,归有光的书斋名。志,名词,就是"记"的意思。
[2] 旧:旧日的,原来的。
[3] 尘泥渗(shèn)漉(lù),雨泽下注:(屋顶墙头上的)泥土漏下,雨水往下倾泻。渗漉,从小孔慢慢漏下。
[4] 顾视:环看四周。顾,环视也。案,几案,桌子。
[5] 北向:向,朝着,方位向北。
[6] 不能得日:得日,照到阳光。
[7] 洞然:明亮的样子。
[8] 栏楯(shǔn):栏杆。纵的叫栏,横的叫楯。
[9] 增胜:增添了光彩。胜,美景。
[10] 偃仰:偃,伏下。仰,仰起。偃仰,指起坐安居。
[11] 啸歌:长啸或吟唱。这里指吟咏诗文,豪放自若。啸,口里发出长而清越的声音。
[12] 冥然兀坐:静静地独自端坐着。兀坐,端坐。
[13] 三五之夜:农历每月十五的夜晚。
[14] 珊珊:衣裾玉佩的声音,引申为美好的样子。
[15] 先是:从前。
[16] 迨(dài)诸父异爨(cuàn):等到伯、叔们分了家。迨,及,等到。诸父,伯父、叔父的统称。异爨,分灶做饭,意思是分了家。
[17] 往往而是:到处都是。
[18] 东犬西吠:东边的狗对着西边叫。意思是分家后,狗把原住同一庭院的人当陌生人。
[19] 逾庖而宴:越过厨房而去吃饭。庖,厨房。
[20] 先大母:去世的祖母。下文的"先妣",指去世的母亲。
[21] 乳二世:给两代人喂过奶。
[22] 抚之甚厚:对待她很优厚。
[23] 中闺:内室。
[24] 立于兹:站在这儿。
[25] 大母过余曰:祖母到我这里来,意思是来看我。
[26] 大类:很像。类,像。
[27] 比去:等到离去。
[28] 阖(hé):关闭。
[29] 久不效:长久没有效果,指科考上没有成就。
[30] 此吾祖太常公宣德间执此以朝:这是我的祖父太常公宣德年间拿着去上朝用的。公,对长者敬称。
[31] 瞻顾遗迹:回忆旧日事物。瞻,向前看。顾,向后看。瞻顾,泛指看,有瞻仰、回忆的意思。
[32] 余扃(jiōng)牖(yǒu)而居:关着窗户。扃,(从内)关闭。牖,窗户。

[33] 殆：恐怕，大概，表示揣测的语气。
[34] 余既为此志：我已经做了这篇志。此志，指这句以上的文字，从这句以下是后来补写的。
[35] 吾妻来归：我妻子嫁到我家来。归，古代女子出嫁。
[36] 归宁：回娘家。
[37] 制：指建造的格式和样子。

【作者简介】

归有光（1506—1571 年），字熙甫，别号震川，自号项脊生，明代散文家。是“唐宋八大家”与清代“桐城派”之间的桥梁，与王慎中、唐顺之、茅坤并称为“唐宋派”。文风朴实自然，浑然天成。有《震川先生集》。

【赏析指要】

《项脊轩志》是一篇出色的抒情散文。作者借一轩以记三代之遗迹，睹物怀人，悼亡念存，叙事娓娓而谈，用笔清淡简洁，表达了深厚的感情。

纵观全文，以项脊轩起，以项脊轩作结，用一间旧屋作线索，将人物、事件联系在一起。虽然全文所写的都是日常生活小事，追念的亲人又包括祖母、母亲和妻子三代人，但读起来却没有一点散漫琐碎的感觉，反而显得非常凝练和集中。

在结构上，文章先写轩的狭小、破漏与昏暗；继而写经过修葺之后的优美、宁静与恬适。“多可喜，亦多可悲”几个字，承上启下，思路陡转。“喜”字照应上文，但“悲”从何而来？一是大家庭的分崩离析带来的哀痛，二是由追忆母亲对子女无微不至的关怀勾起的怀念，三是由祖母对作者的牵挂、赞许和期盼勾起的怀才不遇、功名未成的悲凉心情。最后两节，补记亡妻在轩中的生活片段和轩的变迁，抒发了作者怀念妻子的真挚情意。平淡的文字，唱出了深沉的人生哀歌。

文章善于从日常生活中选取那些感受最深的细节和场面，表现人物的风貌，寄托内心的感情。如写修葺后的南阁子，图书满架，小鸟时来，明月半墙，桂影斑驳，把作者的偃仰啸歌、怡然自得的情绪充分表现了出来。作者写祖母、写母亲、写妻子，只是通过一两件和她们有关联的事来叙述。笔墨不多，事情不大，只留下人物的一些身影，但人物的音容笑貌跃然纸上。

文章运用明净、流畅的语言，平平常常地叙事，老老实实地回忆，通俗自然之中蕴含着丰富的表现力，浅显明白的文字却能使景物如画，人物毕肖。含而不露，情真动人。

【讨论探究】

1. 阅读下面文字。

（1）太史公曰：吾闻之周生曰“舜目盖重瞳子”，又闻项羽亦重瞳子。羽岂其苗裔邪？何兴之暴也！夫秦失其政，陈涉首难，豪杰蜂起，相与并争，不可胜数。然羽非有尺寸，乘势起陇亩之中，三年，遂将五诸侯灭秦，分裂天下，而封王侯，政由羽出，号为“霸王”，位虽不终，近古以来未尝有也。及羽背关怀楚，放逐义帝而自立，怨王侯叛己，难矣。自矜功伐，奋其私智而不师古，谓霸王之业，欲以力征经营天下，五年卒亡其国，身死东城，尚不觉寤而不自责，过矣。乃引"天亡我，非用兵之罪也"，岂不谬哉！《史记·项羽本纪》

(2)刘邦对项羽的评价：夫运筹帷账之中，决胜千里之外，吾不如子房(即张良)。镇国家，抚百姓，给馈饷，不绝粮道，吾不如萧何。连百万之军，战必胜，攻必取，吾不如韩信。此三者，皆人杰也，吾能用之，此吾所以取天下也。项羽有一范增而不能用，此其所以为我擒也。《史记·高祖本纪》

(3)夏日绝句(李清照)："生当作人杰，死亦为鬼雄。至今思项羽，不肯过江东。"

(4)题乌江亭(杜牧)："胜败兵家事不期，包羞忍耻是男儿。江东子弟多才俊，卷土重来未可知。"

(5)乌江亭(王安石)："百战疲劳壮士哀，中原一败势难回。江东子弟今虽在，肯与君王卷土来？"

(1)说说这些诗文是针对项羽的哪些故事发议论的？前人们如何评价项羽这个悲剧英雄？

(2)试对刘邦、项羽的性格特点作简要分析，说说刘邦在"鸿门宴"中为什么能够死里逃生？关于刘邦、项羽的故事，还读过哪些，和大家讲一讲，评一评。

2.《祭十二郎文》第五段，用了三个"邪"字，三个"乎"字，四个"也"字，五个"矣"字，揣摩它们的用法，说说它们在表达思想感情上的作用。

3.解牛是一个腥杀而不易的劳动过程。在庄子笔下，却演变成了节奏铿锵姿势优美的音乐舞蹈艺术。反复朗读第一段，揣摩那些精彩的动作描写，想一想，庖丁解牛以至于"合于《桑林》之舞，乃中《经首》之会"的境界，仅仅是因为技艺娴熟吗？

4."读书百遍，其义自见"，认真诵读，反复诵读，是理解古文的门径。请你选择一篇文章，反复揣摩，力求准确把握文章气韵。再选一段音乐，来个配乐朗诵。建议大家都动作起来，组织一次古文诵读比赛。

【拓展阅读】

1.课下阅读《史记·项羽本纪》，对项羽这样一位悲剧英雄作一些评点。

2.阅读《史记·留侯世家》，在关于张良得到"圯上老人授书"的情节中，苏轼是如何灵活地运用史料，分析张良的成功在于"能忍与不能忍之间"？司马迁的看法和苏轼一致吗？

3.《祭十二郎文》与李密的《陈情表》都是以情动人的名篇，读它们让我们无不为作者的至诚至情而感动流泪。课外读一读《陈情表》，感受前人对待养育之恩、亲情孝道的情怀态度。

4.推荐阅读林语堂所著《苏东坡传》。

第四节 现代散文鉴赏

翡冷翠山居闲话[1]

徐志摩

在这里出门散步去，上山或是下山，在一个晴好的五月的向晚，正像是去赴一个美的宴会。比如去一果子园，那边每株树上都是满挂着诗情最秀逸的果实，假如你单是站着看还不满意时，只要你一伸手就可以采取，可以恣尝鲜味，足够你性灵的迷醉。阳光正好暖和，决不过暖；风息是温驯的，而且往往因为他是从繁花的山林里吹度过来他带来一股幽远的淡香，连着一息滋润的水气，摩挲着你的颜面，轻绕着你的肩腰，就这单纯的呼吸已是无穷的愉快；空气总是明净的，近谷内不生烟，远山上不起霭，那美秀风景的全部正像画片似的展露在你的眼前，供你闲暇的鉴赏。

作客山中的妙处，尤在你永不须踌躇你的服色与体态；你不妨摇曳着一头的蓬草，不妨纵容你满腮的苔藓；你爱穿什么就穿什么；扮一个牧童，扮一个渔翁，装一个农夫，装一个走江湖的桀卜闪[2]，装一个猎户；你再不必提心整理你的领结，你尽可以不用领结，给你的颈根与胸膛一半日的自由，你可以拿一条这边艳色的长巾包在你的头上，学一个太平军的头目，或是拜伦那埃及装的姿态；但最要紧的是穿上你最旧的旧鞋，别管他模样不佳，他们是顶可爱的好友，他们承着你的体重却不叫你记起你还有一双脚在你的底下。

这样的玩顶好是不要约伴，我竟想严格的取缔，只许你独身；因为有了伴多少总得叫你分心，尤其是年轻的女伴，那是最危险最专制不过的旅伴，你应得躲避她像你躲避青草里一条美丽的花蛇！平常我们从自己家里走到朋友的家里，或是我们执事的地方，那无非是在同一个大牢里从一间狱室移到另一间狱室去，拘束永远跟着我们，自由永远寻不到我们；但在这春夏间美秀的山中或乡间你要是有机会独身闲逛时，那才是你福星高照的时候，那才是你实际领受，亲口尝味，自由与自在的时候，那才是你肉体与灵魂行动一致的时候；朋友们，我们多长一岁年纪往往只是加重我们头上的枷，加紧我们脚胫上的链，我们见小孩子在草里在沙堆里在浅水里打滚作乐，或是看见小猫追他自己的尾巴，何尝没有羡慕的时候，但我们的枷，我们的链永远是制定我们行动的上司！所以只有你单身奔赴大自然的怀抱时，像一个裸体的小孩扑入他母亲的怀抱时，你才知道灵魂的愉快是怎样的，单是活着的快乐是怎样的，单就呼吸单就走道单就张眼看耸耳听的幸福是怎样的。因此你得严格的为己，极端的自私，只许你，体魄与性灵，与自然同在一个脉搏里跳动，同在一个音波里起伏，同在一个神奇的宇宙里自得。我们浑朴的天真像含羞草似的娇柔，一经同伴的抵触，他就卷了起来，但在澄静的日光下，和风中，他的姿态是自然的，他的生活是无阻碍的。

你一个人漫游的时候，你就会在青草里坐地仰卧，甚至有时打滚，因为草的和暖的颜色自然的唤起你童稚的活泼；在静僻的道上你就会不自主的狂舞，看着你自己的身影幻出种种诡异的变相，因为道旁树木的阴影在他们纡徐的婆娑里暗示你舞蹈的快乐；你也会得信口的歌唱，偶尔记起断片的音调，与你自己随口的小曲，因为树林中的莺燕告诉你春光是应得赞美的；更不必说你的胸襟自然会跟着曼长的山径开拓，你的心地会看着澄蓝的天空静定，你的思想和着山壑间的水声，山罅里的泉响，有时一澄到底的清澈，有时激起成章的波动，流，流，流入凉爽的橄榄林中，流入妩媚的阿诺河[3]去……并且你不但不须应伴，每逢这样的游行，你也不必带书。书是理想的伴侣，但你应得带书，是在火车上，在你住处的客室里，不是在你独身漫步的时候。什么伟大的深沉的鼓舞的清明的优美的思想的根源不是可以在风籁中，云彩里，山势与地形的起伏里，花草的颜色与香息里寻得？自然是最伟大的一部书，葛德[4]说，在他每一页的字句里我们读得最深奥的消息。并且这书上的文字是人人懂得的；阿尔帕斯[5]与五老峰，雪西里[6]与普陀山，来因河[7]与扬子江，梨梦湖[8]与西子湖，建兰与琼花，杭州西溪的芦雪与威尼市[9]夕照的红潮，百灵与夜莺，更不提一般黄的黄麦，一般紫的紫藤，一般青的青草同在大地上生长，同在和风中波动——他们应用的符号是永远一致的，他们的意义是永远明显的，只要你自己心灵上不长疮瘢，眼不盲，耳不塞，这无形迹的最高等教育便永远是你的名分，这不取费的最珍贵的补剂便永远供你的受用；只要你认识了这一部书，你在这世界上寂寞时便不寂寞，穷困时不穷困，苦恼时有安慰，挫折时有鼓励，软弱时有督责，迷失时有南针[10]。

十四年七月[11]

（选自中国现代散文名家名篇赏读[M]．孙光萱，选编．上海：上海教育出版社，2001．）

【注释】

[1] 翡冷翠：通译佛罗伦萨，意大利中部城市，文艺复兴时期欧洲最著名的艺术中心。

[2] 桀卜闪：通译吉卜赛人，以过游荡生活为特点的一个民族。原居印度西北部，公元十世纪前后开始到处流浪，几乎遍布全球。

[3] 阿诺河：流经佛罗伦萨的一条河流。

[4] 葛德：通译歌德，德国诗人。

[5] 阿尔帕斯：通译阿尔卑斯，欧洲南部的山脉，有多处景色迷人的山口，为著名旅游胜地。

[6] 雪西里：通译西西里，地中海最大的岛屿，属意大利。

[7] 来因河：通译莱茵河，欧洲的一条大河，源出瑞士境内的阿尔卑斯山，流经列支士登、奥地利、法国、西德、荷兰等国，注入北海。

[8] 梨梦湖：通译莱蒙湖，也即日内瓦湖，在瑞士西南与法国东部边境，是著名的风景区和疗养地。

[9] 威尼市：通译威尼斯，意大利东北部城市。

[10] 南针：即指南针。

[11] 十四年七月：是指“中华民国”十四年七月，即从1911年算起，写此文时间当是1925年7月。

【作者简介】

徐志摩（1897—1931年），现代诗人、散文家，浙江海宁人。1921年赴英国留学，研究政治经济学。在剑桥两年深受西方教育的熏陶及欧美浪漫主义和唯美派诗人的影响，开始创作新诗。1923年，参与发起成立新月社，加入文学研究会。先后在北京大学、上海光华大学和南京中央大学任教。创办了《新月》《诗刊》季刊等刊物。1931年11月19日因飞机失事身亡。作品编为《徐志摩文集》出版。

【赏析指要】

在徐志摩短暂的一生中，爱、自由、美始终是他追求的理想。他做诗文、做学问、做人，他的志趣、爱情、婚姻，无不贯彻了他的理想。早年他赴美留学，学习金融与社会学；为了追随大哲学家罗素研读哲学，毫不犹豫地放弃即将到手的博士学位，奔赴英国剑桥大学学习；他放弃了和张幼仪的婚姻，不顾种种阻挠和非议，选择了陆小曼；他提倡白话文写白话诗，成为“新月社”最重要的作家。胡适在他死后纪念他的文章《追悼志摩》中说：“他的人生观真是一种‘单纯信仰’，这里面只有三个大字，一个是爱，一个是自由，一个是美。他梦想这三个理想的条件能够会合在一个人生里，这就是他的‘单纯信仰’。他这一生的历史，只是他追求这个单纯信仰的实现的历史。”徐志摩的诗作真实地表现了他的思想和人生信念。

本文题目是有关翡冷翠所写的一种闲话，一种漫谈式的随笔，实际上更是一篇关于自由的颂歌。

第二、三、四自然段描述人生的洒脱自由。先说遨游山中的不受服饰拘束，不须踌躇自己的服色和体态：不须修饰胡发，不须着意衣衫，不须整理领结，不须在意旧鞋模样，一切随心所欲，任凭自然，轻松愉快！再说遨游山中无须他人管辖：只身前往，不约旅伴，不带女友，不戴“枷链”，以童心亲近自然，以性灵品味风光。只有这样，你才能像一个裸体的小孩扑入母亲的怀抱，享受到灵魂的愉悦。散文一至四自然段侧重说“形”不必受到任何约束，第五自然段则侧重说“灵”也不必受到任何羁绊：遨游山中不必带书，因为“自然是最伟大的一部书”，“在他每一页的字句里”，都可以使我们“读得最深奥的信息”。我们只需耳聪目明，性灵健全，就可以永远地享用这世界上最大的一部书——自然——带给我们的无限风光。

作者就是这样层层递进地描写了自然、纯真、质朴的美，表达了自己热爱自然、崇尚自由、挥洒性灵的心声。

【辑评】

《翡冷翠山居闲话》是徐志摩1925年在风景优美的意大利名城翡冷翠（今译“佛罗伦萨”）时所写下的一篇脍炙人口的抒情散文。

这篇山居之作被称作“闲话”是很贴切的。作者既没有记山居时的生活，也没有具体描绘山中绮丽的风光，而是从眼前的景物荡发开去，着重内心情怀的抒发，通过冥想的途径反映个人的情志。

文章开头写风和日丽之日出门散步“像是去赴一个美的宴会，像是去一果子园”，两个比喻，作者喜悦之情跃然纸上。在这里“上山或是下山”，足够你“性灵的迷醉”，一下就点到了“山居之妙”。

接着用一串假设的句式，具体描绘山居时的服色、体态、穿着、打扮的自由自在无拘无束，毫不掩饰独行山中时的超脱舒畅之情。然后从不同的角度用华丽铺张的语言，表达“山居”的妙处和乐趣:你一个人单独漫游时,你可以在青草地上“坐地,仰卧”,甚至可以“打滚”,“因为草的和暖的颜色自然的唤起你童稚的活泼”;你可以在僻静的路上“狂舞”,因为道旁树木的阴影在他们纡徐的婆娑里暗示你舞蹈的快乐”;你也会信口“歌唱”,“因为树林中的莺燕告诉你春光是应得赞美的”;“更不必说你的胸襟自然会跟着曼长的山径开拓,你的心地会看着澄蓝的天空静定,你的思想和着山壑间的水声,山罅里的泉响,有时一澄到底的清澈;有时激起成章的波动。流,流,流入凉爽的橄榄林中,流入妩媚的阿诺河去……”

作者厌恶现代文明,他认为文明窒息了人的性灵,影响了人的自由。他的这种返璞归真的欲望,到了大自然里便得到极大的满足。中间一段文字,对于自我感受写得更为酣畅淋漓。“只有你单身奔赴大自然的怀抱时,像一个裸体的小孩扑入他母亲的怀抱时,你才知道灵魂的愉快是怎样的,单是活着的快乐是怎样的,单就呼吸单就走道单就张眼看耸耳听的幸福是怎样的。”作者将情化在描绘之中,柔美妩媚,给人以温柔的美感,使人心醉神迷。

作者曾一再说明自己“是个自然崇拜者”,因为大自然就是“最伟大的一部书”,认为伟大、深沉、优美的思想,都可以“在风籁中,云彩里,山势与地形的起伏里,花草的颜色与香息中寻得!”只要认识了这一部书,那么,在这世界上,“寂寞时便不寂寞,穷困时不穷困,苦恼时有安慰,挫折时有鼓励,软弱时有督责,迷失时有南针”。这就把大自然对人们灵魂的陶冶、安慰与鼓舞等作用提到一个哲理性的高度。全篇都围绕感受来写,以达到自我的实现。这就是作者这篇散文的成功之处,也是他超过别人的地方。

徐志摩是个重感情的人,这篇散文处处都注入了浓浓的情感,这就使作品染上了浓厚的感情色彩。此外,在《翡冷翠山居闲话》里,作者运用了比喻这一艺术手法。作品里随处都可看到新鲜巧妙而又耐人寻味的比喻。例如,形容当时现实生活的沉闷、黑暗和窒息,“是在同一个大牢里从一间狱室移到另一间狱室”,“多长一岁年纪往往只是加重我们头上的枷,加紧我们脚胫上的链”。形容人们单独奔赴大自然时就“像一个裸体的小孩扑入母亲的怀抱”。又用含羞草来比喻“我们浑朴的天真”,“一经同伴的抵触,他就卷了起来”。这些贴切的比喻,把抽象的问题具体化,把艰深的思想通俗化,把枯燥的事物形象化,用在散文里,增强了作品的艺术魅力。

徐志摩是以诗人的气质来写散文的,他的散文“是诗的一种形式”。《翡冷翠山居闲话》要表达“山居”的妙处,作者运用了轻盈的笔调,飘逸的文字,华丽的辞藻,铺张的描写,以及带点欧化的语言,酣畅淋漓地抒发自己真挚的情感,写得有声有色,风姿绰约。全篇到处都有排比、对偶的句子,通篇读来,使人觉得内藏着一种无形的韵律,虽无韵脚,但读起来却朗朗上口,具有一种诗的内蕴和气氛。

诗人的散文,毕竟与众不同。

(选自王纪人.中国现代散文欣赏辞典[M].上海:汉语大词典出版社,1990.)

动人的北平

林语堂

北平好像是一个魁梧的老人,具有一种老成的品格。一个城市与人相似,各有不同的品格,有的卑污狭隘,好奇多疑;有的宽怀大量,豪爽达观。北平是豪爽的,北平是宽大的。他包容着新旧两派,但他本身并不稍为之动摇。

穿高跟鞋的摩登女郎与着木屐的东北老妪并肩而行，北平却不理这回事。胡须苍白的画家，住在大学生公寓的对面，北平也不理这回事。新式汽车与洋车、驴车媲美，北平也不理这回事。

在高耸的北京饭店后面，一条小路上的人过着一千年来未变的生活，谁去理那回事？离协和医院一箭之地，有些旧式的古玩铺，古玩商人抽着水烟袋，仍然沿用旧法去营业，谁去理那回事？穿衣尽可随便，吃饭任择餐馆，随意乐其所好，畅情欣赏美山——谁来理你？

北平又像是一株古木老树，根脉深入地中，藉之得畅茂。在他的树荫下与枝躯上寄生的，有数百万的昆虫。这些昆虫如何能知道树的大小，如何生长根，在地下有多少深，还有在别枝上寄生的是什么昆虫？一个北平居民如何能形容老大的北平呢？

一个人总觉得他不了解北平。在那里已经住了十年以后，你偶然会在小路上发现一个驼背的老人，后悔没有早日遇见他；或是一个可爱的老画家，露着大肚子坐在槐树下的竹椅上用芭蕉扇摇风乘凉梦想他过去的日子；或是一个踢毽子的老人，他能把毽子放在头顶上一点一点的移动着，然后由背后掉下来时，平落在他的鞋底；或是一个刀手；或是一个儿童戏剧学校的太太；或是一个人力车夫变成满洲国的高贵人；或是一个前朝的县太爷。一个人怎敢说他了解北平呢？

北平是一个“珠玉之城”，一个人眼从未见过的珠玉之城。它是具有紫金的御色屋顶，以及宫殿庭园楼榭的珠玉之城。它为珠玉结成的古城，它有紫色的“西山”，青带似的“玉泉”，“中央公园”垂老的杉树，以及“天坛”“先农坛”。城内有九个公园，三个御湖，名为中南北“三海”，现在任人游览。并且北平有蓝天洁月，雨夏凉秋，与高爽的冬日气候。

北平像是一个国王的梦境，它有宫殿、御园、百尺宽的大道、艺术博物院、专校、大学、医院、庙塔、艺商，与旧书摊林立的街道。北平像是一个饮食专家的乐园。它有数百年的饭馆，招牌被烟熏得破旧不堪，还有肩上搭着毛巾的光头堂倌，他们的招待是十足和蔼的，因为他们在满清政府服侍过高官大吏，曾受了传统的特别训练。北平是贫富共居的地方，每个邻近的铺号都许一个贫老的记账取货，街上贩卖的东西很便宜。你可以留连在那里的一个茶馆里，一整个下午不走。北平是采购者的天堂，广有中国古代的手艺品、书籍、图画、古玩、玉石、珐琅[1]镶嵌、灯笼之类。那是一个到处能买货的地方，商贩也会带着货物走上门来；在清晨，门外路上货贩众多，叫卖声形成极美妙的调门儿。

北平是清静的，它是一个住家的城市，每家都有一个院落，每院都有一个金鱼缸和一株梧桐或石榴树；那里的果蔬新鲜，桃就是桃，柿就是柿。他是一个理想的城市，每个人都有呼吸之地；农村幽静与城市舒适媲美。那里的街道排列恰当，清晨在花园中拔白菜的时候，抬头可以看到西山的雄姿——然而距离一家大百货商店，只有一箭之地。

北平有多样性——多样的人。他有法律与触犯法律的人，守法的警察与作奸犯科的警察，盗贼与保护盗贼的人，乞丐与乞丐之王。它有圣贤、罪人、回教徒、除妖的藏人、算命、拳手、和尚、妓女、中国与俄国的职业舞女、日本和朝鲜的走私者、画家、哲学家、诗人、收藏家、青年大学生、影迷。它有卑鄙的政客、年老息影的县官、新生活运动者、现充女佣的前清官吏的太太。

北平有五颜六色旧的与新的色彩。他有皇朝的色彩，古代历史的色彩，蒙古草原的色彩。驼商自张家口与南口来到北平，走进古代的城门。他有高大的城墙，城门顶上宽至四五十公尺。他有城楼与齐楼，他有庙宇、古老花园、寺塔：每一块石头，每一棵树木，以及每一座桥梁，都具有历史典故。

使北平成为理想的居住城市的缘由，可列举下列三点来加以说明：

北京城虽始建于十二世纪，但它现在的式样是明朝永乐皇帝在十五世纪初建造的（永乐皇帝也重建过长城），因之富有皇室的华贵。有一个南城，稍小于北城，自南城最南的门内向，有一条绵延五英里的中轴，它穿经依次相连的每一道城门，直抵皇宫正殿。

紫禁城位于北城的中心，周围绕有城壕与金色瓦顶的墙垣，背后是煤山，山上共有五座亭台，顶上盖有灿烂彩色的瓦。由煤山可以看到那条中轴，附近还有鼓楼。三海位于紫禁城的西面与西南面，那里是皇室的画舫遨游之地。

与中轴平行的是两条康庄的大道，在东城是哈德门大街，在西城是宣武门大街，每条大街宽约六十英尺，在紫禁城前连接两街东西直通的大道，是宽逾百尺的天安门大街，在外城南门附近，位于中轴东西两端的，是天坛与先农坛。那里是皇帝祈年风调雨顺之处。

因为中国人对建筑美的观念，须兼顾雅适而不仅在高伟，宫殿屋顶所以都属于平阔一类的，也因为皇帝之外，无人许住楼房，所以到处都显得极其宽阔。

因是使北平显得如此舒适可爱的，成为居民的生活方式。居住在繁华街衢附近的人，也都能安详生活。那里的生活程度很低，生活也颇富意味。政府官员与阔人可以聚餐于大饭馆，而洋车夫用一个铜板，也可以买到油盐酱醋，不论在什么地方，附近总会有一个杂货店与茶馆的。

那儿很自由，去追求你的学问、娱乐、嗜好，或者去赌博和搞政治。没有人理会你穿什么衣服，做什么事。这就是北平的兼容并包之处，你可以和贤人与恶人往来，和学者与赌徒往来，或者和画家往来。如果你景仰皇帝，可以到禁宫周围散步，幻想你自己也是一个皇帝。

如果你要是有闲，你可以在城内的九个公园中，任意游逛，坐在竹椅上或是杉树下的藤椅上，整一下午喝你的茶；所费不过是两角五分。那些茶役常是和蔼客气。或者在夏天的下午，你可以去游什刹海（湖），或者你可以出西直门去游览颐和园。

北平城外大都是村庄麦田，到处可见裸体的儿童，他们在路边嬉戏时，常向行人讨钱。你可以和他们交谈，或者闭目装睡，不理他们。你或者可以去圆明园找意大利宫殿的古迹，它是被八国联军强劫烧毁的。

在路过颐和园的途中，你可以在那里留连一整天的时光。沿途经过许多美丽的景象，玉泉山的大理石塔便在望了，在那里你可以留连一个下午，面前就是西山，景色迷人，可以数月忘返。

但是北平最迷人的，是住在那里的常人，他们不是圣贤和教授，而是人力车夫。从西城到颐和园洋车费一元左右，你或者以为这是很便宜的。这的确是便宜，而车夫却欣然收之。看着车夫们沿途互相取乐，笑论别人的不幸遭遇，你会有莫名其妙之感。

在晚上返家的途中，你也许会遇到一个褴褛的老年人力车夫。他向你讲述他的遭遇时，口吻诙谐清雅。如果你以为他年纪过老，想要下车步行时，他一定要强拉你回家。但是如果你突然跳了下来，然后把车钱照付，他向你表示的那种竭诚感激，是你有生以来从未见过的。

（选自中华散文珍藏本·林语堂卷[M].北京：人民文学出版社，2000.）

【注释】

［1］珐琅(fà láng)：用硼砂、玻璃粉、石英等加铅、锡的氧化物烧制成的像釉的物质，一般的证章、像章多为珐琅制品。

【作者简介】

林语堂(1895—1976 年)，中国现代著名学者、文学家、语言学家。福建龙溪人。早年留学国外，获美国哈佛大学文学硕士，德国莱比锡大学语言学博士，曾任北京大学英文系主任、厦门大学文学院院长等。林语堂既有扎实的中国古典文学功底，又有很高的英文造诣，他一生笔耕不辍，著作等身，代表作品有《京华烟云》《吾国与吾民》《生活的艺术》《老子的智慧》等。

【赏析指要】

林语堂笔下的北平，既是一座历史悠久、文化底蕴深厚的古都，又是一座包旧纳新、欣欣向荣的现代都市。

文章采取一种全景式的描写角度，意在写尽故都北平的全貌，各种景象、各色人等尽收眼底。不过文章又避免了粗线条的抽象勾勒，而是采取类似中国传统绘画的散点透视，即把一个个具体而微的小景小物尽情地描绘出来。从一个个局部看，是微观的，但合在一起就是整体描绘。所以全文的描写所取角度是总与分的结合、大与小的结合、粗与精的结合。

“北平又像是一株古木老树，根脉深入地中，藉之得畅茂。”“北平是采购者的天堂”，“北平有多样性——多样的人。”这些句子，写出了北平的宏阔与丰富，娓娓道来，如数家珍。过去的老北平，现在已经发展为现代化的大都市，对此你有怎样的感想？

在过去那个年代，不少作家写了表现故都北平的散文，郁达夫写了《故都的秋》，老舍写了《想北平》，他们在文中也同样表达了平民意识、平民倾向。所不同的是，郁达夫、老舍眼旦只有平民形象和平民生活，而林语堂眼光更加全面一些，看到的是北平的整体形象、整体生活。有兴趣的话找来读读，作一些简单的对比。

春末闲谈

鲁　迅

北京正是春末，也许我过于性急之故罢，觉着夏意了，于是突然记起故乡的细腰蜂[1]。那时候大约是盛夏，青蝇密集在凉棚索子上，铁黑色的细腰蜂就在桑树间或墙角的蛛网左近往来飞行，有时衔一支小青虫去了，有时拉一个蜘蛛。青虫或蜘蛛先是抵抗着不肯去，但终于乏力，被衔着腾空而去了，坐了飞机似的。

老前辈们开导我，那细腰蜂就是书上所说的果蠃，纯雌无雄，必须捉螟蛉[2]去做继子的。她将小青虫封在窠里，自己在外面日日夜夜敲打着，祝道“像我像我”，经过若干日——我记不清了，大约七七四十九日罢——那青虫也就成了细腰蜂了，所以《诗经》里说：“螟蛉有子，果蠃负之[3]。”螟蛉就是桑上小青虫。蜘蛛呢？他们没有提。我记得有几个考据家曾经立过异说，以为她其实自能生卵；其捉青虫，乃是填在窠里，给孵化出来的幼蜂做食料的。但我所遇见的前辈们都不采用此说，还道是拉去做女儿。我们为存留天地间的美谈起见，倒不如这样好。当长夏无事，遣暑林阴，瞥见二虫一拉一拒的时候，便如睹慈母教女，满怀好意，而青虫的宛转抗拒，则活像一个不识好歹的毛鸦头。

但究竟是夷人可恶，偏要讲什么科学。科学虽然给我们许多惊奇，但也搅坏了我们许多好梦。自从法国的昆虫学大家发勃耳[4]仔细观察之后，给幼蜂做食料的事可就证实了。而且，这细腰蜂不但是普通的凶手，还是一种很残忍的凶手，又是一个学识技术都极高明的解剖学家。她知道青虫的神经构造和作用，用了神奇的毒针，向那运动神经球上只一螫，它便麻痹为不死不活状态，这才在它身上生下蜂卵，封入窠中。青虫因为不死不活，所以不动，但也因为不活不死，所以不烂，直到她的子女孵化出来的时候，这食料还和被捕当日一样的新鲜。

说理论道春末闲谈三年前，我遇见神经过敏的俄国的 E 君[5]，有一天他忽然发愁道，不知道将来的科学家，是否不至于发明一种奇妙的药品，将这注射在谁的身上，则这人即甘心永远去做服役和战争的机器了？那时我也就皱眉叹息，装作一齐发愁的模样，以示“所见略同”之至意，殊不知我国的圣君、贤臣、圣贤、圣贤之徒，却早已有过这一种黄金世界的理想了。不是“唯辟作福，唯辟作威，唯辟玉食[6]”么？不是“君子劳心，小人劳力[7]”么？不是“治于人者食人，治人者食于人[8]”么？可惜理论虽已卓然，而终于没有发明十全的好方法。要服从作威就须不活，要贡献玉食就须不死；要被治就须不活，要供养治人者又须不死。人类升为万物之灵，自然是可贺的，但没有了细腰蜂的毒针，却很使圣君、贤臣、圣贤、圣贤之徒，以至现在的阔人、学者、教育家觉得棘手。将来未可知，若已往，则治人者虽然尽力施行过各种麻痹术，也还不能十分奏效，与果嬴并驱争先。即以皇帝一伦而言，便难免时常改姓易代，终没有“万年有道之长”；二十四史而多至二十四，就是可悲的铁证。现在又似乎有些别开生面了，世上诞生了一种所谓“特殊知识阶级”的留学生，在研究室中研究之结果，说医学不发达是有益于人种改良的，中国妇女的境遇是极其平等的，一切道理都已不错，一切状态都已够好。E 君的发愁，或者也不为无因罢，然而俄国是不要紧的，因为他们不像我们中国，有所谓“特别国情”，还有所谓“特殊知识阶级”。

但这种工作，也怕终于像古人那样，不能十分奏效的罢，因为这实在比细腰蜂所做的要难得多。她于青虫，只须不动，所以仅在运动神经球上一螫，即告成功。而我们的工作，却求其能运动，无知觉，该在知觉神经中枢，加以完全的麻醉的。但知觉一失，运动也就随之失却主宰，不能贡献玉食，恭请上自“极峰[9]”下至“特殊知识阶级”的赏收享用了。就现在而言，窃以为除了遗老的圣经贤传法，学者的进研究室主义[10]，文学家和茶摊老板的莫谈国事律，教育家的勿视勿听勿言勿动[11]论之外，委实还没有更好、更完全、更无流弊的方法。便是留学生的特别发见，其实也并未轶出了前贤的范围。

那么，又要“礼失而求诸野[12]”了。夷人，现在因为想去取法，姑且称之为外国，他那里，可有较好的法子么？可惜，也没有。所有者，仍不外乎不准集会，不许开口之类，和我们中华并没有什么很不同。然亦可见至道嘉猷[13]，人同此心，心同此理，固无华夷之限也。猛兽是单独的，牛羊则结队；野牛的大队，就会排角成城以御强敌了，但拉开一匹，定只能哞哞地叫。人民与牛马同流——此就中国而言，夷人别有分类法云——治之之道，自然应该禁止集合：这方法是对的。其次要防说话。人能说话，已经是祸胎了，而况有时还要做文章。所以苍颉造字，夜有鬼哭[14]。鬼且反对，而况于官？猴子不会说话，猴界即向无风潮——可是猴界中也没有官，但这又作别论——确应该虑心取法，返璞归真，则口且不开，文章自灭：这方法也是对的。然而上文也不过就理论而言，至于实效，却依然是难说。最显著的例，是连那么专制的俄国，而尼古拉二世[15]“龙御上宾[16]之后，罗马诺夫氏竟已“覆宗绝祀”了。要而言之，那大缺点就在虽有二大良法，而还缺其一，便是：无法禁止人们的思想。

于是我们的造物主——假如天空真有这样的一位“主子”——就可恨了：一恨其没有永远分清“治者”与“被治者”；二恨其不给治者生一枝细腰蜂那样的毒针；三恨其不将被治者造得即使砍去了藏着的思想中枢的脑袋而还能动作——服役。三者得一，阔人的地位即永久稳固，统御也永久省了气力，而天下于是乎太平。今也不然，所以即使单想高高在上，暂时维持阔气，也还得日施手段，夜费心机，实在不胜其委屈劳神之至……

假使没有了头颅，却还能做服役和战争的机械，世上的情形就何等地醒目啊！这时再不必用什么制帽勋章来表明阔人和窄人了，只要一看头之有无，便知道主奴、官民，上下、贵贱的区别。并且也不至于再闹什么革命、共和、会议等等的乱子了，单是电报，就要省下许多许多来。古人毕竟聪明，仿佛早想到过这样的东西，《山海经》上就记载着一种名叫“刑天[17]”的怪物。他没有了能想的头，却还活着，“以乳为目，以脐为口”——这一点想得很周到，否则他怎么看，怎么吃呢——实在是很值得奉为师法的。假使我们的国民都能这样，阔人又何等安全快乐？但他又“执干戚而舞”，则似乎还是死也不肯安分，和我那专为阔人图便利而设的理想的好国民又不同。陶潜先生又有诗道：“刑天舞干戚，猛志固常在[18]。”连这位貌似旷达的老隐士也这么说，可见无头也会仍有猛志，阔人的天下一时总怕难得太平的了。但有了太多的“特殊知识阶级”的国民，也许有特在例外的希望；况且精神文明太高了之后，精神的头就会提前飞去，区区物质的头的有无也算不得什么难问题。

一九二五年四月二十二日

（选自鲁迅杂文集《坟》[M].北京：人民文学出版社，1973.）

【注释】

[1] 细腰蜂：在昆虫学上属于膜翅目泥蜂科。

[2] 螟蛉：一种绿色小虫，蜾蠃是一种寄生蜂。蜾蠃常捕捉螟蛉存放在窝里，产卵在它们身体里，卵孵化后就拿螟蛉作食物。古人误认为蜾蠃不产子，喂养螟蛉为子，因此用“螟蛉”比喻义子。

[3] 螟蛉有子，果蠃负之：见《诗经・小雅・小宛》。

[4] 发勃耳：现在一般译为“法布尔”。

[5] E 君：即爱罗先珂（1889—1952 年），俄国诗人、童话作家。童年时因病双目失明。他曾在北京大学和北京世界语专门学校任教。

[6] 唯辟作福，唯辟作威，唯辟玉食：语见《尚书・洪范》。辟，指天子或诸侯。

[7] 君子劳心，小人劳力：出自《左传・襄公九年》：“君子劳心，小人劳力，先王之制也。”

[8] 治于人者食人，治人者食于人：出自《孟子・滕文公》：“或劳心，或劳力；劳心者治人，劳力者治于人。治于人者食人，治人者食于人，天下之通义也。”

[9] 极峰：意即最高统治者。旧时官僚政客对最高统治者的媚称。

［10］进研究室主义：1919年7月，胡适在《每周评论》上发表《多研究些问题，少谈些"主义"》的文章，稍后又提出学者"进研究室""整理国故"的口号。这里指的就是这一背景。

［11］勿视勿听勿言勿动：出自《论语·颜渊》："非礼勿视，非礼勿听，非礼勿言，非礼勿动。"

［12］礼失而求诸野：孔子的话，意思是说，朝廷上的礼乐制度失传了，只好到民间去寻求。诸，之于。野，田野，指民间。见《汉书·艺文志》。

［13］嘉猷（yóu）：好的计策。

［14］苍颉（jié）造字，夜有鬼哭：这是汉字起源的一个传说。见《淮南子·本经训》："昔者苍颉作书而天雨粟，鬼夜哭。"

［15］尼古拉二世：（1868—1918年）帝俄罗曼诺夫王朝最后一个皇帝，1917年二月革命被推翻，次年7月17日被处死。

［16］龙御上宾：旧时特指皇帝逝世，意即乘龙仙去。典出《史记·封禅书》。

［17］刑天：一作形天，见《山海经·海外西经》："形天与帝至此争神，帝断其首，葬之常羊之山。乃以乳为目，以脐为口，操干戚以舞。"干，盾牌；戚，古代的斧头。

［18］刑天舞干戚，猛志固常在：出自陶渊明诗《读山海经》第十首。

【作者简介】

鲁迅（1881—1936年），文学家，思想家，革命家。原名周樟寿，后改名周树人，浙江绍兴人。辛亥革命后，曾任南京临时政府和北京政府教育部部员等职，兼在北京大学、女子师范大学等校授课。1918年5月，发表中国现代文学史上第一篇白话小说《狂人日记》，奠定了新文学运动的基石。"五四"运动前后，参加《新青年》杂志工作，成为"五四"新文化运动的主将。鲁迅一生的著作包括杂文、短篇小说、论文、散文、翻译近1 000万字，其中杂文集有《热风》《坟》《华盖集》《准风月谈》《花边文学》《且介亭杂文》等；散文集《朝花夕拾》，散文诗集《野草》，小说集《呐喊》《彷徨》等。

【赏析指要】

文章名为"闲谈"，其实不闲，有一条清晰的思路，就是借自然界昆虫现象说理论道，揭穿中国自古至今统治阶级的治人术、毒人术、杀人术，宣告中国的统治者终将像俄国尼古拉二世那样被处决，宣告天下被压迫的"治于人者"们终将像中国古代神话中的刑天那样起来造反。

文章由小见大，把深奥的思想和超人的见解蕴蓄在具体而生动的形象之中，闪烁着思想的光芒，给人以有益的启迪。阅读本文，应该学习鲁迅坚定地反专制主义的精神，记住那些深刻的精警语句。另外，文章在写法上也很有特点，不妨认真鉴赏品味，作一些批注，写一点心得。

谈　吃

夏丏尊

说起新年的行事，第一件在我脑中浮起的是吃。回忆幼时一到冬季就日日盼望过年，等到过年将届就乐不可支,因为过年的时候有种种乐趣,第一是吃的东西多。

中国人是全世界善吃的民族。普通人家,客人一到,男主人即上街办吃物,女主人即入厨罗酒浆,客人则坐在客堂里口嗑瓜子,耳听碗盏刀俎[1]的声响,等候吃饭。吃完了饭,大事已毕,客人拔起步来说“叨扰”[2],主人说“没有什么好的待你”,有的还要苦留:“吃了点心去”,“吃了夜饭去”。

遇到婚丧,庆吊只是虚文,果腹倒是实在。排场大的大吃七日五日,小的大吃三日一日。早饭,午饭,点心,夜饭,夜点心,吃了一顿又一顿,吃得不亦乐乎,真是酒可为池,肉可成林。

过年了,轮流吃年饭,送食物。新年了,彼此拜来拜去,讲吃局。端午要吃,中秋要吃,生日要吃,朋友相会要吃,相别要吃。只要取得出名词,就非吃不可,而且一吃就了事,此外不必有别的什么。

小孩子于三顿饭以外,每日好几次地向母亲讨铜板,买食吃。普通学生最大的消费不是学费,不是书籍费,乃是吃的用途。成人对于父母的孝敬,重要的就是奉甘旨[3]。中馈[4]自古占着女子教育上的主要部分。“食不厌精,脍不厌细”[5],“沽酒,市脯”[6],“割不正”[7],圣人不吃。梨子蒸得味道不好,贤人就可以出妻[8]。家里的老婆如果弄得出好菜,就可以骄人。古来许多名士至于费尽苦心,别出心裁,考察出好几部特别的食谱来。

不但活着要吃,死了仍要吃。他民族的鬼只要香花就满足了,而中国的鬼仍依旧非吃不可。死后的饭碗,也和活时的同样重要,或者还更重要。普通人为了死后的所谓“血食”[9],不辞广蓄姬妾,预置良田。道学家为了死后的冷猪肉,不辞假仁假义,拘束一世。朱竹垞[10]宁不吃冷猪肉,不肯从其诗集中删去《风怀二百韵》的艳诗,至今犹传为难得的美谈,足见冷猪肉牺牲不掉的人之多了。

不但人要吃,鬼要吃,神也要吃,甚至连没嘴巴的山川也要吃。有的但吃猪头,有的要吃全猪,有的是专吃羊的,有的是专吃牛的,各有各的胃口,各有各的嗜好,古典中大都详有规定,一查就可知道,较之于他民族的对神只作礼拜,似乎他民族的神极端唯心,中国的神倒是极端唯物的。

梅村[11]的诗道“十家三酒店”,街市里最多的是食物铺。俗语说“开门七件事”,家庭中最麻烦的不是教育或是什么,乃是料理食物。学校里最难处置的不是程度如何提高,教授如何改进,乃是饭厅风潮。

俗语说得好,只有“两脚的爷娘不吃,四脚的眠床不吃”。中国人吃的范围之广,真可使他国人为之吃惊。中国人于世界普通的食物之外,还吃着他国人所不吃的珍馐:吃西瓜的实,吃鲨鱼的鳍,吃燕子的窠,吃狗,吃乌龟,吃狸猫,吃癞虾蟆,吃癞头鼋[12],吃小老鼠。有的或竟至吃到小孩的胞衣以及直接从人身上取得的东西。如果能够,怕连天上的月亮也要挖下来尝尝哩。

至于吃的方法,更是五花八门,有烤,有炖,有蒸,有卤,有炸,有烩,有醉,有炙,有熘,有炒,有拌,真正一言难尽。古来尽有许多做菜的名厨司,其名字都和名卿相一样煊赫地留在青史上。不,他们之中有的并升到高位,老老实实就是名卿相。如果中国有一件事可以向世界自豪的,那么这并不是历史之久,土地之大,人口之众,军队之多,战争之频繁,乃是善吃的一事。中国的肴菜已征服了全世界了。有人说中国人有三把刀为世界所不及,第一把就是厨刀。

不见到喜庆人家挂着的福禄寿三星图吗？福禄寿是中国民族生活上的理想。画上的排列是禄居中央，右是福，寿居左。禄也者，拆穿了说就是吃的东西。老子也曾说过："虚其心实其腹"，"圣人为腹不为目"。吃最要紧，其他可以不问。"嫖赌吃着"之中，普通人皆认吃最实惠。所谓"着威风，吃受用，赌对冲，嫖全空"，什么都假，只有吃在肚里是真的。

吃的重要更可于国人所用的言语上证之。在中国，吃字的意义特别复杂，什么都会带了"吃"字来说。被人欺负曰"吃亏"，打巴掌曰"吃耳光"，希求非分曰"想吃天鹅肉"，诉讼曰"吃官司"，中枪弹曰"吃卫生丸"，此外还有什么"吃生活"，"吃排头"等等。相见的寒暄，他民族说"早安""午安""晚安"，而中国人则说："吃了早饭没有？""吃了中饭没有？""吃了夜饭没有？"对于职业，普通也用吃字来表示，营什么职业就叫做吃什么饭。"吃赌饭"，"吃堂子饭"，"吃洋行饭"，"吃教书饭"，诸如此类，不必说了。甚至对于应以信仰为本的宗教者，应以保卫国家为职志的军士，也都加吃字于上。在中国，教徒不称信者，叫做"吃天主教的"，"吃耶稣教的"，从军的不称军人，叫做"吃粮的"，最近还增加了什么"吃党饭"，"吃三民主义"的许多新名词。

衣食住行为生活四要素，人类原不能不吃。但吃字的意义如此复杂，吃的要求如此露骨，吃的方法如此麻烦，吃的范围如此广泛，好像除了吃以外就无别事也者，求之于全世界，这怕只有中国民族如此的了。

在中国，衣不妨污浊，居室不妨简陋，道路不妨泥泞，而独在吃上分毫不能马虎。衣食住行的四事之中，食的程度远高于其余一切，很不调和。中国民族的文化，可以说是口的文化。

佛家说六道轮回，把众生分为天、人、修罗、畜生、地狱、饿鬼六道。如果我们相信这话，那么中国民族是否都从饿鬼道投胎而来，真是一个疑问。

（选自夏丏尊.平屋杂文[M].北京：开明出版社，1992.）

【注释】

[1] 刀俎(zǔ)：刀和刀砧板，宰割的工具。
[2] 叨扰(tāo rǎo)：客套话，对受到的款待表示感谢。
[3] 奉甘旨：献上美好的食物。
[4] 中馈：指妇女在家里主管的饮食等事务。
[5] 食不厌精，脍不厌细：语出《论语·乡党》，脍，细切的牛肉。
[6] 沽酒，市脯：指买来的酒食，语出《论语·乡党》。沽，买酒。市，买。脯，干肉。
[7] 割不正：语出《论语·乡党》，指肉切得不正。
[8] 梨子蒸得味道不好，贤人就可以出妻：典出《孔子家语》，曾子对后母很孝顺，一次，他的妻子给后母蒸梨吃而没有蒸熟，曾子就把她休掉了。
[9] 血食：指祭祀。古代杀牲祭祀，所以叫"血食"。
[10] 朱竹垞(chá)：即清代文学家朱彝尊，字竹垞，浙江秀水人。
[11] 梅村：即明末清初诗人吴伟业，梅村是他的号。
[12] 鼋(yuán)：大鳖。

【作者简介】

夏丏尊(1886—1946年)，浙江上虞人，现代作家，教育家。著有《平屋随笔》《人间爱晚晴》等。

【赏析指要】

这篇文章谈中国人的吃，谈人们吃的范围极广，吃的方法五花八门，还有谈及了吃的重要性，列举了不少关于吃的事例。刚开始读，你可能会感觉亲切而有趣，渐渐地，随着作者的叙述，你可能不仅要思考、反思、沉痛乃至惭愧……作者并没有直接表露对中国人吃的态度，他只是尽情地展现、描述事实，把各种各样的吃集中到一块："吃字的意义如此复杂，吃的要求如此露骨，吃的方法如此麻烦，吃的范围如此广泛"，让无所不在的吃的荒谬性暴露无异。文章选材很广，涉及面宽，语言幽默，写得洋洋洒洒，在不露声色中有着很强的针砭力。

这篇文章留给读者的思考也是多方面的，如中国人为什么这么喜欢吃，吃的背后还有什么？"吃"在今天又有什么新的变化和发展？

雨　前

何其芳

最后的鸽群带着低弱的笛声在微风里划一个圈子后，也消失了。也许是误认这灰暗的凄冷的天空为夜色的来袭，或是也预感到风雨的将至，遂过早地飞回它们温暖的木舍。

几天的阳光在柳条上撒下的一抹嫩绿，被尘土埋掩得有憔悴色了，是需要一次洗涤。还有干裂的大地和树根也早已期待着雨。雨却迟疑着。

我怀想着故乡的雷声和雨声。那隆隆的有力的搏击，从山谷返响到山谷，仿佛春之芽就从冻土里震动，惊醒，而怒茁出来。细草样柔的雨声又以温存之手抚摩它，使它簇生油绿的枝叶而开出红色的花。这些怀想如乡愁一样萦绕得使我忧郁了。我心里的气候也和这北方大陆一样缺少雨量，一滴温柔的泪在我枯涩的眼里，如迟疑在这阴沉的天空里的雨点，久不落下。

白色的鸭也似有一点烦躁了，有不洁的颜色的都市的河沟里传出它们焦急的叫声。有的还未厌倦那船一样的徐徐地划行，有的却倒插它们的长颈在水里，红色的蹼趾伸在尾巴后，不停地扑击着水以支持身体的平衡。不知是在寻找沟底的细微的食物，还是贪那深深的水里的寒冷。

有几个已上岸了。在柳树下来回地作绅士的散步，舒息划行的疲劳。然后参差地站着，用嘴细细地梳理它们遍体白色的羽毛，间或又摇动身子或扑展着阔翅，使那缀在羽毛间的水珠坠落。一个已修饰完毕的，弯曲它的颈到背上，长长的红嘴藏没在翅膀里，静静合上它白色的茸毛间的小黑眼睛，仿佛准备睡眠。可怜的小动物，你就是这样做你的梦吗？

我想起故乡放雏鸭的人了。一大群鹅黄的雏鸭游牧在溪流间。清浅的水，两岸青青的草，一根长长的竹竿在牧人的手里。他的小队伍是多么欢欣地发出啁啾[1]声，又多么驯服地随着他的竿头越过一个山野又一个山坡。夜来了，账幕似的竹篷撑在地上，就是他的家。但这是怎样辽远的想象呵！在这多尘土的国土里，我仅只希望听见一点树叶上的雨声。一点雨声的幽凉滴到我憔悴的梦，也许会长成一树圆圆的绿阴来覆荫我自己。

我仰起头。天空低垂如灰色的雾幕，落下一些寒冷的碎屑到我脸上。一只远来的鹰隼仿佛带着怒愤，对这沉重的天色的怒愤，平张的双翅不动地从天空斜插下，几乎触到河沟对岸的土阜[2],而又鼓扑着双翅,作出猛烈的声响腾上了。那样巨大的翅使我惊异,我看见了它两肋间斑白的羽毛。

接着听见了它有力的鸣声,如同一个巨大的心的呼号,或是在黑暗里寻找伴侣的叫唤。然而雨还是没有来。

1933 年春,北京

(选自何其芳选集[M].成都:四川人民出版社,1979.)

【注释】

[1] 啁啾(zhōu jiū):拟声词,小鸟的叫声。

[2] 土阜:土山。

【作者简介】

何其芳(1912—1977 年),中国著名诗人,散文家,文学评论家,“红学”理论家。四川万县人。北京大学哲学系毕业,是“汉园三诗人”之一。著作主要有散文集《画梦录》,诗集《预言》,对《红楼梦》的研究也颇有建树。

【赏析指要】

《雨前》通过对雨前的各种自然景物的描写,寓情于景,抒发了在密云不雨的气候下种种复杂的感情。对南方故乡的秀丽的风景,写得生机勃勃,写得如诗如画,与北方的天候、与憔悴的北国景物形成鲜明对照。这既是借怀乡之情慰藉自己,也寄寓着诗人对理想、对美好生活的怀念和深情向往。对雨的怀想,希望“一点雨声的幽凉滴到我憔悴的梦,也许会长成一树圆圆的绿阴来覆荫我自己”,委婉曲折地抒写了知识分子在对社会现实不满、失望又没有找到出路的那种忧郁感伤情绪,反映出知识分子在黑暗社会中的一种普遍心态。

《雨前》是一篇美文。用词准确洗练,选用富于色彩的辞藻,写景状物,精细传神,构成鲜明生动的动态画面,意蕴含蓄深刻。

渐

丰子恺

使人生圆滑进行的微妙的要素,莫如“渐”;造物主骗人的手段,也莫如“渐”。在不知不觉之中,天真烂漫的孩子“渐渐”变成野心勃勃的青年;慷慨豪侠的青年“渐渐”变成冷酷的成人;血气旺盛的成人“渐渐”变成顽固的老头子。因为其变更是渐进的,一年一年地、一月一月地、一日一日地、一时一时地、一分一分地、一秒一秒地渐进,犹如从斜度极缓的长远的山坡上走下来,使人不察其递降的痕迹,不见其各阶段的境界,而似乎觉得常在同样的地位,恒久不变,又无时不有生的意趣与价值,于是人生就被确实肯定,而圆滑进行了。假使人生的进行不像山坡而像风琴的键板,由 do 忽然移到 re,即如昨夜的孩子今朝忽然变成青年;或者像旋律的“接离进行”地由 do 忽然跳到 mi,即如朝为青年而夕暮忽成老人,人一定要惊讶、感慨、悲伤,或痛感人生的无常,而不乐为人了。故可知人生是由“渐”维持的。这在女人恐怕尤为必要:歌剧中,舞台上的如花的少女,就是将来火炉旁边的老婆子,这句话,骤听使人不能相信，少女也不肯承认，实则现在的老婆子都是由如花的少女“渐渐”变成的。

人之能堪受境遇的变衰，也全靠这“渐”的助力。巨富的纨绔子弟因屡次破产而“渐渐”荡尽其家产，变为贫者；贫者只得做佣工，佣工往往变为奴隶，奴隶容易变为无赖，无赖与乞丐相去甚近，乞丐不妨做偷儿……这样的例，在小说中，在实际上，均多得很。因为其变衰是延长为十年二十年而一步一步地“渐渐”地达到的，在本人不感到什么强烈的刺激。故虽到了饥寒病苦刑笞交迫的地步，仍是熙熙然贪恋着目前的生的欢喜。假如一位千金之子忽然变了乞丐或偷儿，这人一定愤不欲生了。

这真是大自然的神秘的原则，造物主的微妙的工夫！阴阳潜移，春秋代序，以及物类的衰荣生杀，无不暗合于这法则。由萌芽的春“渐渐”变成绿阴的夏；由凋零的秋“渐渐”变成枯寂的冬。我们虽已经历数十寒暑，但在围炉拥衾的冬夜仍是难于想象饮冰挥扇的夏日的心情；反之亦然。然而由冬一天一天地、一时一时地、一分一分地、一秒一秒地移向夏，由夏一天一天地、一时一时地、一分一分地、一秒一秒地移向冬，其间实在没有显著的痕迹可寻。昼夜也是如此：傍晚坐在窗下看书，书页上“渐渐”地黑起来，倘不断地看下去（目力能因了光的渐弱而渐渐加强），几乎永远可以认识书页上的字迹，即不觉昼之已变为夜。黎明凭窗，不瞬目地注视东天，也不辨自夜向昼的推移的痕迹。儿女渐渐长大起来，在朝夕相见的父母全不觉得，难得见面的远亲就相见不相识了。往年除夕，我们曾在红蜡烛底下守候水仙花的开放，真是痴态！倘水仙花果真当面开放给我们看，便是大自然的原则的破坏，宇宙的根本的摇动，世界人类的末日临到了！

“渐”的作用，就是用每步相差极微极缓的方法来隐蔽时间的过去与事物的变迁的痕迹，使人误认其为恒久不变。这真是造物主骗人的一大诡计！这有一件比喻的故事：某农夫每天早晨抱了犊而跳过一沟，到田里去工作，夕暮又抱了它跳过沟回家。每日如此，未尝间断。过了一年，犊已渐大，渐重，差不多变成大牛，但农夫全不觉得，仍是抱了它跳沟。有一天他因事停止工作，次日再就不能抱了这牛而跳沟了。造物的骗人，使人流连于其每日每时的生的欢喜而不觉其变迁与辛苦，就是用这个方法的。人们每日在抱了日重一日的牛而跳沟，不准停止。自己误以为是不变的，其实每日在增加其苦劳！

我觉得时辰钟是人生的最好的象征了。时辰钟的针，平常一看总觉得是“不动”的；其实人造物中最常动的无过于时辰钟的针了。日常生活中的人生也如此，刻刻觉得我是我，似乎这“我”永远不变，实则与时辰钟的针一样的无常！一息尚存，总觉得我仍是我，我没有变，还是流连着我的生，可怜受尽“渐”的欺骗！

“渐”的本质是“时间”。时间我觉得比空间更为不可思议，犹之时间艺术的音乐比空间艺术的绘画更为神秘。因为空间姑且不追究它如何广大或无限，我们总可以把握其一端，认定其一点。时间则全然无从把握，不可挽留，只有过去与未来在渺茫之中不绝地相追逐而已。性质上既已渺茫不可思议，分量上在人生也似乎太多。因为一般人对于时间的悟性，似乎只够支配搭船乘车的短时间；对于百年的长期间的寿命，他们不能胜任，往往迷于局部而不能顾及全体。试看乘火车的旅客中，常有明达的人，有的宁牺牲暂时的安乐而让其坐位于老弱者，以求心的太平（或博暂时的美誉）；有的见众人争先下车，而退在后面，或高呼“勿要轧，总有得下去的！”“大家都要下去的！”然而在乘“社会”或“世界”的大火车的“人生”的长期的旅客中，就少有这样的明达之人。所以我觉得百年的寿命，定得太长。像现在的世界上的人,倘定他们搭船乘车的期间的寿命,也许在人类社会上可减少许多凶险残惨的争斗,而与火车中一样的谦让,和平,也未可知。

然人类中也有几个能胜任百年的或千古的寿命的人。那是“大人格”,“大人生”。他们能不为“渐”所迷,不为造物所欺,而收缩无限的时间并空间于方寸中。故佛家能纳须弥[1]于芥子。中国古诗人白居易说:“蜗牛角上争何事?石火光中寄此身。”英国诗人布莱克[2]也说:“一粒沙里见世界,一朵花里见天国;手掌里盛住无限,一刹那便是永劫。”

写于一九二五年

(选自缘缘堂随笔[M].北京:人民文学出版社,2000.)

【注释】

[1] 须弥:佛教传说山名。《北齐书·樊逊传》中有“法王自在,变化无穷,置世界于微尘,纳须弥于黍米”。

[2] 布莱克(1757—1827年):英国诗人、版画家,代表诗集有《天真之歌》。

【作者简介】

丰子恺(1898—1975年),漫画家,作家,美术教育家和音乐教育家,翻译家,曾任中国美术家协会常务理事、美协上海分会主席、上海中国画院院长、上海对外文化协会副会长等职。著有《艺术概论》《西洋名画巡礼》《音乐入门》《丰子恺文集》《丰子恺散文集》等,是一位多方面卓有成就的文艺大师。

【赏析指要】

读《渐》,常感到作者好像在和读者促膝谈心,他的态度谦和,情意真诚,语言娓娓动听,字里行间渗透着发自肺腑的思想感情,深刻睿智令人折服。

读《渐》,会一次次感受“时间”之“渐”这一“微妙要素”,如何影响着自然、社会、人生。文章不长,但写得非常深刻,又生动形象,它处处引用人们惯常见到的事例,蕴哲思于叙述描写之中。

《渐》的语言优美、细腻、文采飘逸、富有想象力,字里行间流露出浓浓的“禅意”,让读者回味无穷。

【讨论探究】

1. 我们已经了解了诗歌和散文赏析的一些基本方法,也阅读品味了一些诗句和散文。读读下面这些文字,谈谈你对诗与散文文体特点的理解。

诗和散文,同为表情达意的两大文体,但诗凭藉想象,较具感情的价值,散文依据常识,较具实用的功能。诗为专任,心无旁骛。散文乃兼差,不但要做公文、新闻、书信、广告等杂务的工具,还要用来叙事、说理,抒情。诗像是情人,可以专门谈情。散文像是妻子,当然也可以谈情说爱,但是家务太重太杂了,实在难以分身,而相距也太近了,毕竟不够刺激。于是,有人说:散文乃走路,诗乃跳舞;散文乃喝水,诗乃饮酒;散文乃说话,诗乃唱歌;散文乃对话,诗乃独白;散文乃国语,诗乃方言;散文乃门,诗乃窗。其间的对比永远说不完。

正如柯立基所说,诗和散文并不是截然相反的东西。散文是一切文体之根,小说、戏剧、批评,甚至哲学、历史,等等,都脱离不了散文。诗是一切文体之花,意象和音调之美能赋一切文体以气韵,它是音乐、绘画、舞蹈、雕塑等艺术达到高潮时呼之欲出的那种感觉。散文,是一切作家的身份证,诗,是一切艺术的入场券。

(摘自余光中《缪斯的左右手——诗和散文的比较》)

2. 阅读《翡冷翠山居闲话》,你认为哪些语句写得最为美妙诗意?做揣摩分析。说说作者用诗意的语言,表达作者享有或渴望得到的自由有哪些?一一罗列出来,结合你的生活经验谈谈看法。

3.《动人的北平》多处采用对照的方式衬托北平的包容,找出文中的一些句段,说说是从哪些方面写这种包容的?你觉得一个城市,一种文化"包容"的意义何在?

4. 阅读丰之恺的《渐》,说说本文所谓的"渐"指的是什么?你最欣赏文中哪些哲理性的话?文章最后表达了怎样的积极意义?读过本文,你对社会人生增添了怎样的认识?

【拓展阅读】

1. 对鲁迅的《春末闲谈》与《灯下漫笔》进行对比阅读,体会作者巧妙委婉、不露声色的讽刺艺术,体会其主题思想和艺术特色的共同之处。

2. 历史悠久的北平故都,在文人眼里是各具姿态,各显其美:郁达夫觉得故都的秋最美,张恨水觉得故都的春最美。老舍写了《想北平》,郁达夫写了《北平的四季》《故都的秋》,林语堂写了《动人的北平》,张恨水写了《北平的五月》。由于带上浓烈的个人感情色彩,那些平常景象变得分外迷人。也由于每个人的处境阅历不同,古都北平也呈现出不同的色彩。有兴趣的话找来作对比阅读,体会散文写景必须"寓情于景"的特点。

第五节 当代散文鉴赏

我与地坛

史铁生

一

我在好几篇小说中都提到过一座废弃的古园,实际就是地坛。许多年前旅游业还没有兴起,园子荒芜冷落得如同一片野地,很少被人记起。

地坛离我家很近。或者说我家离地坛很近。总之,只好认为这是缘分。地坛在我出生前四百多年就坐落在那儿了,自从我的祖母年轻时带着我父亲来到北京,就一直住在离它不远的地方——五十多年间搬过几次家,可搬来搬去总是在它周围,而且是越搬离它越近了。我常觉得这中间有着宿命的味道:仿佛这古园就是为了等我,而历尽沧桑在那儿等待了四百多年。

它等待我出生,然后又等待我活到最狂妄的年龄上忽地残废了双腿。四百多年里,它剥蚀了古殿檐头浮夸的琉璃,淡褪了门壁上炫耀的朱红,坍圮[1]了一段段高墙,又散落了玉砌雕栏,祭坛四周的老柏树愈见苍幽,到处的野草荒藤也都茂盛得自在坦荡。这时候想必我是该来了。十五年前的一个下午,我摇着轮椅进入园中,它为一个失魂落魄的人把一切都准备好了。那时,太阳循着亘古不变的路途正越来越大,也越红。在满园弥漫的沉静光芒中,一个人更容易看到时间,并看见自己的身影。

自从那个下午我无意中进了这园子,就再没长久地离开过它。我一下子就理解了它的意图。正如我在一篇小说中所说的:"在人口密聚的城市里,有这样一个宁静的去处,像是上帝的苦心安排。"

两条腿残废后的最初几年,我找不到工作,找不到去路,忽然间几乎什么都找不到了,我就摇了轮椅总是到它那儿去,仅为着那儿是可以逃避一个世界的另一个世界。我在那篇小说中写道:"没处可去我便一天到晚耗在这园子里。跟上班下班一样,别人去上班我就摇了轮椅到这儿来。园子无人看管,上下班时间有些抄近路的人们从园中穿过,园子里活跃一阵,过后便沉寂下来。""园墙在金晃晃的空气中斜切下一溜阴凉,我把轮椅开进去,把椅背放倒,坐着或是躺着,看书或者想事,撅一杈树枝左右拍打,驱赶那些和我一样不明白为什么要来这世上的小昆虫。""蜂儿如一朵小雾稳稳地停在半空;蚂蚁摇头晃脑捋着触须,猛然间想透了什么,转身疾行而去;瓢虫爬得不耐烦了,累了祈祷一回便支开翅膀,忽悠一下升空了;树干上留着一只蝉蜕,寂寞如一间空屋;露水在草叶上滚动,聚集,压弯了草叶,轰然坠地摔开万道金光。""满园子都是草木竞相生长弄出的响动,窸窸窣窣窸窸窣窣片刻不息。"这都是真实的记录,园子荒芜但并不衰败。

除去几座殿堂我无法进去,除去那座祭坛我不能上去而只能从各个角度张望它,地坛的每一棵树下我都去过,差不多它的每一米草地上都有过我的车轮印。无论是什么季节,什么天气,什么时间,我都在这园子里呆过。有时候呆一会儿就回家,有时候就呆到满地上都亮起月光。记不清都是在它的哪些角落里了。我一连几小时专心致志地想关于死的事,也以同样的耐心和方式想过我为什么要出生。这样想了好几年,最后事情终于弄明白了:一个人,出生了,这就不再是一个可以辩论的问题,而只是上帝交给他的一个事实;上帝在交给我们这件事实的时候,已经顺便保证了它的结果,所以死是一件不必急于求成的事,死是一个必然会降临的节日。这样想过之后我安心多了,眼前的一切不再那么可怕。比如你起早熬夜准备考试的时候,忽然想起有一个长长的假期在前面等待你,你会不会觉得轻松一点?并且庆幸并且感激这样的安排?

剩下的就是怎样活的问题了,这却不是在某一个瞬间就能完全想透的,不是能够一次性解决的事,怕是活多久就要想它多久了,就像是伴你终生的魔鬼或恋人。所以,十五年了,我还是总得到那古园里去,去它的老树下或荒草边或颓墙旁,去默坐,去呆想,去推开耳边的嘈杂,理一理纷乱的思绪,去窥看自己的心魂。十五年中,这古园的形体被不能理解它的人肆意雕琢,幸好有些东西是任谁也不能改变它的。譬如祭坛石门中的落日,寂静的光辉平铺的一刻,地上的每一个坎坷都被映照得灿烂;譬如在园中最为落寞的时间,一群雨燕便出来高歌,把天地都叫喊得苍凉;譬如冬天雪地上孩子的脚印,总让人猜想他们是谁,曾在哪儿做过些什么，然后又都到哪儿去了；譬如那些苍黑的古柏，你忧郁的时候它们镇静地站在那儿，你欣喜的时候它们依然镇静地站在那儿，它们没日没夜地站在那儿，从你没有出生一直站到这个世界上又没了你的时候；譬如暴雨骤临园中，激起一阵阵灼烈而清纯的草木和泥土的气味，让人想起无数个夏天的事件；譬如秋风忽至，再有一场早霜，落叶或飘摇歌舞或坦然安卧，满园中播散着熨贴而微苦的味道。味道是最说不清楚的。味道不能写只能闻，要你身临其境去闻才能明了。味道甚至是难于记忆的，只有你又闻到它你才能记起它的全部情感和意蕴。所以我常常要到那园子里去。

二

现在我才想到，当年我总是独自跑到地坛去，曾经给母亲出了一个怎样的难题。

她不是那种光会疼爱儿子而不懂得理解儿子的母亲。她知道我心里的苦闷，知道不该阻止我出去走走，知道我要是老呆在家里结果会更糟，但她又担心我一个人在那荒僻的园子里整天都想些什么。我那时脾气坏到极点，经常是发了疯一样地离开家，从那园子里回来又中了魔似的什么话都不说。母亲知道有些事不宜问，便犹犹豫豫地想问而终于不敢问，因为她自己心里也没有答案。她料想我不会愿意她跟我一同去，所以她从未这样要求过，她知道得给我一点独处的时间，得有这样一段过程。她只是不知道这过程得要多久，和这过程的尽头究竟是什么。每次我要动身时，她便无言地帮我准备，帮助我上了轮椅车，看着我摇车拐出小院；这以后她会怎样，当年我不曾想过。

有一回我摇车出了小院，想起一件什么事又返身回去，看见母亲仍站在原地，还是送我走时的姿势，望着我拐出小院去的那处墙角，对我的回来竟一时没有反应。待她再次送我出门的时候，她说："出去活动活动，去地坛看看书，我说这挺好。"许多年以后我才渐渐听出，母亲这话实际上是自我安慰，是暗自的祷告，是给我的提示，是恳求与嘱咐。只是在她猝然去世之后，我才有余暇设想。当我不在家里的那些漫长的时间，她是怎样心神不定坐卧难宁，兼着痛苦、惊恐与一个母亲最低限度的祈求。现在我可以断定，以她的聪慧和坚忍，在那些空落的白天后的黑夜，在那不眠的黑夜后的白天，她思来想去最后准是对自己说："反正我不能不让他出去，未来的日子是他自己的，如果他真的要在那园子里出了什么事，这苦难也只好我来承担。"在那段日子里——那是好几年长的一段日子，我想我一定使母亲做过了最坏的准备了，但她从来没有对我说过"你为我想想"。事实上我也真的没为她想过。那时她的儿子还太年轻，还来不及为母亲想，他被命运击昏了头，一心以为自己是世上最不幸的一个，不知道儿子的不幸在母亲那儿总是要加倍的。她有一个长到二十岁上忽然截瘫了的儿子，这是她唯一的儿子；她情愿截瘫的是自己而不是儿子，可这事无法代替；她想，只要儿子能活下去哪怕自己去死呢也行，可她又确信一个人不能仅仅是活着，儿子得有一条路走向自己的幸福；而这条路呢，没有谁能保证她的儿子终于能找到——这样一个母亲，注定是活得最苦的母亲。

有一次与一个作家朋友聊天，我问他学写作的最初动机是什么？他想了一会说："为我母亲。为了让她骄傲。"我心里一惊，良久无言。回想自己最初写小说的动机，虽不似这位朋友的那般单纯，但如他一样的愿望我也有，且一经细想，发现这愿望也在全部动机中占了很大比重。这位朋友说："我的动机太低俗了吧？"我光是摇头，心想低俗并不见得低俗，只怕是这愿望过于天真了。他又说："我那时真就是想出名，出了名让别人羡慕我母亲。"我想，他比我坦率。我想，他又比我幸福，因为他的母亲还活着。而且我想，他的母亲也比我的母亲运气好，他的母亲没有一个双腿残废的儿子，否则事情就不这么简单。

在我的头一篇小说发表的时候，在我的小说第一次获奖的那些日子里，我真是多么希望我的母亲还活着。我便又不能在家里呆了，又整天整天独自跑到地坛去，心里是没头没尾的沉郁和哀怨，走遍整个园子却怎么也想不通：母亲为什么就不能再多活两年？为什么在她儿子就快要碰撞开一条路的时候，她却忽然熬不住了？莫非她来此世上只是为了替儿子担忧，却不该分享我的一点点快乐？她匆匆离我去时才只有四十九呀！有那么一会，我甚至对世界对上帝充满了仇恨和厌恶。后来我在一篇题为“合欢树”的文章中写道：“我坐在小公园安静的树林里，闭上眼睛，想，上帝为什么早早地召母亲回去呢？很久很久，迷迷糊糊的我听见了回答：‘她心里太苦了，上帝看她受不住了，就召她回去。’我似乎得了一点安慰，睁开眼睛，看见风正从树林里穿过。”小公园，指的也是地坛。

只是到了这时候，纷纭的往事才在我眼前幻现得清晰，母亲的苦难与伟大才在我心中渗透得深彻。上帝的考虑，也许是对的。

摇着轮椅在园中慢慢走，又是雾罩的清晨，又是骄阳高悬的白昼，我只想着一件事：母亲已经不在了。在老柏树旁停下，在草地上在颓墙边停下，又是处处虫鸣的午后，又是鸟儿归巢的傍晚，我心里只默念着一句话：可是母亲已经不在了。把椅背放倒，躺下，似睡非睡挨到日没，坐起来，心神恍惚，呆呆地直坐到古祭坛上落满黑暗然后再渐渐浮起月光，心里才有点明白，母亲不能再来这园中找我了。

曾有过好多回，我在这园子里呆得太久了，母亲就来找我。她来找我又不想让我发觉，只要见我还好好地在这园子里，她就悄悄转身回去，我看见过几次她的背影。我也看见过几回她四处张望的情景，她视力不好，端着眼镜像在寻找海上的一条船，她没看见我时我已经看见她了，待我看见她也看见我了，我就不去看她，过一会我再抬头看她就又看见她缓缓离去的背影。我单是无法知道有多少回她没有找到我。有一回我坐在矮树丛中，树丛很密，我看见她没有找到我；她一个人在园子里走，走过我的身旁，走过我经常呆的一些地方，步履茫然又急迫。我不知道她已经找了多久还要找多久，我不知道为什么我决意不喊她——但这绝不是小时候的捉迷藏，这也许是出于长大了的男孩子的倔强或羞涩？但这倔强只留给我痛悔，丝毫也没有骄傲。我真想告诫所有长大了的男孩子，千万不要跟母亲来这套倔强，羞涩就更不必，我已经懂了可我已经来不及了。

儿子想使母亲骄傲，这心情毕竟是太真实了，以至使“想出名”这一声名狼藉的念头也多少改变了一点形象。这是个复杂的问题，且不去管它了罢。随着小说获奖的激动逐日暗淡，我开始相信，至少有一点我是想错了：我用纸笔在报刊上碰撞开的一条路，并不就是母亲盼望我找到的那条路。年年月月我都到这园子里来，年年月月我都要想，母亲盼望我找到的那条路到底是什么。母亲生前没给我留下过什么隽永的哲言，或要我恪守的教诲，只是在她去世之后，她艰难的命运、坚忍的意志和毫不张扬的爱，随光阴流转，在我的印象中愈加鲜明深刻。

有一年，十月的风又翻动起安详的落叶，我在园中读书，听见两个散步的老人说：“没想到这园子有这么大。”我放下书，想，这么大一座园子，要在其中找到她的儿子，母亲走过了多少焦灼的路。多年来我头一次意识到，这园中不单是处处都有过我的车辙，有过我的车辙的地方也都有过母亲的脚印。

（选自当代散文艺术精粹[M].北京:北京十月文艺出版社,1996.）

【注释】

[1] 坍圮(tānpǐ):山坡、建筑物或堆积的东西倒塌。

【作者简介】

史铁生(1951—2010年),当代著名作家。原籍河北涿县,1951年出生于北京。1967年毕业于清华大学附属中学,1969年去延安一带插队,因双腿瘫痪于1972年回到北京。曾自称"职业是生病,业余在写作"。著有短篇小说《我们的角落》《我的遥远的清平湾》《奶奶的星星》《命若琴弦》《第一人称》《别人》《老屋小记》;中篇小说《关于詹牧师的报告文学》《插队的故事》《礼拜日》《原罪·宿命》等;长篇小说《务虚笔记》《我的丁一之旅》。散文《好运设计》《我与地坛》《墙下短记》《足球内外》等;曾先后获全国优秀短篇小说奖、鲁迅文学奖以及多种全国文学刊物奖。

【欣赏指要】

这是一篇表现个人遭际和母爱的散文,写的都是生活中平凡而实在的事情和感情。

文章由"我"与古园的缘分写到古园本身,写到"我"在这里的思考以及从思考中得到的对生命的感悟;写到了母亲的明智与痛苦,深沉与伟大;写到母亲那艰难的命运、坚忍的意志和毫不张扬的爱。

"我"为什么要去地坛呢?因为地坛与"我"有说不清道不明的"缘分";地坛这荒芜冷落的园子正是"我"悲苦命运的写照;园中那些荒芜冷落却并不衰败的景象给了"我"生命的启示。

作者具体刻画了哪些"荒芜冷落却并不衰败的景象"呢?寂静却安详的石门中的落日,苍凉却张扬着生命多姿多彩的高歌的雨燕,似乎讲述着青春童话的雪地上孩子们的脚印,还有苍黑的古柏,暴雨中草木泥土的气味,以及秋风里落叶的味道……正是这并不衰败的园子中时时处处洋溢着的生命的律动,包孕着难以言说的永恒与瞬间、古老与新鲜、沉静与涌动、博大与纤细,给了作者强烈的心灵震撼,引发了"我"对生命的长久的思考。

"这园中不单是处处都有过我的车辙,有过我的车辙的地方也都有过母亲的脚印。"作者爱地坛,更深爱着自己的母亲,尤其是在体会到母亲难言的痛苦和无尽的关爱之后。阅读时要仔细体会作者在地坛中思考了哪些问题,获得哪些启示?母亲毫不张扬的爱表现在哪些地方?

【辑评】

他躺在轮椅上望着窗外的屋角,少一些流浪而多一些静思,少一些宣谕而多一些自语。他的精神圣战没有民族史的大背景,而是以个体的生命力为路标,孤军深入,默默探测全人类永恒的纯静和辉煌。史铁生的笔下是较少有丑恶相与残酷相的,显示出他出于通透的一种拒绝和一种对人世至宥至慈的宽厚,他是一尊微笑着的菩萨。他发现了磨难正是幸运,虚幻便是实在,他从墙基、石阶、秋树、夕阳中发现了人的生命可以无限,万物其实与我一体。

(选自韩少功.灵魂的声音[M].中国现当代文学,长春:吉林大学出版社,2011.)

《我与地坛》是一篇真正的优秀之作,是"诗性散文"的经典性文本。从内容看,它由个人的严酷命运上升到对整个人类的生存困境的思考,于是,它超越了一己的悲欢,而被赋予了一种阔大的精神境界和深刻的人性内涵。这样阔大深刻而又带着荒凉苦涩的人生况味的散文,我们曾在鲁迅的《野草》中感受过,遗憾的是在当代的散文中我们还从未读到过这样的作品。再从作品的感情基调和美学风范看,它一方面有着真诚坦荡的感情流露,自然朴素的理性思考;一方面又弥漫着一种挥之不去的沧桑之感——那是宁静从容中的激情,寂寞底色下的血色,温馨辉煌中的荒凉苦涩。自然,那也是矛盾中的希望与绝望,是朦胧中透出的诗性。而这一切,是最能打动和吸引读者的。而从语言来看,《我与地坛》的语言表面上看朴素无华,不动声色,但它的内蕴却十分丰富。那是一种带着生命的本真感情的原色,又有几分静思玄想的语言,也是一种从灵魂深处流出来的"心里话"。它不需要任何伪装,它更鄙视任何粗痞恶俗。而它在叙事、描写和抒情时的那种舒徐平缓、绵长而柔韧的语感语调,尤其是它的质地的纯净,都体现出了诗的特质。

(选自陈剑晖.诗性散文[M].广州:广东省出版社,2009.)

觅渡,觅渡,渡何处?

梁　衡

常州城里那座不大的瞿秋白[1]的纪念馆我已经去过三次。从第一次看到那个黑旧的房舍,我就想写篇文章。但是6个年头过去了,还是没有写出。瞿秋白实在是一个谜,他太博大深邃,让你看不清摸不透,无从写起但又放不下笔。去年我第三次访秋白故居时正值他牺牲60周年,地方上和北京都在筹备关于他的讨论会。他就义时才36岁,可人们已经纪念了他60年,而且还会永远纪念下去。是因为他当过中国共产党的领袖?是因为他的文学成就?是因为他的才气?是,但不全是。他短短的一生就像一幅永远读不完的名画。

我第一次到纪念馆是1990年。纪念馆本是一间瞿家的旧祠堂,祠堂前原有一条河,叫觅渡河。一听这名字我就心中一惊:觅渡,觅渡,渡在何处?瞿秋白是以职业革命家自诩的,但从这个渡口出发并没有让他走出一条路。"八七会议"他受命于白色恐怖之中,以一副柔弱的书生之肩,挑起了统帅全党的重担,发出武装斗争的吼声。但是他随即被王明,被自己的人一巴掌打倒,永不重用。后来在长征时又借口他有病,不带他北上。而比他年纪大身体弱的徐特立、谢觉哉等都安然到达陕北,活到了建国。他其实不是被国民党杀的,是为"左"倾路线所杀。是自己的人按住了他的脖子,好让敌人的屠刀来砍。而他先是仔细地独白,然后就去从容就义。

如果秋白是一个如李逵式的人物,大喊一声:"你朝爷爷砍吧,20年后又是一条好汉。"也许人们早已把他忘掉。他是一个书生啊,一个典型的中国知识分子,你看他的照片,一副多么秀气但又有几分苍白的面容。他一开始就不是舞枪弄刀的人。他在黄埔军校讲课,在上海大学讲课,他的才华熠熠闪光,听课的人挤满礼堂,爬上窗台,甚至连学校的教师也挤进来听。后来成为大作家的丁玲,这时也在台下瞪着一双稚气的大眼睛。瞿秋白的文才曾是怎样折服了一代人。后来成为文化史专家、新中国文化部副部长的郑振铎,当时准备结婚,想求秋白刻一对印,秋白开的润格[2]是50元。郑付不起转而求茅盾。婚礼那天,秋白手提一手绢小包,说来送金50,郑不胜惶恐,打开一看却是两方石印。可想他当时的治印水平。秋白被排挤离开党的领导岗位之后,转而为文,短短几年他的著译竟有500万字。鲁迅与他之间的友谊,就像马克思与恩格斯一样的完美。秋白夫妇到上海住鲁迅家中,鲁迅和许广平睡地板,而将床铺让给他们。秋白被捕后鲁迅立即组织营救,他就义后鲁迅又亲自为他编文集,装帧和用料在当时都是第一流的。秋白与鲁迅、茅盾、郑振铎这些现代文化史上的高峰,也是齐肩比顶的啊,他应该知道自己身躯内含的文化价值,应该到书斋里去实现这个价值。但是他没有,他目睹人民沉浮于水火,目睹党濒于灭顶,他振臂一呼,跃向黑暗。只要能为社会的前进照一步之路,他就毅然举全身而自燃。他的俄文水平在当时的中国是数一数二了,他曾发宏愿,要将俄国文学名著介绍到中国来,他牺牲后鲁迅感叹说,本来《死魂灵》由秋白来译是最合适的。这使我想起另一件事:和秋白同时代的梁实秋,在抗日高潮中仍大写悠闲文字,被左翼作家批评为"抗战无关论"。他自我辩解说:"人在情急时固然可以操起菜刀杀人,但杀人毕竟不是菜刀的使命。"他还是一直弄他的纯文学,后来确实也成就很高,一人独立译完了《莎士比亚全集》。现在,当我们很大度地承认梁实秋的贡献时,更不该忘记秋白这样的,情急用菜刀去救国救民,甚至连自己的珠玉之身也扑上去的人。如果他不这样做,留把菜刀作后用,留得青山来养柴,在文坛上他也会成为一个,甚至十个梁实秋。但是他没有。

如果秋白的骨头像他的身体一样的柔弱,他一被捕就招供认罪,那么历史也早就忘了他。革命史上有多少英雄就有多少叛徒。像曾是共产党总书记的向忠发、政治局委员的顾顺章,都有一个工人阶级的好出身,但是一被逮捕,就立即招供。至于陈公博、周佛海、张国焘等高干,还可以举出不少。而秋白偏偏以柔弱之躯演出了一场泰山崩于前而不动的英雄戏。他刚被捕时敌人并不明他的身份,他自称是一名医生,在狱中读书写字,连监狱长也求他开方看病。其实,他实实在在是一个书生、画家、医生,除了名字是假的,这些身份对他来说一个都不假。这时上海的鲁迅等正在设法营救他。但是一个听过他讲课的叛徒终于认出了他。特务乘其不备突然大喊一声:"瞿秋白!"他却木然无应。敌人无法只好把叛徒拉出当面对质。这时他却淡淡一笑说:"既然你们已认出了我,我就是瞿秋白。过去我写的那份供词就权当小说去读吧。"蒋介石听说抓到了瞿秋白,急电宋希濂去处理此事。宋在黄埔时听过他的课,执学生礼,想以师生之情劝其降,并派军医为之治病。他死意已决,说:"减轻一点痛苦是可以的,要治好病就大可不必了。"当一个人从道理上明白了生死大义之后,他就获得了最大的坚强和最大的从容。这是靠肉体的耐力和感情的倾注所无法达到的,理性的力量就像轨道的延伸一样坚定。一个真正的知识分子向来是以理行事,所谓士可杀而不可辱。文天祥被捕,跳水、撞墙,唯求一死。鲁迅受到恐吓,出门都不带钥匙,以示不归之志。毛泽东赞扬朱自清宁肯饿死也不吃美国的救济粉。秋白正是这样一个典型的已达到自由阶段的知识分子。蒋介石威胁利诱实在不能使之屈服,遂下令枪决。刑前,秋白唱《国际歌》,唱红军歌曲,泰然自行至刑场,高呼"中国共产党万岁",盘腿席地而坐,令敌开枪。从被捕到就义,这里没有一点死的畏惧。

如果秋白就这样高呼口号为革命献身,人们也许还不会这样长久地怀念他,研究他。他偏偏在临死前又抢着写了一篇《多余的话》,这在一般人看来真是多余。我们看他短短的一生斗争何等坚决,他在国共合作中对国民党右派的批驳、在党内对陈独秀右倾路线的批判何等犀利，他主持“八七会议”，决定武装斗争，永远彪炳史册，他在监狱中从容斗敌，最后英勇就义，泣天地动鬼神。这是一个多么完美的句号。但是他不肯，他觉得自己实在渺小，实在愧对党的领袖这个称号，于是用解剖刀，将自己的灵魂仔仔细细地剖析了一遍。别人看到的他是一个光明的结论，他在这里却非要说一说这光明之前的暗淡，或者光明后面的阴影。这又是一种惊人的平静。就像敌人要给他治病时，他说：不必了。他将生命看得很淡。现在，为了做人，他又将虚名看得很淡。他认为自己是从绅士家庭，从旧文人走向革命的，他在新与旧的斗争中受着煎熬，在文学爱好与政治责任的抉择中受着煎熬。他说以后旧文人将再不会有了，他要将这个典型，这个痛苦的改造过程如实地录下，献给后人。他说过：“光明和火焰从地心里钻出来的时候，难免要经过好几次的尝试，试探自己的道路，锻炼自己的力量。”他不但解剖了自己的灵魂，在这《多余的话》里还嘱咐死后请解剖他的尸体，因为他是一个得了多年肺病的人。这又是他的伟大，他的无私。我们可以对比一下世上有多少人都在涂脂抹粉、挖空心思地打扮自己的历史，极力隐恶扬善。特别是一些地位越高的人越爱这样做，别人也帮他这样做，所谓为尊者讳。而他却不肯。作为领袖，人们希望他内外都是彻底的鲜红，而他却固执地说：“不，我是一个多重色彩的人。”在一般人是把人生投入革命，在他是把革命投入人生，革命是他人生实验的一部分。当我们只看他的事业，看他从容赴死时，他是一座平原上的高山，令人崇敬；当我们再看他对自己的解剖时，他更是一座下临深谷的高峰，风鸣林吼，奇绝险峻，给人更多的思考。他是一个内心纵横交错，又坦荡如一张白纸的人。

我在这间旧祠堂里，一年年地来去，一次次地徘徊，我想象着当年门前的小河，河上来往觅渡的小舟。秋白就是从这里出发，到上海办学，去会鲁迅；到广州参与国共合作，去会孙中山；到苏俄去当记者，去参加共产国际会议；到汉口去主持“八七会议”，发起武装斗争；到江西苏区去，主持教育工作。他生命短促，行色匆匆。他出门登舟之时一定想到“野渡无人舟自横[3]”，想到“轻解罗裳，独上兰舟[4]”。那是一种多么悠闲的生活，多么美的诗句，是一个多么宁静的港湾。他在《多余的话》里一再表达他对文学的热爱。他多么想靠上那码头。但他没有，直到临死的前一刻他还在探究生命的归宿。他一生都在觅渡，可是到最后也没有傍到一个好的码头，这实在是一个悲剧。但正是这悲剧的遗憾，人们才这样以其生命的一倍、两倍、十倍的岁月去纪念他。如果他一开始就不闹什么革命，只要随便拔下身上的一根汗毛，悉心培植，他也会成为著名的作家、翻译家、金石家、书法家或者名医。梁实秋、徐志摩现在不是尚享后人之飨吗？如果他革命之后，又拨转船头，退而治学呢，仍然可以成为一个文坛泰斗。与他同时代的陈望道，本来是和陈独秀一起筹建共产党的，后来退而研究修辞，著《修辞学发凡》，成了中国修辞学第一人，人们也记住了他。可是秋白没有这样做。就像一个美女偏不肯去演戏，像一个高个儿男子偏不肯去打球。他另有所求，但又求而无获，甚至被人误会。一个人无才也罢了，或者有一分才干成了一件事也罢了。最可惜的是他有十分才只干成了一件事，甚至一件也没有干成，这才叫后人惋惜。你看岳飞的诗词写得多好，他是有文才的，但世人只记住了他的武功。辛弃疾是有武才的，他年轻时率一万义军反金投宋，但南宋政府不用他，他只能“醉里挑灯看剑，梦回吹角连营[5]”，后人也只知他的诗才。瞿秋白以文人为政，又因政事之败而返观人生。如果他只是慷慨就义再不说什么，也许他早已没入历史的年轮。但是他又说了一些看似多余的话，他觉得探索比到达更可贵。当年项羽兵败，虽前有渡船，却拒不渡河。项羽如果为刘邦所杀，或者他失败后再渡乌江，都不如临江自刎这样留给历史永远的回味。项羽面对生的希望却举起了一把自刎的剑，秋白在将要英名流芳时却举起了一把解剖刀，他们都将行将定格的生命的价值又推上了一层，哲人者，宁肯舍其事而成其心。

秋白不朽。

（选自《中华儿女》，1996年第8期）

【注释】

[1] 瞿秋白（1899—1935年），原名瞿双，后改名瞿霜、瞿爽。江苏省常州武进县人，与共产党早期领袖恽代英、张太雷并称为“常州三杰”，是继陈独秀之后的中国共产党第二代领导人。1985年6月18日瞿秋白就义50周年之际，中共中央在中南海召开纪念大会，对瞿秋白作出了全面、公正的评价：“瞿秋白同志是中国共产党早期的主要领导人之一，伟大的马克思主义者，卓越的无产阶级革命家、理论家和宣传家，中国的革命文学事业的重要奠基者之一。”

[2] 润格：指为人作诗文书画所定的报酬标准。

[3] 野渡无人舟自横：唐代韦应物《滁州西涧》中的句子。全诗是：“独怜幽草涧边生，上有黄鹂深树鸣。春潮带雨晚来急，野渡无人舟自横。”

[4] 轻解罗裳，独上兰舟：宋代李清照的词《一剪梅》中的句子。全词是：“红藕香残玉簟秋。轻解罗裳，独上兰舟。云中谁寄锦书来？雁字回时，月满西楼。花自飘零水自流。一种相思，两处闲愁。此情无计可消除，才下眉头，却上心头。”

[5] 醉里挑灯看剑，梦回吹角连营：南宋辛弃疾《破阵子》中的句子。全词是：“醉里挑灯看剑，梦回吹角连营。八百里分麾下炙，五十弦翻塞外声，沙场秋点兵。马作的卢飞快，弓如霹雳弦惊。了却君王天下事，赢得生前身后名。可怜白发生！”

【作者简介】

梁衡（1946— ），山西霍州人，当代作家。在散文创作方面，有散文集《夏感与秋思》《只求新去处》《名山大川感思录》《人杰鬼雄》等；有科学史章回小说《数理化通俗演义》；新闻三部曲《没有新闻的角落》《新闻绿叶的脉络》《新闻原理的思考》等。

【赏析指要】

在散文创作中，梁衡提倡“写大事、大情、大理”，《觅渡，觅渡，渡何处？》正是实践其创作主张的一篇代表作。

文章写了瞿秋白积极探索的伟大人生和精神世界。瞿秋白以一介书生，担负领导党进行军事斗争的重任；以病弱之躯，慷慨就义，尽显英雄本色；作为知识分子，他有崇高的人格、独立的思想、自由的精神，任何力量都不能压制他的思考、怀疑、彷徨和追求，他的伟大，他的不朽，正在于此。

“觅渡”是瞿家祠堂前一座桥的名字，暗示着瞿秋白积极探索的伟大人生。“觅渡”是文章的主线，有效地串联起瞿秋白的一生。“觅渡，觅渡，渡何处？”以疑问句的形式寄寓作者对瞿秋白的崇敬，也引发读者思索，加浓了文章的文学韵味。仔细读读，看看作者从哪几个方面论述瞿秋白的人生道路？瞿秋白的“觅渡”具有怎样的人格意义？

听听那冷雨

余光中

惊蛰[1]一过，春寒加剧。先是料料峭峭，继而雨季开始，时而淋淋漓漓，时而淅淅沥沥，天潮潮地湿湿，即连在梦里，也似乎有把伞撑着。而就凭一把伞，躲过一阵潇潇的冷雨，也躲不过整个雨季。连思想也都是潮润润的。每天回家，曲折穿过金门街[2]到厦门街迷宫式的长巷短巷，雨里风里，走入霏霏令人更想入非非。想这样子的台北凄凄切切完全是黑白片的味道，想整个中国整部中国的历史无非是一张黑白片子，片头到片尾，一直是这样下着雨的。这种感觉，不知道是不是从安东尼奥尼[3]那里来的。不过那一块土地[4]是久违了，二十五年，四分之一的世纪，即使有雨，也隔着千山万山，千伞万伞。十五年，一切都断了，只有气候，只有气象报告还牵连在一起，大寒流从那块土地上弥天卷来，这种酷冷吾与古大陆分担。不能扑进她怀里，被她的裙边扫一扫吧，也算是安慰孺慕[5]之情吧。

这样想时，严寒里竟有一点温暖的感觉了。这样想时，他希望这些狭长的巷子永远延伸下去，他的思路也可以延伸下去，不是金门街到厦门街，而是金门到厦门。他是厦门人，至少是广义的厦门人，二十年来，不住在厦门，住在厦门街，算是嘲弄吧，也算是安慰。不过说到广义，他同样也是广义的江南人，常州人，南京人，川娃儿，五陵少年[6]。杏花春雨江南，那是他的少年时代了。再过半个月就是清明。安东尼奥尼的镜头摇过去，摇过去又摇过来。残山剩水犹如是，皇天后土犹如是。纭纭黔首[7]纷纷黎民从北到南犹如是。那里面是中国吗？那里面当然还是中国，永远是中国。只是杏花春雨已不再，牧童遥指已不再，剑门细雨、渭城轻尘也都已不再。然则他日思夜梦的那片土地，究竟在哪里呢？

在报纸的头条标题里吗？还是香港的谣言里？还是傅聪的黑键白键、马思聪[8]的跳弓拨弦？还是安东尼奥尼的镜底、勒马洲[9]的望中？还是呢，故宫博物院的壁头和玻璃柜内，京戏的锣鼓声中太白和东坡的韵里？

杏花，春雨，江南。六个方块字，或许那片土就在那里面。而无论赤县也好神州也好中国也好，变来变去，只要仓颉的灵感不灭，美丽的中文不老，那形象那磁石一般的向心力当必然长在。因为一个方块字是一个天地。太初有字，于是汉族的心灵他祖先的回忆和希望便有了寄托。譬如凭空写一个“雨”字，点点滴滴，滂滂沱沱，淅淅沥沥，一切云情雨意，就宛然其中了。视觉上的这种美感，岂是什么 rain 也好 pluie[10]也好所能满足？翻开一部《辞源》或《辞海》，金木水火土，各成世界，而一入“雨”部，古神州的天颜千变万化，便悉在望中，美丽的霜雪云霞，骇人的雷电霹雹，展露的无非是神的好脾气与坏脾气，气象台百读不厌门外汉百思不解的百科全书。

听听，那冷雨。看看，那冷雨。嗅嗅闻闻，那冷雨。舔舔吧，那冷雨。雨在他的伞上，这城市百万人的伞上，雨衣上，屋上，天线上。雨下在基隆港[11]在防波堤海峡的船上，清明这季雨。雨是女性，应该最富于感性。雨气空而迷幻，细细嗅嗅，清清爽爽新新，有一点点薄荷的香味。浓的时候，竟发出草和树林之后特有的淡淡土腥气，也许那竟是蚯蚓的蜗牛的腥气吧，毕竟是惊蛰了啊。也许地上的、地下的生命，也许古中国层层叠叠的记忆皆蠢蠢而蠕，也许是植物的潜意识和梦吧，那腥气。

第三次去美国，在高高的丹佛山居住了两年。美国的西部，多山多沙漠，千里干旱。天，蓝似盎格鲁·萨克逊人[12]的眼睛；地，红如印第安人的肌肤；云，却是罕见的白鸟。落基山簇簇耀目的雪峰上，很少飘云牵雾。一来高，二来干，三来森林线以上，杉柏也止步，中国诗词里"荡胸生层云"或是"商略黄昏雨"的意趣，是落基山上难睹的景象。落基山岭之胜，在石，在雪。那些奇岩怪石，相叠互倚，砌一场惊心动魄的雕塑展览，给太阳和千里的风看。那雪，白得虚虚幻幻，冷得清清醒醒，那股皑皑不绝一仰难尽的气势，压得人呼吸困难，心寒眸酸。不过要领略"白云回望合，青霭入看无"的境界，仍须来中国。台湾湿度很高，最饶云气氤氲雨意迷离的情调。两度夜宿溪头，树香沁鼻，宵寒袭肘，枕着润碧湿翠苍苍交叠的山影和万籁都歇的岑寂，仙人一样睡去。山中一夜饱雨，次晨醒来，在旭日未升的原始幽静中，冲着隔夜的寒气，踏着满地的断柯折枝和仍在流泻的细股雨水，一径探入森林的秘密，曲曲弯弯，步上山去。溪头的山，树密雾浓，蓊郁的水气从谷底冉冉升起，时稠时稀，蒸腾多姿，幻化无定，只能从雾破云开的空处，窥见乍现即隐的一峰半壑，要纵览全貌，几乎是不可能的。至少上山两次，只能在白茫茫里和溪头诸峰玩捉迷藏的游戏。回到台北，世人问起，除了笑而不答心自闲，故作神秘之外，实际的印象，也无非山在虚无之间罢了。云缭烟绕，山隐水迢的中国风景，由来予人宋画的韵味。那天下也许是赵家的天下[13]，那山水却是米家的山水。而究竟，是米家山水[14]下笔像中国的山水，还是中国的山水上纸像宋画，恐怕是谁也说不清楚了吧？

雨不但可嗅，可亲，更可以听。听听那冷雨。听雨，只要不是石破天惊的台风暴雨，在听觉上总是一种美感。大陆上的秋天，无论是疏雨滴梧桐，或是骤雨打荷叶，听去总有一点凄凉，凄清，凄楚，于今在岛上回味，则在凄楚之外，再笼上一层凄迷了，饶你多少豪情侠气，怕也经不起三番五次的风吹雨打。一打少年听雨，红烛昏沉。再打中年听雨，客舟中，江阔云低。三打白头听雨在僧庐下。这更是亡宋之痛，一颗敏感心灵的一生：楼上，江上，庙里，用冷冷的雨珠子串成。十年前，他曾在一场摧心折骨的鬼雨中迷失了自己。雨，该是一滴湿漓漓的灵魂，窗外在喊谁。

雨打在树上和瓦上，韵律都清脆可听。尤其是铿铿敲在屋瓦上，那古老的音乐，属于中国。王禹偁[15]僻在黄冈，破如椽的大竹为屋瓦。据说住在竹楼上面，急雨声如瀑布，密雪声比碎玉，而无论鼓琴、咏诗、下棋、投壶，共鸣的效果都特别好。这样岂不像住在竹筒里面，任何细脆的声响，怕都会加倍夸大，反而令人耳朵过敏吧。

雨天的屋瓦，浮漾湿湿的流光，灰而温柔，迎光则微明，背光则幽黯，对于视觉，是一种低沉的安慰。至于雨敲在鳞鳞千瓣的瓦上，由远而近，轻轻重重轻轻，夹着一股股的细流沿瓦槽与屋檐潺潺泻下，各种敲击音与滑音密织成网，谁的千指百指在按摩耳轮。"下雨了"，温柔的灰美人来了，她冰冰的纤手在屋顶拂弄着无数的黑键啊灰键，把晌午一下子奏成了黄昏。

在古老的大陆上，千屋万户是如此。二十多年前，初来这岛上，日式的瓦屋亦是如此。先是天黯了下来，城市像罩在一块巨幅的毛玻璃里，阴影在户内延长复加深。然后凉凉的水意弥漫在空间，风自每一个角落里旋起，感觉得到，每一个屋顶上呼吸沉重都覆着灰云。雨来了，最轻的敲打乐敲打这城市。苍茫的屋顶，远远近近，一张张敲过去，古老的琴，那细细密密的节奏，单调里自有一种柔婉与亲切，滴滴点点滴滴，似幻似真，若孩时在摇篮里，一曲耳熟的童谣摇摇欲睡，母亲吟哦鼻音与喉音。或是在江南的泽国水乡，一大筐绿油油的桑叶被啮于千百头蚕，细细琐琐屑屑，口器与口器咀咀嚼嚼。雨来了，雨来的时候瓦这么说，一片瓦说千亿片瓦说，说轻轻地奏吧沉沉地弹，徐徐地叩吧挞挞地打，间间歇歇敲一个雨季，即兴演奏从惊蛰到清明，在零落的坟上冷冷奏挽歌，一片瓦吟千亿片瓦吟。

在日式的古屋里听雨，听四月，霏霏不绝的黄梅雨，朝夕不断，旬月绵延，湿黏黏的苔藓从石阶下一直侵到舌底，心底。到七月，听台风台雨在古屋顶上一夜盲奏，千寻海底的热浪沸沸被狂风挟来，掀翻整个太平洋只为向他的矮屋檐重重压下，整个海在他的蜗壳上哗哗泻过。不然便是雷雨夜，白烟一般的纱账里听羯鼓一通又一通，滔天的暴雨滂滂沛沛扑来，强劲的电琵琶忐忐忑忑忐忐忑忑，弹动屋瓦的惊悸腾腾欲掀起。不然便是斜斜的西北雨斜斜刷在窗玻璃上，鞭在墙上打在阔大的芭蕉叶上，一阵寒潮泻过，秋意便弥漫日式的庭院了。

在日式的古屋里听雨，春雨绵绵听到秋雨潇潇，从少年听到中年，听听那冷雨。雨是一种单调而耐听的音乐，是室内乐是室外乐，户内听听，户外听听，冷冷，那音乐。雨是一种回忆的音乐，听听那冷雨，回忆江南的雨下得满地是江湖，下在桥上和船上，也下在四川在秧田和蛙塘下肥了嘉陵江，下湿布谷咕咕的啼声，雨是潮潮润润的音乐下在渴望的唇上，舔舔那冷雨。

因为雨是最最原始的敲打乐从记忆的彼端敲起。瓦是最最低沉的乐器灰蒙蒙的温柔覆盖着听雨的人，瓦是音乐的雨伞撑起。但不久公寓的时代来临，台北你怎么一下子长高了，瓦的音乐竟成了绝响。千片万片的瓦翩翩，美丽的灰蝴蝶纷纷飞走，飞入历史的记忆。现在雨下下来，下在水泥的屋顶和墙上，没有音韵的雨季。树也砍光了，那月桂，那枫树，柳树和擎天的巨椰，雨来的时候不再有丛叶嘈嘈切切，闪动湿湿的绿光迎接。鸟声减了啾啾，蛙声沉了咯咯，秋天的虫吟也减了唧唧。七十年代的台北不需要这些，一个乐队接一个乐队便遣散尽了。要听鸡叫，只有去诗经的韵里找。现在只剩下一张黑白片，黑白的默片。

正如马车的时代去后，三轮车的时代也去了。曾经在雨夜，三轮车的油布篷挂起，送她回家的途中，篷里的世界小得多可爱，而且躲在警察的辖区以外。雨衣的口袋越大越好，盛得下他的一只手里握一只纤纤的手。台湾的雨季这么长，该有人发明一种宽宽的双人雨衣，一人分穿一只袖子此外的部分就不必分得太苛。而无论工业如何发达，一时似乎还废不了雨伞。只要雨不倾盆，风不横吹，撑一把伞在雨中仍不失古典的韵味。任雨点敲在黑布伞或是透明的塑胶伞上，将骨柄一旋，雨珠向四方喷溅，伞缘便旋成了一圈飞檐。跟女友共一把雨伞，该是一种美丽的合作吧。最好是初恋，有点兴奋，更有点不好意思，若即若离之间，雨不妨下大一点。真正初恋，恐怕是兴奋得不需要伞的，手牵手在雨中狂奔而去，把年轻的长发和肌肤交给漫天的淋淋漓漓，然后向对方的唇上颊上尝凉凉甜甜的雨水。不过那要非常年轻且激情，同时，也只能发生在法国的新潮片里吧。

大多数的雨伞想不会为约会张开。上班下班，上学放学，菜市来回的途中。现实的伞，灰色的星期三。握着雨伞，听那冷雨打在伞上。索性更冷一些就好了，他想。索性把湿湿的灰雨冻成干干爽爽的白雨，六角形的结晶体在无风的空中回回旋旋地降下来，等须眉和肩头白尽时，伸手一拂就落了。二十五年，没有受故乡白雨的祝福，或许发上下一点白霜是一种变相的自我补偿吧。一位英雄，经得起多少次雨季？他的额头是水成岩削成还是火成岩？

他的心底究竟有多厚的苔藓？厦门街的雨巷走了二十年与记忆等长，一座无瓦的公寓在巷底等他，一盏灯在楼上的雨窗子里，等他回去，向晚餐后的沉思冥想去整理青苔深深的记忆。

前尘隔海。古屋不再。听听那冷雨。

1974年春分之夜

（选自余光中．余光中散文集[M]．合肥：安徽省教育出版社，1996．）

【注释】

[1] 惊蛰：二十四节气之一，在每年三月。
[2] 金门街：和下文的厦门街都是台湾的街名。
[3] 安东尼奥尼：这里指米开朗基罗·安东尼奥尼（1912—2007年），意大利现代主义电影导演，在影片中着力表现情绪，并善于用色彩暗示情感。
[4] 那一片土地：指大陆。
[5] 孺慕：本指幼童对亲人的思慕，后喻为仰望敬爱之意。
[6] 五陵少年：长安少年。五陵，西汉的五座皇帝陵墓，此处代指当时的长安。
[7] 黔首（qián shǒu）：是中国战国时期和秦代对百姓的称呼。战国时期已经广泛使用，含义与当时常见的民、庶民同。
[8] 马思聪：（1912—1987年）著名小提琴演奏家。
[9] 勒马洲：又名落马洲。位于深圳、香港交界处。曾一度是港台同胞眺望祖国的驻足点。
[10] pluie：法语单词，雨。
[11] 基隆港：台湾岛上的港口城市。
[12] 盎格鲁·萨克逊人：指公元5世纪时迁居英国不列颠的以盎格鲁和撒克逊人为主的日耳曼人。
[13] 赵家的天下：宋代皇帝姓赵，故有此说。
[14] 米家山水：北宋书画家米芾，画山水不求工细，多用水墨点染，"意似便已"，呈朦胧景象，故画史上有"米家山""米氏云山"之说。
[15] 王禹偁：（955—1001年）北宋诗人，散文家。

【作者简介】

余光中（1928— ），祖籍福建永春，生于江苏南京。1949年随父母迁香港，次年赴台。1952年毕业于台湾大学外文系。1959年获美国爱荷华大学艺术硕士。在美国和中国香港、台湾等地任教多年，同时从事文学创作，自称"右手写诗，左手写散文"，兼擅文学批评和翻译。他是台湾文坛颇具代表性的诗人、作家，风格复杂而多变。著有《舟子的悲歌》《蓝色的羽毛》《白玉苦瓜》等十余种诗集，散文与评论文集有《听听那冷雨》《记忆像铁轨一样长》《左手的缪斯》等。

【赏析指要】

《听听那冷雨》这篇美文，充分调动了人的五官感觉，并进一步让五官感觉互相沟通，将雨描绘成组合了听觉、触觉、嗅觉、视觉、味觉全方位的感性的存在，这种感性的存在包孕了人与物交应传感中所产生的全部精神内涵——种种情致、众多的神态、多变的气韵、繁复的意识，等等；也包括了人与物交应传感中所产生的全部情感类型——乡情、爱情、亲倩、友情，从而给了读者多维的审美体验。

中国古典诗词的巧妙化用拓展了散文的思维空间。作者仿佛信手拈来，常常使人感到这些诗文典故不是嫁接去的，而是天然生成在那里。读这样的句子："只是杏花春雨已不再，牧童遥指已不再，剑门细雨、渭城轻尘也都已不再。"这里，余光中至少结合唐代诗人杜牧的《清明》"借问酒家何处有，牧童遥指杏花村"，唐代诗人王维的《送元二使安西》"渭城朝雨浥轻尘，客舍青青柳色新"，宋代陆游"细雨骑驴入剑门"。读这样的句子，就会有无数与雨相关的意象奔涌而来，撞击着你的心胸，勾连起你的记忆，让你跨越时间沉浸在古典诗词优美的意境中。

静静地读，细细地读，全身心投入文章的情景中，想象那飘飘洒洒、清新湿润的雨幕在你身边张开合围。体会游子的乡愁，以及中国文化的魅力。

多年父子成兄弟

汪曾祺

这是我父亲的一句名言。

父亲是个绝顶聪明的人。他是画家，会刻图章，画写意花卉。图章初宗浙派，中年后治汉印。他会摆弄各种乐器，弹琵琶，拉胡琴，笙箫管笛，无一不通。他认为乐器中最难的其实是胡琴，看起来简单，只有两根弦，但是变化很多，两手都要有功夫。他拉的是老派胡琴，弓子硬，松香滴得很厚——现在拉胡琴的松香都只滴了薄薄的一层。他的胡琴音色刚亮。胡琴码子都是他自己刻的，他认为买来的不中使。他养蟋蟀，养金铃子。他养过花，他养的一盆素心兰在我母亲病故那年死了，从此他就不再养花。我母亲死后，他亲手给她做了几箱子冥衣——我们那里有烧冥衣的风俗。按照母亲生前的喜好，选购了各种花素色纸做衣料，单夹皮棉，四时不缺。他做的皮衣能分得出小麦穗、羊羔，灰鼠、狐肷。

父亲是个很随和的人，我很少见他发过脾气，对待子女，从无疾言厉色。他爱孩子，喜欢孩子，爱跟孩子玩，带着孩子玩。我的姑妈称他为"孩子头"。春天，不到清明，他领一群孩子到麦田里放风筝。放的是他自己糊的蜈蚣（我们那里叫"百脚"），是用染了色的绢糊的。放风筝的线是胡琴的老弦。老弦结实而轻，这样风筝可笔直地飞上去，没有"肚儿"。用胡琴弦放风筝，我还未见过第二人。清明节前，小麦还没有"起身"，是不怕践踏的，而且越踏会越长得旺。孩子们在屋里闷了一冬天，在春天的田野里奔跑跳跃，身心都极其畅快。他用钻石刀把玻璃裁成不同形状的小块，再一块一块逗拢，接缝处用胶水粘牢，做成小桥、小亭子、八角玲珑水晶球。桥、亭、球是中空的，里面养了金铃子。从外面可以看到金铃子在里面自在爬行，振翅鸣叫。他会做各种灯。用浅绿透明的"鱼鳞纸"扎了一只纺织娘，栩栩如生。用西洋红染了色，上深下浅的通草做花瓣，做了一个重瓣荷花灯，真是美极了。用小西瓜（这是拉秧的小瓜，因其小，不中吃，叫做"打瓜"或"骂瓜"）上开小口挖净瓜瓤，在瓜皮上雕镂出极细的花纹，做成西瓜灯。我们在这些灯里点了蜡烛，穿街过巷，邻居的孩子都跟过来看，非常羡慕。

父亲对我的学业是关心的，但不强求。我小时了了，国文成绩一直是全班第一。我的作文，时得佳评，他就拿出去到处给人看。我的数学不好，他也不责怪，只要能及格，就行了。

他画画,我少时也喜欢画画,但他从不指点我。他画画时,我在旁边看,其余时间由我自己乱翻画谱,瞎抹。我对写意花卉那时还不太会欣赏,只是画一些鲜艳的大桃子,或者我从来没有见过的瀑布。我小时字写得不错,他倒是给我出过一点主意。在我写过一阵"圭峰碑"[1]和"多宝塔"以后,他建议我写写"张猛龙"。这建议是很好的,到现在我写的字还有"张猛龙"的影响,我初中时爱唱戏,唱青衣,我的嗓子很好,高亮甜润。在家里,他拉胡琴,我唱,我的同学有几个能唱戏的。学校开同乐会,他应我的邀请,到学校去伴奏。几个同学都只是清唱。有一个姓费的同学借到一顶纱帽,一件蓝官衣,扮起来唱"碟砂井",但是没有配角,没有衙役,没有犯人,只是一个赵廉,摇着马鞭在台上走了两圈,唱了一段"郡坞县在马上心神不定"便完事下场。父亲那么大的人陪着几个孩子玩了一下午,还挺高兴。我十七岁初恋,暑假里,在家写情书,他在一旁瞎出主意。我十几岁就学会了抽烟喝酒。他喝酒,给我也倒一杯。抽烟,一次抽出两根,他一根我一根。他还总是先给我点上火。我们的这种关系,他人或以为怪,父亲说:"我们是多年父子成兄弟。"

我和儿子的关系也是不错的。我戴了"右派分子"的帽子下放张家口农村劳动,他那时还从幼儿园刚毕业,刚刚学会汉语拼音,用汉语拼音给我写了第一封信,我也只好赶紧学会汉语拼音,好给他写回信。"文化大革命"期间,我被打成"黑帮",送进"牛棚"。偶尔回家,孩子们对我还是很亲热。我的老伴告诫他们:"你们要和爸爸'划清界限'。"儿子反问母亲:"那你怎么还给他打酒?"只有一件事,两代之间,曾有分歧,他下放山西忻县"插队落户"。按规定,春节可以回京探亲。我们等着他回来。不料他同时带回了一个同学。他这个同学的父亲是一位正受林彪迫害,搞得人囚家破的空军将领。这个同学在北京已经没有家,按照大队的规定是不能回北京的,但是这孩子很想回北京,在一伙同学的秘密帮助下,我的儿子就偷偷地把他带回来了,他连"临时户口"也不能上,是个"黑人",我们留他在家住,等于"窝藏"了他。公安局随时可以来查户口,街道办事处的大妈也可能举报。当时人人自危,自顾不暇,儿子惹了这么一个麻烦,使我们非常为难。我和老伴把他叫到我们的卧室,对他的冒失行为表示很不满,我责备他:"怎么事前也不和我们商量一下!"我的儿子哭了,哭得很委屈,很伤心。我们当时立刻明白了:他是对的,我们是错的。我们这种怕担干系的思想是庸俗的。我们对儿子和同学之间的义气缺乏理解,对他的感情不够尊重。他的同学在我们家一直住了四十多天,才离去。

对儿子的几次恋爱,我采取的态度是"闻而不问"。了解,但不干涉。我们相信他自己的选择,他的决定。最后,他悄悄和一个小学时期女同学好上了,结了婚。有了一个女儿,已近七岁。

我的孩子有时叫我"爸",有时叫我"老头子"!连我的孙女也跟着叫。我的亲家母说这孩子"没大没小"。我觉得一个现代化的、充满人情味的家庭,首先必须做到"没大没小"。父母叫人敬畏,儿女"笔管条直",最没有意思。

儿女是属于他们自己的。他们的现在,和他们的未来,都应由他们自己来设计。一个想用自己理想的模式塑造自己的孩子的父亲是愚蠢的,而且,可恶!另外,作为一个父亲,应该、尽量保持一点童心。

1990年9月1日

(选自《中外散文金库》,2003年8期)

【注释】

[1] 圭峰碑:指圭峰碑碑文,由唐代书法家裴休、柳公权书写。后文的"多宝塔"指颜真卿的多宝塔碑字帖;"张猛龙"也指书法字帖。

【作者简介】

汪曾祺(1920—1997年),现当代作家,江苏高邮人。1939年考入昆明西南联合大学中文系,深受教写作课的沈从文的影响。1940年开始发表小说。1943年大学毕业后在昆明、上海任中学国文教员和历史博物馆职员。著有小说集《邂逅集》《羊舍的夜晚》《晚饭花集》《寂寞与温暖》《茱萸集》,散文集《蒲桥集》《塔上随笔》,文学评论集《晚翠文谈》等。短篇《受戒》和《大淖记事》是他的获奖小说。

【赏析指要】

汪曾祺的散文,没有说教。他对事物细致的描绘,瞬间的真情流露,已到了返璞归真的境界。

汪曾祺的散文,多是由一件一件描写生活的平常小事串联而成,他用平凡朴质的文字,搭构了一座精妙的、耐人寻味的城堡。他的散文不仅渗透出一种自我把玩和品尝的闲适,还流露出一种乐观的精神,为生命、生活而积极活动,并在活动中保持人和人的和谐,用自然宁静、淡泊之心执着追求生活。

读一读想一想,文章写了几对父子?写了各自的哪些事情?各自父亲是个怎样的人?试着结合自己的生活经历,点评一下。

这篇散文以父子情为线索,串起的都是珠圆玉润的珍珠。每件琐事都是用最生活化的语言来记述,简洁纯净,精妙到位,仔细体会这种语言风格。

幽径悲剧

季羡林

出家门,向右转,只有二三十步,就走进一条曲径。有二三十年之久,我天天走过这一条路,到办公室去。因为天天见面,也就成了司空见惯,对它有点漠然了。

然而,这一条幽径却是大大有名的。记得在五十年代,我在故宫的一个城楼上,参观过一个有关《红楼梦》的展览。我看到由几幅山水画组成的组画,画的就是这一条路。足证这一条路是同这一部伟大的作品有某一些联系的。至于是什么联系,我已经记忆不清。留在我记忆中的只是一点印象:这一条平平常常的路是有来头的,不能等闲视之。

这一条路在燕园中是极为幽静的地方。学生们称之为"后湖",他们是很少到这里来的。我上面说它平平常常,这话有点语病,它其实是颇为不平常的。一面傍湖,一面靠山,蜿蜒曲折,实有曲径通幽之趣。山上苍松翠柏,杂树成林。无论春夏秋冬,总有翠色在目。不知名的小花,从春天开起,过一阵换一个颜色,一直开到秋末。到了夏天,山上一团浓绿,人们仿佛是在一片绿雾中穿行。林中小鸟,枝头鸣蝉,仿佛互相应答。秋天,枫叶变红,与苍松翠柏,相映成趣,凄清中又饱含浓烈。几乎让人不辨四时了。

小径另一面是荷塘,引人注目主要是在夏天。此时绿叶接天,红荷映日。仿佛从地下深处爆发出一股无比强烈的生命力,向上,向上,向上,欲与天公试比高,真能使懦者立怯者强,给人以无穷的感染力。

不管是在山上,还是在湖中,一到冬天,当然都有白雪覆盖。在湖中,昔日的潋滟的绿波为坚冰所取代。但是在山上,虽然落叶树都把叶子落掉,可是松柏反而更加精神抖擞,绿色更加浓烈,意思是想把其他树木之所失,自己一手弥补过来,非要显示出绿色的威力不行。再加上还有翠竹助威,人们置身其间,决不会感到冬天的萧索了。

这一条神奇的幽径,情况大抵如此。

在所有的这些神奇的东西中,给我印象最深,让我最留恋难忘的是一株古藤萝。藤萝是一种受人喜爱的植物。清代笔记中有不少关于北京藤萝的记述。在古庙中,在名园中,往往都有几棵寿达数百年的藤萝,许多神话故事也往往涉及藤萝。北大现住的燕园,是清代名园,有几棵古老的藤萝,自是意中事。我们最初从城里搬来的时候,还能看到几棵据说是明代传下来的藤萝。每到春天,紫色的花朵开得满棚满架,引得游人和蜜蜂猬集[1]其间,成为春天一景。

但是,根据我个人的评价,在众多的藤萝中,最有特色的还是幽径的这一棵。它既无棚,也无架,而是让自己的枝条攀附在邻近的几棵大树的干和枝上,盘曲而上,大有直上青云之概。因此,从下面看,除了一段苍黑古劲像苍龙般的粗干外,根本看不出是一株藤萝。每到春天,我走在树下,眼前无藤萝,心中也无藤萝。然而一股幽香蓦地闯入鼻官,嗡嗡的蜜蜂声也袭入耳内,抬头一看,在一团团的绿叶中——根本分不清哪是藤萝叶,哪是其他树的叶子——隐约看到一朵朵紫红色的花,颇有万绿丛中一点红的意味。直到此时,我才清晰地意识到这一棵古藤的存在,顾而乐之了。

经过了史无前例的十年浩劫,不但人遭劫,花木也不能幸免。藤萝们和其他一些古丁香树等等,被异化为"修正主义",遭到了无情的诛伐。六院前的和红二三楼之间的那两棵著名的古藤,被坚决、彻底、干净、全部地消灭掉。是否也被踏上一千只脚,没有调查研究,不敢瞎说;永世不得翻身,则是铁一般的事实了。

茫茫燕园中,只剩下了幽径的这一棵藤萝了。它成了燕园中藤萝界的鲁殿灵光[2]。每到春天,我在悲愤、惆怅之余,唯一的一些安慰就是幽径中这一棵古藤。每次走在它下面,闻到淡淡的幽香,听到嗡嗡的蜂声,顿觉这个世界还是值得留恋的,人生还不全是荆棘丛。其中情味,只有我一个人知道,不足为外人道也。

然而,我快乐得太早了。人生毕竟还是一个荆棘丛,决不是到处都盛开着玫瑰花。今年春天,我走过长着这棵古藤的地方,我的眼前一闪,吓了一大跳:古藤那一段原来凌空的虬干,忽然成了吊死鬼,下面被人砍断,只留上段悬在空中,在风中摇曳。再抬头向上看,藤萝初绽出来的一些淡紫的成串的花朵,还在绿叶丛中微笑。它们还没有来得及知道,自己赖以生存的树干已经被砍断了,脱离了地面,再没有水分供它们生存了。它们仿佛成了失掉了母亲的孤儿,不久就会微笑不下去,连痛哭也没有地方了。

我是一个没有出息的人。我的感情太多,总是供过于求,经常为一些小动物、小花草惹起万斛[3]闲愁。真正的伟人们是决不会这样的。反过来说,如果他们像我这样的话,也决不能成为伟人。我还有点自知之明,我注定是一个渺小的人,也甘于如此,我甘于为一些小猫小狗小花小草流泪叹气。这一棵古藤的灭亡在我心灵中引起的痛苦,别人是无法理解的。

从此以后,我最爱的这一条幽径,我真有点怕走了。我不敢再看那一段悬在空中的古藤枯干,它真像吊死鬼一般,让我毛骨悚然。非走不行的时候,我就紧闭双眼,疾趋而过。心里数着数一,二,三,四,一直数到十,我估摸已经走到了小桥的桥头上,吊死鬼不会看到了,我才睁开眼走向前去。此时,我简直是悲哀至极,哪里还有什么闲情逸致来欣赏幽径的情趣呢?

但是,这也不行。眼睛虽闭,但耳朵是关不住的。我隐隐约约听到古藤的哭泣声,细如蚊蝇,却依稀可辨。它在控诉无端被人杀害。它在这里已经呆了二三百年,同它所依附的大树一向和睦相处。它虽阅尽人间沧桑,却从无害人之意。每到春天,就以自己的花朵为人间增添美丽。焉知一旦毁于愚氓之手。它感到万分委屈,又投诉无门。它的灵魂死守在这里。每到月白风清之夜,它会走出来显圣的。在大白天,只能偷偷地哭泣。山头的群树、池中的荷花是对它深表同情的,然而又受到自然的约束,寸步难行,只能无言相对。在茫茫人世中,人们争名于朝,争利于市,哪里有闲心来关怀一棵古藤的生死呢?于是,它只有哭泣,哭泣,哭泣……

世界上像我这样没有出息的人,大概是不多的。古藤的哭泣声恐怕只有我一个能听到。在浩茫无际的大千世界上,在林林总总的植物中,燕园的这一棵古藤,实在渺小得不能再渺小了。你倘若问一个燕园中人,决不会有任何人注意到这一棵古藤的存在的,决不会有任何人关心它的死亡的,决不会有任何人为之伤心的。偏偏出了我这样一个人,偏偏让我住到这个地方,偏偏让我天天走这一条幽径,偏偏又发生了这样一个小小的悲剧;所有这一些偶然性都集中在一起,压到了我的身上。我自己的性格制造成的这一个十字架,只有我自己来背了。奈何,奈何!

但是,我愿意把这个十字架背下去,永远永远地背下去。

1992 年 9 月 13 日

(选自中华散文百年精华[M].北京:人民文学出版社,1999.)

【注释】

[1] 猬集:比喻繁多,像刺猬的硬刺那样聚在一起。

[2] 鲁殿灵光:指硕果仅存的人或事物。

[3] 万斛(hú):形容多。斛,旧量器,方形,口小底大。

【作者简介】

季羡林(1911—2009 年),山东省聊城人,字希逋,又字齐奘。语言学家、文学家、国学家、佛学家、史学家、教育家和社会活动家。历任中国科学院哲学社会科学部委员、北京大学副校长等。其著作汇编成《季羡林文集》。

【赏析指要】

幽径悲剧,仔细揣摩标题,文眼大约在于“悲”与“幽”,可从“幽”和“悲”二字解剖文章。“幽”字前加上“悲”,表达文章的一种复杂的意境、氛围。幽者,不光指燕园后湖的一条小径之“幽”,也含有作者心境之幽的意思;悲者,既为古藤萝受屠戮而悲,又为愚民挥刀弄斧而悲。前者为悲悯,后者为悲愤。文中古藤萝的悲剧,是整个幽径的悲剧,是燕园的悲剧,是时代的悲剧,更是人性的悲剧。

还有两个值得探讨的问题:当大家都对一棵古藤萝灭绝视若等闲时,作者竟独自悲佚,独自揽来他人灭绝生灵的罪过,你怎么看待作者所谓“我自己的性格制造成的这一个十字架,只有我自己来背了”? 这体现了作者怎样的一种人生态度?

【辑评】

《幽径悲剧》写于1992年,作者季羡林此时已经82岁了,人生的酸甜苦辣、兴衰际遇他已尝遍,他又是研究佛经的,所以对于世界发生的一切,都能坦然面对,谈笑处之。但是,燕园的一株藤萝的突然被毁,触动了老人敏感的神经,引起了他的感伤,于是挥笔成文,再次发出了对人生的慨叹。

作者通过一株古藤的无端被毁,痛惜美好的东西被毁灭,慨叹人生之艰难。文章的思路特别清晰,先描写了燕园一条有名的幽径,幽径给作者印象最深的就是它一年四季散发的一股无比强烈的生命力,而在幽径中最有特色的还是一株古藤萝,“它既无棚,也无架,而是让自己的枝条攀附在邻近的几棵大树的干和枝上,盘曲而上,大有直上青云之概。”生命力极其旺盛。在历经万般劫难之后,幽径这一棵藤萝得以保存,让作者在悲愤、惆怅之余,感到一点安慰,甚而由藤萝上升到人生,“顿觉这个世界还是值得留恋的,人生还不全是荆棘丛。”然而,这幽径中的古藤却在某一天突然被人拦腰砍断,令作者悲哀至极。“这一抹古藤的灭亡在我心灵中引起的痛苦,别人是无法理解的。”古藤是渺小的,而作者,却从这渺小的古藤之旺盛的生命力被损这一小小的悲剧上,背负了一个沉重的十字架。

文中作者成功地塑造了燕园中一株古藤的形象:它很渺小,但却有着极强的生命力,“它在这里已经呆了二三百年,同它所依附的大树一向和睦相处。它虽阅尽人间沧桑,却从无害人之意。每年春天,就以自己的花朵为人间增添美丽。”古藤对人无所求,给人的却是美好的东西。可是,竟有人容不下它,把它毁了,“它感到万分委屈,又投诉无门”。“于是它只有哭泣,哭泣,哭泣……”由这株受屈的藤萝,我们自然而然地可以联想到许多许多:人生的无常,冤假错案,小人物的无端被指责,作者在十年浩劫中受到的不公正的待遇……所以,古藤这一形象含义丰富,意蕴深远。

全文语言平实自然,不以某些段、句取胜,但在整体的构思上,在思路的放纵与收束中,营造出了一种特定的境界,给人以悠长的回味,特别是结尾的处理,很有哲理,发人深省。

(选自孙小兵.文学作品赏析·中国现代文学[M].哈尔滨:哈尔滨工程大学出版社,2004.)

张晓风散文两篇

敬畏生命

那是一个夏天的长得不能再长的下午,在印第安那州的一个湖边,我起先是不经意地坐着看书,忽然发现湖边有几棵树正在飘散一些白色的纤维,大团大团的,像棉花似的,有些飘到草地上,有些飘入湖水里。我当时没有十分注意,只当是偶然风起所带来的。

可是,渐渐地,我发现情况简直令人吃惊。好几个小时过去了,那些树仍旧浑然不觉地,在飘送那些小型的云朵，倒好像是一座无限的云库似的。整个下午，整个晚上，漫天漫地都是那种东西。第二天情形完全一样，我感到诧异和震撼。

其实，小学的时候就知道有一类种子是靠风力靠纤维播送的；但也只是知道一条测验题的答案而已。那几天真的看到了，满心所感到的是一种折服，一种无以名之的敬畏。我几乎是第一次遇见生命——虽然是植物的。

我感到那云状的种子在我心底强烈地碰撞上什么东西，我不能不被生命豪华的、奢侈的、不计成本的投资所感动。也许在不分昼夜的飘散之余，只有一颗种子足以成树，但造物者乐于做这样惊心动魄的壮举。

我至今仍然在沉思之际想起那一片柔媚的湖水，不知湖畔那群种子中有哪一颗种子成了小树？至少，我知道有一颗已经成长。那颗种子曾遇见了一片土地，在一个过客的心之峡谷里，蔚然成荫，教会她，怎样敬畏生命。

（选自精美散文·哲理·文化卷[M].武汉：长江文艺出版社，1995.）

高处何所有

很久很久以前，在一个很远很远的地方，一位老酋长正病危。

他找来村中最优秀的三个年轻人，对他们说："这是我要离开你们的时候了，我要你们为我做最后一件事。你们三个都是身强体壮而又智慧过人的好孩子，现在，请你们尽其可能地去攀登那座我们一向奉为神圣的大山。你们要尽其可能爬到最高的、最凌越的地方，然后，折回头来告诉我你们的见闻。"

三天后，第一个年轻人回来了，他笑生双靥，衣履光鲜："酋长，我到达山顶了，我看到繁花夹道，流泉淙淙，鸟鸣嘤嘤，那地方真不坏啊！"老酋长笑笑说："孩子，那条路我当年也走过，你说的鸟语花香的地方不是山顶，而是山麓。你回去吧！"

一周以后，第二个年轻人也回来了，他神情疲倦，满脸风霜："酋长，我到达山顶了。我看到高大肃穆的松树林，我看到秃鹰盘旋，那是一个好地方。"

"可惜啊！孩子，那不是山顶，那是山腰。不过，也难为你了，你回去吧！"一个月过去了，大家都开始为第三位年轻人的安危担心，他却一步一蹭，衣不蔽体地回来了。他发枯唇燥，只剩下清炯的眼神："酋长，我终于到达山顶。但是，我该怎么说呢？那里只有高风悲旋，蓝天四垂。"

"你难道在那里一无所见吗？难道连蝴蝶也没有一只吗？"

"是的，酋长，高处一无所有。你所能看到的，只有你自己，只有'个人'被放在天地间的渺小感，只有想起千古英雄的悲激心情。"

"孩子，你到的是真的山顶。按照我们的传统，天意要立你做新酋长，祝福你。"

真英雄何所遇？他遇到的是全身的伤痕，是孤单的长途，以及愈来愈真切的渺小感。

（选自课外阅读[J].2003(12).）

【作者简介】

张晓风(1941—　)，笔名有晓风、桑科等，台湾散文名家。1941年出生于浙江金华。创作有散文、新诗、小说、戏剧、杂文等多种不同的体裁，以散文最为著名。主要作品有《白手帕》《红手帕》《春之怀古》《地毯的那一端》《愁乡石》等。

【赏析指要】

《敬畏生命》借岸边的树播撒种子，“有些飘到草地上，有些飘入湖水里”，用以表明并不是所有的种子都会成活，但是树还是不计成本地进行生命种子的播撒，为了生命的延续不计这巨大的损耗，进行着“生命豪华的，奢侈的，不计成本的投资”。当作者意识到这就是树靠风力播送种子的生命现象后，作者深深感悟到生命的可贵，生命的力量足可敬畏。

敬畏也是珍惜，因为生命带来的不仅仅是生老病死，更是过程中的艰辛、喜悦、幸福和快感，还有许许多多的故事。作者正是想通过这一现象告诉我们要珍爱生命，在生活中不必太在乎结果，面对生活应勇于奋斗、开拓，不断进取。

《高处何所有》是一篇寓言性的哲理散文。这一则老酋长选拔接班人的故事，寄托着人生绝顶“真英雄”的见闻感受。文章短小精悍，含义隽永，借事喻理，给我们很多的人生启悟。

【讨论探究】

1.《我与地坛》中描绘的景物，琐细而卑微，说说作者这样写的用意。古老而充满生机的地坛，使作者获得了哪些启示？对生活有了哪些新的理解，从而走出了伤残后自伤的阴影？

2. 查一查《觅渡，觅渡，渡何处？》中提到的相关历史事件，品读瞿秋白这一人物形象。

3. 反复品读《听听那冷雨》，讨论、归纳本文的语言艺术特色。

【拓展阅读】

1. 读读下面这篇散文，体会散文“形式多样，不拘一格”的特点，说说散文是如何随意灵活地表现生活和思想的。

人生就像爬楼梯

是非是

在一座28层高的写字楼里上班，整天蛰伏于一台电脑前，连空气都不怎么流动，时日久了，人人都喊腰酸背痛，腿脚发麻。办公室里，病的、痛的、骂娘的，每日都有发生。

忽一日，老总宣布一项每日功课：每天下午4点举行一次健身健心活动——集体爬楼。

从一层爬到二十八层，对每天枯坐在办公室里的员工来说颇为刺激，而最耐人寻味的，却是每一层楼梯转角处制作精美的警句标识：

一层：不劳无获。（全员共勉）

二层：人生就像爬楼梯，告诉自己：加把劲，一直向上行。（员工阅读）

四层：同样一件事，只有高兴地去做它，才能保证做好它。（员工阅读）

七层：视野要远，梦想要高。（全员共勉）

八层：最好的学习方式，不是在一旁观看，而是亲自去做，有可能的话，请与他人一同做这些练习。（全员共勉）

十层：没有人愿意偷懒，只不过他们缺乏诱人的目标，激发不出他们的干劲。（管理层阅读）

十一层:人的一生中难免会有几件你不想做却不能不做的事。在你不够主动的时候,外力是一种最可行最有效的作用力。因为受益的是你自己,所以我们不怕你抱怨。(员工阅读)

十三层:人生有两种痛苦,一种是努力的痛苦,一种是后悔的痛苦,但后者却大于前者千百倍。(全员共勉)

十四层:一个公司,今天吆喝昨天的产品,明天他就要关门。(管理层阅读)

十六层:权威人士公告:每登一级台阶,将延长寿命7秒。(全员共勉)

十九层:我们今天最大的挑战是什么?抵抗成功中的反作用力、抗击发展带来的陶醉感、治愈站稳脚跟后让我们丧失斗志的癌症。(管理层阅读)

二十一层:如果向上,你很快就会尝到成功的快乐;如果消沉,你将离成功越来越远。(全员共勉)

二十六层:当你感觉到坚持不住的时候,告诉自己再上两级。(员工阅读)

二十七层:只要把最初的那点微不足道的"坚持"保留到底,任何人都会创造奇迹。(全员共勉)

二十八层:此处28层,原来成功就是这么简单!(全员共享)

每天上下28层楼,再回到办公室里,凝滞的血脉活络了,四周的空气也活跃了起来,大家的神情也比往日生动鲜亮了许多——沉闷和疲劳顿时跑得无影无踪,公司重又焕发出盎然的生机!

人生就像爬楼梯,每一层楼梯、每一个转弯处,都会给脚步以一种向上的力量,给虚妄以一种明智的警醒,给困境以一种希望的昭示,只要我们一条条细细体味,一步步慢慢抵达,就一定可以到达我们梦想的终点。

(选自中国青年[J].2002(23).)

2.1953年,阿尔伯特·史怀哲以78岁高龄获得诺贝尔和平奖。这时,他已经在全世界享有崇高的声望。爱因斯坦说,像史怀哲这样理想地集对善和美的渴望于一身的人,我几乎还没有发现过。课外阅读史怀哲在非洲丛林中完成的著作《敬畏生命》,了解史怀哲的生命观。

3.课外阅读《我与地坛》全文。

Chapter 05

第五章　戏剧文学鉴赏

戏剧文学，是一种供戏剧舞台演出，侧重于以人物台词为手段、集中反映矛盾冲突的文学体裁，简称剧本。广义是话剧、歌剧、戏曲剧本，狭义专指话剧剧本。戏剧艺术是综合性舞台艺术，它是借助文学、音乐、舞蹈、美术等艺术手段塑造舞台艺术形象，揭示社会矛盾，反映社会生活。剧本是戏剧的基础，但居于中心的是演员的表演。戏剧文学按表现形式，可分为话剧、歌剧、戏曲；按内容性质，可以分为悲剧、喜剧与正剧；按场次划分，还可分为独幕剧与多幕剧等。戏剧文学的基本特征是浓缩地反映现实生活、集中地表现矛盾冲突，以及以人物台词推进戏剧动作。

第一节　戏剧文学发展概述

一、古代戏剧文学发展概述

在中国古代，戏曲是戏剧的唯一形式，戏曲就是戏剧，戏剧就是戏曲。在现代，戏剧有时专指西方话剧，和古代戏曲形成并列关系。在一般情况下，戏剧包括话剧、歌剧、舞剧、戏曲等样式。

“戏曲”名称最早出自于宋代刘埙《水云村稿·词人吴用章传》“至咸淳（1265—1274），永嘉戏曲出，泼少年化之，而后淫哇盛，正声歇。”在其他文献中也出现过“戏曲”的名称，如元人陶宗仪《南村辍耕录》卷二十七《杂剧曲名》有“戏曲”一词。明人魏良辅《南词引正》：“清唱谓之冷唱，不比戏曲。戏曲藉锣鼓之势，有躲闪省力，知者辨之。”中国近代学者王国维撰写了《戏曲考原》《宋元戏曲考》等著作，最终确定了用以指称中国传统戏剧样式的“戏曲”概念。王国维在《宋元戏曲史》中认为：“然后代之戏剧，必合言语、动作、歌唱，以演一故事，而后戏剧之意义始全。故真戏剧必与戏曲相表里。”在《辞海》中的解释是：“戏曲是包含文学、音乐、舞蹈、美术、杂技等各种因素而以音乐和舞蹈为主要表现手段的戏剧。”

中国戏曲起源于原始歌舞。在先秦时代，出现了巫舞，王国维在《宋元戏曲史》中指出：

“是古代之巫，实以歌舞为职，以乐神人者也。商人好鬼，故伊尹独有巫风之戒。”巫在祭祀的场合进行歌舞表演，巫可以说是中国古代最早的演员。巫以歌舞表演的形式沟通人神关系，歌舞的目的在于娱神。

在这一时期，还出现了傩舞，傩是古时腊月驱逐疫鬼的仪式。《论语·乡党》：“乡人傩。”《吕氏春秋·季冬》：“命有司大傩。”傩舞源流久远，殷墟甲骨文卜辞中已有傩祭的记载。周代称傩舞为“国傩”“大傩”，乡间也叫“乡人傩”；据《论语·乡党》记载，“乡人傩，朝服而阼立于阶”，意思是当时孔夫子看见傩舞表演队伍到来时，曾穿着礼服站在台阶上毕恭毕敬地迎接。由此典故引申而来，清代以后的许多文人，多把年节出会中的各种民间歌舞表演，也泛称为“乡人傩”，并为一些地方和寺庙碑文中引用。傩祭风习，自秦汉至唐宋一直沿袭下来，并不断发展，至明、清两代，傩舞虽古意犹存，但已经发展成为娱乐性的风俗活动，并向戏曲发展，成为一些地区的“傩堂戏”“地戏”。傩的起源与原始狩猎、图腾崇拜、巫术意识有关。周代傩纳入国家礼制。先秦文献记载，傩礼是希望调理四时阴阳，以求寒暑相宜，风调雨顺，五谷丰登，人畜平安，国富民生。汉唐时宫廷大傩仪式隆重，并传入越南、朝鲜半岛和日本。北宋末期宫廷傩礼采用新制，傩向娱乐化方向发展。元蒙因信仰不同，傩礼受到排斥。明代恢复过宫傩，清代宫廷不再举行。

至今，江西、湖南、湖北、广西等地农村，仍保存着比较古老的傩舞形式，并增添了一些新的内容。例如在江西的婺源、南丰、乐安等县的“傩舞”，有表现盘古开天辟地的“开山神”、传说中的“和合二仙”“刘海戏金蟾”；戏剧片段的“孟姜女”“白蛇传”以及反映劳动生活的“绩麻舞”等。傩舞的表演形式与面具的制作，对许多少数民族的舞蹈产生影响，如藏族的“羌姆”，壮、瑶、毛南、仫佬等民族的“师公舞”，就是吸收了傩舞的许多文化因素和表演手法，而发展成为本民族特有的舞蹈形式。

汉代，在民间出现了具有表演成分的“角抵戏”，《史记·乐书》中记载：“蚩尤氏头有角，与黄帝斗，以角抵人，今冀州为《蚩尤戏》。”东汉角抵戏又称百戏，张衡《西京赋》记长安角抵戏（百戏）演出情况，中有杂技、特技及“总会仙倡”“鱼龙曼延”“东海黄公”等三种化装歌舞表演。尤以“东海黄公”为著。

到了南北朝时期，民间出现了歌舞与表演相结合的“歌舞戏”，具有了更为浓郁的表演成分，如《拔头》《代面》《踏摇娘》等。唐代，出现了由先秦时期的优伶表演发展来的以滑稽表演为特点的“参军戏”。参军戏是隋唐两宋时期流行的一种科白类滑稽优戏，通常有两个角色表演：一个叫参军，是被戏弄的角色；一个叫苍鹘，是执行戏弄的角色。参军一般假扮官员，有“假官”之称，苍鹘或谓意为僮仆。参军、苍鹘是后世戏剧中净、末两个角色的来源。同时，民间的歌舞戏进入宫廷，得到了更大的发展；民间又出现了“俗讲”和“变文”等通俗说唱形式。

宋代，民间歌舞、说唱、滑稽戏有了综合的趋势，出现了“宋杂剧”。宋杂剧最初是含有故事内容的各种声乐伎艺综合演出的总称，包括歌舞、扮演、说唱诸般伎艺及汉唐以来传统的散乐、百戏的演出，这是中国最早出现的戏剧形式。宋杂剧之前的表演皆是单一性而非综合性的艺术表演，所以宋杂剧的出现标志着古典戏曲的正式形成。宋杂剧的演出场所叫瓦舍勾栏。

金代，在宋杂剧基础上，北方出现了“金院本”，南方出现了“南戏”。金代的院本杂剧，据元陶宗仪《辍耕录》记载，共有六百九十种之多，是以短暂演出形式为限，包括述说与代言，或亦装扮人物而作故事的片段表演。院本的发达，却为元代用北曲谱成表演故事的杂剧打好了一些基础。特别是那些具有故事情节的剧本，如《蝴蝶梦》《兰昌宫》《鸳鸯简》《月夜闻筝》《张生煮海》《淹蓝桥》等，到元代都写成了杂剧，由此更可见金院本对元杂剧的直接影响。

元代戏曲包括杂剧和南戏两种样式。元杂剧是指13世纪前半叶，即蒙古灭金（公元1234年）前后，以宋杂剧和金院本为基础，融合宋金以来的音乐、说唱、舞蹈等艺术而形成的戏曲艺术。它是以中国北方流行的曲调演唱的，因此也称为北曲或北杂剧。元杂剧先在中国北方流行，到13世纪80年代，即元灭南宋（1279年）以后，又逐渐在中国南方流行。元代后期，杂剧逐渐衰落，继宋元南戏而发展起来的明代传奇，起而代之。

杂剧是元代文学的代表性样式，是所谓"元曲"的重要的一部分。唐诗、宋词、元曲历来并称，可见杂剧在元代的地位。元杂剧是综合性的表演艺术，融合了诗歌、音乐、说白、美术、脸谱、舞蹈、表演等多种文艺样式。在多种文艺样式中，歌唱、表演占主要地位（这也是南戏、传奇、京剧及地方戏的特点），所以后人称之为戏曲（戏指表演，曲指歌唱）。它减少了参军戏、宋杂剧中调笑取乐的成分，增加了不少表演的因素，是一种真正的戏剧。如果说宋杂剧标志着古典戏剧的基本形成，那么元杂剧的兴盛表明古典戏剧开始成熟。元杂剧的成熟是中国戏曲发展的第一次高潮。

元杂剧的题材非常广泛丰富，所反映的生活面极为深广。如按照题材来分，可分为清官断案剧、忠义豪杰剧、婚姻爱情剧、遭困遇厄剧、伦理道德剧、避世隐逸剧、神仙道化剧等。元杂剧的发展，以元成宗大德为界，分为前后两期。前期是杂剧的鼎盛期，人才荟萃，名作如林。著名的剧作家有关汉卿、王实甫、白朴、马致远、康进之、纪君祥等。此外还有高文秀、石君宝、杨显之、尚仲贤、李好古、武汉臣、郑廷玉、李文蔚以及女真族作家李直夫等。他们的作品反映了蒙古灭金至南北统一前后我国北方的社会现实，大都具有深刻的思想内容和强烈的生活气息，风格豪放粗犷，语言质朴自然。同时，剧本适宜于舞台演出。元杂剧中的第一流的作品，如关汉卿的《窦娥冤》《救风尘》《望江亭》《单刀会》，白朴的《梧桐雨》，马致远的《汉宫秋》，王实甫的《西厢记》，康进之的《李逵负荆》，李好古的《张生煮海》，高文秀的《双献功》，纪君祥的《赵氏孤儿》等，都纷纷出现在这时期，盛极一时。《赵氏孤儿》于18世纪被译成英、俄、德、法等国文字，风行欧洲，产生了深远的世界影响。

大德以后，杂剧创作渐趋衰微。元灭南宋统一了中国，南方经济发展较快，随着杂剧活动中心逐渐由大都（北京）南移杭州，北方作家纷纷南下。杂剧脱离了赖以生存的土壤，剧作家随着社会的安定，科举的恢复而逐渐脱离现实，加之杂剧的一些局限，南方戏文（南戏）渐露其优势，从而促成了杂剧的衰微。这一时期，除了少数作品成就较高外，大部分作品的思想性和艺术性都不如前期。这一时期最著名的作家是郑光祖，还有宫天挺、秦简夫等。作品主要有郑光祖的《倩女离魂》《王粲登楼》，宫天挺的《范张鸡黍》《七里滩》等。

元杂剧剧本的基本结构形式是四折一楔子，但也有少数变例的，如《赵氏孤儿》五折、《秋千记》六折、《西厢记》多本多折（五本二十一折）。"折"是音乐上一个完整的套曲，每折戏用同一宫调的一套曲子。折，又是戏剧情节发展的一个较大的自然段落。一折相当于现代剧的一幕，折里还可包括若干场。楔子是四折之外的一个短小的独立段落。一本杂剧的末尾还有一个“题目正名”，一般是两句或四句的对子，总括全剧的内容。剧本文字由曲词、宾白、科范三部分组成。曲词为主，说白为宾，曲白相生，韵散结合。曲词重在抒情，说白重在叙事。曲白相生和联套演唱的体制是继承了宋金诸宫调的说唱方法。科范又叫科泛、科，是剧本中对演员的主要动作、表情和舞台效果的演出提示，如叹气为“做叹气科”，思考问题为“做寻思科”，表情示意为“做意科”，提示舞台效果为“做起风科”等。元杂剧的每本戏必须由正末或正旦独唱（楔子可由别的角色唱），其他角色只有说白、动作，被称为末本戏或旦本戏。这种体制也是受到宋杂剧和说唱诸宫调的影响，而这种影响突破了前代叙述体文学的限制，用代言体方式抒情和叙事。这是戏剧成熟的一个重要标志。

南戏是宋元时期用南曲演唱的一种戏曲形式，也称“戏文”，是南曲戏文的简称，因它起源于浙江温州一代，所以起初称为温州杂剧或永嘉杂剧（温州晋为永嘉郡治）。它的产生和发展，时贯宋元两朝，因此称之为宋元南戏。南戏产生于北宋末年南宋初，产生时间早于北曲杂剧。到宋光宗朝（1190—1194 年）已流传到都城临安，盛行于浙、闽一带。元代，南方的南戏、北方的杂剧并列发展，但南戏创作成就不高。元末明初，杂剧衰落，南戏吸取杂剧之长，由粗转精；加之文人的参与创作，逐步成熟，发展成明清传奇，成为剧坛的主流。因此，南戏不仅在宋元之际有其独立存在的历史意义，还对后代戏曲产生了极为深远的影响。南戏剧本流传至今的有十多种，比较著名的是元末明初流行的《荆钗记》《刘知远白兔记》《拜月亭记》《杀狗记》（简称为“荆、刘、拜、杀”四大南戏或称“四大传奇”），和高明的《琵琶记》，而成就较高的是《拜月亭记》和《琵琶记》。这些优秀作品的产生，使南戏的形式体制趋于完善和定型，也为明清传奇奠定了基础。

南戏的形式与北杂剧不同，杂剧体制的通例是四折一楔子，南戏不称折而称出，没有固定的出数，一般有二三十出，如《白兔记》三十三出，而《荆钗记》有四十八出。南戏没有楔子，开场便有“家门”，“家门”由末或副末介绍剧情概况或说明创作意图，开场用的是词牌，从第二出起才是正戏。南戏和杂剧一样有唱、科白，但南戏各种角色都可以唱，可独唱、对唱或合唱。杂剧的科，南戏叫介或作科介。南戏重要人物上场时先唱引子，继以一定场白，每出戏例有下场诗。在音乐方面，杂剧每折限用一个宫调，一韵到底，而南戏每出可用几种宫调，可以换韵。杂剧的男女主角称末、旦，南戏的男女角色称生、旦。

中国戏曲的第二个繁盛期是明清传奇。明代戏曲分杂剧和传奇两种，是在宋元南戏和金元杂剧的基础上发展衍化而来。明代杂剧不如元代，走向没落，但在中叶以后也有成就较高的作家和作品，著名的剧作家有徐渭、王九思、康海等，其中徐渭是明代成就最高的杂剧作家，所著《狂鼓史》（一名《渔阳弄》）、《玉蝉师》、《雌木兰》、《女状元》，合称《四声猿》。王九思较著名的杂剧是《杜甫春游记》，康海著有《东郭先生误救中山狼》杂剧。明代传奇是明代戏剧的主要形式，以南曲为主，同时也兼用北曲。嘉靖时传奇的形式更加丰富，唱腔变化多了，不同地域有不同唱腔，并逐渐形成了传奇的四大声腔，即浙江海盐腔、浙江余姚腔、江西弋阳腔和江苏昆山腔，影响最大的是昆腔。嘉靖年间产生了李开先的《宝剑记》、王世贞或其门人的《鸣凤记》、梁辰鱼的《浣纱记》三部重要传奇。明传奇作者中影响最大、成就最高的是汤显祖，他著有《还魂记》（即《牡丹亭》）、《邯郸记》、《南柯记》、《紫钗记》），因四部都有梦的情节，合称“玉茗堂四梦”或“临川四梦”。《牡丹亭》是他的力作，也是我国浪漫主义的杰作。

清代的戏曲，成就最高的是清初，著名的作家和作品都集中在这一时期。清初最杰出的戏曲作家是钱塘的洪昇和曲阜的孔尚任，最优秀的戏本是传奇《长生殿》和《桃花扇》。此外，还有一批著名的戏曲作家和较优秀的戏本，如李玉，其代表作《清忠谱》。这一时期，还出现了我国古代杰出的戏曲理论家，也是极负盛名的喜剧作家李渔，他的传奇《奈何天》《比目鱼》《风筝误》《凰求凤》等十种，合称《笠翁十种曲》，几乎全是喜剧。李渔在戏曲理论上的贡献要比戏曲创作上的贡献大得多。他的戏曲理论见于所著《闲情偶寄》中，分“词曲”和“演习”两部。清中叶，传奇和杂剧已渐趋衰落，地方剧则开始盛行。这时期较突出的作家有杨潮观和蒋士铨。到了鸦片战争前夕，传奇和杂剧的创作更加萧条，地方剧则得到很大的发展。清代地方戏的兴起是中国戏曲的转型期。自清代前期起，戏曲舞台发生了极大的变化，主要表现为戏曲的民间化和通俗化。先是昆曲、高腔折子戏的盛行，后是地方戏的兴起。从此，戏曲舞台不再是传奇戏的天下，昆曲与高腔有了来自民间的竞争者。乾隆五十五年，即公元 1790 年，为庆祝乾隆的八十寿辰，三庆班进京献艺，带来了与昆曲截然不同的一种地方曲调：徽调，给京城观众以耳目一新之感。徽调以其通俗质朴之气赢得了京城观众的欢迎，从此在京城扎下了根。继徽班进京之后，湖北汉调艺人也于道光年间（1828 年前后）进京与徽班艺人同台献艺，他们同徽调艺人一样唱皮黄腔，只是更具湖北风格。徽、汉皮黄在京城和流，经过数十年的发展，终于在 1840 年前后，形成一种独具北方特色的皮黄腔京剧。京剧等地方戏的兴起（清中期以后）是中国戏曲发展的第三次高潮。

20 世纪初，一批新兴地方戏开始在各地戏曲舞台上出现，包括越剧、评剧、黄梅戏等。它们均由民间小戏发展而来，具有极为浓郁的民间乡土气息，进入城市后，它们吸收京剧、梆子等老剧种的艺术营养，表演上得以成熟。

二、现代戏剧文学发展概述

“五四”时期戏剧进行了革新，主要集中在话剧运动，其主要功绩在于理论的倡导和西洋名剧的介绍。中国话剧只有近百年的历史，它的产生，即是对中国戏曲艺术的承袭，更是受西方话剧的直接影响。我国早期话剧叫文明新戏，这种戏剧形式还有“爱美剧”“白话剧”等名称。1928 年，戏剧家洪深提议把它定名为“话剧”，意在使之与中国戏曲、歌剧、舞剧、哑剧等相区别。20 世纪初出现了学校演剧活动。1907 年在东京由中国留日学生组织的春柳社、同年在上海成立的春阳社、1909 年天津南开学校剧团等所演的“新剧”，标志着我国话剧已正式确立并日趋成熟。春柳社于 1907 年春在东京演出了《茶花女》第三幕，接着又正式排演了根据林纾的翻译小说改编而成的五幕剧《黑奴吁天录》——这是中国第一个比较完全的近代话剧。早期话剧多是翻译改编外国的作品，演出时只有一张幕表，即只有剧情大纲，由演员即兴编演，自由发挥，所以没有剧本流传。但随着更多的戏剧团体的成立，一批反封建的青年学人创作并演出了一批有影响的剧目，如洪深于 1922 年创作的三幕剧《赵阎王》，田汉 1924 年创作的独幕剧《获虎之夜》，郭沫若的《三个叛逆的女性》（收有 1923 年创作的《卓文君》《王昭君》和写于 1925 年的《聂嫈》）。

第二次国内革命战争时期，戏剧创作发展迅速。《雷雨》和《日出》两个话剧剧本既是曹禺的代表作，也是这一时期现实主义剧作的最高成就的代表，因其深邃的内涵和娴熟的技巧，被公认为是中国话剧的经典作品。与此同时，夏衍以《赛金花》和《上海屋檐下》等作品奠定了他在中国话剧史上的重要地位。此外，田汉的《回春之曲》《名优之死》；洪深反映农村生活的《五奎桥》《香稻米》《青花潭》三部曲，也是该时期中国话剧的佳作。同期，洪深、应卫云、唐槐秋等一大批优秀导演和金山、赵丹、金焰、白杨等一大批优秀的演员也在中国话剧的成熟期脱颖而出。

抗日战争和解放战争时期，中华民族内忧外患，出现了一批优秀的现实主义的剧作家和高水平的作品，宣传抗日、揭露国民党黑暗统治和反映人民翻身解放成为这一时期中国话剧的主要基调。郭沫若的《屈原》，阳翰生的《天国春秋》，均是以史鉴今的优秀作品。曹禺的《北京人》，夏衍的《法西斯细菌》《心防》，吴祖光的《风雪夜归人》，陈白尘的《升官图》，老舍的《残雾》等，撑起了这一时期中国话剧的天空。秧歌剧《兄妹开荒》是延安新秧歌剧运动中涌现出来的优秀作品，它为旧戏曲的改造、文艺大众化提供了宝贵经验。大型歌剧《白毛女》即在此基础上脱颖而出，成为我国民族新歌剧的奠基石。

三、当代戏剧文学发展概述

1949 年中华人民共和国成立，标志着中国当代话剧的开始。新中国成立后 17 年文学戏剧方面的重要作品有着不同的贡献：老舍的《茶馆》是新中国话剧的一座丰碑；田汉的《关汉卿》是历史题材创作热潮的一个标志。此外，老舍的《龙须沟》、孟超的戏曲《李慧娘》和陈其通的话剧《万水千山》也各有其贡献。这一时期少数民族戏剧的创作，除了上述满族作家老舍之外，也有新作出现，如蒙古族超克图纳仁的话剧《金鹰》，曾被搬上银幕；蒙古族作家敖德斯尔的剧本《草原民兵》；壮族作者集体创作的歌剧《刘三姐》，更是名盛一时的优秀剧目。

1966—1976 年的“十年浩劫”，使中国话剧走入了从未有过的衰败期。1976 年粉碎“四人帮”之后，中国话剧很快复兴，并出现了以“社会问题剧”为主潮的繁荣局面。

新时期以来，文学艺术领域受改革开放的冲击，中国话剧在创作演出中进行了探索。话剧科学地汲取不同民族、国家的优秀成果，标志着我国戏剧创作进入了一个新阶段。当十年浩劫的余波尚未在国人的生活中消失，1977 年的戏剧便开始发出了自己的声响，王景愚、金振家编剧的《枫叶红了的时候》，苏叔阳编剧的《丹心谱》，宗福先编剧的《于无声处》等作品或用戏剧形式辛辣讽刺“四人帮”的倒行逆施，或书写了人民群众在逆境中的凌然正气。党的十一届三中全会的召开，使剧作家们从“左”的禁锢中解放出来。崔德志的《报春花》呼吁重视人的价值；赵梓雄的《未来在召唤》揭露现代迷信和坚持两个“凡是”的官僚主义者；邢益勋的《权与法》揭露了某些领导大干部大肆挥霍国家救灾专款的罪恶，尖锐地提出了加强法制的问题。揭批“四人帮”和反思历史的创作新潮，催动出现了为无产阶级革命家塑像的剧作，如沙叶新编剧的《陈毅市长》，所云平编剧的《朱德将军》，王德英和靳洪编剧的《彭大将军》等。1980 年召开的剧本创作座谈会，让剧作家面对急剧而深刻的社会变革、纷繁复杂的社会现象和社会思潮，能够辩证地观察和反映社会，把握时代生活的主潮，如宗福先、贺国甫编剧的《血，总是热的》，梁秉坤编剧的《谁是强者》，俞志光、于德义、任清编剧的《高山下的花环》，宋凤仪、孟瑾编剧的《张灯结彩》等作品。

之后，一些剧作家为了改变当前戏剧风格、手法、样式单调贫乏的局面，写出了一批具有创新精神的剧作，并且提出了不同的戏剧主张。如最先的探索成果是谢民的独幕戏剧《我为什么死了》和马中骏、贾鸿源、翟新华的哲理短剧《屋外有热流》；高行健的《绝对信号》尝试用“意识流”手法，重在挖掘人物的精神世界，并首次以小剧场的形式演出。此外，马中骏、贾鸿源编剧的《路》京剧《徐九经升官记》等作品的探索，给戏剧创作带来了新气象。戏剧观的广泛讨论，活跃了剧作家的思想，开阔了视野，使戏剧艺术进入了探索的新时期，出现了一批佳作，如高行健的《野人》，刘树纲的《一个死者对生者的访问》，锦云的《狗儿爷涅槃》，苏叔阳的《太平湖》等。同时，写实性戏剧继续稳步前进，如苏叔阳的《左邻右舍》，李龙云的《小井胡同》，李杰的《田野又是青纱帐》，中杰英的《哥儿们折腾记》，女剧作家白峰溪的《风雨故人来》等作品。值得一提的是，戏曲领域涌现出带有独特个性色彩的剧目，如魏明伦的《巴山秀才》（与南国合作）和《潘金莲》，郑怀兴的《新亭泪》，顾锡东的《五女拜寿》和《汉宫怨》，陈仁鉴的《春草闯堂》，周长斌的《秋风辞》，郭启宏的《司马迁》等作品，使古老的题材焕发出时代色彩。

此外，当代的中国话剧在儿童剧、军旅戏剧和少数民族话剧及历史剧的开拓等领域中亦大有成就。

21 世纪以来，西方文化大量引进，娱乐方式渐趋多样，快速的生活节奏，人们审美习惯的改变，使中国戏剧的生存环境面临着前所未有的危机和挑战。但一些剧作家、一批导演和演员为之倾心投入，殚精竭虑，逐步改变着这种现状，尊重传统与创新发展，话剧表演形式的多元化，如《牡丹亭》的重新排演；始于 20 世纪末的小剧场戏剧的进一步成熟，都是有效的方式。总体来说，21 世纪戏剧创作还是取得了丰硕的成果，戏曲有桂剧《大儒还乡》，由传统名剧《赵氏孤儿》改编的豫剧《程婴救孤》，昆剧《班昭》，京剧《宰相刘罗锅》，闽剧《贬官记》，越剧《陆游与唐琬》，梨园戏《董生与李氏》，黄梅戏《徽州女人》。戏曲现代戏有根据小说《红岩》改编的京剧《华子良》，根据同名小说改编的《骆驼祥子》，根据话剧《原野》改编的川剧《金子》，川剧《变脸》，吕剧《补天》，眉户戏《迟开的玫瑰》，还有根据同名小说改编的吕剧《苦菜花》，根据小说《为奴隶的母亲》改编的甬剧《典妻》，表现“生的伟大，死的光荣”的少年英雄刘胡兰的豫剧《铡刀下的红梅》。话剧佳作有姚远编剧的《商鞅》，山西省话剧院创作的被专家学者誉为“新世纪中国话剧的里程碑”的《立秋》，邵钧林和嵇道青编剧的《虎踞钟山》，李宝群编剧的《父亲》，李龙云编剧的《万家灯火》，孟冰编剧的《黄土谣》等。

第二节 戏剧文学的审美与鉴赏

剧本是一剧之本，它是剧作者用文字写出来的供演员表演的脚本，主要是提供一个适合表演的故事，写出表现人物性格的戏剧语言，来反映社会生活的一个侧面。剧本虽然是供舞台演出而定的，但它又和小说、诗歌、散文一样，是文学的一种体裁样式，同样是可读的。在阅读剧本时，应该结合戏剧文学的特点从以下三个方面进行鉴赏。

一、了解剧本所展示的矛盾冲突，把握剧本情节的发展脉络

戏剧的矛盾冲突是指剧本中所展示的人物之间、人物自身以及人与环境之间的矛盾冲突，其中主要表现为剧中人物的性格冲突。戏剧冲突，是戏剧艺术的生命。戏剧正是通过它引来生活的激流，掀起观众的感情，产生感人的艺术力量。因为戏剧要受舞台演出的时间和空间的限制，因此就不允许情节的缓慢进行，而必须抓住人物性格主要特征，组织尖锐的矛盾冲突，迅速展开情节。只有这样，才能在有限的时间、空间里，把人物性格、主题思想鲜明地表现出来，才能抓住观众的心弦，产生强烈鲜明的戏剧效果。

例如，曹禺的《雷雨》中人物复杂的矛盾关系，周萍勾引婢女四凤；周萍与继母蘩漪发生了不正当关系；蘩漪出于嫉妒，命令四凤母亲侍萍领走四凤；但周冲爱上四凤；周朴园与蘩漪的矛盾。多重矛盾展示出来，人物性格充分显现，步步深入，趋向高潮。当然，在戏剧中也不能将尖锐的矛盾冲突绝对化，让每一出戏从头到尾都剑拔弩张、刀光剑影。其实，有的戏剧没有尖锐紧张的场面，同样可以收到理想的戏剧效果，如汤显祖的《惊梦》。同时，不同题材，不同风格的戏剧文学作品，戏剧冲突的紧张程度与表现形式也不尽相同，所以，我们不能把戏剧冲突简单化、绝对化、表面化理解。

二、鉴赏戏剧的语言，理解人物的思想情感

戏剧语言是构建剧本的基础，主要包括人物语言和舞台说明。人物语言也称台词，是剧本塑造人物形象、揭示主题最基本的手段，包括对话、独白、旁白等；舞台说明是一种叙述性质的语言，主要用来说明人物的动作、心理、剧情发展的布景、环境、人物之间的关系等。舞台说明是戏剧文学中重要的组成部分，但与人物语言相比，它起辅助说明的作用，因此，鉴赏戏剧文学的语言时，主要是鉴赏人物语言。

（一）鉴赏个性化的人物语言

剧本中人物的台词，应能充分表现人物的性格特征，符合人物的年龄、身份、经历、教养，能充分表现人物的心理状态和阶级属性，成为特定环境中特定人物的个性化语言。老舍说过："要借着对话写出性格来。"（老舍. 我的经验[J]. 剧本，1959(10).）《威尼斯商人》中夏洛克与假扮律师的巴萨尼奥的未婚妻鲍西亚在法庭审理的对话，就是戏剧语言个性化的典范。

（二）鉴赏富有动作性的人物语言

富有动作性的人物语言，即戏剧冲突中人物之间的动作冲突或人物内心活动。黑格尔指出："能把个人的性格、思想和目的最清楚地表现出来的是动作。人的最深刻方面只有通过动作才能见诸现实。而动作，由于起源于心灵，也只有在心灵性的表现即语言中才能获得最大限度的清晰和明确。"（黑格尔. 美学(第一卷)[M]. 北京：商务印书馆，1982：278.）由此可见，思想、语言和动作是层层递进的。台词的动作性，无论是独白还是对话，都应该有明确

的行动目的。既能揭示人物复杂的内心矛盾，又能引起对方的强烈反响。我们常说的“行由心指”“言为心声”，就是说人物的内心世界必定通过言、行表达出来，这种显示动作性的语言，出自人物内心，因而能展示人物丰富的心理境界。

（三）鉴赏人物语言中蕴涵的丰富的潜台词

所谓潜台词，简单来说，就是指人物的台词除了表面上的意义以外，还包含有深层的意义，而这深层的意义才是人物所要表达的真意和实质。

也就是“言外之意”“话外之音”。优秀的台词往往意蕴丰富，耐人寻味，给人以深广的想象空间，能起到一石多鸟之效。例如，曹禺的《雷雨》中，当周萍打了不认识的亲弟弟鲁大海一记耳光时，侍萍说：“萍，萍，你凭什么打他……”这里利用“萍”和“凭”的谐音表达了母子之间的复杂感情。其潜台词是“他是你的亲弟弟，你怎么能打？你这样哪像我的儿子！”这是戏剧语言的艺术效果。当然，潜台词的含蓄，发人深省，不等于含混，如果在用语中晦涩难懂，会适得其反。

三、鉴赏戏剧人物形象

欣赏戏剧中的人物形象，和欣赏小说中的人物形象是相通的。要抓住人物的主要特征；注意人物的语言；随着剧情的发展，弄清人物性格的发展变化。

例如，《日出》中对顾八奶奶的描写：“顾八奶奶进——一个俗不可耐的肥胖女人。穿一件花旗袍镶着灿烂的金边，颜色鲜艳夺目，紧紧地箍在她的身上。走起路来，小鲸鱼似的；肥硕的臀峰，一起一伏，惹得人眼花缭乱，叫人想起有这一层衣服所包裹的除了肉和粗恶以外，不知还有些什么。她脸上的皱纹很多，但是她将脂粉砌成一道墙，把这些许多深深的纹路遮藏着。她总是兴高采烈地笑。笑有种种好处，一则显得年轻些，二则自己以为笑的时候仿佛很美，三则那耀眼的金牙只有在笑的当儿才完全地显露出来。于是嘴，眼睛，鼻子挤在一起，笑，笑，以至于笑得令人想哭，想呕吐，想去自杀。她的眉毛是一条线，耳垂叮当地悬着珠光宝气的钻石耳环，说起话来总是指手画脚，摇头摆尾，于是小棒槌似的指头上的宝石以及耳环，光彩四射，惹得人心发慌。由上量到下，她着实是心广体胖，结实得像一条小牛，却不知为什么，她的病很多，动不动便晕的，吐的，痛的，闹个不休。但有时也仿佛‘憨态可掬’，自己以为不减旧日的风韵，那种活泼，‘娇小可喜’之态委实令人佩服胡四，他的新‘面首’的耐性——有时甚至于胡四也要厌恶地掉转头去，在墙角里装疯弄傻。然而顾八奶奶是超然的，她永远分不清白人家对她的讪笑。她活着，她永远那么快乐地，那么年轻地活着，因为前年据她自己说她才三十，而今年突然地二十八了——然而她还有一个大学毕业的女儿。胡四高兴起来，也很捧场，总说她还看不到有那样大的年纪，于是，她在男人面前益发地‘天真’起来。”作者惟妙惟肖地刻画了一个自作多情、俗不可耐的胖女人的形象，用以表现那种打情骂俏、吃喝玩乐的奢侈糜烂的生活。

总之，阅读鉴赏剧本，应该把握剧本本身的特点，区别于其他文学体裁，以达到能真正提高文学素养的目的。要用自己的心、自己的灵魂，去和另一颗心、另一个灵魂交流、对话，擦出一些鲜亮的火花。

第三节 古典戏剧文学鉴赏

西厢记（节选[1]）

[元]王实甫

（夫人、长老上云）今日送张生赴京，十里长亭[2]，安排下筵席。我和长老先行，不见张生小姐来到。（旦、末、红同上）（旦云）今日送张生上朝取应，早是离人伤感，况值那暮秋天气，好烦恼人也呵！悲欢聚散一杯酒，南北东西万里程。

【正宫】【端正好】碧云天，黄花地[3]，西风紧。北雁南飞。晓来谁染霜林醉？总是离人泪。

【滚绣球】恨相见得迟，怨归去得疾。柳丝长玉骢难系[4]，恨不倩疏林挂住斜晖[5]。马儿迍迍的行[6]，车儿快快的随，却告了相思回避，破题儿又早别离[7]。听得道一声去也，松了金钏；遥望见十里长亭，减了玉肌：此恨谁知？

（红云）姐姐今日怎么不打扮？（旦云）你那知我的心里呵？

【叨叨令】见安排着车儿、马儿，不由人熬熬煎煎的气；有甚么心情花儿、靥儿[8]，打扮得娇娇滴滴的媚；准备着被儿、枕儿，只索昏昏沉沉的睡；从今后衫儿、袖儿，都揾做重重叠叠的泪[9]。兀的不闷杀人也么哥！兀的不闷杀人也么哥！久已后书儿、信儿，索与我凄凄惶惶的寄[10]。

（做到[11]，见夫人科）（夫人云）张生和长老坐，小姐这壁坐，红娘将酒来。张生，你向前来，是自家亲眷，不要回避。俺今日将莺莺与你，到京师休辱末了俺孩儿[12]，挣揣一个状元回来者[13]。（末云）小生托夫人余荫，凭着胸中之才，视得官如拾芥耳[14]。（洁云[15]）夫人主见不差，张生不是落后的人。（把酒了，坐）（旦长吁科）（唱）

【脱布衫】下西风黄叶纷飞，染寒烟衰草萋迷[16]。酒席上斜签着坐的[17]，蹙愁眉死临侵地[18]。

【小梁州】我见他阁泪汪汪不敢垂[19]，恐怕人知；猛然见了把头低，长吁气，推整素罗衣。

【幺篇】虽然久后成佳配，奈时间怎不悲啼[20]。意似痴，心如醉，昨宵今日，清减了小腰围。

（夫人云）小姐把盏者！（红递酒，旦把盏长吁科云）请吃酒！（唱）

【上小楼】合欢未已，离愁相继。想着俺前暮私情，昨夜成亲，今日别离。我谂知这几日相思滋味[21]，却原来此别离情更增十倍。

【幺篇】年少呵轻远别，情薄呵易弃掷。全不想儿相挨，脸儿相偎，手儿相携。你与俺崔相国做女婿，妻荣夫贵[22]，但得一个并头莲[23]，煞强如状元及第[24]。

（夫人云）红娘把盏者！（红把酒科）（旦唱）

【满庭芳】供食太急，须臾对面，顷刻别离。若不是酒席间子母每当回避，有心待与他举案齐眉。虽然是厮守得一时半刻，也合着俺夫妻每共桌而食。眼底空留意，寻思起就里，险化做望夫石。

（红云）姐姐不曾吃早饭，饮一口儿汤水。（旦云）红娘，甚么汤水咽得下[25]！

【快活三】将来的酒共食，尝着似土和泥。假若便是土和泥，也有些土气息，泥滋味。

【朝天子】暖溶溶的玉醅，白泠泠似水，多半是相思泪[26]。眼面前茶饭怕不待要吃[27]，恨塞满愁肠胃。"蜗角虚名，蝇头微利"[28]，拆鸳鸯在两下里。一个这壁，一个那壁，一递一声长吁气[29]。

（夫人云）辆起车儿[30]，俺先回去，小姐随后和红娘来。（下）（末辞洁科）（洁云）此一行别无话儿，贫僧准备买登科录看[31]，做亲的茶饭少不得贫僧的。先生在意，鞍马上保重者！从今经忏无心礼，专听春雷第一声。（下）（旦唱）

【四边静】霎时间杯盘狼藉，车儿投东，马儿向西，两意徘徊，落日山横翠。知他今宵宿在那里？在梦也难寻觅。

（旦云）张生，此一行得官不得官，疾便回来。（末云）小生这一去白夺一个状元，正是"青霄有路终须到，金榜无名誓不归"。（旦云）君行别无所赠，口占一绝，为君送行："弃掷今何在，当时且自亲。还将旧来意，怜取眼前人[32]。"（末云）小姐之意差矣，张珙更敢怜谁？谨赓一绝[33]，以剖寸心："人生长远别，孰与最关亲？不遇知音者，谁怜长叹人？"（旦唱）

【耍孩儿】淋漓襟袖啼红泪[34]，比司马青衫更湿[35]。伯劳东去燕西飞[36]，未登程先问归期。虽然眼底人千里，且尽生前酒一杯。未饮心先醉[37]，眼中流血，心内成灰。

【五煞】到京师服水土，趁程途节饮食，顺时自保揣身体[38]。荒村雨露宜眠早，野店风霜要起迟！鞍马秋风里，最难调护，最要扶持。

【四煞】这忧愁诉与谁？相思只自知，老天不管人憔悴。泪添九曲黄河溢，恨压三峰华岳低[39]。到晚来闷把西楼倚，见了些夕阳古道，衰柳长堤。

【三煞】笑吟吟一处来，哭啼啼独自归。归家若到罗帏里，昨宵个绣衾香暖留春住，今夜个翠被生寒有梦知。留恋你别无意，见据鞍上马，搁不住泪眼愁眉。

（末云）有甚言语嘱咐小生咱？（旦唱）

【二煞】你休忧"文齐福不齐"[40]，我则怕你"停妻再娶妻"[41]。休要"一春鱼雁无消息"[42]！我这里青鸾有信频须寄[43]，你却休"金榜无名誓不归"。此一节君须记，若见了那异乡花草，再休似此处栖迟。

（末云）再谁似小姐？小生又生此念？小姐放心，小生就此拜辞[44]。（旦唱）

【一煞】青山隔送行，疏林不做美，淡烟暮霭相遮蔽。夕阳古道无人语，禾黍秋风听马嘶。我为甚么懒上车儿内，来时甚急，去后何迟？

（红云）夫人去好一会，姐姐，咱家去！（旦唱）

【收尾】四围山色中，一鞭残照里[45]。遍人间烦恼填胸臆，量这些大小车儿如何载得起[46]？

（旦、红下）（末云）仆童赶早行一程儿，早寻个宿处。泪随流水急，愁逐野云飞。（下）

（选自徐季子.中国古代文学（下）[M].上海：华东师范大学出版社，1991.）

【注释】

[1] 节选《西厢记》第四本第三折《长亭送别》。

[2] 十里长亭:古代建在路旁供行人休息的亭子。《白孔六贴》:“十里一长亭,五里一短亭。”李白《菩萨蛮》:“玉阶空伫立,宿鸟归飞急。何处是归程?长亭更短亭。”

[3] “碧云天”二句:化用范仲淹《苏幕遮》词:“碧云天,黄花地。”

[4] 玉骢:马的美称,原指毛色青白相间的马。

[5] 倩(qìng):使。

[6] 迍迍(zhūn):行动缓慢的样子。

[7] “却告了”二句:意思是刚结束了相思之苦,又开始了离别之愁。破题,唐宋人在诗赋起首点破题意,称为破题,后世引申为事情的开端。

[8] 靥:原指脸颊上的酒窝,这里指面颊上的装饰品。

[9] 揾:揩拭。

[10] 索:须,当。凄凄惶惶:急忙、迫切,这里指及时。

[11] 做到:剧中人做表示到达的动作。

[12] 辱末:即辱没、玷辱的意思,这里指落第后与莺莺相国小姐的身份不相称。

[13] 挣揣:努力争取。

[14] 如拾芥:像拾取小草那么容易,比喻事情轻而易举,功名唾手可得。

[15] 洁:元代民间称和尚为洁郎,简称“洁”,这里指法本和尚。

[16] 衰草萋迷:枯草遍地,凄凉迷离。萋,同“凄”。

[17] 斜签着坐的:斜插着坐的那个人,指张生。古代晚辈在长者面前斜侧着身子坐,以示恭敬。签,插。

[18] 死临侵地:死气沉沉,憔悴无力的样子。临侵,形容疲惫呆滞。

[19] “阁泪”句:强忍着泪水,不让它掉落下来。宋代一歌妓《鹧鸪天》词曰:“尊前只恐伤郎意,阁泪汪汪不敢垂。”阁泪,含泪。

[20] 奈时间:无奈眼前这时候。

[21] 谂(shěn)知:体味到,知道。

[22] 妻荣夫贵:反用当时成语“夫荣妻贵”,意思是张生做了崔相国的女婿,因为妻子的荣耀,自然也尊贵起来。莺莺在这里有埋怨老夫人之意。

[23] 并头莲:即并蒂莲,比喻男女相爱,不能分离。

[24] 煞强如:远远胜过。

[25] 在弘治本(即《新刊奇妙全相注释西厢记》,因为刻于弘治年间,故简称弘治本《西厢记》。是现存最早的《西厢记》全本)里,红娘和莺莺的这几句话说白在[满庭芳]曲前,而夫人等的科白在[快活三]前。现从毛本(明毛晋《六十种曲》中《北西厢记定本》,简称“毛本”)互易,使曲白语气可以衔接。

[26] 暖溶溶三句:暖溶溶的美酒,像水一样澄澈清莹,大多是相思泪化成的。范仲淹《苏幕遮》词:“酒入愁肠,化作相思泪。”此处反用范词。

[27] 怕不待要吃:难道不要吃。

[28] “蜗角”二句:苏轼《满庭芳》词原句,比喻微不足道的名和利。《庄子·则阳》:“有国于蜗之左角者,曰蛮氏;国于蜗之右角者,曰触氏,争地而战,伏尸百万。”

[29] 一递一声:莺莺与张生不断唉声叹气,一人一声,连续不断。

[30] 辆起车儿:驾起车子。辆,用作动词。

[31] 登科录:科举考试的录取名册。

[32] “弃掷”四句:这是元稹《莺莺传》里张生另娶,莺莺别嫁之后,莺莺谢绝张生见面的要求时所作的诗,这里莺莺借此提醒张生不要移情别恋。

[33] 赓:续作。

[34] 红泪:悲泪,血泪。据《拾遗记》载,魏文帝时,常山薛灵芸被选入宫时,“别父母,以玉唾壶承泪,壶则红色。既发常山,及至京师,壶中泪凝如血”。

[35] 比司马青衫更湿:形容离别时凄苦到极点。白居易《琵琶行》:“座中泣下谁最多,江州司马青衫湿。”

[36] “伯劳”句:化用乐府《东飞伯劳歌》:“东飞伯劳西飞燕,黄姑织女时相见”,比喻情人的离别。伯劳,一种鸟,夏至始鸣。

[37] 未饮心先醉:刘禹锡《酬令狐相公杏园花下饮有怀见寄》中的原句。

[38] “顺时”句:意思是顺应时节变化、估量着自己的身体状况保重身体,不要过度劳累。揣,估量,揣度。

[39] “泪添”二句:极力夸喻泪水之多、恨之极,使黄河满溢泛滥;愁恨之重,压低了西岳华山的三座高峰。这两句可能是化用了元代李钰《题汪水云西湖类稿》诗:“泪添东海水,愁压北邙低”。九曲黄河,黄河在积石山到龙门一段多弯曲,故称“九曲黄河”。华岳三峰,指西岳华山的三座高峰莲花峰、毛女峰、松桧峰。

[40] 文齐福不齐:当时成语,意思是文才虽好,运气却不好。

[41] 停妻再娶妻:当时成语,意思是抛弃前妻另外再娶,即今日所谓重婚。当时考中进士者常有再婚于权贵的恶劣行为,所以莺莺以此诫张生。

[42] “一春”句:意为一去之后杳无音信。秦观《鹧鸪天》词原句。

[43] 青鸾有信:古代神话传说汉武帝时,西王母降临,先派青鸾来报信,后世遂以青鸾为信使的代称。

[44] 小姐放心两句,据何本(明何璧校本《北西厢记》,简称“何本”)增补。

[45] “四围山色中,一鞭残照里”两句:据马致远《寿阳曲》“四围山一竿残照里”句变化而来,意为在夕阳照着四面青山的晚景中策马远去。

[46] 这些大小车儿:应读成“这些大一小车儿”,意思为这么一点点小的车子。

【作者简介】

王实甫,元代杂剧作家,名德信,大都(今北京市)人,生卒年不详。王实甫所作杂剧,名目可考者共13种。王实甫的杂剧,存目共14种。完整地保存下来的有三种,分别是《崔莺莺待月西厢记》《四丞相歌舞丽堂春》《吕蒙正风雪破窑记》;仅存残曲的有两种,分别是《苏小卿月夜贩茶船》《韩彩云丝竹芙蓉亭》;其他九种全部亡佚。王实甫还有少量散曲流传,有小令1首,套曲3种(其中有一残套),散见于《中原音韵》《雍熙乐府》《北宫词纪》和《九宫大成》等书中。

【赏析指要】

《西厢记》全名为《崔莺莺待月西厢记》。故事直接来源于唐代元稹的传奇小说《莺莺传》(又名《会真记》),剧本脱胎于金代董解元的《西厢记诸宫调》。《西厢记》不仅是王实甫的代表作,而且是整个元代杂剧中最优秀的剧目之一。《西厢记》通过张生和莺莺的婚恋故事,批判了婚姻爱情中的封建门阀观念,对张生和莺莺的爱情作了热烈的歌颂。作品善于刻画人物的心理,曲词华美,具有诗一般的意境。《长亭送别》选自《西厢记》第四本第三折,标题是后加的。此折写张生与崔莺莺私合后,老夫人逼迫他进京赶考,莺莺在长亭给张生饯行,通过情景交融、流畅圆美的一支支曲辞,表现了她痛苦、怨恨、满腔希望和缠绵不已的复杂心情,成为《西厢记》中最为脍炙人口的一折。

【辑评】

王实甫之词,如花间美人。铺叙委婉,深得骚人之趣,极有佳句,若玉环之出浴华清,绿珠之采莲洛浦。

(明·朱权《太和正音谱》)

作词章,风韵美,士林中等辈伏低。新杂剧,旧传奇,《西厢记》天下夺魁。

(明·贾仲名《凌波仙》)

牡丹亭(节选[1])

汤显祖

【绕池游】(旦上)梦回莺啭,乱煞年光遍[2]。人立小庭深院。(贴)炷尽沉烟[3],抛残绣线,恁今春关情似去年?

【乌夜啼】"(旦)晓来望断梅关[4],宿妆残。(贴)你侧着宜春髻子[5],恰凭阑。(旦)翦不断,理还乱[6],闷无端。(贴)已分付催花莺燕借春看。"(旦)春香,可曾叫人扫除花径?(贴)吩咐了。(旦)取镜台衣服来。(贴取镜台衣服上)"云髻罢梳还对镜,罗衣欲换更添香"[7]。镜台衣服在此。

【步步娇】(旦)袅晴丝,吹来闲庭院[8],摇漾春如线。停半晌、整花钿[9]。没揣菱花[10],偷人半面,迤逗的彩云偏[11]。(行介)步香闺怎便把全身现!

(贴)今日穿插的好。

【醉扶归】(旦)你道翠生生出落的裙衫儿茜[12],艳晶晶花簪八宝填[13],可知我常一生儿爱好是天然[14]。恰三春好处无人见[15]。不提防沉鱼落雁鸟惊喧[16],则怕的羞花闭月花愁颤[17]。

(贴)早茶时了,请行。(行介)你看:"画廊金粉半零星,池馆苍苔一片青。踏草怕泥新绣袜[18],惜花疼煞小金铃[19]"。(旦)不到园林,怎知春色如许?

【皂罗袍】原来姹紫嫣红开遍[20],似这般都付与断井颓垣。良辰美景奈何天,赏心乐事谁家院[21]!恁般景致,我老爷和奶奶再不提起。(合)朝飞暮卷[22],云霞翠轩;雨丝风片,烟波画船——锦屏人忒看的这韶光贱[23]!

（贴）是花都放了，那牡丹还早。

【好姐姐】（旦）遍青山啼红了杜鹃[24]，荼蘼外烟丝醉软[25]。春香啊，牡丹虽好，他春归怎占的先[26]！（贴）成对儿莺燕啊。（合）闲凝眄，生生燕语明如翦[27]，呖呖莺歌溜的圆。

（旦）去罢。（贴）这园子委是观之不足也。（旦）提他怎的！（行介）

【隔尾】观之不足由他缱[28]，便赏遍了十二亭台是枉然。到不如兴尽回家闲过遣。（作到介）（贴）“开我西阁门，展我东阁床。瓶插映山紫[29]，炉添沉水香[30]”。小姐，你歇息片时，俺瞧老夫人去也。（下）

（选自朱东润. 中国历代文学作品选（下编第一册）[M]. 上海：上海古籍出版社，1980.）

【注释】

[1] 选自《牡丹亭·惊梦》。《惊梦》由《绕地游》（游园）、《山坡羊》（惊梦）两套组成，这里只选《绕地游》一套。

[2] 乱煞年光遍：缭乱的春光到处都是。

[3] 炷：焚烧。沉烟：沉香燃烧的烟，这里借指沉香。沉香是名贵的香料。

[4] 梅关：今江西大庾岭，宋代起在此设梅关。

[5] 侧：歪。宜春髻子：古时立春日，妇女剪纸为燕形，上贴“宜春”二字戴头上。此指一种发髻式样。

[6] 翦不断，理还乱：翦，同“剪”。南唐后主李煜《乌夜啼》中的两句，这里比喻杜丽娘无法摆脱因长期禁锢而产生的苦闷。

[7] 云鬓两句：引自唐代薛逢《宫词》，见《全唐诗》。

[8] 袅（niǎo）晴丝：细长柔软的游丝在晴空中飘荡。袅：飘忽不定。晴丝：游丝、飞丝，也即后文所说的烟丝，虫类所吐的丝缕，常在空中飘游。在春天晴朗的日子最易看见。

[9] 花钿：古代妇女鬓发边的饰物。

[10] 没揣：不意，蓦然。菱花，镜子。古时用铜镜，背面所铸花纹一般为菱花，因此称菱花镜，或用菱花作镜子的代称。

[11] 迤逗：牵引，引惹。彩云：此指漂亮的发髻。全句：想不到镜子偷偷地照见了她，害得她羞答答地把发髻也弄歪了。这几句写出一个少女的含情脉脉的微妙心理，她是连看见镜子里的自己的影子也有些不好意思的。迤逗，元曲中或作拖逗。

[12] 翠生生：形容色彩鲜艳。出落：显得。茜（qiàn）：旧时常指称大红色。

[13] 艳晶晶：光彩夺目。花簪八宝填：意为镶嵌有多种珍宝的发簪。填：镶嵌。

[14] 爱好：爱美。

[15] 三春好处：喻自己的年轻美貌。

[16] 沉鱼落雁：小说戏中用来形容女人的美貌。意思说，鱼见她的美色，自愧不如而下沉；雁则为看她的美色而停落下来。

[17] 羞花闭月：花儿见了含羞不敢开放，月亮见了将自己隐蔽起来。形容女子的美丽。

[18] 泥：沾污，这里作动词用。

[19] “惜花”句事见《开元天宝遗事》：“天宝初，宁王至春时，于后园中纫红丝为绳，密缀金铃，系于花梢之上，每有鸟鹊翔集，则令园吏掣铃索以惊之。盖惜花之故也。”此句意为

因惜花驱鸟而频频扯铃，使小金铃痛得要命。这是夸大的描写。

[20] 姹(chà)紫嫣(yān)红：姹、嫣，本为形容女性娇艳之词，此指各色娇艳的鲜花盛开。

[21] 谁家：哪一家。两句意为：大好春光明媚，美丽景物宜人，我杜丽娘却生活在愁闷无聊之中；赏心悦目、快意当前，又在哪一家庭院呢？以上两句出自谢灵运《拟魏太子邺中集诗序》："天下良辰美景，赏心乐事，四者难并。"

[22] 朝飞暮卷：语出王勃《滕王阁诗》："画栋朝飞南浦云，珠帘暮卷西山雨。"

[23] 锦屏人：幽居深闺中的女子，此为丽娘自称。忒(tè)：太。韶光：春光。

[24] 啼红了杜鹃：到处开遍了红色的杜鹃花。传说杜鹃鸟叫时，口中血滴在花瓣上，花红似血。

[25] 荼蘼：一种落叶灌木，晚春初夏开白花。烟丝：游丝。

[26] 牡丹虽好两句：皮日休咏牡丹诗有"独占人间第一春"句。牡丹在春末时才开花，故有此反问。这句意思是，牡丹虽美，但它开花太迟，怎能占春花中第一呢？句中隐含了杜丽娘对自己的美好青春在深闺中虚度的幽怨和伤感。

[27] 生生：形容清脆的鸣叫声。明：明快。此句形容燕语声明快清脆。

[28] 缱(qiǎn)：留恋。

[29] 映山紫：杜鹃花的一种。

[30] 沉水香：沉香的别称。

【作者简介】

汤显祖(1550—1616年)，字义仍，号若士，自称清远道人，江西临川人。他出身于"书香"家庭，早年即有文名。但是由于他不肯阿附权贵，所以从22岁参加科举考试，直到34岁才中进士，先后任南京太常博士、南京詹事府主簿、南京礼部祠祭司主事等职。万历十九年(1591年)，汤显祖因上疏弹劾大学士申时行，被贬官到雷州半岛的徐闻县做典史，后又调任为浙江遂昌知县。他为政清廉，关心民生疾苦，抑制豪强，直言敢谏，故一直被豪强排挤，于万历二十六年(1598年)弃官归于临川。此后18年中，汤显祖一直过的是读书著作、教子养亲的生活。汤显祖深受"左派王学"影响，反对程朱理学，批判拟古主义的文学，追求个性解放。其创作成就主要在戏曲上，是明代最负盛名的传奇作家。代表作有《牡丹亭》(一名《还魂记》)、《紫钗记》、《南柯记》、《邯郸记》，合称"玉茗堂四梦"，又名"临川四梦"。诗文有《玉茗堂文集》等。

【赏析指要】

《牡丹亭》不仅是汤显祖的代表作，也是我国戏曲史上影响很大的浪漫主义杰作，是《西厢记》之后的一部里程碑式的作品。作品通过杜丽娘为情而死、因情复生的故事，对摧残情性的封建礼教作了尖锐的批判，热烈歌颂了青年男女为追求自由的爱情所作出的不懈斗争。《惊梦》包括游园和惊梦两段，因游园而得梦，演出时统称为《游园惊梦》，本节选的是游园一段。

游园惊梦表现杜丽娘的觉醒和被压抑感情的解放。大好春光唤醒了她幽闭的心灵，激起她对自由幸福爱情的热烈追求，终于在梦中冲破了封建的藩篱，得到了她所渴望的爱。本出戏写得既大胆又含蓄，情景交融，情文并茂，刻画了杜丽娘的娇羞神态和种种微妙的心理。游园时，面对姹紫嫣红、美景良辰，杜丽娘的心里却有一层淡淡幽怨、莫名惆怅。内心感受是"闷"与"乱"，是"理还乱，闷无端"，是"春色恼人"，是她对自己"年已及笄，不得早成佳配"，虚度青春的苦闷，因此她感叹"奈何天""谁家院"，把深闺中女子的苦闷和青春觉醒后的烦恼，描摹得生动细腻，十分感人。词曲典雅，富于浪漫色彩。

【辑评】

临川作《牡丹亭》词，非词也，画也；不丹青，而丹青不能绘也；非画也，真也；不啼笑而啼笑，即有声也。以为追琢唐音乎，鞭箠宋调乎，抽翻元剧乎？当其意得，一往追之，快意而止。非唐，非宋，非元也。

（明·沈际飞《牡丹亭题词》）

长生殿（节选[1]）

洪　昇

（丑上）玉楼天半起笙歌，风送宫嫔笑语和。月殿影开闻夜漏[2]，水晶帘卷近秋河[3]。咱家高力士，奉万岁爷之命，着咱在御花园中安排小宴，要与贵妃娘娘同来游赏，只得在此伺候。（生、旦乘辇[4]，老旦、贴随后，二内侍引，行上）

【北中吕粉蝶儿】[5]天淡云闲，列长空数行新雁。御园中秋色斓斑：柳添黄，苹减绿，红莲脱瓣。一抹雕阑，喷清香桂花初绽。

（到介）（丑）请万岁爷娘娘下辇。（生、旦下辇介）（丑同内侍暗下）（生）妃子，朕与你散步一回者。（旦）陛下请。（生携旦手介）（旦）

【南泣颜回】携手向花间，暂把幽怀同散。凉生亭下，风荷映水翩翻。爱桐阴静悄，碧沉沉并绕回廊看。恋香巢秋燕依人，睡银塘鸳鸯蘸眼[6]。

（生）高力士，将酒过来[7]，朕与娘娘小饮数杯。（丑）宴已排在亭上，请万岁爷娘娘上宴。（旦作把盏，生止住介）妃子坐了。

【北石榴花】不劳你玉纤纤高捧礼仪烦，子待借小饮对眉山[8]。俺与你浅斟低唱互更番，三杯两盏，遣兴消闲。妃子，今日虽是小宴，倒也清雅。回避了御厨中，回避了御厨中，烹龙炰凤堆盘案[9]，咿咿哑哑乐声催趱[10]。只几味脆生生[11]，只几味脆生生，蔬和果清肴馔，雅称你仙肌玉骨美人餐[12]。

妃子，朕与你清游小饮，那些梨园旧曲[13]，都不耐烦听他。记得那年在沉香亭上赏牡丹，召翰林李白草《清平调》三章[14]，命李龟年度成新谱[15]，其词甚佳。不知妃子还记得么？（旦）妾还记得。（生）妃子可为朕歌之，朕当亲倚玉笛以和。（旦）领旨。（老旦进玉笛，生吹介，旦按板介[16]。）

【南泣颜回】[17]花繁，秾艳想容颜。云想衣裳光璨。新妆谁似，可怜飞燕娇懒[18]。名花国色[19]，笑微微常得君王看。向春风解释春愁，沉香亭同倚阑干。

（生）妙哉，李白锦心，妃子绣口，真双绝矣。宫娥，取巨觞来，朕与妃子对饮。（老旦、贴送酒介）（生）

【北斗鹌鹑】畅好是喜孜孜驻拍停歌[20]，喜孜孜驻拍停歌，笑吟吟传杯送盏。妃子干一杯,(作照干介)不须他絮烦烦射覆藏钩[21],闹纷纷弹丝弄板。(又作照杯介)妃子,再干一杯。(旦)妾不能饮了。(生)宫娥每,跪劝。(老旦、贴)领旨。(跪旦介)娘娘,请上这一杯。(旦勉饮介)(老旦、贴作连劝介)(生)我这里无语持觞仔细看,早子见花一朵上腮间[22]。(旦作醉介)妾真醉矣。(生)一会价软咍咍柳亸花欹[23],软咍咍柳亸花欹,困腾腾莺娇燕懒。

妃子醉了,宫娥每,扶娘娘上辇进宫去者。(老旦、贴)领旨。(作扶旦起介)(旦作醉态呼介)万岁!(老旦、贴扶旦行)(旦作醉态介)

【南扑灯蛾】态恹恹轻云软四肢,影濛濛空花乱双眼,娇怯怯柳腰扶难起,困沉沉强抬娇腕,软设设金莲倒褪,乱松松香肩亸云鬟,美甘甘思寻凤枕,步迟迟倩宫娥搀入绣帏间。

(老旦、贴扶旦下)(丑同内侍暗上)(内击鼓介)(生惊介)何处鼓声骤发?(副净急上)"渔阳鼙鼓动地来,惊破霓裳羽衣曲[24]。"(问丑介)万岁爷在那里?(丑)在御花园内。(副净)军情紧急,不免径入。(进见介)陛下,不好了。安禄山起兵造反[25],杀过潼关,不日就到长安了。(生大惊介)守关将士何在?(副净)哥舒翰兵败,已降贼了[26]。(生)

【北上小楼】呀,你道失机的哥舒翰,称兵的安禄山,赤紧的离了渔阳[27],陷了东京[28],破了潼关。唬得人胆战心摇,唬得人胆战心摇,肠慌腹热,魂飞魄散,早惊破月明花粲[29]。

卿有何策,可退贼兵?(副净)当日臣曾再三启奏,禄山必反,陛下不听,今日果应臣言。

事起仓卒,怎生抵敌?不若权时幸蜀,以待天下勤王[30]。(生)依卿所奏。快传旨,诸王百官,即时随驾幸蜀便了。(副净)领旨。(急下)(生)高力士,快些整备军马。传旨令右龙武将军陈元礼,统领羽林军士三千扈驾前行[31]。(丑)领旨。(下)(内侍)请万岁爷回宫。(生转行叹介)唉,正尔欢娱,不想忽有此变,怎生是了也!

【南扑灯蛾】稳稳的宫庭宴安,扰扰的边庭造反。冬冬的鼙鼓喧,腾腾的烽火黫[32]。的溜扑碌臣民儿逃散[33],黑漫漫乾坤覆翻,磣磕磕社稷摧残[34],磣磕磕社稷摧残。当不得萧萧飒飒西风送晚,黯黯的一轮落日冷长安。

(向内问介)宫娥每,杨娘娘可曾安寝?(老旦、贴内应介)已睡熟了。(生)不要惊他,且待明早五鼓同行。(泣介)天那,寡人不幸,遭此播迁,累他玉貌花容,驱驰道路。好不痛心也!

【南尾声】在深宫兀自娇慵惯,怎样支吾蜀道难?(哭介)我那妃子啊,愁杀你玉软花柔,要将途路趱。

宫殿参差落照间(卢纶),渔阳烽火照函关[35](吴融)。遏云声绝悲风起[36](胡曾),何处黄云是陇山[37](武元衡)。

(选自朱东润.中国历代文学作品选(下编第二册)[M].上海:上海古籍出版社,1980.)

【注释】

[1] 本篇选自《长生殿》的第二十四出《惊变》。剧中的生角为唐明皇(玄宗),旦角为杨贵妃。

[2] 闻夜漏:古代以铜壶作计时器,底部穿有一孔,壶中立箭,上面刻有度数。水下漏则显现度数,因此知道时间的变化。"闻夜漏",言夜间寂静,可以听到受水器具承漏之声。

[3] 近秋河:形容楼高。秋河,银河的别称。

[4] 乘辇(niǎn):坐车。辇,人推的轿车,专供皇帝使用。

[5] 传奇多用南曲，兼有南北合套，此处即是。凡生所唱，多系北曲，旦角则唱南曲，间有变异。

[6] 蘸眼：招眼，引人注目。蘸：以物沾水或沾取他物。

[7] 将酒：即拿酒。

[8] 子待：只待，只要。眉山：用青色画过的眉毛，与远山颜色相似。此处用眉山代指杨贵妃。这句与前句玉手高捧，暗合"举案齐眉"的典故。举案齐眉，妻子（孟光）把食案高举过头，表示对丈夫（梁鸿）的尊敬（见《后汉书·梁鸿传》）。后来引申夫妇互相敬爱。

[9] "烹龙"句：指烹制各种山珍海味。烹、炰，指烧煮食物。龙、凤，指名贵菜肴。盘案，放菜的器具。

[10] 催趱（zǎn）：催促。

[11] 脆生生：很脆。生生，形容词的后缀。

[12] 雅称：非常适合，配得上。雅，甚。

[13] 梨园：唐玄宗在宫廷内设立的专门教练歌舞艺人的机构。后世将戏曲界称为梨园，戏曲演员称为梨园弟子。

[14] "记得那年"以下几句：《杨太真外传》载，时禁中重木芍药（牡丹），"上因移植于兴庆池东沉香亭前。会花方繁开，上乘照夜白，妃以步辇从。诏选梨园弟子中尤者，得乐十六色。李龟年以乐擅一时之名，手捧檀板，押众乐前，将欲歌之，上曰：'赏名花，对妃子，焉用旧乐词为？'遽命龟年持金花笺，宣赐翰林学士李白进《清平乐》词三篇。"这三首依次是："云想衣裳花想容，春风拂槛露华浓。若非群玉山头见，会向瑶台月下逢。"其二："一枝红艳露凝香，云雨巫山枉断肠。借问汉宫谁得似？可怜飞燕倚新妆。"其三："名花倾国两相欢，长得君王带笑看。解释春风无限恨，沉香亭北倚阑干。"

[15] 李龟年：唐玄宗时著名的宫廷乐师，精通音律。

[16] 此处表明作者原欲由角色自己奏乐，与今之演出不同。

[17]【南泣颜回】此曲系李白《清平乐》词改写。

[18] 飞燕：指汉成帝的皇后赵飞燕，以身轻色美著称。

[19] 名花国色：名花，指牡丹；国色，指杨贵妃。

[20] 畅好是：正好是。

[21] 射覆藏钩：古代的两种饮宴上的游戏。射覆，类似猜字谜，猜不中者喝酒。藏钩，猜东西藏在哪里。

[22] 早子见：子同"只"，亦作"则"。

[23] 一会价：一会儿。价，语助词。软咍咍（hāi）：软绵绵。柳亸花欹：形容杨贵妃酒醉娇软无力的神态。亸（duǒ），低垂。欹，同"倚"，倾斜意。

[24] "渔阳鞞鼓"两句：为白居易《长恨歌》中诗句。渔阳：唐郡名，在今河北蓟县一带，安禄山部驻所。霓裳羽衣曲，唐代舞曲名，传说是唐玄宗游月宫时暗中记下这首曲子，回来谱出流传的，其实是当时新疆地区的音乐略参以清商乐谱成的，或许经过玄宗的改编。自白居易创作《长恨歌》以来，人们常将此曲与李、杨爱情故事联在一起。

[25] 安禄山（703—757 年），唐营州柳城（今辽宁朝阳县南）胡人，玄宗时为平卢、范阳、河东三节度使。天宝十四载（755 年）起兵叛乱，破潼关（在今陕西潼关县，后汉建安时所建

关名，当时为陕西、山西、河南三省要冲，其地西薄华山，南临商岭，北距黄河，东接桃林，形势险要，历来为兵家必争之地），入长安，大肆掠杀。至德二年（757 年），其子安庆绪谋夺帝位，将他杀死。

[26] 哥舒翰：唐开元年间名将，因破吐蕃有功，封为平西郡王。当时，李隆基委命其驻守潼关，被安禄山所败，投降后被杀。此处言其"降贼"，与史实不符。

[27] 赤紧的：加紧地，谓紧要关头。此处形容速度迅猛。

[28] 东京：指今洛阳。汉高祖都长安，光武帝都洛阳，故汉时即有西京、东京之称，唐沿用不变。

[29] 月明花粲：比喻环境安乐。粲，鲜明，美好。

[30] 勤王：朝廷有难，起兵救援。

[31] 扈驾：跟随车驾兼有保卫之责。扈，同"护"。

[32] 黫（yān）：黑色，状战时烽火。

[33] 的溜扑碌：形容逃难时慌乱的样子。磣嗑嗑：悲惨之极。磣，同"惨"。嗑嗑，又作"可可"，语助词，无义。

[34] 磣磕磕：悲惨至极的意思。磣：同"惨"。

[35] 函关：即函谷关，位于潼关之东。安禄山由范阳起兵攻长安，须经函谷关。

[36] 遏云：形容歌声响亮而阻止了行云。遏，阻止。《列子·汤问》："秦青善歌，能使声振林木，响遏行云。"

[37] 陇山：六盘山南段的别称，延伸于陕西、甘肃一带，山势险峻，是长安入蜀的必经之地。以上四句是本出结尾的下场词，系摘集唐人诗句而成。

【作者简介】

洪昇（1645—1704 年），字昉思，号稗畦，又号稗村、南屏樵者，钱塘（今浙江杭州市）人，出身于没落的名门望族，从小就有着良好的文化教育，但在政治上一直很不得意。他在北京做了二十多年的国子监生，终身未入仕。康熙二十七年（1688 年）他把旧作《舞霓裳》传奇戏曲改写为《长生殿》，剧本问世后，名噪一时，到处传抄、搬演。康熙二十八年（1689 年），因在清圣祖孝懿温诚仁皇后佟佳氏大丧期间于寓所演出，被言者所劾，革去国子监学生籍，被削籍还乡，当时株连达五十人左右，时人诗云："可怜一曲长生殿，断送功名到白头"。晚年过着寄情山水、抑郁清苦的生活。康熙四十三年（1704 年）七月，在浙江吴兴因酒醉失足落水而亡。作品除《长生殿》之外，还著有杂剧《四婵娟》等多种，以及诗集《稗畦集》《稗畦续集》《啸月楼集》三种。

【赏析指要】

《长生殿》写的是以安史之乱为背景的唐明皇与杨贵妃的爱情故事。《惊变》这出戏，谴责了唐明皇沉溺声色、荒废朝政的行为，揭示了统治阶级荒淫与国家变乱之间的内在联系。它是《长生殿》剧情发展的大关目，有结上起下的作用。这场戏演唱时，可分为《小宴》（由开场至[南扑灯蛾]曲）和《惊变》（接上至[南尾声]曲）两部分。作者有意将唐明皇、杨贵妃宴乐御花园的热场戏，与唐明皇惊闻安禄山兵犯长安而失魂落魄的冷场戏置于同一出内，使剧情由喜变悲，气氛由热烈转为凄凉；两相映衬，对比鲜明，造成了强烈的艺术效果。剧中对人物的神情和心理活动的刻画描摹，皆细腻入微，活脱逼真，达到了淋漓尽致的程度。

【辑评】

爱文者喜其词，知音者赏其律，以是传闻益远。蓄家乐者，攒笔竞写，优伶能是，升价什佰。

（吴舒凫《长生殿序》）

桃花扇（节选[1]）

孔尚任

【夜行船】（末）人宿平康深柳巷[2]，惊好梦门外花郎[3]。绣户未开，帘钩才响，春阻十层纱帐。

下官杨文骢[4]，早来与侯兄道喜[5]。你看院门深闭，侍婢无声，想是高眠未起。（唤介）保儿[6]，你到新人窗外，说我早来道喜。（杂）昨夜睡迟了，今日未必起来哩。老爷请回，明日再来罢。（末笑介）胡说！快快去问。（小旦内问介[7]）保儿，来的是那一个？（杂）是杨老爷道喜来了。（小旦忙上）倚枕春宵短，敲门好事多。（见介）多谢老爷，成了孩儿一世姻缘。（末）好说。（问介）新人起来不曾？（小旦）昨晚睡迟，都还未起哩。（让坐介）老爷请坐，待我去催他。（末）不必，不必。（小旦下）

【步步娇】（末）儿女浓情如花酿，美满无他想，黑甜共一乡[8]。可也亏了俺帮衬，珠翠辉煌，罗绮飘荡，件件助新妆，悬出风流榜。

（小旦上）好笑！好笑！两个在那里交扣丁香[9]，并照菱花[10]。梳洗才完，穿戴未毕。请老爷同到洞房，唤他出来，好饮扶头卯酒[11]。（末）惊却好梦，得罪不浅。（同下）（生、旦艳妆上）

【沈醉东风】（生、旦）这云情接着雨况[12]，刚搔了心窝奇痒，谁搅起睡鸳鸯？被翻红浪，喜匆匆满怀欢畅。枕上余香，帕上余香，消魂滋味，才从梦里尝。

（末、小旦上）（末）果然起来了，恭喜！恭喜！（一揖，坐介）（末）昨晚催妆拙句[13]，可还说的入情么？（生揖介）多谢！（笑介）妙是妙极了，只有一件。（末）那一件？（生）香君虽小，还该藏之金屋[14]。（看袖介）小生衫袖，如何着得下？（俱笑介）（末）夜来定情，必有佳作。（生）草草塞责，不敢请教。（末）诗在那里？（旦）诗在扇头。（旦向袖中取出扇介）（末接看介）是一柄白纱宫扇。（嗅介）香的有趣。（吟诗介）妙，妙！只有香君不愧此诗[15]。（付旦介）还收好了。（旦收扇介）

【园林好】（末）正芬芳桃香李香，都题在宫纱扇上；怕遇着狂风吹荡，须紧紧袖中藏，须紧紧袖中藏。

（末看旦介）你看香君上头之后[16]，更觉艳丽了。（向生介）世兄有福，消此尤物[17]。（生）香君天姿国色，今日插了几朵珠翠，穿了一套绮罗，十分花貌，又添二分，果然可爱。（小旦）这都亏了杨老爷帮衬哩！

【江儿水】送到缠头锦[18]，百宝箱，珠围翠绕流苏帐[19]，银烛笼纱通宵亮，金杯劝酒合席唱。今日又早早来看，恰似亲生自养，赔了妆奁，又早敲门来望。

(旦)俺看杨老爷,虽是马督抚至亲[20],却也拮据作客[21],为何轻掷金钱,来填烟花之窟[22]?在奴家受之有愧,在老爷施之无名;今日问个明白,以便图报。(生)香君问得有理,小弟与杨兄萍水相交[23],昨日承情太厚,也觉不安。(末)既蒙问及,小弟只得实告了。这些妆奁酒席,约费二百余金,皆出怀宁之手[24]。(生)那个怀宁?(末)曾做过光禄的阮圆海。(生)是那皖人阮大铖么?(末)正是。(生)他为何这样周旋?(末)不过欲纳交足下之意。

【五供养】(末)羡你风流雅望,东洛才名,西汉文章[25]。逢迎随处有,争看坐车郎[26]。秦淮妙处[27],暂寻个佳人相傍,也要些鸳鸯被,芙蓉妆。你道是谁的?是那南邻大阮[28],嫁衣全忙。

(生)阮圆老原是敝年伯[29],小弟鄙其为人,绝之已久。他今日无故用情,令人不解。(末)

圆老有一段苦衷,欲见白于足下。(生)请教。(末)圆老当日曾游赵梦白之门[30],原是吾辈。后来结交魏党[31],只为救护东林。不料魏党一败,东林反与之水火[32]。近日复社诸生[33],倡论攻击,大肆殴辱,岂非操同室之戈乎[34]?圆老故交虽多,因其形迹可疑,亦无人代为分辩。每日向天大哭,说道:"同类相残,伤心惨目,非河南侯君,不能救我。"所以今日谆谆纳交[35]。(生)原来如此。俺看圆海情辞迫切,亦觉可怜。就便真是魏党,悔过来归,亦不可绝之太甚,况罪有可原乎。定生、次尾[36],皆我至交,明日相见,即为分解。(末)果然如此,吾党之幸也。(旦怒介)官人是何说话,阮大铖趋附权奸,廉耻丧尽;妇人女子,无不唾骂。他人攻之,官人救之,官人自处于何等也?

【川拨棹】不思想,把话儿轻易讲。要与他消释灾殃,要与他消释灾殃,也提防旁人短长[37]。官人之意,不过因他助俺妆奁,便要徇私废公,那知道这几件钗钏衣裙,原放不到我香君眼里。(拔簪脱衣介)脱裙衫,穷不妨;布荆人[38],名自香。

(末)阿呀!香君气性,忒也刚烈[39]。(小旦)把好好东西,都丢一地,可惜!可惜!(拾介)(生)好!好!好!这等见识,我倒不如,真乃侯生畏友也[40]。(向末介)老兄休怪,弟非不领教,但恐为女子所笑耳。

【前腔】(生)平康巷,他能将名节讲;偏是咱学校朝堂,偏是咱学校朝堂,混贤奸不问青黄[41]。那些社友,平日重俺侯生者,也只为这点义气;我若依附奸邪,那时群起来攻,自救不暇,焉能救人乎?节和名,非泛常;重和轻,须审详。

(末)圆老一段好意,也还不可激烈。(生)我虽至愚,亦不肯从井救人[42]。(末)既然如此,小弟告辞了。(生)这些箱笼,原是阮家之物,香君不用,留之无益,还求取去罢。(末)正是"多情反被无情恼[43],乘兴而来兴尽还[44]。"(下)(旦恼介)(生看旦介)俺看香君天姿国色,摘了几朵珠翠,脱去一套绮罗,十分容貌,又添十分,更觉可爱。(小旦)虽如此说,舍了许多东西,倒底可惜。

【尾声】金珠到手轻轻放,惯成了娇痴模样,辜负俺辛勤做老娘。

(生)些须东西[45],何足挂念,小生照样赔来。(小旦)这等才好。

(小旦)花钱粉钞费商量[46],(旦)裙布钗荆也不妨。

(生)只有湘君能解佩[47],(旦)风标不学世时妆[48]。

(选自徐季子.中国古代文学(下)[M].上海:华东师范大学出版社,1991.)

【注释】

[1]《桃花扇》全剧四十出，以侯方域、李香君的爱情故事为线索，写出了南明王朝兴亡的历史。本篇是《桃花扇》第七出《却奁》，写阮大铖利用杨文骢去巴结笼络侯方域，为李香君置办妆奁，李香君识破这个阴谋，毅然退掉妆奁。却奁：拒绝接受别人的妆奁(嫁妆)。

[2] 平康：唐代长安里名，为妓女聚居之处，后多泛指妓院。

[3] 花郎：指卖花人。

[4] 杨文骢：字龙友，贵州贵阳人。南明弘光朝任常、镇二府巡抚，后随唐王抗清，兵败被杀。剧中交代，他此时是罢职的县令，是马士英的妹夫，阮大铖的盟弟，与复社诸友也很熟识。因此，他在剧中是联络两边的人物。

[5] 侯兄：侯方域(1618—1650年)，字朝宗，河南商丘人。父亲做过户部尚书，是东林党人，他本人是复社重要人物，与冒辟疆、陈贞慧、吴应箕合称“四公子”，以文名著称当世。入清后曾应河南乡试，中副榜。《桃花扇》写其入清后出家不仕，与史实有出入，是作者根据全剧的主题和人物性格进行的艺术再创造。

[6] 保儿：即鸨儿，指妓女的养母。鸨：鸟名，似雁而大，无后趾，虎纹，喜淫而无厌，后因此称妓女为鸨。

[7] 小旦：传奇角色名。本剧此角色扮演妓女的假母李贞丽。李贞丽是明末南京名妓。

[8] 黑甜共一乡：意为熟睡。俗以熟睡为黑甜乡，即甜蜜的梦乡。

[9] 丁香，花名。即打成丁香结的纽扣。

[10] 菱花：指镜子。古时多用铜磨光制镜，并且在背面镂铸图案，以菱花最为普遍，故常用“菱花”指代铜镜。

[11] 扶头卯酒：早晨卯时前后为清醒头脑，振奋精神所饮的第一次酒。卯：卯时，早晨五点至七点。

[12] 云情雨况：指男女交欢时的情景。

[13] 催装拙句：事见上一出《眠香》，杨龙友在侯、李新婚之夜送的贺诗：“生小倾城是李香，怀中婀娜袖中藏。缘何十二巫峰女，梦里偏来见楚王。”侯方域见诗，笑对李香君连赞“妙绝”。一个清客打趣道：“‘怀中婀娜袖中藏’，说的香君一搦身材，竟是个香扇坠儿。”李香君诨名小扇坠，此诗语意双关。旧俗新婚之夜，赋诗催新妇梳妆，叫催妆诗。

[14] 金屋：指精致华丽的房屋。典出汉武帝“金屋藏娇”的故事。

[15] 只有香君不愧此诗：事见上一出《眠香》，侯方域题宫扇一诗，赠与李香君为订盟之物，诗云：“夹道朱楼一径斜，王孙初御富平车。清溪尽是辛夷树，不及东风桃李花。”

[16] 上头：指结婚。女子婚后发饰须作成人装束，故曰上头。妓女第一次接客也称上头。

[17] 尤物：本指特出众的人物，一般用以称绝色美人。

[18] 缠头锦：古时歌舞的人把锦帛缠在头上作妆饰叫缠头。也指赠送给歌舞者的锦帛和财物。这里指杨文骢给李香君送来的妆奁。

[19] 流苏帐：以流苏为垂饰的帐子。流苏，彩色丝线或羽毛所作的垂饰。

[20] 马督抚：即马士英，当时任凤阳督抚。弘光朝独揽朝政，后清兵攻陷南京时被杀。

[21] 拮据：手头不宽裕，钱不够用。

[22] 烟花之窟:指妓院。烟花,宋元以来妓女的通称。

[23] 萍水相交:以浮萍在水面漂流,比喻偶然相遇,无深厚交情的朋友。

[24] 怀宁:即安徽怀宁人阮大铖,号圆海,安徽怀宁人。他先是东林党人,后投靠魏忠贤,任光禄寺卿。明亡后与马士英拥立福王,任兵部尚书,南京沦陷后降清。他是明末著名传奇作家,但因人品低劣,为人所不齿。

[25] 东洛才名二句:指晋代文学家左思,他琢磨十年,写成《三都赋》,时人争相传抄,致使洛阳纸贵。西汉文章:指司马相如等人,以辞赋名世。这两句是赞扬侯方域的文学才名。

[26] 争看坐车郎:相传晋代潘岳貌美,每坐车出游,妇女争相看他,并掷果盈车。此借以夸誉侯方域的美貌。

[27] 秦淮:即秦淮河,流经南京,城南河两侧古时多为歌妓住所,为声乐繁华之地。

[28] 南邻大阮:晋阮籍、阮咸叔侄,并有文名,时称大小阮。此处借指阮大铖。

[29] 年伯:父亲的同年,称年伯。阮大铖与侯方域的父亲侯恂同年,因而侯方域称阮为年伯。另年伯亦是对父亲同榜登科的人的尊称。明代以后,泛称父辈,不问是否同年,都称年伯。

[30] 赵梦白:即赵南星,明末高邑人,东林党的领袖人物之一。熹宗时官吏部尚书,为魏忠贤所忌,贬到代州(今山西代县)而死。

[31] 魏党:明末宦官魏忠贤为首的阉党。魏忠贤于熹宗朝专擅朝政,遍植党羽,并极力搜刮财富,纵其爪牙残害人民,排斥代表中小地主阶级利益的东林党人。马士英、阮大铖之流,皆魏党余孽。

[32] 水火:比喻彼此不相容。

[33] 复社:明天启年间成立的代表中小地主利益的政治、文化团体。张溥为其领袖。该社继承东林党精神,除讲学外,对魏阉余党祸国殃民的罪行屡加抨击,为阉党所忌。南明弘光时,复社受到马士英等权奸的打击。顺治九年(1652 年),复社被清政府取缔。剧中提到的陈贞慧(字定生)、吴应箕(字次尾)及侯方域都是复社的重要成员。

[34] 操同室之戈:同室操戈本指兄弟间自相残杀,这里指一家人自相倾轧。

[35] 谆谆:殷勤。纳交:以财物礼品相结交。

[36] 定生:陈贞慧字,江苏宜兴人,明亡隐居不仕。次尾:吴英箕字,安徽贵池人,明亡后曾在家乡率众抗清,兵败被执,不屈而死。陈、吴二人均为复社后期著名人物。《桃花扇》一开始,曾写他们联名一百四十多人写了《留都防乱揭帖》,公开揭露阮大铖的罪恶。

[37] 旁人短长:指他人道长论短的评论。

[38] 布荆人:布荆,指布裙、荆钗。穿布衣,戴荆钗,是古代贫穷妇女的打扮。

[39] 忒:太,过于。

[40] 畏友:方正刚直、敢于当面批评规劝人的朋友。因令人敬畏,故称畏友。

[41] 不问青黄:即不管是非黑白。

[42] 从井救人:跳下深井救人,不能救起别人,自己也会同归于尽,比喻帮不了别人又害了自己。这里指不顾自己的名节去救助别人。

[43] 多情反被无情恼:借用苏轼(蝶恋花)词句。多情,指阮大铖想结交侯方域。无情,指李香君却奁。

[44] 乘兴而来兴尽还:东晋王子猷雪夜乘船去拜访好友戴安道,到了戴家后却不入门而折回,并说:“乘兴而来,兴尽而返,何必见戴。”(《晋书·王羲之传》)

[45] 些须:微少。

[46] 花钱粉钞:用于买花粉装饰的钱,此指置办妆奁之资。

[47] 解佩:指香君却奁。屈原《楚辞·九歌·湘君》篇:“遗余佩兮澧浦。”佩,衣带上的佩饰。

[48] 风标:风度、品格。

【作者简介】

孔尚任(1648—1718年),字聘之,又字季重,号东塘,别号岸堂,自称云亭山人,山东曲阜人,孔子六十四世孙。少年时曾应试中秀才,后长期隐居于曲阜石门山中,过着闭门读书的生活。康熙二十四年(1685年),康熙南巡北归,到曲阜祭孔,三十七岁的孔尚任在御前讲经,得康熙的褒奖,被任命为国子监博士,赴京就任。次年,又被派往扬淮一带参加治河工程,在江淮间他的足迹几乎踏遍南明故地,与一大批有民族气节的明代遗民结为知交,搜集了大量明末掌故。同时,也看到了社会的黑暗,吏治的腐败。回京后,在任官之余,主要以读书写作和搜求古物自娱。康熙三十八年(1699年),孔尚任的《桃花扇》传奇定稿,上演后轰动一时。次年因事罢官,两年后回乡,在郁愤和困顿中度过了晚年。作品除了《桃花扇》之外,还有和顾采合著的《小忽雷》传奇及诗文集《湖海集》《岸堂稿》《长留集》等。

【赏析指要】

《桃花扇》全剧四十出,是通过明末复社文人侯方域与秦淮歌妓李香君悲欢离合的故事来反映南明一代兴亡的历史剧。《却奁》这出戏,写李香君深明大义,拒绝权奸阮大铖为收买侯方域而送给她的妆奁,突出刻画了她节操自重的为人和刚烈不为利诱的性格。她对阮大铖之流嫉恶如仇,对阮大铖送来的妆奁嗤之以鼻,高唱出“脱裙衫,穷不妨;布荆人,名自香”,表现了她不与邪恶势力同流合污的鲜明政治态度。她的行动,给侯方域以极大的震动,令他自惭自责。这不仅使他免于失节辱名,而且使他更觉得香君是他的知音和畏友,他终于和香君一起挫败了阮大铖的阴谋。侯方域从动摇到坚定的性格变化,更衬托出李香君光彩照人的形象。这出戏行文紧凑,语言简练,剧情的发展变化与人物的性格刻画紧密结合,在尖锐的矛盾冲突和鲜明的对比中,展示出李香君与侯方域性格的差异。

【辑评】

桃花扇何奇乎?其不奇而奇者,扇面之桃花也;桃花者,美人之血痕也;血痕者,守贞待字、碎首淋漓不肯辱于权奸者也;权奸者,魏阉之余孽也;余孽者,进声色,罗货利,结党复仇,隳三百年之帝基者也。帝基不存,权奸安在?唯美人之血痕,扇面之桃花,啧啧在口,历历在目,此则事之不奇而奇,不必传而可传者也。

(孔尚任《桃花扇小识》)

【讨论探究】

1. 分析《长亭送别》中莺莺的心理变化。

2. 分析《游园》中杜丽娘的人物形象。

3. 分析《惊变》的艺术特色。

4. 分析《却奁》中李香君的性格特征。

【拓展阅读】

1. 阅读《西厢记》《牡丹亭》《长生殿》和《桃花扇》的其他内容。

2. 阅读关汉卿的《窦娥冤》,分析窦娥的艺术形象。

3. 阅读高明的《琵琶记》,分析作品主题。

4. 如有兴趣,阅读我国最早系统论述戏曲的专著,即清代著名的戏曲理论家李渔的《闲情偶寄》。

第四节　现代戏剧文学鉴赏

过　客

鲁　迅

时:

或一日的黄昏

地:

或一处

人:

老翁——约七十岁,白头发,黑长袍。

女孩——约十岁,紫发,乌眼珠,白地黑方格长衫。

过客——约三四十岁,状态困顿倔强,眼光阴沉,黑须,乱发,黑色短衣裤皆破碎,赤足著破鞋,胁下挂一个口袋,支着等身的竹杖。

东,是几株杂树和瓦砾;西,是荒凉破败的丛葬;其间有一条似路非路的痕迹。一间小土屋向这痕迹开着一扇门;门侧有一段枯树根。

(女孩正要将坐在树根上的老翁搀起。)

翁——孩子。喂,孩子!怎么不动了呢?

孩——(向东望着,)有谁走来了,看一看罢。

翁——不用看他。扶我进去罢。太阳要下去了。

孩——我——看一看。

翁——唉，你这孩子！天天看见天，看见土，看见风，还不够好看么？什么也不比这些好看。你偏是要看谁。太阳下去时候出现的东西，不会给你什么好处的……还是进去罢。

孩——可是，已经进来了。阿阿，是一个乞丐。

翁——乞丐？不见得罢。

（过客从东面的杂树间跄踉走出，暂时踌躇之后，慢慢地走近老翁去。）

客——老丈，你晚上好？

翁——阿，好！托福。你好？

客——老丈，我实在冒昧，我想在你那里讨一杯水喝。我走得渴极了。这地方又没有一个池塘，一个水洼。

翁——唔，可以可以。你请坐罢。（向女孩，）孩子，你拿水来，杯子要洗干净。

（女孩默默地走进土屋去。）

翁——客官，你请坐。你是怎么称呼的。

客——称呼？——我不知道。从我还能记得的时候起，我就只一个人，我不知道我本来叫什么。我一路走，有时人们也随便称呼我，各式各样，我也记不清楚了，况且相同的称呼也没有听到过第二回。

翁——阿阿。那么，你是从哪里来的呢？

客——（略略迟疑，）我不知道。从我还能记得的时候起，我就在这么走。

翁——对了。那么，我可以问你到哪里去么？

客——自然可以——但是，我不知道。从我还能记得的时候起，我就在这么走，要走到一个地方去，这地方就在前面。我单记得走了许多路，现在来到这里了。我接着就要走向那边去，（西指，）前面！

（女孩小心地捧出一个水杯来，递去。）

客——（接杯，）多谢，姑娘。（将水两口喝尽，还杯，）多谢，姑娘。这真是少有的好意。我真不知道应该怎样感谢！

翁——不要这么感激。这于你是没有好处的。

客——是的，这于我没有好处。可是我现在很恢复了些力气了。我就要前去。老丈，你大约是久住在这里的，你可知道前面是怎么一个所在么？

翁——前面？前面，是坟。

客——（诧异地，）坟？

孩——不，不，不。那里有许多许多野百合，野蔷薇，我常常去玩，去看他们的。

客——（西顾，仿佛微笑，）不错。那些地方有许多许多野百合，野蔷薇，我也常常去玩过，去看过的。但是，那是坟。（向老翁，）老丈，走完了那坟地之后呢？

翁——走完之后？那我可不知道。我没有走过。

客——不知道？！

孩——我也不知道。

翁——我单知道南边；北边；东边，你的来路。那是我最熟悉的地方，也许倒是于你们最好的地方。你莫怪我多嘴，据我看来，你已经这么劳顿了，还不如回转去，因为你前去也料不定可能走完。

客——料不定可能走完?……(沉思,忽然惊起)那不行!我只得走。回到那里去,就没一处没有名目,没一处没有地主,没一处没有驱逐和牢笼,没一处没有皮面的笑容,没一处没有眶外的眼泪。我憎恶他们,我不回转去。

翁——那也不然。你也会遇见心底的眼泪,为你的悲哀。

客——不。我不愿看见他们心底的眼泪,不要他们为我的悲哀。

翁——那么,你,(摇头,)你只得走了。

客——是的,我只得走了。况且还有声音常在前面催促我,叫唤我,使我息不下。可恨的是我的脚早经走破了,有许多伤,流了许多血。(举起一足给老人看,)因此,我的血不够了;我要喝些血。但血在哪里呢?可是我也不愿意喝无论谁的血。我只得喝些水,来补充我的血。一路上总有水,我倒也并不感到什么不足。只是我的力气太稀薄了,血里面太多了水的缘故罢。今天连一个小水洼也遇不到,也就是少走了路的缘故罢。

翁——那也未必。太阳下去了,我想,还不如休息一会的好罢,像我似的。

客——但是,那前面的声音叫我走。

翁——我知道。

客——你知道?你知道那声音么?

翁——是的。他似乎曾经也叫过我。

客——那也就是现在叫我的声音么?

翁——那我可不知道。他也就是叫过几声,我不理他,他也就不叫了,我也就记不清楚了。

客——唉唉,不理他……(沉思,忽然吃惊,倾听着,)不行!我还是走的好。我息不下。可恨我的脚早经走破了。(准备走路。)

孩——给你!(递给一片布,)裹上你的伤去。

客——多谢,(接取,)姑娘。这真是……这真是极少有的好意。这能使我可以走更多的路。(就断砖坐下,要将布缠在踝上,)但是,不行!(竭力站起,)姑娘,还了你罢,还是裹不下。况且这太多的好意,我没法感激。

翁——你不要这么感激,这于你没有好处。

客——是的,这于我没有什么好处。但在我,这布施是最上的东西了。你看,我全身上可有这样的。

翁——你不要当真就是。

客——是的。但是我不能。我怕我会这样:倘使我得到了谁的布施,我就要象兀鹰看见死尸一样,在四近徘徊,祝愿她的灭亡,给我亲自看见;或者咒诅她以外的一切全都灭亡,连我自己,因为我就应该得到咒诅。但是我还没有这样的力量;即使有这力量,我也不愿意她有这样的境遇,因为她们大概总不愿意有这样的境遇。我想,这最稳当。(向女孩,)姑娘,你这布片太好,可是太小一点了,还了你罢。

孩——(惊惧,退后,)我不要了!你带走!

客——(似笑,)哦哦……因为我拿过了?

孩——(点头,指口袋,)你装在那里,去玩玩。

客——(颓唐地退后,)但这背在身上,怎么走呢?……

翁——你息不下，也就背不动——休息一会，就没有什么了。

客——对咧，休息……（默想，但忽然惊醒，倾听。）不，我不能！我还是走好。

翁——你总不愿意休息么？

客——我愿意休息。

翁——那么，你就休息一会罢。

客——但是，我不能……

翁——你总还是觉得走好么？

客——是的。还是走好。

翁——那么，你还是走好罢。

客——（将腰一伸，）好，我告别了。我很感激你们。（向着女孩，）姑娘，这还你，请你收回去。

（女孩惊惧，敛手，要躲进土屋里去。）

翁——你带去罢。要是太重了，可以随时抛在坟地里面的。

孩——（走向前，）阿阿，那不行！

客——阿阿，那不行的。

翁——那么，你挂在野百合野蔷薇上就是了。

孩——（拍手，）哈哈！好！

翁——哦哦……

（极暂时中，沉默。）

翁——那么，再见了。祝你平安。（站起，向女孩，）孩子，扶我进去罢。你看，太阳早已下去了。（转身向门。）

客——多谢你们。祝你们平安。（徘徊，沉思，忽然吃惊，）然而我不能！我只得走。我还是走好罢……（即刻昂了头，奋然向西走去。）

（女孩扶老人走进土屋，随即关了门。过客向野地里跄踉地闯进去，夜色跟在他后面。）

一九二五年三月二日

（原载1925年3月9日《语丝》第17期）

【作者简介】

鲁迅，原名周树人（1881—1936年），字豫才，浙江绍兴人，中国现代伟大的文学家、思想家、革命家。17岁之前曾用名周樟寿，后改名周树人，并以笔名鲁迅闻名于世。鲁迅先生一生写作计有约600万字，其中著作约500万字，辑校和书信约100万字。作品包括杂文、短篇小说、诗歌、评论、散文、翻译作品等。作品主要有小说集《呐喊》《彷徨》《故事新编》；散文集《朝花夕拾》；散文诗集《野草》；杂文集《坟》《而已集》《坟》《热风》《华盖集》《华盖集续编》《三闲集》《二心集》《南腔北调集》《伪自由书》《准风月谈》《花边文学》《且介亭杂文》《且介亭杂文二编》《且介亭杂文末编》《集外集》和《集外集拾遗》等。

【赏析指要】

《过客》收集在鲁迅散文诗集《野草》里，用戏剧形式写成，可以说是鲁迅人生哲学的一个象征。作品塑造了一个艰难行进、坚持向前的孤独、困顿的“过客”的形象。他在黄昏时候来到一个萧疏破败的荒野，已经非常疲惫：“脚早经走破了，有许多伤，流了许多血”，“力气太稀薄了”，但是他不愿停下自己的脚步，因为他走过的地方“就没一处没有名目，没一处没有地主，没一处没有驱逐和牢笼，没一处没有皮面的笑容，没一处没有眶外的眼泪”，也就是说他所走过的地方到处是压迫和奴役，是人间地狱，所以“我憎恶他们，我不回转去”。虽然他不知道“前面是怎么一个所在”，但是“况且还有声音常在前面催促我，叫唤我，使我息不下”。可以理解为他要为争取自由和解放去探索，去战斗，所以他谢绝了老翁的劝说和女孩好意的帮助，在苍茫的暮色中，悲壮地“即刻昂了头，奋然向西走去”，不管前面等待他的是急风暴雨，还是刀光剑影，毅然决然地奔向未来。

作品中的“过客”可以说是当时充满战斗精神、孤独而绝望地反抗着的战士形象，也可以说是鲁迅的自我写照。

《过客》尽管故事情节简单，共出现过客、老翁、女孩三个人，人物较少，也没有多么激烈的戏剧矛盾冲突，但很深刻地说明了一种哲理，即尽管希望渺茫，明知是无望的抗争，但仍然要去抗争和进取。

北京人（节选）

曹　禺

人　物：

曾　皓——在北平落户的旧世家的老太爷，年六十三。

曾文清——他的长子，三十六。

曾思懿——他的长媳，三十八九。

曾文彩——他的女儿，三十三岁。

江　泰——他的女婿，文彩的丈夫，一个老留学生，三十七八。

曾　霆——他的孙子，文清与思懿的儿子，十七岁。

曾瑞贞——他的孙媳，霆儿的媳妇，十八岁。

愫　方——他的姨侄女，三十上下。

陈奶妈——哺养曾文清的奶妈，年六十上下。

小柱儿——陈的孙儿，年十五。

张　顺——曾家的仆人。

袁任敢——研究“人类学”的学者，年三十八。

袁　圆——袁的独女，十六整。

“北京人”——在袁任敢学术察勘队里一个修理卡车的巨人。

警　察

寿木商人　甲、乙、丙、丁。

地　点：

第一幕——中秋节。在北平曾家小花厅里。

第二幕——当夜十一点的光景，曾宅小花厅里。

第三幕——离第一幕约有一月，某一天，深夜三点钟，曾宅小花厅里。

第三幕

第一景

在北平阴历九月梢尾的早晚，人们已经需要加上棉绒的寒衣。深秋的天空异常肃穆而爽朗。近黄昏时，古旧一点的庭园，就有成群成阵像一片片墨点子似的乌鸦，在老态龙钟的榆钱树的树巅上来回盘旋，此呼彼和，噪个不休。再晚些，暮色更深，乌鸦也飞进了自己的巢。在苍茫的尘雾里传来城墙上还未归营的号手吹着的号声。这来自遥远，孤独的角声，打在人的心坎上说不出的熨帖而又凄凉，像一个多情的幽灵独自追念着那不可唤回的渺若烟云的以往，又是惋惜，又是哀伤，那样充满了怨望和依恋，在薄寒的空气中不住地振抖。

天渐渐地开始短了，不到六点钟，石牌楼后面的夕阳在西方一抹淡紫的山气中隐没下去。到了夜半，就唰唰地刮起西风，园里半枯的树木飒飒地乱抖。赶到第二天一清早，阳光又射在屋顶辉煌的琉璃瓦上，天朗气清，地面上罩一层白霜，院子里，大街的人行道上都铺满了头夜的西风刮下来的黄叶。气候着实地凉了，大清早出来，人们的呼吸在寒冷的空气里凝成乳白色的热气，由菜市买来的菜蔬碰巧就结上一层薄薄的冰凌，在屋子里坐久了不动就觉得有些冻脚，窗纸上的苍蝇拖着迟重的身子飞飞就无力地落在窗台上，在往日到了这种天气，比较富贵的世家，如同曾家这样的门第，家里早举起了炕火，屋内暖洋洋的绕着大厅的花隔扇与宽大的玻璃窗前放着许多盆盛开的菊花，有绿的，白的，黄的，宽瓣的，细瓣的，都是名种。它们有的放在花架上，有的放在地上，还有在糊着蓝纱的隔扇前的紫檀花架上的紫色千头菊悬崖一般地倒吊下来，这些都绚烂夺目地在眼前罗列着。主人高兴时就在花前饮酒赏菊，邀几位知己的戚友，吃着热气腾腾的羊肉火锅，或猜拳，或赋诗，酒酣耳热，顾盼自豪。真是无上的气概，无限的享受。

像往日那般快乐和气概于今在曾家这间屋子里已找不出半点痕迹，惨淡的情况代替了当年的盛景。现在这深秋的傍晚——离第二幕有一个多月——更是处处显得零落衰败的样子，隔扇上的蓝纱都褪了色，有一两扇已经撕去了换上普通糊窗子用的高丽纸，但也泛黄了。隔扇前地上放着一盆白菊花，枯黄的叶子，花也干得垂了头。靠墙的一张旧红木半圆桌上放着一个深蓝色大花瓶，里面也插了三四朵快开败的黄菊。花瓣儿落在桌子上，这败了的垂了头的菊花在这衰落的旧家算是应应节令。许多零碎的摆饰都收了起来，墙上也只挂着一幅不知甚么人画的山水，裱的绫子已成灰暗色，下面的轴子，只剩了一个。墙壁的纸已开始剥落。墙角倒悬那张七弦琴，琴上的套子不知拿去作了什么，橙黄的穗子仍旧沉沉的垂下来，但颜色已不十分鲜明，蜘蛛在上面织了网又从那儿斜斜地织到屋顶。书斋的窗纸有些破了，补上，补上又破了的。两张方凳随便地放在墙边，一张空着，一张放着一个作针线的笸箩。那扇八角窗的玻璃也许久没擦磨过，灰尘尘的。窗前八仙桌上放一个茶壶两个茶杯，桌边有一把靠椅。

一片淡淡的夕阳透过窗子微弱地洒在落在桌子上的菊花瓣上，同织满了蛛网的七弦琴的穗子上，暗淡淡的，忽然又像回光返照一般的明亮起来，但接着又暗了下去。外面一阵阵地噪着老鸦。独轮水车的轮声又在单调地“吱扭扭吱扭扭”地滚过去。太阳下了山，屋内渐渐的昏暗。

开幕时，姑奶奶坐在靠椅上织着毛线坎肩。她穿着一件旧黑洋绉的驼绒袍子，黑绒鞋。面色焦灼，手不时地停下来，似乎在默默地等待着什么。离她远远地在一张旧沙发上歪歪地靠着江泰,他正在拿着一本《麻衣神相》,十分人神地读,左手还拿了一面用红头绳缠拢的破镜子,翻翻书又照照自己的脸,放下镜子又仔细研究那本线装书。

他也穿着件旧洋绉驼绒袍子,灰里泛黄的颜色,袖子上有被纸烟烧破的洞,非常短而又宽大得不适体,棕色的西装裤子,裤脚拖在脚背上,拖一双旧千层底鞋。

半晌。

陈奶妈拿着纳了一半的鞋底子打开书斋的门走进来。她的头发更斑白,脸上仿佛又多了些皱纹。因为年纪大了怕冷,她已经穿上一件灰布的薄棉袄,青洋缎带扎着腿。看见她来,文彩立刻放下手里的毛线活计站起来。

曾文彩　(非常关心地,低声问)怎么样啦?

陈奶妈　(听见了话又止了步,回头向窗外谛听。文彩满蓄忧愁的眼睛望着她,等她的回话。陈无可奈何地摇摇头)没有走,人家还是不肯走。

曾文彩　(失望地叹息了一声,又坐下拿起毛线坎肩,低头缓缓地织着)江泰略回头,看了这两个妇人一眼,显着厌恶的神气,又转过身读他的《麻衣神相》。

陈奶妈　(长长地嘘出一口气,四面望了望,提起袖口擦抹一下眼角,走到方凳子前坐下,迎着黄昏的一点微光,默默地纳起鞋底。)

江　泰　(忽然搓颤着两只脚,浑身寒瑟瑟的)

曾文彩　(抬起头望江)脚冷吧?

江　泰　(心烦)唔!(又翻他的相书,彩又低下头织毛线)半晌。

曾文彩　(斜觑江泰一下,再低下头织了两针,实在忍不住了)泰!

江　泰　(若有所闻,但仍然看他的书)

曾文彩　(又温和地)泰,你在干什么?

江　泰　(不理她)陈看江一眼,不满意地转过头去。

曾文彩　(放下毛线)泰,几点了,现在?

江　泰　(拿起镜子照着,头也不回)不知道。

曾文彩　(只好看看外边的天色)有六点了吧?

江　泰　(放下镜子,回过头,用手指了一个,冷冷地)看钟!

曾文彩　钟坏了。

江　泰　(翻翻白眼)坏了拿去修!(又拿起镜子)

曾文彩　(怯弱地)泰,你再到客厅看看他们现在怎么样啦,好么?

江　泰　(烦躁地)我不管,我管不着,我也管不了,你们曾家的事也太复杂,我没法管。

曾文彩　(恳求)你再去看一下,好不好?看看他们杜家人究竟想怎么样?

江　泰　怎么样?人家到期要曾家还,没有钱要你们府上的房子,没有房子要曾老太爷的寿木,那漆了几十年的楠木棺材。

曾文彩　(无力地)可这寿木是爹的命,爹的命!

江　泰　你既然知道这件事这么难办,你要我去干什么?

陈奶妈　(早已停下针在听,插进嘴)算了吧,反正钱是没有,房子要住——

江　泰　那棺材——

曾文彩　爹舍不得！

江　泰　（瞪瞪文彩）明白啦？（又拿起镜子）

曾文彩　（低头叹息拿出手帕抹眼泪）

半晌。外面乌鸦噪声，水车“吱扭扭吱扭扭”滚过声。

陈奶妈　（纳着鞋底，时而把针放在斑白的头发上擦两下，又使劲把针扎进鞋底。这时她停下针，抬起头叹气）我走喽，走喽！明天我也走喽，可怜今天老爷子过的是什么丧气生日！唉，像这样活下去倒不如那天晚上……（忽然）要是往年祖老太爷做寿的时候，家里请客唱戏，院子里，客厅里摆满了菊花，上上下下都开着酒席，哪儿哪儿都是拜寿的客人，几里旮旯儿（“角落”）满世界都是寿桃，寿面，红寿帐子，哪像现在——

曾文彩　（一直在沉思着眼前的苦难，呆望着江泰，几乎没听见陈奶妈的话，此时打起精神对江泰，又温和地提起话头）泰，你在干什么？

江　泰　（翻翻眼）你看我在干什么？

曾文彩　（勉强地微笑）我说你一个人照什么？

江　泰　（早已不耐烦，立起来）我在照我的鼻子！你听清楚，我在照我的鼻子！鼻子！鼻子！鼻子！（拿起镜子和书走到一个更远的椅子上坐下）

曾文彩　你不要再叫了吧，爹这次的性命是捡来的。

江　泰　（总觉文彩故意跟他为难，心里又似恼怒，却又似毫无办法的样子，连连指着她）你看你！你看你！你看你！每次说话的口气，言外之意总像是我那天把你父亲气病了似的。你问问现在谁不知道是你那位令兄，令嫂——

曾文彩　（只好极力辩解）谁这么疑心哪？（又低首下心，温婉地）我说，爹今天刚从医院回来，你就当着给他老人家拜寿，到上屋看看他，好吧？

江　泰　（还是气鼓鼓地）我不懂，他既然不愿意见我，你为什么非要我见他不可？就算那天我喝醉啦，话错了话，得罪了他，上个月到医院也望了他一趟，他都不见我，不见我——

曾文彩　（解释）唉，他老人家现在心绪不好！

江　泰　那我心绪就好？

曾文彩　（困难地）可现在爹回了家，你难道就一辈子不见他？就当作客人吧，主人回来了，我们也应该问声好，何况你——

江　泰　（理屈却气壮，走到她的面前又指又点）你，你，你的嘴怎么现在学得这么刁？这么刁？我，我躲开你！好不好？

江赌气拿着镜子由书斋小门走出去。

曾文彩　（难过地）江泰！

陈奶妈　唉，随他——

江又匆匆进来在原处乱找。

江　泰　我的《麻衣神相》呢？（找着）哦，这儿。

江又走出。

曾文彩　江泰！

陈奶妈　(十分同情)唉,随他去吧,不见面也好。看见姑老爷,老爷子说不定又想起清少爷,心里更不舒服了。

曾文彩　(无可奈何,只得叹了口气)您的鞋底纳好了吧?

陈奶妈　(微笑)也就差一两针了。(放下鞋底,把她的铜边的老花镜取下来,揉揉眼睛)鞋到是做好了,人又不在了。

曾文彩　(勉强挣出一句希望的话)人总是要回来的。

陈奶妈　(顿了一下,两手提起衣角擦泪水,伤心地)嗯,但——愿!

曾文彩　(凄凉地)奶妈,您明天别走吧,再过些日子,哥哥会回来的。

陈奶妈　(一月来的烦忧使她的面色失了来时的红润。她颤巍巍摇着头,干巴巴的瘪嘴激动得一抽一抽的。她心里实在舍不得,而口里却固执地说)不,不,我要走,我要走的。

(立起把身边的针线什物往笸箩里收,一面揉揉她的红鼻头)说等吧,也等了一个多月了,愿也许了,香也烧了,还是没音没信,可怜我的清少爷跑出去,就穿了一件薄夹袍——(向外喊)小柱儿!小柱儿!

曾文彩　小柱儿大概帮袁先生捆行李呢。

陈奶妈　(从笸箩里取出一块小包袱皮,包着那双还未完全做好的棉鞋)要,要是有一天他回来了,就赶紧带个话给我,我好从乡下跑来看他。(又不觉眼泪汪汪地)打,打听出个下落呢,姑小姐就把这双棉鞋绱好给他寄去——(回头又喊)小柱儿!——(对彩)

就说大奶妈给他做的,叫他给奶妈捎一个信。(闪出一丝笑容)那天,只要我没死,多远也要去看他去。(忍不住又抽咽起来)

曾文彩　(走过来抚慰着老奶妈)别,别这么难过!他在外面不会怎么样,(勉强地苦笑)三十六七快抱孙子的人,哪会——

陈奶妈　(泪眼婆娑)多大我也看他是个小孩子,从来也没出过门,连自己吃的穿的都不会料理的人——(一面喊,一面走向通大客厅的门)小柱儿!小柱儿!

小柱儿的声音:"唉,奶奶!"

陈奶妈　你在干什么哪?你还不收拾收拾睡觉,明儿个好赶路。

小柱儿的声音:"愫小姐叫我帮她喂鸽子呢。"

陈奶妈　(一面向大客厅走,一面唠叨)唉,愫小姐也是孤零零的可怜!可也白糟蹋粮食,这时候这鸽子还喂个什么劲儿!

陈由大客厅门走出。

曾文彩　(一半对着陈奶妈说,一半是自语,喟然)喂也是看在那爱鸽子的人!

外面又一阵乌鸦噪,她打了一个寒战,正拿起她的织物——

江泰嗒然由书斋小门上。

江　泰　(忘记了方才的气焰,像在黄梅天,背上沾湿了雨一般,说不出的又是丧气,又是恼怒,又是悲哀的神色,连连地摇着头)没办法!没办法!真是没办法!这么大的一所房子,走东到西,没有一块暖和的地方。到今儿个还不生火,脚冻得要死。你那位令嫂就懂得弄钱,你的父亲就知道他的棺材。我真不明白这样活着有什么意义,有什么意义?

曾文彩　别埋怨了,怎么样日子总是要过的。

江　泰　闷极了我也要革命!(从似乎是开玩笑又似乎是发脾气的口气而逐渐激愤地喊起来)

我也反抗,我也打倒,我也要学瑞贞那孩子交些革命党朋友,反抗,打倒,打倒,反抗!都滚他妈的蛋,革他妈的命!把一切都给他一个推翻!而,而,而——(突然摸着了自己的口袋,不觉挖苦挖苦自己,惨笑出来)我这口袋里就剩下一块钱——(摸摸又眨眨眼)不,连一块钱也没有——(翻眼想想,低声)看了相!

曾文彩　江泰,你这——

江　泰　(忽然悲伤,"如丧考妣"的样子,长叹一声)要是我能发明一种像"万金油"似的药多好啊!多好啊!

曾文彩　(哀切地)泰,不要再这样胡思乱想,顺嘴里扯,你这样会弄成神经病的。

江　泰　(像没听见她的话,蓦地又提起神)文彩,我告诉你,今天早上我逛市场,又看了一个相,那个看相的也说我现在正交鼻运,要发财,连夸我的鼻子生得好,饱满,藏财。

(十分认真地)我刚才照照我的鼻子,倒是生得不错!(直怕文彩驳斥)看相大概是有点道理,不然怎么我从前的事都说的挺灵呢?

曾文彩　那你也该出去找朋友啊!

江　泰　(有些自信)嗯!我一定要找,我要找我那些阔同学。(仿佛用话来唤起自己的行动的勇气)我就要找,一会儿我就去找!我大概是要走运了。

曾文彩　(鼓励地)江泰,只要你肯动一动你的腿,你不会不发达的。

江　泰　(不觉高兴起来)真的吗?(突然)文彩,我刚才到上房看你爹去了。

曾文彩　(也提起高兴)他,他老人家跟你说什么?

江　泰　(黠巧地)这可不怪我,他不在屋。

曾文彩　他又出屋了?

江　泰　嗯,不知道他——

陈奶妈由书斋小门上。

陈奶妈　(有些惶惶)姑小姐,你去看看去吧。

曾文彩　怎么?

陈奶妈　唉!老爷子一个人拄着个棍儿又到厢房看他的寿木去了。

曾文彩　哦——

陈奶妈　(哀痛地)老爷子一个人站在那儿,直对着那棺材流眼泪……

江　泰　愫小姐呢?

陈奶妈　大概给大奶奶在厨房蒸什么汤呢——姑小姐,那棺材再也给不得杜家,您先去劝劝老爷子去吧。

曾文彩　(泫然)可怜爹,我,我去——(向书房走)

江　泰　(讥诮地)别,文彩,你先去劝劝你那好嫂子吧。

曾文彩　(一本正经)她正在跟杜家人商量着推呢。

江　泰　哼，她正在跟杜家商量着送呢。你叫她发点良心，别尽想把押给杜家的房子留下来，等她一个人日后卖好价钱，你父亲的棺材就送不出去了。记着，你父亲今天出院的医药费都是人家愫小姐拿出来的钱。你嫂子一个人躲在屋子里吃鸡，当着人装穷，就知道卖嘴，你忘了你爹那天进医院以前她咬你爹那一口啦，哼，你们这位令嫂啊——

思懿由书斋小门上。

陈奶妈　（听见足步声，回头一望，不觉低声）大奶奶来了。

江　泰　（默然，走在一旁）

思懿面色阴暗，蹙着眉头，故意显得十分为难又十分哀痛的样子。她穿件咖啡色起黑花的长袖绒旗袍，靠胳臂肘的地方有些磨光了，领子上的纽扣没扣，青礼服呢鞋。

曾文彩　（怯弱地）怎么样，大嫂？

曾思懿　（默默地走向沙发那边去）

半晌。

陈奶妈　（关切又胆怯地）杜家人到底肯不肯？

曾思懿　（仍默然坐在沙发上）

曾文彩　大嫂，杜家人——

曾思懿　（猛然扑在沙发的扶手上，有声有调地哭起来）文清，你跑到哪儿去了？文清，你跑了，扔下这一大家子，叫我一个人撑，我怎么办得了啊？你在家，我还有个商量，你不在家，碰见这种难人的事，我一个妇道还有什么主意哟！

江泰冷冷地站在一旁望着她。

陈奶妈　（受了感动）大奶奶，您说人家究竟肯不肯缓期呀？

曾思懿　（鼻涕眼泪抹着，抽咽着，数落着）你们想，人家杜家开纱厂的！鬼灵精！到了我们家这个时候，“墙倒众人推”，还会肯吗？他们看透了这家里没有一个男人，（江泰鼻孔哼了一声）老的老，小的小，他们不趁火打劫，逼得你非答应不可，怎么会死心啊？

曾文彩　（绝望地）这么说，他们还是非要爹的寿木不可？

曾思懿　（直拿手帕擦着红肿的眼，依然抽动着肩膀）你叫我有什么法子？钱，钱我们拿不出；房子，房子我们要住；一大家子的人张着嘴要吃。那寿木，杜家老太爷想了多少年，如今非要不可，非要——

江　泰　（靠着自己卧室的门框，冷言冷语地）那就送给他们得啦。

陈奶妈　（惊愕）啊，送给他们？

曾思懿　（不理江泰）并且人家今天就要——

曾文彩　（倒吸一口气）今天？

曾思懿　嗯，他们说杜家老太爷病得眼看着就要断气，立了遗嘱，点明——

江　泰　（替她说）要曾家老太爷的棺材！

曾文彩　（立刻）那爹怎么会肯？

陈奶妈　（插嘴）就是肯，谁能去跟老爷子说？

曾文彩　（紧接）并且爹刚从医院回来。

陈奶妈　（插进）今天又是老爷子的生日——

曾思懿　（突然又嚎起来）我，我就是说啊！文清，你跑到哪儿去了？到了这个时候，叫我怎么办啊？我这公公也要顾，家里的生活也要管，我现在是“忠孝不能两全”。文清，你叫我怎么办哪？

在大奶奶的哭嚎声中，书斋的小门打开。曾皓拄着拐杖，巍巍然地走进来。他穿着藏青“线春”的丝棉袍子，上面罩件黑呢马褂，黑毡鞋。面色黄枯，形容惨怆，但在他走路的样子看来，似乎已经恢复了健康。他尽量保持自己仅余那点尊严，从眼里看得出他在绝望中在做最后一次挣扎，然而他又多么厌恶眼前这一帮人。

大家回过头都立起来。江泰一看见，就偷偷沿墙溜进自己的屋里。

曾文彩　爹！（跑过去扶他）

曾　皓　（以手挥开，极力提起虚弱的嗓音）不要扶，让我自己走。（走向沙发）

曾思懿　（殷殷勤勤）爹，我还是扶您回屋躺着吧。

曾　皓　（坐在沙发上，对大家）坐下吧，都不要客气了。（四面望望）江泰呢？

曾文彩　他——（忽然想起）他在屋里，（惭愧地）等着爹，给爹赔不是呢。

曾　皓　老大还没有信息么？

曾思懿　（惨凄凄地）有人说在济南街上碰见他，又有人说在天津一个小客栈看见他——

曾文彩　哪里都找到了，也找不到一点影子。

曾　皓　那就不要找了吧。

曾文彩　（打起精神，安慰老人家）哥哥这次实在是后悔啦，所以这次在外面一定要创一番事业才——

曾　皓　（摇首）“知子莫若父”，他没有志气，早晚他还是会——（似乎不愿再提起他，忽然对彩）你叫江泰进来吧。

曾文彩　（走了一步，中心愧怍，不觉转身又向着父亲）爹，我，我们真没脸见爹，真是没——

曾　皓　唉，去叫他，不用说这些了。（对思）你也把霆儿跟瑞贞叫进来。

彩至卧室前叫唤。思由书斋门走下。

曾文彩　江泰！江——

江泰立刻悄悄溜出来。

江　泰　（出门就看见曾皓正在望着他，不觉有些惭愧）爹，您，您——

曾　皓　（挥挥手）坐下，坐下吧，（江坐，皓对奶妈关心地）你告诉愫小姐，刚从医院回来，别去厨房再辛苦啦，歇一会去吧。

陈奶妈由通大客厅的门下。

曾文彩　（一直在望着江泰示意，一等陈奶妈转了身，低声）你还不站起来给爹赔个罪！

江　泰　（似立非立）我，我——

曾　皓　（摇手）过去的事不提了，不提了。

江又坐下，静默中，思懿领着霆儿与瑞贞由书斋小门上。瑞贞穿着一件灰底子小红花的布夹袍，霆儿的袍子上罩一件蓝布大褂。

曾　皓　（指指椅子，他们都依次坐下，除了瑞贞立在文彩的背后。皓哀伤地望了望）现在坐中大概就缺少老大，我们曾家的人都在这儿了。（望望屋子，微微咳了一下）这房子是从你们的太爷爷敬德公传下来的，我们累代是书香门第，父慈子孝，没有叫人说过一句闲话。现在我们家里出了我这种不孝的子孙——

曾思懿　（有些难过）爹！——

大家肃然相望，又低下头。

曾　皓　败坏了曾家的门庭，教出一群不明事理，不肯上进，不知孝顺，连守成都做不到的儿女——

江　泰　（开始有些烦恶）

曾文彩　（抬起头来惭愧地）爹，爹，您——

曾　皓　这是我对不起我的祖宗，我没有面目再见我们的祖先敬德公！（咳嗽，瑞贞走过来捶背）

江　泰　（不耐，转身连连摇头，又唉声叹息起来，嘟哝着）哎，哎，真是这时候还演什么戏！演什么戏！

曾文彩　（低声）你又发疯了！

曾　皓　（徐徐推开瑞贞）不要管我。（转对大家）我不责备你们，责也无益。（满面绝望可怜的神色，而声调是恨恨的）都是一群废物，一群能说会道的废物。（忽然来了一阵勇气）江泰，你，你也是！——

江似乎略有表示。

曾文彩　（怕他发作）泰！（江默然，又不做声。）

曾　皓　（一半是责备，一半是发牢骚）成天地想发财，成天地做梦，不懂得一点人情世故，同老大一样，白读书，不知什么害了你们，都是一对——（不觉大咳，自己捶了两下）

曾文彩　唉，唉！

江　泰　（只好无奈何地连连出声）这又何必呢，这又何必呢！

曾　皓　思懿，你是有儿女的人，已经做了两年的婆婆，并且都要当祖母啦，（强压自己的愤怒）我不说你。错误也是我种的根，错也不自今日始。（自己愈说愈凄惨）将来房子卖了以后，你们尽管把我当作死了一样，这家里没有我这个人，我，我——（泫然欲泣）

曾文彩　（忍不住大哭）爹，爹——

曾思懿　（早已变了颜色）爹，我不明白爹的话。

曾　皓　（没有想到）你，你——

曾文彩　（愤极）大嫂，你太欺侮爹了。

曾思懿　（反问）谁欺侮了爹？

曾文彩　（老实人也逼得出了声）一个人不能这么没良心。

曾思懿　谁没良心？谁没良心？天上有雷，眼前有爹！妹妹，我问你，谁？谁？

曾　霆　(同时苦痛地)妈!

曾文彩　(被她的气势所夺,气得发抖)你,你逼得爹没有一点路可走了。

江　泰　(无可奈何地)不要吵了,小姑子,嫂嫂们。

曾文彩　你逼得爹连他老人家的寿木都要抢去卖,你逼得爹——

曾　皓　(止住她)文彩!

曾思懿　(讥诮地)对了,是我逼他老人家,吃他老人家,(说说立起来)喝他老人家,成天在他老人家家里吃闲饭,一住就是四年,还带着自己的姑爷——

曾　霆　(在旁一直随身劝阻,异常着急)妈,您别——妈——您——妈——

江　泰　(也突然冒了火)你放屁!我给了钱!

曾　皓　(急喘,镇止他们)不要喊了!

曾思懿　(同时)你给了钱?哼,你才——

曾　皓　(在一片吵声中,顿足怒喊)思懿,别再吵!(突然一变几乎哀号)我,我就要死了!

大家顿时安静,只听见思懿哀哀低泣。

天开始暗下来,在肃静的空气中愫方由大客斋门上。她穿着深米色的哔叽夹袍,面庞较一个月前略瘦,因而她的眼睛更显得大而有光彩,我们可以看得出在那里面含着无限镇静、和平与坚定的神色。她右手持一盏洋油灯,左臂抱着两轴画。看见进来,瑞贞连忙走近,替她接下手里的灯,同时低声仿佛在她耳旁微微说了一句话。愫方默默颔首,不觉悲哀地望望眼前那几张沉肃的脸,就把两轴画放进那只磁缸里,又回身匆忙地由书斋门下。瑞贞一直望着她。

曾　皓　(叹息)你们这一群废物啊!到现在还有什么可吵的?

曾瑞贞　爷爷,回屋歇歇吧?

曾　皓　(感动地)看看瑞贞同霆儿还有什么脸吵?(慨然)别再说啦,住在一起也没有几天了。

思懿,你,你去跟杜家的管事说,说叫——(有些困难)叫他们把那寿木抬走,先,先(凄惨地)留下我们这所房子吧。

曾文彩　爹!

曾　皓　杜家的意思刚才愫方都跟我说了!

曾文彩　哪个叫愫表妹对您说的?

曾思懿　(挺起来)我!

曾　皓　不要再计较这些事情啦!

江　泰　(迟疑)那么您,还是送给他们?

曾　皓　(点头)

曾思懿　(不好开口,却终于说出)可杜家人说今天就要。

曾　皓　好,好,随他们,让它给有福气的人睡去吧。(思就想出去说,不料皓回首对江)江泰,你叫他们赶快抬,现在就抬!(无限的哀痛)我,我不想明天再看见这晦气的东西!(曾皓低头不语,思只好停住脚)

江　泰　(怜悯之心油然而生)爹!(走了两步又停住)

曾　皓　去吧,去说去吧!

江　泰　(蓦然回头,走到皓的面前,非常善意地)爹,这有什么可难过的呢?人死就死了,睡个漆了几百道的棺材又怎么样呢?(原是语调里带着同情而又安慰的口气,但逐渐忘形,改了腔调,又按他一向的习惯,对着曾皓,滔滔不绝地说起来)这种事您就没有看通,譬如说,您今天死啦,睡了就漆一道的棺材,又有什么关系呢?

曾文彩　(知道他的话又来了)江泰!

江　泰　(回头对彩,嫌厌地)你别吵!(又转脸对皓,和颜悦色,十分认真地劝解)那么您死啦,没有棺材睡又有什么关系呢?(指着点着)这都是一种习惯!一种看法!(说得逐渐高兴,渐次忘记了原来同情与安慰的善意,手舞足蹈地对着曾皓开了讲)譬如说,(坐在沙发上)我这么坐着好看,(灵机一动)那么,这么(忽然把条腿翘在椅背上)

坐着,就不好看么?(对思)那么,大嫂,(陶醉在自己的言词里,像喝得微醺之后,几乎忘记方才的龃龉)我这是比方啊!(指着)你穿衣服好看,你不穿衣服,就不好看么?

曾思懿　姑老爷!

江　泰　(继续不断)这都未见得,未见得!这不过是一种看法!一种习惯!

曾　皓　(插嘴)江泰!

江　泰　(不容人插嘴,流水似地接下去)那么譬如我吧,(坐下)我死了,(回头对文彩,不知他是玩笑,还是认真)你就给我火葬,烧完啦,连骨头末都要扔在海里,再给它一个水葬!痛痛快快来一个死无葬身之地!(仿佛在堂上讲课一般)这不过也是一种看法,这也可以成为一种习惯,那么,爹,您今天——

曾　皓　(再也忍不住,高声拦住他)江泰!你自己愿意怎么死,怎么葬,都任凭尊便。(苦涩地)我大病刚好,今天也还算是过生日,这些话现在大可不必……

江　泰　(依然和平地,并不以为忤)好,好,好,您不赞成!无所谓,无所谓!人各有志!……

其实我早知道我的话多余,我刚才说着的时候,心里就念叨着,"别说啊!别说啊!"(抱歉地)可我的嘴总不由得——

曾思懿　(一直似乎在悲戚着)那姑老爷,就此打住吧。(立起)那么爹,我,我(不忍说出的样子,擦擦自己的眼角)就照您的吩咐跟杜家人说吧?

曾　皓　(绝望)好,也只有这一条路了。

曾思懿　唉!(走了两步)

曾文彩　(痛心)爹呀!

江　泰　(忽然立起)别,你们等等,一定等等。

江泰三脚两步跑进自己的卧室。思也停住了脚。

曾　皓　(莫名其妙)这又是怎么?

张顺由通大客厅大门上。

张　顺　杜家又来人说,阴阳生看好那寿木要在今天下半夜,寅时以前,抬进杜公馆,他们问大奶奶……

曾文彩 你……

江泰拿着一顶破呢帽提着手杖匆匆地走出来。

江 泰 (对张,兴高采烈)你叫他们杜家那一批混账王八蛋再在客厅等一下,你就说钱就来,我们老太爷的寿木要留在家里当劈柴烧呢!

曾文彩 你怎么……

江 泰 (对皓,热烈地)爹,您等一下,我找一个朋友去。(对彩)常鼎斋现在当了公安局长,找他一定有办法。(对皓,非常有把握地)这个老朋友跟我最好,这点小事一定不成问题。(有条有理)第一,他可以立刻找杜家交涉,叫他们以后不准再在此地无理取闹。第二,万一杜家不听调度,临时跟他通融(轻藐的口气)这几个大钱也决无问题,决无问题。

曾文彩 (几乎不相信自己的耳朵)泰,真的可以?

江 泰 (敲敲手杖)自然自然,那么,爹,我走啦。(对思,扬扬手)大嫂,说在头里,我担保,准成!(提步就走)

曾思懿 (一阵风暴使她也有些昏眩)那么爹,这件事……

曾文彩 (欣喜)爹……

江跨进通大客厅的门槛一步,又匆匆回来。

江 泰 (对彩,匆忙地把手一伸)我身上没钱。

曾文彩 (连忙由衣袋里拿出一小卷钞票)这里!

江 泰 (一看)三十!

江由通大客厅的门走出。

曾 皓 (被他撩得头昏眼花,现在才喘出一口气)江泰这个东西是怎么回事?

曾文彩 (一直是崇拜着丈夫的,现在唯恐人不相信,于是极力对皓)爹,您放心吧,他平时不怎么乱说话的。他现在说有办法,就一定有办法。

曾 皓 (将信将疑)哦!

曾思懿 (管不住)哼,我看他……(忽然又制止了自己,转对曾皓,不自然地笑着)那么也好,爹,这棺木的事……

曾 皓 (像是得了一点希望的安慰似的,那样叹息一声)也好吧,“死马当做活马医”,就照他的意思办吧。

张 顺 (不觉也有些喜色)那么,大奶奶,我就对他们……

曾思懿 (半天在抑压着自己的愠怒,现在不免颜色难看,恶声恶气地)去!要你去干什么!

思懿有些气汹汹地向大客厅快步走去。

曾 皓 (追说)思懿,还是要和和气气对杜家人说话,请他们无论如何,等一等。

曾思懿 嗯!

思懿由通大客厅的门下,张顺随着出去。

曾文彩 (满脸欣喜的笑容)瑞贞,你看你姑父有点疯魔吧,他到了这个时候才……

曾瑞贞 (心里有事,随声应)嗯,姑姑。

曾　皓　（又燃起希望，紧接着彩的话）唉！只要把那寿木留下来就好了！（不觉回顾）霆儿，你看这件事有望么？

曾　霆　（也随声答应）有，爷爷。

曾　皓　（点头）但愿家运从此就转一转——嗯，都说不定的哟！（想立起，瑞贞过来扶）你现在身体好吧？

曾瑞贞　好，爷爷。

曾　皓　（立起，望瑞，感慨地）你也是快当母亲的人喽！

文彩示意，叫霆儿也过来扶祖父，霆默默过来。

曾　皓　（望着孙儿和孙儿媳妇，忽然抱起无穷的希望）我瞧你们这一对小夫妻总算相得的，将来看你们两个撑起这个门户吧。

曾文彩　（对霆示意，叫他应声）霆儿！

曾　霆　（又应声，望望瑞贞）是，爷爷。

曾　皓　（对着曾家第三代人，期望的口气）这次棺木保住了，房子也不要卖，明年开了春，我为你们再出门跑跑看，为着你们的儿女我再当一次牛马！（用手帕擦着眼角）唉，只要祖先保佑我身体好，你们诚心诚意地为我祷告吧！（向书斋走）

曾文彩　（过来扶着曾皓，助着兴会）是啊，明年开了春，爹身体也好了，瑞贞也把重孙子给您生下来，哥哥也……

书斋小门打开，门前现出愫方。她像是刚刚插完了花，水淋淋的手还拿着两朵插剩下的菊花。

愫　方　（一只手轻轻掠开掉在脸前的头发，温和地）回屋歇歇吧，姨父，您的房间收拾好啦。

曾　皓　（快慰地）好，好！（一面对文彩点头应声，一面向外走）是啊，等明年开了春吧！……

瑞贞，明年开了春，明年……

瑞贞扶着他到书斋门口，望着愫方，回头暗暗地指了指这间屋子。愫方会意，点点头，接过曾皓的手臂，扶着他出去，后面随着文彩。

霆儿立在屋中未动。瑞贞望望他，又从书斋门口默默走回来！

曾瑞贞　（低声）霆！

曾　霆　（几乎不敢望她的眼睛，悲戚地）你明天一早就走么？

曾瑞贞　（也不敢望他，低沉的声音，迟缓而坚定地）嗯。

曾　霆　是跟袁家的人一路？

曾瑞贞　嗯，一同走。

曾　霆　（四面望望，在口袋里掏着什么）那张字据我已经写好了。

曾瑞贞　（凝视霆）哦。

曾　霆　（掏出一张纸，不觉又四面看一下，低声读着）："离婚人谢瑞贞、曾霆，我们幼年结婚，意见不合，实难继续同居，今后二人自愿脱离夫妻——"

曾瑞贞　（心酸）不要再念下去了。

曾　霆　（迟疑一下，想着仿佛是应该办的手续，嗫嚅）那么签字，盖章……

曾瑞贞　回头在屋里办吧。

曾　霆　也，也好。

曾瑞贞　（衷心哀痛）霆，真对不起你，要你写这样的字据。

曾　霆　（说不出话，从来没有像今天对她这般依恋）不，这两年你在我们家也吃够了苦。（忽然）那个孩子不要了，你告诉过愫姨了吧？

曾瑞贞　（不愿提起的回忆）嗯，她给孩子做的衣服，我都想还给她了。怎么？

曾　霆　我想家里有一个人知道也好。

曾瑞贞　（关切地）霆，我走了以后，你，你干什么呢？

曾　霆　（摇头）不知道。（寂寞地）学校现在不能上了。

曾瑞贞　（同情万分）你不要失望啊。

曾　霆　不。

曾瑞贞　（安慰）以后我们可以常通信的。

曾　霆　好。（泪流下来）

外面圆儿喊着"瑞贞！"

曾瑞贞　（酸苦）不要难过，多少事情是要拿出许多痛苦，才能买出一个"明白"呀。

曾　霆　这"明白"是真难哪！

圆儿吹着口哨，非常高兴的样子由通大客厅的门走进。她穿着灰、蓝、白三种颜色混在一起的毛织品的裙子，长短正到膝盖，上身是一件从头上套着穿的印度红的薄薄的短毛衫，两只腿仍旧是光着的，脚上穿着一双白帆布运动鞋。她像是刚在忙着收拾东西，头发有些乱，两腮也红红的，依然是那样活泼可喜。她一手举着一只鸟笼，里面关着那只鸽子"孤独"，一手提着那个大金鱼风筝，许多地方都撕破了，臂下还夹着用马粪纸铰好的二尺来长的"北京人"的剪影。

袁　圆　（大声）瑞贞，我父亲找了你好半天啦，他问你的行李……

曾瑞贞　（忙止住她，微笑）请你声音小点，好吧？

袁　圆　（只顾高兴，这时才忽然想起来，两面望一下，伸伸舌头，立刻憋住喉咙，满脸顽皮相，全用气音嘶出，一顿一顿地）我父亲……问你……同你的朋友们……行李……收拾好了没有？

曾瑞贞　（被她这种神气惹得也笑起来）收拾好了。

袁　圆　（还是嘶着喉咙）他说——只能——送你们一半路……还问……（嘘出一口气，恢复原来的声音）可别扭死我了。还是跟我来吧，我父亲还要问你一大堆话呢。

曾瑞贞　（爽快地）好，走吧。

袁　圆　（并不走，却抱着东西走向曾霆，煞有介事的样子）曾霆，你爹不在家，（举起那只破旧的"金鱼"纸鸢）这个破风筝还给你妈！（纸鸢靠在桌边，又举起那鸽笼）这鸽子交给愫小姐！（鸽笼放在桌上，这才举起那"北京人"的剪影，笑嘻嘻地）这个"北京人"我送你做纪念，你要不要？

曾　霆　（似乎早已忘记了一个多月前对圆儿的情感，点点头）好。

袁　圆　（眨眨眼，像是心里又在转什么顽皮的念头）明天天亮我们走了，就给你搁在

（指着通大客厅的门）这个门背后，（对瑞）走吧，瑞贞！

圆儿一手持着那剪影，一手推着瑞贞的背，向通大客厅的门走出。

这时思懿也由那门走进，正撞见她们。瑞贞望着婆婆愣了一下，就被圆儿一声“走”！推出去。

霆望她们出了门，微微叹了一声。

曾思懿　（斜着眼睛回望了一下，走近霆）瑞贞这些日子常不在家，总是找朋友，你知道她在干些什么？

曾　霆　（望望她，又摇摇头）不知道。

曾思懿　（嫌她自己的儿子太不精明，但也毫无办法，抱怨地叹口气）哎，媳妇是你的呀，孩子！我也生不了这许多气了。（忽然）他们呢？

曾　霆　到上房去了。

曾思懿　（诉说，委屈地）霆儿，你刚才看见妈怎么受他们的气了。

曾　霆　（望望他的母亲，又低下头）

曾思懿　（掏出手帕）妈是命苦，你爹摔开我们跑了，你妈成天受这种气，都是为了你们哪！（擦擦泪润湿了的眼）

曾　霆　妈，别哭了。

曾思懿　（抚着霆）以后什么事都要告诉妈！（埋怨地）瑞贞有肚子要不是妈上个月看出来，你们还是不告诉我的。（指着）你们两个是存的什么心哪！（关切地）我叫瑞贞喝的那副安胎的药，她喝了没有？

曾　霆　没有。

曾思懿　不，我说的前天我从罗太医那里取来的那方子。

曾　霆　（心里难过，有些不耐）没有喝呀！

曾思懿　（勃然变色）为什么不喝呢？（厉声）叫她喝，要她喝！她再不听话，你告诉我，看我怎么灌她喝！她要觉得她自己不是曾家的人，她肚子里那块肉可是曾家的。现在为她肚子里那孩子，什么都由着她，她倒越说越来了。（忽然又低声）霆儿，你别糊涂，我看瑞贞这些日子是有点邪，鬼鬼祟祟，交些乱朋友……（更低声）我怕她拿东西出去，夜晚前后门我都下了锁，你要当心啊，我怕……

愫方端着一个药罐由通书斋小门进。

愫　方　（温婉地）罗太医那方子的药煎好了。

曾思懿　（望望她）

愫　方　（看她不说话，于是又——）就在这儿吃么？

曾思懿　（冷冷地）先搁在我屋里的小炭炉上温着吧！

愫端着药由霆儿面前走进了思懿的屋子。

曾　霆　（望望那药罐里的药汤，诧异而又不大明白的神色）妈，怎么罗太医那个方子，您，您也在吃？

曾思懿　（脸色略变，有些尴尬，但立刻又镇静下来，含含糊糊地）妈，妈现在身体也不大好。

（找话说）这几天倒是亏了你愫姨照护着——（立时又改了口气，咳了一声）不过孩子，（脸上又是一阵暗云，狠恶地）你愫姨这个人哪，（摇头）她呀，她才是……

愫方由卧室出。

愫　方　表嫂，姨父正叫着你呢！

曾思懿　（似理非理，点了点头。回头对霆）霆儿，跟我来。

霆儿随着思懿由书斋小门下。

天更暗了。外面一两声雁叫，凄凉而寂寞地掠过这深秋渐晚的天空。

愫　方　（轻轻叹息了一声，显出一点疲乏的样子。忽然看见桌上那只鸽笼，不觉伸手把它举起，凝望着那里面的白鸽……那个名叫“孤独”的鸽子——眼前似乎浮起一层湿润的忧愁，却又爱抚地对那鸽子微微露出一丝凄然的笑容……）

这时瑞贞提着一只装满婴儿衣服的小藤箱，把藤箱轻轻放在另外一张小桌上，又悄悄地走到愫方的身旁。

曾瑞贞　（低声）愫姨！

愫　方　（略惊，转身）你来了！（放下鸽笼）

曾瑞贞　你看见我搁在你屋里那封长信了么？

愫　方　（点头）嗯。

曾瑞贞　你不怪我？

愫　方　（悲哀而慈爱地笑着）不……（忽然）真的要走了么？

曾瑞贞　（依依地）嗯。

愫　方　（叹一口气，并非劝止，只是舍不得）别走吧！

曾瑞贞　（顿时激愤起来）愫姨，你还劝我忍下去？

愫　方　（仿佛在回忆着什么，脸上浮起一片光彩，缓慢而坚决地）我知道，人总该有忍不下去的时候。

曾瑞贞　（眼里闪着期待的眼色，热烈地握着她的苍白的手指）那么，你呢？

愫　方　（焕发的神采又收敛下去，凄凄望着瑞贞，哀静地）瑞贞，不谈吧，你走了，我会更寂寞的。以后我也许用不着说什么话，我会更——

曾瑞贞　（更紧紧握着她的手，慢慢推她坐下）不，不，愫姨，你不能这样，你不能一辈子这样！（迫切地恳求）愫姨，我就要走了，你为什么不跟我说几句痛快话？你为什么不说你的——（暧昧的暮色里，瞥见愫方含着泪光的大眼睛，她突然抑制住自己。）

愫　方　（缓缓地）你要我怎么说呢？

曾瑞贞　（不觉嗫嚅）譬如你自己，你，你……（忽然）你为什么不走呢？

愫　方　（落寞地）我上哪儿去呢？

曾瑞贞　（兴奋地）可去的地方多得很。第一你就可以跟我们走。

愫　方　（摇头）不，我不。

曾瑞贞　（坐近她的身旁，亲密地）你看完了我给你的书了么？

愫　方　看了。

曾瑞贞　说的对不对？

愫　方　对的。
曾瑞贞　（笑起来）那你为什么不跟我们一道走呢？
愫　方　（声调低徐，却说得斩截）我不！
曾瑞贞　为什么？
愫　方　（凄然望望她）不！
曾瑞贞　（急切）可为什么呢？
愫　方　（想说，但又——这次只静静地摇摇头）
曾瑞贞　你总该说出个理由啊，你！
愫　方　（异常困难地）我觉得我，我在此地的事还没有了。（“了”字此处作“完结”讲）
曾瑞贞　我不懂。
愫　方　（微笑，立起）不要懂吧，说不明白的呀。
曾瑞贞　（追上去，索性——）那么你为什么不去找他？
愫　方　（有一丝惶惑）你说——
曾瑞贞　（爽朗）找他！找他去！
愫　方　（又镇定下来，一半像在沉思，一半像在追省，呆呆望着前面）为什么要找呢？
曾瑞贞　你不爱他吗？
愫　方　（低下头）
曾瑞贞　（一句比一句紧）那么为什么不想找他？你为什么不想？（爽朗地）愫姨，我现在不像从前那样呆了。这些话一个月前我决不肯问的。你大概也知道我晓得。（沉重）我要走了，此地再没有第三个人，这屋子就是你同我。愫姨，告诉我，你为什么不找他？为什么不？
愫　方　（叹一口气）见到了就快乐么？
曾瑞贞　（反问）那么你在这儿就快乐？
愫　方　我，我可以替他——（忽然觉得涩涩地说不出口，就这样顿住）
曾瑞贞　（急切）你说呀，我的愫姨，你说过你要跟我好好谈一次的。
愫　方　我，我说……（脸上逐渐闪耀着美丽的光彩，苍白的面颊泛起一层红晕。话逐渐由暗涩而畅适，衷心的感动使得她的声音都有些颤抖）……他走了，他的父亲我可以替他伺候，他的孩子，我可以替他照料，他爱的字画我管，他爱的鸽子我喂。连他所不喜欢的人我都觉得该体贴，该喜欢，该爱，为着……
曾瑞贞　（插进，逼问，但语气并未停止）为着？
愫　方　（颤动地）为着他所不爱的也都还是亲近过他的！（一气说完，充满了喜悦，连自己也惊讶这许久关在心里如今才形诸语言的情绪，原是这般难于置信的）
曾瑞贞　（倒吸一口气）所以你连霆的母亲，我那婆婆，你都拼出你的性命来照料，保护。
愫　方　（苦笑）你爹走了，她不也怪可怜的吗？
曾瑞贞　（笑着却几乎流下泪）真的愫姨，你就忘了她从前，现在，待你那种——
愫　方　（哀矜地）为什么要记得那些不快活的事呢，如果为着他，为着一个人，为着他——
曾瑞贞　（忍不住插嘴）哦，我的愫姨，这么一个苦心肠，你为什么不放在大一点的事情上去？你为什么处处忘不掉他？把你的心偏偏放在这么一个废人身上，这么一个无用的废——

愫 方 （如同刺着她的心一样，哀恳地）不要这么说你的爹呀。

曾瑞贞 （分辩）爷爷不也是这么说他？

愫 方 （心痛）不，不要这么说，没有人明白过他啊。

曾瑞贞 （喘一口气，哀痛地）那么你就这样预备一辈子不跟他见面啦？

愫 方 （突然慢慢低下头去）

曾瑞贞 （沉挚地）说呀，愫姨！

愫 方 （低到几乎听不见）嗯。

曾瑞贞 那当初你为什么让他走呢？

愫 方 （似乎在回忆，声调里充满了同情）我，我看他在家里苦，我替他难过呀。

曾瑞贞 （不觉反问）那么他离开了，你快乐？

愫 方 （低微）嗯。

曾瑞贞 （叹息）唉，两个人这样活下去是为什么呢？

愫 方 （哀痛的脸上掠过一丝笑的波纹）看见人家快乐，你不也快乐么？

曾瑞贞 （深刻地关心，缓缓地）你在家里就不惦着他？

愫 方 （低下头）

曾瑞贞 他在外面就不想着你？

愫 方 （眼泪默默流在苍白的面颊上）

曾瑞贞 就一生，一生这样孤独下去——两个人这样苦下去？

愫 方 （凝神）苦，苦也许；但是并不孤独的。

曾瑞贞 （深切感动）可怜的愫姨，我懂，我懂，我懂啊！不过我怕，我怕爹也许有一天会回来。他回来了，什么又跟从前一样，大家还是守着，苦着，看着，望着，谁也喘不出一口气，谁也——

愫 方 （打了一个寒战，蓦地坚决地摇着头）不，他不会回来的。

曾瑞贞 （固执）可万一他——

愫 方 （轻轻擦去眼角上的泪痕）他不会，他死也不会回来的。（低头望着那块湿了的手帕，低声缓缓地）他已经回来见过我！

曾瑞贞 （吃了一惊）爹走后又偷偷回来过？

愫 方 嗯。

曾瑞贞 （诧异起来）哪一天？

愫 方 他走后第二天。

曾瑞贞 （未想到，嘘一口气）哦！

愫 方 （怜悯地）可怜，他身上一个钱也没有。

曾瑞贞 （猜想到）你就把你所有的钱都给他了？

愫 方 不，我身边的钱都给他了。

曾瑞贞 （略略有点轻蔑）他收下了。

愫 方 （温柔地）我要他收下了。（回忆）他说他要成一个人，死也不再回来。（感动得不能自止地说下去）他说他对不起他的父亲，他的儿子，连你他都提了又提。他要我照护你们，看守他的家，他的字画，他的鸽子，他说着说着就哭起来，他还说他最放心不下的是——（泪珠早已落下，却又忍不住笑起来）瑞贞，他还像个孩子，哪像个连儿媳妇都有的人哪！

曾瑞贞　（严肃地）那么从今以后你决心为他看守这个家？（以下的问答几乎是没有停顿，一气接下去）

愫　方　（又沉静下来）嗯。

曾瑞贞　（逼问）成天陪着快死的爷爷？

愫　方　（默默点着头）嗯。

曾瑞贞　（逼望着她）送他的终？

愫　方　（躲开瑞的眼睛）嗯。

曾瑞贞　（故意这样问）再照护他的儿子？

愫　方　（望瑞，微微皱眉）嗯。

曾瑞贞　伺候这一家子老小？

愫　方　（固执地）嗯。

曾瑞贞　（几乎是生了气）这整天看我这位婆婆的脸子？

愫　方　（不由得轻轻地打了一个寒战）喔——嗯。

曾瑞贞　（反激）一辈子不出门？

愫　方　（又镇定下来）嗯。

曾瑞贞　不嫁人？

愫　方　嗯。

曾瑞贞　（追问）吃苦？

愫　方　（低沉）嗯。

曾瑞贞　（逼近）受气？

愫　方　（凝视）嗯。

曾瑞贞　（狠而重）到死？

愫　方　（低头，用手摸着前额，缓缓地）到——死！

曾瑞贞　（爆发，哀痛地）可我的好愫姨，你这是为什么呀？

愫　方　（抬起头）为着——

曾瑞贞　（质问的神色）嗯，为着——

愫　方　（困难地）为着，我不知道该怎么说——（忽然脸上显出异样美丽的笑容）为着，这才是活着呀！

曾瑞贞　（逼出一句话来）你真的相信爹就不会回来么？

愫　方　（微笑）天会塌么？

曾瑞贞　你真准备一生不离开曾家的门，这个牢！就为着这么一个梦，一个理想，一个人——

愫　方　（悠悠地）也许有一天我会离开——

曾瑞贞　（迫待）什么时候？

愫　方　（笑着）那一天，天真的能塌，哑巴都急得说了话！

曾瑞贞　（无限的悯切）愫姨，把自己的快乐完全放在一个人的身上是危险的，也是不应该的。

（感慨）过去我是个傻子，愫姨，你现在还——

室内一切渐渐隐入在昏暗的暮色里，乌鸦在窗外屋檐上叫两声又飞走了。在瑞贞说话的当儿，由远远城墙上断续送来归营的号手吹着的号声，在凄凉的空气中寂寞地荡漾，一直到闭幕。

愫　方　不说吧，瑞贞。（忽然扬头，望着外面）你听，这远远吹的是什么？

曾瑞贞　（看出她不肯再谈下去）城墙边上吹的号。

愫　方　（谛听）凄凉得很哪！

曾瑞贞　（点头）嗯，天黑了，过去我一个人坐在屋里就怕听这个，听着就好像活着总是灰惨惨的。

愫　方　（眼里涌出了泪光）是啊，听着是凄凉啊！（猛然热烈地抓着瑞贞的手，低声）可瑞贞，我现在突然觉得真快乐呀！（抚摸自己的胸）这心好暖哪！真好像春天来了一样。（兴奋地）活着不就是这个调子么？我们活着就是这么一大段又凄凉又甜蜜的日子啊！（感动地流下泪）叫你想想忍不住要哭，想想又忍不住要笑啊！

曾瑞贞　（拿手帕替她擦泪，连连低声喊）愫姨，你怎么真的又哭了？愫姨，你——

愫　方　（倾听远远的号声）不要管我，你让我哭哭吧！（泪光中又强自温静地笑出来）可，我是在笑啊！瑞贞——（瑞贞不由得凄然地低下头，用手帕抵住鼻端。愫方又笑着想扶起瑞贞的头）——瑞贞，你不要为我哭啊！（温柔地）这心里头虽然是酸酸的，我的眼泪明明是因为我太高兴哪！——（瑞贞抬头望她一下，忍不住更抽咽起来。愫抚摸瑞的手，又像是快乐，又像是伤心地那样低低地安慰着，申诉着）——别哭了，瑞贞，多少年我没说过这么多话了，今天我的心好像忽然打开了，又叫太阳照暖和了似的。瑞贞，你真好！不是你，我不会这么快活；不是你，我不会谈起了他，谈得这么多，又谈得这么好！（忽然更兴奋地）瑞贞，只要你觉得外边快活，你就出去吧，出去吧！我在这儿也是一样快活的。别哭了，瑞贞，你说这是牢吗？这不是呀，这不是呀——

曾瑞贞　（抽咽着）不，不，愫姨，我真替你难过！我怕呀！你不要这么高兴，你的脸又在发烧，我怕——

愫　方　（恳求似的）瑞贞，不要管吧！我第一次这么高兴哪。（走近瑞放着小箱子的桌旁）瑞贞，这一箱小孩子的衣服你还是带出去。（哀悯地）在外面还是尽量帮助人吧！把好的送给人家，坏的留给自己。什么可怜的人我们都要帮助，我们不是单靠吃米活着的啊！（打开那箱子）这些小衣服你用不着，就送给那些没有衣服的小孩子们穿吧。（忽然由里面抖出一件雪白的小毛线斗篷）你看这件斗篷好看吧？

曾瑞贞　好，真好看。

愫　方　（得意地又取出一顶小白帽子）这个好玩吧？

曾瑞贞　嗯，真好玩！

愫　方　（欣喜地又取出一件黄绸子小衣服）这件呢？

曾瑞贞　（也高起兴来，不觉拍手）这才真美哪！

愫　方　（更快乐起来，她的脸因而更显出美丽而温和的光彩）不，这不算好的，还有一件（忍不住笑，低头朝箱子里——）

凄凉的号声，仍不断地传来，这时通大客厅的门缓缓推开，暮色昏暗里显出曾文清。

他更苍白瘦弱，穿一件旧的夹袍，臂里挟着那轴画，神色惨沮，疲惫，低着头踽踽地踱进来。

愫方背向他，正高兴地低头取东西。瑞贞面朝着那扇门——

曾瑞贞　（一眼看见，像中了梦魇似的，喊不出声来）啊，这——

愫　方　（压不下的欢喜，两手举出一个非常美丽的大洋娃娃，金黄色的头发，穿着粉红色的纱衣服，她满脸是笑，期待地望着瑞）你看！（突然看见瑞贞的苍白紧张的脸，颤抖地）谁？

曾瑞贞　（呆望，低声）我看，天，天塌了！（突然回身，盖上自己的脸）

愫　方　（回头望见文清，文清正停顿着，仿佛看不大清楚似的向她们这边望）啊！

文清当时低下头，默默走进了自己的屋里。

他进去后，思懿就由书斋小门跑进。

曾思懿　（惊喜）是文清回来了么？

愫　方　（喑哑）回来了！

思立刻跑进自己的屋里。

愫方呆呆地愣在那里。

远远的号声随着风在空中寂寞地振抖。

（幕徐落——落后即启，表示到第二景经过相当的时间）

第二景

离第三幕第一景有十个钟头的光景，是黎明以前那段最黑暗的时候，一盏洋油灯扭得很大，照着屋子里十分明亮。那破金鱼纸鸢早不知扔在什么地方了。但那只鸽笼还孤零零地放在桌子上，里面的白鸽子动也不动，把头偎在自己的毛羽里，似乎早已入了睡。屋里的空气十分冷，半夜坐着，人要穿上很厚的衣服才耐得住这秋尽冬来的寒气。外面西风正紧，院子里的白杨树响得像一阵阵的急雨，使人压不下一种悲凉凄苦的感觉。破了的窗纸也被吹得抖个不休。远远偶尔有更锣声，在西风的呼啸中，间或传来远处深巷里，卖“硬面饽饽”的老人叫卖声，被那忽急忽缓的风，荡漾得时而清楚，时而模糊。

这一夜曾家的人多半没有上床，在曾家的历史中，这是一个最惨痛的夜晚。曾老太爷整夜都未合上眼，想着那漆了又漆，朝夕相处，有多少年的好寿木，再隔不到几个时辰就要拱手让给别人，心里真比在火边炙烤还要难忍。

杜家人说好要在“寅时”未尽——就是五点钟——以前“迎材”，把寿木抬到杜府。因此杜家管事只肯等到五点以前，而江泰从头晚五点跑出去交涉借款到现在还未归来。曾文彩一面焦急着丈夫的下落，同时又要到上房劝慰父亲，一夜晚随时出来，一问再问，到处去打电话，派人找，而江泰依然是毫无踪影。其余的人看到老太爷这般焦灼，也觉得不好不陪，自然有的人是诚心诚意望着江泰把钱借来，好把杜家这群狼虎一般的管事赶走。有的呢，只不过是嘴上孝顺，倒是怕江泰归来，万一借着了钱，把一笔生意打空了。同时在这夜晚，曾家也有的人，暗地在房里忙着收拾自己的行李，流着眼泪又怀着喜悦，抱着哀痛的心肠或光明的希望，追惜着过去，憧憬未来，这又是属于明日的“北京人”的事，和在棺木里打滚的人们不相干的。

在这间被凄凉与寒冷笼住了的屋子里，文清痴了一般地坐在沙发上，一动也不动。他换了一件深灰色杭绸旧棉袍，两手插在袖管里不做声。倦怠和绝望交替着在眼神里、眉峰间、嘴角边浮移，终于沉闷地听着远处的更锣声，风声，树叶声，和偶尔才肯留心到的，身旁思懿无尽无休的言语。

思懿换了一件蓝毛噶的薄棉袍，大概不知已经说了多少话，现在似乎说累了，正期待地望着文清答话。她一手拿着一碗药，一手拿着一只空碗，两只碗互相倒过来倒过去，等着这碗热药凉了好喝，最后一口把药喝光，就拿起另一杯清水漱了漱口。

曾思懿　（放下碗，又开始——）好了，你也算回来了。我也算对得起曾家的人了。（冷笑）总算没叫我们那姑奶奶猜中，没叫我把她哥哥逼走了不回来。

文清厌倦地抬头来望望她。

曾思懿　（斜眼看着文清，似乎十分认真地）怎么样？这件事？——我可就这么说定了。（仿佛是不了解的神色）咦，你怎么又不说话呀？这我可没逼你老人家啊！

曾文清　（叹息，无可奈何地）你，你究竟又打算干什么吧？

曾思懿　（睁大了眼，像是又遭受不白之冤的样子）奇怪，顺你老人家的意思这又不对了。（做出那“把心一横”的神气）我呀，做人就做到家，今天我们那位姑奶奶当着爹，当着我的儿女，对我发脾气，我现在都为着你忍下去！刚才我也找她，低声下气地先跟她说了话，请她过来商量，大家一块儿来商量商量——

曾文清　（忍不住，抬头）商量什么？

曾思懿　咦，商量我们说的这件事啊？（认定自己看穿了文清的心思，讥刺地）这可不是小孩子见糖，心里想，嘴里说不要。我这个人顶喜欢痛痛快快的，心里想要什么，嘴里就说什么。我可不爱要吃羊肉又怕膻气的男人。

曾文清　（厌烦）天快亮了，你睡去吧。

曾思懿　（当作没听见，接着自己的语气）我刚才就爽爽快快跟我们姑奶奶讲——

曾文清　（惊愕）啊！你跟妹妹都说了——

曾思懿　（咧咧嘴）怎么？这不能说？

文彩由书斋小门上。她仍旧穿着那件驼绒袍子，不过加上了一件咖啡色毛衣。一夜没睡，形容更显憔悴，头发微微有些蓬乱。

曾文彩　（理着头发）怎么，哥哥，快五点了，你现在还不回屋睡去？

曾文清　（苦笑）不。

曾文彩　（转对思，焦急地）江泰回来了没有？

曾思懿　没有。

曾文彩　刚才我仿佛听见前边下锁开门。

曾思懿　（冷冷地）那是杜家派的杠夫抬寿木来啦。

曾文彩　唉！（心里逐渐袭来失望的寒冷，她打了一个寒战，蜷缩地坐在那张旧沙发里）哦，好冷！

曾思懿　（谛听，忍不住故意的）你听，现在又上了锁了！（提出那问题）怎么样？（虽然称呼得有些硬涩，但脸上却堆满了笑容）妹妹，刚才我提的那件事——

曾文彩　（心里像生了乱草——茫然）什么？

曾思懿　（谄媚地笑着瞟了文清一眼）我说把愫小姐娶过来的事！

曾文彩　（想起来，却又不知思懿肚子里又在弄什么把戏，只好苦涩地笑了笑）这不大合适吧。

曾思懿　（非常豪爽地）这有什么不合适的呢？（亲热地）妹妹，您可别把我这个做嫂子的心看得（举起小手指一比）这么“不丁点儿”大，我可不是那种成天要守着男人，才能过日子的人。“贤惠”这两个字今生我也做不到，这一点点度量我还有。（又谦虚地）按说呢，这并谈不上什么度量不度量，表妹嫁表哥，亲上加亲，这也是天公地道，到处都有的事。

曾文彩　（老老实实）不，我说也该问问愫表妹的意思吧。

曾思懿　（尖刻地笑出声来）嗤，这还用得着问？她还有什么不肯的？我可是个老实人，爱说个痛快话，愫表妹这番心思，也不是我一个人看得出来。表妹道道地地是个好人，我不喜欢说亏心话。那么（对文清，似乎非常恳切的样子）“表哥”，你现在也该说句老实话了吧？亲姑奶奶也在这儿，你至少也该在妹妹面前，对我讲一句明白话吧。

曾文清　（望望文彩，仍低头不语）

曾思懿　（追问）你说明白了，我好替你办事啊！

曾文彩　（仿佛猜得出哥哥的心思，替他说）我看这还是不大好吧。

曾思懿　（眼珠一转）这又有什么不大好的？妹妹，你放心，我决不会委屈愫表妹，只有比从前亲，不会比以前远！（益发表现自己的慷慨）我这个人最爽快不过，半夜里，我就把从前带到曾家的首饰翻了翻，也巧，一翻就把我那副最好的珠子翻出来，这就算是我替文清给愫表妹下的定。（说着由小桌上拿起一对从古老的簪子上拆下来的珠子，递到文彩面前）妹妹，你看这怎么样？

曾文彩　（只好接下来看，随口称赞）倒是不错。

曾思懿　（逐渐说得高兴）我可急性子，连新房我都替文清看定了，一会袁家人上火车一走，空下屋子，我就叫裱糊匠赶紧糊。大家凑个热闹，帮我个忙，到不了两三天，妹妹也就可以吃喜酒啦。我呀，什么事都想到啦——（望着文清似乎是嘲弄，却又像是赞美的神气）我们文清心眼儿最好，他就怕亏待了他的愫表妹，我早就想过，以后啊，（索性说个畅快）哎，说句不好听的话吧，以后在家里就是“两头大”，（粗鄙地大笑起来）我们谁也不委屈谁！

曾文彩　（心里焦烦，但又不得不随着笑两声）是啊，不过我怕总该也问一问爹吧？

张顺由书斋小门上，似乎刚从床上被人叫起来，睡眼朦胧的，衣服都没穿整齐。

张　顺　（进门就叫）大奶奶！

曾思懿　（不理张顺，装做没听清楚彩的话）啊？

曾文彩　我说该问问爹吧。

曾思懿　（更有把握地）嗤，这件事爹还用着问？有了这么个好儿媳妇，（话里有话）伺候他老人家不更“名正言顺”吗？（忽然）不过就是一样，在家里爱怎么称呼她，就怎么称呼。出门在外，她还是称呼她的“愫小姐”好，不能也“奶奶，太太”地叫人听着笑话——（又一转，瞥了文清一眼）其实是我倒无所谓，这也是文清的意思，文清的意思！（文清刚要说话，她立刻转过头来问张）张顺，什么事？

张　顺　老太爷请您。

曾思懿　老太爷还没有睡？

张　顺　是——

曾思懿　（对张）走吧！唉！

思懿急匆匆由书斋小门下，后面随着张顺。

曾文彩　（望着思走出去，才站起来，走到文清面前，非常同情的声调，缓缓地）哥哥，你还没有吃东西吧？

曾文清　（望着她，摇摇头，又失望地出神）

曾文彩　我给你拿点枣泥酥来。

曾文清　（连忙摇手，烦躁地）不，不，不，（又倦怠地）我吃不下。

曾文彩　那么哥哥，你到我屋里洗洗脸，睡一会好不好？

曾文清　（失神地）不，我不想睡。

曾文彩　（想问又不好问，但终于——）她，她这一夜晚为什么不让你到屋子里去？

曾文清　（惨笑）哼，她要我对她赔不是。

曾文彩　你呢？

曾文清　（绝望但又非常坚决的神色）当然不！（就合上眼）

曾文彩　（十分同情，却又毫无办法的口气）唉，天下哪有这种事，丈夫刚回来一会儿，好不到两分钟，又这样没完没了地——

外面西风呼呼地吹着，陈奶妈由书斋小门上，她的面色也因为一夜的疲倦而显得苍白，眼睛也有些凹陷。她披着一件大棉袄，打着呵欠走进来。

陈奶妈　（看着文清低头闭上眼靠着，以为他睡着了，对着文彩，低声）怎么清少爷睡着了？

曾文彩　（低声）不会吧。

陈奶妈　（走近文，文依然合着眼，不想做声。陈看着他，怜悯地摇摇头，十分疼爱地，压住嗓子回头对彩）大概是睡着啦。（轻轻叹一口气，就把身上披的棉袄盖在他的身上）

曾文彩　（声音低而急）别，别，您会冻着的，我去拿，（向自己的卧室走）——

陈奶妈　（以手止住文彩，嘶着声音，匆促地）我不要紧。得啦，姑小姐，您还是到上屋看看老爷子去吧！

曾文彩　(焦灼地)怎么啦?

陈奶妈　(心痛地)叫他躺下他都不肯,就在屋里坐着又站起来,站起来又坐下,直问姑老爷回来了没有?姑老爷回来了没有?

曾文彩　(没有了主意)那怎么办?怎么办呢?江泰到现在一夜晚没有个影,不知道他跑到——

陈奶妈　(摇头)唉,真造孽!(把彩拉到一个离文清较远的地方,怕吵醒他)说起可怜!白天说,把寿木送给人家容易;到半夜一想,这守了几十年的东西一会就要让人拿去——您想,他怎么会不急!怎么会不——

张顺由书斋小门上。

张　顺　姑奶奶!

陈奶妈　(忙指着似乎在沉睡着的文清,连连摇手)

张　顺　(立刻把声音放低)老太爷请。

曾文彩　唉!(走到两步,回头)愫小姐呢?

陈奶妈　刚给老爷子捶完腿——大概在屋里收拾什么呢。

曾文彩　唉。

文彩随着张顺由书斋小门下。

外面风声稍缓,树叶落在院子里,打着滚,发出沙沙的声音,更锣声渐渐地远了,远到听不见。隔巷又传来卖"硬面饽饽"苍凉单沉的叫卖声。

陈奶妈打着呵欠,走到文清身边。

陈奶妈　(低头向文清,看他还是闭着眼,不觉微微叫出,十分疼爱地)可怜的清少爷!

文清睁开了眼,依然是绝望而厌倦的目光,用手撑起身子——

陈奶妈　(惊愕)清少爷,你醒啦?

曾文清　(仿佛由恹恹的昏迷中唤醒,缓缓抬起头)是您呀,奶妈!

陈奶妈　(望着清,不觉擦着眼角)是我呀,我的清少爷!(摇头望着他,疼惜地)可怜,真瘦多了,你怎么在这儿睡着了?

曾文清　(含含糊糊地)嗯,奶妈。

陈奶妈　唉,我的清少爷,这些天在外面真苦坏啦!(擦着泪)愫小姐跟我没有一天不惦记着你呀。可怜,愫小姐——

曾文清　(忽然抓住陈奶妈的手)奶妈,我的奶妈!

陈奶妈　(忍不住心酸)我的清少爷,我的肉,我的心疼的清少爷!你,你回来了还没见着愫小姐吧?

曾文清　(说不出口,只紧紧地握住陈奶妈干巴巴的手)奶妈!奶妈!

陈奶妈　(体贴到他的心肠,怜爱地)我已经给你找她来了。

曾文清　(惊骇,非常激动地)不,不,奶妈!

陈奶妈　造孽哟,我的清少爷,你哪像个要抱孙子的人哪,清少爷!

曾文清　(惶惑)不,不,别叫她,您为什么要——

陈奶妈　(看见书斋小门开启)别,别,大概是她来了!

愫方由书斋小门上。

她换了一件黑毛中的袍子，长长的黑发，苍白的面容，冷静的神色，大的眼睛里稍稍露出难过而又疲倦的样子，像一个美丽的幽灵轻轻地走进房来。

文立刻十分激动地站起来。

愫　方　陈奶妈！

陈奶妈　（故意做出随随便便的样子）愫小姐还没睡呀？

愫　方　嗯，（想不出话来）我，我来看看鸽子来啦。（就向搁着鸽笼的桌子走）

陈奶妈　（顺口）对了，看吧！（忽然想起）我也去瞅瞅孙少爷孙少奶奶起来没有？大奶奶还叫他们小夫妻俩给袁家人送行呢。（说着就向外面走）

曾文清　（举起她的棉袄，低低的声音）您的棉袄，奶妈！

陈奶妈　哦！棉袄，（笑对他们）你们瞧我这记性！

陈拿着棉袄，搭讪着由书斋小门下。

天未亮之前，风又渐渐地刮大起来，白杨树又像急雨一般地响着，远处已经听见第一遍鸡叫随着风在空中缭绕。

二人默对半天说不出话，文清愧恨地低下头，缓缓朝卧室走。

愫　方　（眼睛才从那鸽笼移开）文清！

曾文清　（停步，依然不敢回头）

愫　方　奶妈说你在找——

曾文清　（转身，慢慢抬头望愫）

愫　方　（又低下头去）

曾文清　愫方！

愫　方　（不觉又痛苦地望着笼里的鸽子）

曾文清　（没有话说，凄凉地）这，这只鸽子还在家里。

愫　方　（点头，沉痛地）嗯，因为它已经不会飞了！

曾文清　（愣一愣）我——（忽然明白，掩面抽咽）

愫　方　（声音颤抖地）不，不——

曾文清　（依然在哀泣）

愫　方　（略近前一步，一半是安慰，一半是难过的口气）不，不这样，为什么要哭呢？

曾文清　（大恸，扑在沙发上）我为什么回来呀！我为什么回来呀！明明晓得绝不该回来的，我为什么又回来呀！

愫　方　（哀伤地）飞不动，就回来吧！

曾文清　（抽咽，诉说）不，你不知道啊——在外面——在外面的风浪——

愫　方　文清，你（取出一把钥匙递给文清）——

曾文清　啊！

愫　方　这是那箱子的钥匙。

曾文清　（不明白）怎么？

愫　方　（冷静地）你的字画都放在那箱子里。（慢慢将钥匙放在桌子上）

曾文清　（惊惶）你要怎么样啊，愫方！——

半晌。外面风声，树叶声——

愫　方　你听!

曾文清　啊?

愫　方　外面的风吹得好大啊!

风声中外面仿佛有人在喊着:"愫姨! 愫姨!"

愫　方　(谛听)外面谁在叫我啊?

曾文清　(也听,听不清)没,没有吧?

愫　方　(肯定,哀徐地)有,有!

思懿由书斋小门上。

曾思懿　(对愫,似乎在讥讽,又似乎是一句无心的话)啊,我一猜你就到这儿来啦!(亲热地)愫表妹,我的腰又痛起来啦,回头你再给我推一推,好吧? 嘻,刚才我还忘了告诉你,你表哥回来了,倒给你带了一样好东西来了。

曾文清　(窘极)你——

曾思懿　(不由分说,拿起桌上那副珠子,送到愫方面前)你看这副珠子多大呀,多圆哪!

曾文清　(警惕)思懿!

张顺由通书斋小门上,在门口望见主人正在说话,就停住了脚。

曾思懿　(同时——不顾文清的脸色,笑着)你表哥说,这是表哥送给表妹做——

曾文清　(激动地发抖,突然爆发,愤怒地)你这种人是什么心肠呕!

文清说完,立刻跑进自己的卧室。

曾思懿　文清!

卧室门砰地关上。

曾思懿　(脸子一沉,冷冷地)哎,我真不知道我这个当太太的还该怎么做啦!

张　顺　(这时走上前,低声)大奶奶,杜家管事说寅时都要过啦,现在非要抬棺材不可了。

曾思懿　好,我就去。

张顺由通大客厅的门下。

曾思懿　(突然)好,愫表妹,我们回头说吧。(向通书斋的小门走了两步,又回转身,亲热地笑着)愫表妹,我怕我的胃气又要犯,你到厨房给我炒把热盐熨熨吧。

愫　方　(低下头)

思懿由书斋小门下。

愫　方　(呆立在那里,望着鸽笼)

外面风声。

瑞贞由通大客厅的门上。

曾瑞贞　愫姨!

愫　方　(不动)嗯。

曾瑞贞　(急切)愫姨!

愫　方　(缓缓回头,对瑞,哀伤地惋惜)快乐真是不常的呀,连一个快乐的梦都这样短!

曾瑞贞　(同情的声调)不早,愫姨,走吧!

愫　方　(低沉)门还是锁着的,钥匙在——

曾瑞贞 （自信地）不要紧！“北京人”会帮我们的忙。

愫 方 （不大懂）北京人？

外面的思懿在喊。

思懿的声音：愫表妹！愫表妹！

曾瑞贞 （推开通大客厅的门，指着门内——）就是他！

门后屹然立着那小山一般的“北京人”，他现在穿着一件染满机器上油泥的帆布工服，铁黑的脸，钢轴似的胳膊，宽大的手里握着一个钢钳子，粗重的眉毛下，目光炯炯，肃然可畏，但仔细看来，却带着和穆坦挚的微笑的神色，又叫人觉得蔼然可亲。

思懿的声音：（更近）愫表妹！愫表妹！

曾瑞贞 她来了！

瑞贞走到通大客厅的门背后躲起。“北京人”巍然站在门前。

思懿立刻由书斋小门上。

曾思懿 哦，你一个人还在这儿！爹要喝参汤，走吧。

愫 方 （点头，就要走）

曾思懿 （忽然亲热地）哦，愫表妹，我想起来了，我看，我就现在对你说了吧？（说着走到桌旁，把放在桌上的那副珠子拿起来。忽然瞥见了“北京人”，吃了一惊，对他）咦！你在这儿干什么？

北京人 （森然望着她）

曾思懿 （惊疑）问你！你在这儿干什么？

北京人 （又仿佛嘲讽而轻蔑地在嘴上露出个笑容）

愫 方 （沉静地）他是个哑巴。

曾思懿 （没办法，厌恶地盯了“北京人”一眼，对愫）我们在外面说去吧。

思懿拉着愫方由书斋小门下。

瑞贞听见人走了，立刻又由通大客厅的门上。

曾瑞贞 走了？（望望，转对“北京人”，指着外面，一边说，一边以手做势）门，大门——锁着——没有钥匙！

北京人 （徐徐举起拳头，出人意外，一字一字，粗重而有力地）我——们——打——开！

曾瑞贞 （吃一惊）你，你——

北京人 （坦挚可亲地笑着）跟——我——来！（立刻举步就向前走）

曾瑞贞 （大喜）愫姨！愫姨！（忽又转身对“北京人”，亲切地）你在前面走，我们跟着来！

北京人 （点首）

“北京人”像一个伟大的巨灵，引导似地由通大客厅门走出。

同时愫方由书斋小门上，脸色非常惨白。

曾瑞贞 （高兴地跑过来）愫姨！愫姨！我告——（忽然发现愫方惨白的脸）你怎么脸发了青？怎么？她对你说了什么？

愫 方 （微微摇摇头）

曾瑞贞　(止不住那高兴)愫姨,我告诉你一件奇怪的事!哑巴真的说了话了!

愫　方　(沉重地)嗯,我也应该走了。

外面忽然传来一阵非常热闹的,吹吹打打的锣鼓喷呐响,掩住了风声。

曾瑞贞　(惊愕,回头)这是干什么?

愫　方　大概杜家那边预备迎棺材呢?

曾瑞贞　(又笑着问)你的东西呢?

愫　方　在厢房里。

曾瑞贞　拿走吧?

愫　方　(点首)嗯。

曾瑞贞　愫姨,你——

愫　方　(凄然)不,你先走!

曾瑞贞　(惊异)怎么,你又——

愫　方　(摇头)不,我就来,我只想再见他一面!

曾瑞贞　(以为是——不觉气愤)谁?

愫　方　(恻然)可怜的姨父!

曾瑞贞　(才明白了)哦!(也有些难过)好吧,那我先走,我们回头在车站上见。

外面文彩喊着:"江泰!江泰!"瑞贞立刻由通大客厅的门下。

愫方刚向书斋小门走了两步,文彩忙由书斋小门上,满脸的泪痕。

曾文彩　(焦急地)江泰还没有回来?

愫　方　没有。

曾文彩　他怎么还不回来?(说着就跌坐在沙发上呜咽起来)我的爹呀,我的可怜的爹呀!

愫　方　(急切地)怎么啦?

曾文彩　(一边用手帕擦泪,一边诉说着)杜家的人现在非要抬棺材,爹"一死儿"不许,可怜,可怜他老人家像个小孩子似地抱着那棺材,死也不肯放。(又抽咽)我真不敢看爹那个可怜的样子!(抬头望着满眼露出哀怜神色的愫方)表妹,你去劝爹进来吧,别再在棺材旁边看啦!

愫　方　(凄然向书斋小门走)

愫方由书斋小门下。

曾文彩　(同时独自——)爹,爹,你要我们这种儿女干什么哟!(立起,不由得)哥哥!哥哥!(向文清卧室走)我们这种人有什么用,有什么用啊!

忽然外面爆竹声大作。

曾文彩　(不觉停住脚,回头望)

张顺由书斋小门上,眼睛也红红的。

曾文彩　这是什么?

张　顺　(又是气又是难过)杜家那边迎放鞭寿材呢!我们后门也打开啦,棺材已经抬起来了。

在爆竹声中,听见了许多杠夫抬着棺木,整齐的脚步声,和低沉的"唉喝,唉喝"

的声音，同时还掺杂着杜家的管事们督促着照料着的叫喊声。书斋窗户里望见许多灯笼匆忙地随着人来回移动。

这时陈奶妈和愫方扶着曾皓由书斋小门走进。曾皓面色白得像纸，眼睛里布满了红丝。在极度的紧张中，他几乎像癫狂了一般，说什么也不肯进来。陈奶妈一边擦着眼泪，一边不住地劝慰，拉着，推着。愫方悲痛地望着曾皓的脸。他们后面跟着思懿。她也拿了手帕在擦着眼角，不知是在擦沙，还是擦泪水。

陈奶妈　（连连地）进来吧，老爷子！别看了！进来吧——

曾　皓　（回头呼唤，声音喑哑）等等！叫他们再等等！等等！（颤巍巍转对思，言语失了伦次）你再告诉他们，说钱来，人就来，钱就拿人来！等等！叫他们再等等！

愫　方　姨父！你——

愫方把皓扶在一个地方倚着，看见老人这般激动地喘息，忽然想起要为他拿什么东西，立刻匆匆由书斋小门下。

陈奶妈　（不住地劝解）老爷子，让他们去吧，（恨恨地）让他们拿去挺尸去吧！

曾　皓　（几乎是乞怜）你去呀，思懿！

曾思懿　（这时她也不免有些难过，无奈何地只得用仿佛在哄骗着小孩子的口气）爹！有了钱我们再买副好的。

曾　皓　（愤极）文彩，你去！你去！（顿足）江泰究竟来不来？他来不来？

曾文彩　（一直在伤痛着——连声应）他来，他来呀，我的爹！

外面爆竹声更响，抬棺木的脚步声仿佛越走越近，就要从眼前过似的。

曾　皓　（不觉喊起来）江泰！江泰！（又像是对着文彩，又像是对着自己）他到哪儿去啦？他到哪儿去啦？

这时通大客厅的门忽然推开，江泰满脸通红，头发散乱，衣服上一身的绉折，摇摇晃晃地走进来。

爆竹声渐停。

曾　皓　（几乎不相信自己的眼睛）江泰，你来了！

江　泰　（小丑似的，似笑非笑，似哭非哭，不知是得意还是懊丧的神气，含糊地对着他点了点头）我——来——了！

曾　皓　（忘其所以）好，来得好！张顺，叫他们等着！给他们钱，让他们滚！去，张顺。

张顺立刻由书斋小门下。

曾文彩　（同时走到江泰面前）借，借的钱呢！（伸出手）

江　泰　（手一拍，兴高采烈）在这儿！（由口袋里掏出一卷"手纸"，"拍"一声掷在她的手掌里）在这儿！

曾文彩　你，你又——

江　泰　（同时回头望门口）进来！滚进来！

果然由通大客厅的门口走进一个警察，后面随着曾霆，非常惭愧的颜色，手里替他拿着半瓶"白兰地"。

江　泰　（手脚不稳，而理直气壮）就是他！（又指点着，清清楚楚地）就——是——他！（转身对曾家的人们申辩）我在北京饭店开了一个房间，住了一天，可今天他偏说我拿了东西，拿了他们的东西——

曾　皓　这——

警　察　（非常懂事地）对不起，昨儿晚上委屈这位先生在我们的派出所——

江　泰　你放屁！北京饭店！

警　察　（依然非常有礼貌地）派出所。

江　泰　（大怒）北京饭店！（指着警察）你们的局长我认识！（说着走着，一刹时怒气抛到九霄云外）你看，这是我的家，我的老婆！（莫名其妙地顿时忘记了方才的冲突，得意地）我的岳父曾皓先生！（忽然抬头，笑起来）你看哪！（指屋）我的房子！（一面笑着望着警察，一面含含糊糊地指着点着，仿佛在引导人家参观）我的桌子！（到自己卧室门前）我的门！（于是就糊里糊涂走进去，嘴里还在说道）我的——

（忽然不很重的"扑通"一声——）

曾文彩　泰，你——（跑进自己的卧室）

警　察　诸位现在都看见了，我也跟这位少爷交代明白啦。（随随便便举起手行个礼）

警察由通大客厅的门下。

外面的人　（高兴地）抬罢！（接着哄然一笑，立刻又响起沉重的脚步声）

曾　皓　（突又转身）

陈奶妈　您干什么？

曾　皓　我看——看——

陈奶妈　得啦，老爷子——

曾皓走在前面，陈奶妈赶紧去扶，思懿也过去扶着。陈与皓由书斋小门下。

外面的喧嚣声，脚步声，随着转弯抹角，渐行渐远。

曾思懿　（将皓扶到门口，又走回来，好奇地）霆儿，那警察说什么？

曾　霆　他说姑爹昨天晚上醉醺醺地到洋铺子买东西，顺手就拿了人家一瓶酒。

曾思懿　叫人当面逮着啦？

曾　霆　嗯，不知怎么，姑爹一晚上在派出所还喝了一半，又不知怎么，姑爹又把自己给说出来了，这（举起那半瓶酒）这是剩下那半瓶"白兰地"！（把酒放在桌子上，就苦痛地坐在沙发上）

曾思懿　（幸灾乐祸）这倒好，你姑爹现在又学会一手啦。（向卧室门走）文清，（近门口）文清，刚才我已经跟你的愫表妹说了，看她样子倒也挺高兴。以后好啦，你也舒服，我也舒服。你呢，有你的愫表妹陪你；我呢，坐月子的时候，也有个人伺候！

曾　霆　（母亲的末一句话，像一根钢针戳入他的耳朵里，触电一般蓦然抬起头）妈，您说什么？

曾思懿　（不大懂）怎么——

曾　霆　（徐徐立起）您说您也要——呃——

曾思懿　（有些惭色）嗯——

曾　霆　（恐惧地）生？

曾思懿 （脸上表现出那件事实）怎么？

曾 霆 （对他母亲绝望地看了一眼，半晌，狠而重地）唉，生吧！

霆突然由通大客厅的门跑下。

曾思懿 霆儿！（追了两步）霆儿！（痛苦地）我的霆儿！

彩由卧室匆匆地出来。

曾文彩 爹呢？

曾思懿 （呆立）送寿木呢！

彩刚要向书斋小门走去，陈奶妈扶着曾皓由书斋小门上。皓在门口不肯走，向外望着喊着。彩立刻追到门前。外面的灯笼稀少了，那些杠夫们已经走得很远。

曾 皓 （脸向着门外，遥遥地喊）不成，那不成！不是这样抬法！

陈奶妈 （同时）得啦，老爷子，得啦！

曾文彩 （不住地）爹！爹！

曾 皓 （依依瞭望着那正在抬行的棺木，叫着，指着）不成！那碰不得呀！（对陈奶妈）叫他别，别碰着那土墙，那寿木盖子是四川漆！不能碰！碰不得！

曾思懿 别管啦，爹，碰坏了也是人家的。

曾 皓 （被她提醒，静下来发愣，半晌，忽然大恸）亡妻呀！我的亡妻呀！你死得好，死得早，没有死的，连，连自己的棺木都——（顿足）活着要儿孙干什么哟，要这群像耗子似的儿孙干什么哟！（哀痛地跌坐在沙发上）

訇然一片土墙倒塌声。

大家沉默。

曾文彩 （低声）土墙塌了。

静默中，江泰由自己的卧室摇摇晃晃地又走出来。

江 泰 （和颜悦色，抱着绝大的善意，对着思懿）我告诉过你，八月节我就告诉过你，要塌！要塌！现在，你看，可不是——

思厌恶地看他一眼，突然转身由书斋小门走下。

江 泰 （摇头）哎，没有人肯听我的话！没有人理我的哟！没有人理我的哟！

江泰一边说着，一边顺手又把桌上那半瓶"白兰地"拿起来，又进了屋。

曾文彩 （着急）江泰！（跟着进去）

远远鸡犬又在叫。

陈奶妈 唉！

这时仿佛隔壁忽然传来一片女人的哭声。愫方套上一件灰羊毛坎肩，手腕上搭着自己要带走的一条毯子，一手端了碗参汤，由书斋小门进。

曾 皓 （抬头）谁在哭？

陈奶妈 大概杜家老太爷已经断了气了，我瞧瞧去。（皓又低下头）

陈奶妈匆匆由书斋小门下。

鸡叫。

愫 方 （走进皓，静静地）姨父。

曾　皓　（抬头）啊？

愫　方　（温柔地）您要的参汤。（递过去）

曾　皓　我要了么？

愫　方　嗯。（搁在皓的手里）

圆儿突然由通大客厅的门悄悄上，她仍然穿着那身衣服，只是上身又加了一件跟裙子一样颜色的短大衣，领子上松松地系着一块黑底子白点子的绸巾，手里拿着那“北京人”的剪影。

袁　圆　（站在门口，低声，急促地）天就亮了，快走吧！

愫　方　（点点头）

圆笑嘻嘻的，立刻拿着那剪影缩回去，关上门。

曾　皓　（喝了一口，就把参汤放在沙发旁边的桌上，微弱地长嘘了一声）唉！（低头合上眼）

愫　方　（关心地）您好点吧？

曾　皓　（含糊地）嗯，嗯——

愫　方　（哀怜地）我走了，姨父。

曾　皓　（点头）你去歇一会儿吧。

愫　方　嗯，（缓缓地）我去了。

曾　皓　（疲惫到极点，像要睡的样子，轻微地）嗯！

愫转身走了两步，回头望望那衰弱的老人的可怜的样子，忍不住又回来把自己要带走的毯子轻轻地给他盖上。

曾　皓　（忽然又含糊地）回头就来呀。

愫　方　（满眼的泪光）就来。

曾　皓　（闭着眼）再来给我捶捶。

愫　方　（边退边说，泪止不住地流下来）嗯，再来给您捶，再来给您捶，再——来——（似乎听见又有什么人要进来，立刻转身向通大客厅的门走）

愫方刚一走出，文彩由卧室进。

曾文彩　（看见皓在打瞌睡，轻轻地）爹，把参汤喝了吧，凉了。

曾　皓　不，我不想喝。

曾文彩　（悲哀地安慰着）爹，别难过了！怎么样的日子都是要过的。（流下泪来）等吧，爹，等到明年开了春，爹的身体也好了，重孙子也抱着了，江泰的脾气也改过来了，哥哥也回来找着好事了——

文清卧室内忽然仿佛有人“哼”了一声，从床上掉下的声音。

曾文彩　（失声）啊！（转对皓）爹，我去看看去。

彩立刻跑进文清的卧室。

陈由书斋小门上。

曾　皓　（虚弱地）杜家——死了？

陈奶妈　死了，完啦。

曾　皓　眼睛好痛啊！给我把灯捻小了吧。

陈把洋油灯捻小，屋内暗下来，通大厅的纸隔扇上逐渐显出那猿人模样的“北京人”的巨影，和在第二幕时一样。

陈奶妈 （抬头看着，自语）这个皮猴袁小姐，临走临走还——

彩慌张跑出。

曾文彩 （低声，急促地）陈奶妈，陈奶妈！

陈奶妈 啊！

曾文彩 （惧极，压住喉咙）您先不要叫，快告诉大奶奶！哥哥吞了鸦片烟，脉都停了！

陈奶妈 （惊恐）啊！（要哭——）

曾文彩 （推着她）别哭，奶妈，快去！

陈奶妈由书斋小门跑下。

曾文彩 （强自镇定，走向皓）爹，天就要亮了，我扶着您睡去吧。

曾　皓 （立起，走了两步）刚才那屋里是什么？

曾文彩 （哀痛地）耗子，闹耗子。

曾　皓 哦。

文彩扶着皓，向通书斋小门缓缓地走，门外面鸡又叫，天开始亮了，隔巷有骡车慢慢地滚过去，远远传来两声尖锐的火车汽笛声。

（幕徐落）

（选自曹禺. 北京人[M]. 上海：文化生活出版社，1941.）

【作者简介】

曹禺（1910—1996 年），本名万家宝，字小石，祖籍湖北省潜江县，1910 年出生于天津一个没落的封建官僚家庭。中国现代剧作家以及戏剧教育家，被称为“中国的莎士比亚”。他从小便失去母亲，在孤独与寂寞中度过他的童年。1922 年秋考入南开中学。1928 年入读南开大学政治系，次年转入清华大学外文系，广泛钻研从古希腊悲剧到莎士比亚戏剧及契诃夫、易卜生、奥尼尔的剧作。1936 年 8 月始在国立戏剧专科学校教授戏剧。1937 年“七・七事变”后，曹禺随戏剧专科学校疏散到四川江安，边教书边创作。1946 年返回上海，后应美国国务院邀请赴美讲学。1947 年 1 月回国，应聘于上海实验戏剧学校。1949 年初，曹禺接受中国共产党地下组织安排，由上海经香港抵达北平（今北京）。后参加中国人民政治协商会议，并参与筹备全国文学艺术工作者代表大会。1949 年 7 月文代会召开，曹禺被选为主席团成员。1950 年、1952 年先后被任命为中央戏剧学院副院长和北京人民艺术剧院院长。“文化大革命”中，曹禺遭到迫害，被迫搁笔。1988 年 11 月在中国文学艺术界联合会第五次代表大会上他被选为执行主席。代表作有《雷雨》《原野》《日出》《北京人》等。

【赏析指要】

《北京人》发表于 1941 年，作品反映封建大家庭的崩溃没落。曾家是北京城里一个大户，曾老太太弥留之际，为冲喜迎娶曾孙媳妇瑞贞，结果在迎新人进门时，老太太去世，曾家这时已经家道败落。祖父曾皓是个靠遗产过活的寄生虫，终日满腹牢骚，吝啬、自私、非常怕死。儿子曾文清是个颓废、整天无所事事的大少爷，懒到“他自己不想感觉自己还有感觉”，他的妻子思懿他一点不喜欢，心里却爱着寄居在他家的表妹愫方。愫方寄人篱下，忍气吞声，每天都辛苦劳作，还得忍受表嫂的冷言冷语，对大表哥的爱不敢表露出来。儿媳妇思懿，笑里藏刀、阴险泼辣、自私自利，长房长孙媳妇的地位，使她掌管着家中的财权。女婿江泰住在丈人家，他有很多新思想，但最终一事无成。曾家的朋友、人类学家袁任敢带着女儿袁圆从国外回来，暂借住在曾家，他们倒为曾家带进来了新气象。曾霆被迫娶了瑞贞。作品的最后，文清死了；愫方在瑞贞的劝说下，在人类学者袁任敢的启发帮助下，告别了过去，离开了这个封建大家庭，跟着新"北京人"修车工人走向光明。瑞贞是曾家最年轻的一代，无感情的婚姻、繁缛的礼节，还有凶恶的婆婆，使她无法在这样的家庭中生存下去，最终与曾霆离了婚，决然走出这个家庭。老太爷曾皓面对家庭的崩溃，只有痛哭，他没有办法拯救自己的家庭。作品中描写了汽车修理工人身份出现的"北京人"形象，作者以"北京人"的勇敢有力反衬出在封建精神束缚下的北京人的空虚、怯懦和腐朽，作者用人类祖先"北京人"作对照，批判现实中的北京人，进一步揭示剧本的主旨。

【讨论探究】

1. 分析《过客》的艺术特色。
2. 分析《北京人》中曾思懿的人物形象。

【拓展阅读】

1. 阅读鲁迅的小说，就主题思想和《过客》进行比较。
2. 阅读曹禺《北京人》其他内容。如有兴趣，阅读曹禺的《雷雨》《日出》《原野》等作品。分析为什么说曹禺把中国现代话剧的发展推向成熟？

第五节　当代戏剧文学鉴赏

茶　馆（节选）

老　舍

人物表

王利发——男。最初与我们见面，他才二十多岁。因父亲早死，他很年轻就做了裕泰茶馆的掌柜。精明，有些自私，而心眼不坏。

唐铁嘴——男。三十来岁。相面为生，吸鸦片。

松二爷——男。三十来岁。胆小而爱说话。

常四爷——男。三十来岁。松二爷的好友，都是裕泰的主顾。正直，体格好。

李　三——男。三十多岁。裕泰的跑堂。勤恳，心眼好。

二德子——男。二十多岁。善扑营当差。

马五爷——男。三十多岁。吃洋教的小恶霸。
刘麻子——男。三十多岁。说媒拉纤,手狠意毒。
康　六——男。四十岁。京郊贫农。
黄胖子——男。四十多岁。流氓头子。
秦仲义——男。王掌柜的房东。在第一幕里二十多岁。阔少,后来成了维新的资本家。
老　人——男。八十二岁。无倚无靠。
乡　妇——女。三十多岁。穷得出卖小女儿。
小　妞——女。十岁。乡妇的女儿。
庞太监——男。四十岁。发财之后,想娶老婆。
小牛儿——男。十多岁。庞太监的书童。
宋恩子——男。二十多岁。老式特务。
吴祥子——男。二十多岁。宋恩子的同事。
康顺子——女。在第一幕中十五岁。康六的女儿。被卖给庞太监为妻。
王淑芬——女。四十来岁。王利发掌柜的妻。比丈夫更公平正直些。
巡　警——男。二十多岁。
报　童——男。十六岁。
康大力——男。十二岁。庞太监买来的义子,后与康顺子相依为命。
老　林——男。三十多岁。逃兵。
老　陈——男。三十岁。逃兵。老林的把弟。
崔久峰——男。四十多岁。作过国会议员,后来修道,住在裕泰附设的公寓里。
军　官——男。三十岁。
王大拴——男。四十岁左右,王掌柜的长子。为人正直。
周秀花——女。四十岁。大拴的妻。
王小花——女。十三岁。大拴的女儿。
丁　宝——女。十七岁。女招待。有胆有识。
小刘麻子——男。三十多岁。刘麻子之子,继承父业而发展之。
取电灯费的——男。四十多岁。
小唐铁嘴——男。三十多岁。唐铁嘴之子,继承父业,有做天师的愿望。
明师傅——男。五十多岁。包办酒席的厨师傅。
邹福远——男。四十多岁。说评书的名手。
卫福喜——男。三十多岁。邹的师弟,先说评书,后改唱京戏。
方　六——男。四十多岁。打小鼓的,奸诈。
车当当——男。三十岁左右。买卖现洋为生。
庞四奶奶——女。四十岁。丑恶,要做皇后。庞太监的四侄媳妇。
春　梅——女。十九岁。庞四奶奶的丫环。
老　杨——男。三十多岁。卖杂货的。
小二德子——男。三十岁。二德子之子,打手。
于厚斋——男。四十多岁。小学教员,王小花的老师。

谢勇仁——男。三十多岁。与于厚斋同事。

小宋恩子——男。三十来岁。宋恩子之子，承袭父业，做特务。

小吴祥子——男。三十来岁。吴祥子之子，世袭特务。

小心眼——女。十九岁。女招待。

沈处长——男。四十岁。宪兵司令部某处处长。

茶　客　若干人，都是男的。

茶　房　一两个，都是男的。

难　民　数人，有男有女，有老有少。

大　兵　三五人，都是男的。

公寓住客　数人，都是男的。

押大令的兵　七人，都是男的。

宪　兵　四人。男。

傻　杨——男。数来宝的。

第一幕

时　间　一八九八年(戊戌)初秋，康梁等的维新运动失败了。早半天。

地　点　北京，裕泰大茶馆。

人　物　王利发、刘麻子、庞太监、唐铁嘴、康六、小牛儿、松二爷、黄胖子、宋恩子、常四爷、秦仲义、吴祥子、李三、老人、康顺子、二德子、乡妇、茶客甲、乙、丙、丁、马五爷、小妞、茶房一、二人。

幕启：这种大茶馆现在已经不见了。在几十年前，每城都起码有一处。这里卖茶，也卖简单的点心与菜饭。玩鸟的人们，每天在遛够了画眉、黄鸟等之后，要到这里歇歇腿，喝喝茶，并使鸟儿表演歌唱。商议事情的，说媒拉纤的，也到这里来。那年月，时常有打群架的，但是总会有朋友出头给双方调解；三五十口子打手，经调人东说西说，便都喝碗茶，吃碗烂肉面(大茶馆特殊的食品，价钱便宜，做起来快当)，就可以化干戈为玉帛了。总之，这是当日非常重要的地方，有事无事都可以来坐半天。

在这里，可以听到最荒唐的新闻，如某处的大蜘蛛怎么成了精，受到雷击。奇怪的意见也在这里可以听到，像把海边上都修上大墙，就足以挡住洋兵上岸。这里还可以听到某京戏演员新近创造了什么腔儿，和煎熬鸦片烟的最好的方法。这里也可以看到某人新得到的奇珍——一个出土的玉扇坠儿，或三彩的鼻烟壶。这真是个重要的地方，简直可以算作文化交流的所在。

我们现在就要看见这样的一座茶馆。

一进门是柜台与炉灶——为省点事，我们的舞台上可以不要炉灶；后面有些锅勺的响声也就够了。屋子非常高大，摆着长桌与方桌，长凳与小凳，都是茶座儿。隔窗可见后院，高搭着凉棚，棚下也有茶座儿。屋里和凉棚下都有挂鸟笼的地方。各处都贴着“莫谈国事”的纸条。

有两位茶客，不知姓名，正眯着眼，摇着头，拍板低唱。有两三位茶客，也不知姓名，正入神地欣赏瓦罐里的蟋蟀。两位穿灰色大衫的——宋恩子与吴祥子，正低声地谈话，看样子他们是北衙门的办案的（侦探）。

今天又有一起打群架的，据说是为了争一只家鸽，惹起非用武力解决不可的纠纷。假若真打起来，非出人命不可，因为被约的打手中包括着善扑营的哥儿们和库兵，身手都十分厉害。好在，不能真打起来，因为在双方还没把打手约齐，已有人出面调停了——现在双方在这里会面。三三两两的打手，都横眉立目，短打扮，随时进来，往后院去。

马五爷在不惹人注意的角落，独自坐着喝茶。

王利发高高地坐在柜台里。

唐铁嘴踏拉着鞋，身穿一件极长极脏的大布衫，耳上夹着几张小纸片，进来。

王利发　唐先生，你外边遛遛吧！

唐铁嘴　（惨笑）王掌柜，捧捧唐铁嘴吧！送给我碗茶喝，我就先给您相相面吧！手相奉送，不取分文！（不容分说，拉过王利发的手来）今年是光绪二十四年，戊戌。您贵庚是……

王利发　（夺回手去）算了吧，我送给你一碗茶喝，你就甭卖那套生意口啦！用不着相面，咱们既在江湖内，都是苦命人！（由柜台内走出，让唐铁嘴坐下）坐下！我告诉你，你要是不戒了大烟，就永远交不了好运！这是我的相法，比你的更灵验！

（松二爷和常四爷都提着鸟笼进来，王利发向他们打招呼。他们先把鸟笼子挂好，找地方坐下。松二爷文绉绉的，提着小黄鸟笼；常四爷雄赳赳的，提着大而高的画眉笼。茶房李三赶紧过来，沏上盖碗茶。他们自带茶叶。茶沏好，松二爷、常四爷向邻近的茶座让了让："您喝这个！"然后，往后院看了看。）

松二爷　好像又有事儿？

常四爷　反正打不起来！要真打的话，早到城外头去啦；到茶馆来干吗？

（二德子，一位打手，恰好进来，听见了常四爷的话。）

二德子　（凑过去）你这是对谁甩闲话呢？

常四爷　（不肯示弱）你问我哪？花钱喝茶，难道还教谁管着吗？

松二爷　（打量了二德子一番）我说这位爷，您是营里当差的吧？来，坐下喝一碗，我们也都是外场人。

二德子　你管我当差不当差呢！

常四爷　要抖威风，跟洋人干去，洋人厉害！英法联军烧了圆明园，尊家吃着官饷，可没见您去冲锋打仗！

二德子　甭说打洋人不打，我先管教管教你！（要动手）

（别的茶客依旧进行他们自己的事。王利发急忙跑过来。）

王利发　哥儿们，都是街面上的朋友，有话好说。德爷，您后边坐！

二德子　（不听王利发的话，一下子把一个盖碗搂下桌去，摔碎。翻手要抓常四爷的脖领。）

常四爷　（闪过）你要怎么着？

二德子　怎么着？我碰不了洋人，还碰不了你吗？

马五爷	（并未立起）二德子，你威风啊！
二德子	（四下扫视，看到马五爷）喝，马五爷，您在这儿哪？我可眼拙，没看见您！（过去请安）
马五爷	有什么事好好地说，干吗动不动地就讲打？
二德子	嗻！您说的对！我到后头坐坐去。李三，这儿的茶钱我候啦！（往后面走去）
常四爷	（凑过来，要对马五爷发牢骚）这位爷，您圣明，您给评评理！
马五爷	（立起来）我还有事，再见！（走出去）
常四爷	（对王利发）邪！这倒是个怪人！
王利发	您不知道这是马五爷呀？怪不得您也得罪了他！
常四爷	我也得罪了他？我今天出门没挑好日子！
王利发	（低声地）刚才您说洋人怎样，他就是吃洋饭的。信洋教，说洋话，有事情可以一直地找宛平县的县太爷去，要不怎么连官面上都不惹他呢！
常四爷	（往原处走）哼，我就不佩服吃洋饭的！
王利发	（向宋恩子、吴祥子那边稍一歪头，低声地）说话请留点神！（大声地）李三，再给这儿沏一碗来！（拾起地上的碎瓷片）
松二爷	盖碗多少钱？我赔！外场人不做老娘们事！
王利发	不忙，待会儿再算吧！（走开）
	（纤手刘麻子领着康六进来。刘麻子先向松二爷、常四爷打招呼。）
刘麻子	您二位真早班儿！（掏出鼻烟壶，倒烟）您试试这个！刚装来的，地道英国造，又细又纯！
常四爷	唉！连鼻烟也得从外洋来！这得往外流多少银子啊！
刘麻子	咱们大清国有的是金山银山，永远花不完！您坐着，我办点小事！
	（领康六找了个座儿，李三拿过一碗茶来。）
刘麻子	说说吧，十两银子行不行？你说干脆的！我忙，没工夫专伺候你！
康　六	刘爷！十五岁的大姑娘，就值十两银子吗？
刘麻子	卖到窑子去，也许多拿一两八钱的，可是你又不肯！
康　六	那是我的亲女儿！我能够……
刘麻子	有女儿，你可养活不起，这怪谁呢？
康　六	那不是因为乡下种地的都没法子混了吗？一家大小要是一天能吃上一顿粥，我要还想卖女儿，我就不是人！
刘麻子	那是你们乡下的事，我管不着。我受你之托，教你不吃亏，又教你女儿有个吃饱饭的地方，这还不好吗？
康　六	到底给谁呢？
刘麻子	我一说，你必定从心眼里乐意！一位在宫里当差的！
康　六	宫里当差的谁要个乡下丫头呢？
刘麻子	那不是你女儿的命好吗？
康　六	谁呢？
刘麻子	庞总管！你也听说过庞总管吧？伺候着太后，红得不得了，连家里打醋的瓶子

都是玛瑙做的！

康　六　刘大爷，把女儿给太监做老婆，我怎么对得起人呢？

刘麻子　卖女儿，无论怎么卖，也对不起女儿！你糊涂！你看，姑娘一过门，吃的是珍馐美味，穿的是绫罗绸缎，这不是造化吗？怎样，摇头不算点头算，来个干脆的！

康　六　自古以来，哪有……他就给十两银子？

刘麻子　找遍了你们全村儿，找得出十两银子找不出？在乡下，五斤白面就换个孩子，你不是不知道！

康　六　我，唉！我得跟姑娘商量一下！

刘麻子　告诉你，过了这个村可没有这个店，耽误了事别怨我！快去快来！

康　六　唉！我一会儿就回来！

刘麻子　我在这儿等着你！

康　六　唉！（慢慢地走出去）

刘麻子　（凑到松二爷、常四爷这边来）乡下人真难办事，永远没有个痛痛快快！

松二爷　这号生意又不小吧？

刘麻子　也甜不到哪儿去，弄好了，赚个元宝！

常四爷　乡下是怎么了？会弄得这么卖儿卖女的！

刘麻子　谁知道！要不怎么说，就是一条狗也得托生在北京城里嘛！

常四爷　刘爷，您可真有个狠劲儿，给拉拢这路事！

刘麻子　我要不分心，他们还许找不到买主呢！（忙岔话）松二爷（掏出个小时表来），您看这个！

松二爷　（接表）好体面的小表！

刘麻子　您听听，嘎登嘎登地响！

松二爷　（听）这得多少钱？

刘麻子　您爱吗？就让给您！一句话，五两银子！您玩够了，不爱再要了，我还照数退钱！东西真地道，传家的玩艺！

常四爷　我这儿正咂摸这个味儿，咱们一个人身上有多少洋玩艺儿啊！老刘，就看你身上吧：洋鼻烟，洋表，洋缎大衫，洋布裤褂……

刘麻子　洋东西可是真漂亮呢！我要是穿一身土布，像个乡下脑壳，谁还理我呀！

常四爷　我老觉乎着咱们的大缎子，川绸，更体面！

刘麻子　松二爷，留下这个表吧，这年月，戴着这么好的洋表，会教人另眼看待！是不是这么说，您哪？

松二爷　（真爱表，但又嫌贵）我……

刘麻子　您先戴两天，改日再给钱！

（黄胖子进来。）

黄胖子　（严重的砂眼，看不大清楚，进门就请安）哥儿们，都瞧我啦！我请安了！都是自己弟兄，别伤了和气呀！

王利发　这不是他们，他们在后院哪！

黄胖子　我看不清楚啊！掌柜的，预备烂肉面，有我黄胖子，谁也打不起来！（往里走）

二德子　（出来迎接）两边已经见了面，您快来吧！

（二德子同黄胖子入内。）

（茶房们一趟又一趟地往后面送茶水。老人进来，拿着些牙签、胡梳、耳挖勺之类的小东西，低着头慢慢地挨着茶座儿走，没人买他的东西。他要往后院去，被李三截住。）

李　三　老大爷，您外边遛遛吧！后院里，人家正说和事呢，没人买您的东西！（顺手儿把剩茶递给老人一碗）

松二爷　（低声地）李三！（指后院）他们到底为了什么事，要这么拿刀动杖的？

李　三　（低声地）听说是为一只鸽子。张宅的鸽子飞到了李宅去，李宅不肯交还……唉，咱们还是少说话好，（问老人）老大爷您高寿啦？

老　人　（喝了茶）多谢！八十二了，没人管！这年月呀，人还不如一只鸽子呢！唉！（慢慢走出去）

（秦仲义，穿得很讲究，满面春风，走进来。）

王利发　哎哟！秦二爷，您怎么这样闲在，会想起下茶馆来了？也没带个底下人？

秦仲义　来看看，看看你这年轻小伙子会做生意不会！

王利发　唉，一边做一边学吧，指着这个吃饭嘛。谁叫我爸爸死得早，我不干不行啊！好在照顾主儿都是我父亲的老朋友，我有不周到的地方都请包涵，闭闭眼就过去了。在街面上混饭吃，人缘儿顶要紧。我按着我父亲遗留下的老办法，多说好话，多请安，讨人人的喜欢，就不会出大岔子！您坐下，我给您沏碗小叶茶去！

秦仲义　我不喝！也不坐着！

王利发　坐一坐！有您在我这儿坐坐，我脸上有光！

秦仲义　也好吧！（坐）可是，用不着奉承我！

王利发　李三，沏一碗高的来！二爷，府上都好？您的事情都顺心吧？

秦仲义　不怎么太好！

王利发　您怕什么呢？那么多的买卖，您的小手指头都比我的腰还粗！

唐铁嘴　（凑过来）这位爷好相貌，真是天庭饱满，地阁方圆，虽无宰相之权，而有陶朱之富！

秦仲义　躲开我！去！

王利发　先生，你喝够了茶，该外边活动活动去。（把唐铁嘴轻轻推开）

唐铁嘴　唉！（垂头走出去）

秦仲义　小王，这儿的房租是不是得往上提那么一提呢？当年你爸爸给我的那点租钱，还不够我喝茶用的呢！

王利发　二爷，您说的对，太对了！可是，这点小事用不着您分心，您派管事的来一趟，我跟他商量，该长多少租钱，我一定照办！是！嗻！

秦仲义　你这小子，比你爸爸还滑！哼。等着吧，早晚我把房子收回去！

王利发　您甭吓唬着我玩，我知道您多么照应我，心疼我，决不会叫我挑着大茶壶，到街上卖热茶去！

秦仲义　你等着瞧吧！

（一个乡下妇人拉着个十来岁的小妞进来。小妞的头上插着一根草标。李三本想不许她们往前走，可是心中一难过，没管。她们俩慢慢地往里走。茶客们忽然都停止说笑，看着她们。）

小　妞　（走到屋子中间，立住）妈，我饿！我饿！

乡　妇　（呆视着小妞，忽然腿一软，坐在地上，掩面低泣。）

秦仲义　（对王利发）轰出去！

王利发　是！出去吧，这里坐不住！

乡　妇　哪位行行好？要这个孩子，二两银子！

常四爷　李三，要两个烂肉面，带她们到门外吃去！

李　三　是啦！（过去对乡妇）起来，门口等着去，我给你们端面来！

乡　妇　（立起，抹泪往外走，好像忘了孩子；走了两步，又转回身走，搂住小妞吻她）宝贝！宝贝！

王利发　快着点吧！

（乡妇、小妞走出去。李三随后端出两碗面去。）

王利发　（过来）常四爷，您是积德行好，赏给她们面吃！可是，我告诉您：这路事儿太多，太多了！谁也管不了！（对秦仲义）二爷，您看我说的对不对？

常四爷　（对松二爷）二爷，我看哪，大清国要完！

秦仲义　（老气横秋地）完不完，并不在乎有人给穷人们一碗面吃没有。小王，说真的，我真想收回这里的房子！

王利发　您别那么办哪，二爷！

秦仲义　我不但收回房子，而且把乡下的地，城里的买卖也都卖了！

王利发　那为什么呢？

秦仲义　把本钱拢在一块儿，开工厂！

王利发　开工厂？

秦仲义　嗯，顶大顶大的工厂！那才救得了穷人，那才能抵制外货，那才能救国！（对王利发说而眼看着常四爷）唉，我跟你说这些干什么，你不懂！

王利发　您就专为别人，把财产都出手，不顾自己了吗？

秦仲义　你不懂！只有那么办，国家才能富强！好啦，我该走啦。我亲眼看见了，你的生意不错，你甭再要无赖，不长房钱！

王利发　您等等，我给您叫车去！

秦仲义　用不着，我愿意遛跶遛跶！（秦仲义往外走，王利发送。）

（小牛儿搀着庞太监走进来。小牛儿提着水烟袋。）

庞太监　哟！秦二爷！

秦仲义　庞老爷！这两天您心里安顿了吧？

庞太监　那还用说吗？天下太平了，圣旨下来，谭嗣同问斩！告诉您，谁敢改祖宗的章程，谁就掉脑袋！

秦仲义　我早就知道！

（茶客们忽然全静寂起来，几乎是闭住呼吸地听着。）

庞太监　您聪明，二爷，要不然您怎么发财呢！

秦仲义　我那点财产？不值一提！

庞太监　太客气了吧？您看，全北京城谁不知道秦二爷！您比做官的还厉害呢！听说呀，好些财主都讲维新！

秦仲义　不能这么说，我那点威风在您的面前可就施展不出来了！哈哈哈！

庞太监　说得好，咱们就八仙过海、各显其能吧！哈哈哈！

秦仲义　改天过去给您请安，再见！（下）

庞太监　（自言自语）哼，凭这么个小财主也敢跟我逗嘴皮子，年头真是改了！（问王利发）刘麻子在这儿哪？

王利发　总管，您里边歇着吧！

（刘麻子早已看见庞太监，但不敢靠近，怕打搅了庞太监、秦仲义的谈话。）

刘麻子　喝，我的老爷子！您吉祥！我等了您好大半天了！（搀庞太监往里面走。）

（宋恩子、吴祥子过来请安，庞太监对他们耳语。）

（众茶客静默了一阵之后，开始议论纷纷。）

茶客甲　谭嗣同是谁？

茶客乙　好像听说过！反正犯了大罪，要不，怎么会问斩呀！

茶客丙　这两三个月了，有些做官的，念书的，乱折腾乱闹，咱们怎能知道他们捣的什么鬼呀！

客茶丁　得！不管怎么说，我的铁杆庄稼又保住了！姓谭的，还有那个康有为，不是说叫旗兵不关钱粮，去自谋生计吗？心眼多毒！

茶客丙　一份钱粮倒叫上头克扣去一大半，咱们也不好过！

茶客丁　那总比没有强啊！好死不如癞活着，叫我去自己谋生，非死不可！

王利发　诸位主顾，咱们还是莫谈国事吧！

（大家安静下来，都又各谈各的事。）

庞太监　（已坐下）怎么说？一个乡下丫头，要二百银子？

刘麻子　（侍立）乡下人，可长得俊呀！带进城来，好好地一打扮、调教，准保是又好看，又有规矩！我给您办事，比给我亲爸爸做事都更尽心，一丝一毫不能马虎！

（唐铁嘴又回来了。）

王利发　铁嘴，你怎么又回来了？

唐铁嘴　街上兵荒马乱的，不知道是怎么回事！

庞太监　还能不搜查搜查谭嗣同的余党吗？唐铁嘴，你放心，没人抓你！

唐铁嘴　嗻！总管，您要能赏给我几个烟泡儿，我可就更有出息了！

（坐下。）

（有几个茶客好像预感到什么灾祸，一个个往外溜。）

松二爷　咱们也该走啦吧！天不早啦！

常四爷　嗻！走吧！

（二灰衣人——宋恩子和吴祥子走过来。）

宋恩子　等等！

常四爷　怎么啦？

宋恩子　刚才你说“大清国要完”？

常四爷　我，我爱大清国，怕它完了！

吴祥子　（对松二爷）你听见了？他是这么说的吗？

松二爷　哥儿们，我们天天在这儿喝茶。王掌柜知道，我们都是地道老好人！

吴祥子　问你听见了没有？

松二爷　那，有话好说，二位请坐！

宋恩子　你不说，连你也锁了走！他说“大清国要完”，就是跟谭嗣同一党！

松二爷　我，我听见了，他是说……

宋恩子　（对常四爷）走！

常四爷　上哪儿？事情要交代明白了啊！

宋恩子　你还想拒捕吗？我这儿可带着“王法”呢！（掏出腰中带着的铁链子）

常四爷　告诉你们，我可是旗人！

吴祥子　旗人当汉奸，罪加一等！锁上他！

常四爷　甭锁，我跑不了！

宋恩子　量你也跑不了！（对松二爷）你也走一趟，到堂上实话实说，没你的事！

（黄胖子同三五个人由后院过来。）

黄胖子　得啦，一天云雾散，算我没白跑腿！

松二爷　黄爷！黄爷！

黄胖子　（揉揉眼）谁呀？

松二爷　我！松二！您过来，给说句好话！

黄胖子　（看清）哟，宋爷，吴爷，二位爷办案哪？请吧！

松二爷　黄爷，帮帮忙，给美言两句！

黄胖子　官厅儿管不了的事，我管！官厅儿能管的事呀，我不便多嘴！（问大家）是不是？

众　　　嗻！对！

（宋恩子、吴祥子带着常四爷、松二爷往外走。）

松二爷　（对王利发）看着点我们的鸟笼子！

王利发　您放心，我给送到家里去！

（常四爷、松二爷、宋恩子、吴祥子同下。）

黄胖子　（唐铁嘴告以庞太监在此）哟，老爷在这儿哪？听说要安份儿家，我先给您道喜！

庞太监　等吃喜酒吧！

黄胖子　您赏脸！您赏脸！（下）

（乡妇端着空碗进来，往柜上放，小妞跟进来。）

小　妞　妈！我还饿！

王利发　唉！出去吧！

乡　妇　走吧，乖！

小　妞　不卖妞妞啦？妈！不卖啦？妈！

乡　妇　乖！（哭着，携小妞下。）

（康六带着康顺子进来，立在柜台前。）

康　六　姑娘！顺子！爸爸不是人，是畜生！可你叫我怎办呢？你不找个吃饭的地方，你饿死！我不弄到手儿两银子，就得叫东家活活地打死！你呀，顺子，认命吧，积德吧！

康顺子　我，我……（说不出话来。）

刘麻子　（跑过来）你们回来啦？点头啦？好！来见见总管！给总管磕头！

康顺子　我……（要晕倒。）

康　六　（扶住女儿）顺子！顺子！

刘麻子　怎么啦？

康　六　又饿又气，昏过去了！顺子！顺子！

庞太监　我要活的，可不要死的！（怪笑）哈哈哈……

（幕）

（原载《收获》1957 年第 7 期）

【作者简介】

老舍（1899—1966 年），原名舒庆春，字舍予，笔名老舍。北京满族正红旗人，中国现代著名小说家、文学家、戏剧家。被称为“人民艺术家”。“文化大革命”期间受到迫害，1966 年 8 月 24 日深夜，老舍含冤自沉于北京西北的太平湖，终年 67 岁。作品有小说《骆驼祥子》《四世同堂》《老张的哲学》《赵子曰》《二马》《猫城记》《离婚》《月牙儿》等。散文有《一些印象》《非正式的公园》《趵突泉的欣赏》《抬头见喜》《还想着它》《宗月大师》《北京的春节》《考而不死是为神》等。话剧有《茶馆》《龙须沟》等。

【赏析指要】

《茶馆》是老舍在 1957 年创作的三幕话剧，作品截取了三个旧中国反动时代的横断面。第一幕是戊戌政变失败之后的清朝末年；第二幕是袁世凯死后的军阀混战时代；第三幕是抗战胜利后国民党反动统治行将崩溃的时期。通过一个茶馆的兴衰以及对茶馆老板和各种茶客命运的描写，揭露了旧中国日趋没落的情况，反映了下层人民的苦难生活，以及他们对美好生活的向往，同时赞扬了被压迫者的觉醒与斗争。

《茶馆》第一幕没有一个完整的故事情节，而是巧妙地借助茶馆这个平台，用戏剧冲突，构成戏剧片段，来反映这个时代的本质内容。从王利发与唐铁嘴之间的对白开始，戏剧性冲突就接连不断，而冲突并不集中在一两个人物身上。在第一幕里光是有台词的人物就有 22 个，而且这些人物社会身份殊异，有在宫廷内当太监总管的权力人物、吃洋教的小恶霸，还有卖耳挖勺的老人、卖亲生女儿的穷人，这些同处一个舞台空间的人物被作者描写得面目分明，让人难忘，从整体上呈现出了一幅时代的色彩斑驳的图案，体现作者的“大茶馆小社会”的构思。

作品中王利发是“裕泰茶馆”的掌柜，在第一幕中还是个年轻人，因父亲早亡，二十多岁就继承父业独立经营。他接人待物的原则是“我按着我父亲遗留下来的老办法，多说好话，多请安，讨人人喜欢，就不会出大岔子！”他不仅在有权有势的大太监、官僚以及地痞流氓面前表现出生意人左右逢源的姿态，就算对一些江湖流浪汉、身价较低的人，如算命先生唐铁嘴，尽管内心很厌恶，但还是宁愿送他“一碗茶喝”，表现出他谨小慎微的人生态度。但在他的性格中，也有对强者的逢迎和对弱者的冷漠。我们可以看出王利发为了让茶馆长期经营下去，对不同人的不同态度。尽管他拼命挣扎，但最终仍然改变不了破灭的命运。常四爷是一个具有爱国思想的旗人。他秉性刚烈，好抱打不平，对洋人十分反感，但结果一事无成，只落得卖萝卜花生度日。秦二爷是一个立志维新的民族资本家。他拥有可观的一笔财产，主张“实业救国”。惨淡经营了几十年，想正正经经地干点事，却工厂被日本人侵吞，后又被国民党接管，一切化为乌有。

【辑评】

《茶馆》描述的是半封建半殖民地旧中国灭亡之前的最后三个片段，这是充斥着黑暗、荒诞、病态的社会，新生了的中国人民回顾它们，愉快地埋藏它们，与旧人物告别，庆贺自己的新生，形象地论证这种历史的必然。作者这种立场和态度，就决定了这个剧本的喜剧性。

（李振潼、冉忆桥《〈茶馆〉的样式和结构》）

《茶馆》中的每一句台词，都不是只表达思想的、静止而又刻板的念白。而是来源于动作，显示着动作的，可以说，剧作家把刻画人物性格的两个基本手段——对话与动作，巧妙地统一在一起了。

（王惠云、苏庆昌《老舍评传》）

老舍先生在《茶馆》中充分地发挥了他的幽默才能，为这部现实主义杰作增添了耀目的光彩，而他在处理喜剧人物和喜剧场面时，对传统美学思想、传统艺术法则的继承与发展，为我们探索话剧的民族化问题，具有深刻的启示作用。

（蔡宛柳《〈茶馆〉的幽默和喜剧色彩》）

老舍是中国现代文学中屈指可数的大家之一，然而像许多知名的现代作家那样，在被社会接受甚至被赞美的过程中，也没有逃避被误读误解的命运。比如把老舍当作一个“政治型”的作家或者把他表现“政治斗争”的内容作为一种政治立场来对待……现在，有识的学人正以新的研究，力图为老舍作出更切合实际的定位，为老舍研究指示出一个准确的视角来，那就是文化启蒙主义。

（孔范今《解读老舍：他的文化启蒙主义的特点》）

关汉卿（节选）

田　汉

人　物　关汉卿（男）
　　　　朱帘秀（女）
　　　　叶和甫（男）
　　　　狱　吏
　　　　禁　子

禁　婆

元至正十九年(1289)三月末的大都狱中。

深夜,狱吏设案问供,狱卒狰狞分列,虽在暮春,气象严冷。

[狱吏翻案件后,望望管牢房的禁子和禁婆。

狱　吏　这几天关汉卿还安静吗?

禁　子　还好。

狱　吏　谁来看过他?

禁　子　他的家人关忠。

狱　吏　就他吗?

禁　子　还有杨显之、梁进之等人,王实甫也托人送了些吃用的东西。还有一位刘大娘跟她女儿带东西来要见他,没有让他们见。

狱　吏　东西都给了关汉卿吗?

禁　子　照您吩咐的,都给了他。

狱　吏　以后,谁也不让见,也不许人家送东西给他。[望着禁婆]朱帘秀也是一样,知道吗?

禁　子　知道了。

禁　婆　知道了。

狱　吏　有谁来看过朱帘秀?

禁　婆　她的徒弟燕山秀也来过,何总管也托人送了些东西。

狱　吏　还有呢?

禁　婆　没有了。

狱　吏　从今天起多留点儿神!

禁　婆　是了。

狱　吏　那个赛帘秀呢?还骂吗?

禁　婆　还骂,可是也安静些了。只是眼睛里还出血,给她医吗?

狱　吏　说不定上面要提她,不要死在咱们这里,找个大夫给她擦点儿药吧。有人来看他吗?

禁　婆　一个唱戏的欠耍俏几乎每隔两天就来看她一次。

狱　吏　唔,以后也不让看了,来,关汉卿!

狱　卒　提关汉卿!

[禁子下,不一时,闻铁链镣铐相击声。关汉卿上。

禁　子　跪下!

[关汉卿昂然不跪,禁子拿棒要敲他的腿。

狱　吏　(制止)别难为他。(向关汉卿)关汉卿,你坐下吧。(向狱卒)给他一条小凳。

[狱卒给凳,关汉卿坐下。

狱　吏　怎么样?这些日子还好吗?

关汉卿　唔,日月照肝胆,霜雪添眉,可还死不了。

狱　吏　是啊，真是不愿你死啊，你的文章我不懂，可是你的医道真高明，我娘吃了你的药好多了。她是多年的风湿，真没有想到好得那么快，已经能拄着拐杖自己走道儿了。

关汉卿　走走有好处，老年人可也不能太累。

狱　吏　是是，真是谢谢你。可是，关汉卿，你的案情越扯越大了。说老实的，恐怕很难救你，怎么办呢？

［狱卒中也有人交头接耳。

关汉卿　（诧异）“越扯越大”了？

狱　吏　对。大得够瞧的了。你认识一个叫王著的吗？

关汉卿　王著？

狱　吏　对。当益州千户的王著，记得吗？你跟他什么交情？

关汉卿　唔，记起来了，有这么个人，在玉仙楼演《窦娥冤》的时候，他到后台来看过我们。

狱　吏　他看了你们的戏，很受感动，对吗？

关汉卿　他那么说，他很兴奋，还在场子里喊过“与万民除害”。我们就见过他那一次，没有什么交情。

狱　吏　是啊，他后来就当真干起来了！祸闯得不小。你有一位老朋友叫叶和甫的吗？

关汉卿　唔，有那么一个人，不是什么老朋友。

狱　吏　他要来跟你谈谈。

关汉卿　我跟他没有什么可谈的。

狱　吏　谈谈吧，对你许有些好处。（向内）叶先生，请吧！

［叶和甫从里面走出来，对关汉卿很关切的口气。

叶和甫　哎呀，老朋友，真想不到在这样的地方跟你见面。当初你不听我的话，我害怕总会有这么一天。所以我说，《窦娥冤》最好别写，要写必定是祸多福少。现在怎么样？不幸而言中了吧。

关汉卿　（鄙夷地）你要跟我谈什么，快说吧。

叶和甫　瞧你，还这么急性子，不是应该熬炼得火气小一点儿吗？

关汉卿　（不耐）有话快说吧！

叶和甫　（跟狱吏耳语）……

狱　吏　（对狱卒们）你们都走开。

［狱卒们走开。

叶和甫　（低声）好，汉卿，先告诉你一个极可怕的消息，你那位朋友王著跟妖僧高和尚同谋，上个月初十晚上，在上都，把阿合马老大人和郝祯大人都给刺死了！

关汉卿　唔，真的？

叶和甫　千真万确的，现在大元朝上上下下都为这事件发抖。你看这是国家多么大的不幸！

关汉卿　你还想告诉我什么呢？

叶和甫　我就是想告诉你，你不听我的劝告，闯出了多么大的乱子！逆臣王著就因为看过你的戏才起意要杀阿合马老大人的。

关汉卿　（怒）怎见得呢？

叶和甫　许多人听见他在玉仙楼看《窦娥冤》的时候，喊过"为万民除害"，后来他在上都伏法的时候又喊："我王著为万民除害"，而且你的戏里居然还有"把滥官污吏都杀了"的词儿——

关汉卿　（按捺住怒火）你觉得"滥官污吏"应不应该杀呢？

叶和甫　这——"滥官污吏"当然应该杀。

关汉卿　我们应不应该"与万民除害"呢？

叶和甫　唔，当然应该。可是王著把刺杀阿合马老大人当作"与万民除害"就不对了。

关汉卿　杀阿合马是否与万民除害，天下自有公论。若说王著看了我的戏才起意要杀阿合马；那么高和尚没有看过我的戏，何以也要杀阿合马呢？

叶和甫　这——

关汉卿　我们写戏的离不开褒贬两个字。拿前朝的人说，我们褒岳飞，贬秦桧。看戏的人万一在什么时候激于义愤杀了像秦桧那样的人，能说是写戏的人教唆的吗？

叶和甫　汉卿，你这话何尝没有一些道理，可是于今正在风头上，皇上和大臣们怎么会听你的？再说，我今晚来看你，倒也不是为了跟你争辩《窦娥冤》的后果如何，（又低声）我是奉了忽辛大人的面谕来跟你商量一件大事的。你的案情虽说是十分严重，可是只要你答应这件事。还是可以减等甚至释放你的。

关汉卿　我跟忽辛没有什么好商量的！

叶和甫　别这么火气大，老朋友，这事你也吃不了什么亏。反正王著已经死了，没有对证，只要你在大臣问你的时候，供出王著刺杀阿合马大人是想除掉捍卫大元朝的忠臣，联合各地金汉愚民图谋不轨。只要你肯这样招供，不只你的案子可以减轻，忽辛大人为了酬劳你，还预备送你中统钞一百万。这不少哇，老朋友。

关汉卿　（怒火难遏）你还有什么说的？

叶和甫　没有别的了。今晚就为的跟你谈这件大事来的。

关汉卿　你过来我跟你商量商量。

叶和甫　你答应了吗？（过去）

关汉卿　我答应了。（他重重的一记耳光，竟把叶和甫打倒在地下）

叶和甫　汉卿，我好好跟你商量，你怎么动起粗来了？

关汉卿　狗东西，你是有眼无珠，认错了人了。我关汉卿是有名的蒸不烂、煮不熟、捶不扁、炒不爆，响当当的铜豌豆，你想替忽辛那赃官来收买我？我们中间竟然出了你这样无耻的禽兽，我恨不能吃你的肉！

叶和甫　（狰狞无耻的面目毕露）你不答应，好，那你等着死吧。

关汉卿　死也不跟这无耻的禽兽说话了！狱官，让我回号子去。

狱　吏　那么，（对叶和甫）叶先生，您回去吧！

[叶和甫溜下。狱卒再集合。

狱　吏　关汉卿，你对。你若真照他说的招供了，我们汉人又该倒霉了。你是个好人，又承你医好我娘，只恨我官小力微，帮不到你别的忙，给你送个信儿吧：你也就是这一两天的事了。没有别的，有什么要料理的，或是有什么话要告诉人家的，只要没有什么大关碍，我都可以跟你效劳转达。想吃点什么吗？我也可以给你买些。

关汉卿　（兴奋之后，定了定有些乱的心）谢谢你。我什么也不要吃，也没有什么要料理的。看你倒是挺疼你母亲的，这里有一封信，等我的事完了，请转给我母亲吧。千万别吓着她老人家，这也是像窦娥不愿走前街一样的心愿吧！

狱　吏　（接信收起）好，我一定照你的意思送到，你可以放心。

关汉卿　明天可以让关忠来一趟吗？

狱　吏　对不起，办不到了。

关汉卿　那也好。

狱　吏　还有什么要对人家说的话吗？

关汉卿　话很多，此时不知从哪里说起。也不知该对谁说。（忽然想起）能不能让我跟朱帘秀再见一面呢？

狱　吏　这——也好吧。我可以担待一下。不过你跟她说有什么用呢？她的情形跟你一样。

关汉卿　这也叫“涸辙之鱼，相濡以沫”吧。你能担待一下，就请费心。

狱　吏　（对禁婆）来！提朱帘秀。

禁　婆　是。

［禁婆下去不久，领朱帘秀罪衣罪裙，铁锁锒铛地上来。

朱帘秀　（跪）给老爷叩头。

狱　吏　起来吧。关汉卿有话跟你谈。给你们半刻。（对禁子）谈完了送他们回号子，留心着点儿！（对狱卒）我们撤了吧。

［他们下。场上只有关汉卿、朱帘秀两人。

朱帘秀　咱们总算又见面了，汉卿。

关汉卿　（沉重地）恐怕也就是这一面吧。

朱帘秀　（受感染地）是吗？

关汉卿　你还记得那位王千户吗？

朱帘秀　玉仙楼后台见过的那位王著？

关汉卿　就是他。

朱帘秀　我只跟他说过两句话，就觉得他是个挺爽快的人。可没想到他能做出这样感天动地的大事，他真不愧是我们《感天动地窦娥冤》的好看客啊。

关汉卿　你还说得这样带劲儿，他杀了阿合马你知道了？

朱帘秀　知道了。昨天来了个同号子的，是王千户住在大都的婶娘。她告诉我王千户临刑的时候还喊着说：“我王著与万民除害，我现在死了，将来一定有人把我的事写上一笔的。”他真了不起！

关汉卿　是啊，就有人把这和我们的戏词儿“与一人分忧，万民除害”附会在一起，说我们教唆王著杀害朝廷大臣，所以我们的案情就加重了。

朱帘秀　可不是“与万民除害”吗？阿合马好狠的心，把我徒弟的眼睛都给挖了。

关汉卿　没想到王著给她报了仇。也给我们报了仇。我真想写他一笔，咳，可惜没有时候了。

朱帘秀　没有时候了？

关汉卿　刚才狱官给我送信来了。一两天之内我就完了，你只怕也跟我一样。他要我们趁早把该料理的事，该嘱咐人家的话告诉他，他可以给我们转达。你有什么要他转达的吗？还有，想吃些什么他也可以代买。（见她紧张）哎呀，四姐，你你你不害怕吗？

朱帘秀　（变色，但力自镇定）不害怕。

关汉卿　四姐，真是对不起，为了我的著作，竟然把你连累到这个地步。

朱帘秀　什么话？我不说过你敢写我就敢演吗？说这话的时候，我就打算有今天的。

关汉卿　可是哪知道这一天来得这么快。

朱帘秀　迟早反正一样。我从没有像这些日子这样活得有意思，我觉得我越来越跟大伙儿在一块了。不是吗？老百姓恨阿合马，我们也恨阿合马，而且敢于跟他们斗！王著替大伙儿除害，他死了，我们也站在王著这一边，跟坏人一直斗到死。窦娥不正是这样的女人吗，她至死也不向坏人低头。我喜欢这样的女人，我也愿意像她一样地死去。瞧我还穿着窦娥的行头，跟窦娥一样的打扮，回头还要跟窦娥一样地倒下去。我一定也不会轻易倒下去的，汉卿，在倒下去以前我一定像窦娥一样地喊着，不，也许像王著一样地喊着：“与万民除害呀！”你看行吗？我现在真不知道是在过日子，还是在台上。我要像在台上一样，对着成千上万的看的人一点也不胆怯。说真的，你刚才告诉我们快要死的消息，我心里还有点乱。这会儿好多了，我会像窦娥那样坚强的，你放心。

关汉卿　你也放心，四姐。我姓关，现在虽算是大都人了，我原籍却是蒲州解良，我也会像我祖宗那样英雄地死去的。“玉可碎而不可改其白，竹可焚而不可毁其节。”这也正是我今天的心胸。

朱帘秀　咳，我最不能瞑目的是玉仙楼那天晚上，我托和卿设法让你连夜逃走，反而第二天晚上来看戏呢？你那样爱看戏吗？

关汉卿　我怎么能走？我怎么能让你一个人承担那样重的担子？

朱帘秀　我有什么？大不了一个唱杂剧的歌妓，怎么能比得你？你是一代作者，你替我们杂剧开了一条路，歌台舞榭没有你的戏，人家就不高兴。你正应该替大伙儿多写些好东西，多替“有口难言”的百姓们说话，多替负屈衔冤的女子们申冤，可是，可是于今你也跟我一样，就这么完了，那怎么行？叫他们杀了我吧，千万把你给留下……（她哭了）

关汉卿　四姐，谢谢你的好心。我们的死不就是为了替百姓们说话吗？人家说血写的文字比墨写的要贵重，也许，我们死了，我们的话说得更响亮。可是你不像我，我已经快五十的人了，你还年轻，工夫好，那么早就成了名角儿，你死了人家要埋怨我的。不是伯颜老太太那样疼你，还说要认你做干闺女吗？干嘛不写封信给她，求求她，我想一定有好处的。信可以托何总管转去，准能收到，快点写吧。要不，我给你代笔也成。

朱帘秀　那么你呢？你也求求她吧。

关汉卿　我怎么能求她？

朱帘秀　那为什么我就应该求她呢？她还不是杀人不眨眼的伯颜丞相的老太太吗？她疼我无非我这个女戏子骗了她几滴眼泪。她也不是真懂我们的戏的，她不过让人家说她多么慈悲。其实呢，伯颜丞相今天在这里屠城，明天在那里杀降，她半点眼泪也没有流过。我就恨这样的女人，我还去求她？死也不求她！

关汉卿　不求她那就得——

朱帘秀　就得死。跟关大爷这样的人一道死，我还有什么不足呢！我修不到跟你生活在一块儿，就让我们俩死在一块儿吧，汉卿！（她紧握着关汉卿的手）

关汉卿　四姐，我觉得我们的心没有比这个时候靠得再紧的了。入狱的时候，我就打算有今天。前天晚上，我写了一个曲子叫【双飞蝶】，想给你看看，他们害怕，不给传递，我也没有勉强。现在我亲自交给你吧。要是你能唱唱该多好。

朱帘秀　给我。（接过去）

关汉卿　写得很乱，你看得清楚吗？

朱帘秀　看得清楚。（她半朗诵，半歌唱地）

将碧血、写忠烈，
作厉鬼、除逆贼，
这血儿啊，化作黄河扬子浪千叠，
长与英雄并魂魄！
强似写佳人绣户描花叶；
学士锦袍趋殿阙；
浪子朱窗弄风月；
虽留得绮词丽语满江湖，
怎及得傲干奇枝斗霜雪？
念我汉卿啊，
读诗书，破万册，
写杂剧，过半百。
这些年风云改变山河色。
珠帘卷处人愁绝，
都只为一曲《窦娥冤》，
俺与她双沥苌弘血；
差胜那孤月自圆缺，
孤灯自明灭：
坐时节共对半窗云，
行时节相应一身铁；
各有这气比长虹壮，
哪有那泪似寒波咽！
提什么黄泉无店宿忠魂，

争说道青山有幸埋芳洁。
俺与你发不同青心同热；
生不同床死同穴；
待来年遍地杜鹃红，
看风前汉卿四姐双飞蝶。
相永好，不言别！（她十分感动）
哦，汉卿！（她拥抱关汉卿）
［禁子、禁婆上。

禁　子　半刻完了。回去吧。（分开他们）

禁　婆　听你们说得怪可怜的，以后只怕没有见面的时候了。容你们一别吧。

朱帘秀　不。

关汉卿　我们不告别，我们永久在一起的。

禁　婆　那么回号子吧。

［禁子牵着关汉卿，禁婆牵着朱帘秀，铁锁锒铛地各归狱室。］

（暗转）

（原载《剧本》1958 年第 5 期）

【作者简介】

田汉（1898—1968 年），原名田寿昌，出生于湖南长沙一个贫困农民的家庭。他是现代话剧的开拓者和戏曲改革的先驱，中国现代戏剧奠基人。1914—1921 年在日本留学期间发表了第一个剧本《环珴璘和蔷薇》。1922 年回国后任上海中华书局编辑，创作了《咖啡店之一夜》《获虎之夜》等剧本。1925 年前后，田汉创办“南国剧社”“南国艺术学院”，提倡话剧运动，作品有《苏州夜话》《名优之死》等。1932 年加入中国共产党，并任中央文委委员，积极推动左翼戏剧运动和电影运动，写了话剧《乱钟》《洪水》《芦沟桥》，电影《三个摩登女性》等思想性很强的作品，并同聂耳、冼星海等合作，创作了《毕业歌》《义勇军进行曲》等优秀歌曲，抗日战争爆发后，田汉积极投入抗战戏剧运动，写了《秋声赋》《岳飞》《丽人行》等作品。新中国成立后，田汉先后任文化部艺术局局长，中国戏剧家协会主席、党组书记、中国文联副主席等职，被选为人大代表和政协委员，在此期间创作了不少优秀作品《关汉卿》《文成公主》《白蛇传》《西厢记》《谢谣环》等。十年浩劫中，田汉被残酷迫害，1968 年 12 月含冤病逝狱中。

【赏析指要】

《关汉卿》是田汉在 1958 年为纪念世界文化名人关汉卿戏剧创作活动 700 周年而作的一个十一场话剧。剧本以元代剧作家关汉卿的杰作《窦娥冤》的创作演出为中心线索，刻画了关汉卿与元统治者进行不屈斗争的高尚品德与节操，反映了他与女艺人朱帘秀之间的真挚爱情，抨击了贪赃枉法、专横残暴的元代官吏和权贵。在跌宕起伏、富于传奇色彩的剧情发展中，成功地塑造了关汉卿、朱帘秀等元代艺术家的动人形象。作品情节曲折动人，具有浓郁的抒情气氛，富于传奇色彩。《关汉卿》是田汉创作的高峰，无论从思想深度或艺术高度来看，都可以说是成功之作，为历史剧的创作提供了很好的借鉴。

本文节选自《关汉卿》第八场。第八场是全剧的高潮，写的是益州千户王著在戏院看《窦娥冤》时，深感当朝的腐败与黑暗，后来与高和尚一起刺杀当朝统治者阿合马和郝祯，并联合各地人民共同反抗腐朽的朝廷。《窦娥冤》的上演，使统治者万分惊恐，采取了残忍卑劣的手段，将关汉卿和扮演窦娥的朱帘秀打入大牢，欲置之死地；但因为关汉卿在人民中的威望很高，担心处死他会引起很大的负面影响，于是派他们的走卒、混入杂剧界的败类叶和甫，诱劝关汉卿按他的意思招供，被关汉卿严词痛斥，重重一记耳光，打倒地在。后来关汉卿在敬重他的狱卒的帮助下得以和朱帘秀狱中重逢。关汉卿用起义者王著的牺牲来鼓舞朱帘秀和自己，两人互相倾吐了宁死不屈的决心，关汉卿将事先撰写好的一阙《双飞蝶》献给他尊敬的女英雄、挚友和知音朱帘秀。朱帘秀半诵半唱，表达了他们坚强的意志和爱情的忠贞。

【辑评】

到现在为止，田汉同志剧作最好的一个。

（选自欧阳予倩. 一个成功的好戏《关汉卿》[J]. 戏剧报，1958(13).）

【讨论探究】

1. 分析《关汉卿》（节选）中关汉卿的性格特征。
2. 分析《茶馆》（节选）的艺术特色。

【拓展阅读】

1. 阅读《茶馆》《关汉卿》的其他章节。
2. 如有兴趣，网上搜集上述剧本的影视作品。
3. 阅读莎士比亚的《威尼斯商人》（节选第四幕第一场），分析夏洛克的人物形象。

威尼斯商人（节选第四幕第一场）

[英国]莎士比亚　朱生豪等译

公爵、众绅士、安东尼奥、巴萨尼奥、葛莱西安诺、萨拉里诺、萨莱尼奥及余人等同上。

公　　爵　　安东尼奥有没有来？

安东尼奥　　有，殿下。

公　　爵　　我很为你不快乐；你是来跟一个心如铁石的对手当庭质对，一个不懂得怜悯、没有一丝慈悲心的不近人情的恶汉。

安东尼奥　　听说殿下曾经用尽力量劝他不要过为已甚，可是他一味坚执，不肯略作让步。既然没有合法的手段可以使我脱离他的怨毒的掌握，我只有用默忍迎受他的愤怒，安心等待着他的残暴的处置。

公　　爵　　来人，传那犹太人到庭。

萨拉里诺　　他在门口等着；他来了，殿下。

（夏洛克上。）

公　　爵　　大家让开些，让他站在我的面前。夏洛克，人家都以为——我也是这样想——你不过故意装出这一副凶恶的姿态,到了最后关头,就会显出你的仁慈恻隐来,比你现在这种表面上的残酷更加出人意料;现在你虽然坚持着照约处罚,一定要从这个不幸的商人身上割下一磅肉来,到了那时候,你不但愿意放弃这一种处罚,而且因为受到良心上的感动,说不定还会豁免他一部分的欠款。你看他最近接连遭逢的巨大损失,足以使无论怎样富有的商人倾家荡产,即使铁石一样的心肠,从来不知道人类同情的野蛮人,也不能不对他的境遇发生怜悯。犹太人,我们都在等候你一句温和的回答。

夏洛克　我的意思已经向殿下告禀过了;我也已经指着我们的圣安息日起誓,一定要照约执行处罚;要是殿下不准许我的请求,那就是蔑视宪章,我要到京城里去上告,要求撤销贵邦的特权。您要是问我为什么不愿接受三千块钱,宁愿拿一块腐烂的臭肉,那我可没有什么理由可以回答您,我只能说我欢喜这样,这是不是一个回答?要是我的屋子里有了耗子,我高兴出一万块钱叫人把它们赶掉,谁管得了?这不是回答了您吗?有的人不爱看张开嘴的猪,有的人瞧见一头猫就要发脾气,还有人听见人家吹风笛的声音,就忍不住要小便;因为一个人的感情完全受着喜恶的支配,谁也做不了自己的主。现在我就这样回答您:为什么有人受不住一头张开嘴的猪,有人受不住一头有益无害的猫,还有人受不住咿咿唔唔的风笛的声音,这些都是毫无充分的理由的,只是因为天生的癖性,使他们一受到刺激,就会情不自禁地现出丑相来;所以我不能举什么理由,也不愿举什么理由,除了因为我对于安东尼奥抱着久积的仇恨和深刻的反感,所以才会向他进行这一场对于我自己并没有好处的诉讼。现在您不是已经得到我的回答了吗?

巴萨尼奥　你这冷酷无情的家伙,这样的回答可不能作为你的残忍的辩解。

夏洛克　我的回答本来不是为了讨你的欢喜。

巴萨尼奥　难道人们对于他们所不喜欢的东西,都一定要置之死地吗?

夏洛克　哪一个人会恨他所不愿意杀死的东西?

巴萨尼奥　初次的冒犯,不应该就引为仇恨。

夏洛克　什么!你愿意给毒蛇咬两次吗?

安东尼奥　请你想一想,你现在跟这个犹太人讲理,就像站在海滩上,叫那大海的怒涛减低它的奔腾的威力,责问豺狼为什么害母羊为了失去它的羔羊而哀啼,或是叫那山上的松柏,在受到天风吹拂的时候,不要摇头摆脑,发出谡谡的声音。要是你能够叫这个犹太人的心变软——世上还有什么东西比它更硬呢?——那么还有什么难事不可以做到?所以我请你不用再跟他商量什么条件,也不用替我想什么办法,让我爽爽快快受到判决,满足这犹太人的心愿吧。

巴萨尼奥　借了你三千块钱,现在拿六千块钱还你好不好?

夏洛克　即使这六千块钱中间的每一块钱都可以分做六份,每一份都可以变成一块钱，我也不要它们；我只要照约处罚。

公　　爵　你这样一点没有慈悲之心，将来怎么能够希望人家对你慈悲呢？

夏 洛 克　我又不干错事，怕什么刑罚？你们买了许多奴隶，把他们当作驴狗骡马一样看待，叫他们做种种卑贱的工作，因为他们是你们出钱买来的。我可不可以对你们说，让他们自由，叫他们跟你们的子女结婚？为什么他们要在重担之下流着血汗？让他们的床铺得跟你们的床同样柔软，让他们的舌头也尝尝你们所吃的东西吧，你们会回答说：这些奴隶是我们所有的。所以我也可以回答你们：我向他要求的这一磅肉，是我出了很大的代价买来的；它是属于我的，我一定要把它拿到手里。您要是拒绝了我，那么你们的法律去见鬼吧！威尼斯城的法令等于一纸空文。我现在等候着判决，请快些回答我，我可不可以拿到这一磅肉？

公　　爵　我已经差人去请培拉里奥，一位有学问的博士，来替我们审判这件案子；要是他今天不来，我可以有权宣布延期判决。

萨拉里诺　殿下，外面有一个使者刚从帕度亚来，带着这位博士的书信，等候着殿下的召唤。

公　　爵　把信拿来给我；叫那使者进来。

巴萨尼奥　高兴起来吧，安东尼奥！喂，老兄，不要灰心！这犹太人可以把我的肉、我的血、我的骨头、我的一切都拿去，可是我决不让你为了我的缘故流一滴血。

安东尼奥　我是羊群里一头不中用的病羊，死是我的应分；最软弱的果子最先落到地上，让我也就这样结束了我的一生吧。巴萨尼奥，我只要你活下去，将来替我写一篇墓志铭，那你就是做了再好不过的事。

（尼莉莎扮律师书记上。）

公　　爵　你是从帕度亚培拉里奥那里来的吗？

尼 莉 莎　是，殿下。培拉里奥叫我向殿下致意。（呈上一信。）

巴萨尼奥　你这样使劲儿磨着刀干吗？

夏 洛 克　从那破产的家伙身上割下那磅肉来。

葛莱西安诺　狠心的犹太人，你不是在鞋口上磨刀，你这把刀是放在你的心口上磨；无论哪种铁器，就连刽子手的钢刀，都赶不上你这刻毒的心肠一半的锋利。难道什么恳求都不能打动你吗？

夏 洛 克　不能，无论你说得多么婉转动听，都没有用。

葛莱西安诺　万恶不赦的狗，看你死后不下地狱！让你这种东西活在世上，真是公道不生眼睛。你简直使我的信仰发生摇动，相信起毕达哥拉斯所说畜生的灵魂可以转生人体的议论来了；你的前生一定是一头豺狼，因为吃了人给人捉住吊死，它那凶恶的灵魂就从绞架上逃了出来，钻进了你那老娘的腌臜的胎里，因为你的性情正像豺狼一样残暴贪婪。

夏 洛 克　你能够把我这一张契约上的印章骂掉，否则像你这样拉开了喉咙直嚷，不过白白伤了你的肺，何苦来呢？好兄弟，我劝你还是让你的脑子休息一下吧，免得它损坏了，将来无法收拾。我在这儿要求法律的裁判。

公　　爵　培拉里奥在这封信上介绍一位年轻有学问的博士出席我们的法庭。他在什么地方？

尼 莉 莎　他就在这儿附近等着您的答复，不知道殿下准不准许他进来？

公　　爵　非常欢迎。来，你们去三四个人，恭恭敬敬领他到这儿来。现在让我们把培拉里奥的来信当庭宣读。

书　　记　（读）"尊翰到时，鄙人抱疾方剧；适有一青年博士鲍尔萨泽君自罗马来此，致其慰问，因与详讨犹太人与安东尼奥一案，遍稽群籍，折衷是非，遂恳其为鄙人庖代，以应殿下之召。凡鄙人对此案所具意见，此君已深悉无遗；其学问才识，虽穷极赞辞，亦不足道其万一，务希勿以其年少而忽之，盖如此少年老成之士，实鄙人生平所仅见也。倘蒙延纳，必能不辱使命。敬祈钧裁。"

公　　爵　你们已经听到了博学的培拉里奥的来信。这儿来的大概就是那位博士了。（鲍西娅扮律师上。）

公　　爵　把您的手给我。足下是从培拉里奥老前辈那儿来的吗？

鲍 西 娅　正是，殿下。

公　　爵　欢迎欢迎，请上坐。您有没有明了今天我们在这儿审理的这件案子的两方面的争点？

鲍 西 娅　我对于这件案子的详细情形已经完全知道了。这儿哪一个是那商人，哪一个是犹太人？

公　　爵　安东尼奥，夏洛克，你们两人都上来。

鲍 西 娅　你的名字就叫夏洛克吗？

夏 洛 克　夏洛克是我的名字。

鲍 西 娅　你这场官司打得倒也奇怪，可是按照威尼斯的法律，你的控诉是可以成立的。（向安东尼奥）你的生死现在操在他的手里，是不是？

安东尼奥　他是这样说的。

鲍 西 娅　你承认这借约吗？

安东尼奥　我承认。

鲍 西 娅　那么犹太人应该慈悲一点。

夏 洛 克　为什么我应该慈悲一点？把您的理由告诉我。

鲍 西 娅　慈悲不是出于勉强，它是像甘霖一样从天上降下尘世；它不但给幸福于受施的人，也同样给幸福于施与的人；它有超乎一切的无上威力，比皇冠更足以显出一个帝王的高贵：御杖不过象征着俗世的威权，使人民对于君上的尊严凛然生畏；慈悲的力量却高出于权力之上，它深藏在帝王的内心，是一种属于上帝的德性，执法的人倘能把慈悲调剂着公道，人间的权力就和上帝的神力没有差别。所以，犹太人，虽然你所要求的是公道，可是请你想一想，要是真的按照公道执行起赏罚来，谁也没有死后得救的希望；我们既然祈祷着上帝的慈悲，就应该按照祈祷的指点，自己做一些慈悲的事。我说了这一番话，为的是希望你能够从你的法律的立场上作几分让步；可是如果你坚持着原来的要求，那么威尼斯的法庭是执法无私的，只好把那商人宣判定罪了。

夏洛克 我自己做的事，我自己当！我只要求法律允许我照约执行处罚。

鲍西娅 他是不是无力偿还这笔借款？

巴萨尼奥 不，我愿意替他当庭还清；照原数加倍也可以；要是这样他还不满足，那么我愿意签署契约，还他十倍的数目，拿我的手、我的头、我的心做抵押；要是这样还不能使他满足，那就是存心害人，不顾天理了。请堂上运用权力，把法律稍为变通一下，犯一次小小的错误，干一件大大的功德，别让这个残忍的恶魔逞他杀人的兽欲。

鲍西娅 那可不行，在威尼斯谁也没有权力变更既成的法律；要是开了这一个恶例，以后谁都可以借口有例可援，什么坏事情都可以干了。这是不行的。

夏洛克 一个但尼尔来做法官了！真的是但尼尔再世！聪明的青年法官啊，我真佩服你！

鲍西娅 请你让我瞧一瞧那借约。

夏洛克 在这儿，可尊敬的博士，请看吧。

鲍西娅 夏洛克，他们愿意出三倍的钱还你呢。

夏洛克 不行，不行，我已经对天发过誓啦，难道我可以让我的灵魂背上毁誓的罪名吗？不，把整个儿的威尼斯给我，我都不能答应。

鲍西娅 好，那么就应该照约处罚。根据法律，这犹太人有权要求从这商人的胸口割下一磅肉来。还是慈悲一点，把三倍原数的钱拿去，让我撕了这张约吧。

夏洛克 等他按照约中所载条款受罚以后，再撕不迟。您瞧上去像是一个很好的法官；您懂得法律，您讲的话也很有道理，不愧是法律界的中流砥柱，所以现在我就用法律的名义，请您立刻进行宣判，凭着我的灵魂起誓，谁也不能用他的口舌改变我的决心。我现在但等着执行原约。

安东尼奥 我也诚心请求堂上从速宣判。

鲍西娅 好，那么就是这样：你必须准备让他的刀子刺进你的胸膛。

夏洛克 啊，尊严的法官！好一位优秀的青年！

鲍西娅 因为这约上所订定的惩罚，对于法律条文的涵义并无抵触。

夏洛克 很对很对！啊，聪明正直的法官！想不到你瞧上去这样年轻，见识却这么老练！

鲍西娅 所以你应该把你的胸膛袒露出来。

夏洛克 对了，“他的胸部”，约上是这么说的。——不是吗，尊严的法官？——“靠近心口的所在”，约上写得明明白白的。

鲍西娅 不错，称肉的天平有没有预备好？

夏洛克 我已经带来了。

鲍西娅 夏洛克，去请一位外科医生来替他堵住伤口，费用归你负担，免得他流血而死。

夏洛克　约上有这样的规定吗？

鲍西娅　约上并没有这样的规定；可是那又有什么相干呢？肯做一件好事总是好的。

夏洛克　我找不到，约上没有这一条。

鲍西娅　商人，你还有什么话说吗？

安东尼奥　我没有多少话要说；我已经准备好了。把你的手给我，巴萨尼奥，再会吧！不要因为我为了你的缘故遭到这种结局而悲伤，因为命运对我已经特别照顾了：她往往让一个不幸的人在家产荡尽以后继续活下去，用他凹陷的眼睛和满是皱纹的额角去挨受贫困的暮年；这一种拖延时日的刑罚，她已经把我豁免了。替我向尊夫人致意，告诉她安东尼奥的结局；对她说我怎样爱你，又怎样从容就死；等到你把这一段故事讲完以后，再请她判断一句，巴萨尼奥是不是曾经有过一个真心爱他的朋友。不要因为你将要失去一个朋友而懊恨，替你还债的人是死而无怨的；只要那犹太人的刀刺得深一点，我就可以在一刹那的时间把那笔债完全还清。

巴萨尼奥　安东尼奥，我爱我的妻子，就像我自己的生命一样；可是我的生命、我的妻子以及整个的世界，在我的眼中都不比你的生命更为贵重；我愿意丧失一切，把它们献给这恶魔做牺牲，来救出你的生命。

鲍西娅　尊夫人要是就在这儿听见您说这样话，恐怕不见得会感谢您吧。

葛莱西安诺　我有一个妻子，我可以发誓我是爱她的；可是我希望她马上归天，好去求告上帝改变这恶狗一样的犹太人的心。

尼莉莎　幸亏尊驾在她的背后说这样的话，否则府上一定要吵得鸡犬不宁了。

夏洛克　这些便是相信基督教的丈夫！我有一个女儿，我宁愿她嫁给强盗的子孙，不愿她嫁给一个基督徒，别再浪费光阴了；请快些儿宣判吧。

鲍西娅　那商人身上的一磅肉是你的；法庭判给你，法律许可你。

夏洛克　公平正直的法官！

鲍西娅　你必须从他的胸前割下这磅肉来；法律许可你，法庭判给你。

夏洛克　博学多才的法官！判得好！来，预备！

鲍西娅　且慢，还有别的话哩。这约上并没有允许你取他的一滴血，只是写明着"一磅肉"；所以你可以照约拿一磅肉去，可是在割肉的时候，要是流下一滴基督徒的血，你的土地财产，按照威尼斯的法律，就要全部充公。

葛莱西安诺　啊，公平正直的法官！听着，犹太人；啊，博学多才的法官！

夏洛克　法律上是这样说吗？

鲍西娅　你自己可以去查查明白。既然你要求公道，我就给你公道，而且比你所要求的更地道。

葛莱西安诺　啊，博学多才的法官！听着，犹太人；好一个博学多才的法官！

夏洛克　那么我愿意接受还款；照约上的数目三倍还我，放了那基督徒。

巴萨尼奥　钱在这儿。

鲍西娅　别忙！这犹太人必须得到绝对的公道。别忙！他除了照约处罚以外，不能接受其他的赔偿。

葛莱西安诺　啊，犹太人！一个公平正直的法官，一个博学多才的法官！

鲍西娅　所以你准备着动手割肉吧。不准流一滴血，也不准割得超过或是不足一磅的重量；要是你割下来的肉，比一磅略微轻一点或是重一点，即使相差只有一丝一毫，或者仅仅一根汗毛之微，就要把你抵命，你的财产全部充公。

葛莱西安诺　一个再世的但尼尔，一个但尼尔，犹太人！现在你可掉在我的手里了，你这异教徒！

鲍西娅　那犹太人为什么还不动手？

夏洛克　把我的本钱还我，放我去吧。

巴萨尼奥　钱我已经预备好在这儿，你拿去吧。

鲍西娅　他已经当庭拒绝过了；我们现在只能给他公道，让他履行原约。

葛莱西安诺　好一个但尼尔，一个再世的但尼尔！谢谢你，犹太人，你教会我说这句话。

夏洛克　难道我单单拿回我的本钱都不成吗？

鲍西娅　犹太人，除了冒着你自己生命的危险割下那一磅肉以外，你不能拿一个钱。

夏洛克　好，那么魔鬼保佑他去享用吧！我不打这场官司了。

鲍西娅　等一等，犹太人，法律上还有一点牵涉你。威尼斯的法律规定：凡是一个异邦人企图用直接或间接手段，谋害任何公民，查明确有实据者，他的财产的半数应当归受害的一方所有，其余的半数没入公库，犯罪者的生命悉听公爵处置，他人不得过问。你现在刚巧陷入这一条法网，因为根据事实的发展，已经足以证明你确有运用直接间接手段，危害被告生命的企图，所以你已经遭逢着我刚才所说起的那种危险了。快快跪下来，请公爵开恩吧。

葛莱西安诺　求公爵开恩，让你自己去寻死吧；可是你的财产现在充了公，一根绳子也买不起啦，所以还是要让公家破费把你吊死。

公爵　让你瞧瞧我们基督徒的精神，你虽然没有向我开口，我自动饶恕了你的死罪。你的财产一半划归安东尼奥，还有一半没入公库；要是你能够诚心悔过，也许还可以减处你一笔较轻的罚款。

鲍西娅　这是说没入公库的一部分，不是说划归安东尼奥的一部分。

夏洛克　不，把我的生命连着财产一起拿了去吧，我不要你们的宽恕。你们拿掉了支撑房子的柱子，就是拆了我的房子；你们夺去了我的养家活命的根本，就是活活要了我的命。

（节选自莎士比亚全集（《威尼斯商人》第四幕第一场）[M]. 朱生豪，等，译. 北京：人民文学出版社，1987.）

参考文献

[1] 徐季子. 中国古代文学(上、下)[M]. 上海:华东师范大学出版社,1990.

[2] 徐家贵,杨继兴. 中国现当代文学作品论析[M]. 成都:成都电信工程学院出版社,1989.

[3] 吴宏聪,范伯群. 中国现代文学史[M]. 武汉:武汉大学出版社,1991.

[4] 华中师范大学《中国当代文学》编写组. 中国当代文学(一、二、三册)[M]. 上海:上海文艺出版社,1983.

[5] 钱谷融. 中国现当代文学作品选(上卷一、上卷二、下卷一、下卷二)[M]. 上海:华东师范大学出版社,1999.

[6] 王庆生. 中国当代文学作品选(一、二、三、四册)[M]. 武汉:华中师范大学出版社,1992.

[7] 童庆炳. 文学理论教程[M]. 北京:高等教育出版社,1998.

[8] 十三校《文学概论》编写组.《文学概论》例释[M]. 兰州:甘肃人民出版社,1987.

[9] 叶风沅. 文学概论[M]. 上海:华东师范大学出版社,1990.

[10]《汉语言文学教育专业考试参考书》编写组. 汉语言文学教育专业考试参考书[M]. 北京:中央广播电视大学出版社,1995.

[11] 以群. 文学的基本原理[M]. 上海:上海文艺出版社,1980.

[12] 杨义. 中国现代小说史(一、二、三卷)[M]. 北京:人民文学出版社,1986.

[13] 袁行霈. 中国文学史(一卷)[M]. 北京:高等教育出版社,1999.

[14] 朱东润. 中国历代文学作品选[M]. 上海:上海古籍出版社,2002.

[15] 钱理群,洪子诚. 诗歌读本[M]. 桂林:广西师范大学出版社,2010.

[16] 中学语文课程教材研究开发中心. 普通高中课程标准实验教科书 · 语文选修读本(1—19 册)[M]. 北京:人民教育出版社,2010.

[17] 游国恩,王起,萧涤非,季镇淮,费振刚. 中国文学史(一、二、三、四册)[M]. 北京:人民文学出版社,1963.